D1928340

DEM LICHT ENTGEGEN!

Außerdem erschienen:
Die Versöhnungslehre und der Richtweg. 1981.
Einige psychische Erlebnisse. 1981.
Fragen und Antworten zu »Dem Licht entgegen«. 1981.

DEM LICHT ENTGEGEN!

Eine Botschaft an die Menschheit
aus
der übersinnlichen Welt

herausgegeben von

MICHAEL AGERSKOV

Psalm 127, Vers 1: Wo der Herr nicht das Haus baut,
so arbeiten umsonst, die daran bauen ...

Verlag: VANDRER MOD LYSETS FORLAG ApS
Kopenhagen 1981

© Copyright 1981 by Verlag »Vandrer mod Lysets Forlag ApS«
ISBN 87-87871-72-6

AiO Tryk as, Odense

Um jegliches Mißverständnis zu vermeiden und etwaige Beschuldigungen, ich selbst sei Urheberin der hier vorliegenden Schrift, zu widerlegen, erkläre ich, die ich Bindeglied zwischen unserer und der übersinnlichen Welt gewesen bin, hiermit folgendes:
1) daß die Botschaft, welche durch meine Mediumtätigkeit der Menschheit gegeben wurde, weder meinem Ober- noch meinem Unterbewußtsein entsprungen ist; 2) daß ich mir vollauf bewußt bin, nur das notwendige Werkzeug der Intelligenzen gewesen zu sein, die sich manifestiert haben; 3) daß ich nicht eigenmächtig etwas von den mir gegebenen Mitteilungen ausgelassen oder irgendetwas hinzugefügt, sondern stets versucht habe, diese so klar, wie es mir möglich war, wiederzugeben.

Johanne Agerskov,
geb. Malling-Hansen.

In dem Vorwort meines Mannes auf einer der folgenden Seiten steht: »Diejenigen, die die hier gegebenen Mitteilungen lesen, dürfen weder urteilen noch verurteilen, ehe alle Gedanken des Buches genau durchdacht worden sind. Danach sollten sie es vor das Gericht ihres Gewissens bringen.« Trotz dieser deutlichen Warnung haben viele Menschen mit geringer oder gar keiner Kenntnis des hier vorliegenden Werkes, wenn die Rede darauf kam, mit den Achseln gezuckt und gesagt: **»Das ist ja nichts anderes als Spiritismus!«** Diese verurteilende Äußerung weise ich hiermit **nachdrücklich** zurück. Vom Beginn unserer Arbeit an waren mein Mann und ich **psychische Forscher**, und damit weitaus mehr als Spiritisten. Wir haben niemals die Geister der Toten gerufen, um uns mit ihnen in Verbindung zu setzen, so wie Spiritisten es tun. **Eine solche Handlung verstößt gegen die Gesetze Gottes!** Vielmehr war **ich** es, die von übersinnlicher Seite her – von den geistigen Führern der Menschheit – **gerufen** (siehe: »Einige psychische Erlebnisse«, Seite 14 und 17) und gebeten wurde, mich mit ihnen in Verbindung zu setzen, um ihnen – in verschiedener Weise – bei ihrer Arbeit für die Menschheit behilflich zu sein.

Viele Jahre hindurch arbeiteten wir unter der Leitung und dem Einfluß dieser hohen geistigen Intelligenzen, wobei wir u.a. Wege beschritten, die die sogenannten Spiritisten nicht verfolgen und auch nicht verfolgen können. Das Ergebnis unserer psychischen Forschung ist in dem Hauptwerk »Dem Licht entgegen« und ferner in den beiden Ergänzungsbänden »Fragen und Antworten I und II«, in »Die Versöhnungslehre und der Richtweg« und in »Gruß an Dänemark« enthalten.

Wenn es in Zukunft Menschen gibt, die trotz meines Mannes und meiner ernsthaften Warnungen weiterhin von »Dem Licht entgegen« und den mit diesem Werk verbundenen Büchern behaupten, es handele sich um Spiritismus, führt das nur dazu, daß sie ihren Mitmenschen, die einen klareren Blick und besseres Verständnis besitzen, zeigen, **welcher geistigen Kategorie sie selbst angehören**.

Mai 1939.

Johanne Agerskov,
geb. Malling-Hansen.

Vorwort

Das Werk, das hiermit der Menschheit übergeben wird, ist auf dem Wege der Intuition und Inspiration durch ein weibliches Medium, meine Ehefrau Johanne Elisabeth, geb. Malling-Hansen, entstanden.

Das Werk zerfällt in folgende Hauptabschnitte: Eine historische Darstellung, den Bericht Ardors, der von den ältesten Zeiten bis in unsere Tage hinein reicht; zwei Reden von ethisch-religiösem Inhalt, die Rede Christi und die Rede des Dieners Gottes, mit einigen damit verbundenen Gleichnissen; ferner einen Kommentar zu dem Bericht Ardors, der Kapitel für Kapitel besprochen wird (jedoch mit Ausnahme der Kap. 18, 20 und 21); hieran wurde eine Übersicht ethischen, religiösen und philosophischen Inhaltes angeschlossen. Wo nichts anderes angeführt ist, stammen die Fußnoten zum Text vom Verfasser des Kommentars und der Übersicht, dem geistigen Leiter des Mediums.

Die vorkommenden biblischen Namen wurden von den Verfassern des Werkes in der Form mitgeteilt, in der sie der dänischen Allgemeinheit bekannt sind.

Bezüglich der näheren Umstände im Zusammenhang mit der Entstehung und der Ausarbeitung des Buches wird auf das ausführliche Nachwort (Seite 404) verwiesen, das ebenfalls von dem Verfasser des Kommentars stammt.

Der Hauptzweck des Werkes ist, den Menschen ihren Ursprung, das Verhältnis Gottes zu ihnen und den Kampf zwischen Gut und Böse, Licht und Finsternis zu erklären, sowie ihnen Christi wahre Lehre mitzuteilen – befreit von dem, was im Laufe der Jahrhunderte hinzugedichtet und entstellt worden ist; in diesem Punkt setzt das Buch somit die Arbeit der kirchlichen Reformatoren fort und vollendet sie.

Bezüglich des übrigen Inhaltes ist auf das Buch selbst zu verweisen.

Auf Wunsch von übersinnlicher Seite sei allen, denen das Buch in die Hände gelangt, eine Mahnung erteilt:

Diejenigen, die das hier Mitgeteilte lesen, dürfen weder urteilen noch verurteilen, bevor alle Gedanken des Buches genau durchdacht worden sind. Danach sollten sie dasselbe vor das Gericht ihres Gewissens bringen. Erst wenn das Gewissen geantwortet hat, können sie sagen und schreiben, was es ihnen gebietet. Doch alle sollten sich an folgendes erinnern: reden sie im Widerspruch zu ihrem Gewissen, versündigen sie sich gegen das Göttliche in ihrem Selbst, so begehen sie die Sünde, welche die Bibel »Die Sünde wider den Heiligen Geist« genannt hat und über die Christus sagt (siehe Bericht Ardors, Seite 71): »Was ihr gegen das Heilige in euch gesündigt habt, das wird euch nicht vergeben werden, bevor ihr dafür gelitten und das Böse, das ihr getan, bereut habt. Ja, ich sage euch: hütet euch vor dem Tage des Jüngsten Gerichtes; denn dann werden eure Worte gegen euch zeugen, und eure Worte werden euch verurteilen.«

Zum Schluß sei ausdrücklich darauf hingewiesen, daß meine Aufgabe als Herausgeber des Werkes nur darin bestanden hat, das Werk ebenso genau zu übermitteln, wie es durch das Medium empfangen wurde. (Siehe obige Erklärung.)

Altjahrsabend 1919.
Der Herausgeber.

Die zweite Auflage ist ein unveränderter Nachdruck.

März 1925.
Der Herausgeber.

Da die Verfasser von »Dem Licht entgegen« und der im Anschluß daran entstandenen Bücher einer geistigen Welt angehören, die unendlich höher als die unsrige ist, benötigten sie einen Menschen, um sich hier auf Erden vertreten zu lassen. Sie wandten sich daher an meinen Mann mit der Aufforderung, daß er diese Aufgabe übernehmen möge, was er bereitwillig versprach. Obwohl mein Mann vor etlichen Jahren heimgegangen ist, steht er für diese dritte und alle folgenden Ausgaben als Herausgeber, auch wenn ich oder andere für die Herausgabe sorgen.

Mai 1939.
Johanne Agerskov,
geb. Malling-Hansen.

VERGEBET EUREN FEINDEN!

Ich grüße euch im Namen unseres Gottes und Vaters!

Ich, Ardor, bin vom Allmächtigen zu euch gesandt, um eure Fragen zu beantworten, und ich habe gelobt, meine Gedanken so zu formen, daß die Worte, durch welche die Gedanken wiedergegeben werden, von Menschen erfaßt werden können.

Ich bitte euch jedoch, daran zu denken, daß das Wort nur das Mittel ist, durch das der göttliche Gedanke den Menschen offenbart wird; denn viele meinen, das Wort sei in und von Gott; dies ist aber unrichtig. In den Formen, wie ihr es kennt, ist das Wort irdischen Ursprungs. Aber je einfacher das Wort ist, desto klarer wird es den Gedanken wiedergeben, der von Gott kommt und in Gott ist, den Gedanken, den Ursprung aller Dinge.

1.

War Gott von Ewigkeit an, und ist Gott ein persönliches Wesen?

Von Ewigkeit an war Finsternis überall.

In der Finsternis war das Licht; im Licht waren der Gedanke und der Wille.

Aber der Gedanke und der Wille waren nicht in der Finsternis.

Im Licht waren die Möglichkeiten für all das Gute, in der Finsternis aber waren die Möglichkeiten für all das Böse.

Unendliche Ewigkeiten schwanden dahin.

Langsam wurden der Gedanke und der Wille zueinander hingezogen.

Langsam verbreitete sich das Licht, das immer klarer und reiner wurde.

Es wurde Dämmerung.

Unendliche Ewigkeiten schwanden dahin.

Der Gedanke und der Wille wurden noch näher zueinander hingezogen.

Das Licht breitete sich immer mehr aus, es strahlte klar und schön.
Es wurde Morgen.

Wiederum schwanden unendliche Ewigkeiten dahin.
Der Gedanke und der Wille näherten sich einander noch mehr.
Das Licht quoll überall hervor, es flammte klar, schön und herrlich.
Es wurde Tag.

Wiederum schwanden unendliche Ewigkeiten dahin. —
Der Gedanke und der Wille wurden eins.

Da entstieg dem Licht durch die Kraft des Gedanken-Willens eine flammende Gestalt, ein geistiges Wesen – Gott.

Aber zur gleichen Stunde ließ Gott zwölf strahlende Gestalten, geistige Wesen, aus dem Licht hervortreten. Und diese wurden die Helfer Gottes, Gottes Diener.

Da begann die Zeit.

Aber kein Mensch kann derzeit und kein Mensch wird je die Ewigkeiten ermessen können, die vom Beginn der Zeit bis zu euren Tagen geschwunden sind.

Als Gott aus dem Licht hervortrat, war die Finsternis besiegt, aber nicht vernichtet. Durch die Kraft des Gedanken-Willens zog Er die Finsternis unter die bergenden Wogen des Lichtmeeres hinein. –

Um das Böse und Schlechte auszuscheiden und zu läutern, läßt Gott die Finsternis in einem ewig wogenden Kreislauf Sein flammendes Wesen durchströmen. Die Finsternis schwindet immer mehr; aber wann der Tag kommen wird, an dem alles Böse und Unreine vom Licht aufgesaugt und durch Gottes flammendes Wesen geläutert ist, weiß nur Er, der Allwissende. –

Als Gott aus dem Licht hervortrat, war Er vollkommen – allwissend, all-liebend, allmächtig. Und Er verlieh Seinen Helfern viel Wissen, viel Liebe, viel Macht.

Durch den Gedanken und aus dem Licht bildete und schuf Er ein ausgedehntes Reich, vollkommen in seiner Herrlichkeit.

Durch den Gedanken und aus dem Licht bildete und schuf Er Wohnungen für sich und Seine Helfer.

Da wurde Gott zum Schöpfer.

Aber nichts kann ich euch sagen über dieses Reich und diese Wohnungen, nichts, was von Menschen erfaßt werden kann; denn die schönste Gegend der Erde ist neblig und kalt, verglichen mit dem Herrlichkeitsreiche Gottes.

2.
Wie sind die Engel in das Reich Gottes gekommen, und in welchem Verhältnis stehen sie zu Gott?

In Gott ruhten Möglichkeiten für unendliche Lebensformen; denn Gott trug alle Schöpfung in sich.

Durch den Gedanken und aus Seinem eigenen flammenden Wesen bildete und schuf Er Tausende und aber Tausende herrlicher, schöner Gestalten – geistige Wesen – die Engel.

Und Er verlieh ihnen Weisheit, Liebe und Macht, und Er gab ihnen allen Wohnungen in Seinem ausgedehnten Reich.

Da wurde Gott zum Vater.

Als Gott und Seine zwölf Helfer aus dem Licht entstanden und aus ihm hervortraten, waren sie Doppelwesen; denn sie trugen alles Männliche und alles Weibliche in ihrem Wesen.

Aber die Gestalten, die Gott aus sich selbst heraus erschuf, schuf Er dazu, Einzelwesen zu sein, Mann und Frau zu sein, dazu bestimmt, in Weisheit und in Liebe einander zu ergänzen und zu vervollkommnen, dazu bestimmt, in alle Ewigkeit getrennt zu sein – zwei zu sein – und doch eins.

Diesen, Seinen eigenen Kindern schenkte Gott Seine tiefe, Seine unendliche Liebe; denn sie waren von Ihm, mit Ihm und in Ihm. Und Er war in Wahrheit in ihnen allen.

Und sie lebten ein Leben in Herrlichkeit und Freude in Gottes Reich.

Und Gott gab ihnen die Fähigkeit und den Willen zu forschen und zu lernen. Und Seine Helfer unterrichteten sie in den Gesetzen und Geheimnissen des Lichtes; lehrten sie durch den Gedanken und aus dem Licht zu bilden und zu formen.

Aber die Helfer Gottes vermochten nicht, das Rätsel des Lebens zu lösen; das kannte nur Er allein, der Herr des Gedankens und des Lebens war und ist.

3.
Wie und zu welchem Zweck schuf Gott die Gestirne des Weltalls?

Viele Zeitewigkeiten schwanden dahin.

Der Vater freute sich über die Fortschritte, die Seine Kinder in der Weisheit und in der Liebe machten.

Siehe, da entstand bei Gott der Gedanke, neue Wesen zu erschaffen.

Und Er beschloß, sie schön und gut zu erschaffen und ihnen Möglichkeiten zu geben, angeleitet durch Seine ältesten Kinder, die gleiche Fülle an Weisheit und Liebe zu erreichen.

Und Er beschloß, Aufenthaltsstätten für Seine noch nicht erschaffenen Kinder entstehen zu lassen, Aufenthaltsstätten, wo sie ein Leben in Schönheit und Freude verbringen könnten, danach strebend, in das volle Licht und in Sein Herrlichkeitsreich zu gelangen.

Da entwarf Gott den Plan und gab die Gesetze für das Werden und Sein des Weltalls.

Durch den Gedanken und aus dem Licht bildete und schuf Gott vier mächtige Sonnen, und in ihren flammenden Schoß senkte Er vielgestaltige Lebensformen.

Durch Gottes Gedanken im Weltraum getragen, durch gleiche Anziehung und gleiche Abstoßung sich gegenseitig festhaltend, schwingen die glühenden Sonnen, jeweils zwei und zwei – einander entgegengesetzt – in ewigem Kreislauf um Gottes Reich.

Alle Gestirne des Weltalls aber wurden gebildet aus diesen Muttersonnen und aus ihnen ausgestoßen.

Durch Gottes Gedanken im Weltraum getragen und geordnet, schwingen sie alle in bestimmten Bahnen nach den im voraus gegebenen Gesetzen.

4.
Wurde der Mensch von Gott erschaffen? Woher und weshalb kamen die Sünde und der Tod zum Menschengeschlecht?

Viele Zeitewigkeiten schwanden dahin.

Da sah Gott, daß schwere Nebel einzelne der erschaffenen Gestirne verschleierten. Und Er sah in Seiner Weisheit, daß diese nach Ablauf einiger Ewigkeiten als Aufenthaltsstätten für die Wesen geeignet sein würden, die Er zu erschaffen gedachte.

Siehe, da erwählte Er eins der Gestirne, eure Welt – die Erde[1].

Durch den Gedanken und aus dem Licht bildete Gott eine strahlend schöne, geistige Welt, die Nebel und Dämpfe des Erdballs umringend, so daß das Licht von jenem Reich der Schönheit die Erde durchdringen und bestrahlen und sie dem von Ihm gebildeten, geistigen Vorbilde gleich gestalten konnte.

Langsam breitete das Licht sich über die Erde aus, um sie für das Leben reif zu machen, um sie zu befruchten und aus ihrem Schoße die ruhenden Möglichkeiten vielgestaltiger Lebensformen hervorsprießen zu lassen.

Einige Ewigkeiten vergingen.

Da sah Gott, daß die den Erdball umgebenden Nebel an Dichte und Schwere abnahmen. Und Er wußte in Seiner Weisheit, daß die Erde bald ihrer Vollendung nahe sein werde.

Da redete Gott zu Seinen Kindern.

Und Er sprach: »Ich, euer Vater, will euch an meiner Schöpfung teilhaben lassen, denn ich will neue Wesen erschaffen, will sie aus meinem eigenen Sein und den starken Ausstrahlungen des Erdballes erschaffen. Ich will sie schön und gut erschaffen und ihnen die Möglichkeit geben, unter eurer Anleitung alles durch das Licht zu empfangen. Und sie sollen ein Leben in Schönheit und Freude auf einem der geschaffenen Gestirne verbringen, auf einem, das ich dazu bestimmt habe. Wenn dann die Zeit erfüllt sein wird, werde ich unter euch einige auswählen und werde ihnen Wohnungen in der Welt geben, mit der ich die Erde umschlossen habe; denn von dort aus sollt ihr meine jüngsten Kinder leiten, sie auf den Wegen des Lichtes leiten, bis sie in mein Herrlichkeitsreich gelangen. Doch können die erwählten Leiter, wenn sie es wünschen, in ihre Wohnungen hier in meinem Reich zurückkehren, um sich auszuruhen; denn keine Tat wird gut vollbracht, wenn nicht Ruhepausen sie begleiten.«

Und Gott gebot Seinen Helfern, ihnen die Erde zu zeigen und die Welt, die sie umgab und nach welcher sie geformt worden war. –

Und sie machten sich alle dorthin auf.

Aber Gottes Helfer unterrichteten sie in vielem, was der Zukunft

---

[1]) Ardor nennt hier das Gestirn bei dem Namen, den die Menschen ihm später gegeben haben.

angehörte. Und es wurde ihnen bewußt, daß der Vater ihnen eine schwierige Aufgabe zu lösen geben werde.

Einige Zeit verging.

Die Kinder Gottes sprachen darüber, wen der Vater erwählen werde.

Und viele der Ältesten meinten, die Wahl müsse auf sie fallen.

Sie begaben sich oft und für längere Zeiten in die neuentstandene Welt, die die Erde umschloß, und sie fanden großes Behagen daran, sich dort aufzuhalten; denn es war dort überaus schön.

Ein Zeitraum verging.

Da sagten einige der Ältesten: »Warum zögert unser Vater mit der Schöpfung? Seht, die Erde ist nun als Aufenthaltsstätte geeignet. Warum zögert unser Vater dann?«

Zur gleichen Stunde aber ließ sie Gott Seine Stimme hören, um sie zu warnen.

Und Gott sprach: »Meine Kinder, kehret zurück in eure Wohnungen hier in meinem Reich; denn ich habe euch nicht auserwählt; nur die Geduldigen sind brauchbar.«

Und sie hörten alle des Vaters Stimme. Aber sie kehrten nicht zurück; denn sie meinten immer noch, die Wahl müsse auf sie fallen.

Wiederum verging eine Zeit.

Da sagte einer der Ältesten: »Noch zögert unser Vater, und wir sind ungeduldig. Laßt uns versuchen, das Rätsel des Lebens zu ergründen und die neuen Wesen selbst zu erschaffen; denn dann werden sie Kinder von uns, und unsere Macht über sie wird größer sein.«

Und sie waren alle einig darin.

Durch den Gedanken und aus dem Licht versuchten die Ältesten, geistige Wesen zu bilden und zu erschaffen. Das Rätsel des Lebens aber vermochten sie nicht zu ergründen.

Da wurden sie noch ungeduldiger. Und einige sagten: »Wir wissen, daß es auch in der Finsternis Leben gibt. Laßt es uns von dorther holen.«

Da erklang ihnen wiederum Gottes Stimme.

Und Gott sprach: »Meine Kinder, kehret in eure Wohnungen hier in meinem Reich zurück; denn ich habe euch nicht auserwählt; nur die Geduldigen sind brauchbar. Aber ihr, die ihr zwischen Gut und Böse, zwischen Licht und Finsternis schwankt, ihr seid nicht würdig, andere zu leiten. Meine Kinder, ich sage euch: niemals vermögt ihr das Lebensrätsel des Lichtes zu ergründen, auch wenn ihr bis in alle Ewigkeit suchtet; denn ihr seid nicht aus der Kraft eures eigenen Willens hervorgegangen, ihr wurdet gestaltet und geschaffen von mir, eurem Vater, gestaltet und geschaffen aus meinem Selbst. Aber ihr, die ihr von mir seid, ihr habt wohl die Macht, aus der Finsternis zu erschaffen, Macht, deren Lebensrätsel zu ergründen; aber ich sage euch: befaßt euch nicht damit! denn das Leben der Finsternis ist nicht von Dauer! denn die Finsternis birgt die Möglichkeit zu allem Bösen – zur Sünde und zum Tod! Wollt ihr aber dennoch vom Bösen nehmen und euch dessen Herren nennen, so hütet euch, daß ihr nicht seine Diener werdet!«

Und sie hörten alle die Stimme Gottes.

Aber sie achteten nicht darauf; denn sie waren überaus ungeduldig.

Da trat der Älteste der Ältesten hervor.

Und er sprach: »Unser Vater sagt, daß das Leben der Finsternis nicht von Dauer ist; aber wir wissen es nicht!

Laßt uns versuchen, Leben daraus zu erschaffen, und wenn es nicht von Dauer ist, kehren wir in unsere Wohnungen zurück und verweilen dort, bis unser Vater ruft.«

Wiederum erklang ihnen die Stimme Gottes.

Und Gott sprach: »Mein Sohn! Warum willst du dich mit dem Bösen befassen? Hüte dich, daß du nicht sein Diener wirst! Denn ich allein bin der Herr, der Allmächtige!

Wisse, mein Sohn, daß die Wesen, die du durch die Kraft deines Gedankens aus der Finsternis hervorholen kannst, dich niemals segnen, sondern dich und das, wovon sie genommen sind, nur verfluchen werden. Denn wisse, daß jedes Leben, wie elend und gering es auch sein möge, stets dem Lichte entgegenstrebt, dem Lichte, das durch mich gesiegt hat. Mein Sohn, nimmst du vom Bösen, wird die Finsternis dich und alle, die dir folgen, binden, wird euch binden, bis eure Kinder gelernt haben, euch Mitleid zu erweisen, statt euch zu verfluchen.

Mein Sohn, meine Kinder! Ich habe zu euch gesprochen, damit ihr das Rechte wählen könnt.«

Und sie hörten alle Gottes Stimme. Aber keiner achtete darauf; denn sie waren sich alle einig.

Da schwieg Gott, ihr Vater. Denn Gott zwingt niemanden, das Rechte zu tun. Aber Er betrachtete ihr Tun voller Sorge.

Viel Zeit verging.

Die Ältesten versuchten, durch die Kraft des Gedanken-Willens die Finsternis aus dem sie bergenden Meer des Lichtes hervorzuziehen.

Langsam wich das Licht, und die Finsternis brach hervor.

In schweren Wogen wälzte sie sich über die Ältesten hinweg, durchströmte sie, band sie an sich, verunreinigte und verwirrte ihre Gedanken.

In schweren Wogen durchströmte die Finsternis ihre schöne Welt, zerrüttete und zerstörte sie, während dichte Nebel ihre Wohnungen zusammenstürzen ließen und die reinen, strahlenden Farben auslöschten, während sich überall üble Dünste verbreiteten.

In schweren Wogen quoll die Finsternis über die Erde herein, befruchtete sie und rief etliche der in ihr ruhenden, vielgestaltigen Lebensformen wach.

Aber die Ältesten sahen mit Schrecken die Vernichtung des Schönen.

Und sie sprachen: »Wie konnte dies geschehen? denn dies haben wir nicht gewollt; denn dies war nicht in unseren Gedanken.

Wahrlich, die Macht der Finsternis ist entsetzlich!«

Viel Zeit verging.

Gottes jüngste Kinder waren sehr betrübt über das Böse, das geschehen war.

Und sie beschlossen, sich zu dem zerstörten Reich zu begeben, um ihre Brüder und Schwestern zurückzurufen.

Und alle machten sich dorthin auf.

Die Ältesten hörten ihre rufenden Stimmen, und alle lauschten. Aber die Rufe erklangen schwach und weit entfernt, und die Ältesten wagten nicht zu antworten; denn sie vermochten nicht die strahlenden Gestalten ihrer jüngeren Brüder und Schwestern zu erblicken; denn alles war zugedeckt von den Nebeln und Dämpfen der Finsternis.

Da wurden die Jüngsten noch betrübter.

Und sie kehrten wieder zurück in Gottes Herrlichkeitsreich; aber sie vermochten nicht das Böse zu vergessen, das sie gesehen hatten.

Und sie gingen zu ihrem Vater.

Und sie sprachen: »Vater, vergib unseren Brüdern und Schwestern! Vater, heiße sie zurückkehren!«

Aber Gott antwortete ihnen und sprach: »Ich heiße niemanden das Rechte zu tun; und nicht ich, sondern ihre bösen Taten binden sie an die Finsternis. Aber um eurer Bitte willen werde ich sie in der letzten Stunde jeder schwindenden Zeitewigkeit meine Stimme hören lassen, so daß sie sich erinnern können, was sie verlassen haben, und bereuen, was sie getan. Denn wenn sie zu bereuen vermögen, wird das Licht in ihren Herzen sie von der bindenden Macht der Finsternis lösen und sie in ihr rechtes Heim zurückholen; und ich, ihr Vater, will ihnen vergeben; denn ich liebe euch alle.«

Da schwiegen die Jüngsten; denn sie sahen, daß der Vater unendlich betrübt war.

Viel Zeit verging.

Die Ältesten versuchten, das zerstörte Reich neu zu errichten; aber sie vermochten es nicht. Dichte Nebel und Dämpfe vernichteten und zerstörten alles, was sie aufzubauen versuchten. Und sie waren heimatlos in ihren unvollendeten Wohnungen.

Alles war öde und finster.

Und es gab keine Freude.

Viel Zeit verging.

Da sagte der Älteste: »Wir vermögen hier keine Ordnung zu schaffen; denn wir besitzen nicht die Macht dazu. Laßt uns auf die Erde hinabsteigen; denn ich sehe, daß auch der Erdball verdunkelt ist.«

Und sie begaben sich alle dort hinab.

Aber da wurde ihr Entsetzen noch größer; denn hier war die Finsternis noch ärger, die Nebel waren noch dichter, und die Dämpfe waren sehr heiß.

Aber überall gab es Leben.

Denn die Finsternis hatte mannigfaltige schwere, häßliche und furchterregende Geschöpfe hervorgebracht; denn die Finsternis hatte eine Vielfalt an unschönen Gewächsen in blassen Farben hervorgerufen. Ungeordnet keimten und wuchsen sie durcheinander – kleine, große und mächtige.

Aber diese unschönen Gewächse und diese häßlichen Geschöpfe waren für die Ältesten die ersten Pflanzenformen der Erde und deren erste Tierformen; denn sie hatten nicht gesehen, wie die Finsternis all das zerstörte, was unter den Strahlen des Lichtes entstanden war; denn sie hatten nicht gesehen, wie die Finsternis etliche der verborgenen, vielgestaltigen Lebensmöglichkeiten befruchtete und hervorrief.

Aber die Ältesten erblickten mit Verwunderung das Böse und das Häßliche.

Mächtige Ungeheuer wateten in den Sümpfen und trampelten auf der Erde. Einige der Untiere bewegten sich schwerfällig durch die Luft, einige wanden sich durch die Gewässer, viele stießen Gebrüll aus und garstige Schreie.

Alles war Unordnung und Chaos.

Die Ältesten sahen, wie die Ungeheuer sich paarten, sahen sie neue Geschöpfe hervorbringen.

Und sie sahen, wie die Ungeheuer aufeinander losgingen, sich gegenseitig zur Erde warfen, sich gegenseitig zerfleischten und niedertrampelten.

Aber diejenigen, die stürzten, erhoben sich nicht mehr.

Und die Ältesten sahen, wie die zerfleischten Körper der Ungeheuer sich langsam auflösten und von der Erde aufgesogen wurden, während sich überall üble Dünste verbreiteten. Und sie sahen, wie sich von den zerfleischten Körpern dunkle Schatten erhoben und langsam von der umgebenden Finsternis aufgesogen wurden.

Da sprach der Älteste: »Wahrlich, das Leben der Finsternis ist nicht von Dauer; denn wir sehen, wie die irdischen Körper aufgelöst und von der Erde aufgesogen werden, und wir sehen, wie die geistigen Leiber von der umgebenden Finsternis aufgesogen werden. So kehrt alles dorthin zurück, von woher es genommen wurde. Wahrlich, dies ist der Tod! Die Macht der Finsternis ist entsetzlich!«

Und sie wanderten weiter über die Erde hin.

Aber überall war das gleiche Leben zu finden, die gleiche Verwirrung.

Da sprach der Älteste: »Wir vermögen diese Geschöpfe nicht zu leiten; denn wir besitzen keine Macht dazu. Aber laßt uns nun unseren Gedanken verwirklichen: nach unserem Ebenbild irdische Wesen zu formen und zu erschaffen; laßt uns ihnen die Fähigkeit und den Willen geben, sich zu paaren und neue Wesen hervorzubringen. Denn wir haben gesehen, daß nicht der Einzelne, sondern das Geschlecht lebt. Und wenn wir unsere Kinder geformt und geschaffen haben, wollen wir sie anleiten, damit sie Herrscher über diese Welt werden können, und wir wollen ihnen soviel Macht verleihen, daß sie sich zu Herren über diese Ungeheuer machen können.«

Und die Ältesten waren alle einig darin; denn sie meinten, daß dies gut sei.

Aber da erklang ihnen Gottes Stimme; denn eine Zeitewigkeit war vergangen seit der Stunde, zu der Gott Seinen jüngsten Kindern versprochen hatte, ihren gefallenen Brüdern und Schwestern zu helfen.

Und Gott sprach: »Meine Kinder, ich, euer Vater, spreche zu euch, damit ihr euch an das erinnern könnt, was ihr verlassen habt, und bereuen, was ihr getan; denn vermögt ihr zu bereuen, wird das Licht in euren Herzen euch von der bindenden Macht der Finsternis befreien und euch zurückführen in euer rechtes Heim; und ich, euer Vater, werde euch vergeben.«

Die Ältesten hörten die Stimme Gottes, aber sie klang weit entfernt und schwach.

Und sie fürchteten sich alle.

Und sie wagten nicht zu antworten.

Da schwieg Gott; denn Er zwingt niemanden, das Rechte zu tun. Aber Er betrachtete ihr Tun voller Sorge.

Viel Zeit schwand dahin.

Durch den Gedanken – aus den Ausstrahlungen der Finsternis und der Erde – versuchten die Ältesten nach ihrem eigenen Ebenbilde irdische Wesen zu formen und zu erschaffen. Aber ihre Gedanken waren verwirrt, und sie unternahmen viele vergebliche Versuche.

Wiederum schwand viel Zeit dahin, während sie die Gestalten, die sie in Gedanken sahen, aus irdischem Lehm zu formen suchten.

Und nach viel Mühe und nach vielen Anstrengungen gelang es den Ältesten, Wesen hervorzubringen, die in den dichten Nebeln und Dämpfen der Erde atmen und leben konnten.

Diese Wesen waren die ersten des Menschengeschlechtes; aber sie waren keineswegs schön, sie waren keineswegs gut, und ihre Schöpfer vermochten ihnen keine Macht zu geben, sondern nur Machtbegierde.

Wahrlich, die Menschen sind nicht von Gott geformt und erschaffen, sondern geformt und erschaffen von Gottes ältesten, gefallenen Kindern.

5.

Haben die Menschen also kein Recht, sich Gottes Kinder zu nennen?

Als die Menschen geformt und erschaffen waren, wählten die Ältesten Stätten und Gegenden aus, die etwas höher gelegen waren als die Sümpfe und Gewässer.

Und sie führten die neuen Wesen dorthin, damit sie sich zu Herren über die Erde und die Tiere machen könnten.

Aber als die Menschen zum Leben erwachten und die mächtigen Ungeheuer sahen, flohen sie in großer Angst und großem Schrecken. Einige verbargen sich hinter den dicht wachsenden, verschlungenen Gewächsen; einige bauten Höhlen, bauten sie mit ihren Händen in die steilen Erdabhänge; andere flüchteten in die kahlen Berge; und keiner von ihnen wagte sich hervor, ehe der Hunger sie zur Nahrungssuche trieb. Da überfielen sie die kleineren Tiere, töteten sie und sogen das Blut aus.

So erhielten sie sich am Leben.

Die Ältesten suchten gedanklich auf ihre Geschöpfe einzuwirken und sie zu leiten. Aber die Gedankenströme der Ältesten waren böse und sündig und verleiteten die Menschen zu vielen schlechten, vielen grauenvollen Taten.

Die Menschen vermochten ihre Schöpfer nicht zu sehen, aber als sie die bösen Strömungen fühlten, die von den Gedanken der Ältesten ausgingen, streckten sie ängstlich ihre Hände der rötlich durch die Nebel leuchtenden Erdensonne entgegen.

Und der Älteste sprach: »Seht, unsere Kinder suchen Hilfe bei dem Licht der Erde, unsere Kinder wenden sich von uns ab, wenden sich von der Finsternis ab.«

Die Menschen haßten einander, sie stritten sich, sie erschlugen sich gegenseitig, und die Lebenden sogen das Blut der Toten aus.

Aber die Ältesten sahen die geistigen Leiber der Getöteten sich langsam von der Erde erheben und unter den Lebenden weiterwandeln.

Und sie sahen, daß diese Toten ohne Gedanken, ohne Willen, ohne Ziel wanderten. Sie gewahrten sie als bleiche Schatten, lebend und doch leblos.

Und einige der Ältesten sagten: »Die geistigen Leiber der Menschen werden nicht von der sie umgebenden Finsternis aufgesogen, aber die irdischen Körper lösen sich auf und kehren dorthin zurück, von woher sie genommen sind.

Warum saugt die Finsternis nicht die geistigen Leiber auf?«

Aber der Älteste antwortete ihnen und sprach: »Als wir diese Wesen aus den Ausstrahlungen der Finsternis und der Erde formten und schufen, vergaßen wir, unser eigenes Sein abzugrenzen, und etwas von dem, woraus wir geformt und geschaffen sind, strömte mit den Wogen der Finsternis in die geistigen Leiber unserer Geschöpfe hinein. Und ihr wißt, daß das Licht, das von unserem Vater stammt, so gering es auch sein möge, niemals vernichtet werden kann. Und diese Schatten werden bis in alle Ewigkeit hinein bestehen.«

Da antworteten einige der Ältesten: »Das ist entsetzlich; denn das haben wir nicht gewollt. Laßt uns versuchen, unser eigenes Sein abzugrenzen, damit nicht noch mehr Schatten leben und doch leblos sein müssen.«

Viel Zeit verging.

Die Menschen folgten dem Treiben der Tiere, lebten wie die Tiere, paarten sich wie die Tiere, und ihre Nachkommenschaft wurde zahlreich.

Und die strömenden Wogen der Finsternis entzogen den Ältesten geistige Lebenskraft und führten sie allen neugeborenen Menschenkindern zu.

Und die Ältesten suchten die Macht der Finsternis zu brechen, suchten ihr eigenes Sein abzugrenzen; aber sie vermochten es nicht; denn die Finsternis band sie.

Da sagten einige der Ältesten: »Wahrlich, wir sind Diener der Finsternis; denn wir vermögen uns nicht von unseren Geschöpfen zu lösen, wir vermögen nicht, unser eigenes Sein abzugrenzen, die Finsternis durchströmt uns weiterhin, die Finsternis bindet uns. Und die Menschenschatten werden bis in alle Ewigkeit hinein bestehen.«

Der Älteste antwortete ihnen und sprach: »Laßt uns weitersuchen, bis es uns gelingt, Herren der Finsternis zu werden!«

Aber diejenigen, die gesprochen hatten, wollten nicht auf ihn hören, denn sie hielten nicht zu ihm. Und sie sagten zueinander: »Laßt uns in unserem zerstörten Reich verweilen, laßt uns in unseren unvollendeten Wohnungen bleiben und niemals mehr auf die Erde hinabsteigen; denn wir besitzen keine Macht, um in diese Verwirrung Ordnung zu bringen.«

Viel Zeit verging.

Die Menschen vermehrten sich weiterhin. Und sie zogen weiter über die Erde hin; aber ihre Schatten folgten ihnen. Und diese wurden immer zahlreicher.

Einige der Schatten fanden den Weg zu dem zerstörten Reich, von den Gedanken der Ältesten angezogen.

Da aber entsetzten sich die Ältesten.

Viele verfielen in Schweigen. Und für sie gab es keine Freude; denn sie waren sehr betrübt.

Die Schatten glitten in die unvollendeten Wohnungen, wanderten in dem zerstörten Reich umher, ohne Gedanken, ohne Willen, ohne Ziel, lebend und doch leblos.

Und die Ältesten nahmen es wahr.

Aber sie vermochten nicht zu helfen.

Da erklang ihnen von neuem Gottes Stimme; denn wiederum war eine Zeitewigkeit vergangen.

Und die Ältesten lauschten alle.

Aber Gottes Stimme war weit entfernt und schwach.

Und Gott sprach: »Meine Kinder, ich, euer Vater, spreche zu euch, damit ihr euch an das erinnern könnt, was ihr verlassen habt, und bereuen, was ihr getan!«

Da antworteten einige der Ältesten.

Und sie riefen: »Vater, Vater, sei barmherzig gegen diese elendigen Schatten, unsere Geschöpfe! Vater, gib ihnen von dem bleibenden Leben des Lichtes, damit sie nicht bis in alle Ewigkeit lebend und doch leblos sein müssen! Vater, sei barmherzig! Vergib uns unsere bösen Taten!«

Als sie dies gerufen hatten, hörten sie wiederum Gottes Stimme; aber diesmal klang sie klar und schön.

Und Gott antwortete ihnen und sprach: »Um eurer *Bitte* willen will ich mich eurer Kinder annehmen. Um eurer *Bitte* willen will ich *eure* Geschöpfe zu den *meinigen* machen und ihnen von meinem eigenen Sein geben, ihnen vom ewigen Leben geben.

Meine Kinder, laßt die Reue in euren Herzen euch in euer rechtes Heim zurückführen. Ich, euer Vater, vergebe euch; denn ich liebe euch alle!«

Aber diejenigen, die nicht geantwortet hatten, als Gott sprach, sahen ihre Brüder und Schwestern das zerstörte Reich verlassen, getragen von den strahlenden Wogen des Lichtes.

Und die Finsternis schloß sich hinter ihnen; und es wurde noch finsterer um die Zurückgebliebenen.

Aber Gott gab Seinen reuevollen Kindern Wohnungen in fernen Gegenden Seines ausgedehnten Reiches.

Und Er sprach: »Bleibet hier in Ruhe und Frieden, bis das Licht euch durchströmt und geläutert hat; bleibet hier, bis ich euch rufe, damit ihr euren Geschöpfen helfen könnt, ihnen helft, dem Licht entgegenzuwandern, hin zu meinem Reich!«

Und Gott begab sich zu Seinen jüngsten Kindern.

Und Er sprach: »Meine Kinder, einige eurer älteren Brüder und Schwestern sind zurückgekehrt; heißet sie willkommen; denn sie haben viel gelitten.

Meine Kinder, ich, euer Vater, habe diesen, euren Brüdern und Schwestern gelobt, mich ihrer Geschöpfe anzunehmen und sie zu meinen Kindern zu machen. Seht, ich will jedem einzelnen Menschenschatten einen Funken meines eigenen flammenden Wesens senden, damit sie sich mit Hilfe dieses Funkens vorwärtskämpfen können, durch zahlreiche Erdenleben hindurch, von der äußersten Finsternis bis zu meinem Herrlichkeitsreich. Meine Kinder, ich, euer Vater, weiß, daß Zeitewigkeiten vergehen werden, bevor der letzte Mensch von den Fesseln der Finsternis und dem Leben auf Erden gelöst ist. Aber ich weiß auch, daß ihr, meine Kinder, diese Zeit sehr abkürzen könntet, wenn ihr euren leuchtenden Geist an irdische Körper binden ließet, wenn ihr wie Menschen leben und die Leiden der Menschen ertragen würdet, um der Erde das Licht des Geistes zu bringen, damit eure zukünftigen Brüder und Schwestern besser den Weg zu meinem Herrlichkeitsreich finden könnten.

Meine Kinder, ohne Zwang sollt ihr zur Erde wandern; aber wollt ihr es aus eigenem freien Willen tun, werde ich, euer Vater, euch danken.«

Die Jüngsten schwiegen alle; denn sie wagten nicht zu antworten; denn sie erinnerten sich an das Böse, das sie gesehen hatten.

Nachdem sie aber alle eine Weile geschwiegen hatten, trat der älteste der Jüngsten hervor.

Und er sprach: »Vater, ich bin bereit; ich will den Kindern der Erde das Licht bringen, ich will werden wie sie, ich will mit ihnen leben und ihnen zu helfen suchen, ihnen, meinen zukünftigen Brüdern und Schwestern. Vater, sende mich zur Erde!«

Aber da riefen sie alle: »Vater, wir sind bereit, wir wollen unseren zukünftigen Brüdern und Schwestern helfen, damit sie einmal in dein Reich eingehen können.«

Da sah Gott sie alle voller Liebe an.

Und Er sprach: »Meine Kinder, ihr habt das Rechte gewählt. Ich, euer Vater, danke euch. Aber ich sage euch: hätten die Menschen sich ohne eure Hilfe durchkämpfen, bis zur Erreichung ihrer rechten Heimat allein gegen die Finsternis kämpfen und sich durch Leiden und Sorgen, durch Sünde und Tod hindurchkämpfen müssen, dann wäre ihre Herrlichkeit größer geworden als eure, dann wären die Menschen die ersten geworden und ihr die letzten; denn dann hätten sie sich selbst zu all dem hindurchkämpfen müssen, was ich, euer Vater, euch gegeben habe. Aber vermögt ihr euer Versprechen zu halten: euren irdischen Brüdern und Schwestern zu helfen, werdet ihr, wenn ihr zu gegebener Zeit in meinem Heim versammelt sein werdet, alle gleich sein, und ich, euer Vater, werde euch alle lieben.«

Und Gott wandte sich an den ältesten der Jüngsten.

Und Er sprach: »Mein Sohn, du warst als erster bereit, das Licht zur Erde zu bringen. Durch dich hat das Werk des Lichtes begonnen, durch dich soll es auch vollbracht werden. Dir gebe ich die Macht, die Menschen durch zahlreiche Erdenleben hindurchzuleiten, bis du sie von der Erde lossagst, damit sie auf helleren und glücklicheren Wegen weiterwandern können. Und deine Brüder und Schwestern sollen dir alle gehorchen. Aber ich, dein Vater, will dir zur Seite stehen, damit du nicht müde wirst. Und wenn die Zeit erfüllt ist, sollst du den Menschen das Größte von allem bringen: die Liebe; denn du sollst sie lehren, einander zu lieben, sie lehren, all denen, die leiden, Gutes zu tun. Und ich, dein Vater, will dich auf deinen Wanderungen durch das Erdenleben leiten.«

Und Gott redete noch mehr zu Seinen Kindern.

Und Er sprach: »Eures Vaters Segen folgt euch allen; eure Sorgen sollen meine Sorgen sein, eure Leiden sollen meine Leiden sein; und eure Sünden will ich verzeihen und tilgen, wenn ihr Reue empfindet und wenn ihr betet; denn sündigen werdet ihr alle, die Macht der Finsternis ist groß! Meine Kinder, ich sage euch: Kämpfet niemals gegen das Gute, gegen das Wahre, kämpfet niemals gegen die Liebe, gegen die Barmherzigkeit, und wendet euch nicht fort von dem Licht in eurem Inneren! denn dann wird die Finsternis euch binden, denn dann werdet ihr mich, euren Vater, vergessen, und dann werdet ihr euer Werk verzögern, eure Wanderung zum hohen Ziel verzögern!«

Und sie gelobten alle zu gehorchen, gelobten alle, ihrem ältesten Bruder[1] zu folgen.

6.
Sind die vielen Erdenleben der Menschen von Gott vorausbestimmt?

Als die Jüngsten gelobt hatten, sich an irdische Körper binden zu lassen, gelobt hatten, wie Menschen zu leben, gab Gott ihnen einige Zeit, damit sie sich bereit machen könnten zu ihrem schwierigen Werk.

In der Zeit, in der sie sich bereit machten, entwarf Gott den Plan und gab die Gesetze für das zukünftige Sein und Dasein der Menschheit.

Da wurde Gott zum Hüter.

Aber Gott sah, daß den kommenden Menschengeistern Wohnungen fehlten. Und Er beschloß, Aufenthaltsstätten für sie herzurichten.

Durch den Gedanken und aus dem Licht formte und schuf Gott sechs Aufenthaltsstätten, und Er legte die erste Stätte um die Erde und das zerstörte Reich herum, und die folgende Stätten um die erste herum.

Und Gott richtete diese Aufenthaltsstätten so ein, daß sie langsam, durch zahlreiche Abschattierungen, von schwacher Dämmerung in klares und schönes Licht übergingen. Und Er schuf viele Wohnungen an allen Aufenthaltsstätten, damit keines Seiner zukünftigen Kinder heimatlos sein sollte.

Und Gott richtete es so ein: daß der Menschengeist während seiner Inkarnation auf Erden durch seinen Streit aus freiem Willen für das Licht – für das Gute, – und durch seinen Streit aus freiem Willen gegen die Finsternis – gegen das Böse – sich sein nächstes Erdenleben selbst bereitete.

Und Er richtete es so ein: daß der Geist, wenn er durch den Tod von seinem irdischen Körper befreit wurde, an die Stätte, zu der Wohnung gezogen ward, die er sich selbst durch seine Taten bereitet hatte, bereitet durch die Reinheit, Weisheit und Liebe, die er im Streit und durch die Leiden seines Erdenlebens errungen hatte.

Und Gott richtete es so ein: daß der Geist nach jedem abgeschlosse-

[1]) Der älteste der Jüngsten ist den Menschen unter dem irdischem Namen Jesus von Nazareth bekannt – dem Namen, den er in seiner fünften und letzten Inkarnation trug.

nen Erdenleben sich eine Zeitlang in seiner Wohnung aufhalten konnte, um auf das entschwundene Leben zurückzuschauen, um zu bereuen, um sich auszuruhen, um zu lernen und um sich bereit zu machen zu der neuen Wanderung.

So sollte der Menschengeist sich dann im Verlauf seiner zahlreichen Erdenleben, die er sich durch seine Kämpfe und Siege selbst bereitete, langsam von der schwachen Dämmerung der ersten Aufenthaltsstätte zu dem klaren und schönen Licht der letzten Wohnung an der letzten Aufenhaltsstätte erheben. Und dort sollte der älteste der Jüngsten, den ihr Christus nennt, ihn empfangen und im Namen des Vaters von der Erde lösen, damit er auf helleren und schöneren Wegen weiterwandern könne.

Als Gott all dies geschaffen und gefügt hatte, gebot Er Seinen Helfern, die Schatten zu sammeln. Und Gottes Helfer sammelten alle Schatten von der Erde und aus dem durch die Finsternis zerstörten Reich.

Und siehe, es war eine mächtige Heerschar, Legionen und aber Legionen!

Und Gott gab jedem Schatten einen Funken Seines eigenen flammenden Wesens. Und Er nahm sie alle an einem Ort in Verwahrung, den Er ihnen, weit entfernt von der Erde, bereitet hatte, damit sie sich dort in Frieden aufhalten könnten, bis die göttliche Flamme mit ihren Schattenleibern vereint sei und sie, auf diese Art lebendig geworden, wieder an neue Menschenkörper gebunden werden könnten, um ihre Wanderung zum hohen Ziel zu beginnen.

7.

Wie wurden die geistigen Leiber der Kinder Gottes an Menschenkörper gebunden? Und wie brachten die Jüngsten das Licht zu den Menschen?

Als Gott die Schatten in Verwahrung genommen hatte, ging Er zu Seinen jüngsten Kindern.

Und Er sprach: »Seht, alles ist bereit, und die Stunde ist gekommen, wo ihr euer Versprechen einlösen sollt. Ich, euer Vater, habe euch neue Wohnungen an der letzten der Aufenthaltsstätten errichtet, die ich um die Erde und das zerstörte Reich gelegt habe. In diesen Wohnungen sollt ihr euch aufhalten, während ihr für die Menschen arbeitet; in diesen Wohnungen sollt ihr ruhen, wenn ihr nach jedem vollendeten Erdenleben zurückkehrt.

Meine Kinder, ich, euer Vater, habe es so eingerichtet, daß ihr nicht alle gleichzeitig auf Erden sein sollt. Einige von euch sollen jetzt zu Menschen werden, andere sollen eurem ältesten Bruder helfen, die Wanderungen der Menschen zu leiten, und einige von euch sollen die Brüder und Schwestern bewachen und schirmen, die unter den Menschen weilen, damit sie nicht vom Wege abirren. Meine Kinder, ich habe es so eingerichtet, daß ihr nicht müde werden sollt; und wenn die ersten von euch zurückkehren, sollen sie ausruhen, während andere von euch auf der Erde verweilen. Auf diese Weise werdet ihr alle eine Zeitlang zu denen gehören, die leiten, eine Zeitlang zu denen, die ruhen, eine Zeitlang zu denen, die beschirmen, und eine Zeitlang sollt ihr unter den leidenden Menschen wandeln.«

Danach wählte Gott einige der Jüngsten aus.

Und Er sprach: »Meine Kinder, seid die ersten, die zur Erde wandern!«

Und Gott segnete sie, und Er sprach: »Wenn ihr den Menschen gleich werdet und die bösen Strömungen fühlt, die von euren gefallenen Brüdern und Schwestern ausgehen, dann betet für sie, aber verfluchet sie nicht! denn wenn ihr für sie betet, dann werden eure liebevollen Gedanken sie erreichen, und in ihren Herzen wird die Reue leichter erwachen.«

Als Gott so gesprochen hatte, begaben die Jüngsten sich alle zu den neuen Aufenthaltsstätten.

Aber diejenigen, die von Gott auserwählt waren, um Menschen zu werden, wurden von Gottes Helfern und ihren Brüdern und Schwestern zur Erde gebracht und durch das lebenspendende Band des Lichtes an noch ungeborene Menschenkinder gebunden. Und Gott nahm ihre Gedanken fort, nahm ihnen die Erinnerung; und von dem Licht des Geistes behielten sie nur, was sie den Menschen zu bringen versprochen hatten.

Als aber die Zeit erfüllt war und die Kinder geboren werden sollten, wurden die Jüngsten, die an die ungeborenen Kinderkörper gebunden waren, immer stärker zu diesen hingezogen. Und zu der Stunde, wo sie zum Leben erwachten, legten die geistigen Leiber der Jüngsten – geleitet durch Gottes Willen – sich wie ein Mantel um die Neugeborenen und wurden nach deren irdischen Körpern geformt, während das lebenspendende Band den Strom des Lichtes vom geistigen Leib in den irdischen Körper überführte. Und nichts, außer dem Tod, vermochte das Band zu zerreißen und den Geist freizugeben.

Auf diese Weise wurden Gottes Kinder mit den Menschenkörpern vereint, und so werden alle geistigen Leiber, nach den Gesetzen des Lichtes, an die irdischen Körper gebunden.

Aber als die ersten der Jüngsten Menschen wurden, begann die irdische Zeit; denn zuvor war alles Unordnung und Verwirrung.

Während ein Jahrhundert das andere ablöste, ein Jahrtausend dem anderen folgte, führten die Jüngsten die Menschen dem Licht entgegen.

Die Menschen lernten viel von ihren Leitern, lernten, die schwachen Gedanken in der Rede und in Zeichen zu formen; denn die ersten Menschen konnten nicht sprechen; wie die Tiere stießen sie verschiedenartige schreiende Laute aus, um zu rufen, zu warnen, um Freude, Furcht, Abscheu und Zorn auszudrücken.

Langsam erwarben die Menschen weitere Kenntnisse.

Und sie lernten, mit Holz und Steinen Feuer zu machen, lernten, Geräte für die Arbeit und zur Verteidigung herzustellen, lernten, sich gegen die Tiere zu wehren und sich vor den Orten zu hüten, an denen flammendes Feuer, Gestein und heiße Dämpfe aus dem Erdinneren herausgeschleudert wurden.

Tausende von Jahrhunderten vergingen.

Aber jeder neuen Generation brachten die Jüngsten weitere und umfassendere Kenntnisse.

Langsam strömten die Wogen des Lichtes über die Erde hin. Vielerorts kamen neue und bessere Tierarten auf. Einige der Ungeheuer starben aus; denn Gott machte ihre Brut schwach, und die schwachen vermochten sich nicht zu vermehren.

Überall sprossen schönere und nützlichere Pflanzen hervor. Die Menschen lernten den Boden zu bearbeiten und einige der Tiere in ihren Dienst zu nehmen, lernten Nutzen aus den Stengeln, Blättern und Früchten der Gewächse zu ziehen. Sie lernten die Steine der Berge zu behauen, um daraus Wohnungen zu bauen, lernten ihre eigenen Gestalten und die der Tiere in Holz, Stein und farbigem Ton nachzubilden, um damit ihre Wohnungen zu schmücken.

Tausende und aber Tausende von Jahrhunderten schwanden dahin.

Mit jedem Jahrhundert wurde der Körper der Menschen schöner, ihr Geist heller, ihre Gedanken reiner und weniger schwer.

Und die Jüngsten suchten den Menschen Kunde von einer höheren Macht zu bringen, einem geistigen Wesen, das alles leitete und ordnete. Doch vermochten die schwachen Gedanken der Menschen nicht zu fassen, was ihrem Auge nicht sichtbar war, und sie beugten sich anbetend vor der Erdensonne, die über ihnen strahlte, beugten sich vor der glühenden Sonne, die ihnen leuchtete und die Nebel der Erde zerteilte.

So fuhren die Menschen fort, ein Jahrhundert nach dem anderen, ein Jahrtausend nach dem anderen, die Macht anzubeten, die für sie die höchste war – das leuchtende und flammende Feuer der Sonne.

Generationen hindurch wanderten die Menschen dem Licht entgegen.

In versinkenden und kommenden Jahrhunderten wanderten sie suchend dem Ziele zu, von Gottes jüngsten, zu Menschen gewordenen Kindern geleitet.

Auf diese Weise zogen die läuternden Strömungen des Lichtes über die Erde hin; so wurde der Menschheit das Licht des Geistes gebracht.

8.
Wie stellten sich die Ältesten zu der Arbeit der Jüngsten für die Menschheit?

Aber die Ältesten, die im zerstörten Reich weilten, verfolgten verwundert das Gebaren ihrer jüngeren Brüder und Schwestern. Und die Finsternis, die sie unaufhörlich durchströmte, verwirrte ihre Gedanken noch mehr und erweckte Zorn in ihrem Gemüt; und sie einigten sich, gegen ihre jüngeren Brüder und Schwestern anzukämpfen, einigten sich, die Menschen in die Finsternis zurückzuziehen; denn die Ältesten *wollten nicht*, daß ihre Geschöpfe dem Licht angehörten.

Und da begann der Streit zwischen den Ältesten und den Jüngsten:

Die Jüngsten lehrten die Menschen, in Reinheit, in Liebe und miteinander in Frieden zu leben.

Aber die Ältesten lehrten sie, sich gegenseitig zu beneiden und zu verfolgen, in Sünde und mit Übeltaten zu leben; lehrten sie, sich in mächtigen Heeren zu sammeln und gegeneinander zu ziehen, um zu töten, um zu plündern und um zu rauben; lehrten sie, sich mit Macht

Völker, Städte und Reichtümer anzueignen, die ihnen nicht zustanden.

Und die Jüngsten lehrten die Menschen, gute, weise und gerechte Gesetze zu erlassen.

Aber die Ältesten lehrten sie, schlechte, ungerechte und unvernünftige Gesetze zu erlassen.

Die Jüngsten lehrten, daß ein Mann und eine Frau in Gemeinsamkeit leben sollten; lehrten die Menschen, für ihre Nachkommen zu sorgen und sie zu lieben.

Aber die Ältesten lehrten die Männer, sich viele Frauen zu nehmen; lehrten die Frauen, sich viele Männer zu nehmen; denn auf diese Weise vermochten sie nicht, für ihre einzelnen Nachkommen zu sorgen und sie zu lieben; ja, viele vermochten nicht einmal ihre Kinder zu kennen oder ihnen zu folgen.

Und während ein Jahrhundert sich an das andere reihte, ein Jahrtausend an das andere, zwang die Finsternis die Ältesten, ständig gegen ihre jüngeren Brüder und Schwestern anzukämpfen; denn mit jedem Jahrhundert nahm die Macht der Finsternis über die Ältesten zu, ihre Gedanken wurden immer verwirrter, und sie vermochten nur böse zu denken und das Böse zu wollen; denn sie waren in Wahrheit D i e n e r d e r F i n s t e r n i s.

Und die Ältesten fuhren fort, den Jüngsten Steine in den Weg zu legen.

Viele strauchelten und viele wurden müde; aber Gott, ihr Vater, half den Gestrauchelten auf, stützte die Schwachen, vergab ihnen und löschte aus, was sie an Fehlern und Sünden begangen hatten.

Gott, ihr Vater, stützte sie und stärkte ihren Mut.

Und sie wanderten alle weiter und kämpften gegen die Finsternis, kämpften für das Licht, kämpften für das Gute.

Als aber eine Zeitewigkeit seit der Stunde vergangen war, zu der einige der Ältesten reuevoll Gottes rufender Stimme geantwortet hatten, ließ Gott von neuem Seine Stimme ertönen, um jene zu rufen, die noch im zerstörten Reich weilten. Nur wenige antworteten Ihm; denn nur wenige bereuten die Sünden, die sie begangen hatten. Aber Gott vergab den Reuigen; denn Er liebte sie alle. Und die strömenden Wogen des Lichtes zogen sie mit fort aus dem zerstörten Reich, und es wurde noch finsterer um jene, die zurückblieben.

Und wieder verging ein Jahrhundert nach dem anderen, ein Jahrtausend nach dem anderen.

Und die Jüngsten suchten den Menschen größere Kenntnisse dessen zu geben, was für das irdische Auge nicht sichtbar war; suchten sie zu lehren, daß Gott die höchste Macht sei; lehrten, daß Gott ein barmherziger und liebevoller Vater sei, der alle liebte und alle in Sein Reich führen wollte.

Aber die Ältesten flüsterten den Menschen zu, daß die höchste Macht ein Gott des Zornes und der Rache wäre, lehrten, daß alle, die sich der strengen Gottheit nicht beugen wollten, in die Tiefe geworfen würden und dort für ewig schmachten sollten.

Und sie lehrten sie, viele Götter anzubeten, Bilder aus Holz und aus Stein herzustellen und sich vor diesen leblosen Dingen zu verbeugen. Lehrten sie, den Zorn der Gottheit zu besänftigen, indem sie Blut von Menschen und Tieren auf den Altären vergossen, die sie den leblosen und machtlosen Bildern errichtet hatten.

Während die Jahrhunderte vergingen, während Jahrtausende sich an Jahrtausende reihten, gerieten die Gedanken der Menschen in Verwirrung, und alles, was sie lernten, brachten sie durcheinander; denn sie vermochten nicht das Gute vom Bösen zu unterscheiden, die Finsternis vom Licht zu unterscheiden; denn die Ältesten fuhren fort, das Tun und Lassen der Jüngsten zu verfolgen.

Und sie zogen die Finsternis dicht über die Erde hin, und die Finsternis erweckte die inneren Kräfte der Erdkugel zu grauenhaften, flammenden Ausbrüchen, und das größte der Reiche, die von den vermenschlichten Jüngsten auf Erden gegründet worden waren, wurde zerstört und versank im Meer. Nur wenige vermochten dem Tode und der Zerstörung zu entfliehen; denn die Fluten spülten den größten Teil des mächtigen Landes hinweg.

Und die Jüngsten trauerten um das, was verloren gegangen war.

Aber Gott, ihr Vater, stützte die Schwachen und stärkte ihren Mut.

Und sie wanderten weiter und kämpften für das Licht, kämpften für das Gute.

Wieder löste ein Jahrhundert das andere ab, ein Jahrtausend das andere; wieder brachten die Jüngsten den Menschen weitere und größere Kenntnisse, lehrten sie von neuem, mächtige Reiche und Gemeinwesen zu gründen, schöne Städte und herrliche Wohnungen zu erbauen; lehrten sie, aus den Bergen Erz und vielfarbige, funkelnde Steine herauszuhauen, um damit ihre Wohungen zu schmücken und ihre Körper zu schmücken.

Und die Jüngsten suchten den Menschen von neuem eine größere Kenntnis dessen zu geben, was dem irdischen Auge verborgen war, und einige wenige lernten, aus der Welt, die sie nicht sehen konnten, Mitteilungen zu empfangen.

Aber unsichtbar für die Menschen verfolgten die Ältesten das Tun und Lassen der Jüngsten.

Und sie zogen die Finsternis noch dichter um die Erde; und sie zeigten den Menschen einige der verborgenen Kräfte der Finsternis, lehrten sie von neuem, die vielen Götter anzubeten, lehrten sie, schlechte Taten zu begehen, indem sie die Mächte der Finsternis anbeteten und anriefen.

So wanderten die Menschen, in versinkenden und kommenden Jahrtausenden, langsam dem Licht entgegen, durch die Jüngsten von einer Kenntnis zur anderen geleitet, während die Ältesten sie zurückzuziehen, sie unter die Macht der Finsternis zu bringen suchten.

9.

Waren die Ältesten weiterhin für die Menschen unsichtbar? Wurde keiner von ihnen auf Erden inkarniert?

Viele Tausende von Jahrhunderten waren vergangen seit der Stunde, zu der Gott den Ältesten das letzte Mal Seine Stimme hatte ertönen lassen; da sagte einer von denen, die noch in dem zerstörten Reich waren: »Seht, wir wandern weiterhin in Finsternis und Elend; noch haben wir nicht vermocht, in unsere Wohnungen Licht und Schönheit zu bringen, und wir haben keine Macht, unsere Geschöpfe in die Finsternis zurückzuziehen; laßt uns versuchen, Menschen zu werden und wie unsere jüngeren Brüder und Schwestern unter ihnen zu leben; denn wir sehen, daß die Erinnerung an das Leben bei unserem Vater ihrem Gedächtnis während der Zeit ihrer Erdenwanderung entschwunden ist. Laßt uns beschließen, uns an irdische Körper zu binden; denn dann wird die Erinnerung an unser Elend, unsere Machtlosigkeit und unsere Leiden unserem Gedächtnis entschwinden, und wir werden uns, während wir Menschen sind, wieder darüber freuen können, Macht, Reichtümer und Schönheit zu besitzen.«

Sie lauschten alle den Worten und redeten viel davon; denn alle wünschten, ihre Leiden zu vergessen.

Aber da redete Gott zu ihnen, um sie zu warnen.

Und Gott sprach: »Meine Kinder, unterlaßt diese Tat; denn sie wird viel Unfrieden, viel Elend und ungemein viel Leid über die Menschen, eure Geschöpfe, bringen, und euch wird sie in keiner Weise nutzen. Meine Kinder, sucht das Böse, das ihr bereits getan habt, zu bereuen, dann will ich, euer Vater, euch verzeihen, damit ihr in euer rechtes Heim zurückkehren könnt. Aber wenn es so ist, daß ihr noch nicht zu bereuen vermögt, und wollt ihr euch, entgegen meinen Worten, an irdische Körper binden, dann wisset, daß ihr *alle* unter den Gesetzen wandern müßt, die ich für den Fortschritt der Menschheit gegeben habe; dann müßt ihr euch von der Finsternis zum Licht durchkämpfen, dann müßt ihr auf den gleichen Wegen wandern wie die Menschheit; aber dies wird für *euch* ungemein schwierig sein; denn die Finsternis wird euch dicht umschließen, und ihr werdet größer werden als die Menschen, *größer in Sünde, Laster und Schlechtigkeit*; denn Angst und Grauen der Finsternis werden euch niemals verlassen, und eure Qualen werden sehr groß sein!

Meine Kinder, ich, euer Vater, habe zu euch gesprochen, damit ihr das Rechte wählen könnt; bedenkt es recht, ehe ihr zu dieser Tat schreitet, *meine Kinder, bedenkt es recht!*«

Und sie hörten alle Gottes Stimme; aber sie horchten schweigend, denn sie vermochten keine Reue zu empfinden.

Da trat der Älteste der Ältesten vor.

Und er sprach: »Wir wollen unseren Geschöpfen nichts Böses antun, wir suchen nur unsere Leiden zu vergessen. Wir empfinden sicherlich nicht mehr Angst und Entsetzen unter den Menschen, als wir hier in unserem zerstörten Heim fühlen; wir finden sicherlich keine größeren Leiden unter ihnen, als wir sie hier finden.

Seht, wie die Erdensonne glüht und strahlt! Wärme und Schönheit bringt sie allen, die auf der Erde weilen. Ist das nicht besser als die Kälte und die Finsternis, die hier herrschen? Seht die schönen Wohnstätten der Menschen, ihre stolzen Tempel, die herrlichen Wohnungen ihrer Fürsten! Ist das nicht besser als unsere eingestürzten Ruinen? Seht die prachtvollen Kleider der Menschen, ihren goldenen Schmuck mit den buntfarbigen, funkelnden Steinen! Seht die Reichtümer, die sie besitzen, und die Reichtümer, die noch im Schoß der Erde und der Berge ruhen! Ist das nicht besser als unsere Nacktheit und die erbärmlichen Lumpen, mit denen wir uns zu bedecken suchen? Seht die Länder und die schönen Städte der Erde, die schlanken, blätterreichen Gewächse, die buntfarbigen Blumen, die klaren, strömenden Gewässer und die mächtigen Meere! Ist das nicht besser als unsere unfruchtbaren Felsen, unsere schlammigen und nebelverhangenen

Gewässer? Ist das nicht besser als die üblen Dünste, die überall in unserem Reich hervorquellen?

Wahrlich, wir wollen unseren Geschöpfen nichts Böses antun, wir wünschen nur teilzuhaben an ihren Reichtümern und ihrer Schönheit, wir suchen nur unsere Leiden zu vergessen!«

Da riefen sie alle: »Wir wollen unseren Geschöpfen nichts Böses antun, wir suchen nur unsere Leiden zu vergessen!«

Gott, ihr Vater, antwortete ihnen nicht; denn Er zwingt niemanden, das Rechte zu tun. Aber Er sah ihrem Tun und Lassen voller Betrübnis zu.

Und die Ältesten versuchten, sich an irdische Körper zu binden – aber sie vermochten es nicht; nur der Älteste besaß die Macht dazu; denn seine Macht war sehr groß. Und als seine Brüder und Schwestern ihn anflehten, ihnen beizustehen, gelobte er, ihnen allen zu helfen.

Langsam wanderte der Älteste von Ort zu Ort über die Erde hin, und er band seine Brüder und seine Schwestern an noch ungeborene Menschenkörper; band sie mit dem lebenspendenden Band der Finsternis; und er suchte ihnen die Erinnerung zu nehmen; aber er vermochte nicht alles auszulöschen; die Machtbegierde verblieb in ihren Herzen, und die Erinnerung an die Angst und das Entsetzen vor der Finsternis begleitete sie alle.

Als der Älteste aber seinen Brüdern und Schwestern geholfen hatte, wollte er sich selbst an einen ungeborenen Menschenkörper binden; doch siehe, dies vermochte er nicht; denn er besaß nicht die Macht, seine eigene Erinnerung auszulöschen.

Und es kam die Stunde, wo der Älteste allein stand.

Allein und für die Menschen unsichtbar wanderte er über die Erde hin; allein mit seiner Angst und seinem Grauen wanderte er in dem zerstörten Reich umher. In schweren Wogen strömte die Finsternis durch seinen Leib, bekümmerte sein Gemüt und verwirrte seine Gedanken immer mehr.

Da erwachte der Haß in seinem Herzen.

Da erhob er seine Hände zu den Himmelsgewölben und verfluchte seinen Gott und Vater, den Ursprung des Alls.

Da streckte er seine Hände der Erde entgegen, verfluchte seine Geschöpfe, verfluchte seine jüngeren Brüder und Schwestern, verfluchte die Brüder und Schwestern, die ihn verlassen und ihn allein zurückgelassen hatten.

Aber zur gleichen Stunde ertönte ihm Gottes Stimme, um ihn zu warnen.

Und Gott sprach: »Mein Sohn, höre auf mit deinen Verwünschungen; denn sie nutzen dir nichts. Mein Sohn, ich, dein Vater, sage dir: die Stunde wird kommen, da du dich in Demut, voller Betrübnis und Reue, tief vor den Menschen beugen und ihre Vergebung zu erlangen suchen wirst. Mein Sohn, erschwere es deinen Geschöpfen nicht, dir zu vergeben, indem du zu all dem Bösen, das du ihnen bereitet hast: Sünde, Leiden, Elend und Bitterkeit des Todes, deine Verwünschungen hinzufügst. Mein Sohn, höre auf mit deinen Verwünschungen; denn sie nutzen dir nichts, und ich, dein Vater, bin betrübt über dich.«

Der Älteste hörte die Stimme Gottes; aber er antwortete nicht; denn die Finsternis und der Haß banden sein Herz und seine Gedanken.

Schwere Zeiten brachen für die Menschen an; denn die Ältesten wuchsen unter ihnen auf, und sie wurden größer als die Menschen, größer in der Sünde, größer im Haß, und überall säten sie die böse Saat der Finsternis.

Einige der Ältesten wurden geboren, um zu herrschen; und sie schwangen die Geißel der Macht über alle, die ihnen untertan waren; und sie legten das Sklavenjoch auf Männer und auf Frauen, damit diese ihnen dienen und Sklaven ihrer bösen Gelüste und Begierden sein konnten. Und sie umgaben sich mit viel Pracht und viel Herrlichkeit; sie nahmen sich viele Frauen, mißhandelten und erschlugen zahlreiche Männer und Frauen; sie stritten sich unaufhörlich mit Nachbarkönigen und Nachbarfürsten, raubten viel Land, viele Städte und mächtige Reichtümer, raubten alles mit Macht und mit List. Und sie sandten Tausende und aber Tausende von Kriegern in den Tod; denn ihre Begier war unersättlich; denn sie waren böse und grausam, hochmütig und stolz.

Aber in ihren Herzen waren sie feige und erbärmlich; denn die Angst und das Grauen der Finsternis waren über ihnen.

Viele der Ältesten wurden zum Dienst in den Tempeln geboren, wurden geboren, um Priester und Priesterinnen der Götter zu sein. Und sie schwangen die Geißel der Macht über die Völker, über die Könige, über die Fürsten; denn sie redeten mit großer Autorität; denn sie drohten mit strengen Strafen ihres Gottes oder ihrer Götter. Und alle beugten sich vor ihnen, beugten sich in Furcht und in Gehorsam.

Die Priester waren Ratgeber der Könige, waren Ratgeber der Fürsten; aber sie gaben böse und schlechte Ratschläge.

Und sie versuchten, die sündigen Taten zu verheimlichen, die in den verborgenen Kammern der Tempel begangen wurden; denn einige der Priesterinnen der Götter waren Dirnen.

Die Priester sammelten große Reichtümer, raubten sie mit Macht und durch List; und sie häuften das Gold in den Schatzkammern der Tempel an.

Aber dennoch fuhren sie fort, nach weiteren Reichtümern zu suchen, größere Macht zu suchen; denn ihre Begier war unersättlich; denn sie waren böse und grausam, hochmütig und stolz.

Aber in ihren Herzen waren sie feige und erbärmlich; denn die Furcht und das Grauen der Finsternis waren über ihnen.

Schwere Zeiten brachen für die Menschen an.

Wieder brachen die inneren Kräfte der Erde in flammenden Ausbrüchen hervor, wieder versank ein mächtiges Reich im Meer, Tausende und aber Tausende von Menschen fanden den Tod, während die Steine der Berge die herrlichen Tempel zermalmten, die schönen Wohnungen zermalmten, während die Fluten alles auslöschten und hinwegschwemmten. Nur wenige Menschen vermochten zu fliehen; aber diejenigen, die flohen, wurden weit umher zerstreut und zogen in kleineren Scharen über nahegelegene Inseln in Länder, die ihnen neu und unbekannt waren.

Aber die Jüngsten trauerten sehr über das Verlorengegangene, trauerten sehr über die böse Saat der Ältesten; denn sie sahen sie überall hervorsprießen, und sie sahen sie vielfältig Frucht tragen.

Aber Gott, ihr Vater, tröstete sie und stärkte sie, und sie wanderten weiter und kämpften für das Licht, kämpften für das Gute.

Die Jahrhunderte vergingen, ein Jahrtausend folgte dem anderen, die Menschen breiteten sich immer mehr über die Erde aus, entfernten sich immer mehr von den ersten Wohnungen und Heimstätten; und sie gründeten neue Reiche, neue Gemeinwesen, und jedes Gemeinwesen lebte nach seinen eigenen Gesetzen, unter der Herrschaft eines Mannes oder mehrerer Männer.

Aber die Menschen, die sich weit von den ersten Heimstätten entfernt hatten, wußten nichts von ihren Vorfahren, und sie vermochten nicht mehr der Rede zu folgen, die ihre Väter führten.

Schwer waren die Zeiten auf Erden; denn die Ältesten fuhren fort, sich unter den Menschen inkarnieren zu lassen, und überall breitete sich viel Bosheit, viel Schlechtigkeit aus.

Und wenn die Ältesten durch den Tod von den irdischen Körpern befreit wurden, zog die Finsternis sie in das zerstörte Reich zurück. Aber sie flehten ihren ältesten Bruder an, sie wieder an neue Körper zu binden; denn sie sehnten sich danach, sich im Licht der Erde, in Macht und Herrlichkeit aufzuhalten.

Und der Älteste, der ergebener Diener der Finsternis war, band sie von neuem an noch ungeborene Menschenkörper; aber oft band er sie gegen seinen Willen; denn sein Haß richtete sich gegen die, die ihn im Stich gelassen hatten, und die Finsternis zwang ihn dazu; denn die Macht der Finsternis ist groß.

Aber mit jedem Mal, wo die Ältesten nach beendetem Erdenleben in das zerstörte Reich zurückkehrten, wurde die Erinnerung an die Zeiten vor ihrer ersten Vermenschlichung schwächer und undeutlicher; denn der Älteste vermochte nicht, ihnen all das wiederzugeben, was er aus ihrer Erinnerung gelöscht hatte.

Die Erinnerungen wurden immer schwächer, immer undeutlicher; aber die Angst und das Grauen der Finsternis verließen sie niemals.

Und während die Jahrhunderte dahinschwanden, wurden einige der Ältesten des Lebens unter den Menschen überdrüssig, und sie verblieben in dem zerstörten Reich; denn sie fürchteten sich davor, sich vermenschlichen zu lassen; denn sie wagten nicht, die böse Saat zu ernten, die sie selbst gesät hatten.

Und durch die Kraft des Gedanken-Willens suchten sie irdische Wohnungen und Städte nachzuahmen und nachzubauen, und in diesen Wohnungen und in diesen Städten ahmten sie das Leben auf Erden nach.

Aber mittels ihrer bösen Gedanken fuhren sie fort, die Menschen, ihre eigenen Geschöpfe, noch dichter in Finsternis einzuhüllen.

Schwer waren die Zeiten auf Erden.

Abermals brachen die inneren Kräfte der Erde in mächtigen Ausbrüchen hervor.

Abermals wurde eines der mächtigen Reiche der Menschen ausgelöscht. Flammendes Feuer und glühendes Gestein zerstörten und vernichteten alles, während sich in der Erde gähnende Klüfte öffneten, während stolze Wohnungen und herrliche Städte zusammenstürzten und ausgelöscht wurden. Tausende und aber Tausende von Menschen fanden den Tod, nur wenige vermochten vor den umsichgreifenden, glühenden Feuerströmen zu fliehen.

Und die Jüngsten trauerten über das Verlorene.

Aber sie suchten weiterhin das Licht zur Erde zu ziehen; denn Gott, ihr Vater, gab ihnen noch mehr Stärke, gab ihnen noch größere Macht, und sie stritten gewaltig gegen die menschgewordenen Ältesten an.

Ein Jahrhundert verging nach dem anderen, ein Jahrtausend folgte dem anderen.

Wiederum mußten die Jüngsten die Menschen lehren, Reiche zu gründen, neue Städte zu errichten, neue Gemeinwesen zu bilden.

Und sie brachten den Menschen fortwährend neue Kenntnisse; lehrten sie, in den mächtigen Weltenraum hinauszuschauen, lehrten sie, die Wege und Bahnen der funkelnden Sterne zu verfolgen. Aber nur schwach vermochten die Menschen etwas von der Größe zu vernehmen, von der die Welt, in der sie wohnten, umgeben war.

Schwer waren die Zeiten auf Erden; denn die sichtbar gewordenen Ältesten gewannen zunehmend größere Macht über die Menschen; denn sie zerrütteten, was die Jüngsten aufbauten; denn sie fuhren fort, überall ihre böse Saat zu säen, und ihre Siege über die Jüngsten wurden immer größer.

Immer schwerer lagerte sich die Finsternis über die Erde, die Menschen wurden immer schlechter, sanken immer tiefer.

Und die Zeiten kamen, wo viele der Menschengeister, wenn der Tod sie von ihren irdischen Körpern befreite, sich nicht mehr zu den Wohnungen emporzuheben vermochten, die Gott ihnen an den um die Erde gelegenen Aufenthaltsstätten gegeben hatte; denn ihre Laster und bösen Begierden banden sie an die Stätten, an denen sie zuvor gewandert waren, als die sterblichen Körper noch am Leben waren.

Und da begannen die Geister der Toten unter den lebenden Menschen zu wandeln, in den Heimstätten zu weilen, in den Tempeln, in den Wohnungen der Könige und Fürsten. Überall wo die Menschen waren, folgten ihnen die Geister der Toten, die ihnen böse und sündige Gedanken zuflüsterten, ja, sie suchten sogar die Menschen dazu zu verführen, die grauenvollen Taten der Finsternis zu begehen.

Und es entstand viel Unordnung und Verwirrung.

Aber einige Menschen vermochten die Toten zu sehen, und sie berichteten anderen davon, und sie fürchteten sich sehr; denn dies bestärkte viele im Glauben an eine böse Gottheit, die mit dem obersten Gott um die Herrschaft über die Menschen, um die Herrschaft auf Erden kämpfte.

Und in den Herzen der Menschen keimte viel Angst.

Schwer waren die Zeiten auf Erden, und die Jüngsten waren betrübt über den Fortschritt des Bösen, und nur wenige wagten sich zur Erde, um gegen die Mächte der Finsternis zu kämpfen.

Aber diese wenigen brachten viel Wissen und viele Kenntnisse mit.

Und sie lehrten die Menschen, über den Zustand und das Dasein der Allnatur zu grübeln, suchten ihnen die Augen für das Gute und Böse, für das Reine und Unreine zu öffnen. Suchten sie in klaren Worten und gebieterischer Rede in ihrem Glauben an eine gerechte, allumfassende Gottheit zu bestärken, suchten sie etwas über die ewigen Kämpfe des Lichtes und der Finsternis zu lehren.

Und sie lehrten die Menschen, einige der verborgenen Gesetze der Natur zu erforschen und aus dem gewonnenen Wissen Nutzen zu ziehen. Lehrten sie, ihre Gedanken, ihre Sehnsüchte, Freuden und Sorgen in klangvolle, rhythmische Strophen zu kleiden, lehrten sie, tiefschürfende Gedanken in weisen und festgeformten Lehrsätzen wiederzugeben.

Und sie lehrten die Menschen, schöne Tempel zu erbauen, schöne Wohnungen, mächtige Gewölbe mit herrlich geschwungenen Bögen, getragen von schlanken Säulen, und reich verziert mit vielförmigen Darstellungen von Tieren und überaus kunstfertig verschlungenen Blättern, Blüten und Früchten.

Und sie lehrten sie, sorgfältig und kunstvoll die menschlichen Körper und die gedachten Gestalten ihrer Götter und Göttinnen aus weißen Marmorsteinen zu formen und auszuhauen. Und mit diesen herrlichen Werken schmückten die Menschen ihre Tempel und ihre Wohnungen.

Aber die Jüngsten vermochten nicht die Macht der Finsternis zu brechen.

Und als etwas über hundert Jahrhunderte vergangen waren seit der ersten Vermenschlichung der Ältesten, waren die Jüngsten sehr mutlos, und nur wenige wagten sich auf die Erde, um gegen die Finsternis anzukämpfen.

Die Stunde kam, zu der viele der Jüngsten an der letzten der um die Erde gelegenen Aufenthaltsstätten versammelt waren. Und sie redeten viel von den schweren Zeiten, die herrschten, und von den schweren Zeiten, die kommen würden. Und sie berieten, welche Wege sie einschlagen sollten, damit sie über die Finsternis siegen könnten.

Aber sie waren weiterhin sehr mutlos, und einer von ihnen sagte: »Wir vermögen nicht länger die Menschen zu leiten; denn wir besitzen keine Macht dazu. Seht, welche Unordnung und Verwirrung überall herrschen!

Viele Menschengeister verstoßen gegen die Gesetze, die unser Vater ihnen gegeben hat. Seht, Tausende und aber Tausende ihrer Wohnungen an den Aufenthaltsstätten stehen leer, während die Geister, durch ihre Laster und Begierden gebunden, auf der Erde unter den lebenden Menschen weilen. Aber wir vermögen weder unsere irdischen Brüder und Schwestern zurückzurufen, noch vermögen wir sie von der Macht der Finsternis zu lösen.

Und seht, in dem zerstörten Reich haben einige unserer ältesten Brüder und Schwestern durch die Kraft des Gedanken-Willens die irdischen Gegenden, Städte und Wohnungen nachzuahmen gesucht, und in diesen Schattenreichen durchleben sie immer von neuem ihre letzten Erdenleben. In diese Schattenreiche ziehen sie durch den Gedanken und den Willen zahlreiche der sündengebundenen Menschengeister, damit diese ihnen als Sklaven ihrer bösen Lüste und Begierden dienen können. Und wir wissen, daß unsere Brüder und Schwestern in dem zerstörten Reich verbleiben, um sich den Gesetzen zu entziehen, denen sie sich bei ihrer ersten Vermenschlichung freiwillig unterworfen haben.

Wir wissen, daß sie so handeln, um nicht die böse Saat zu ernten, die sie selbst gesät haben, um nicht von ihren eigenen schlechten Taten getroffen zu werden. All dies wissen wir; aber wir haben keine Macht, um unsere Brüder und Schwestern den Gesetzen zu unterstellen, die sie verletzt haben. Niemals werden wir dies vermögen!

Ebenfalls vermögen wir nicht die Menschen zu leiten, ja, selbst als wir uns ihnen, auf Gebot unseres Vaters, in unserer vollen Schönheit, ohne irdisches Gewand, zeigten, um sie im Glauben an die Göttlichkeit unseres Vaters zu bestärken, vermochten wir sie nur für eine kurze Weile zum Nachdenken zu bewegen; bald verfielen sie wiederum der Sünde und den Lastern.

In Wahrheit: wir haben gekämpft – aber wir haben nicht gesiegt. Die Menschen sind verloren.«

Da redete der älteste der Jüngsten.

Und er sprach: »Die Menschen sind nicht verloren, wenn wir das Versprechen einhalten, das wir unserem Vater gegeben haben. Und wir wollen es keineswegs brechen; denn tun wir das, sind wir Seines Vertrauens nicht würdig.

Und denket daran: Ihr habt alle gelobt, mir, eurem älteren Bruder, zu folgen; seht, ich sage euch: laßt uns unseren Vater darum bitten, daß er uns hilft; denn Er allein weiß Rat, Er allein vermag all dies zu fügen. Laßt uns unseren Vater um Hilfe bitten; denn Er hat gelobt, uns zu stützen; denn Er hat gelobt, uns zu leiten. Wahrlich, ich frage euch: wie oft hat Er nicht an unserer Seite gestanden, die Gestrauchelten aufgerichtet, die Schwachen gestärkt und die Mutlosen getröstet? Wie oft hat Er uns nicht den Weg gewiesen, wenn wir ihn im Dunkel verschwinden sahen? Ja, laßt uns Ihn bitten, uns noch mehr Stärke und noch größere Macht zu geben, damit wir siegen können; denn bedenket: wir haben nicht nur gelobt, die Menschen zum Reiche unseres Vaters zu geleiten, wir haben auch gelobt, unsere älteren Brüder und Schwestern zurückzugewinnen; und wenn wir, den Menschen gleich, unter Menschen wandeln, können wir zugleich unseren Brüdern und Schwestern auf den Wanderungen ihres schweren Erdenlebens viel Hilfe angedeihen lassen. Wir können ihnen mit Liebe begegnen, wir können ihnen helfen, ihre Bürden zu tragen, ihnen die Steine aus dem Weg zu räumen suchen; wir können sie stützen und uns begleiten lassen. Und ich frage euch alle: welche Freuden haben wir, solange unser ältester Bruder gegen uns ist, solange wir seinen Haß und seine Verwünschungen spüren? Ja, laßt uns alle unseren Vater um Hilfe bitten, denn Er allein weiß Rat.«

Aber als er gesprochen hatte, schwiegen sie alle für eine Weile; denn sie erforschten ihre Herzen.

Und abermals redeten sie viel miteinander, bis alle sich einig waren; da sprachen sie: »Bruder, wir wollen dir folgen; denn wir wissen, daß deine Worte wahr sind.«

Und sie begaben sich alle zum Reiche Gottes.

Aber der älteste der Jüngsten trat vor.

Und er sprach: »Vater, wir kommen zu dir mit unseren Sorgen; denn die Finsternis hat über uns gesiegt. Wir kommen zu dir, um dich zu bitten, uns größere Macht und mehr Stärke zu verleihen, damit wir unser Ziel erreichen.«

Da sah Gott, ihr Vater, sie alle liebevoll an.

Und Er sprach: »Meine Kinder, seid geduldig, denn nur die Geduldigen werden siegen.«

Und Gott weilte unter ihnen, und Er sprach mit jedem einzelnen, und Er sagte zu ihnen allen: »Ich, euer Vater, danke euch, daß keiner von euch das Versprechen gebrochen hat, das ihr mir gegeben habt, denn die Versuchung dazu war sehr groß. Meine Kinder, ich sage euch: verlaßt euch nicht zu sehr auf eure eigene Macht und Stärke, sondern denkt daran, daß ich, euer Vater, euch all die Macht und all die Stärke geben werde, deren ihr bedürft, solange ihr für das Licht kämpft, für das Gute und für das Wahre!«

Und Gott fuhr in Seiner Rede fort.

Und Er sprach: »Ich, euer Vater, zwinge die Menschen nicht, den Gesetzen zu folgen, die ich für ihren Fortschritt gegeben habe. Freiwillig müssen sie unter den Gesetzen wandeln; aber um die Bürden eurer Arbeit zu erleichtern, will ich zur letzten Stunde jedes schwindenden Jahrhunderts meine Stimme allen sündengebundenen Menschengeistern ertönen lassen und zu ihnen sprechen, damit die Reue in ihren Herzen erwachen kann, damit das Licht sie zurückführen kann zu den Wohnungen, die leer sind.«

Und Gott tröstete die Schwachen, und Er stärkte sie alle.

Und Er fuhr in Seiner Rede fort.

Und Er sprach: »Meine Kinder, wenn ihr abermals Menschen unter Menschen seid, dann betet für die, die vom Bösen gebunden sind; denn die liebevollen Gedanken eures Gebetes werden in ihren Herzen die Reue erwecken, und dann können die Ströme des Lichtes die Reumütigen zu den Wohnungen zurücktragen, die leer sind. Meine Kinder, ich, euer Vater, bitte euch: versuchet alle, während ihr unter den Menschen wandelt, euch eures ältesten Bruders zu erinnern und für ihn zu beten; denn dann werdet ihr siegen!«

Und Gott wandte sich an den ältesten der Jüngsten, und Er sagte: »Mein Sohn, siehe, ich sende eine Heerschar deiner Brüder und Schwestern zur Erde, damit sie die Menschen leiten können. Und viele sende ich zum Volke der Juden; denn von dort ertönen die meisten Rufe an mich um Hilfe und Beistand; denn dort stöhnt das Volk under dem Sklavenjoch der Sünde. Mein Sohn, mache dich bereit; denn über ein kleines sollst du deinen Brüdern und Schwestern folgen. Die Zeiten sind böse, und die Menschen bedürfen sehr der Hilfe.«

Der Sohn aber antwortete Ihm und sprach: »Vater, ich bin bereit, dein Wille geschehe!«

Da segnete Gott sie alle.

Und Er sandte eine Heerschar zur Erde. Und viele sandte Er zum jüdischen Volk.

Als aber die Jüngsten alle fortgezogen waren, ließ Gott über die ganze Erde hin allen Menschengeistern, die von der Sünde gebunden waren, gebunden von der Finsternis, Seine mächtige Stimme ertönen; und sie hielten alle ein in ihrem Treiben; denn Gott rief jeden einzelnen; denn Er nannte den Namen eines jeden einzelnen.

Viele waren es, die Gottes rufender Stimme folgten; aber noch mehr verblieben in der Finsternis; denn sie vermochten immer noch nicht zu bereuen, und nur diejenigen, die Gott, ihrem Vater, antworteten, wurden von den strömenden Wogen des Lichtes in die Wohnungen zurückgetragen, die leer waren.

Und sie verblieben eine Weile an den Aufenthaltsstätten, um geläutert zu werden, um zu ruhen und um zu lernen – bis sie abermals in neuen Erdenleben weiterwandern würden.

Ehe aber ein Jahrhundert vergangen war, rief Gott den ältesten der Jüngsten.

Und Er sprach: »Mein Sohn, bist du bereit? Denn die Stunde ist nahe, zu der du, gemäß dem mir, deinem Vater, gegebenen Versprechen, unter den Menschen auf der Erde weilen sollst.

Lehre die Menschen, einander wie Brüder und Schwestern zu lieben, lehre sie, das Licht zu lieben und die bösen und sündigen Taten der Finsternis zu meiden. Stärke sie im Guten, stärke sie im Wahren. Lehre sie, zu mir, ihrem Gott, dem Vater ihres Geistes, Vertrauen zu haben.«

Der Sohn antwortete Ihm aber und sprach: »Vater, ich bin bereit!«

Da fuhr Gott in Seiner Rede fort.

Und Er sprach: »Mein Sohn, es kann geschehen, daß deine Wanderung sehr schwer und mühsam wird; denn zahlreich sind die Wege, auf denen du unter den Menschen wandeln kannst. Die Zeiten sind böse; denn überall auf Erden herrscht Finsternis, und es wird dir schwerfallen, den rechten Weg zu finden. Mein Sohn, bist du bereit?«

Der Sohn aber antwortete: »Vater, sage mir: werde ich den rechten Weg wählen?«

Gott sah ihn liebevoll an und sprach: »Ich, dein Vater, werde nicht den Weg für dich wählen, sondern dir nur zeigen, welcher Weg zum Ziel führen kann; und niemand kann im voraus wissen, ob du deine Aufgabe zu vollenden vermagst.

Mein Sohn, höre mich, denn ich will versuchen, dich zu führen: wenn du für deinen ältesten Bruder betest, während du Mensch bist, dann wird der liebevolle Gedanke deines Gebetes in seinem Herzen die Reue erwecken, und er wird in sein rechtes Heim in meinem Reich zurückkehren. Und ist dein Bruder erlöst, so besitzt die Finsternis keinen Diener, der gegen dich ankämpfen kann, und der Weg deiner Wanderung wird leichter und heller werden; denn dann werden die Menschen denjenigen in dir sehen, der du bist. Viele werden dich lieben, nur wenige werden dich hassen.«

Und Gott fuhr in Seiner Rede fort.

Und Er sprach: »Mein Sohn, wenn du dich deines Bruders nicht erinnerst und vergißt, für ihn zu beten, so wird er gegen dich ankämpfen, so wird der Weg deiner Wanderung steinig und staubig sein. Die Dornen werden dich stechen, nur wenige werden dich lieben, viele werden dich hassen, verspotten und verfolgen – ja, die Menschen werden dir den Tod geben – den Tod am Kreuze. Das wird der Dank sein, den sie dir für die Gaben zollen, die du ihnen bringst.

Mein Sohn, dein Vater fragt dich: bist du dennoch bereit?«

Da beugte der Sohn sein Haupt, und für eine Weile stand er schweigend; denn er prüfte sein Herz.

Aber die Liebe zu den leidenden Menschen bewog ihn. Er blickte fest auf seinen Vater und antwortete: »Vater, ich bin dennoch bereit. Aber Vater, vergib mir, falls ich während meines Erdenlebens den rechten Weg nicht zu finden vermag; denn du kennst die Finsternis; denn du weißt, ihre Macht ist entsetzlich.«

Da nahm Gott den Sohn in Seine Arme und sprach: »Ich, dein Vater, will dich führen, damit deine Wanderung nicht zu schwer wird; aber ich sage dir: folge stets meiner Stimme, wenn sie dir ertönt; denn dann verirrst du dich nicht.«

Und Gott fuhr in Seiner Rede fort.

Und Er sprach: »Mein Sohn, siehe, ich will einen deiner Brüder bitten, dich auf deiner Wanderung zu begleiten, damit er einige deiner

Bürden tragen kann, damit er einige der Steine auf deinem Weg wegräumen kann.«

Und Gott erwählte einen der Jüngsten. Und dieser gelobte, seinen Bruder zu begleiten.

Da redete Gott zu ihnen beiden.

Und Er sprach: »Stützet einander, traget gegenseitig eure Bürden, versagt nicht!«

Und Gott segnete sie, und Er nahm ihnen die Erinnerung; aber Er ließ ihnen eine schwache Erinnerung an die Zeiten, die vor der Erschaffung der Menschen lagen. Gott tat dies, damit der älteste der Jüngsten niemals im Zweifel darüber sein sollte, wer er war, und niemals an der Wahrheit der Worte zweifeln sollte, die er an die Menschen richten würde. Gott tat dies, um ihre Zusammenarbeit zu erleichtern, damit der jüngere Bruder dem älteren gegenüber nicht versagte.

Und Er sandte sie beide zum jüdischen Volk.

Der eine aber wurde Jesus von Nazareth genannt, und der andere war Joseph von Arimathia.

Eine Weile, bevor Gott die beiden Brüder zur Erde sandte, rief Er einen dritten unter den Jüngsten.

Und Gott sprach zu ihm: »Siehe, dein älterer Bruder ist voller Angst; die Zeiten sind böse; denn die Finsternis herrscht überall auf der Erde. Ich, dein Vater, frage dich: willst du ihm den Weg bereiten? Willst du einige der Steine auf seinem Weg wegzuräumen suchen, damit sein Fuß auf der Wanderung nicht strauchelt? Mein Sohn, willst du deinen Bruder begleiten?«

Der Sohn antwortete Ihm und sprach: »Vater, ich bin bereit; gib mir deinen Segen, und ich werde meine Brüder begleiten.«

Als er aber so geantwortet hatte, fuhr Gott in Seiner Rede fort.

Und Er sprach: »Lehre die Menschen, die Taten der Finsternis zu scheuen; lehre sie, sich von den falschen Göttern abzuwenden; lehre sie, das Böse, das sie getan haben, zu bereuen, damit sie den geraden Weg zu meinem Reich wandern können. Mein Sohn, bete für alle, die von der Finsternis gebunden sind; mein Sohn, suche dich deines ältesten, deines gefallenen Bruders zu erinnern.«

Und Gott nahm ihm die Erinnerung, aber Er ließ ihm eine schwache Erinnerung an den Bruder, den er liebte und dem er den Weg bereiten sollte. Gott tat dies, damit er den ältesten der Jüngsten erkennen sollte, wenn sie sich auf der Wanderung ihres Erdenlebens begegneten.

Und Gott sandte ihn zum Volk der Juden, und er wurde Johannes genannt, mit dem Zunamen: der Täufer.

10.
War die Geburt Jesu übernatürlich? Wurde er vom Heiligen Geist empfangen?

Durch die Begierde und den Willen des Mannes und der Frau wurde Jesu irdischer Körper empfangen und geboren.

Und der älteste der Jüngsten wurde an diesen Körper gebunden, gebunden mit dem lebenspendenden Band des Lichtes; denn auf diese Weise werden, nach Gottes Willen, alle Geister des Lichtes an die irdischen Körper gebunden.

Aber Gott selbst führte und beschirmte ihn auf der Wanderung seines schweren Erdenlebens.

11.
Welches waren Jesu eigene Gedanken über sein Wirken auf Erden?

In bösen Zeiten wurde er zur Erde geboren.

In bösen Zeiten wuchs er unter den Menschen auf.

Seine Gedanken waren rein. Seine Augen sahen und seine Ohren hörten mehr als die schwachen Augen und die tauben Ohren der Menschen.

Liebe und Barmherzigkeit füllten sein Herz. Und seine Hände brachten vielen Heilung.

Aber sein Antlitz war sorgenvoll; denn er trug die schwerste Bürde auf seinen Schultern.

Und er war ein Fremdling unter den Menschen.

Seine Augen erblickten viel Sünde, viele Sorgen und viele Leiden.

Und er hörte die Leute in den Synagogen und in den Häusern ihren Gott anrufen, Er möge sie von dem Joch des Sklaventums befreien und ihnen bald, bald den Messias, den verheißenen, den lange erwarteten, senden.

Langsam erweckte Gott in Jesu Herzen die Gedanken, daß er auf die Erde gesandt sei, um die Völker von dem Sklavenjoch der Sünde zu erlösen und ihre Herzen von allem Unreinen zu säubern; daß er auf die Erde gesandt sei, um die Menschen zu lehren, einander zu lieben; um ihr Vertrauen zu ihrem himmlischen Vater zu stärken.

Langsam erwachte im Herzen Jesu die Hoffnung, daß er der Verheißene, der seit langem Erwartete sei.

Aber er wagte nicht, dieser Hoffnung vollen Glauben zu schenken.

Und er grübelte viel über diese Gedanken nach.

Oft saß er in der Synagoge und forschte in den alten Schriften. Und er lauschte den Auslegungen der Worte durch die Ältesten, die Schriftgelehrten.

Aber er fand nicht den Frieden, den er suchte.

Häufig und lange forschte er in den alten Schriften. Und sein Herz wurde schwer dabei; denn der Gott der Schriften war oft rachsüchtig, und er war keineswegs gerecht.

Doch Jesus wurde nicht müde, sondern er fuhr fort zu suchen, bis er undeutlich ein gütiges, ein liebevolles Antlitz sah – den Gott der Wahrheit, der Liebe und der Barmherzigkeit.

Aber der Gott des Lichtes und der Wahrheit, dessen Antlitz er hinter dem Herrn des Zornes und der Rache ahnte, erinnerte ihn an den Vater, dessen Bild er in seinem Herzen trug.

Und zu diesem Vater betete er inniglich um Hilfe, um Frieden und um Kraft.

Und Gott erhörte sein Gebet.

Und Er schenkte ihm Herzensfrieden, Kraft und Klarheit.

Aber zu der Stunde, als Jesus sich gestärkt fühlte, wanderte er zur Synagoge hinauf, und er trat hervor, und er wandte sich an die Ältesten, an die Schriftgelehrten.

Und alle, die seine Worte hörten, wunderten sich sehr; denn seine Worte waren klar, und er sprach sehr achtunggebietend.

Aber einige der Worte Jesu waren diese: »Seht, ich sage euch: der Gott, den ihr fürchtet und anbetet, ist kein Gott der Wahrheit, sondern ein Gott der Lüge! Denn ich sage euch: wenn ihr sorgfältig die alten Schriften erforscht, die von diesem, eurem Gott berichten, werdet ihr sehen, wie schwach und schwankend er ist. Bald schwingt er die Geißel der Rache und der Strafe über den Häuptern eurer Väter. Bald jagt er sein Volk in die Verbannung, bald ruft er es zurück, und bald gebietet er, durch die Propheten, den Führern, gegen die Nachbarvölker ins Feld zu ziehen, um zu plündern, zu rauben und zu töten.

Und wenn er so eine Weile mit Macht und voller Gewalt gerast hat, bereut er sein Verhalten, bereut er das Böse, das er getan hat, gelobt er, seinen Zorn zu sänftigen, gelobt, größere Barmherzigkeit zu erweisen. Wahrlich, wahrlich, ich sage euch: dieser ist kein Gott der Wahrheit, ist kein Gott der Gerechtigkeit! — —

Und welche Anbetung verlangt er nicht von euch!

Wieviele Tiere gebietet er euch nicht vor seinem Antlitz zu schlachten, damit dies Opfer seinem Wohlgefallen diene! Wieviel Blut wurde nicht an seinen Altären vergossen, damit der Duft davon gen Himmel steigen und sein Herz erfreuen konnte! — — — — —

Seht, ich frage euch: ist euch nicht durch das Gesetz Mose gesagt worden, daß ihr euch nicht gegenseitig töten sollt? Und wie oft hat nicht euer Gott, durch die Propheten, zu euren Vätern gesprochen und ihnen befohlen, Tausende und aber Tausende ihrer Feinde zu erschlagen! Und hat er nicht euren Vätern gelobt, sie für diese bösen Taten mit viel Herrlichkeit, vielen Reichtümern und viel Land zu belohnen! Wahrlich, ich sage euch: der Gott, der spricht, du sollst nicht töten, und der Gott, der dir zu töten befiehlt, ist nicht derselbe; denn der Gott, der euch befiehlt, eure Feinde zu töten, ist vom Bösen, und ihr sollt ihn meiden.«

Und Jesus fuhr in seiner Rede fort; denn alle waren von großer Schweigsamkeit befallen worden.

Und er versuchte, ihnen durch die Worte der Schrift den Gott der Liebe, der Wahrheit und des Lichtes zu zeigen, den Gott, der in voller Gerechtigkeit die Gesetzesübertretungen der Menschen straft; versuchte, ihnen den Gott zu zeigen, dessen Arme offen sind für jeden reuigen Sünder, den wahren, den höchsten, den alleinigen Gott, Ihn, der nicht nur der Gott des jüdischen Volkes war, sondern der Gott aller Welt – ja, sogar der Heiden.

Aber als er schwieg, waren alle entsetzt.

Und die Schriftgelehrten redeten zu ihm in harten und verurteilenden Worten.

Und der Oberste trat hervor und verbot ihm, jemals wieder in der Synagoge zu reden, ja, verbot ihm, die Worte der Schrift auszulegen.

Aber Jesus antwortete ihm und sprach: »Niemand hat die Macht, mir zu gebieten, in meines Vaters Haus zu schweigen.«[1]

---

[1]) Jesus betrachtete nicht nur den Tempel in Jerusalem, sondern auch jede Synagoge als »seines Vaters Haus«.

Da entsetzten sie sich alle noch mehr, und einige riefen: »Seht, der Böse ist in ihn gefahren und spricht aus seinem Munde; hört, wie er das Heilige verspottet und das Erhabene verhöhnt!«

Und sie versuchten, ihn aus der Synagoge zu treiben.

Aber Jesus antwortete ihnen nicht. Und er begab sich freiwillig aus dem Hause seines Vaters.

Als die Leute in der Stadt von dem hörten, was geschehen war, wunderten sie sich sehr, und viele wurden zornig darüber.

Aber die Eltern Jesu, der Zimmermann Joseph und sein Eheweib Maria, tadelten ihn hart wegen der Worte, die er in der Synagoge zu den Ältesten und den Schriftgelehrten gesprochen hatte.

Aber Jesus antwortete ihnen und sprach: »Wißt ihr nicht, daß ich euch liebe, und habe ich nicht eure Gebote zu halten gesucht? Wieviel mehr sollte ich da nicht Seine Gebote zu halten suchen, die Gebote dessen, der mich gesandt hat? Wieviel mehr sollte ich da nicht meinen himmlischen Vater lieben, Ihn, der über alle Himmel herrscht?«

Aber sie verstanden ihn nicht, und sie waren sehr traurig; denn sie glaubten, seine Gedanken seien verwirrt.

12.
Wie ist die Taufe Jesu zu verstehen?

Aber einige Zeit später, nachdem Jesus aus der Synagoge gejagt worden war, hörte er, daß oft die Rede war von einem Mann, Johannes, mit dem Zunamen »der Täufer«, der in der Umgegend des Flusses Jordan von Ort zu Ort wanderte.

Und Jesus hörte, daß er dort zu den Leuten sprach und sie viel über das himmlische Reich lehrte; er hörte, daß dieser Mann in strengen Worten zu den Leuten spräche; denn er tadelte ihren großen Unglauben, tadelte, daß sie Mammon und Macht anbeteten.

Und einige seiner Worte waren diese: »Das Himmelreich ist euch nahe, wenn ihr das Böse bereut, das ihr getan habt, wenn ihr euch von den falschen Göttern dieser Welt abwendet, wenn ihr die Taten der Finsternis meidet.«

Und wenn Männer und Frauen zu ihm kamen, traurig und reuevoll, schöpfte er Wasser aus dem Fluß in seine Hand und goß es über sie.

Und er sprach: »So wie ich mit dem Wasser eure Körper von dem Schmutz und Staub der Erde reinige, so wird der Herr eure Herzen mit dem himmlischen Feuer reinigen, euch von dem Schmutz der Sünde und der Bosheit reinigen.«

Aber wenn ihn jemand fragte: »Bist du der Messias, auf den wir warten?«, antwortete er und sprach: »Einer, der größer ist als ich, wird zu euch kommen, aber der Herr hat mich gesandt, um ihm den Weg zu bereiten.«

Viele sprachen zu Jesus über all dieses.

Und Gott erweckte den Wunsch in seinem Herzen, diesen Mann zu sehen und mit ihm zu sprechen; denn das, was er hörte, verwunderte ihn sehr.

Und Jesus begab sich an den Ort, wo Johannes war.

Aber als Johannes ihn herankommen sah, erkannte sein Geist ihn.

Und er beugte sich vor Jesus und sprach: »Bruder, sei willkommen!« Und Johannes wandte sich an die vielen, die bei ihm waren, und sprach: »Er ist es, den ich erwartet habe, für ihn habe ich den Weg bereitet.«

Aber Jesus freute sich sehr über seine Worte.

Und er redete zu Johannes und sprach: »Bruder, taufe mich, so wie du die Leute taufst, damit ich gereinigt an mein Werk gehen kann.«

Da beugte sich Johannes vor ihm und sprach: »So wie dein Körper rein ist, ist auch dein Herz rein.«

Aber Jesus antwortete ihm und sprach: »Niemand ist rein außer Gott!«

Da tat Johannes, was Jesus wünschte.

Aber als er Jesus getauft hatte, wandte er sich an die Leute, die um sie herumstanden.

Und er rief mit lauter Stimme: »Dieser ist Gottes Sohn, der geliebte! Folget ihm und seid ihm gehorsam; denn seine Worte sind wahr.«

Als Jesus aus dem Wasser stieg, wichen die Scharen zurück; denn er stand vor ihnen gleich einem König.

Viele beugten sich vor ihm, und einige suchten den Saum seines Gewandes zu küssen; aber Jesus gebot ihnen, in ihrem Tun einzuhalten.

Und er blieb bei Johannes, und sie redeten über vielerlei.

Aber nach einer Weile nahmen sie Abschied voneinander.

Und jeder von ihnen wanderte seines Weges.

13.
Wie ist die Versuchung in der Wüste zu verstehen?

Nach der Begegnung mit dem Täufer wanderte Jesus oft zu einsamen Stätten, um in der Stille sein Herz zu erforschen, um über seine Aufgabe nachzudenken und um dem zu lauschen, was ihm eingegeben wurde.

Aber wenn er dergestalt allein war, stand sein ältester Bruder, der Diener der Finsternis, an seiner Seite und suchte ihm unreine und sündige Gedanken einzuflößen.

Aber die Finsternis vermochte nicht, Jesu Sinn zu verunreinigen.

Da suchte der Älteste heimlich den Hochmut in sein Herz zu bringen.

Aber als Jesus die fremden Gedanken vernahm, hörte er mit seinem inneren Ohr eine entfernte, gütige Stimme, die sagte: »Bete für ihn, der vom Bösen gebunden ist!«

Und Jesus, der mit seinem inneren Auge zu sehen vermochte, suchte nach allen Seiten hin, um den Ungeist zu finden, der ihm die sündigen Gedanken des Hochmutes eingab.

Aber er gewahrte niemanden; denn die Finsternis verbarg seinen ältesten Bruder.

Und da glaubte er, die Gedanken wären seine eigenen und die entfernte Stimme habe versucht, ihn vor diesen bösen Gedanken zu warnen. Und er betete inniglich und demütig zu seinem himmlischen Vater um Vergebung für den Hochmut, der seinen Sinn erfüllte.

Aber die Gedanken wichen nicht.

Und die Stimme sagte abermals: »Bete für ihn, der vom Bösen gebunden ist.«

Jesus lauschte den Worten, und er suchte sie zu deuten.

Aber er vermochte es nicht; denn die Verwünschungen, die der Älteste gegen ihn ausgestoßen hatte, bekümmerten sein Gemüt und banden die schwache Erinnerung, die er in seinem Herzen an den Bruder trug, der von der Macht der Finsternis besiegt worden war.

Und eine große Angst füllte Jesu Sinn; denn er fürchtete, daß ein Ungeist seinen Körper in Besitz genommen habe und ihn daran hindere, das Böse vom Guten zu unterscheiden.

Und er rief: »Weiche von mir, der du vom Bösen bist!«

Aber als die Gedanken weiterhin nicht wichen, rief er in seiner Not seinen himmlischen Vater an und rief: »Vater, erlöse mich von ihm, der mir droht.«

Da zog Gott die Finsternis hinweg von dem Ältesten, da sah Jesus seines Bruders Antlitz – da erinnerte er sich schwach des Gelöbnisses, das er seinem Vater gegeben hatte, bevor er seine Wanderung auf Erden begann.

Und er hörte eine entfernte, sorgenvolle Stimme, die sagte: »Mein Sohn, der Weg deiner Wanderung wird steinig und staubig sein, und die Menschen werden dir den Tod geben – den Tod am Kreuze.«

Von der Stunde an aber hatte Jesus keine Freude; denn er trug die schwerste Sorgenlast in seinem Herzen.

Und später, als einige Zeit vergangen war und er zu seinen Jüngern von dem Bösen sprach, der die Menschen zum Sündigen verleitet, fragten einige: »Meister, sage uns: hat der Böse jemals dich in Versuchung geführt?«

Da antwortete Jesus: »Während ich an einsamen Stätten wanderte, kam er und sprach zu mir, um den Hochmut in meinem Herzen zu erwecken; aber ich sagte: weiche von mir! denn ich vermochte nicht, für ihn zu b e t e n; denn ich vergaß das Versprechen, das ich meinem Vater gegeben hatte.«

Aber diejenigen, die die Worte hörten, verstanden sie nicht.

Und sie wagten nicht zu fragen; denn sie sahen, daß er sehr betrübt war.

14.
Lehrte Jesus etwas über eine ewige Hölle? Lehrte er nichts über das himmlische Reich, nichts über die Worte hinaus, die bereits durch die Evangelien bekannt sind?

Aber zu der Zeit, zu der Jesus das Antlitz seines ältesten Bruders sah, kamen einige Leute zu ihm; denn sie hatten ihn am Jordan gesehen und die Worte des Täufers über ihn gehört. Und sie wünschten sehr, ihn reden zu hören.

Und Jesus kam ihrem Wunsche nach.

Und er legte ihnen vieles aus der Schrift aus, sprach zu ihnen von dem Gott der Wahrheit und der Gerechtigkeit.

Aber diejenigen, die die Worte hörten, redeten zu anderen davon.

Hiernach kamen große Volksscharen zu Jesus, um ihn zu sehen und seine Worte zu hören.

Unter den Scharen wählte Jesus zwölf Männer aus, damit sie ihn auf seinen Wanderungen begleiten und ihm helfen könnten, zu den Leuten zu reden; denn er erinnerte sich schwach der Zwölf, die seinen Vater begleiteten.

So wanderte er von Stadt zu Stadt, gefolgt von einigen wenigen oder mehreren seiner auserwählten Begleiter.

Jesus sprach in den Synagogen, in den Häusern und an den Orten, an denen die Leute sich sammelten, um auszuruhen, wenn des Tages Arbeit getan war.

Und er sprach zu ihnen von der Väterlichkeit Gottes, sprach von Seiner Liebe und Barmherzigkeit. Und er tadelte sie streng wegen ihrer Unverträglichkeit, des Hasses und des Neides, die sie untereinander hegten.

Aber einige der Worte Jesu waren diese: »Liebet einander wie Brüder und Schwestern; denn so wie ihr liebt, wird auch euer himmlischer Vater euch lieben.

Seid barmherzig gegen alle, die zu euch kommen; denn wenn ihr Barmherzigkeit übt, wird auch euer Vater barmherzig gegen euch sein.

Vergebet all euren Feinden und allen, die gegen euch sündigen; denn *in dem gleichen Maße*, in dem ihr vergebt, wird auch euer himmlischer Vater euch vergeben, wenn ihr das bereut, worin ihr gegen Ihn gesündigt habt! Wahrlich, ich sage euch: bekehret euch, bereuet eure Sünden und suchet eure Herzen von allem Unreinen zu säubern; denn dann werdet ihr fürwahr des Himmels Herrlichkeit schauen, dann werdet ihr fürwahr in das himmlische Reich kommen; denn in meines Vaters Reich sind viele Wohnungen, und sie sind alle für euch bereit; und dort ist eitel Freude und Herrlichkeit für diejenigen, die ihre Vergehen bereut haben. Und ich sage euch: Ihr werdet einer größeren Seligkeit entgegenschreiten, ja, *ihr werdet fortschreiten, bis ihr das Antlitz unseres Vaters erschaut*. Darum werdet alle vollkommen, so wie euer himmlischer Vater vollkommen ist! Werdet alle rein; *denn dann werdet ihr* fürwahr *Sein* Antlitz schauen, das Antlitz dessen, der euch alle liebt!

Aber ich sage euch: *Niemals sollt ihr das himmlische Reich verlangen als Belohnung* für das Gute, das ihr üben werdet. Ihr sollt nicht auf Märkten und Straßen für euch in die Posaunen stoßen lassen, damit alle erfahren können, was ihr getan habt. Ihr sollt auch nicht mit lauter Stimme ausrufen: seht, wir haben die Hungrigen gespeist, wir haben die Nackten gekleidet, und wir haben vielen unsere *Gaben gegeben*! uns kommt das himmlische Reich zu! Denn wenn ihr das tut, und wenn ihr solche Rede führt, ist das Himmelreich nicht euer. Denn ich sage euch: seid ihr gut, dann tut ihr das Gute, denn ihr wollt nicht das Böse! Seid ihr barmherzig, dann zeigt ihr allen gegenüber Barmherzigkeit, denn ihr könnt nicht anders handeln! Und seid ihr von Herzen liebevoll, dann habt ihr Mitleid mit allen, die leiden, aber dann werdet ihr auch euren Feinden vergeben und allen, die gegen euch gesündigt haben.

Wahrlich, ich sage euch: tut ihr all das, so wie ich es euch gesagt habe, werdet ihr fürwahr die himmlische Seligkeit schauen; denn dann ist das Reich Gottes euer!« — — —

Aber einige kamen zu ihm und sagten: »Meister, sage uns: wie sollen wir in Gottes Reich gelangen?«

Da schaute Jesus sie an, und er sprach: »Hörtet ihr nicht meine Worte? Seht, ich sage euch: Ihr sollt euren Gott und Vater mit all eurer Kraft lieben. Und ihr sollt euren Nächsten lieben wie euch selbst!«

Aber die, die gefragt hatten, antworteten und sagten: Wir hörten, was du zu uns sagtest; aber es gibt viele, die die Worte nicht gehört haben.«

Da sprach Jesus: »Gehet und verkündet, was ihr gehört habt, damit alle der himmlischen Seligkeit teilhaftig werden.«

Und Jesus fuhr fort, zu den Leuten zu reden.

Und einige seiner Worte waren diese: »Wollt ihr euch aber nicht bekehren und nicht eure Sünden bereuen und euch nicht von euren Unreinheiten säubern, sondern wollt ihr weiterhin in Sünde und Ungehorsam wandern, wollt ihr weiterhin in Unzucht leben, rauben, plündern und töten, weiterhin falsches Zeugnis ablegen wider euren Nächsten, weiterhin einander hassen, verfolgen und verfluchen: dann werdet ihr fürwahr an den Ort des Bösen fahren, und dort werdet ihr ewige[1] Pein erleiden; dort wird euch die Sonne nicht scheinen und der Mond euch nicht in der Finsternis leuchten, aber ein Feuer[2] wird dort in euren Herzen entzündet werden, ein Feuer, das nicht gelöscht wird, das euch aber auch nicht verzehrt; dort werdet ihr die Qualen des Hungers und des Durstes erleiden; denn niemand speist euch, und

---

[1]) Ewig = unfaßbar lange Zeit; ist nicht zu verstehen als eine in alle Ewigkeit andauernde Pein, da Jesus dies nicht gemeint hat.

[2]) Siehe die Note Seite 57.

niemand gibt euch zu trinken; dort werdet ihr betrübt sein; denn dort gibt es keine Freuden, nur Heulen und Zähneklappern; denn die Schlange[1] der Sünde wird euch nagen und stechen.«

Aber als er so sprach, wurden die Scharen von großer Furcht ergriffen.

Und einige gingen zu ihm und sagten: »Meister, sage uns, kehrt keiner von jenem Ort zurück?«

Da erinnerte sich Jesus an seines Bruders Antlitz, erinnerte sich des gebrochenen Gelöbnisses, und er antwortete: »Wahrlich, ich sage euch: bekehret euch und bereuet die Sünden, die ihr begangen habt, während es noch Zeit ist; denn niemand, außer Gott, weiß, ob jemand zurückkehrt; denn niemand, außer Gott, weiß, ob das Feuer gelöscht werden wird; ja, wahrlich, ich sage euch: niemand, außer Gott, weiß, ob die Schlange, die nagt und sticht, sterben wird!«

Aber die Leute fuhren fort zu fragen, und sie sagten: »Meister, sage uns: wie sollen wir verhindern, daß viele an den bösen Ort fahren?«

Da sah Jesus sie an, und er antwortete: »Hörtet ihr nicht, was ich euch gesagt habe: ihr sollt euch bekehren und bereuen!«

Aber diejenigen, die gefragt hatten, antworteten ihm und sagten: »Wir hörten die Worte, aber viele sind es, die sie nicht gehört haben.«

Da sprach Jesus: »Ihr sollt das Salz sein; denn so wie das Fleisch gesalzen wird, um nicht zu verderben, so sollt ihr auch die Herzen der Menschen salzen und allen verkündigen, was ihr gehört habt. Aber ich sage euch: Ihr sollt in meinem Namen reden; denn wenn das Salz seine Kraft verliert, verdirbt das Fleisch und wird übelriechend – aber dann ist weder das Salz noch das Fleisch länger brauchbar, und alles muß weggeworfen werden. So sei es auch mit euch.«

Da verstanden die Jünger ihn, verstanden, daß sie nicht mit ihren eigenen Worten sprechen, sondern Jesu Worte verkünden sollten.

Und sie wanderten fort, um andere an dem teilhaben zu lassen, was sie gehört hatten.

---

[1]) Da Jesus oft bildlich sprach, sind die obenstehenden Ausdrücke nur als bildliche Umschreibung der qualvollen und nagenden Macht der Sündenerinnerung zu betrachten. Der böse Ort, den Jesus hier beschreibt, ist das zerstörte Reich, die Heimstätte der Ältesten. Während seines Erdenlebens bewahrte Jesus gewisse Erinnerungen an das übersinnliche Dasein, jedoch waren sie ihm nicht alle in gleichem Maße klar und verständlich.

Jesus gewann viele für sich unter den Scharen; viele folgten ihm und diejenigen, die ihm folgten, liebten ihn sehr.

Die Schriftgelehrten aber und diejenigen, die Pharisäer und Sadduzäer genannt wurden, haßten und verfolgten ihn.

15.
Vollbrachte Jesus Wundertaten?
Heilte Jesus die Kranken?

Während Jesus von Stadt zu Stadt wanderte, suchte er die Armen und die Kranken auf.

Und die Gaben, die er von denen empfing, die ihn liebten, teilte er mit den Armen. Aber zu den Kranken redete er auch Worte der Hoffnung, redete er auch Worte des Trostes. Und um ihre Leiden zu lindern, legte er oft seine Hände auf ihren Körper; aber wenn er vernahm, wie die Kraft und die Stärke seines Geistes über sie hinströmten, dann betete er: »Vater, wenn es dein Wille ist, so laß diese geheilt werden!«

Auf diese Weise brachte er vielen Menschen Heilung und Kraft.

Aber das sind keine Wundertaten; das haben viele von den ältesten Zeiten an getan, und das werden viele tun können, solange die Erde besteht.

Vermochte Jesus Tote zum Leben zu erwecken?

Und es geschah auf einer der Wanderungen Jesu, daß ein Mann zu ihm kam und bat: »Meister, heile meine Tochter; denn sie leidet sehr; folge mir und heile sie; denn sie kämpft schon mit dem Tode!«

Als Jesus aber die Worte hörte, antwortete er: »Dann nutzt es nur wenig, daß ich komme; denn ich vermag sie nicht dem Tode zu entreißen.«

Aber der Vater des Mädchens fuhr fort zu bitten, und er sagte: »Meister, hilf ihr; denn sie ist meine Augenweide!«

Und Jesus hatte Mitleid mit ihm; denn sein Herz litt mit den Leidenden.

Und er folgte ihm.

Aber als sie an den Ort kamen, hörten sie, daß das Mädchen tot sei.

Und als Jesus den Kummer des Vaters sah, ging er mit ihm hinein, um ihn zu stärken und zu trösten.

Und während Jesus am Lager des Kindes stand, sah er mit seinem inneren Auge, daß sein Geist sich um einiges von dem Körper entfernt hatte; aber der Körper war nicht tot, denn das Band, das den Geist hielt, war noch nicht zerrissen.

Als er dies sah, wandte er sich an die, die zugegen waren, und sagte: »Sie ist nicht tot, sie schläft; aber ich will sie zu wecken suchen, ich will ihren Geist zurückzurufen suchen.«

Als er aber diese Worte gesprochen hatte, nahm er ihre Hand, sah sie fest an und rief ihren Namen mit lauter Stimme. Und siehe, ihr Geist kehrte in den Körper zurück, und sie erwachte.

Als Jesus dies sah, sprach er: »Stärket sie mit Essen und Trinken und pfleget sie; denn sie ist sehr schwach.«

Da entsetzten sich alle, und sie wunderten sich sehr.

Und sie sprachen zueinander: »Seine Macht ist groß; wahrlich, er muß der Sohn des Höchsten sein.«

Und sie beugten sich vor ihm im Staube, ja, sie wollten ihn sogar anbeten.

Aber Jesus wich vor ihnen zurück.

Und er sagte: »Hörtet ihr nicht meine Worte? Hörtet ihr nicht, daß ich sagte: sie ist nicht tot, sie *schläft*!«

Die Leute antworteten ihm und sagten: »Meister, wir hörten deine Worte – aber wir *sahen*, daß das Mädchen tot war!«

Da sprach Jesus: »Ich sage euch: wenn der Geist aus dem Körper gefahren ist, ist kein Leben mehr vorhanden, dann ist der Körper tot; aber ich wurde ihres Geistes gewahr; denn er stand neben uns, und als ich ihn rief, *da* erwachte sie.«

Aber die Leute antworteten: »Meister, *wir sahen, daß du es warst, der ihr das Leben gab*.«

Da wurde Jesus zornig, und er sprach: »Ihr Toren, ihr seht und seht dennoch nicht, ihr hört und hört dennoch nicht, und mir wollt ihr nicht glauben, wenn meine Worte wahr sind; aber würde ich euch Lügen erzählen, dann würdet ihr mir glauben, dann würdet ihr niederfallen und mich anbeten. Aber ich sage euch: Mitnichten sollt ihr *mich* anbeten, sondern *Ihn*, der mich gesandt hat; denn Er hat mir alles gegeben, und aus mir selbst heraus kann ich nichts. Ja, wahrlich, ihr sollt euren himmlischen Vater darum bitten, daß er euch erleuchtet, damit ihr sehend werdet; denn ihr vermögt fürwahr das Rechte nicht vom Unrechten zu unterscheiden. Und ihr sollt niemals auf eure eigene Weise zu anderen über den Tod des Mädchens reden; *denn ihr wißt nicht, was ihr sagt*!«

Als Jesus dies gesagt hatte, verließ er sie und wanderte weiter.

Aber das, was Jesus tat, waren keine Wunderwerke; viele haben das gleiche getan vor seiner Zeit und nach seiner Zeit, und solches kann getan werden, solange die Erde besteht.

Vermochte Jesus böse Geister auszutreiben?

Auf seinen vielen Wanderungen traf Jesus Menschen, die von den Geistern der Toten umklammert, Menschen, die besessen waren. Und ihre Leiden waren sehr groß, denn die bösen Geister verunreinigten ihre Gedanken und entzogen ihren Körpern viel Kraft, so daß diese erbärmlich und schwach wurden.

Aber wenn Jesus mit seinem inneren Auge sah, wie die bösen Geister sich an die irdischen Körper der Menschen klammerten, sprach er zu ihnen in strengem Tone, gebot ihnen, auszufahren und die Menschen in Frieden zu lassen; und er verbot ihnen, abermals zurückzukehren.

Und zu denen, die er auf diese Weise befreit hatte, sagte er: »Reiniget eure Herzen und Gedanken von allem Bösen, von allem Unreinen; denn wenn ihr fortfahrt, in Sünde und Lasterhaftigkeit zu wandeln, werden eure Leiden noch größer werden; denn dann werden die bösen Geister abermals zurückkehren, um euch neue und noch schlimmere Qualen zu bereiten.«

Einige von denen, die vorher besessen gewesen waren, taten, was Jesus befahl; aber viele fuhren fort, ebenso unrein zu sein wie zuvor.

Jesus vermochte daher nicht allen Frieden zu bringen, denen er zu helfen suchte.

Aber das, was Jesus tat, waren keine Wunderwerke; viele hatten das gleiche getan vor seiner Zeit, und viele haben es nach seiner Zeit getan.

16.

Wie ist die Verklärung auf dem Berge zu verstehen?

Jesus wanderte oft an einsame Stätten, um in der Stille sein Herz zu erforschen und seinen Gedanken nachzugehen.

Aber wenn er in der Einsamkeit war, betrübte ihn sehr das Elend der Menschen, betrübten ihn ihre Leiden, betrübten ihn ihr gegenseitiger Haß und ihre Bosheit.

Und er bat seinen himmlischen Vater, ihm Stärke und Kraft zu verleihen, um das sündige und verirrte Menschengeschlecht zu leiten.

Als Jesus eines Tages, von Sorgen niedergedrückt, in der Einsamkeit war, während die Begleiter, die bei ihm waren, müde von der Wanderung schlummerten, sandte Gott zwei der Jüngsten zu ihm, damit sie vor sein irdisches Auge treten und ihm auf diese Weise Trost und Kraft bringen könnten.

Als Jesus aber die schwachen Umrisse der leuchtenden und strahlenden Gestalten gewahrte, rief er laut: »Vater, ich danke dir!«

Bei seinem Ausruf erwachten seine Begleiter aus ihrem Schlummer; aber durch das plötzliche Aufwachen bewahrten sie eine schwache Erinnerung an das Schöne, das sie gesehen hatten. Denn während ihre Körper ruhten, hatte ihr Geist die leuchtenden, strahlenden Gestalten erblickt und wiedererkannt.

17.
Wie war Jesu Verhältnis zu den Aposteln?

Die zwölf Männer, die Jesus unter den Jüngern auserwählte, mußten alle schwer für ihr tägliches Brot arbeiten; aber Jesus unterstützte sie; denn er teilte mit ihnen die Gaben, die er von denen empfing, die ihn liebten.

Aber einige der Begleiter Jesu hatten ein Eheweib und ein eigenes Heim. Daher konnten sie Jesus nicht jederzeit begleiten; aber er kam oft zu ihren Wohnungen, um einige Tage auszuruhen, wenn sein Körper von den vielen Wanderungen müde war. Und die Begleiter Jesu empfingen ihn voller Freude, und sie grüßten ihn betrübt, wenn er sie wieder verließ; denn er wurde von allen seinen Jüngern sehr geliebt, geliebt von Männern und von Frauen.

Elf der Begleiter Jesu gehörten zu den Jüngsten. Sie waren gut, und ihr Geist war stark. Aber an irdischem Wissen und an irdischer Kenntnis standen sie weit unter Jesus; und an die Zeiten, die vor den Menschen gewesen waren, trugen sie in ihren Herzen nur eine sehr schwache Erinnerung; denn ihre irdischen Körper und die Verwünschungen ihres ältesten Bruders belasteten sie alle.

Aber der zwölfte der Begleiter Jesu gehörte zu den Ältesten.

Und sein Name war Judas Ischarioth.

Oft, wenn Jesus zu seinen Jüngern sprach, und zwar in der Zeit, bevor er die Zwölf auserwählte, sah er Judas unter ihnen. Und da der

Geist Jesu ihn kannte, wußte er, daß Judas die schweren Bürden der Finsternis trug.

Und als Jesus die elf Begleiter auserwählt hatte, ging er zu Judas hin und sprach: »Bruder, komm zu mir und sei einer der Meinen.«

Aber Judas wandte sein Antlitz ab und sprach: »Meister, vermagst du mir den Frieden zu geben, den ich suche?«

Jesus antwortete ihm und sprach: »Nicht ich vermag es, aber der Höchste.«

Und er fuhr in seiner Rede an ihn fort und sprach: »Judas, suche zu bereuen, was du gesündigt hast, bringe deine Bürden zu unserem himmlischen Vater, so wird Er dir vergeben, damit dein Herz rein werden kann.«

Aber Judas antwortete: »Niemals wird mein Herz rein werden – ich muß meine Bürden allein tragen; denn niemand vermag sie für mich zu tragen.«

Da fuhr Jesus fort, zu ihm zu sprechen.

Und Judas lauschte den Worten und versprach, ihn zu begleiten. Aber er sagte: »Siehe, ich vermag dir nicht bei deinem Werk zu helfen; denn täte ich es, so würde das Unreine das Reine besudeln.«

Von der Stunde an gehörte Judas zu den Begleitern Jesu. Und wenn Jesus zu ihnen sprach, lauschte er dessen Worten; aber sein Antlitz war finster, und er fragte nicht und sprach auch nicht zu den Leuten, und er wandelte am liebsten allein; denn die elf Begleiter Jesu mieden ihn; denn sie liebten ihn nicht.

Jesus sprach oft mit seinen Begleitern, und er suchte die volle Kraft ihres Geistes zu wecken.

Und er lehrte sie, wie sie durch die Kraft des Geistes und durch den Willen des Gedankens die Schwachen heilen und die bösen Geister austreiben könnten.

Und er sprach zu ihnen: »Bittet den Höchsten, euch zu erleuchten, damit ihr wißt, wann ihr zu helfen vermögt, und wann ihr es nicht vermögt; denn das könnt ihr nicht von selbst wissen.«

Oft sandte Jesus sie zu zweit in die Städte der Umgebung, damit sie vielen seine Worte verkündigen könnten.

Dies tat er, um sie in ihrem Wirken zu festigen, er tat es, um die Kraft ihres Geistes zu prüfen.

Und er sprach viel mit ihnen über die Zeiten, die kommen würden, wo sie das große Werk allein zu tun hätten; er sprach von der Stunde, wo er sie verlassen würde; denn er erkannte, daß er den bösen Willen der Menschen nicht zu überwinden vermöchte, und er sagte zu seinen Begleitern, daß sein Tod sich nähere.

Aber wenn er so redete, sagten seine Begleiter: »Meister, wie soll es uns ergehen, wenn du nicht länger bei uns bist? denn wir besitzen weder deine Weisheit noch deine Macht.«

Aber da antwortete Jesus: »Wenn ich zu meinem Vater zurückgekehrt bin, werde ich Ihn bitten, euch noch mehr von Seiner Kraft zu geben, euch noch mehr von Seinem heiligen Odem[1] zu geben.«

Als er dies gesagt hatte, fragten einige seiner Begleiter: »Meister, sage uns: wenn du uns verlassen hast, kehrst du dann niemals wieder zu uns zurück? Sehen wir dich nicht unter uns, während wir hier sind? Begegnen wir uns erst wieder, wenn auch wir diese Welt verlassen haben?«

Als sie aber gefragt hatten, schwieg Jesus für eine Weile; denn er erinnerte sich der leuchtenden, strahlenden Gestalten, die er mit seinen irdischen Augen erblickt hatte.

Und er sprach: »Falls unser himmlischer Vater es mir erlaubt, werdet ihr mich fürwahr unter euch sehen.«

Da fragten sie alle: »Meister, wann können wir dich dann erwarten?«

Aber darauf antwortete Jesus: »Niemand weiß es außer Gott.«

18.

War Jesus stets bereit, wenn er zu den Kranken und Betrübten gerufen wurde?

Und eines Tages geschah es, daß Jesus in das Haus des Simon Petrus kam, um nach vielen Tagen mühseliger Wanderung auszuruhen. Als er eintrat, grüßte er und sprach: »Gebet mir einen Trunk Wasser und eine Mahlzeit; denn ich bin sehr durstig und hungrig.«

Aber Simon Petrus und sein Weib hießen ihn willkommen, und sie reichten ihm einen Becher Wasser.

Und während Jesus seinen Körper wusch und sein Gewand säuberte, bereitete ihm das Weib des Simon Petrus eine Mahlzeit.

Als alles bereit war, sprach sie: »Meister, iß und stärke deinen Körper; denn du bedarfst dessen sehr.«

---

[1]) Gottes Geist oder Odem ist identisch mit dem Gedanken Gottes, hier = größeres geistiges Leben.

Aber siehe, zur gleichen Stunde trat ein Hirte in die Stube; er ging auf Simon Petrus zu, grüßte ihn und sprach: »Weißt du, wo ich den Meister von Nazareth suchen soll, so sage es mir; denn ich möchte ihn sehen und mit ihm sprechen.«

Simon Petrus aber zeigte auf Jesus und sprach: »Derjenige, den du suchst, ist hier.«

Da wandte der Hirte sich an Jesus, grüßte ihn und sprach: »Meister, meine alte Mutter hat mich zu dir gesandt; denn sie liegt seit langem unbeweglich auf ihrem Lager; denn sie ist krank und gichtbrüchig, und sie vermag dich nicht aufzusuchen. Meister, folge mir, denn der Tod nähert sich, und sie wünscht inbrünstig, deine Worte zu hören.«

Als er so gesprochen hatte, erhob sich Jesus und antwortete: »Bruder, ich folge dir!«

Aber Simon Petrus' Weib trat vor und sagte: »Meister, stärke deinen Körper mit Essen und Trinken und ruhe dich aus; denn du bist sehr müde – und laß die Alte eine Weile warten.«

Da sah Jesus sie an, und er antwortete: »Diejenigen, die betrübt sind, und diejenigen, die leiden, sollen mich niemals vergeblich rufen – und der Tod wartet ebenfalls nicht.«

Danach nahm er seinen Stab, und er wanderte mit dem Hirten hinweg.

Als sie eine Weile auf steinigen Wegen gewandert waren, kamen sie zu einer niedrigen, erbärmlichen Hütte. Und als Jesus in die Stube eintrat, taumelte er im gleichen Augenblick zurück; denn ein übler Gestank schlug ihm entgegen. Aber als er im Dunkel der Hütte die alte Frau gewahrte, die auf ihrem Lager ausgestreckt lag, ging er wieder hinein, legte ihr die Hände aufs Haupt und sprach: »Der Friede des Herrn sei mit dir.«

Die alte Frau grüßte ihn und dankte ihm.

Aber Jesus sprach: »Siehe, ich bin gekommen; denn du wünschtest mit mir zu reden.«

Die Frau antwortete ihm und sagte: »Meine Stunde nähert sich; aber ich fürchte mich vor dem Tod, fürchte mich vor dem Zorn des Höchsten; denn ich habe gegen Seine Gebote gesündigt.«

Jesus sah sie gütig an und sprach: »Wen der Herr liebt, dem vergibt Er viel.«

Aber die Alte antwortete ihm und sagte: »Ich habe gegen die Gebote des Herrn gesündigt – wie kann Er mir dann vergeben?«

Da schwieg Jesus für eine Weile; denn er redete mit seinem Gott und Vater; aber danach wußte er, wie er seine Worte formen sollte.

Und etwas später sprach er: »Sage mir, wo ist deine Tochter, dein jüngstes Kind? Ist sie nicht bei dir, um dir in deinem Alter beizustehen? Denn ich sehe nur deinen Sohn, ihn, der mich hierher begleitete.«

Die Frau antwortete ihm und sagte: »Meine Tochter ist nicht mehr hier; denn sie verhärtete ihr Herz; denn das Haus ihrer Mutter war zu gering, und sie wanderte auf Wegen, die ihre Mutter nicht kannte.«

Jesus sah sie an, während er sprach: »Und du – hast du sie verflucht und fortgejagt?«

Aber da kam eine große Kraft über die alte Frau; sie erhob sich auf ihrem Lager und rief: »Wie kann eine Mutter das Kind verfluchen und fortjagen, das unter ihren Augen und ihren Händen aufgewachsen ist? Wie kann eine Mutter das Kind verfluchen und fortjagen, das sie getragen und dem sie das Leben geschenkt hat? Wahrlich, du kennst nicht das Herz einer Mutter!«

Jesus legte sie sanft auf das Lager zurück und sprach: »Siehe, deine Tochter hat gegen dich gesündigt; und obwohl sie nicht Reue gezeigt hat und nicht zurückgekehrt ist, hast du ihr in deinem Herzen bereits vergeben; dies aber hast du getan, weil du sie liebst. Wahrlich, ich sage dir: wenn du, die du von dieser Welt bist, von ganzem Herzen dem Kind vergibst, das gegen dich gesündigt hat, wieviel mehr muß dann nicht unser himmlischer Vater Seinen Kindern vergeben; denn wenn deine Liebe groß ist, so ist Seine noch größer. Siehe, ich sage dir: mitnichten sollst du dich vor dem Tod fürchten, noch sollst du dich vor dem Zorn des Herrn fürchten; denn du hast viel geliebt, und du hast viel vergeben – dir soll auch viel vergeben werden.«

Da ergriff die alte Frau Jesu Hände und sagte: »Meister, deine Worte haben mein Herz getröstet und meine Angst verjagt; aber ich bitte dich: finde meine Tochter, führe sie auf den rechten Weg zurück; sage ihr, daß ihre Mutter ihr verziehen hat, ehe sie vom Leben Abschied nahm.«

Aber als die Alte dies gesagt hatte, schloß sie die Augen.

Und Jesus blieb bei ihr, bis ihr Geist zu den himmlischen Wohnungen zurückkehrte; da erhob er sich von ihrem Lager und wanderte zurück, wanderte allein den langen und mühseligen Weg zum Hause des Simon Petrus. Aber als er dort angekommen war, siehe, da sank er um; denn sein Körper war schwach und müde von den vielen und mühseligen Wanderungen.

Aber Simon Petrus sah ihn, und er half ihm hinein und brachte ihn zur Ruhe.

Von der Stunde an suchte und fragte Jesus unaufhörlich nach der Tochter der alten Frau; aber niemand kannte sie, und niemand wußte, wo sie sich aufhielt.

Aber nachdem einige Zeit vergangen war und Jesus eines Tages nach Jerusalem kam, hörte er, daß sich die junge Frau in der Stadt befand und daß sie sich bei einem reichen Kaufmann aufhielt; und einige Leute wiesen Jesus den Weg dorthin.

Jesus suchte sie auf, trat vor sie hin und redete zu ihr im Namen ihrer Mutter. Und er bat sie, ihm zu folgen, fort von den Wegen der Sünde, zurück zu Reinheit und Frieden. Und er brachte ihr den Gruß der alten Mutter, brachte ihr die Vergebung der Alten.

Da erwachten Kummer und Reue im Herzen der Tochter. Die kostbaren Kleider und der strahlende Schmuck lockten sie nicht mehr. Und sie verließ das Haus des Kaufmanns; denn sie war nicht sein Eheweib; und sie folgte Jesus.

Aber er brachte sie zu dem Hause von Simon Petrus. Und Simon Petrus und sein Weib empfingen sie mit großer Freundlichkeit, und sie nahmen sich ihrer an, und sie blieb bei ihnen.

Aber die junge Frau war Maria von Magdala[1].

19.
Äußerte sich Jesus über die Bedeutung der Taufe, so wie es aus den uns überlieferten Worten hervorgeht?

Oft kamen Leute zu Jesus, um sich von ihm taufen zu lassen.

Aber Jesus taufte nicht.

Und eines Tages geschah es, daß einige zu ihm kamen und baten: »Meister, taufe uns, damit wir von unseren Sünden gereinigt werden!«

Jesus blickte sie an und sprach: »Saget mir: wie oft reinigt ihr euren Körper?«

Die Leute wunderten sich über seine Worte. Aber sie antworteten

[1]) Die Hütte der alten Frau lag oben in den Bergen, etwa 4 km von der eigentlichen Stadt Magdala entfernt.

ihm und sagten: »Wir reinigen uns täglich; denn unsere Arbeit, der Staub der Straßen und unser Schweiß verunreinigen unseren Körper täglich.«

Wiederum fragte Jesus: »Saget mir: reinigt ihr euch heute von den Unreinheiten, die morgen an eurem Körper kleben werden?«

Da antworteten sie: »Das tun wir nicht; wir reinigen uns heute von dem, was uns heute verunreinigt hat, und morgen von dem, was uns morgen verunreinigen wird.«

Da entgegnete Jesus: »Ja, das tut ihr; denn das andere ist unmöglich. Darum sage ich euch: Ihr sollt täglich eure Sünden bereuen und täglich den Herrn um Vergebung bitten; denn Er vergibt nicht heute, was ihr morgen sündigt. Wahrlich, ich sage euch: was da ist, das ist da, und das kann der Herr, unser Gott, vergeben; aber was nicht da ist[1], kann auch nicht vergeben werden. Ja, ich sage euch: wenn ihr Reue zeigt und täglich um Vergebung bittet, werdet ihr fürwahr am Tage eures Gerichtes strahlend rein sein; denn kein böser Gedanke wird gegen euch zeugen, und kein falsches Wort wird euch verurteilen.«

Aber als er dies gesagt hatte, antworteten die Leute: »Johannes tauft alle, die zu ihm kommen.«

Da blickte Jesus sie an, und er sprach: »Johannes hat euch den Weg aufgezeigt; gehet und tut, was er euch aufgezeigt hat, und wie ich es euch gesagt habe.«

Aber sie wunderten sich sehr über seine Worte.

Und sie gingen von ihm zu Johannes. Und von ihm ließen sie sich taufen, denn sie verstanden die Worte Jesu nicht[2].

20.

Warum weigerte sich Jesus, die Leute zu taufen, die ihn aufsuchten?

Nach seiner Taufe redete Jesus mit vielen, die von Johannes getauft worden waren, und er gewahrte, daß nicht alle die Taufe auf die rechte Weise zu begreifen vermochten; denn die Leute sahen oft mehr in dieser Handlung, als Johannes wollte; ja, einige meinten sogar, daß

---

[1]) Viele Anhänger Jesu und der Apostel glaubten, daß die Taufe nicht allein von den begangenen Sünden reinige, sondern auch von den zukünftigen. Diese falsche Auffassung versuchte Jesus auszurotten, weshalb er ständig erklärte, daß die Taufe nur ein Symbol sei. Siehe Kapitel 20.

[2]) Da Ardor die gestellte Frage nur sehr indirekt beantwortete, indem er die obige Begebenheit aus dem Leben Jesu erzählte, wird ferner auf Kapitel XIX des Kommentars verwiesen.

sie durch die Taufe für immer von den Unreinheiten der Sünde befreit wären.

Darum weigerte sich Jesus, zu taufen; aber er suchte alle, die zu ihm kamen, zu leiten, suchte ihnen beizubringen, daß die Taufe nur ein Sinnbild sei und nicht mehr.

21.
Warum gestattete Jesus den Aposteln zu taufen, wenn er sich weigerte, es selbst zu tun?

Als Jesus aber seine Begleiter auf die Wanderung von Ort zu Ort schickte, damit sie sein Wort verkündigen sollten, begegneten sie viel Mißtrauen und stießen auf viel Widerstand, wenn sie, dem Wunsche Jesu folgend, sich weigerten, die Leute zu taufen, die zu ihnen kamen.

Und als die Begleiter Jesu von ihrer ersten Wanderung zurückgekehrt waren, sagten sie: »Meister, gestatte uns zu taufen, wie Johannes es tut; denn die Leute wenden sich oft von uns ab, wenn wir sie nicht taufen wollen, um sie auf diese Weise würdig zu machen, in unsere Gemeinschaft aufgenommen zu werden.«

Aber Jesus antwortete ihnen und sprach: »Taufet nicht, wenn es nicht von euch verlangt wird; denn viele sind es, die die wahre Bedeutung der Taufe nicht zu begreifen vermögen, und wir sollten ihre Gedanken nicht noch mehr verwirren.«

Aber sie fuhren fort, ihn um Erlaubnis hierzu zu bitten.

Da antwortete Jesus: »Begegnet ihr Mißtrauen und stoßt ihr auf Widerstand, und wird es von euch verlangt, dann taufet alle, die es wünschen; aber dann solltet ihr die, die ihr tauft, auch lehren, täglich Reue zu empfinden und ihren himmlischen Vater um Vergebung zu bitten für das, was sie gesündigt haben; ja, lehret sie, daß sie auch nach der Taufe täglich sündigen.«

Und die Begleiter Jesu gelobten zu handeln, wie er ihnen befahl.

22.
Wie stellten sich die Hohenpriester und die Schriftgelehrten zu Jesu Wirken?

Aber als die Feinde Jesu von all dem hörten, was geschah, befiel sie ein großer Zorn. Und sie berieten untereinander, wie sie die Leute daran hindern könnten, sich zu Jesus zu begeben, und wie sie sie daran hindern sollten, ihm zu folgen; denn sie wünschten sehr, ihm zu schaden.

Und einer der Obersten sagte: »Laßt uns zu Jesus von Nazareth gehen und ihn selbst zur Rede stellen; laßt uns versuchen, ihn zu überlisten, damit wir seine Worte gegen ihn wenden können; denn dann können wir ihn vor dem Hohen Rat verklagen; denn dann können wir bezeugen, was wir gehört haben.«

Und einige der Schriftgelehrten gingen zu Jesus.

Und einer von ihnen sagte: »Wir haben gehört, daß du viel Macht besitzt und daß du durch diese Macht die Kranken heilst und böse Geister austreibst. Sage uns: in wessen Namen tust du das?«

Aber Jesus kannte ihre bösen Absichten.

Und er sprach: »Saget mir: in wessen Namen haben eure Väter die bösen Geister ausgetrieben? Und in wessen Namen tut ihr es?«

Die Schriftgelehrten antworteten und sprachen: »Im Namen des Höchsten!«

Da blickte Jesus sie an und sprach: »Wahrlich, ich sage euch: was ich tue, das tue ich im Namen des Allmächtigen, im Namen meines Gottes und Vaters; denn Er hat mich zur Erde gesandt, damit ich Zeugnis ablege für Ihn, damit ich Seine Macht offenbare, die Herrlichkeit Seines Reiches offenbare.«

Aber als er so geredet hatte, riefen die Schriftgelehrten: »Höret, wie er das Heilige verspottet!«

Jesus antwortete ihnen und sprach: »Nicht ich, sondern ihr spottet; denn ihr verspottet Ihn, der mich gesandt hat; denn ihr seid böse in euren Gedanken; denn ihr seid hochmütig und stolz, und ihr gebt euch vor eurem Gott den Anschein, gerecht zu sein, aber eure Herzen sind hart wie Stein. Wahrlich, ich sage euch: ihr schließt eure Augen; denn ihr wollt nicht sehen; und ihr verstopft eure Ohren; denn ihr wollt nicht hören. Und dies tut ihr, weil ihr mich nicht annehmen wollt, der euch gesandt ist. Wahrlich, ich sage euch: die Stunde wird kommen, zu der ihr mich mit den himmlischen Heerscharen erblicken werdet, und dann werdet ihr meine Macht und meine Herrlichkeit erkennen. Ja, ich sage euch: die Stunde wird kommen, zu der ihr euch vor dem beugt, den ihr verleugnet habt, euch vor dem beugt, den ihr nicht empfangen wolltet, als er unter euch weilte.«

Aber als Jesus dies gesagt hatte, trat der Oberste vor sie hin.

Und er sagte zu allen, die mit ihm waren: »Hörtet ihr seine gottlose

Rede? Hörtet ihr, wie er den Herrn verspottete? denn er sagte: er sei des Allmächtigen, des Höchsten Sohn!«

Und sie antworteten alle, und sie riefen: »Wir hörten die Worte, und wir werden gegen ihn zeugen.«

Da wandte der Oberste sich an Jesus und sprach: »Wir verbieten dir, deine falsche Lehre unter den Leuten zu verbreiten; denn uns steht es zu, sie zu leiten, damit sie nicht in die Irre gehen.«

Aber Jesus sah ihn an und sprach: »Blinde können keine Blinden führen; denn wenn keiner von ihnen sehen kann, fallen sie alle in den Graben, und sie werden jämmerlich umkommen.«

Da wurde der Oberste noch zorniger.

Und er sprach: »Hältst du nicht inne mit deiner gottlosen Rede, so werden wir dich vor dem Hohen Rat verklagen, und wir werden alle gegen dich Zeugnis ablegen; denn nun, wo wir dich das Heilige haben verspotten und das Erhabene verhöhnen hören, wissen wir, woher deine Macht stammt, und wir wissen, mit wessen Hilfe du die bösen Geister austreibst; denn das tust du mit Satans Hilfe, mit der Hilfe dessen, der der Oberste alles Bösen ist.«

Und als er dies gesagt hatte, riefen sie alle: »Wir wissen, daß du es mit Satans Hilfe tust.«

Aber Jesus blickte sie an und sprach: »Wenn ihr sagt, daß ich das Böse mit der Hilfe des Bösen austreibe, dann ist es nur gut, was ich tue; denn ich sage euch: tue ich das, dann sind Satan und all seine Brut miteinander entzweit. Ja, ich sage euch: sind die Diener untereinander entzweit und entzweit mit ihrem Herrn, und treibt er sie alle aus seinem Hause, dann steht die Tür offen, und der, der will, kann hineingehen und den Herrn des Hauses binden; denn dann hat er niemanden, der ihm Hilfe leisten kann. Wahrlich, ich sage euch: treibe ich mit Satan all seine Brut aus, dann habe *ich* den Weg bereitet für *euch*, dann habe *ich* die Tür geöffnet für *euch*, und dann könnt ihr hineingehen und den Verhaßten binden – *wenn ihr die Macht dazu besitzt*!

Aber ich sage euch: sind eure Worte falsch, und meint ihr nicht das, was ihr sagt, so hütet euch vor dem Tage des Jüngsten Gerichts; denn an dem Tage werdet ihr für jedes falsche Wort, das ihr gesprochen habt, zur Rechenschaft gezogen, ja, ihr werdet für vieles zur Rechenschaft gezogen werden.«

Und Jesus fuhr in seiner Rede fort.

Und er sprach: »Was ihr gegen mich gesündigt habt, das vergebe ich euch; denn ihr seid verblendet, und ihr kennt mich nicht; aber was ihr gegen das Heilige[1] in euch gesündigt habt, das wird euch nicht vergeben werden, bevor ihr dafür gelitten und das Böse, das ihr getan, bereut habt. Ja, ich sage euch: hütet euch vor dem Tage des Jüngsten Gerichts; denn dann werden eure Worte gegen euch zeugen, und eure Worte werden euch verurteilen.«

Als Jesus dies gesagt hatte, erhob er sich von dem Stein, auf dem er saß, und wanderte hinweg von ihnen.

Aber er fuhr fort, Kranke zu heilen, fuhr fort, böse Geister auszutreiben. Und er fuhr fort, zu den Leuten über Gottes Liebe und Barmherzigkeit zu reden, fuhr fort, die Schrift in der Weise auszulegen, die sein Geist ihm eingab.

Aber die Feinde Jesu waren noch erbitterter als zuvor.

23.
Vermochte Joseph von Arimathia Jesus in seinem Werk zu stützen?

Und siehe, eines Tages, als Jesus in der Umgebung Jerusalems war, geschah es, daß ein Schriftgelehrter zu ihm kam und Seite an Seite mit ihm ein Stück des Weges wanderte, während sie miteinander redeten.

Der Schriftgelehrte aber war Joseph von Arimathia; ein sehr gelehrter, ein sehr angesehener Mann.

Und er gehörte zu denen, die mit großer Sehnsucht das baldige Kommen des Messias erwarteten; und er betete täglich zu Gott, daß Er ihm die Freude gönnen möge, den lange Erwarteten zu schauen.

Und als Gott die Sehnsucht seines Herzens sah, erweckte Er die Hoffnung in seinem Herzen, daß Jesus von Nazareth der verheißene, der lange erwartete Messias sei.

Aber Joseph wagte nicht, dieser Hoffnung voll und ganz Glauben zu schenken; denn er hatte unter den Schriftgelehrten über diesen Jesus viel schlechte Rede gehört, und er wußte, daß viele der Ältesten und der Obersten bei dem Hohen Rat in Jerusalem geklagt hatten, geklagt über die gottlose Rede des Nazareners.

Und als er hörte, daß Jesus in der Nähe sei, beschloß er, ihn zu sehen und mit ihm zu reden.

Und Joseph wanderte aus Jerusalem hinaus, um Jesus zu treffen.

---

[1]) Das göttliche Element, das jeder Mensch von Gott empfangen hat; siehe Kapitel VII des Kommentars, Anfang.

Aber unsichtbar folgte der Älteste, der Diener der Finsternis, ihm auf dieser Wanderung.

Und der Älteste versuchte, die schwache Erinnerung zu tilgen, die Joseph in seinem Herzen an die Zeiten trug, die vor den Menschen gewesen waren; und als er Jesus gegenüberstand, vermochte sein Geist ihn nicht zu erkennen.

Aber der Geist Jesu erkannte seinen Bruder.

Und Jesus sprach: »Bruder, sei willkommen! Sei mit mir und kämpfe nicht gegen mich!«

Joseph wunderte sich sehr über die Worte.

Und nachdem er eine Weile geschwiegen hatte, sprach er: »Wahrlich, ich bin nicht gegen dich, aber du bist gegen mich. Ja, du kämpfst gegen uns alle, die wir die wahren Leiter des Volkes sind, und du stachelst die Leute gegen uns auf. Sage mir: mit welchem Recht tust du das?«

Jesus blickte ihn an; aber er antwortete ihm nicht.

Da fuhr Joseph in seiner Rede fort.

Und er sprach: »Viele sagen, daß du der Messias bist; und bist du der, auf den wir alle warten, dann solltest du nicht gegen uns kämpfen, dann solltest du das ganze Volk um dich sammeln, damit wir gemeinsam das schwere Joch des Sklaventums zerschlagen können. Dann solltest du das ganze Volk um dich sammeln, damit wir gemeinsam die verhaßten und schweren Bürden abwerfen können, die die Fremden auf unsere Schultern gelegt haben. Ja, bist du der Messias, dann solltest du zu uns kommen, denn dann würden wir dich zum Anführer allen Volkes machen, dann würden wir dich in Purpur kleiden und dich auf Davids Thron setzen, damit wir auf diese Weise die Worte erfüllen könnten, die uns über den Messias gesagt wurden. Und dann würden alle sich vor dir beugen, und alle würden deinen Worten gehorchen.«

Aber Jesus antwortete und sprach: »Wahrlich, ich sage dir: ich bin nicht auf die Erde gekommen, um über die Menschen zu herrschen; denn mein Reich ist nicht von dieser Welt; wahrlich, ich sage dir: ich bin nicht gekommen, um mit Macht Scharen um mich zu sammeln, ich bin nicht gekommen, um zu töten, und auch nicht gekommen, um die Fremden hinauszuwerfen, um zu rauben und um zu plündern; sondern ich wurde zur Erde gesandt, um die Menschen zu lehren, einander zu lieben, um Zeugnis abzulegen von der Gerechtigkeit unseres Vaters und um alle in Sein Reich zu führen.«

Während Jesus so sprach, hörte Joseph mit seinem inneren Ohr eine ferne, schwache Stimme.

Und die Stimme sagte: »Stützet einander, traget einer die Bürden des anderen, versaget nicht.«

Und Joseph lauschte den Worten; sein Gemüt besänftigte sich, und er sprach: »Bist du der Messias, dann sage es mir, und ich will vor allen für deine Sache eintreten; dann werden die Ältesten und die Obersten dich auf mein Wort hin annehmen.«

Aber Jesus antwortete und sprach: »Willst du für meine Sache eintreten, dann mußt du an meiner Seite wandern, dann mußt du den Armen deine großen Reichtümer geben, dann mußt du dich von aller Macht, aller Ehre und allem Ansehen abwenden. Ja, wahrlich, ich sage dir: willst du für meine Sache eintreten, dann mußt du alles verlassen, was dir gehört, und mit mir auf steinigen und staubigen Wegen wandeln; dann werden wir einander stützen, dann werden wir die Bürden des anderen tragen, und gemeinsam werden wir die Menschen zu unserem Vater führen.«

Während Jesus so sprach, hörte Joseph abermals die ferne Stimme.

Und die Stimme sagte: »Folge deinem Bruder, versage nicht!«

Da schwankte Joseph, aber wieder brach der Zweifel in seinem Inneren durch; denn der Älteste, der Diener der Finsternis, stand an seiner Seite und versuchte, seine Gedanken zu verwirren.

Und Joseph sprach: »Bist du der Messias, dann sage es mir, dann gib mir ein Zeichen, damit ich weiß, ob deine Worte wahr sind.«

Abermals blickte Jesus ihn an.

Und er sprach: »Sagt dein Herz dir nicht, daß meine Worte wahr sind, dann nutzt ein Zeichen dir nur wenig; denn jene, die zweifeln, und jene, die schwanken, werden immer mehr Zeichen fordern, werden immer größere Zeichen fordern. Wahrlich, ich sage dir: durch äußere Zeichen wird der Zweifel niemals beseitigt, sondern wird nur noch größer, und Hoffnung und Glaube werden dann niemals zur Gewißheit.«

Als Jesus so geantwortet hatte, wanderte er zornig fort; ja, sein Zorn war so groß, daß er sich nicht umwandte, um von dem Schriftgelehrten Abschied zu nehmen.

Aber von der Stunde an hatte Joseph von Arimathia keinen Frieden; denn der Wurm des Zweifels nagte ständig an seinem Herzen. Und die Stimme in seinem Inneren flüsterte ihm oft die Worte zu: »Folge deinem Bruder, versage nicht!«

Aber zu den Zeiten und an den Orten, wo Jesus zu den Jüngern redete, zu den vielen redete, die sich um ihn versammelten, befand sich Joseph häufig unter den Leuten und lauschte seinen Worten.

Und sie sahen sich beide, aber sie vermochten einander nicht entgegenzukommen; denn ihr ältester Bruder und die Verwünschungen, die er ausgestoßen hatte, standen zwischen ihnen und banden ihre Herzen.

Aber sie waren beide sehr betrübt.

24.
Sagte Jesus den Weltuntergang und seine Wiederkehr voraus, so wie es überliefert ist?

Und es geschah eines Tages, als Jesus den Tempel in Jerusalem verließ, daß einer seiner Begleiter sagte: »Meister, sieh dieses Gebäude an! sieh, wie schön und herrlich es ist! kein Tempel ist reicher ausgeschmückt als dieser!«

Aber Jesus antwortete und sprach: »Wahrlich, dieser Tempel ist schön anzuschauen, und doch sage ich euch: die Stunde wird kommen, wo der Greuel der Zerstörung darüber hinweggehen wird, und nicht ein Stein wird auf dem anderen bleiben.«

Als seine Begleiter diese Worte hörten, sagten einige: »Dieser Bau wird sicherlich bis in ferne Zeiten stehen; denn die Steine sind dicht zusammengefügt.«

Aber Jesus antwortete ihnen und sprach: »Wißt ihr nicht, daß die Propheten gerufen haben: Wehe, wehe über Jerusalem, über alles Volk, ja, über die ganze Erde?«

Und Jesus fuhr fort zu sprechen.

Und er sprach: »Wißt ihr nicht, daß die Tage kommen werden, wo Jerusalem zerstört wird, wo alles, was Menschenhände aufgebaut haben, umgestürzt und vernichtet wird? Habt ihr nicht gehört, daß die Tage kommen werden, wo ein Volk sich gegen das andere erhebt, wo der Bruder gegen den Bruder kämpft und der Vater gegen den Sohn? Ja, habt ihr nicht gehört, daß die Tage kommen werden, wo die Berge über euch fallen und euch zermalmen, wo die Flüsse austrocknen und die Meere über die Lande hereinstürzen und alles Lebendige hinwegspülen werden? Wahrlich, die Propheten haben euch dies verkündet – und ihr wißt es nicht! Sehet, ich sage euch: wenn diese Tage hereinbrechen, dann wird die Erde in ihren Grundfesten erschüttert, dann wird alles zerstört werden, dann wird die Sonne nicht scheinen und der Mond nicht leuchten, ja, alle Sterne werden ausgelöscht sein. Aber dann werdet ihr den Himmel offen sehen, dann werdet ihr mich in meines Vaters Reich mit den himmlischen Heerscharen sehen, und dann erkennt ihr meine Macht und meine Herrlichkeit. Und ihr werdet überall eine mächtige Stimme hören, ja, sie wird über die ganze Erde zu hören sein. Denn Gott, der Herr, wird alle Toten rufen, und Er wird alle Lebenden rufen. Dann wird Er Seine Engel aussenden, um alle zu sammeln, die waren, und alle, die zu jener Stunde sind. Und wenn alle versammelt sind, werde ich vorangehen und die Gerechten und die Guten zum Reich unseres Vaters geleiten, und es wird viel Freude herrschen. Die Ungerechten und die Bösen aber werden an den Ort fahren, der ihnen bereitet ist, und dort werden sie viel leiden.«

Als Jesus aber so geredet hatte, sagten einige seiner Jünger: »Meister, sage uns, wann wird all dies geschehen?«

Da blickte Jesus sie an und sprach: »Sagt mir: haben die Propheten euch Tag und Stunde verkündet?«

Aber diejenigen, die die alten Schriften kannten, antworteten: »Nein, das haben sie uns nicht verkündet.«

Jesus antwortete ihnen und sprach: »Ich sage euch: die Propheten haben euch dies nicht verkündet; denn niemand außer Gott kennt den Tag und die Stunde.

Aber ich sage euch: Wendet euch ab von aller Sünde, von allem Bösen und von allen Untaten, damit diese Tage niemals hereinbrechen. Ja, wahrlich, ich sage euch: betet täglich zu eurem himmlischen Vater, daß die Zeiten nicht kommen, wo Männer ihre Nachkommen verfluchen und Frauen über die Kinder jammern, die sie geboren haben; denn wenn Männer und Frauen dies tun, dann ist das Ende nahe.«

So redete Jesus zu seinen Begleitern und zu seinen Jüngern über all das, was die Propheten über die Vernichtung Jerusalems, über die Vernichtung der Völker und der Erde verkündet hatten.

So redete er zu seinen Begleitern und zu seinen Jüngern über die Stunde, wo alle Geschlechter der Erde ihn in seines Vaters Reich sehen und seine Macht und seine Herrlichkeit erkennen würden.

Aber niemals redete Jesus zu seinen Begleitern oder zu seinen Jüngern über die Zeiten, wo er wieder auf der Erde unter den Menschen wandeln würde.

25.
War es vorausbestimmt, daß Judas Jesus verraten sollte? In welcher Absicht und mit welchen Worten stiftete Jesus das Heilige Abendmahl?

Und siehe, da die Zeit des Osterfestes sich näherte, beschloß Jesus, sich nach Jerusalem zu begeben und das Fest dort zu feiern.

Aber weil er fühlte, daß die Stunde nahe sei, zu der die Menschen ihm den Tod geben würden, sandte er einen Bescheid an seine zwölf Begleiter und bat sie, sich mit ihm in Jerusalem, bei seinem Jünger, dem Wasserträger Samuel, zu treffen, damit sie dort gemeinsam das Ostermahl einnehmen könnten.

Die Begleiter Jesu versprachen zu kommen; aber einige zogen im voraus dorthin, um alles vorzubereiten.

Als die Stunde gekommen war und sie sich im Hause Samuels, des Wasserträgers, trafen, war Judas nicht unter ihnen.

Aber Jesus sprach: »Lasset uns eine Weile warten, damit wir alle versammelt sind.«

Als eine Weile vergangen war, trat Judas zu ihnen herein, und Jesus ging ihm entgegen und sprach: »Judas, wir haben dich vermißt, sei unter uns willkommen!«

Aber Judas' Antlitz war düster.

Und er antwortete nicht; aber er ging unverzüglich an den Platz, der ihm am Tisch bereitet war.

Als sich alle niedergelassen hatten, betete Jesus zu Gott, daß Er ihre Mahlzeit segnen möge. Danach schenkte er Wein in die Becher, nahm das ungesäuerte Brot und reichte allen davon, und er forderte sie auf, von dem Osterlamm zu essen.

Als Jesus dies getan hatte, blickte er Judas an und sprach: »Siehe, ich habe dich gebeten, in dieser Stunde unter uns zu sein, damit ich von euch allen Abschied nehmen kann, ehe ich euch verlasse.«

Als aber die Begleiter Jesu diese Worte hörten, sagten sie: »Meister, bleibe bei uns, verlaß uns nicht!«

Jesus antwortete ihnen und sprach: »Wahrlich, ich sage euch: es geschieht nicht auf meinen Wunsch, daß ich euch verlasse, sondern die Leute verlangen mein Leben.«

Danach fuhr Jesus fort, zu Judas zu reden.

Und er sprach: »Niemand soll mir sagen, daß ich mich vor meinen

Feinden ängstige, und niemand soll sagen, daß ich mich vor ihnen verberge; denn wenn unser Mahl beendet ist, werde ich meinen Feinden entgegengehen; denn ich weiß, sie suchen nach mir.

Judas, dies sage ich dir, damit du nicht deinen bösen Gedanken lauschest, damit du deine bösen Gedanken nicht in die Tat umsetzest.«

Aber als Jesus diese Worte sprach, befiel die elf von Jesu Begleitern eine große Angst und ein großer Zorn, und sie riefen: »Meister, sage uns: was hat er dir getan? denn wir verstehen deine Worte nicht.«

Jesus antwortete ihnen und sprach: »Bekümmert euch nicht darum; denn ich redete nur zu Judas – und ich sah, daß er meine Worte verstand.« — —

Als sie aber alle gegessen hatten und das Mahl beendet war, nahm Jesus seinen Becher und sprach: »Brüder, in dieser Stunde müssen wir voneinander Abschied nehmen; denn in kurzer Zeit verlasse ich euch, um das zu erleiden, was mir zugedacht ist.«

Einige seiner Begleiter sagten: »Meister, gehst du, dann wollen wir dich begleiten; mußt du den Tod leiden um deiner Lehre willen, wollen wir deine Leiden teilen.«

Aber Jesus antwortete ihnen und sprach: »Ich gehe, denn das wird von mir verlangt; ich gehe, um durch meinen Tod die Wahrheit der Worte zu bestätigen, die ich euch gesagt habe. Ihr aber sollt zurückbleiben und allem Volk verkünden, was ich euch gelehrt habe; ja, ihr sollt sogar zu den Heiden gehen und sie an euch heranzuziehen suchen. Aber ich sage euch: Bekümmert euch nicht um die Worte, die ihr sagen sollt; denn wenn ich zu unserem Vater zurückgekehrt bin, werde ich, wie ich euch versprochen habe, Ihn bitten, euch von Seinem heiligen Odem zu senden, euch noch mehr von Seiner Kraft und Stärke zu senden, und da werdet ihr, zu allen Zeiten, im voraus die Worte kennen, die ihr sagen sollt.«

Jesus fuhr in seiner Rede an sie fort.

Und er sprach: »Brüder, ich bitte euch: gedenket meiner in den kommenden Zeiten, wenn ihr gemeinsam zu diesem Mahl versammelt seid; denn dann werde ich in Wahrheit unter euch sein!«

Und Jesus sprach zu jedem einzelnen, und er nahm Abschied von jedem einzelnen.

Und er reichte ihnen seinen Becher, und sie tranken daraus. Als er aber zu Judas kam, der der letzte von allen war, hielt Jesus ihm den Becher entgegen und sprach: »Judas, trinke aus meinem Becher, und verrate mich nicht!«

Aber Judas schob den Becher fort.

Und er erhob sich hastig, und er verließ sie, ohne sie zum Abschied zu grüßen.

Einige der Begleiter Jesu wollten ihm nacheilen; aber Jesus gebot ihnen Einhalt und sprach: »Verurteilt nicht euren Bruder; denn er wird sicherlich von dem Bösen in Versuchung geführt, und er handelt übel gegen sich selbst.«

Als Jesus diese Worte gesprochen hatte, verließ er das Haus Samuels, des Wasserträgers[1].

Danach wanderte er zum Garten Gethsemane, um in der Stille das zu bedenken, was kommen würde.

Einige seiner Begleiter folgten ihm; denn sie hegten den Wunsch, bis zuletzt bei ihm zu bleiben.

Judas aber setzte seine bösen Gedanken in die Tat um.

26.

Welche Worte sprach Jesus, als er vor dem Hohen Rat angeklagt war?

Und siehe, als Jesus und seine Begleiter den Garten Gethsemane verließen, geschah es, daß sie eine Schar Männer erblickten, die Diener bei einigen der Schriftgelehrten und der Obersten waren.

Die Männer gingen ihnen entgegen, und unter ihnen war Judas Ischarioth.

Als Judas aber Jesus wiedererkannte, zeigte er auf ihn und sagte: »Er ist es, den ihr sucht!«

Und als er dies gesagt hatte, verließ er sie hastig; denn er wagte nicht, von Angesicht zu Angesicht dem gegenüberzustehen, den er verraten hatte.

Als die Begleiter Jesu die Worte hörten, traten sie hervor, um den zu verteidigen, den sie liebten. Und in seinem Zorn schlug Simon Petrus auf einen der Diener ein.

[1]) Das Ostermahl verlief im übrigen in genauer Übereinstimmung mit dem jüdischen Ritual. Hier wurde von Jesu Worten und Handlungen nur angeführt, was allgemeinmenschlichen Wert haben kann, um zu zeigen, daß Jesus bei dem Ostermahl von seinen Aposteln Abschied nahm, ohne die Worte anzuwenden, die der Nachwelt als von ihm ausgesprochen überliefert wurden. Siehe ferner Kapitel 33 und Kommentar Seite 215.

Aber Jesus hielt sie zurück und befahl ihnen zurückzutreten, und er sprach: »Verteidigt mich nicht, folgt mir auch nicht nach, damit nicht mehr Leben verloren gehen als das eine, das verlangt wird.«

Da umringten ihn die Diener, banden seine Hände und führten ihn zum Hause des Kaiphas, wo der Hohe Rat versammelt war.

Aber Joseph von Arimathia war unter denen, die über Jesus urteilen sollten.

Und Kaiphas war der Oberste des Hohen Rates.

Alle Schriftgelehrten, die Ältesten und die Obersten redeten viel miteinander darüber, wie sie Jesus zu Fall bringen sollten; denn sie waren sich keineswegs einig.

Aber als Jesus vorgeführt wurde, verfielen alle in großes Schweigen; denn er stand vor ihnen gleich einem König.

Kaiphas hatte viele Leute herbeigerufen, von denen er wußte, daß sie Feinde Jesu waren.

Dies hatte er getan, damit sie mit ihrem Wort gegen Jesus Zeugnis ablegen könnten.

Aber die Zeugen waren sich alle sehr uneinig, und ihre Zeugenaussagen stimmten nicht überein. Ja, nicht einmal zwei sagten dasselbe aus; jedoch hatten sie alle vieles, worüber sie klagten.

Da wurde Kaiphas ungeduldig und sprach: »Jesus von Nazareth, reinige dich von dem, was die Leute über dich sagen! Verteidige dich, damit wir deine eigenen Worte hören und danach ein gerechtes Urteil über dich fällen können.«

Jesus antwortete ihm und sprach: »Die Leute haben mich angeklagt – fällt das Urteil über mich nach ihrem Zeugnis!«

Aber Kaiphas antwortete und sprach: »Wir können kein Urteil über dich nach den Worten der Leute fällen; denn ihre Aussagen stimmen nicht überein.«

Jesus sah ihn an und sprach: »Wenn die Zeugen sich uneinig sind, wenn ihre Aussagen nicht übereinstimmen, wenn nicht einmal zwei dasselbe zu sagen vermögen, ist es fürwahr nicht schwer für euch, ein gerechtes Urteil über mich zu fällen.«

Aber als er so geredet hatte, geriet Kaiphas in Zorn; denn er verstand Jesu Worte; und er grübelte darüber nach, wie er ihn am besten zu Fall bringen könnte.

Und Kaiphas sprach: »Viele der Ältesten und Obersten haben dich sagen hören: du wärest der Sohn des Höchsten; antworte uns: hast du dies gesagt?«

Jesus antwortete ihm und sprach: »Was du sagst, ist wahr, das waren meine Worte. Und ich sage euch: Ihr werdet mich alle einmal in meines Vaters Reich sehen, und dort werdet ihr euch alle vor mir beugen.«

Als er so geantwortet hatte, wandte Kaiphas sich dem Hohen Rat zu und rief: »Wahrlich, wir brauchen keine Zeugen unter den Leuten zu suchen; denn nun haben wir aus seinem eigenen Munde die gotteslästerlichen Worte gehört, haben ihn fälschlich über den Höchsten reden hören. Lasset ihn uns demzufolge verurteilen!«

Als Joseph von Arimathia die Rede des Kaiphas hörte, erhob er sich und verließ still den Ratssaal; denn er wagte nicht, Jesus zu verurteilen.

Aber die, die zugegen waren, sprachen ihn schuldig – verurteilten ihn zum Tod am Kreuze.

Als Jesus das Urteil hörte, sprach er: »Was ihr gegen mich gesündigt habt, das vergebe ich euch; denn ihr wißt nicht, was ihr tut. Aber wenn wir uns in unseres Vaters Reich begegnen, dann werdet ihr erkennen, daß meine Worte wahr gewesen sind; *denn dort wird das Urteil, das ihr über mich gefällt habt, euch anklagen und euch verurteilen.*«

Aber nachdem er diese Worte gesprochen hatte, wurde er hinweggeführt.

Und Kaiphas ließ in der Nacht eine Wache bei ihm stehen, damit seine Freunde ihm nicht helfen sollten, aus der Stadt zu flüchten. –

Am nächsten Tag aber, früh am Morgen, wurde er zum Landpfleger Pilatus geführt, und dieser bestätigte das Urteil.

27.

Wie lauteten die Worte, die Jesus sprach, ehe er am Kreuze starb?

Als Jesus aber durch die Stadt geführt wurde, folgten ihm große Scharen, und sie riefen ihm nach, verhöhnten und verspotteten ihn; aber Jesus antwortete ihnen nicht.

Und er wurde von der Wache an den Ort geführt, der Golgatha hieß, wo die Verurteilten gekreuzigt wurden.

Als Jesus durch das Tor der Stadt wanderte, sah er einige Frauen, die weinten. Und er sprach: »Weinet nicht über mich; denn meine Leiden sind bald vorüber; weinet über euch selbst und die ungeborenen Geschlechter; denn viele Sorgen und viele Leiden erwarten sie.«

Nachdem sie aber an den Ort gekommen waren, nahmen die Kriegsknechte ihm seinen Rock, und sie banden ihn an das Kreuz, und sie befestigten ein Stück Holz unter seinen Füßen; dies taten sie, um seine Leiden zu verlängern.

Als aber das Kreuz errichtet war, brachen die Scharen hervor und umringten es, und die Leute fuhren fort, Jesus zu verhöhnen und zu verspotten; ja, viele nahmen Steine und schleuderten sie nach seinem Körper. Und die Wache versuchte, die Scharen zu vertreiben; aber sie kehrten ständig zurück.

Und siehe, da geschah es, daß die Sonne sich verfinsterte; denn eine schwere schwarze Wolke glitt langsam über den Himmel, die strahlende Scheibe der Sonne verdeckend; und eine dichte Finsternis senkte sich über alles, während die Erde in ihren Grundfesten erbebte.

Da wurden sie alle von großer Angst und großem Entsetzen ergriffen; denn viele erinnerten sich der Worte der Propheten über die Vernichtung der Erde, und sie glaubten, das Ende sei nahe. Und sie flüchteten entsetzt in die Stadt, wo sie sich in den Häusern verbargen, solange die Finsternis andauerte.

Aber einige der Begleiter Jesu und einige Frauen blieben am Fuße des Kreuzes stehen.

Und unter den Frauen war die Mutter Jesu.

Als die Finsternis sich über die Erde senkte, streckte sie in großer Angst ihre Hände dem Sohn entgegen und rief: »Mein Sohn, mein Sohn! Weshalb hieltest du nicht an dem Glauben deiner Väter fest? Siehe, der Höchste hat dich verlassen!«

Als Jesus aber die Worte hörte, sprach er zu denen, die bei ihr waren: »Stützet und tröstet sie; denn ihre Leiden sind sehr groß.«

Als er dies gesagt hatte, fühlte er, daß sein Körper schwach wurde, und er bat seinen himmlischen Vater, allen zu vergeben, die gegen ihn gesündigt hatten, gesündigt, indem sie ihn zu Unrecht verurteilten.

Und er bat seinen Vater um größere Kraft, damit er in Geduld die schweren Qualen ertragen könnte.

Und Gott hörte Jesu Gebet.

Und Er sandte einige der Jüngsten zu ihm, und Jesus spürte seine Qualen nicht mehr.

Als aber einige Zeit vergangen war, beugte er sein Haupt und sprach: »Vater, nimm meinen Geist auf!«

Und siehe, da löste sein Geist sich von dem irdischen Körper; die Jüngsten aber, die bei ihm waren, geleiteten ihn zum Reich ihres Vaters.

Und Gott empfing ihn mit offenen Armen und vergab ihm, worin er in seinem Erdenleben gefehlt hatte.

Aber sie trauerten beide über den Sohn und Bruder, der noch auf Erden wandelte; trauerten über den Sohn und Bruder, der sein gegebenes Versprechen nicht gehalten hatte.

28.
War die Auferstehung Jesu leiblich oder geistig?

Als Jesus tot war, gingen einige seiner Begleiter zu Joseph von Arimathia; denn sie hatten ihn häufig unter den Leuten gesehen, wenn Jesus redete. Und sie baten ihn, bei dem Hohen Rat die Erlaubnis einzuholen, Jesu Körper herabnehmen und begraben zu dürfen.

Und Joseph versprach, mit Kaiphas darüber zu reden.

Aber als er mit der Erlaubnis zu ihnen kam, fragte er, ob sie eine Stelle hätten, wo sie Jesu Körper betten könnten. Sie antworteten aber, das hätten sie noch nicht. Da sprach Joseph zu ihnen: »Bringt seinen Körper in meinen Garten, den ich euch zeigen werde; denn dort im Felsen ist ein Grab ausgehauen, wo ich selbst einmal ruhen sollte. Ich will euch diese Stätte geben, damit der Körper des Meisters in Frieden ruhen kann!«

Die Begleiter und Jünger Jesu dankten ihm sehr für diese Gabe.

Aber diese Worte sprach Joseph nicht Jesu wegen, auch nicht seiner Jünger wegen, sondern um seiner selbst willen; denn er hatte oft gehört, daß Jesus von den Toten auferstehen und sich unter ihnen zeigen würde; darum wollte er darüber wachen, daß niemand den Körper stehlen könnte, um zu sagen: seht, er ist von den Toten auferstanden!

Die Jünger aber trugen Jesu Körper zu dem Grab, und die Frauen salbten ihn und hüllten ihn in weiße Leinentücher. Und sie legten ihn in das ausgehauene Grab, und sie wälzten einen großen Stein vor den Eingang.

Als all dies getan war, wanderten sie aus dem Garten fort, um gemeinsam über den zu trauern, der sie verlassen hatte.

Nur Joseph blieb zurück, und er wachte am Grabe, bis das Licht des Tages hervorbrach; da ging er in sein Haus; denn er wußte, daß am Rüsttag, während die Sonne schien, niemand den Leichnam entfernen würde.

Aber er grübelte den ganzen Tag darüber nach, wie er es verhindern könnte, daß jemand den Körper Jesu entfernte.

Während er grübelte, stand der Älteste, der Diener der Finsternis, an seiner Seite und gab ihm böse Ratschläge.

Und als die letzte Stunde des Rüsttages verronnen war, rief Joseph einen alten Diener herbei und befahl ihm, ihn in den Garten zu begleiten. Und sie nahmen einige Geräte mit, um damit in der Erde graben zu können.

Als sie aber an die Stelle gekommen waren, wälzten sie den Stein beiseite, und die weißen Leinentücher, die über ihn ausgebreitet waren, legten sie auf die Erde. Danach trugen sie den Körper Jesu in einen entfernten Winkel des Gartens, und sie vergruben ihn in der Erde. Und sie bedeckten die Stelle mit abgehauenen Zweigen, damit niemand sehen sollte, was sie getan hatten.

Als sie hiermit fertig waren, begann der Tag anzubrechen, und sie eilten zum Grabe, um den Stein wieder vor den Eingang zu setzen.

Als sie aber die Stelle erreicht hatten, hörte Joseph eine ferne, schwache Stimme, die sprach: »Bruder, weshalb hast du das getan?« Und als er sich umwandte, gewahrte er die schwachen Umrisse von Jesu strahlender Gestalt. Und in großer Angst stürzte er zu Boden.

Als aber der alte Diener hinzueilte, um seinem Herrn zu helfen, siehe, da stand er dem Manne gegenüber, dessen Körper er vor kurzem in der Erde vergraben hatte. Und große Angst und Entsetzen befielen ihn, und er flüchtete aus dem Garten.

Als Joseph wieder zu Bewußtsein kam, war die Erscheinung verschwunden, und er war allein. Aber er hörte eine ferne Stimme, die sprach: »Bringe Jesu Körper an die Stelle, von wo du ihn genommen hast; denn tust du es nicht, wird deine böse Tat den Menschen viel Verwirrung bringen.«

Aber der Älteste, der Diener der Finsternis, stand an seiner Seite. Und die Finsternis senkte sich über Joseph, während Angst sein Herz erfüllte, so daß er nicht wagte, zurückzukehren zu der Stelle, wo er Jesu Körper gebettet hatte.

Und er flüchtete aus dem Garten, zu seiner Wohnung hin.

Aber als er dorthin gelangte, siehe, da saß der alte Diener jammernd und klagend auf der Türschwelle des Hauses, während von seinem Munde viele verwirrte Worte ausgingen.

Da erkannte Joseph, daß dieser Mann nicht zu schweigen vermochte über das, was er gesehen hatte.

Und der Älteste, der Diener der Finsternis, flüsterte ihm böse Ratschläge zu; und Joseph sprach: »Siehe, ich will dir einen Becher Wein bringen, um dich zu stärken; denn das, was du gesehen hast, hat dich sehr schwach gemacht.«

Joseph brachte ihm den Wein; im Becher aber war der Tod.

Und eine Weile, nachdem der Alte daraus getrunken hatte, fiel er zurück auf den Erdboden, und sein Geist verließ den Körper.

Joseph aber ging in sein Haus hinein, um allein zu sein mit seinem Entsetzen, allein mit seiner Reue.

Als der Tag anbrach, fanden die Diener des Hauses den alten Mann; einige der Diener trugen ihn hinein, während andere ihrem Herrn berichteten, was geschehen war; und alle glaubten, der Alte sei an Schwäche gestorben, und niemand erfuhr, daß sein Herr ihm das Leben genommen hatte.

Eine Weile aber, nachdem Joseph aus dem Garten geflüchtet war, kamen einige Frauen dorthin, um am Grab zu trauern und in der Stille über den zu reden, der sie verlassen hatte.

Als sie an die Stelle gekommen waren, sahen sie, daß der Stein von dem Eingang hinweggewälzt war. Und sie wunderten sich sehr, und sie wagten nicht, dort einzutreten; denn sie befürchteten, daß sich jemand im Dunkeln versteckt habe.

Aber als sie miteinander darüber geredet hatten, sagte die Frau, die Maria von Magdala war: »Ich will hineingehen, denn ich fürchte mich nicht.«

Und als sie bei dem ausgehauenen Grab stand, sah sie, daß es leer war, und sie fand die weißen Tücher, die auf die Erde geworfen dalagen.

Und sie ging rasch zu den wartenden Frauen zurück und sprach: »Er ist fort! Ob er wohl zu seinem himmlischen Vater gegangen ist, so, wie er oft sagte, daß er es tun werde? Oder ob jemand seinen Körper entfernt hat? Laßt uns in die Stadt gehen und berichten, was hier geschehen ist!«

Aber als sie sich umwandte, um den Garten zu verlassen, gewahrte sie vor sich den schwachen Umriß einer strahlenden Gestalt: Jesus von Nazareth.

Er lächelte ihr zu, und er streckte ihr seine Hände entgegen.

Als Maria von Magdala ihn erblickte, rief sie freudig: »Meister, bist du zu uns zurückgekehrt?« Und sie lief dorthin, um ihn zu begrüßen.

Als sie aber die Stelle erreichte, war er nicht dort.

Und sie rief betrübt die beiden anderen Frauen herbei und sagte: »Ich sah ihn, er war hier; aber er ist wieder verschwunden. Bleibet hier, damit er nicht allein ist, wenn er abermals zu uns zurückkehrt. Ich will in die Stadt eilen und Simon Petrus und einige der anderen herbeirufen.«

Und sie eilte hinweg.

Die Frauen, die zurückblieben, wunderten sich über ihre Worte; denn sie hatten Jesus von Nazareth nicht gesehen. Sie sahen nur Maria von Magdala vorlaufen und hörten sie rufen; aber ihn sahen sie nicht.

Und sie sprachen zueinander: »Lasset uns hier im Garten suchen; denn sicherlich hat er sich nicht weit von hier entfernt.«

Während sie umherwanderten, suchten sie überall; aber sie fanden ihn nicht.

Da sprach eine der Frauen: »Laßt uns in das Grab hineinschauen; es könnte sein, daß er sich dort verborgen hält.«

Und sie gingen hinein.

Aber sie erblickten nur das leere Grab, sahen nur die weißen Tücher auf dem Boden. Und sie kehrten enttäuscht zurück.

Und sie einigten sich, daß sie den auf dem Wege befindlichen Freunden entgegengehen wollten.

Als sie eine Weile schweigsam des Weges gewandert waren, sagte die Frau, die Salome hieß: »Siehe, ich hatte eine Erscheinung dort drinnen im Dunkeln; denn ich sah einen Engel in strahlenden Kleidern, er saß bei dem ausgehauenen Grab; aber eine große Angst band meine Zunge, so daß ich erst jetzt davon zu reden wage.«

Die andere Frau – es war Maria, die Mutter Jakobs, eines der Begleiter Jesu – antwortete und sprach: »Ich hatte fürwahr die gleiche Erscheinung; aber es waren zwei Engel dort; denn ich erblickte einen hinter dem, der am Grab saß; er wies mit der Hand nach oben, und er sprach einige Worte; aber ich vermochte nicht, sie klar zu unterscheiden.«

Salome, die Frau, die zuerst gesprochen hatte, meinte weiterhin, daß nur ein Engel am Grabe gesessen hätte, und sie stritten sich lange und heftig über etwas, was keine von ihnen gesehen hatte; denn mit Bedacht hatten sie beide über diese Erscheinungen zueinander unwahr gesprochen; denn die Menschen sind nicht alle gleich wahrheitsliebend, und diese Frauen wollten nicht hinter Maria von Magdala zurückstehen.

Und als später Simon Petrus, gefolgt von einigen Jüngern, zu der Stätte kam, wo die Frauen sie erwarteten, berichteten sie beide, was sie im Dunkel des Grabes gesehen hatten, und alle wunderten sich sehr.

Simon Petrus und die anderen eilten in den Garten, und sie durchsuchten alles; aber sie fanden ihn nicht.

Und sie sahen, daß das Grab leer war, aber ihn erblickten sie nicht.

29.
Wie oft erschien Jesus den Aposteln? Redete er zu ihnen?

Aber Simon Petrus sandte Nachricht an die Begleiter Jesu – doch nicht an Judas Ischarioth – und er bat sie, sich mit ihm am Abend im Hause Samuels, des Wasserträgers, zu treffen, damit sie gemeinsam über das reden könnten, was sich ereignet hatte.

Als die Stunde gekommen war und sie versammelt waren, sprach Simon Petrus: »Ihr habt alle gehört, daß unser geliebter Bruder und Meister der Maria von Magdala erschienen ist. Ich, und mit mir andere, haben das Grab durchsucht, den Garten durchsucht; aber wir fanden ihn nicht. Und wir haben ihn an vielen Orten hier in der Stadt gesucht; aber wir fanden ihn trotzdem nicht; niemand hat ihn hier gesehen. Sehet, ich meine, er ist aufgefahren in das himmlische Reich, zu seinem Vater, so, wie er oft sagte, daß er es tun werde. Lasset uns daher Gott, den Herrn, bitten, daß Er uns die Freude gewähre, noch einmal unseren geliebten Meister unter uns zu sehen, damit wir aus dem Glauben unseres Herzens und unserer sicheren Gewißheit heraus allen verkündigen können, daß er der Messias, der Sohn Gottes, war.«

Als Simon Petrus dies gesagt hatte, betete er laut für sie alle.

Und als er sein Gebet beendet hatte, siehe, da stand Jesus von Nazareth am oberen Ende des Tisches, allen sichtbar, und ein starkes Leuchten ging von seinem Leibe aus. Und er erhob seine Hände zu ihnen hin, lächelte und sprach: »Friede sei mit euch!«

Die Begleiter Jesu erkannten des Meisters Antlitz, und sie erkannten seine Stimme, obgleich sie schwach und fern klang.

Und sie erhoben sich, um ihn zu umarmen und ihn zu begrüßen; aber da verschwand er vor ihren Augen.

Und sie trauerten alle darüber, daß er sie so schnell verlassen hatte.

Und die Leute in der Stadt hörten, daß der Nazarener[1] von den Toten auferstanden und gen Himmel gefahren sei; daß er sich seinen Begleitern gezeigt und daß eine Frau ihn gesehen habe.

Da wunderten sich alle sehr. Viele glaubten den Worten, und viele wandten sich von ihrem sündigen und lasterhaften Lebenswandel ab.

Aber Pilatus und Kaiphas ließen überall nach dem Körper Jesu suchen; denn sie meinten, die Jünger Jesu hätten ihn entfernt und hielten ihn versteckt.

Aber er wurde niemals gefunden.

Und in diesen Tagen wurde Jesus von vielen gesehen, bald hier, bald dort; einige sahen ihn auf den Wegen in der Nähe Jerusalems, andere sahen ihn auf dem Ölberg, wo er früher häufig verweilt hatte; einige sahen ihn in Bethanien, ja, er wurde sogar am See Genezareth gesehen, und viele hatten ihn reden gehört.

Aber mit diesen Erscheinungen war es wie mit dem Engel und den Engeln, welche die Frauen am Grabe gesehen hatten; viele falsche Worte wurden geredet über die Auferstehung Jesu; denn nur wenige Menschen sind vollauf wahrheitsliebend.

Das viele Gerede über den Nazarener kam auch Joseph von Arimathia zu Ohren.

Und wieder erklang ihm die ferne Stimme. Und sie sprach: »Gehe zum Hohen Rat und sage, was du getan hast; denn du weißt, daß der Geist Jesu lebt; denn du weißt, daß sein Körper tot ist, und du weißt, wo er zu finden ist.«

Aber Joseph wagte nicht, seine böse Tat zu offenbaren; denn er befürchtete, seine Würde zu verlieren, befürchtete, sein Ansehen zu verlieren.

Und er schwieg. –

Auf diese Weise wurde der Zweifler und Mörder Joseph von Arimathia schuld daran, daß der falsche Glaube an die leibliche Auferstehung des Jesus von Nazareth unter die Menschen gelangte.

---

[1]) Nazarener = Nasiräer

30.
Wie ist das Pfingstwunder zu verstehen?

Und es geschah am Pfingsttage, als die Begleiter Jesu, einige der Jünger und andere in einem Hause in der Stadt versammelt waren, daß ein Unwetter über das Gebiet hinwegzog; dichte Wolken verdunkelten den Himmel, während heftige Windstöße das Haus erschütterten.

Aber die Zwölf[1] bekümmerten sich nicht um das Wetter, und sie fuhren fort, zu den versammelten Leuten über Jesus von Nazareth, den gekreuzigten, den auferstandenen, zu reden, über ihn, der der Messias war, Gottes Sohn.

Und siehe, es geschah, als Simon Petrus redete, daß ein starker Blitz über den Himmel fuhr, und einen kurzen Augenblick waren die Zwölf hell beleuchtet von einem flammenden Schein – denn sie standen vor dem hochgelegenen Fenster – und ein großes Getöse war zu hören.

Alle, die zugegen waren, wurden von großer Angst und Furcht befallen; denn sie erinnerten sich alles dessen, was sie in den letzten Tagen gehört und gesehen hatten.

Und sie fürchteten sich davor, daß Gott, der Herr, sie vor Gericht riefe.

Aber unsichtbar für alle, befand sich der Älteste, der Diener der Finsternis, unter ihnen.

Er war es, der die Angst in ihren Herzen weckte, er war es, der ihre Gedanken verwirrte, so daß sie riefen und schrien und Gott den Herrn baten, ihnen zu vergeben, was sie gesündigt hatten, damit sie nicht in die Finsternis hinausgeworfen würden. Und es wurden viele unverständliche Worte geredet, und es entstanden viel Unordnung und viel Verwirrung.

Und einer der Jünger rief den Zwölfen zu: »Sehet, der Herr hat fürwahr Seinen heiligen, Seinen flammenden Geist über euch kommen lassen, so wie der Nazarener es euch gelobte.«

Viele glaubten den Worten, und sie riefen: »Seine Worte sind wahr; denn wir sahen über euch ein flammendes Feuer!«

Da trat unter ihnen noch mehr Verwirrung ein.

Aber Jesu Begleiter versuchten, die Leute zu beruhigen, und sie

---

[1]) Ein zwölfter Apostel war an die Stelle des Judas Ischarioth getreten.

ermahnten sie zu Ruhe und Ordnung; und nach viel Mühe und vielen Anstrengungen senkte sich Stille über alle.

Da erhoben die Zwölf die Hände gen Himmel und dankten dem Allmächtigen für die Gabe, die Er ihnen gegeben hatte.

Und der einfältige Glaube ihres Herzens gab ihrem Geist größere Kraft und größere Stärke.

Aber keiner von denen, die zugegen waren, verstand, daß es der Blitz eines Unwetters gewesen war, den sie in dieser Stunde gesehen hatten; denn es geschah in der trockenen Zeit und nicht zu den Zeiten, wo die Wolken des Himmels Blitz und Donner herabsenden.

Einige Tage danach kamen Abgesandte der Schriftgelehrten und der Obersten zu Simon Petrus. Diese warfen ihm mit harten Worten das ungebührliche Verhalten vor, das auf der Versammlung am Pfingsttage von allen an den Tag gelegt worden sei, warfen ihm vor, daß sie zuviel des süßen Weines gekostet hätten.

Da geriet Simon Petrus in Zorn; und er wies ihre bösen Beschuldigungen zurück; denn er sagte: die Versammlung habe zu früher Tageszeit stattgefunden, und niemand habe den Wein angerührt.

Und er fuhr fort zu reden, und er sprach: »Wisset aber, daß das, was geschehen ist, uns vom Nazarener versprochen und von den Propheten vorausgesagt war, und am Pfingsttage löste Gott, der Herr, das Versprechen und die Voraussage ein.«

Und er fuhr in seiner Rede an sie fort, und er sprach: »Denn wisset, daß Jesus von Nazareth derjenige ist, über den der Höchste seinerzeit zu David sprach; denn wisset, daß Jesus der verheißene Messias war; aber in eurer Blindheit habt ihr ihn verhöhnt, verspottet und gekreuzigt.«

Und sie trennten sich in großem Zorn.

Aber Simon Petrus zweifelte niemals daran, daß seine Worte der Wahrheit entsprachen; denn einige der Jünger hatten ihm mitgeteilt, daß auf der Versammlung am Pfingsttage fremde Leute anwesend gewesen seien und daß diese gesagt hätten, die Rufe und Worte wären ihnen so erklungen, als ob in ihrer heimatlichen Sprache gerufen und gesprochen würde; aber dies sagten die Jünger zu ihm, weil sie sich ihrer großen Furchtsamkeit schämten; denn dadurch glaubten sie zu beweisen, daß sie auch selbst etwas von der himmlischen Kraft und Stärke empfangen hätten.

Und Simon Petrus glaubte, was sie ihm mitteilten.

Aber nach dieser Stunde geschah es oft, daß einer oder mehrere der Jünger auf den Versammlungen hervortraten, sich auf die Brust schlugen, die Hände gen Himmel streckten und alles mögliche riefen und redeten, das nicht verstanden wurde, und später mußten sie dann alle auslegen, was sie geredet hatten.

Die Begleiter Jesu versuchten jedoch ständig, diese Art der Rede zu verhindern; aber sie vermochten es nicht, und sie wurde von immer mehr Menschen übernommen.

So entstand das Zungenreden, geboren aus der Furcht und Verwirrung des Pfingsttages.

31.

Vermochten die Apostel Jesu Lehre genauso zu verkünden, wie sie diese empfangen hatten?

Als der älteste der Jüngsten – Jesus von Nazareth – nach beendetem Erdenleben zurückgekehrt war, begann er von neuem, die vielen Wanderungen der Menschen während ihrer Erdenleben zu leiten. Er suchte auch seine Nachfolger auf den Weg zu leiten, den er ihnen aufgezeigt hatte, als er unter ihnen auf Erden wandelte.

Aber trotz ihrer Versprechen und trotz ihres guten Willens vermochten sie nicht, Jesu Lehre rein und schlicht, mit den Worten zu verkündigen, wie sie ihnen von seinen eigenen Lippen erklungen waren; denn der Älteste, der Diener der Finsternis, kämpfte gegen sie an, und er suchte in ihre Reden an die Leute heimlich falsche Worte und fremde Gedanken einzuschleusen.

Daher benutzten sie, wenn sie Jesu Worte verkündigten, oft ihr eigenes Wissen; denn all das, was sie gesehen und erlebt hatten, seit sie von ihrem geliebten Bruder und Meister getrennt worden waren, überschattete in ihrer Erinnerung die Zeit, in der er zusammen mit ihnen wandelte.

Und sie redeten zu den Leuten über die nahe Wiederkehr Jesu, wo er der Menschen Richter und Herrscher sein sollte; denn sie glaubten, die Stunde wäre nahe, zu der er wiederkehren und sich vor aller Welt in seinem Glanz und seiner Herrlichkeit zeigen werde, um auf diese Weise seine Worte zu beweisen: daß er in Wahrheit Gottes Sohn sei.

Durch diese Reden gewannen sie viele Anhänger; denn die Leute fürchteten sich sehr vor der Zukunft, und viele glaubten, daß sie, wenn sie Jünger Jesu wären, dem Gericht und der Strafe für ihren unreinen, sündigen Lebenswandel entgehen könnten.

So wurde die neue Lehre von einem Ort zum anderen getragen; viele bekehrten sich, und viele ließen sich taufen, so daß sie, befreit von der Unreinheit ihres Herzens, in die Gemeinschaft der Begleiter Jesu aufgenommen werden könnten.

32.
Wie wurde Saulus vom Verfolger der Lehre Jesu zum Verkünder bekehrt?

Aber der Älteste, der Diener der Finsternis, stachelte die Schriftgelehrten gegen die Jünger Jesu auf.

Und die Obersten verfolgten sie, verhöhnten und verspotteten sie, brachten sie ins Gefängnis und bestraften sie; ja, einige von Jesu Freunden und Jüngern wurden erschlagen; denn sie wollten ihren Glauben nicht verleugnen; denn sie wollten ihrem Bruder und Meister nicht untreu werden.

Unter den Schriftgelehrten befand sich aber ein gelehrter Mann, und sein Name war Saulus.

Dieser Mann war sehr gottesfürchtig, war sehr gesetzeskundig, und in seinem Herzen war er über die neue Lehre erzürnt. Er verachtete alle Abtrünnigen, verfolgte sie und legte ihnen viele Steine in den Weg.

Als die Obersten seinen großen Eifer gewahrten, wählten sie ihn als Sendboten; denn sie hatten viel Vertrauen zu ihm.

Und sie befahlen ihm, sich in eine entfernte Stadt, nach Damaskus, zu begeben; denn die neue Lehre war auch dorthin gelangt.

Und sie gaben ihm einen Gruß und einen Brief des Hohen Rates in Jerusalem an alle Obersten in Damaskus mit, und sie trugen ihm auf, dafür zu sorgen, daß die Jünger Jesu in dieser Stadt verhaftet und bestraft würden; denn sie meinten, auf diese Weise die weitere Verbreitung der neuen Lehre aufhalten zu können.

Saulus versprach, das auszuführen, was sie ihm auftrugen. Und er wählte einige Begleiter aus; und sie traten ihre Reise an.

Aber der Weg war lang und sehr mühsam, und er hatte viel Gelegenheit, über das nachzudenken, was er über den Nazarener gehört hatte. Und in Gedanken wiederholte er oft viele der schönen und liebevollen Worte Jesu.

Langsam begannen der Zorn und der Haß aus seinem Herzen zu weichen.

Langsam machten sich in seinem Sinn die Gedanken geltend, daß die Worte des Nazareners wahr seien, daß er in Wahrheit Gottes Sohn sei, der Messias, auf den sie alle gewartet hatten.

Aber er wagte nicht, diesen Gedanken Glauben zu schenken, und er versuchte, sie zu verjagen; aber sie kehrten ständig zurück, und sie quälten ihn sehr. Und er grübelte und grübelte über all das nach, was er gehört hatte. Aber seine Begleiter wunderten sich über seine Schweigsamkeit.

Als sie sich der Stadt näherten, war er sehr müde, und er fühlte sich sehr schwach; denn die Sonne glühte über ihren Häuptern, und der weiße Staub der Straßen brannte in ihren Augen.

Saulus und seine Begleiter ließen sich am Wegesrand nieder, um für eine Weile zu ruhen, und sein müder Körper fiel in Schlaf; aber sein Geist war wach.

Und siehe, da stand Jesus von Nazareth vor ihm in all seiner strahlenden Schönheit.

Aber sein Antlitz war sorgenvoll. Und er sprach: »Saulus, Saulus, weshalb verfolgst du mich?«

– Denn während der Körper des Saulus schlummerte, kam Jesus auf diese Weise zu seinem Geist, um, wenn möglich, sein böses Vorhaben zu verhindern; denn Saulus war einer der Jüngsten. –

Als aber der Geist des Saulus seinen Bruder sah und wiedererkannte, entsetzte er sich über das Böse, das er getan hatte.

Und seine Angst weckte seinen schlummernden Körper.

Und durch das plötzliche Aufwachen bewahrte er in seiner Erinnerung ein schwaches Bild des Schönen, das er gesehen hatte, während Jesu Worte in seinen Ohren nachklangen.

Aber als er sich erhob, entsetzte er sich noch mehr; denn seine Augen waren geblendet, und er war von Dunkel umgeben.

In seiner Angst rief er seine Begleiter herbei, und er sagte zu ihnen, daß seine Augen durch den strahlenden Lichtglanz, der Jesus von Nazareth umgeben hätte, geblendet worden seien; aber sie verstanden ihn nicht.

Als sie aber sahen, daß er krank und schwach war, geleiteten sie ihn in die Stadt, an einen Ort, wo er sich in der Stille ausruhen konnte. Und als sie ihn einige Tage lang gepflegt hatten, wurde sein Augenlicht besser, und er vermochte wieder zu sehen; denn es waren die

Sonne und der Staub der Straße, die eine Zeitlang seine Augen geblendet hatten.

Aber Saulus begriff, daß Gott, durch Jesus von Nazareth, ihn gerufen hatte, um ihn daran zu hindern, auf unwegsamen Pfaden zu wandern. Und in seinem Herzen gelobte er ihnen beiden, daß er in der Zukunft selbst die Lehre verkündigen werde, die er zuvor bekämpft hatte.

Und Saulus wurde zu einem gewaltigen Streiter für Jesus von Nazareth.

33.
Wie entstand die Versöhnungslehre?

Aus Furcht vor dem Zorn des Hohen Rates wagte Saulus nicht, nach Jerusalem zurückzukehren; denn er hatte den Brief vernichtet, den er den Obersten in Damaskus hätte bringen sollen. Er wagte auch nicht, vor die Begleiter Jesu hinzutreten, denn er befürchtete, sie würden seine Bekehrung nicht für wahr halten. Daher beschloß er, für eine Weile fortzuziehen und sich bei einigen entfernten Verwandten aufzuhalten.

Und er führte aus, was er beschlossen hatte.

Und dort in der Fremde, fern von allem Lärm und Streit, erforschte er sein Herz, grübelte und dachte viel über das nach, was er gehört und gesehen hatte.

Und er versuchte, das Verborgene zu erforschen, das der Menschwerdung Jesu zugrundelag.

Der Älteste aber, der Diener der Finsternis, stand an seiner Seite, und langsam machten sich in Saulus' Sinn die Gedanken geltend: daß Jesus, Gottes Sohn, zur Erde gesandt worden sei, um Gott mit seinen irdischen Kindern, den entarteten und gottlosen Menschen, zu versöhnen; denn der Mensch Saulus war ein sehr schriftgelehrter, sehr gesetzeskundiger Mann, und er vermochte sich nicht vollauf von allen alten jüdischen Lehren abzuwenden. Und der Höchste war und blieb für ihn ein Gott des Zornes, dessen gerechter Zorn unaufhörlich durch blutige Opferungen und duftenden Weihrauch besänftigt werden mußte.

Deshalb wurde Jesus in Saulus' Auslegung der Geschehnisse zum Schlachtopfer, dem Lamm, das durch seinen freiwilligen Tod die Menschen von dem Urteil, der Strafe und der Verdammnis loskaufte; ja, er wurde zum Lamm, dessen Blut alle menschliche Sünde und Unreinheit abwusch.

Aber Saulus verstand nicht, daß der Älteste, der Diener der Finsternis, ihm diese falsche Auslegung heimlich in den Sinn gegeben hatte; denn Saulus war ein sehr selbstgerechter Mann, und selbstgerechte Menschen vermögen niemals voll und ganz zu unterscheiden, ob die Gedanken, die ihnen eingegeben werden, vom Licht oder von der Finsternis herrühren; denn sie vergessen oft, Gott bezüglich des Größten um Rat zu fragen, obwohl sie sich des Geringsten wegen Seiner erinnern.

Und auf diese Weise wurde Saulus' Lehre über die Menschwerdung des Jesus von Nazareth eine Mischung aus Licht und Finsternis.

Als Saulus, nachdem er sich einige Jahre lang in der Fremde aufgehalten hatte, nach Damaskus zurückkehrte, begann er dort seine Lehre über Jesus zu verkündigen; und er verkündigte sie vielen – den Juden und den sogenannten Heiden. Viele Leute hörten seine Worte und schenkten seiner Auslegung Glauben, ja, viele, die vorher Jünger der Begleiter Jesu gewesen waren, wandten sich von ihnen ab und folgten ihm.

Und als er später einige Gespräche mit Simon Petrus und anderen von Jesu Begleitern und Jüngern führte, vermochten diese nicht, ihn in seiner Auffassung von Jesus zu erschüttern: daß er der Erlöser und der Versöhner der Menschen sei; und Saulus fuhr fort, seine Lehre nach den Worten und Gedanken zu verkündigen, die er von Gott und Jesus selbst empfangen zu haben glaubte.

Später, als die sogenannten Gedächtnis- oder Liebesmahle von den von Saulus gegründeten Gemeinden aufgenommen wurden, versuchte er auf die übliche Weise zu erforschen und darzulegen, in welcher Absicht Jesus seine Begleiter am Tage der ungesäuerten Brote zum Mahl zusammengerufen hatte.

Und er legte diese Handlung folgendermaßen aus: daß Jesus, als er das Brot an seine Begleiter austeilte, ihnen damit kundgetan habe, daß er – ebenso, wie er sie nun mit seinem Brot speiste, damit sie nicht hungern und sterben sollten – auch seinen Körper für sie hingeben und sie durch seinen Tod mit dem ewigen Leben speisen wolle. Und als Jesus seinen Begleitern aus seinem Becher Wein zu trinken gab, habe er damit kundgetan, daß er sein Blut für sie vergießen und auf diese Weise ihre Sündenschuld tilgen wolle.

Und in Saulus' Sinn und Gedanken wurden die Worte gezeugt und geboren: meinen Körper und mein Blut will ich für euch hingeben, für einen neuen Bund zwischen dem Herrn und euch[1].

Und er gab seinen Jüngern diese Auslegung des Geschehenen, und sie nahmen die Worte an, und sie gebrauchten sie bei ihren Liebesmahlen, und sie wurden weit verbreitet von Gemeinde zu Gemeinde.

Und die Leute bewahrten die Worte in ihren Herzen, denn sie glaubten, sie seien von Jesus selbst ausgesprochen worden. Und als die Zeit kam, wo Männer in Schriften über die Erdenwanderung Jesu berichteten, schrieben sie ihm diese Worte zu, die von dem Ältesten fälschlicherweise heimlich in Saulus' Sinn und Gedanken eingeschleust worden waren.

Auf diese Weise begründete Saulus das Christentum mit seiner Lehre.

Viele Gemeinden wurden unter den Heiden gegründet, viele Leute wurden gewonnen, und das Christentum breitete sich sehr aus; denn Saulus wurde nicht müde, sondern unternahm gefährliche und mühselige Reisen in entfernte Gegenden. Und wo er auch hingelangte, verkündigte er seine Lehre von Jesus von Nazareth, der Gottes Sohn sei, ein Erlöser und Versöhner der Menschen.

Aber keiner der Nachfolger Jesu – weder seine Begleiter, noch Saulus – vermochten alle Leute zu einer einzigen Gemeinde zu sammeln, die sich in tiefer Demut und kindlicher Liebe gemeinsam vor ihrem himmlischen Vater beugte, zu einer Gemeinde, die sich in innigem Vertrauen Gottes Lenkung unterwarf, einer Gemeinde, in der die Nächstenliebe über Selbstsucht, Machthunger und Sünde des irdischen Ichs siegte.

Und auf diese Weise wurde das Gebot, das Jesus als das höchste bezeichnet hatte: die Liebe zu Gott, die Liebe zum Nächsten,

---

[1]) Ohne die späteren Entstellungen, lautete die Erklärung, die Paulus seinen Jüngern gab, nachdem er die Sache in obenangeführter Weise durchdacht hatte, ursprünglich folgendermaßen: »So wie Jesus seinen Aposteln von seinem Brot und seinem Wein reichte, so gab er den Seinen seinen Körper und sein Blut als geistiges Essen und Trinken; ja, er gab sich selbst als Sündopfer, als Zeichen eines neuen Bundes zwischen dem Herrn und uns.« –

von der Finsternis überschattet; denn von der Zeit der ältesten christlichen Gemeinden an gab es gegenseitigen Zorn und Haß, gab es Machthunger und Selbstgerechtigkeit.

So verwahrloste und verkümmerte Jesu schlichte und schöne Liebeslehre!

34.

Konnte das Licht gegenüber der Finsternis durch die weitere Ausbreitung des Christentums Fortschritte erzielen?

Langsam breitete sich das Christentum aus, von Ort zu Ort, von Volk zu Volk. Tausende und aber Tausende entschlossen sich, der christlichen Lehre zu folgen. Aber nur wenige fanden den Weg zu ihrem himmlischen Vater. Geleitet durch das Licht in ihrem Inneren, geleitet durch ihre tiefe Reue, suchten und gewannen diese wenigen die Vergebung ihrer Sünden und bösen Taten.

Aber viele fuhren fort, in der Finsternis der Sünde weiterzuwandern.

Unsichtbar für die Menschen arbeiteten viele von den Jüngsten daran, das Licht über die Erde zu verbreiten; und sie zogen die läuternden Ströme des Lichtes zu den Menschen hin, die in Wahrheit versuchten, in Reinheit und in Eintracht miteinander zu leben; sie zogen die läuternden Ströme des Lichtes zu den Brüdern und Schwestern hin, die, an irdische Körper gebunden und damit für die Menschen sichtbar, die Macht der Finsternis zu brechen suchten.

Aber die Finsternis und der Älteste hinderten den Fortschritt des Lichtes; denn der Älteste, der Diener der Finsternis, säte des Zornes, säte des Hasses böse Saat in die Herzen der Menschen.

Schwere Zeiten begannen für die Christen im mächtigen römischen Reich; denn der oberste Herrscher des Reiches, der Kaiser, verlangte, daß alle im Volke sich vor ihm beugen sollten; verlangte, daß alle ihn wie eine Gottheit ehren sollten. Und die Machthaber verfolgten jeden, der das Bildnis des Kaisers nicht anbetend grüßte.

Aber nicht alle Christen wollten die Lehre verleugnen, die ihrem Sinn und ihren Gedanken Frieden und Reinheit gebracht hatte. Und diejenigen, die sich weigerten, den Kaiser anzubeten, wurden gepeinigt und erschlagen; aber sie trugen ihre Qualen mit großer Geduld; denn die sichere Gewißheit der Gnade und Barmherzigkeit Gottes und ihr fester Glaube an den Sieg der Wahrheit stärkten ihren Geist und stärkten ihren irdischen Körper. Zahlreiche Christen gingen in.

den Tod mit Lobgesängen auf den Lippen; und ihre Stärke und ihr fester Glaube gewannen noch mehr Menschen für die neue Lehre.

Und während die Jahre entschwanden, während ein Jahrhundert sich an das andere reihte, schlossen sich immer mehr Menschen dem Christentum an. Aber nur wenige fanden den Weg zu ihrem himmlischen Vater, während viele, die den Namen der Christen trugen, fortfuhren, in Sünde, Laster und Gottlosigkeit zu wandeln; denn die böse Saat der Finsternis verhinderte weiterhin den Fortschritt des Lichtes.

Und der Älteste, der Diener der Finsternis, fuhr fort, die christliche Lehre zu verfälschen, um so in den Gemeinden inneren Zwiespalt hervorzurufen und sie noch mehr voneinander zu entfernen.

Und er träufelte sein böses Gift in den Sinn der Leitenden, in den Sinn der Schriftkundigen und Gelehrten, so daß ihre Gedanken neue und noch unverständlichere Auslegungen der Menschwerdung Jesu, seiner Worte und Werke, zeugten und hervorbrachten. Weitere Lehrsätze wurden erdacht und geformt, und es entstanden viel Streit und Zwiespalt; denn die Gelehrten waren sich uneinig; denn der eine wollte sich nicht dem anderen beugen, und jeder von ihnen wollte nur seine eigenen Meinungen, seine eigenen Gedanken anerkennen.

Und sie fuhren fort, sich um vielerlei zu streiten.

Einige der Gelehrten behaupteten: daß es im Gegensatz zu den vielen Göttern der Heiden nur einen einzigen Gott gäbe, daß alle Macht im Himmel und auf Erden mit Recht Ihm allein zukomme. Aber ihre Gegner meinten: daß Gott wohl nur Einer wäre, aber doch auf verwunderliche Weise Drei sei; denn sie machten Christus, Gottes Sohn, zu einer Einheit mit dem Vater, und sie machten Gottes Gedanken, Seinen schaffenden und lebenspendenden Geist, zu einem selbständigen göttlichen Wesen: so waren diese – Vater, Sohn und der Heilige Geist – drei, aber zusammen bildeten sie eine Einheit, die Gott war[1].

Einige der Gelehrten behaupteten: daß Gott den Menschen einen freien Willen gegeben habe, behaupteten, daß sie sich kraft dieses Willens zum Licht erheben und von der Sünde und der Finsternis wegkämpfen könnten. Aber ihre Gegner meinten: daß die Menschen

[1]) Mehrere andere Fassungen über die Einheit des Sohnes mit dem Vater wurden von Ardor nicht genannt, da jeder, der den Wunsch hegt, sich selbst über die Streitigkeiten jener Zeiten unterrichten kann.

blinde, willenlose Wesen in der Hand des Höchsten seien, meinten, daß Gott, bevor Er sie erschaffen hätte, einige im voraus für das ewige Leben in himmlischer Herrlichkeit und Freude, und andere im voraus zur ewigen Verdammnis, zu einem ewigwährenden Leben in Leiden und dem Elend der Finsternis bestimmt habe.

Einige der Gelehrten behaupteten: daß das Brot und der Wein, die bei den Gedächtnismahlen Verwendung fanden, sich während ihrer Segnung oder Verzehrung in Jesu Körper und Blut verwandelten, behaupteten, daß die Menschen, die dieses Brot und diesen Wein zu sich nähmen, seiner Leiden und seines Todes teilhaftig würden und so die Vergebung der Sünden erlangten. Ihre Gegner aber meinten: daß diese Mahle nur zur fortdauernden Erinnerung an Jesus gestiftet worden seien.

Einige der Gelehrten behaupteten: daß die Menschen durch die Taufe das himmlische Leben und die himmlische Seligkeit erben und ihrer teilhaftig würden, behaupteten, daß alle Ungetauften zu ewiger Verdammnis verurteilt seien. Ihre Gegner aber meinten: daß die Taufe nur ein Sinnbild sei für die Reinigung der Menschen von den Unreinheiten der Sünde.

So fuhren die Gelehrten fort, sich zu streiten; denn keiner von ihnen wollte sich dem anderen fügen. Und sie schleuderten sich gehässige und verurteilende Worte entgegen.

Aber alle vergaßen sie, Rat, Stärke und Hilfe bei Gott dem Allmächtigen zu suchen, vergaßen, sich an Ihn zu wenden, der allein vermocht hätte, sie zu leiten.

Und so breitete sich der Hochmut in ihrem Sinn aus, so banden Haß und Machthunger ihr Herz, während die Finsternis unter ihnen immer größeren Einfluß gewann.

Aber Christus, der älteste der Jüngsten, war betrübt über die Unverträglichkeit der Menschen, und er wankte unter den schweren Bürden, die die Menschen auf seine Schultern luden.

Trotz der Streitigkeiten, die die christlichen Gemeinden untereinander hatten, kamen bessere Zeiten herauf; denn die sich ablösenden Kaiser des Römerreiches sahen ein, daß sie den siegreichen Fortschritt der christlichen Lehre nicht aufzuhalten vermochten. Und als alle Verfolgungen aufhörten, verbreitete sich das Christentum noch mehr.

An zahlreichen Orten wurden in den christlichen Ländern schöne, herrliche Bauten errichtet, reich geschmückt zu Gottes Ehre. Und in diesen Bauten versammelten sich die Gemeinden, um sich bei der Auslegung der Schriften und bei Lobgesängen anbetend vor Gott und Christus zu beugen.

Aber einzelne besonders fromme Männer und Frauen zogen sich von den großen Versammlungen zurück, um in Einsamkeit, bei Gebet und unter strenger Kasteiung den Höchsten anzubeten. Und in vielen Gemeinden begann man, die Männer und Frauen zu ehren, die erschlagen worden waren, weil sie ihren Glauben nicht verleugnen wollten. Ja, einige Menschen riefen sogar diese sogenannten heiligen Männer und Frauen um Hilfe an, um Beistand und Fürbitte bei Gott und Christus.

Befruchtet durch die Finsternis, gezeugt und geboren von den Gedanken unwissender Menschen, tauchten zahlreiche Berichte über die große Frömmigkeit und die wunderbaren Taten dieser Märtyrer auf. Auf gleiche Weise entstanden verwirrte und unverständliche Berichte über die Mutter Jesu, Maria: die auserkorene, die reine Jungfrau, die Gottes Sohn gebar, nachdem sie ihn vom Heiligen Geist empfangen hatte. Und viele Christen ehrten sie und neigten sich vor ihr.

Diejenigen aber, die die Berichte hörten, schenkten ihnen Glauben.

Und die Worte gingen von Mund zu Mund, und sie fanden weite Verbreitung.

Langsam breitete sich das Christentum in immer entferntere Länder aus, und als die Stunde kam, wo einer der römischen Kaiser seine Hand schützend über die Christen hielt, entwickelte sich das Christentum zu einer Macht, vor der die Menschen sich zu beugen hatten.

Den zahlreichen und großen Gemeinden gab man weitere Schriftkundige, aber über den Schriftkundigen – den Priestern – standen die Bischöfe, und diese rissen immer größere Macht und immer weitere Reichtümer an sich; denn ihr Machthunger war unersättlich!

Einige der Bischöfe versuchten mit großer Autorität, die ewigen Streitigkeiten beizulegen; aber wenngleich einigen bestimmten Auslegungen und Lehrsätzen über die Menschwerdung Jesu, seine Worte und seine Taten, der Vorrang vor allen anderen eingeräumt wurde, um so die feste Grundlage der christlichen Lehre zu bilden, vermochten die Bischöfe dennoch nicht, überall volle Einigkeit zu schaffen.

Aber langsam entstand aus allem Streit und allem Zwiespalt »die heilige allgemeine Kirche«, die mit Macht die zersplitterten Gemeinden zu einer Gemeinschaft zu sammeln suchte; und der Bischof der Stadt Rom wurde zur obersten regierenden und leitenden Autorität ernannt.

Aber als das Christentum stark geworden war, entwickelten sich die Christen von Verfolgten zu Verfolgern; und sie verfolgten die sogenannten Heiden, und diejenigen, die ihre Götter nicht verleugnen, ihren Glauben nicht verleugnen wollten, wurden erschlagen.

So entfernte sich das Christentum während seiner Ausbreitung immer mehr von der Liebes-, Reinheits-, und Barmherzigkeitslehre Christi.

35.

Versuchten die Jüngsten nicht die Irrlehre aufzuhalten, die von dem Ältesten heimlich unter die Menschen gebracht worden war?

Als die Jüngsten aber sahen, wie tief betrübt ihr älterer Bruder über die Blindheit, die Unverträglichkeit und den Unverstand der Menschen war, vereinbarten sie, sich eine Zeitlang um das eine Ziel zu scharen, nämlich die falschen Lehren der Finsternis zunichte zu machen und die reine Lehre Christi durchzusetzen.

Mehrere der Jüngsten ließen sich in dieser Absicht von neuem an Menschenkörper binden, und sie ließen sich in verschiedenen Ländern und an verschiedenen Orten zur Welt bringen.

Und wenn ihr Körper und ihr Geist gereift waren, traten sie hervor und kämpften mit Macht darum, die falschen Lehren zunichte zu machen und der Wahrheit zur Erkenntnis zu verhelfen.

Aber nur wenige Leute verstanden sie, und nur wenige folgten ihnen, während viele sie verhöhnten und verspotteten – ja, einige der Verfolgten wurden sogar erschlagen.

Und unter diesen war ein Mann, der den Menschen unter dem irdischen Namen Mani bekannt war.

Dieser Mann brachte den Menschen einige der Wahrheiten des Lichtes; und er redete schöne, verständige Worte über das, was sich hinter der irdischen Welt verbarg.

Aber auch in seine Verkündigung der geistigen Wahrheiten vermochte der Älteste heimlich falsche Lehren einzuschleusen, und über Manis Lehre kamen kein volles Licht und keine volle Klarheit.

Viele waren es, die seinen Worten lauschten; einige folgten ihm, aber noch mehr verspotteten und verfolgten ihn; und diese gaben ihm den Tod zum Dank für die Wahrheiten, die er ihnen zu bringen gesucht hatte.

So fuhren die Jüngsten fort, auf die verschiedenste Weise für die wahre Lehre zu streiten.

Aber die Finsternis und der Älteste hinderten den Fortschritt des Lichtes; die Finsternis verblendete die Menschen und band ihre Gedanken.

So kämpften die Jüngsten in versinkenden und heraufkommenden Jahrhunderten, während das Christentum, Saulus' falsche Lehre, in ferne Länder verbreitet wurde.

Da kam das Jahrhundert, in dem es einem der Jüngsten, bekannt unter dem irdischen Namen Mohammed, gelang, den Menschen folgende Lehre zu verkündigen: daß Gott ein Einziger sei, daß niemand über Ihm, niemand unter Ihm und niemand neben Ihm stünde. Und er verkündigte, daß Gott allein der Ursprung des Alls, der Schöpfer des Alls sei.

Als Mohammed mit seiner Lehre vor die Bevölkerung seines Landes trat, wurden ihm Spott, Zorn und Verachtung entgegengebracht.

Nur wenige lauschten seinen Worten, nur wenige folgten ihm.

Aber während die Jahre dahinschwanden, gewann er immer mehr Anhänger. Und da seine Feinde seine ständig zunehmende Macht fürchteten, trachteten sie ihn zu erschlagen. Als Mohammed von ihren bösen Absichten erfuhr, verließ er seine Wohnung in der Stadt Mekka und flüchtete in die Stadt, die später Medina genannt wurde.

Die Herrschaft Mohammeds über die Menschen wurde immer größer; immer mehr Leute scharten sich um ihn, und seine Worte fanden weite Verbreitung.

Aber der Älteste, der Diener der Finsternis, suchte Mohammeds Gedanken in die Irre zu führen, suchte seinen Sinn zu verunreinigen.

Und der Älteste erweckte Hochmut und Machthunger in Mohammeds Herzen, erweckte heiße Sehnsucht in seinem Körper, und seine Begierde nach schönen Frauen wurde unersättlich.

Die Finsternis senkte sich über ihn, und er taumelte unaufhörlich; denn sein Fuß geriet in die Schlingen, die man ihm legte.

Und Mohammed rief einige der Ersten seines Landes zusammen, sprach zu ihnen und gebot ihnen, gegen ihre Feinde ins Feld zu ziehen, um seine Lehre mit Macht auszubreiten; denn er verkündigte fälschlicherweise: daß dies eine Gott wohlgefällige Tat sei. Und er versprach, daß Gott die tapferen Männer belohnen werde, die im Kampf erschlagen würden; versprach, daß Gott sie für die errungenen Siege mit den schönsten und herrlichsten Freuden des Paradieses belohnen werde.

Und er zog mit einer mächtigen Schar zu der Stadt Mekka, machte sich zum Herrn über sie und über die Bevölkerung, und alle, die sich weigerten, ihm zu folgen, wurden getötet oder verjagt.

Aber von der Stunde an errang die Finsternis noch größere Macht über ihn. Seine Gedanken verwirrten sich noch mehr, seine Lehre wurde noch unklarer, und oft widersprach er seinen eigenen Worten.

Aber die Herrschaft Mohammeds über die Menschen wurde nicht geringer, und er wurde sehr verehrt; doch er selbst fand keinen Frieden und keine Ruhe; denn die Finsternis war über ihm; denn der Älteste stritt gegen ihn an.

Und als sein Körper vom irdischen Tod getroffen wurde, war sein freigegebener Geist betrübt, betrübt darüber, daß er, während er Mensch war, nicht vermocht hatte, die volle Wahrheit zu bringen; betrübt darüber, daß er nicht vermocht hatte, die Macht der Finsternis zu brechen.

Aber einige Zeit nach Mohammeds Tod begannen die Leute, seine Lehre zu sammeln und niederzuschreiben. Zahlreiche Worte und Lehrsätze tauchten auf und wurden Mohammed zugeschrieben; Worte und Lehrsätze, die er niemals ausgesprochen oder durchdacht hatte; und hieraus entstanden viel Uneinigkeit und Streitigkeiten verschiedenster Art.

Auf diese Weise wurde auch die heilige Schrift der Mohammedaner ein Gemisch aus Gut und Böse, ein Gemisch aus Mohammeds Lehre, aus Menschenwerk und den falschen Lehren der Finsternis.

Nach dem Tode Mohammeds stachelte der Älteste dessen Anhänger auf, und sie bekriegten die Nachbarvölker; sie eigneten sich viel Land, viel Macht und ungezählte herrliche Schätze an; und sie zwangen etliche der Besiegten dazu, sich der Lehre Mohammeds zu beugen.

Die Christen aber sahen mit Zorn, daß die Lehre des Propheten sich immer mehr ausbreitete; und sie hörten mit Verwunderung, daß viele ihr sogar freiwillig folgten.

Und als die Christen die Mitteilung erreichte, daß das Volk der Araber sich zum Herrn über Jerusalem, die heilige Stadt, gemacht habe, wurden sie noch zorniger in ihrem Inneren und trauerten tief, wenn sie die Stadt besuchten, um betend an den heiligen Stätten zu verweilen; und hieraus entstanden in den folgenden Jahren zwischen den Christen und den Anhängern des Propheten Mohammed Streitigkeiten verschiedenster Art.

Und noch später, als durch die Länder die Botschaft ging, daß ein kriegerischer mohammedanischer Volksstamm[1] Jerusalem mit Gewalt und Macht erobert habe, flammten in den Herzen der Christen Haß und Rachsucht auf; viele schworen beim Kreuze Christi, die Fremden verjagen und die Stadt zurückerobern zu wollen; ja, sie gelobten sogar, alle zu zerschmettern und zu vernichten, die Feinde der Lehre Christi seien.

Da begannen die grauenvollen Kriege und Kämpfe zwischen den Christen und den Mohammedanern.

Bald siegten die Anhänger des Propheten, bald siegten die Christen. Tausende und aber Tausende wurden erschlagen; denn keine der beiden Mächte wollte sich der anderen beugen; und während die Jahrhunderte sich ablösten, wurden im Namen Gottes und im Namen Christi Gewalt, Mord und fürchterliche Untaten begangen.

Aber als die Zeiten dahinschwanden und die Christen sahen, daß das Zeichen des heiligen Kreuzes, unter dem sie kämpften, ihnen nicht den erwarteten Sieg zu bringen vermochte, wurden sie zunehmend mutloser. Und als zwei Jahrhunderte vergangen waren, mußten die Christen sich beugen; denn die Anhänger des Propheten waren stärker.

Aber während dieser zahlreichen und langwierigen Kämpfe erlangte die Finsternis abermals größere Macht über die Menschen.

An irdische Körper gebunden, suchten die Jüngsten weiterhin die Wahrheit und das Licht hervorzuziehen; aber ständig mußten sie der Finsternis weichen; denn diese hatte unter den menschgewordenen Ältesten viele und mächtige Helfer.

---

[1]) Die Seldschuken. Anm. d. Hrsg.

Auch den ewigen Streitigkeiten der Christen untereinander vermochten die Jüngsten nicht Einhalt zu gebieten.

Neue Lehrsätze wurden erdacht und brachten neue Streitigkeiten. Die Bischöfe und Priester eigneten sich immer mehr Macht, immer weitere Reichtümer an. Und hoch über ihnen allen, über den Völkern, den Fürsten, den Königen und Kaisern, stand der oberste der Bischöfe, der sogenannte Papst, in der Stadt Rom; und gegen alle, die seine Macht und Herrschaft nicht anerkennen wollten, schleuderte er seinen mächtigen Bann aus; denn der Statthalter Gottes und Christi vergaß das Wort Christi: **Vergebet euren Feinden**!

Und mit unauslöschlichem Haß verfolgten die Christen alle, die sich nicht zum Christentum bekennen wollten. An vielen Orten brannten in den Ländern die Scheiterhaufen, wo Mohammedaner und Juden, die sogenannten Ketzer, zur Ehre Gottes und Christi gepeinigt und verbrannt wurden; ja, sogar etliche Christen, die die Verfolgten zu beschirmen suchten, mußten die Verurteilten auf den Scheiterhaufen begleiten und die gleichen Qualen, den gleichen grauenvollen Tod erleiden; denn die Menschen vergaßen das liebevolle Wort Christi: Liebet einander wie Brüder und Schwestern!

In Wahrheit, die Macht der Finsternis war entsetzlich!

Immer schwerer und dichter senkte sich die Finsternis über die Erde, verblendete die Menschen, schwächte und band ihre Gedanken.

Viele Christen beugten sich anbetend vor den gemalten Bildern und den Statuen der Maria, der Mutter Jesu, beugten sich anbetend vor den zahlreichen Bildnissen heiliger Männer[1] und Frauen.

Aber bei all diesem Götzendienst[1] vergaßen sie oft, zu Gott, dem

---

[1]) Viele Christen beteten direkt die Jungfrau Maria und die heiligen Männer und Frauen an, statt sie zu bitten, für sie bei Gott Fürbitte zu leisten. Dadurch wurde die Heiligenverehrung abgöttisch, und da die Mutter Jesu und alle »Heiligen«, ungeachtet ihrer guten Taten, alle dem Gesetz der Reinkarnation (der Wiedergeburt) unterworfen sind, ist es überflüssig, sich an sie zu wenden, und oft wird es ganz sinnlos, weil die angerufenen Heiligen sich von Zeit zu Zeit als Menschen auf der Erde aufhalten und folglich gegenüber den Anrufungen ihrer Mitmenschen um Fürbitte und Hilfe taub sein müssen.

Unter den Geistern, die mit den irdischen Körpern der sogenannten Heiligen verbunden gewesen sind, befinden sich sowohl die Jüngsten, als auch die Ältesten und Menschengeister. Für letztgenannte gab Gott das Gesetz über die Wiedergeburt, damit sie vorwärts und aufwärts gelangen können. Die Ältesten haben sich durch ihre eigenmächtige erste Inkarnation selbst diesem Gesetz unterstellt; die Jüngsten haben sich ihm freiwillig unterworfen und befolgen es, solange sie für den Fortschritt der Menschheit arbeiten. Die Anrufung der heiligen Männer und Frauen durch die Menschen wird somit zu einem Sich-Wenden an Wesen, die ein imaginäres Heiligendasein führen.

Allmächtigen zu beten, vergaßen, zu ihrem Gott und Vater zu beten, vergaßen, zu Ihm zu beten, der sie einzig und allein zu erhören vermochte.

Immer mehr fromme Männer und Frauen – Mönche und Nonnen – zogen sich von der Welt zurück und lebten in eigenen Wohnungen, unter den eigenen Gesetzen ihrer Gemeinschaft. Aber obgleich diese Männer und Frauen gelobten, in körperlicher Reinheit zu leben, vermochten sie doch nicht alle, das abgelegte Gelübde zu halten. Nur wenige waren rein in ihrem Inneren, nur wenige fanden den Weg zu ihrem himmlischen Vater, nur wenige stützten die Armen aus Liebe und Barmherzigkeit, nur wenige pflegten die Kranken aus Mitleid mit ihren Schmerzen.

Immer schwerer und dichter senkte sich die Finsternis über die Erde, und nur wenige der Jüngsten wagten es, in menschlicher Gestalt gegen das Böse anzukämpfen.

Da kam die Stunde, zu der viele der Jüngsten abermals bei ihrem älteren Bruder an der letzten Aufenthaltsstätte um die Erde versammelt waren.

Und sie redeten viel miteinander über das, was in der irdischen Welt geschah, redeten miteinander darüber, welchen Weg sie einschlagen sollten, um die Menschen aus der Finsternis herauszuführen.

Aber sie waren alle sehr mutlos.

Und einer von ihnen sprach: »Lasset uns mit unserem Wirken unter den Menschen aufhören; denn wir vermögen nicht, sie zum Reich unseres Vaters zu führen. Immer wieder lassen wir uns an irdische Körper binden, aber noch hat keiner von uns, während wir Menschen waren, die Verwünschungen aufzuheben vermocht, die unser ältester Bruder ausgestoßen hat; noch hat keiner von uns, während wir Menschen waren, für unseren Bruder zu beten und ihn dadurch von der bindenden Macht der Finsternis zu lösen vermocht. Durch unser Wirken unter den Menschen haben wir nur Sorgen und Leiden über uns selbst gebracht; lasset uns deshalb in das Reich unseres Vaters zurückkehren, so daß die Kinder der Erde ihre eigenen Wege wandern können.«

Aber als er schwieg, trat Christus, der älteste der Jüngsten, hervor.

Und er sprach: »Auch wenn ihr euch alle von den Menschen abwendet, will ich sie doch nicht verlassen; auch wenn keiner von euch mir helfen will, die Bürden zu tragen, die die Menschen auf meine Schultern legen, will ich doch niemals diese Bürden abwerfen, sondern unseren Vater bitten, mir zu helfen, damit ich sie alle tragen kann.

Wahrlich, ich sage euch: brecht euer Versprechen nicht; denn wenn die Macht der Finsternis auch groß ist, so ist die des Lichtes noch größer; und unseres Vaters Worte an uns waren diese: wenn wir wollen, dann können wir auch die Menschen zu Seinem Herrlichkeitsreich führen und über die Finsternis siegen. Und die Worte unseres Vaters sind unerschütterlich! Aber wollt ihr mir folgen, dann bitten wir unseren Vater, uns den Weg zu zeigen; denn er ist wieder im Nebel verschwunden.«

Als er so geredet hatte, schwiegen sie alle; denn sie erforschten ihre Herzen.

Aber in der Stille erklang ihnen Gottes Stimme.

Und Gott sprach: »Meine Kinder, seid geduldig! denn nur die Geduldigen werden siegen! Lasset einander nicht im Stich, lasset euren älteren Bruder nicht im Stich und brecht niemals das Versprechen, das ihr mir, eurem Vater, gegeben habt, denkt vielmehr daran, daß mein Segen über euch weilt, mein Gedanke euch folgt und meine Hand euch stützt, während ihr für das Licht, für das Wahre und für das Gute streitet.

Meine Kinder! lauschet alle meinen Worten, und ich werde euch führen!

Sehet, ich sage euch: Bringet den Menschen abermals das Licht des Geistes und die Klarheit des Gedankens; denn sie vermögen nicht mehr klar zu denken; denn sie vermögen das Wahre nicht von der Lüge, das Reine nicht vom Unreinen zu unterscheiden. Lehrt die Menschen dies! Lehrt sie langsam, einige der ewigen Gesetze zu erforschen, lehrt sie, einige der vielen verborgenen Kräfte zu entfesseln und auszunützen. Lehrt sie, in den mächtigen Weltenraum zu schauen, lehrt sie, die Wege und Bahnen der Gestirne zu verfolgen und auszumessen. Öffnet den Menschen die Augen für die reinen Linien der irdischen Formen, für die Pracht und Vielfalt der Farben. Lehrt sie, der Schönheit und Fülle der Töne zu lauschen.

Und wenn ihr die Menschen einiges von all dem gelehrt habt, werden sie selbst beginnen, mit wachen Augen und klaren Gedanken das Lügengewebe zu durchschauen, das die Finsternis um sie gesponnen hat; sie werden selbst beginnen, in den alten Schriften zu forschen, selbst die Goldkörner auflesen und selbst die Schlacken der Finsternis zu entfernen suchen.

Meine Kinder! ich, euer Vater, habe euch den Weg gezeigt, folgt ihm! denn tut ihr das, wird mein Segen mit euch sein!«

Aber als Gottes Stimme schwieg, antworteten sie alle: »Vater, wir wollen dem Weg folgen, den du uns gezeigt hast; stütze uns, damit wir niemals versagen!«

Wiederum ließen sich viele der Jüngsten an irdische Körper binden, um den von der Finsternis und von dem Ältesten in die Irre geführten Menschen von neuem das Licht des Geistes und die Klarheit des Gedankens zu bringen.

Aber wenn sie der Menschheit größeres Wissen und weitere Kenntnisse gebracht und etwas von der die Menschen umgebenden Finsternis zerstreut hätten, würden andere der Jüngsten ihnen folgen und einige der falschen Lehren des Ältesten zu beseitigen suchen, um so den Menschen den Weg zu bereiten, in den von den Vätern ererbten heiligen Schriften selbst zu forschen.

Die ersten, die sich hervorwagten, um zu den Kindern der Erde über das zu reden, was ihre Gedanken noch überstieg, wurden feindlich aufgenommen, und sie stießen auf den üblichen Hohn, auf Zorn und Verachtung.

Aber immer neue traten hervor mit dem, was sie zu bringen versprochen hatten.

Einige der Jüngsten lehrten die Menschen, Schriftzeichen aus Holz und Metall zu formen, um damit die handgeschriebenen Worte zu vervielfältigen und sie so in den Besitz mehrerer Leute gelangen zu lassen. Andere brachten ihnen eine größere Kenntnis der Welt, die sie bewohnten, und auf gefahrvollen Reisen wurden neue Länder entdeckt und dem Schoß[1] der Erde verborgene Reichtümer entnommen.

Einige der Jüngsten brachten den Menschen neue und nützliche Hilfsmittel, wodurch das tägliche Leben erleichtert wurde. Andere suchten die gedankenreichen Schriften vergangener Zeiten aus der Tiefe der Vergessenheit hervorzuziehen.

Einige der Jüngsten erfreuten die Menschen dadurch, daß sie die reinen Linien der Formen in Ton, in Holz und in hartem Marmor nachbildeten.

Andere stellten auf herrlichen Bildern die Männer und Frauen der

---

[1]) Die Geister, die an die Entdeckungsreisenden jener Zeiten gebunden waren, gehörten nicht alle zu den Jüngsten – einige gehörten zu den Ältesten.

heiligen Schriften, das Leben und die Erdenwanderung Christi dar; sie schilderten das Leben und Treiben der Menschen – alles mit Hilfe der Vielfalt, Pracht und Schönheit der Farben.

Abermals begannen die Menschen zu erwachen: die Augen wurden ihnen geöffnet, ihre Gedanken wurden freier und klarer. Aber nur langsam setzte das Licht sich durch; denn der Älteste, der Diener der Finsternis, suchte ständig dessen Fortschritt zu hindern.

Immer dichter zog er die Finsternis über die Erde hin, und er säte noch mehr aus von seiner bösen Saat. Und Haß, Zorn, Gewalt, Mord und Missetaten traten weiterhin unter den Menschen auf.

Und der Älteste stärkte die Christen in ihrer Anbetung der Jungfrau Maria, stärkte sie im Glauben an die Hilfe und Fürbitte der heiligen Männer und Frauen, um sie auf diese Weise daran zu hindern, sich Gott allein zuzuwenden. Und er stärkte sie im Glauben an die Pein und die Qualen der Hölle, um durch in ihren schwachen Herzen geborenes Bangen und Entsetzen noch größere Macht über sie zu gewinnen. Und viele Christen suchten sich in ihrer Angst vor der Hölle den zukünftigen Strafen zu entziehen, indem sie sich bei den mächtigen Päpsten für Gold, Silber und reiche Geschenke die Vergebung der Sünden erkauften.

Aber die Jüngsten fuhren fort, für das Vordringen des Lichtes zu arbeiten; denn Gott stärkte sie, und Gott stützte sie.

Und sie lehrten die Menschen von neuem, herrliche Tempel zu Gottes Ehre zu errichten, lehrten sie, schöne Wohnungen für ihre Fürsten, Könige und Kaiser zu erbauen, lehrten sie, Tempel und Paläste mit mächtigen Gewölben, mit stolzen Türmen und zierlichen Turmspitzen zu schmücken.

Und die Menschen freuten sich über das Schöne, das sie erblickten.

Aber schwer lagerte die Finsternis über der Erde.

Kampf und Streit herrschten überall.

Die Fürsten der Länder befehdeten einander; die Päpste stritten sich mit den Geistlichen, die ihnen unterstanden, stritten sich miteinander[1], stritten sich mit Kaisern, Königen und Fürsten, während ge-

---

[1]) Zuweilen war die Uneinigkeit der Geistlichkeit so groß, daß sich dies Ausschlag in der Wahl mehrerer Päpste gab, die sich um den Apostolischen Stuhl in Rom stritten. Anm. d. Hrsg.

gen alle, die sich nicht beugen wollten, mächtige Bannstrahlen ausgeschleudert wurden.

Und der Älteste, der Diener der Finsternis, fuhr fort, die Menschen in ihrem Glauben an die Macht des Höllenfürsten, die dieser über alle Sünder besaß, zu bestärken. Und den Furchtsamen gab er die Gedanken ein, daß zahlreiche Männer und Frauen Leuten, mit denen sie verfeindet oder entzweit seien, schaden könnten, indem sie die Hilfe des Bösen herbeiriefen, und diese sogenannten Zauberer und Hexen wurden mit großer Härte verfolgt. Viele wurden wegen Missetaten gefoltert und verbrannt, die sie niemals begangen hatten; denn die Menschen glaubten, böse Geister und Teufel zu sehen, wohin sie ihren Blick auch richteten.

Aber die Jüngsten fuhren fort, geduldig für den Fortschritt des Lichtes zu arbeiten; denn Gott stärkte sie, und Gott stützte sie.

Und sie lehrten die Menschen von neuem, in die unendlichen Weiten des Himmelsraumes zu schauen, lehrten sie, die Wege und Bahnen der funkelnden Sterne zu verfolgen. Aber lange Zeit hindurch verblieben diese Kenntnisse sehr unvollständig; denn noch besaßen die Menschen nur wenige und schwache Hilfsmittel, mit denen sie den Lauf der Gestirne erforschen, ihre Stellung und Bahnen ausmessen und errechnen konnten.

Einige der Jüngsten gaben die Gedanken und Sehnsüchte ihres Geistes in schön geformten, klangvollen und rhythmischen Versen wieder; und viele Menschen freuten sich über das Schöne, das Neue, das sie empfingen.

Und die Zeiten kamen, da die Jüngsten, die gelobt hatten, den Menschen den Weg zur eigenen Forschung zu bahnen, hervortraten und einige der Goldkörner von den schweren Schlacken der Finsternis zu scheiden suchten.

Aber unter diesen waren zwei, die unter den Namen L u t h e r und Z w i n g l i bekannt sind.

Beide waren sehr betrübt über die Blindheit der Menschen, betrübt über deren tiefe Erniedrigung; und beide versuchten, das Joch der Sklaverei, das die Finsternis der Menschheit auferlegt hatte, zu brechen.

Und in ihrem großen Eifer wandten sie sich beide gegen die Leitenden der Kirche, zeigten auf, wie klein und erbärmlich die Päpste trotz ihrer Macht und Gewalt waren; zeigten auf, wie elendig diese in ihrem Zorn, Haß und Machthunger waren; und sie stellten beide die Behauptung auf, daß die Päpste, die Statthalter Gottes und Christi, keineswegs unfehlbar seien.

Und sie versuchten, den sogenannten Christen zu zeigen, welche Götzenverehrer sie geworden waren, indem sie zahlreiche Bilder der heiligen Männer und Frauen anbeteten; denn viele beugten sich nur vor diesen Heiligen und vergaßen, sich vor Gott, dem Allmächtigen zu beugen.

Luther und Zwingli gewannen durch ihre klaren Schriften und achtunggebietenden Reden viele Anhänger; denn sie regten die Menschen zum Nachdenken an.

Aber der Älteste, der Diener der Finsternis, suchte sie voneinander zu entfernen. Und diese beiden, die vor Beginn der Wanderung ihres Erdenlebens ihrem himmlischen Vater gelobt hatten, miteinander Hand in Hand zu gehen, wurden bittere Gegner; denn der Älteste stand zwischen ihnen, und er zog die Finsternis dichter um sie zusammen, so daß sie nicht vermochten, sich in einer gemeinsamen Lehre zu begegnen; denn sie waren sich in vielen Dingen uneinig; denn sie stritten sich um etliche der alten Lehrsätze.

Und während die Jahre dahinschwanden, bekamen sie zudem viele Feinde und Gegner.

Aber Luther war ein gewaltiger Kämpfer, und er antwortete auf alle Angriffe mit harten Worten, mit flammenden und scharfen Reden; denn niemand vermochte seinen stolzen Geist zu beugen.

Aber obwohl Luther zeitweilig selbst Irrtümern verfiel, suchte er doch ständig die Menschheit dem Licht entgegenzuführen; so ließ er einige der alten Schriften vervielfältigen, damit die Menschen in der Erforschung der von den Vätern ererbten Worte und Lehrsätze Trost und Stütze suchen könnten.

Obgleich Luthers Macht und Autorität groß waren, obgleich er seinen Feinden gegenüber hart und unbeugsam auftrat, verblieb er weiterhin schwach in seinem Herzen, wenn er allein war; denn er fühlte, daß Gottes volle Stärke nicht über ihm war. Zuweilen ergriffen ihn Angst und Entsetzen vor der Finsternis, die ihm entgegenströmte, und er fühlte sich gebunden durch den Haß, den der Älteste, der Diener der Finsternis, ihm entgegenbrachte, so daß er mitunter vergaß, der Stimme zu lauschen, die ihn zu leiten suchte.

Und die Finsternis umschloß ihn noch dichter. Harte und verurteilende Worte kamen von seinen Lippen. Und als sich einige der arbeitenden und leidenden Menschen zusammenschlossen, um sich weitere und größere Rechte zu erkämpfen, geriet er über sie in Zorn, und in seinem Zorn rief er aus: daß diese Unwürdigen erschlagen werden sollten, um ihre bösen Vorhaben zu vereiteln.

Aber trotz der großen und vielen Fehler, die Luther als Mensch hatte, gelang es ihm, einige der falschen Lehren des Ältesten zu beseitigen, und ihm und Zwingli gelang es gemeinsam, die Menschen dem Ziel um einige Schritte näher zu bringen.

Aber keiner von ihnen vermochte das große Werk auszuführen, das geplant worden war, ehe sie in die Welt hineingeboren wurden, das große Werk, das sie gemeinsam unter den Menschen hätten ausüben sollen.

– Als Luther und Zwingli sich in den himmlischen Wohnungen wiederbegegneten, nachdem der Tod ihre irdischen Körper zerstört hatte, waren sie beide sehr betrübt über die Feindschaft, die von dem Ältesten zwischen ihnen hervorgerufen worden war, während sie auf Erden wandelten. –

Aber noch andere der Jüngsten suchten ihre Brüder im Streit gegen das Papsttum zu stützen, und einer von ihnen ist unter dem Namen Calvin bekannt.

Seine Gedanken waren klar und scharf, und mit klugen Worten gestaltete er die neue Lehre.

Aber er war mit Luther nicht völlig einig; er war auch mit Zwingli nicht völlig einig; denn unter dem Einfluß des Ältesten führte er erneut einige der alten, inzwischen verworfenen Lehrsätze an, brachte sie aufs neue und verteidigte sie mit großer Autorität.

Viele schlossen sich ihm an, und er wurde sehr verehrt.

Aber Calvin war ein strenger Mann, und er verlangte viel von seinen Anhängern, verlangte Reinheit, Frömmigkeit und Gehorsam. Und er war unbeugsam in seiner Strenge; denn der Älteste, der Diener der Finsternis, stand an seiner Seite und verhärtete sein Herz, so daß er harte Urteile über alle fällte, die gegen ihn waren; ja, in seiner Hartherzigkeit ließ er sogar einen seiner Gegner den Tod auf dem Scheiterhaufen erleiden; denn er vergaß das Wort Christi: **Vergebet euren Feinden**!

Somit vermochte auch Calvin nicht die Macht der Finsternis zu brechen, die Verwünschungen des Ältesten aufzuheben.

Aber wenngleich Luther, Zwingli und Calvin noch nicht die volle Wahrheit zu bringen vermochten, gelang es ihnen doch, einige der Goldkörner in den alten Schriften aufzuzeigen, gelang es ihnen doch, die Christen zu lehren, selbst zu forschen und mehrere der falschen Lehren zu verwerfen. Und auf diese Weise wurde die die Menschen umgebende Finsternis ein wenig zerstreut.

Doch durch die Angriffe, die diese unerschrockenen Männer gegen das Papsttum und die zahlreichen Irrtümer der christlichen Lehre richteten, entstanden an vielen verschiedenen Orten in den Ländern von neuem langwierige und schreckliche Kämpfe und Streitigkeiten; denn während die Jahre vergingen und immer mehr Menschen sich den neuen Formen des Christentums anschlossen, versuchten einige der Anhänger des alten Glaubens, das gefährdete Papsttum zu stützen.

Weitere und strengere Mönchsorden wurden gegründet, einige der alten Irrlehren wurden verworfen und neue und strengere Gesetze gegeben, Gesetze, die größere Reinheit, größere Frömmigkeit, größeren Gehorsam verlangten.

Und die Anhänger der päpstlichen Kirche suchten die Abtrünnigen durch grausame Verfolgungen, Folterungen und Tötungen zu strafen und das Vordringen des neuen Christentums aufzuhalten.

Abermals legte die Finsternis sich noch dichter und schwerer über die Erde.

Abermals loderten die Scheiterhaufen zur Ehre Gottes, des Allmächtigen. Tausende und aber Tausende wurden getötet. Und in ihrem blinden Haß und ihrer Rachsucht ließen einzelne der Anhänger des Papsttums in einer einzigen Nacht mehrere Tausend ihrer Gegner erschlagen.

In Wahrheit, die Macht der Finsternis war entsetzlich!

Und wieder kamen Zeiten, wo sich Volk gegen Volk, Bruder gegen Bruder, Herrscher gegen Herrscher erhob.

Und während in den Kirchen Lobgesänge zu Gottes Ehre ertönten, wurden in Seinem Namen Morde, Plünderungen und die schrecklichsten Missetaten verübt.

Die Finsternis legte sich noch dichter und schwerer über die Erde; in den Ländern herrschten Not und Elend.

Die Furcht der Menschen nahm zu, und sie ängstigten sich noch mehr vor dem Fürsten der Hölle, ängstigten sich noch mehr vor allen seinen Mithelfern; und Zauberer und Hexen wurden gefoltert und verbrannt.

Überall war Finsternis, überall waren Leiden; denn die böse Saat des Ältesten ging auf und trug Frucht.

Aber die Jüngsten waren nicht länger mutlos; denn sie vertrauten auf Gott, ihren Vater; denn Er stärkte sie, und Er leitete sie.

Umgeben von Leiden, Kampf, Tod und Elend, fuhren sie fort, für das Vordringen des Lichtes zu arbeiten, fuhren sie fort, den Menschen größeres Wissen und weitere Kenntnisse zu vermitteln.

Und wenn sie nach beendetem Erdenleben in die himmlischen Wohnungen zurückkehrten, gönnten viele von ihnen sich nicht die Ruhe, die ihnen rechtmäßig zustand; denn sie sehnten sich alle sehr danach, die Macht der Finsternis zu brechen; denn sie sehnten sich alle sehr danach, die Verwünschungen des Ältesten aufzuheben; und sie ließen sich unverzüglich an neue irdische Körper binden, um die Menschen dem Ziel näherzuführen.

Während ein Jahrhundert sich an das andere reihte, suchten die Jüngsten auf die verschiedenste Weise die Kenntnisse zu vertiefen, die sie bereits der Menschheit gebracht hatten.

Und sie gaben den Menschen weitere schöne und farbenprächtige Bilder, mit denen sie Kirchen, Paläste und Fürstenwohnungen ausschmückten.

Langsam lehrten die Jüngsten die Menschen, den Bau des Körpers, dessen Gewebe und Gefäße zu erforschen; lehrten sie, Heilung für einige der vielen Leiden des Körpers zu finden. Lehrten sie, den gewundenen Wegen der flüchtigen Gedanken zu folgen; lehrten sie, in klugen Worten das einmal Gedachte zu formen, zu erklären und festzuhalten.

Und sie lehrten sie, der Schönheit und der Fülle der Töne zu lauschen; lehrten sie, größere und kleinere Geräte herzustellen, mittels derer sie eine Flut reiner, voller Töne, eine Vielfalt an schönen, harmonischen Klängen hervorbringen konnten.

Lehrten sie, Geräte herzustellen, mittels derer sie die Wege der funkelnden Sterne und die Stellung, in der sie sich zueinander im fernen Weltall befanden, besser erforschen konnten.

Und sie lehrten die Menschen, etliche der verborgenen Kräfte zu entfesseln und aus dieser Kenntnis Nutzen zu ziehen; lehrten sie, die vielgestaltigen Lebensformen der Natur zu erforschen; lehrten sie, einige der Gesetze zu entdecken, die das Erschaffene tragen und binden – im kleinsten wie im größten.

Während die Jahrhunderte vergingen, lernten die Menschen Wege und Verbindungen zwischen den vielen Reichen und Ländern der Erde anzulegen und zu verbessern; sie lernten, einige der schönen Städte, der mächtigen Tempel und stolzen Wohnungen vergangener Zeiten aufzufinden und auszugraben; zahlreiche verborgene Schätze wurden aus dem Schoß der Erde emporgezogen, Schätze, die vom Leben und Treiben der Vorväter Zeugnis ablegten.

Auf diese Weise brachten die Jüngsten den Menschen ständig größeres Wissen und weitere Kenntnisse.

Und während die Jahre vergingen, begann das Licht sich abermals langsam über die Erde hin zu verbreiten.

Aber noch gab es Streit und Zwietracht, noch wurden Mord, Totschlag und Untaten begangen. Noch vermochten die Fürsten, Könige und Kaiser Völker zu veranlassen, sich in Kämpfen und verheerenden Kriegen gegeneinander zu erheben.

Noch beugten zahlreiche Christen sich anbetend und flehend vor den leblosen Bildern der heiligen Männer und Frauen. Noch stritten sich viele in gebieterischen Worten und flammender Rede um alte und neue Lehrsätze; und das Christentum trat in zahlreichen Formen auf.

Aber dennoch fuhr das Licht fort, sich über die Erde hin zu verbreiten – und langsam begann die Finsternis zu weichen.

Aber der Älteste, der Diener der Finsternis, fuhr fort, sein Gift in die Herzen der Menschen zu träufeln. Und einigen gab er den Gedanken ein: daß es Gott nicht gäbe. Und diejenigen, die ihm glaubten, traten hervor, und in ihrem Unverstand verteidigten sie diese lästerlichen Gedanken mit großer Autorität.

Doch die Finsternis fuhr fort zu weichen; und der Älteste erkannte, daß er das Vordringen des Lichtes nicht länger aufzuhalten vermochte, und er wußte, daß die Stunde sich näherte, zu der die Macht der Finsternis gebrochen werden würde.

Da wurden Angst und Entsetzen in seinem Herzen geboren; denn er wußte, wenn das Licht über ihn siegte, so würde er selbst die böse Saat ernten müssen, die er unter den Menschen gesät hatte, so würden alle von ihm ausgestoßenen Verwünschungen sich gegen ihn selbst richten. Und er fürchtete, die Vergeltung werde ihn für alle Ewigkeit zermalmen und vernichten; denn er glaubte, für seine Sünden gäbe es keine Vergebung, denn er vergaß die unendliche Liebe seines Vaters, vergaß Seine Allmacht, vergaß Seine Barmherzigkeit.

36.

Hielten die Geister der Toten sich weiterhin unter den Menschen auf, oder gelang es Gott, sie nach und nach alle zurückzurufen?

Etwas mehr als acht Jahrzehnte, bevor der älteste der Jüngsten in der Gestalt des Jesus von Nazareth in die Welt hineingeboren wurde, rief Gott die erdgebundenen Geister zum ersten Mal, aber von dieser Zeit an fuhr Er fort, ihnen zur letzten Stunde jedes versinkenden Jahrhunderts Seine Stimme ertönen zu lassen, um die Reue in ihren Herzen zu erwecken. Aber eine immer geringere Zahl von ihnen kehrte zu den Aufenthaltsstätten zurück; denn nur wenige vermochten ihre Sünden und Untaten zu bereuen; denn die Finsternis lagerte schwer über der Erde.

Und während die Jahrhunderte vergingen, band die Finsternis immer mehr Menschengeister, so daß sie nach dem Tode unter den Lebenden auf der Erde wandern mußten.

Und die Zeiten kamen herauf, wo die Geister der Toten eine mächtige Heerschar bildeten – Legionen und aber Legionen. Sie wanderten überall umher, und sie brachten viel Unfrieden, wo sie sich auch aufhielten; denn sie flößten den Menschen viele sündige Lüste, viele böse und unreine Gedanken ein.

Einige Menschen vermochten die Geister gleich schattenartigen Wesen zu sehen, einige hörten ihre Rede gleich schwach hervorgeflüsterten Worten, und dies bestärkte sie in dem Glauben, daß sie von Teufeln, bösen Geistern und Gespenstern umgeben seien.

Und die Menschen fürchteten sich vor den Toten.

Einige der Jüngsten, die nicht an irdische Körper gebunden waren, begaben sich oft zur Erde, um diese elendigen Wesen mit gütigen und liebevollen Worten zum Licht und zum Leben zurückzurufen. Aber die Jüngsten vermochten sich unter den Geistern der Toten nur für eine kurze Weile aufzuhalten, denn die dichte Finsternis und die üblen Dünste machten sie schwach und mutlos.

Aber wenn sie sich eine Zeitlang in ihren Wohnungen ausgeruht hatten, begaben sie sich, für die Menschen unsichtbar, abermals zur

Erde, um den Kindern der Finsternis von neuem Hilfe zu bringen. Und Gott, ihr Vater, stärkte sie, und Er stützte sie in ihrem schwierigen Werk.

Aber der älteste der Jüngsten, Christus, ermüdete nicht. Trotz Finsternis, trotz übler Dünste, drang er durch alles hindurch. Gütig und liebevoll suchte er in den Herzen der Gebundenen Reue zu erwecken, und viele der Gestrauchelten trug er in die leeren Wohnungen zurück.

Und auf seinen Wanderungn fand er bald einen Bruder[1], bald eine Schwester[1], die über die Steine gefallen waren, die der Älteste ihnen in den Weg gelegt hatte, während sie für den Fortschritt der Menschheit kämpften. Aber Christus trug sie zurück zur letzten Aufenthaltsstätte um die Erde, und er half ihnen, die Finsternis abzustreifen, die sie verunreinigt hatte.

Aber wo Christus sich auch befand, folgte ihm Gottes waches Vaterauge. Und Gott gewahrte seine tiefe Betrübnis über das Elend der Menschen, gewahrte die Geduld, mit der er den Gestrauchelten Hilfe zu bringen suchte – den lebenden und den toten.

Und Gott gab ihm noch größere Macht, noch größere Stärke.

Aber siehe, da wagte sich Christus in das zerstörte Reich hinein, um dort seine ältesten Brüder und Schwestern aufzufinden.

Und er sprach zu ihnen, und er bat sie liebevoll, zum Vater zurückzukehren, zum Heim zurückzukehren. Viele verhöhnten und verspotteten ihn; aber einige wurden von dem reinen, strahlenden Licht angezogen, das ihn umgab, angezogen von seinen liebevollen Worten, und die Reue erwachte in ihren Herzen. Und er trug sie an einen fernen Ort, wo sie in Frieden ausruhen konnten, bis in ihrem Gedächtnis die Erinnerung an all das erwachte, was einmal gewesen war.

Und Christus wanderte unter den lebenden Menschen; ungesehen und unerkannt kam er zum Sünder, kam er zum Verbrecher; durch seine tiefe Liebe, durch seine unendliche Geduld, zog er sie oft von dem Abgrund zurück, der sie zu verschlingen drohte; durch seine warnenden Rufe gebot er manchem sündigen und unreinen Gedanken Einhalt, so daß er niemals zur Tat wurde. Zahlreiche böse und

---

[1]) Die Jüngsten, die, vom Ältesten dazu verlockt, in ihren Erdenleben Untaten verübten, wurden oft durch ihr Schuldbewußtsein daran gebunden, nach Beendigung des irdischen Lebens ein rastloses Dasein unter den erdgebundenen Menschengeistern zu führen.

schlechte Taten wurden auf diese Weise durch seine Reinheit, wurden auf diese Weise durch seine Rufe und seine Warnungen verhindert.

Und Christus ermüdete nicht mehr, noch schwankte er; sondern er trug mit Geduld die schweren Bürden, die die Menschen weiterhin auf seine Schultern luden; denn Gott stärkte ihn; denn Gott gab ihm noch größere Macht, noch größere Geduld.

Und als die Zeit heraufkam, wo das Licht abermals begann, sich langsam über die Erde hin zu verbreiten, erwachte in Christi Gemüt eine schwache Freude, eine schwache Hoffnung. Aber als er sah, daß das Licht sich noch mehr verbreitete, erkannte er, daß die Stunde nahe sei, wo die Macht der Finsternis gebrochen werden würde; und er freute sich inniglich.

Und als etwas über achtzehneinhalb[1] Jahrhunderte von dem Zeitpunkt an vergangen waren, zu dem der älteste der Jüngsten geboren wurde, um in der Gestalt des Jesus von Nazareth unter den Menschen zu wandern, geschah es, daß Gott ihn zu sich in Sein Herrlichkeitsreich rief.

Als Christus die rufende Stimme Gottes hörte, begab er sich unverzüglich zu seinem Vater, grüßte Ihn und sprach: »Vater, du hast gerufen! siehe, ich bin gekommen.«

Aber als er so geredet hatte, hieß Gott ihn liebevoll willkommen.

Und er sprach: »Mein Sohn, ich, dein Vater, bin dir auf allen deinen Wegen gefolgt. Ich gewahrte deine tiefe Betrübnis über das Elend der Menschen; ich gewahrte, wie du dich danach sehntest, daß die Macht der Finsternis gebrochen werde, danach sehntest, deinen ältesten Bruder in sein rechtes Heim zurückzuführen. Ich folgte dir, als du, unsichtbar für die Kinder der Erde, unter ihnen wandeltest, um sie von Sünde und Unreinheit abzuhalten. Ich folgte dir, als du in dem zerstörten Reich wandeltest, um deine ältesten Brüder und Schwestern zurückzurufen. Wahrlich, für all dieses danke ich dir!

Und siehe, ich habe die Arbeit deiner Brüder und Schwestern für den Fortschritt der Menschheit verfolgt, habe verfolgt, wie du die vielen Erdenlebenwanderungen der Menschen leitetest, und mich

---

[1]) Im Jahre 1857.

über die schönen Früchte gefreut, die eure Liebe, eure Geduld, getragen haben. Denn durch eure Arbeit hat das Licht die Finsternis zurückgedrängt. Wahrlich, hierfür will ich euch allen danken. Aber dir sage ich: wenn ihr weiterhin dem Weg folgen werdet, den ich euch gezeigt habe, so werdet ihr fürwahr euer Ziel erreichen, obwohl einige oder viele Jahrhunderte vor euch liegen.«

Und Gott fuhr fort zu sprechen.

Und Er sprach: »Mein Sohn, ich bat dich zu kommen; denn ich möchte dir einen Richtweg zeigen, auf dem es euch möglich wäre, das Ziel schneller zu erreichen. Aber ich sage dir: folgt ihr diesem Richtweg, müßt ihr durch Dornen und Disteln, über Klüfte und strömende Gewässer wandern, müßt ihr euch unentwegt bücken, um die Steine zu entfernen, die euer Vorwärtskommen hindern; niemals dürft ihr müde werden – und eure Bürden müßt ihr mit noch größerer Geduld tragen.«

Als Gott so gesprochen hatte, schwieg Er für eine Weile.

Aber Christus antwortete Ihm und sprach: »Vater, zeige mir den Weg, von dem du redetest; denn können wir auf ihm das Ziel schneller erreichen, wollen wir ihm fürwahr auch folgen.«

Da fuhr Gott in Seiner Rede fort.

Und Er sprach: »Viel haben die Menschen von euch und durch euch gelernt; aber sie wissen nichts Vollgültiges über unsere Welt, wissen nichts über die Welt, die ihren irdischen, nebelverschleierten Augen verborgen ist. Mein Sohn, ich sage dir: gib den Kindern der Erde die Kenntnis einiger der Gesetze, nach denen das Leben vor sich geht! Mein Sohn, sprich zu den Menschen!«

Und Gott fuhr in Seiner Rede fort.

Und Er sprach: »Einige der vielen Menschengeister, die durch die Finsternis gebunden sind, durch ihre Sünden und Taten an die Erde gebunden sind, haben von der ersten Zeit an, wo sie unter den Lebenden zu wandeln begannen, viele Male und auf die verschiedenste Weise versucht, sich den Menschen zu erkennen zu geben; viele haben sie gesehen, viele haben sie gehört, und viele haben verstanden, von ihnen Mitteilungen entgegenzunehmen. Ziehet daraus euren Nutzen! denn du weißt, daß auch ihr, auf vielfache Weise, euch den Menschen zu erkennen geben könnt. Mein Sohn, ich sage dir: bauet mit Hilfe des Lichtes eine Brücke über die Kluft, die unsere Welt von der Erde trennt; hebet einen Zipfel des Vorhanges, der den Eingang zu dem

Leben verdeckt, das in alle Ewigkeit währt! Aber ich sage dir: suchet die Menschen, die mit dem Auge des Geistes durch den irdischen Nebelschleier hindurchzusehen vermögen! Suchet die Menschen, die mit dem Ohr des Geistes die schnellen Schwingungen aufzufassen vermögen, die durch den Ton eurer Stimmen entstehen! Suchet die Menschen, die ihr irdisches Selbst abzugrenzen vermögen, so daß sie die Gedanken empfangen und wiedergeben können, die ihr denkt und ihnen eingebt! Und wenn ihr sehet, daß sie volles Vertrauen zu euch und euren Worten haben, sprechet zu ihnen über eure und ihre Brüder und Schwestern, die, von der Finsternis bedeckt, heimat- und rastlos auf der Erde umherschweifen. Und verstehen sie euch, dann machet sie zu euren Mittlern, dann machet sie zu euren Helfern! denn die Gedanken der Menschen und die Rede der Menschen können von den Geistern der Toten besser aufgefaßt werden. Ja, lehret die Menschen, für diejenigen zu beten, die durch die Finsternis gebunden sind, damit die liebevollen Gedanken des Gebetes das Licht zu all denen hinziehen können, für die sie beten; und wenn die Reue in den Herzen der gebundenen Geister erwacht, könnt ihr die Reumütigen in die Wohnungen zurücktragen, die leer stehen. Mein Sohn, ich sage dir: wollt ihr diesem Weg folgen, könnt ihr, mit den Menschen als Mittler und Helfer, ehe ein Jahrhundert vergangen ist, alle Geister der Toten von der Erde fort, zum Licht und zum Leben zurückführen – und für euch alle werden dann bald reinere und lichtere Zeiten eintreten. Aber ich sage dir: wenn ihr dies tun wollt, so wisset, daß ihr für lange Zeiten eure schönen Wohnungen verlassen, euch für lange Zeiten in der Finsternis, den Nebeln und üblen Dünsten der Erde aufhalten müßt; denn unaufhörlich müßt ihr die Menschen beschirmen, die ihr als eure Helfer erwählt, damit sich die Finsternis nicht über sie senke und sie in die Irre führe.«

Als Gott so geredet hatte, schwieg Er für eine Weile.

Aber Christus antwortete Ihm und sprach: »Vater, bist du mit uns, fürwahr, dann werden wir siegen; aber Vater, ich frage dich: wie können wir auf diesem Wege unseren ältesten Bruder zurückgewinnen?«

Da sah Gott ihn liebevoll an.

Und Er sprach: »Mein Sohn, dein Bruder ist unter denen, die durch die Finsternis gebunden, durch die Sünde gebunden sind; lehre die Menschen, auch mit ihm und seinen Leiden Mitleid zu haben! Lehre sie, zu vergeben, was er gegen sie gesündigt hat. Lehre sie, auch für ihn zu beten, für seine Erlösung zu beten! Denn tun sie dies, so werden die liebevollen Gedanken ihres Gebetes die Macht der Finsternis über ihn für alle Ewigkeit brechen, dann werden die Bande zerreißen, die deinen Bruder binden, und dann können wir ihn zu uns ziehen.«

Aber als Gott so redete, neigte Christus sein Haupt. Und seine Stimme klang betrübt, als er sprach: »Vater, die Menschen lieben deinen ältesten Sohn nicht, so wie wir es tun; die Menschen hassen ihn, fürchten und verfluchen ihn. Wahrlich, kein Mensch wird für ihn beten.«

Aber Gott antwortete ihm und sprach: »Mein Sohn, suche unter denen, die dich lieben; denn sie werden sicherlich auf deine Worte und auf deine Fürbitte hin für deinen ältesten Bruder beten. Mein Sohn, ich sage dir: Gewinnst du nur einen Menschen, der im Vertrauen auf deine Worte und aus dem Mitleid seines Herzens für den beten will, der eine Welt voller Sünde, Sorge und Elend geschaffen hat, so wird die Macht der Finsternis dennoch gebrochen werden, so ist dein Bruder frei, und wir, die ihn kennen und ihn lieben, werden ihm vergeben und ihn in unsere Mitte aufnehmen.«

Da blickte Christus seinen Vater fest an und sprach: »Vater, sage, daß du mit uns bist; denn dann weiß ich, daß wir siegen werden.«

Aber Gott umarmte ihn und sprach: »Mein Segen soll euch bei all eurem Tun folgen.«

Da kehrte Christus in seine Wohnung an der letzten Aufenthaltsstätte um die Erde zurück. Und er rief alle seine Brüder und Schwestern herbei, die zu dieser Zeit nicht an irdische Körper gebunden waren.

Und als sie versammelt waren, trat er vor und sprach zu ihnen von dem Weg, den ihr Gott und Vater ihm gezeigt hatte.

Aber nach seiner Rede befiel sie alle ein großes Schweigen, denn sie erkannten, daß dies eine besonders schwere, eine besonders mühevolle Wanderung werden würde.

Und da niemand ihm antwortete, fuhr Christus zu sprechen fort, und er sprach: »Wagt ihr nicht, mich zu begleiten, seht, dann werde ich allein wandern; aber ich sage euch: vergeßt nicht, daß unser Vater gelobt hat, mit uns zu sein!«

Da antworteten sie: »Bruder, Bruder, wir werden dich begleiten und dir helfen, diese neuen Bürden zu tragen. Wahrlich, du sollst nicht allein wandern. Und ist unser Vater mit uns, fürwahr, dann werden wir siegen!«

Christus dankte ihnen und sprach: »Ihr könnt mir nicht alle folgen; denn einige von euch müssen hier an unserer Aufenthaltsstätte bleiben, um Ordnung zu halten und um zu leiten, damit nicht alles Unordnung und Verwirrung wird.«

Und er wählte einige seiner Brüder und Schwestern aus, und diese gelobten, alles in seinem Geiste zu leiten und zu ordnen.

Als aber alles bereit war, erklang ihnen Gottes Stimme.

Und Gott sprach: »Meine Kinder, ich, euer Vater, danke euch allen; aber ehe ihr zur Erde wandert, will ich diese Worte an euch richten: stützet alle einander, laßt einander nicht im Stich! Denn wenn ihr versagt, wenn ihr schwankt und wenn ihr müde werdet, wird der Richtweg euch nur zu einem Umweg werden!«

Da riefen sie: »Vater, sei mit uns, damit wir niemals versagen!«

Und Gott antwortete ihnen.

Und Er sprach: »Ich, euer Vater, werde euch die Kraft geben, deren ihr bedürft; denn mein Gedanke soll euch leiten, meine Hand soll euch stützen, und mein Segen soll mit euch sein!«

Als Gottes Stimme schwieg, begab sich eine Schar der Kinder des Lichtes zur Erde, um, ohne irdisches Gewand, die mühevolle Wanderung zu beginnen.

Und sie wanderten an die Orte, wo Menschen versammelt waren, um von den Geistern der Toten Mitteilungen zu empfangen.

Und die Jüngsten suchten durch gute, liebevolle Gedanken die Männer und Frauen zu beeinflussen, die Mittler zwischen den Toten und den Lebendigen waren. Aber dies war sehr schwierig; denn ihre Gedanken vermochten kaum die Finsternis zu durchdringen, die die erdgebundenen Geister umgab; denn diese traten in mächtigen Scharen um die sogenannten Medien herum auf, Menschen, die auf vielfältige Weise die Gedanken und die Rede dieser elendigen Wesen zu verstehen und weiterzugeben versuchten.

Aber im Laufe der Zeit vermochten die Jüngsten, mit Hilfe des Lichtes, immer besser auf die Medien einzuwirken. Und die Mitteilungen, die hervorkamen, wurden klarer, verständlicher, weniger fehlerhaft.

Aber wenn die Jüngsten in ihren Gesprächen mit den Menschen wagten, den von den Vätern ererbten Glauben anzutasten, begegneten sie harten Worten und strengen Urteilen; viele gerieten in Zorn, viele waren aufgebracht, denn in ihrem Unverstand meinten sie, sie hätten Verbindung mit bösen Geistern oder Teufeln. Und dann mußten Christus und die, die ihn begleiteten, weiterwandern, um andere und bessere Helfer zu suchen. Und sie waren sehr betrübt über die große Blindheit der Menschen.

Aber im Laufe der Jahre fanden sie größeres Verständnis, fanden sie größeres Vertrauen. Da redeten sie zu den Menschen über das Leben nach dem irdischen Tod.

Viele lauschten den Gedanken und den Worten, und einige glaubten an das, was ihnen mitgeteilt wurde.

Und an zahlreichen Orten in den Reichen und Ländern der Erde suchten immer mehr Männer und Frauen mit den Toten Verbindung zu erhalten, während die Kenntnis der Mitteilungen der Geister sich immer mehr verbreitete.

Da begannen die Gelehrten aufzuhorchen, ja, einige grübelten, suchten und forschten, um die Gesetze zu finden, nach denen all dies geschah. Aber daraus entstanden viel Zwiespalt und Streit; denn wie gewöhnlich waren sich die Gelehrten keineswegs einig. Einige machten sich zu Fürsprechern der Wahrheit dessen, was geschah, andere bestritten sie.

Ohne sich durch den Spott, den Zorn und die Unverträglichkeit der Menschen untereinander ermüden zu lassen, fuhren die Jüngsten fort, auf dem Wege zu wandern, den ihr Vater ihnen gezeigt hatte; aber wo sie sich auch befanden, folgte ihnen der Älteste, der Diener der Finsternis. Und er zog die Finsternis dichter um die Männer und Frauen zusammen, die Medien waren, suchte ihre Gedanken zu verwirren, suchte die Worte zu verfälschen, die sie entgegennahmen. Und in den Herzen vieler weckte er Hochmut, Selbstgerechtigkeit und Machthunger.

Aber die Jüngsten versuchten, ihre Mittler zu beschirmen, versuchten sie vor der Finsternis und der Lüge zu warnen, damit sie nicht den Worten und Gedanken des Ältesten lauschen sollten.

Aber trotz aller Warnungen, trotz aller Ermahnungen, folgten viele Medien den verlockenden Gedanken und der Rede des Ältesten – und viele erlagen ihnen. Ja, viele traten zu ihrem eigenen Vorteil in großen Versammlungen auf, um zu zeigen, was sie auszurichten vermochten; und erreichten sie nicht die gewünschten Verbindungen, nahmen sie oft Eigenes zur Hilfe. Aber daraus entstanden viel Verwirrung, viel Falschheit. Und wenn die Jüngsten sahen, daß ihre Helfer und Mittler, entgegen den erteilten Warnungen, den Versuchungen der Finsternis erlagen, wandten sie sich von ihnen ab und wanderten weiter, um andere, verständigere Helfer aufzusuchen.

Und sie waren betrübt über die Blindheit der Menschen, waren betrübt über ihr geringes Vertrauen.

Aber trotz der Macht der Finsternis fanden die Jüngsten weiterhin immer größeres Verständnis. Und da begannen sie, zu den Menschen über die vielen Geister zu sprechen, die, gebunden durch ihre Sünden und bösen Taten, ohne irdische Gestalt, heimat- und ruhelos unter ihnen umherschweiften.

Die Menschen lauschten, und viele schenkten den Worten Glauben. Und diejenigen, die glaubten, was ihnen mitgeteilt wurde, begannen diesen elenden Geschöpfen zu helfen, und sie baten Gott, den Allmächtigen, um Frieden und um Erlösung für die Geister der Toten.

Und siehe, es geschah nach Gottes Worten: die liebevollen Gedanken der Menschen ließen bei zahlreichen erdgebundenen Geistern die Reue erwachen, und die strömenden Wogen des Lichtes führten die Reumütigen zurück in die Wohnungen, die sie einstmals verlassen hatten.

Und die Jüngsten, die an den Aufenthaltsstätten waren, empfingen sie liebevoll und umsorgten sie alle.

Langsam wanderten die Jüngsten weiter dem Ziel entgegen; und sie fanden ständig neue Helfer. Aber wenn Christus zu ihnen über die zahlreichen Irrwege des Christentums sprach und ihnen sagte, wer er sei, wagten nur wenige, seinen Worten zu lauschen, wagten nur wenige, ihm Vertrauen zu schenken; denn sie glaubten, er sei der Böse in eigener Person, der sie mit gütigen und liebevollen Worten irrezuführen suche; und viele wandten sich von ihm und denen, die mit ihm waren, ab.

Und Christus war sehr betrübt.

Aber die Jahre vergingen weiterhin; und ein neues irdisches Jahrhundert[1] hatte begonnen. Noch war eine Heerschar von Totengeistern an die Erde gebunden, noch war die Macht der Finsternis nicht gebro-

---

[1]) Im Jahre 1900.

chen, noch wanderten Christus und die, die mit ihm waren, für die Menschen unsichtbar, von Ort zu Ort, um die erwünschte Hilfe zu finden.

Und während die Jahre vergingen, fanden sie immer weitere und bessere Helfer. Immer mehr Menschen baten Gott, den Allmächtigen, um Frieden und Erlösung für diejenigen, die durch die Finsternis gebunden waren.

Und auf seinen Wanderungen über die Erde, von Ort zu Ort, von Land zu Land, fand Christus einige wenige Menschen, die volles Vertrauen zu ihm faßten, Vertrauen zu seinen Worten faßten. Und Christus freute sich inniglich; denn da wußte er, daß sie sich dem Ziel näherten.

Aber überall, wo sie wandelten, folgte ihnen Gottes waches Auge. Er stützte sie, und Er stärkte sie.

Und Gott gewahrte ihre unermüdliche Liebe, gewahrte ihre große Geduld, ihre zahlreichen Sorgen, ihre wenigen Freuden. Und Er beschloß, sie noch mehr zu stützen.

Und als etwas über ein Jahrzehnt[1] des neuen irdischen Jahrhunderts vergangen war, ließ Gott Seine mächtige Stimme über die ganze Erde ertönen, um die Geister der Toten zurückzurufen.

– Aber dies geschah einige wenige irdische Jahre, bevor ein Jahrhundert von der Stunde an verlaufen war, wo Gott das letzte Mal allen Toten Seine Stimme hatte ertönen lassen. –

Siehe, da hielten sie alle ein in ihrem Tun, und alle lauschten sie; denn Gott rief jeden einzelnen, nannte den Namen jedes einzelnen, und Er sprach zu jedem von ihnen, sprach zu ihnen allen.

Und Er sprach: »Meine Kinder, ich, euer Vater, frage euch: wollt ihr weiterhin Sklaven eurer bösen Gelüste und unreinen Begierden sein? Wollt ihr weiterhin in Finsternis und Sünde wandeln? Wahrlich, so wisset: daß keine Leiden, keine Verwünschungen, keine Unreinheiten und keine Finsternis in alle Ewigkeit andauern können! Meine Kinder, horcht alle! Versucht zu bereuen, was ihr gesündigt habt, denn dann werden die Bande zerreißen, die euch binden, dann wird das Licht euch zu Frieden und Ruhe zurückführen. Meine Kinder, antwortet mir, eurem Vater: ist es euer Wunsch, zum Licht und zum Leben zurückzukehren?«

Als Gott so geredet hatte, schwieg Er für eine Weile.

---

[1]) Im Jahre 1911.

Aber die Stille wirkte niederdrückend auf die sündengebundenen Geister. Und sie riefen ihren Vater an, sie riefen und sie antworteten Ihm.

Alle, die sich in der Finsternis der Erde befanden, und die Ältesten in dem zerstörten Reich, riefen und antworteten Ihm – nur der Älteste antwortete nicht.

Und die Antworten glichen einem gewaltigen Ruf: »Vater, vergib uns, was wir gesündigt haben; befreie uns aus der Macht der Finsternis!«

Und Gott sprach zu ihnen.

Und Er sprach: »Meine Kinder, was ihr gegen mich gesündigt habt, und was ihr gegen die ewigen Gesetze gesündigt habt, das sei euch vergeben und sei getilgt! Aber was ihr gegeneinander gesündigt habt, das müßt ihr euch auch gegenseitig vergeben!

Meine Kinder, seid alle willkommen, die ihr zum Licht und zum Leben zurückgekehrt seid!«

Aber als Gottes Stimme schwieg, siehe, da brach das Licht hervor. Von dessen ewig strömenden Wogen getragen, wurden Tausende und aber Tausende der gefallenen Geister von der Finsternis fort, von der Erde fort, zurück zu den leerstehenden Wohnungen gezogen.

Und die Jüngsten, die an den Aufenthaltsstätten waren, nahmen sie liebevoll in Empfang und umsorgten sie alle.

Und Gott sandte eine Schar der Jüngsten zur Erde, um die zu leiten, die am tiefsten gefallen waren, die sich nicht zu erheben vermochten, die von der Finsternis verblendet waren. Von den Jüngsten getragen, wurden die am tiefsten gefallenen in die Wohnstätten zurückgebracht.

Und bald waren alle zu Frieden und Ruhe zurückgekehrt.

Mit Angst und Entsetzen sah der Älteste das Licht hervorfluten, sah dessen klare, reine Wogen das zerstörte Reich hinwegspülen, die üblen Dünste aufsaugen und die dichte Finsternis zerstreuen.

Und in seinem Entsetzen flüchtete er hinweg, flüchtete von Ort zu Ort über die Erde hin.

Aber die ewig strömenden Wogen des Lichtes folgten ihm und legten sich, einer schönen, leuchtenden Dämmerung gleich, um die ganze Erde.

Aber für den Ältesten gab es keinen Frieden, gab es keine Ruhe; denn noch war er gebunden durch die Finsternis, noch war er an seine Geschöpfe gekettet, noch war er der Diener der Finsternis.

Und er floh weiterhin heimat- und rastlos über die Erde hin.

Als aber eine Zeit vergangen war, erklang ihm eine Stimme, eine Stimme, die gütig und liebevoll sprach: »Bruder, warum fliehst du?«

Da hielt er in seiner wilden Flucht inne; und siehe, da stand Christus vor ihm in all seiner leuchtenden Schönheit, und der Älteste neigte sein Haupt; denn seine Augen wurden durch den strahlenden Glanz geblendet.

Aber Christus zog ihn an sich und sprach: »Bruder, ich bin gekommen, um dir Ruhe zu bringen, um dir Frieden zu bringen!«

Aber der Älteste antwortete ihm und sprach: »Der Zorn unseres Vaters wird mich zermalmen und vernichten.«

Da sprach Christus: »Die Liebe, Güte und Barmherzigkeit unseres Vaters wird dich von der Finsternis, von deinen Leiden hinwegführen.«

Und Christus fuhr fort zu reden.

Und er sprach: »Bruder, folge mir; denn ich will dich zu Menschen führen, die Vertrauen zu mir haben, die Vertrauen zu meinen Worten haben; sie werden gewiß Mitleid für dich empfinden, sie werden gewiß, auf meine Fürbitte hin, für deinen Frieden und deine Erlösung beten; denn dies ist der Wunsch unseres Vaters; Bruder, versuche zu bereuen, was du gesündigt hast; denn dann zerreißen die Bande, die dich binden, dann wird das Licht dich zu unserem Vater tragen.«

Aber der Älteste antwortete ihm und sprach: »Die Menschen hassen mich, fürchten und verfluchen mich – kein Mensch wird für den beten, der eine Welt voller Sünden, Sorgen und Leiden geschaffen hat.«

Da sprach Christus: »Bruder, ich sage dir: Die Macht des Gebetes ist groß, wenn es von liebevollen Gedanken getragen wird! Folge mir vertrauensvoll; denn auf meine Worte hin werden die Menschen für dich beten!«

Als Christus schwieg, verharrte der Älteste für eine Weile ohne zu antworten.

Aber dann erwachte die Hoffnung in seinem Herzen, und er antwortete: »Bruder, ich folge dir!«

Und Christus führte ihn zu einer irdischen Wohnung, wo Menschen versammelt waren; denn sie sprachen mit einigen der Jüngsten, die für sie unsichtbar zugegen waren, um sie in ihren Taten zu unterstützen und zu leiten.

Aber Christus rief die Menschen, die dort waren; und sie horchten auf; denn auch ihn vermochten sie nicht zu sehen. Und er sprach: »Ich, Christus, euer älterer Bruder, rede zu euch: höret mich! Helfet mir, unseren Vater um Frieden und Erlösung für den Bruder zu bitten, den ich zu euch gebracht habe. Seid barmherzig gegen ihn; denn er ist so tief gefallen, daß niemand tiefer fallen kann; denn er hat soviel gesündigt, daß niemand mehr sündigen kann, und seine Leiden sind sehr groß!«

Als er so gesprochen hatte, wandte er sich dem Ältesten zu und sprach: »Sage ihnen, wer du bist, sage ihnen, was du gesündigt hast, und sie werden dir helfen; denn sie fürchten sich nicht vor dir – unser Vater ist mit ihnen!«

Und der Älteste sprach zu ihnen, sagte ihnen wer er sei, sagte ihnen, was er gesündigt habe.

Die Menschen lauschten, und sie erkannten, daß seine Worte wahr waren; denn sie spürten die bösen Strömungen der Finsternis, die von ihm ausgingen.

Aber als er schwieg, beteten sie aus dem Mitleid ihrer Herzen zu Gott, dem Allmächtigen, um Frieden und Erlösung für den, der schuld war an den Sünden, Sorgen und Leiden aller Welt.

Und Gott hörte ihr Gebet.

Da erwachte in dem Ältesten die volle Erinnerung, da erinnerte er sich vollauf der seligen Zeiten, die vor den Menschen gewesen waren. Und er schwankte unter der mächtigen Last der Erinnerung.

Aber einige der Jüngsten stützten ihn, damit er nicht stürze.

Siehe, da erwachten in seinem Herzen der Kummer und die Reue, und er rief: »Vater, Vater, hilf mir, die Macht der Finsternis zu brechen, die Bande der Finsternis zu zerreißen! Hilf mir, Sünden und Leiden von den Menschen, meinen Geschöpfen, zu entfernen! Vater, vergib, was ich gegen dich, gegen alle gesündigt habe!«

Und Gott hörte sein Rufen.

Und Er ließ ihm Seine Stimme ertönen.

Und Gott sprach: »Mein Sohn, was du gegen mich, deinen Vater, gesündigt hast, und was du gegen die ewigen Gesetze gesündigt hast, sei dir vergeben und sei getilgt! und was du gegen deine Brüder und Schwestern gesündigt hast, werden sie dir sicherlich alle vergeben, das weiß ich. Aber was du gegen die Menschen, deine Geschöpfe, gesündigt hast, das müssen dir auch die Menschen selbst vergeben!

Mein Sohn, ich, dein Vater, heiße dich willkommen, der du zum Licht zurückgekehrt bist, heiße dich willkommen in deiner Wohnung.«

Als Gott schwieg, trugen die Jüngsten den Bruder, den sie alle liebten, zurück in die Wohnung, in die Arme ihres Vaters.

Und Gott empfing den reuevollen Sohn mit Güte und inniger Freude.

Und Gott sprach zu Christus und zu den Jüngsten, die ihren Bruder begleitet hatten, dankte ihnen allen für das Werk, das sie getan, dankte jedem für die große Geduld, die große Liebe, die sie alle aufgebracht hatten.

Und es herrschte viel Freude, und sie jubelten alle; denn sie wußten, daß von dieser Stunde an für sie alle lichtere und bessere Zeiten heraufkommen würden, obgleich sie erkannten, daß noch viel Zeit vergehen würde, ehe die Menschheit reiner und weniger sündig werden würde; obgleich sie erkannten, daß Zeitewigkeiten vergehen müßten, ehe das Licht die Finsternis völlig aufgesogen und sie völlig von der Erde entfernt haben würde.

Und die Jüngsten führten ihren ältesten Bruder an einen Ort, wo er in der Stille ausruhen und alles durchdenken konnte, was geschehen war.

Danach begaben sie sich zu der letzten Aufenthaltsstätte um die Erde, um für eine Weile in den schönen Wohnungen auszuruhen, die sie so lange entbehrt hatten.

Aber als ein irdisches Jahr vergangen war, erklang dem Ältesten Gottes Stimme.

Und Gott sprach: »Mein Sohn, deine Ruhezeit ist vorbei. Begib dich zur Erde, zu den Menschen. Sage ihnen, daß sie dich nicht länger fürchten, hassen und verfluchen sollen. Beuge dich vor ihnen, suche Vergebung für all das zu erlangen, was du gegen sie gesündigt hast; denn wenn sie dir vergeben, werden die Bande zerreißen, die sie an die Verwünschungen binden, die du gegen sie ausgestoßen hast; dann werden sie besser die Finsternis zu überwinden vermögen, die sie umgibt; und dann wird das Licht reiner und klarer über der Erde scheinen.«

Der Älteste lauschte den Worten. Und er sprach: »Vater, so mußt du wahrlich mit mir sein; denn ich fürchte, daß die Menschen kein Vertrauen zu mir haben werden; denn ich fürchte, daß sie sich von mir abwenden, fürchte, daß sie meine Worte nicht hören wollen.«

Aber Gott antwortete ihm und sprach: »Folge deinem jüngeren Bruder; denn er hat gelobt, dich zu stützen und dich zu leiten! Mein Segen sei mit euch!«

Da beugte der Älteste sein Haupt.

Und er sprach: »Vater, ich danke dir, dein Wille geschehe!«

Aber als er so geantwortet hatte, standen Christus und einige der Jüngsten bei ihm.

Und Christus sprach: »Bruder, in dem Jahr, das vergangen ist, haben wir dir den Weg zu bereiten gesucht. Folge uns; denn wir werden dich zu Menschen führen, mit deren Hilfe du deine Gedanken in irdische Rede und in irdische Zeichen umsetzen kannst.«

Der Älteste dankte ihnen, und er folgte ihnen.

Und sie begaben sich zur Erde, und mit menschlicher Hilfe bauten sie eine Brücke über die Kluft, die die Welt des Lichtes von der der Finsternis trennt, und sie hoben einen Zipfel des Vorhanges, der den Eingang zum ewigen Leben verdeckt.

Denn Gott, ihr Vater, war mit ihnen.

Sehet, ich, Ardor, der Älteste, vormals Diener der Finsternis, folgte dem Gebot unseres Vaters und sprach zu euch, sprach von der Finsternis, den Leiden und dem Elend, die mein Fall und meine Sünden über die Menschen, meine Geschöpfe, brachten. Und durch euch spreche ich zu allen Menschen, spreche zu den Geschlechtern, die sind, und zu den Geschlechtern, die kommen werden.

Und ich sage euch allen: »Fürchtet mich nicht! hasset mich nicht und verfluchet mich nicht! denn ich bin nicht mehr der Fürst der Hölle, und die Hölle ist nicht mehr da!

Und ich bitte euch inniglich, – falls ihr vermögt, euren Haß zu überwinden, euren Zorn zu überwinden, mir zu vergeben, was ich gegen euch alle gesündigt habe!

Vergebet mir, damit der Friede und Segen unseres Vaters über euch sei, nun und in alle Ewigkeit!

Amen.«

LIEBET EINANDER!

Liebet einander!

»Wo zwei unter euch eins werden auf Erden, warum es ist, daß sie bitten wollen, das soll ihnen widerfahren von meinem Vater im Himmel. Denn wo zwei oder drei versammelt sind in meinem Namen, da bin ich mitten unter ihnen.«[1]
Matth. 18, 19–20.

ICH, Christus, der älteste der Jüngsten, spreche zu euch; höret mich; denn ich spreche im Namen unseres Gottes und Vaters!

Er hat mich zu euch gesandt, um euch und alle Menschen einige der Gesetze zu lehren, die für eure Wanderung zu dem fernen Ziel gegeben worden sind; und Er hat mich zugleich geheißen, euch zu zeigen, wie ihr alle in Eintracht, Frieden und Liebe miteinander leben könnt.

Meine Worte sollen allen Geschlechtern der Erde erschallen; alle sollen sie hören, und sie sollen bis in die entferntesten Regionen der Erde dringen. Geschlecht auf Geschlecht soll geboren werden, leben und sterben; aber meine Worte sollen leben in alle Ewigkeit. Ja, wahrlich, ich sage euch: wie eine flammende Fackel sollen meine Worte euch leuchten, auf daß ihr euch niemals verirret!

Für euch alle, ihr leidenden, zweifelnden und suchenden Menschen, erhebe ich meine Fackel hoch über die ganze Erde, auf daß ihre klaren Strahlen auf die Wege fallen können, die zum Reich unseres Vaters führen!

Zu ewigen Zeiten soll meine Fackel euch leuchten und die Finsternis zerstreuen, die euch umgibt; und niemals soll sie erlöschen; denn sie wird von einem ewigen, einem heiligen Feuer genährt, dem Feuer, das von der flammenden Gottheit unseres Vaters entzündet ist,

---

[1]) Die obigen Worte wurden von Jesus nicht nur zu den Aposteln, sondern zu allen damals anwesenden Jüngern gesprochen und gelten somit im weiteren Sinne allen Anhängern Jesu. Jesus tritt nur persönlich in Erscheinung, wo es aus irgendeinem Grunde notwendig ist; in allen anderen Fällen, in denen er angerufen wird, antwortet er durch seinen Gedanken; wer sich an ihn wendet im Geiste und in der Wahrheit, aus ganzem Herzen, empfindet seine Hilfe als tiefen geistigen Frieden und tiefe geistige Ruhe.

von Seiner tiefen, unendlichen Liebe und Barmherzigkeit entzündet ist.

Hoch über eure Häupter erhebe ich meine Fackel, und ich wandere euch voran. Folget mir, alle ihr, die ihr leidet, alle ihr, die ihr mit Mühe und Not eure Arbeit verrichtet, alle ihr, die ihr unter den schweren Bürden seufzt und stöhnt! Folget mir alle! Denn ich will euch zu unserem Vater führen, ich will euch in Seinen Armen Ruhe bereiten!

Ja, wahrlich, ich sage euch: wollt ihr die Wege wandern, die ich euch zeige, wollt ihr mir folgen ohne Furcht und ohne Zweifel, wollt ihr eure Häupter erheben und euren Willen erhärten, so werdet ihr auch gewißlich über das Böse in euch siegen, so werden euch die Bürden nicht drücken, so werdet ihr euch mit Abscheu von aller Sünde, von allen Untaten abwenden; – ja, wollt ihr mir folgen, so werden sich der Friede und die Seligkeit des Himmels über euch senken; denn die Ewigkeitshoffnung in euren Herzen wird dann zu freudvoller Gewißheit werden; ihr werdet mit unerschütterlicher Sicherheit wissen, daß euch der Tod nur für eine Weile von euren Lieben trennt; ihr werdet mit unerschütterlicher Sicherheit wissen: daß ihr euch in den himmlischen Wohnungen einmal wiedersehen werdet[1].

Ja, folget mir alle! Denn ich habe gelobt, euch zum Hause unseres Vaters zu führen und zu leiten. Aber höret meine Worte, denn ich sage euch: wollt ihr Zorn, Haß, Zweifel und Furcht über euch herrschen lassen, wollt ihr weiter in Sünde und in der Finsternis wandern, so werdet ihr doch keineswegs allein wandern; denn ich folge euch!

Stolpert ihr über die vielen Steine auf dem Wege, so werde ich euch stützen, auf daß ihr nicht stürzet; gleitet euer Fuß an den steilen Hängen des Abgrunds, so wird meine Hand euch festhalten, so werde ich euch zurückführen auf die geebneten Wege und Pfade; ja, verirrt ihr euch in den bodenlosen Sümpfen der Finsternis, so werde ich euch herausziehen, so werde ich euch von allem Schmutz, aller Unreinheit säubern. Ja, und wenn ihr mich auch hassen und verfluchen würdet, wenn ihr auch vor mir fliehen und euch verbergen würdet, so werde ich euch doch zu finden und auf die rechten Wege und Pfade zurückzuholen wissen. Denn dies waren die Worte unseres Vaters an mich: »Mein Sohn, deine irdischen Brüder und Schwestern sind vor meinem

---

[1]) Siehe Komment. Seite 227–28.

Vaterherzen alle gleich, alle sind sie in meinem Reich willkommen, alle werde ich mit offenen Armen empfangen! Mein Sohn, niemand soll verstoßen werden, niemand soll verdammt werden, niemand soll hinausgeworfen werden, und niemand soll in der äußersten Finsternis umkommen!« Und ich, euer Bruder, wiederhole euch: niemand soll verstoßen werden, niemand soll verdammt werden, ja, nicht einer von euch soll hinausgeworfen werden und auch nicht von der äußersten Finsternis verschlungen werden! Denn ich habe gelobt, euch zu führen und zu leiten, und ich lasse euch nicht, ehe ich den letzten von euch in den Armen unseres Vaters zur Ruhe gebracht habe. –

I.

Ich spreche zu euch von einigen der Gesetze unseres Vaters!

Alle habt ihr das ewige Leben von unserem Gott und Vater empfangen; euch allen hat Er einen Funken Seines eigenen flammenden Wesens gegeben, auf daß ihr, durch zahlreiche Erdenleben, mit Hilfe eures freien Willens euch aus der Finsternis zum Licht und zur Reinheit emporarbeiten könnt.

Aber unser Vater zwingt keinen von euch, die Gabe, die Er gegeben hat, zu empfangen; dies sage ich den Menschen, die im Zweifel an Gottes voller Gerechtigkeit Ihn, der euch alle aus eitel Liebe und Barmherzigkeit zu Seinen Kindern gemacht hat, verflucht haben; und ihr, die ihr verflucht habt, wisset, daß eure Flüche tot und machtlos sind, denn sie vermögen nicht das hohe Ziel zu treffen. Zur selben Stunde, in der sie gedacht oder ausgesprochen worden sind, werden sie von dem starken Willen unseres Vaters ausgetilgt; denn würden die Flüche nicht ausgetilgt, so würden sie denjenigen, der sie ausgestoßen hat, zermalmen und vernichten. Und ihr, die ihr verflucht, anstatt zu danken, wisset, daß ihr nach beendetem Erdenleben wählen könnt, ob ihr die Wanderung zu dem fernen Ziel vollenden oder in den Vaterschoß, dem ihr entsprungen seid, zurückkehren wollt. Wenn ihr dann – trotz Leiden, Sorgen und Mühen – eure Wanderung zu vollenden wählt, so begleitet euch der Segen unseres Vaters, auf daß ihr euch nicht wieder verirret. Aber ich sage euch: bislang hat noch niemand gewählt, in den väterlichen Schoß zurückzukehren; wer von euch würde wohl auch aus eigenem freien Willen sein lebendiges Ich für Zeit und

Ewigkeit auslöschen lassen, wenn ein jeder von euch durch Erhärten seines Willens, durch die Bitte an unseren Vater um Stärke und Kraft in Sein Herrlichkeitsreich gelangen kann?

Höret meine Worte! Denn ich sage euch: besitzt ihr nicht den Willen zum Leben, so fürchtet die Ewigkeitsgabe des Lebens nicht, denn niemand zwingt euch!

Jedes Erdenleben bringt euch einige Schritte des Weges voran, es sei denn, ihr verirrtet euch; denn dann müßt ihr viele Erdenleben durchleben, um eure Verirrungen und eure Sünden zu sühnen, ehe ihr wieder der größeren Vollkommenheit entgegenwandern könnt. Dies sage ich den Menschen, die ohne Widerstand den vielen Versuchungen der Finsternis erliegen. Und ich sage dies allen, die sich von Machtbegierde, Haß und Mißgunst leiten lassen, die vergessen, den Willen zum Guten zu stärken, die vergessen, unseren Vater um Hilfe zu bitten. Denn streitet ihr nicht wider das Böse, sondern folgt euren eigenen Lüsten und unreinen Begierden, so könnt ihr gewißlich nicht siegen.

Ja, höret meine Worte! Denn ich sage euch: streitet ihr nicht wider das Böse, wider die Versuchungen der Finsternis, so schafft ihr euch selbst viele unnötige Leiden; denn was ihr sündigt, muß ein jeder für sich vollauf sühnen; weigert ihr euch aber aufzurichten, was ihr zerrüttet habt – denn niemand zwingt euch, das Rechte zu tun – so stellt ihr euren Aufstieg zum Licht und zum Vaterhaus ein, so bleibt ihr viele Erdenleben an derselben Stelle stehen. Denn es ist für denjenigen, der sich aus eigenem freien Willen von der Wahrheit, der Reinheit und der Gerechtigkeit abwendet, kein Aufstieg möglich. Dies sage ich den Menschen, die sich aus Hochmut und törichtem Stolz nicht beugen und nicht erkennen wollen, daß sie gefehlt und gesündigt haben.

Ja, wahrlich: ein jeder von euch muß vollauf sühnen, was er verbrochen hat; denn mein Tod am Kreuz als Jesus von Nazareth verringert keineswegs eure Sündenschuld; mein Tod war keine Buße für eure Sünden, und meine Leiden können euch von Sünde und Finsternis weder befreien noch erlösen; denn hätte ich als Jesus von Nazareth vermocht, für unseren ältesten Bruder um Hilfe zu beten, so wäre der Kreuzestod keineswegs mein Los geworden. Dies sage ich euch allen, auf daß ihr nicht auf falsche Auslegungen hört und nicht nach falschen Hoffnungen greift.

Ja, höret meine Worte und vergesset sie niemals! Denn ich sage: ein jeder von euch soll selbst die böse oder gute Saat ernten, die er gesät hat.

Wisset aber, daß die Kenntnisse und die Erfahrungen, die sich euer Geist in den vielen Erdenleben angeeignet hat, euch keineswegs weggenommen werden, wie oft ihr euch auch verirren und wieviel ihr auch sündigen mögt. Denn das Ziel eurer Wanderung liegt vor euch, und es führt kein Weg zurück. Ja, wenn auch die erworbenen Kenntnisse und Erfahrungen nicht in euer irdisches Bewußtsein gelangen, so könnt ihr doch dessen gewiß sein, daß alles, was sich euer Geist angeeignet hat, sein volles Eigentum ist, wenn er von seinem irdischen Körper befreit ist.

Machet euch zu Herren eurer Gedanken! Denn jeder Gedanke, wie flüchtig er auch ist, wird von den hastigen Schwingungen des Lichtes oder der Finsternis aufgezeichnet, und ein jeder von euch muß für das Böse und Sündige, das seine Gedanken hervorrufen, vollauf die Verantwortung tragen.

Dies sage ich euch allen. Denn wisset, daß ihr euch durch den Gedanken untereinander zu bösen oder guten Taten beeinflußt; und wisset, daß jeder Gedanke nach kürzerer oder längerer Zeit zu seinem Ursprung zurückkehrt: die guten Gedanken ziehen das Licht an euch heran, geben euch Frieden und Freude; die schlechten Gedanken ziehen die Finsternis an euch heran, bringen euch viele Sorgen, viele Leiden; denn all das Böse, das ihr anderen bereiten wollt, wird sich unweigerlich gegen euch selbst wenden.

Ja, höret meine Worte! Seid behutsam mit euren Gedanken und machet euch zu deren Herren! Denn jeder Gedanke trägt seine guten oder schlechten Früchte; und wenn sie reif sind, müßt ihr selbst die Früchte ernten, die eure Gedanken getragen haben.

Lasset niemals eure bösen Gedanken zu Taten werden! Denn ihr werdet alle für jede eurer Taten voll und ganz zur Rechenschaft gezogen. Habt ihr gegen die irdischen Gesetze gesündigt, so sollt ihr euch beugen und eure Fehler und eure Sünden erkennen, so sollt ihr die Strafen annehmen und erleiden, die euch nach den Gesetzen eurer Gesellschaft zugemessen werden; denn handelt ihr solchermaßen, so habt ihr vollauf gesühnt, was ihr verbrochen habt.

Wollt ihr euch aber der Verantwortung, die auf euch ruht, entziehen, wollt ihr das Böse, das ihr getan habt, abstreiten, wollt ihr einen anderen als eurer Versündigungen schuldig bezeichnen, so wisset: wenn ihr auch der irdischen Gerechtigkeit zu entfliehen vermögt, so werdet ihr doch keineswegs der himmlischen entfliehen können. Denn unser Vater folgt euch, Sein Auge sieht alles, Sein Gedanke weiß alles, und wenn euer Erdenleben zu Ende ist, wird Er euch für das Böse, das ihr getan habt, zur Rechenschaft fordern, dann müßt ihr Seine Frage: warum ihr eure bösen Gedanken zu Taten werden ließet, voll und ganz beantworten. Ja, wahrlich, Er läßt euch nicht, ehe alles durchdacht und beantwortet ist. Denn es gibt keinen Fortgang für euch, und ihr könnt ein neues Erdenleben nicht beginnen, ehe ihr eure Fehler erkannt habt, ehe ihr eure Sünden bereut habt.

Ja, höret meine Worte und vergesset sie niemals! Denn ich sage: ihr werdet alle für eure Taten voll und ganz zur Rechenschaft gezogen, und ein jeder von euch muß in kommenden Erdenleben selbst die Leiden, die Sorgen, das Elend durchleben, die er anderen durch seine schlechten Taten bereitet hat. Denn jede böse und sündige Tat, die ihr verübt habt, wird sich gewißlich gegen euch wenden.

Ferner wisset: wenn ihr anderen Gutes tut, um daraus in diesem oder in künftigen Erdenleben selbst Vorteil zu ziehen, so betrügt ihr euch; denn Selbstsucht ist vom Übel! Nur die guten Taten, die der mitleidenden Liebe und Barmherzigkeit eurer Herzen entspringen, ziehen das Licht an euch heran, zerstreuen die Finsternis und erleichtern eure Wanderung.

Hütet eure Zunge und wäget eure Worte! Denn ich sage euch: ihr werdet alle für jedes ungebührliche Wort, das ihr gesprochen habt, voll und ganz zur Rechenschaft gezogen. Lasset niemals harte, verdammende, ungerechte oder falsche Worte über eure Lippen kommen; denn sie werden euch anklagen und die Härte und Falschheit eurer Herzen offenbaren.

Wahrlich, ich sage euch: seid jederzeit völlig ehrlich, wahrhaft und gerecht; denn so schadet ihr niemandem, sondern nützt anderen und nützt euch selbst.

Lasset den Zorn nicht in euren Herzen ansässig werden! Denn aus

Zorn entspringt Haß, aus Haß der Fluch, und ihr sollt einander niemals verfluchen; denn die Verwünschungen, die ihr ausstoßt, binden nur euch selbst, und sie unterbinden für lange Zeiten euren Aufstieg zum Licht und zum Vaterhaus. Denn habt ihr verflucht, so müßt ihr viele Erdenleben durchleben, bis ihr gelernt habt, diejenigen zu segnen, die ihr vormals verfluchtet.

Ja, höret meine Worte und vergesset sie niemals! Denn ich sage: verfluchet einander nicht, sondern liebet einander wie Brüder und Schwestern, auf daß Friede und Liebe immerwährend unter euch ansässig sein können!

Verkürzet nicht mit Absicht die Tage eures Erdenlebens! Denn dadurch schafft ihr euch selbst weit mehr und größere Leiden, als wenn ihr die Bürden eures Erdenlebens mit Geduld getragen hättet. Ja, trachtet ihr, durch einen selbstgewählten Tod euren Geist frei zu machen, so müßt ihr unablässig in Gedanken die Leiden, die Sorgen, die Schmach durchleben, denen ihr euch entziehen wolltet. In Finsternis und Einsamkeit, fern all euren Lieben, müßt ihr in Gedanken immer wieder das durchleben, dem ihr zu entfliehen suchtet; denn niemals könnt ihr durch Selbsttötung[1] euren Geist und euren Gedanken frei machen; durch eure schlechte Tat bindet ihr den Geist für lange Zeiten, und der Gedanke hört nicht auf und löst sich nicht, ehe der Tag und die Stunde gekommen sind, die für den Tod eures irdischen Körpers vorgegeben waren.

Dies sage ich den Menschen, die feige, schwach und mutlos sind, und den Menschen, die sich durch einen selbstgewählten Tod den Folgen ihrer argen Verbrechen oder törichten Handlungen zu entziehen hoffen. Und ich sage euch dies, damit ihr wissen könnt, welche qualvollen Leiden ihr euch durch Selbsttötung schafft.

Ja, höret meine Worte und vergesset sie niemals! Seid nicht feige, schwach oder mutlos, sondern vertrauet unserem Vater, so wird Er in Seiner Liebe und Barmherzigkeit euch stützen und euch stärken.

Mordet und tötet einander nicht! Denn tut ihr das, so unterbindet ihr für lange Zeiten euren Aufstieg zum Licht und zum Vaterhaus; ja, oftmals müßt ihr dann mehrere hundert Erdenleben an derselben Stel-

---

[1]) Siehe über Selbstmord Komment. Seite 220.

le stehen bleiben; denn ihr könnt nicht weiterwandern, ehe ihr ebenso viele Menschen, wie ihr getötet oder in den Tod gesandt habt, von einem jähen Tod errettet habt.

Ja, höret mich, ihr Menschen, öffnet eure Ohren und überhöret nicht meine Worte! Denn ich sage: nichts ist so böse und sündig wie Mord und Totschlag; nichts ist so zerstörend für euren Fortgang wie die verheerenden und schmählichen Kriege, die unter euch ausgefochten werden; nichts ist so widerwärtig wie, daß Volk gegen Volk sich stellt, daß der Bruder den Bruder tötet. Denn erinnert euch, daß ihr alle einen gemeinsamen Vater habt, erinnert euch, daß Er euch alle mit derselben tiefen und unendlichen Liebe liebt. Bekriegt und tötet ihr aber einander, so wird Er sich von euch wenden, so wird Er sich über euch grämen.

Dies sage ich, damit ihr in euren Kriegen nicht unseren Vater um Hilfe und Beistand anruft; denn Er hört euch nicht. Und bittet Ihn nicht, euch oder eure Waffen zu segnen, auf daß ihr über die Feinde sieget; denn niemals wird Er euch Seinen Segen geben, damit ihr mit größerem Erfolg rauben, plündern, mißhandeln und töten könnt.

Ja, wahrlich: Bekriegt ihr einander, so sollt ihr Ihm nicht für eure Siege danken und Ihm auch nicht eure Niederlagen vorwerfen[1]. Denn unser Gott und Vater ist nicht ein Gott des Zornes und der Rache; Er ist auch nicht wankelmütig; denn Er sagt nicht zu einigen von euch: »Ihr sollt nicht töten« und zu anderen: »Gehet hin und tötet«. Sein Gebot gilt euch allen, vor Ihm seid ihr alle gleich. Und durch mich ruft Er euch zu: **»Hütet euch vor Mord und Totschlag, hütet euch vor Haß und Neid, vor Unfrieden, Krieg und Feindschaft, hütet euch vor all dem Bösen und Sündigen, das sich um euch und unter euch befindet!«**

Ja, höret mich, ihr Menschen! Zeichnet meine Worte auf in euren Herzen, auf daß ihr sie niemals vergesset! Vergesset auch nicht, unseren himmlischen Vater zu bitten, euch zu erleuchten, auf daß ihr vollauf fassen könnt, welche Verantwortung diejenigen tragen müssen, die Unfrieden und Feindschaft unter euch anzetteln, die Tausende und aber Tausende ihrer Brüder in Kriege und in Kämpfe, in Leiden und in den Tod entsenden!

Ja, höret mich! Denn ich sage: lebet in Frieden und Eintracht

---

[1]) Siehe Übersicht Komment. Seite 395–97.

miteinander, gehet einander entgegen, reichet einander die Hände zum brüderlichen Vergleich, auf daß überall auf Erden ein ewiger Friede herrschen möge! Denn handelt ihr alle nach diesen meinen Worten, so wird unser Vater mit euch sein, so wird Sein Gedanke euch leiten, Seine Hand euch stützen, Seine Kraft und Sein Segen euch in all eurem Tun begleiten.

Ich habe über einige der Gesetze zu euch gesprochen, die für eure Wanderung gegeben worden sind, Gesetze, die euch allen gelten, zu welcher Lehre ihr euch auch immer bekennt, welcher Glaubensgemeinschaft ihr euch auch immer angeschlossen habt. Höret mich, all ihr Christen[1], Mohammedaner und Buddhisten, ja, höret mich alle, wie immer ihr euch auch nennt: wovon ich hier gesprochen habe, gilt euch allen. Denn wisset: keine Glaubensrichtung hat Vorteile oder Rechte vor den anderen. Keine Lehre ist die alleinseligmachende Lehre; denn unser Vater fragt euch nicht, welchem Glauben ihr angehört, sondern ob ihr dem Licht entgegenzuwandern getrachtet habt, ob ihr über das Böse und die vielen Versuchungen gesiegt habt; Er fragt euch, ob ihr die Schwachen gestützt, die Traurigen getröstet, die Hungrigen gesättigt, die Nackten gekleidet, den Armen, den Kranken und den Leidenden geholfen habt; und Er fragt euch, ob ihr eure guten Taten aus Liebe und Barmherzigkeit oder ob ihr sie zu eurem eigenen Vorteil vollbracht habt.

Ja, wahrlich, unser Vater fragt nicht nach eurem Glauben, sondern ob ihr voll und ganz nach dem gelebt und gehandelt habt, was für euch die Wahrheit und die Gerechtigkeit war.

Darum: wollt ihr vorankommen, so müßt ihr euch beugen und die Gesetze unseres Vaters befolgen. Wisset aber, daß Er euch niemals allein wandern läßt, denn dann würdet ihr unablässig wider diese Gesetze sündigen, sondern Er umgibt euch mit guten und liebevollen Wesen, euren Schutzgeistern, die euch unaufhörlich anzuleiten und zu belehren trachten. Ihre Warnungen, Ratschläge und Ermahnungen lauten euch wie eine schwache innere Stimme: euer Gewissen. Handelt daher niemals wider euer Gewissen, sondern gehorchet ihm in

---

[1]) Katholiken, Protestanten und alle christlichen Sekten sind einbegriffen.

allen Stücken, denn so irrt ihr euch nicht, so verirrt ihr euch nicht!

Und wisset: eure Schutzgeister bewachen euch und begleiten euch, bis euer geistiges Ich durch den Tod von dem irdischen Körper gelöst wird; da führen sie euch auf dem Wege des Lichtes zu den Wohnungen zurück, die ihr zu der Stunde, da ihr zur Erde geboren[1] wurdet, verlassen mußtet. In diesen Wohnungen, die von unserem Vater für euch geschaffen worden sind, werdet ihr dann in Frieden und Stille das entschwundene Erdenleben genau durchdenken, über eure Gedanken und Taten genaue Rechenschaft ablegen. Nichts kann verborgen bleiben; den alles steht klar vor euch. Und es nützt gar nichts, daß ihr es von euch schiebt; denn es bleibt bestehen, bis ihr eure Sünden, Fehler und Mängel verstanden und erkannt habt. Wenn ihr euch dann über euch selbst gegrämt, über eure Sünden und Torheiten gegrämt habt, wenn ihr bereit seid zu sühnen, was ihr verbrochen habt, wenn ihr ohne Zaudern, ohne Schwanken die Fragen unseres Vaters beantwortet habt, dann wird Er euch mitteilen, eine wie lange oder kurze Ruhe-[2] und Lernzeit[2] euch zugemessen werden kann, ehe ihr wieder ein neues Erdenleben beginnen müßt.

Dies sage ich euch, damit ihr nicht mit Angst und Beben einem fernen und gemeinsamen Jüngsten Tag entgegenseht, einem Tag, da Gott der Allmächtige, zum Grauen und Entsetzen vieler, alle Toten und alle Lebendigen zu Urteil und Strafe vor Gericht laden wird, einem Tag, da einige von euch in die ewige Seligkeit eingehen und andere in ewige Verdammnis verstoßen werden; denn ein solcher Jüngster Tag tritt niemals ein!

Ja, höret mich, ihr Menschen! Es geschieht, wie ich hier gesagt habe: nach jedem beendeten Erdenleben kommt für einen jeden von euch die Rechenschaft und das Urteil; eure bösen und guten Gedanken und Taten klagen euch an, verteidigen und verurteilen euch – und unser Vater bestätigt das Urteil.

Ich spreche zu euch über das Gebet und die Macht des Gebets.

Habt ihr in eurem Leben gefehlt, habt ihr wider die irdischen oder

---

[1]) Die Geister rechnen damit, daß ihre Geburt zum Erdenleben zu der Stunde beginnt, da sie zur Erde gebracht werden, um mit einem werdenden Menschenkind verknüpft zu werden. Von dem Augenblick an verlieren sie die Erinnerung an das frühere Dasein.

[2]) Siehe Komment. Seite 221–22.

wider die himmlischen Gesetze gesündigt, so werdet nicht gleich mutlos, verzweifelt auch nicht, denn dadurch zieht ihr die Finsternis nur dichter um euch zusammen. Trachtet dagegen, euch zu verbessern und euren Willen zum Guten zu stärken, ja, trachtet zu bereuen, was ihr getan habt! Fühlt ihr aber, daß ihr über das Böse oder über das, was euch in Versuchung führt, nicht selbst zu siegen vermögt, so wendet euch wie Kinder an unseren Vater um mehr Hilfe und Kraft. Ja, sprechet voller Vertrauen zu Ihm über alles, was euch Sorge und Kummer macht! Denn Er wird eurer Klagen und Beschwerden niemals müde, Er ist stets bereit, euch alle Hilfe zu gewähren, deren ihr bedürft.

Betet ihr aber zu unserem himmlischen Vater, so fordert Seine Hilfe nicht, so leiert nicht das eine Gebet nach dem anderen herunter oder sagt: so viele Male bitten wir um dies, so viele Male um jenes, dann werden wir sicherlich erhört werden! Ihr braucht auch keine bestimmt abgefaßten Gebete zu verschiedenen Zeiten des Tages und der Nacht herzusagen; denn alles, was äußerlich oder gewohnheitsmäßig ist, gelangt niemals zu unserem Vater.

Wollt ihr beten, so soll das Gebet in euren Herzen geboren und von euren Gedanken getragen sein, dann wird auch der schwächste Ruf zu unserem Vater gelangen. Und niemals sollt ihr euch ängstigen, daß die Worte, die ihr stammelt, schwach und arm lauten; denn betet ihr aus der Not und der Sehnsucht eurer Herzen, betet ihr mit Inbrunst und voller Vertrauen, so hört unser Vater euch, und so erhört Er euch.

Wahrlich, ich sage euch: je inniglicher euer Gebet ist, je stärker eure Gedanken sind, desto größere Kraft werdet ihr von unserem Vater empfangen. Denn im Gebet begegnen eure Gedanken Seinen Gedanken; im Gebet begegnet euer Wille zum Licht und zum Guten Seinem Willen, der eitel Licht, Reinheit und Liebe ist.

Aber höret mich, all ihr Menschen, die ihr leidet, die ihr traurig, schwach und elend seid: vermögt ihr nicht selbst von Herzen zu beten, vermögt ihr eure Gedanken nicht zu sammeln und festzuhalten, so werde ich euer Fürsprecher sein, so werde ich euer Gebet zu unserem Vater tragen.

Dies will ich tun für euch alle, die ihr mich kennt und mich liebt. Dies tue ich für all die vielen, die niemals meinen Namen nennen gehört haben; dies tue ich für all die vielen, die mich brauchen und meiner Hilfe bedürfen.

Und höret mich, ihr alle, die ihr niemals gebetet habt, ihr, die ihr es nicht wolltet, ihr, die ihr es nicht gelernt habt, ihr, die ihr nicht hofft, auch nicht an eine Erhörung glaubt, und ihr alle, die ihr meint, Gott sei nicht! Wisset, daß jedesmal, wenn ihr über das Böse und Sündige, das in der Welt und in euch selbst ist, traurig seid, jedesmal, wenn ihr euch freut über das, was hell, schön und herrlich ist, eure Gedanken denjenigen unseres Vaters begegnen. Und Er, der alles sieht und alles weiß, Er empfängt eure glücklichen und liebevollen Gedanken als Dank für das Gute, das Er euch gegeben hat, und Er empfängt eure traurigen Gedanken als eine Bitte um Hilfe, eine Bitte um größere Stärke und Kraft, und Er gibt euch, wessen ihr bedürft.

Ja, wahrlich: eure glücklichen oder traurigen Gedanken wiegen bei unserem Vater oftmals mehr als selbst das am schönsten abgefaßte Gebet.

Seid nicht selbstsüchtig in eurem Gebet! Betet nicht für euch selbst allein, sondern betet für alle auf der ganzen Erde. Und vergesset nicht diejenigen, die durch den Tod von den irdischen Körpern gelöst sind! Ja, betet für alle, die in die himmlischen Wohnungen zurückgekehrt sind; denn euer Gebet und eure liebevollen Gedanken werden sie in ihrer schweren Zeit der Einkehr erfreuen und stärken. Suchet derer, die euch verlassen haben, liebevoll zu gedenken; denn nichts ist ihnen so schwer und bitter wie zu sehen, wie hastig die Erinnerungen verblassen, schwinden und im Dunkel der Vergessenheit versinken; nichts ist ihnen so schwer und bitter wie zu sehen, wie hastig die leeren Plätze wieder ausgefüllt werden. Vergesset daher nicht diejenigen, die ihr einst geliebt, sondern behaltet sie in eurer Erinnerung; und wenn sie, während sie hier auf Erden wanderten, euch gekränkt haben oder wider euch gesündigt haben, so vergebet ihnen aus ganzem Herzen! denn dadurch erleichtert ihr sie um manche schwere Last.

Denket mit Wehmut und Liebe an diejenigen, die ihr verloren habt; aber jammert und klaget nicht! Denn eure Seufzer und selbstsüchtigen Tränen[1] binden und halten sie in der Vollendung der Rechenschaft auf, die sie ablegen müssen. Auch dürft ihr sie nicht zu

---

[1]) Siehe Komment. Seite 296–99 über die Störungen, die die selbstsüchtige Trauer der Menschen über die Toten verursachen kann.

euch rufen, um über törichte und gleichgültige Dinge zu sprechen. Und niemals dürft ihr sie über das Wohl und Wehe eurer Zukunft ausfragen; denn solche Fragen dürfen sie nicht beantworten, und ihr nützt somit weder ihnen noch euch selbst .Rufen sie euch aber und sprechen sie zu euch im Namen unseres Vaters, so müßt ihr sie anhören; denn dann kommen sie sicher, um euch zu warnen oder um eure Hilfe oder Fürsprache zu erbitten.

Ja, höret mich, ihr Menschen! Seid nicht selbstsüchtig in eurem Gebet, sondern betet für alle auf der ganzen Erde; betet für alle, die mit euch wandern, und für alle, die euch verlassen haben. Denn durch das Gebet zerstreut ihr die Finsternis und zieht das Licht an euch und an diejenigen, für die ihr betet. Wahrlich, ich sage euch: die Macht des Gebets ist groß, wenn es von liebevollen Gedanken getragen ist; denn haltet euch vor Augen: im Gebet begegnet ihr unserem Vater!

Auch will ich euch, die ihr das alte Gebet »Vaterunser« liebt, sagen: Meint ihr, daß ihr euch besser darum sammeln könnt, anstatt eure Gedanken selbst zu formen, so betet nur getrost:

Vater, der du bist im Himmel,
geheiliget werde dein Name;
führe uns, bis wir in dein Reich eingehen;
dein Wille geschehe, wie im Himmel, also auch auf Erden;
unser täglich Brot gib uns heute;
vergib (verzeihe) uns unsere Schuld, und hilf uns, unseren
Schuldigern zu vergeben (verzeihen);
führe uns, wenn wir in Versuchung geraten, und erlöse uns von dem Übel;
nimm die Toten in deine Obhut[1];
beschirme und bewahre uns alle.

Amen!

II.

Ich will darüber zu euch sprechen, wie ihr leben sollt, wie ihr in den Ämtern, die euch zugewiesen sind, am besten Genüge tun könnt, und

---

[1]) So lehrte Jesus seine Jünger das »Vaterunser«. Die Bitte für die Toten wurde von Paulus mit dieser Begründung ausgelassen: die Toten, die durch den Glauben an Jesu Versöhnungstod ins Leben gerufen und erlöst worden seien, bedürften keiner Fürbitte, und diejenigen, die ohne diesen Glauben stürben, könnten auch durch eine Fürbitte nicht erlöst werden.

wie ihr die Arbeit, die Tätigkeit, die die eurige ist, ausführen sollt, auf daß ihr alle in Liebe, Frieden und Eintracht miteinander leben könnt.

Ich spreche zu dir, der du Gottes und Christi Statthalter auf Erden genannt wirst; ich spreche zu dir im Namen Gottes des Allmächtigen.

Höre mich! Denn wisse, daß dein und deiner Vorgänger Amt und eure Macht auf falschen Worten beruht! Niemals habe ich Simon Petrus die »Schlüssel« zum Himmelreich gegeben. Niemals habe ich ihm gestattet, nach seinem eigenen Ermessen und Gutdünken zu lösen, noch weniger zu binden.

Dies sage ich dir, damit du wissest, daß du nicht der Erbe Simon Petri bist, wie auch keiner deiner Vorgänger es gewesen ist.

Ferner wisse, daß du die Vergebung der Sünden nicht im Namen unseres Vaters erteilen kannst; denn was die Menschen wider Gott den Allmächtigen gesündigt haben, kann nur Er allein vergeben; und was die Menschen wider einander gesündigt haben, müssen sie einander selbst zu verzeihen suchen[1]. Daher ist deine Sündenvergebung tot und machtlos.

Auch wisse, daß unser Vater niemals einen Menschen verflucht hat, noch irgendwann einen Menschen verfluchen wird, wieviel die Menschen auch wider die göttlichen und die irdischen Gesetze sündigen mögen. Und wenn Gott nicht verfluchen kann und nicht verfluchen will, wie könnten dann diejenigen, die Seine Statthalter genannt werden, es tun?

Ja, du sollst nicht verfluchen, weder im Namen Gottes noch im Namen des Simon Petrus. Denn tust du das, so wirst du das Schicksal vieler deiner Vorgänger teilen, denn sie haben unter den mächtigen Bannflüchen, die sie ausgeschleudert haben, sehr gelitten.

Wahrlich, ich sage dir: du sollst nicht verfluchen, sondern im Namen unseres Vaters segnen. Und wenn du segnest, so vergiß niemals, unseren Vater von Herzen zu bitten, den Segen zu bestätigen, auf daß er denjenigen, die seiner bedürfen, zum Nutzen gereichen kann. Denn du vermagst die Würdigen von den Unwürdigen nicht zu unterscheiden.

Sei deiner Gemeinde ein Vater! Sei so, daß alle dich lieben, ehren und achten können, nicht als Erbe des Simon Petrus, auch nicht als

---

[1]) Siehe den Bericht Ardors Seite 125.

Gottes und Christi Statthalter, sondern als oberste und höchste Gewalt deiner Kirche.

Umgib dich bei den kirchlichen Festen nicht mit zu viel Glanz und Pracht, solange es in deiner Gemeinde Männer, Frauen und Kinder gibt, die ständig um das tägliche Brot betteln müssen und deren Kleider Schmutz und Lumpen sind. Trachte dagegen, durch die reichen Mittel deiner Kirche die tiefe Not und Erbärmlichkeit etwas zu lindern.

Sei ein Lehrer und Berater den vielen Dienern deiner Kirche und jedem einzelnen Mitglied deiner Gemeinde; lehre sie, in kindlicher Liebe, in Hoffnung und Vertrauen, sich im Gebet an Gott allein zu wenden; lehre sie, daß die vielen Bitten an Mutter Maria, an all die heiligen Männer und Frauen um Hilfe, Fürbitte und Schutz den Menschen nicht nützen und niemals genützt haben; denn all die sogenannten Heiligen müssen wie alle Menschen ihre Wanderung durch die vielen Erdenleben fortsetzen, bis sie einmal das Ziel: das Reich Gottes, des Vaters, erreichen.

Ferner lehre die Diener deiner Kirche und alle in deiner Gemeinde, daß es niemandem nützt, sich in engen Klöstern, hinter dicken Mauern, fern den Versuchungen, vor dem Kampf und der Mühe des Lebens zu verbergen. Lehre sie, daß alle, die als Mönche oder Nonnen leben, daß alle, die sich verbergen, und alle, die für Jahre oder für das Leben in die Einsamkeit fliehen, gesetzwidrig handeln; denn alle, die so handeln, befolgen nicht, sondern verstoßen gegen die Gesetze, die unser Vater für den Aufstieg der Menschheit zum Licht gegeben hat; denn die Menschen werden nicht zur Erde gesandt, um der Finsternis zu entfliehen, sondern um dem Bösen in den unzähligen Formen des Lebens gegenüberzutreten, um Sünde und Laster zu überwinden und um über die vielen Versuchungen zu **siegen**.

Lehre sie, daß Gott nicht fordert und niemals gefordert hat, daß weder Mann noch Frau im ledigen Stande leben sollen; denn unser Vater fordert keine widernatürlichen Gelübde von irgendeinem Menschen.

Lehre sie, daß die vielen Bußübungen und strengen Selbstquälereien keineswegs nützen, sondern lediglich die Finsternis an alle heranziehen, die ihren Körper martern und mißhandeln; lehre sie, daß, wer mit Absicht, nach Klosterregeln oder aus eigenem freien Willen, auf verschiedene qualvolle Weise sich selbst ermattet oder schwächt, sein geistiges Ich wider die schleichenden Angriffe der Finsternis nicht völlig zu wehren vermag; lehre, daß alle Selbstquäler infolge des großen Schwächezustands ihres Körpers ständig von sünd- und lasterhaften Gedanken heimgesucht werden.

Lehre sie auch, daß die vielen Wohltaten, die nach bestimmten Kirchen- oder Klosterregeln erwiesen werden, keineswegs irgendeinen geistigen Wert haben, es sei denn, der Wohltäter vermöchte diese Ordenshandlungen dem Liebes- und Barmherzigkeitsdrang seines eigenen Herzens entspringen zu lassen.

Ferner lehre sie, daß die vielen sakramentalen Handlungen eurer Kirche allesamt unnötig und nutzlos sind; lehre, daß nur in der tiefen, inbrünstigen Hingabe des Gebets die Menschen dem göttlichen Gedanken und Willen begegnen.

Ja, sei in Wahrheit ein Vater, ein Lehrer und ein Berater allen denen, die sich dir anschließen; und sei mir behilflich, sie alle zu dem gemeinsamen Ziel: dem Herrlichkeitsreich unseres Vaters, zu leiten!

Was ich hier zu dir gesprochen habe, bitte ich dich genau zu durchdenken; und um deiner selbst willen bitte ich dich, deinen Gott und dein Gewissen zu Rate zu ziehen. Und wenn du dann verstanden hast, daß meine Worte wahr sind, mußt du so handeln, wie ich es hier gesagt habe, dann mußt du dem Weg folgen, den ich dir hier gezeigt habe!

Wenn meine Worte dich, der du in dieser Stunde[1] das Amt des Statthalters Gottes und Christi bekleidest, nicht erreichen, so bist du schuldlos, so gelten meine Worte deinem Nachfolger, so ist er dein Erbe. Ja, meine Worte gelten nicht dir allein, sondern all deinen Nachfolgern.

Ich spreche zu euch, die ihr die Diener des Höchsten oder die Diener der Kirche genannt werdet, welchem Land, welcher Glaubensrichtung ihr auch immer angehören, welche Stellung, höher oder niedriger, ihr auch immer innerhalb eurer kirchlichen Gemeinschaft bekleiden mögt. Ich spreche zu euch allen, welchen Namen ihr auch immer eurer Gottheit gebt, ob ihr euch vor einem oder vor vielen Göttern beugt. Höret mich! Denn meine Worte gelten euch allen.

Wollt ihr die Diener des Höchsten sein, so müßt ihr euch be-

---

[1]) 1914.

streben, Seine Gebote zu beachten, euch bestreben, Seine Gesetze zu befolgen. So müßt ihr all diejenigen, die sich euch und eurer Verkündigung anschließen, lehren, daß Gott eins ist, daß es nicht zwei, drei oder viele Götter gibt. So müßt ihr lehren, daß Gott der Allmächtige der Schöpfer und Vater des unsterblichen Menschengeistes ist, daß Er aber niemals die sterblichen Körper der Menschen geschaffen hat.

Ja, wahrlich, ich sage euch: wollt ihr Gottes Diener sein, so müßt ihr Ihm alle im Geiste und in der Wahrheit dienen; so müßt ihr gütige, liebevolle und verständliche Worte zu all denen sprechen, die sich in Zweifel, Hoffnungslosigkeit und Reue um Hilfe und um Beratung an euch wenden; so müßt ihr, ohne zu ermüden, die schwachen, mutlosen und schwankenden Menschen ständig trösten und stärken; niemals dürft ihr harte, verdammende Worte zu den Lebenden sprechen, noch weniger dürft ihr über die Toten den Stab brechen; niemals dürft ihr, um eure Macht und euer Ansehen geltend zu machen, mit ewiger Verdammnis drohen oder mit den Strafen und Qualen der Hölle schrecken.

Niemals dürft ihr lehren, daß der Menschengeist nach beendetem Erdenleben in Tierkörper hinüberwandere oder daß das geistige Ich nach zahlreichen mühsamen, aber vorwärtsschreitenden Wanderungen von dem großen Nichts verschlungen werde – in einen ewigen Untätigkeitszustand herabsinke.

Auch dürft ihr nicht lehren, daß Selbstquälereien oder Bußübungen Gott wohlgefällig seien. Und niemals dürft ihr zur Ehre des Höchsten blutige Opferungen[1] ausführen: keine Menschen[1], kein Tier des Feldes oder der Luft dürft ihr opfern; denn all solches gehört zu den entsetzlichen Einfällen der Finsternis.

Seid hilfreich und barmherzig zu allen armen, kranken und elenden Menschen; lasset eure Kirchen, Tempel und Gemeindehäuser allen offen sein, damit jeder trauernde und leidende Mensch zu jeder Zeit, an Werk- oder Ruhetagen, an den Altären knien kann, um in einem inbrünstigen Gebet zu seinem Gott und Vater Stärke und Trost zu suchen; oder damit alle nach eigenem

---

[1]) Wenn die Menschen Gott zu ihrem obersten Kriegsherrn machen, wird jeder Mensch, der während der Kämpfe getötet wird, ein »blutiges Opfer« zu Seiner Ehre; und wenn die Geistlichen die Soldaten vor dem Feldzug weihen, werden sie Teilnehmer und Mitwisser der Menschenopferungen des Krieges.

Wunsch in Stille und Frieden an den schönen Stätten wandeln können, die unserem Vater geweiht und gewidmet sind.

Und wenn ihr an den Ruhe- oder Feiertagen euch mit euren Gemeinden versammelt, so müßt ihr sie lehren, sich in kindlichem Vertrauen, in Hoffnung und Liebe der lenkenden Hand unseres Vaters zu beugen, so müßt ihr sie lehren, aus den verborgensten Tiefen der Herzen Lob- und Danklieder ertönen zu lassen. So müßt ihr sie lehren, daß aller äußerlicher und gewohnheitsmäßiger Gottesdienst unnütz ist; ebenso, daß alle sakramentalen Handlungen unnötig sind.

Ferner will ich euch allen sagen: wollt ihr Gottes Diener sein, so dürft ihr über die alten Worte und Glaubenssätze, die euch aus den vielen Schriften der Väter überliefert sind, nicht ständig miteinander zanken und streiten. So dürft ihr nicht ständig hervorheben, daß euer Glaube und eure Kirche die allein wahren und seligmachenden seien. Und niemals dürft ihr durch das Schwert oder durch strengen Machtspruch anderen euren Glauben und eure Meinungen aufzwingen.

Trachtet dagegen alle, in eurer gemeinsamen Sehnsucht nach dem Reinen, dem Erhabenen und dem Göttlichen zusammenzufinden. Ja, trachtet alle, in eurer gemeinsamen Sehnsucht nach der Liebe eines Vaters und der Gerechtigkeit eines Gottes zusammenzufinden.

Was ich hier zu euch gesprochen habe, bitte ich euch alle genau zu durchdenken; beratet euch mit Gott und eurem Gewissen, und handelt niemals wider eure innere Überzeugung! Wenn ihr dann verstanden habt, daß meine Worte wahr sind, so seid mir behilflich, eure Brüder und Schwestern zu dem gemeinsamen Ziel: dem Herrlichkeitsreich unseres Vaters, zu leiten.

Ich spreche zu euch, die ihr die Herrscher der vielen Länder seid, ob durch Erbschaft oder Wahl, und welcher Regentenname euch auch immer erteilt ist. Höret mich, denn ich spreche zu euch allen!

Setzet euch das gemeinsame Ziel, ein jeder der beste und vortrefflichste Mann seines Landes zu werden. Fordert viel von euch selbst, auf daß ihr von anderen viel fordern könnt. Seid in eurem Wandel rein und sonder Tadel, auf daß alle euch achten, ehren und lieben können.

Wählet eure Ratgeber mit Sorgfalt und Verstand, und wählet sie unter den Männern, die selbstlos, wahrheitsliebend, verständig und gerecht sind. Schützet die Schwachen, die Armen und Bedrückten. Seid selbstlos in eurer Fürsorge für das Wohl der Länder und Völker. Handelt niemals dem zuwider, was euer Gewissen euch als Wahrheit und Gerechtigkeit bezeichnet.

Erkämpfet euch nicht durch Gewalt oder durch List die Herrschaft über die Reiche anderer, und zwinget niemals die Völker anderer Länder, sich eurer Führung in Demut zu beugen; denn all solches ist vom Übel!

Seid verständnisvoll und geduldig den Menschen gegenüber, deren Heimatländer von euren Vorvätern, euren Vorgängern oder von euch selbst geraubt worden sind. Suchet etwas von dem Unrecht, das gegen diejenigen, die mit Gewalt, durch Haß und Neid unter fremde Führung gezwungen und gegen ihren Willen von den Staatsgemeinschaften getrennt worden sind, denen sie zu Recht angehören, verübt worden ist, aufzuheben und zu mildern.

Seid wie Brüder zueinander. Beseitiget mit gutem Willen allen Streit und Zank, und brechet niemals den Frieden der Reiche und Länder untereinander.

Ja, wahrlich, ich sage euch: seiet ihr die ersten, die einen brüderlichen, ewig währenden Vergleich schließen; und bittet unseren Vater, euch und das Bündnis, das ihr schließt, zu segnen, auf daß ihr und eure Nachfolger die Gelöbnisse, die ihr einander gebt, halten könnt. Ja, bittet unseren Vater, euch zu segnen, auf daß ihr und eure Nachfolger niemals, niemals mehr den Frieden auf Erden brechet!

Bittet unseren Vater, euch die Wahrheit meiner Worte zu erläutern. Bittet Ihn, euch zu stützen und zu beraten, auf daß ein jeder von euch den Platz ausfüllen kann, der der seinige ist.

Ich spreche zu euch, die ihr Gesetzgeber seid, zu euch, die ihr in mannigfacher Weise an der vielgestaltigen Leitung der Länder und Staatsgemeinschaften Teil und Anteil habt. Höret mich, denn ich spreche zu euch allen!

Setzet euch das gemeinsame Ziel, dem Land und Volk, dem ihr angehört, vollauf und in bester Weise von Nutzen zu sein. Fertiget all eure Gesetze aus, als ob ihr selbst von jeder einzelnen Regel betroffen werden würdet; denn dann werden eure Gesetze gerecht.

Erzwinget euch durch List und Tücke keine Führerstellungen, die euch nicht zustehen und die ihr nicht ausfüllen könnt. Seid wahrhaftig bis zum äußersten und aufrichtig in all eurer Rede. *Handelt niemals wider euer Gewissen, ja, handelt niemals aus selbstsüchtigen Gedanken an den eigenen Vorteil heraus!* Stellet all euren anstößigen Streit und Zank untereinander ein. Stoßet keine bitteren und gehässigen Worte wider diejenigen aus, die nicht mit euch gleicher Meinung sind. Beschmutzet nicht Namen und Ehre eurer Gegner mit falschen Beschuldigungen, durch lügenhafte und boshafte Verleumdungen. Seid sanftmütig zueinander. Kommet einander entgegen, suchet in Frieden und Eintracht miteinander zu arbeiten, auf daß ihr die Belange der Länder und Völker in bester Weise fördern könnt.

Hebet jegliche Todesstrafe auf; denn kein Mensch hat das Recht, das Leben seines Nächsten zu nehmen, wieviele Verbrechen er auch immer begangen hat. Zwinget niemals eure Brüder durch das Gesetz, sich im Krieg gegenseitig zu ermorden und zu töten; *denn all solches ist vom Übel!* Lasset allen Kriegsdienst zu Lande und zu Wasser freiwillig sein, bis die Stunde gekommen ist, da alle Reiche und Staatsgemeinschaften der Erde durch ein immerwährendes, unverbrüchliches Friedensbündnis miteinander verbunden sind.

Traget genauestens Sorge für alle Armen, Kranken und Elenden, für alle Alten – Männer und Frauen –, für alle verlassenen Ehefrauen, notleidenden Witwen und elternlosen Kinder, die unter euch leben. Denn ich sage euch: wie groß eure Staatsgemeinschaften auch immer sein mögen, *so darf es keinen einzigen Menschen – Mann, Frau oder Kind – geben, der notleidend um das tägliche Brot bettelt.* Auch darf es keinen einzigen arbeitsfähigen und arbeitswilligen[1] Menschen geben, der ohne Zuhause und ohne Arbeit umherstreift. Beschaffet daher baldigst Wohnungen, Essen, Kleider und Arbeit für all diejenigen, die sich nicht selbst diese Dinge zu beschaffen vermögen.

Unterstützet und helfet nicht so, daß es als entehrendes Almosen empfunden wird, sondern so, daß diejenigen, die von euren Staatsgemeinschaften versorgt oder unterstützt werden, die ihnen geleistete Hilfe mit Freude und Dankbarkeit entgegennehmen können[2].

---

[1]) Arbeitsunwilligen Menschen gegenüberhaben die Gemeinwesen keine Verpflichtung.
[2]) Jeder Mensch, der im Dienste des Staates, der Gemeinde oder einer Einzelperson arbeitet, sollte das Recht haben, wenn die Arbeitsjahre zu Ende sind, vom Staat oder

Ja, wahrlich, ich sage euch: eure Verpflichtungen sind mannigfaltig, und eure Verantwortung ist groß; ich bitte euch daher, genau zu durchdenken, was ich euch hier gesagt habe. Denn wisset, wenn ihr aus Selbstsucht oder Furchtsamkeit nicht für alle Armen, Leidenden und Unglücklichen Sorge tragen wollt, so werdet ihr wahrhaftig selbst, in eurem kommenden Erdenleben, die Not und das Elend der Heimatlosigkeit und der Armut kosten, bis ihr gelernt haben werdet, mit euren unglücklichen Mitmenschen Mitleid zu fühlen.

Bittet unseren Vater, euch die Augen zu öffnen, auf daß ihr die Wahrheit meiner Worte verstehen könnt. Bittet unseren Vater, euch zu stützen und zu beraten; denn ist Er mit euch, so werden eure Gesetze fürwahr voll und ganz gerecht werden.

Ich spreche zu euch, ihr Männer, die ihr Väter seid, und zu euch, die ihr zugleich Ehemänner seid. Ich spreche zu euch, ihr Frauen, die ihr Mütter seid, und zu euch, die ihr zugleich Ehefrauen seid. Höret mich, denn ich spreche zu euch allen, welchem Land, Gemeinwesen oder Volk ihr auch immer angehört!

Ihr Männer und Frauen: zeuget und gebäret keine Kinder, ehe ihr sie versorgen könnt; denn wisset, daß ihr all euren Kindern die gleiche Verantwortung, die gleichen Verpflichtungen gegenüber habt, ob sie nun in oder außer den gesetzlichen Ehen eurer Gemeinwesen gezeugt und geboren sind.

Werfet eure Kinder nicht leichtsinnig in die Welt, ohne ihnen Mittel zu geben, im Leben voranzukommen. Lasset sie niemals ohne Hilfe und ohne Wehr allein stehen; denn tragt ihr nicht Sorge für sie und erliegen sie den Versuchungen der Finsternis, werden sie von Sünde und Laster herabgezogen, werden sie Missetäter und Übeltäter, so habt ihr die Schuld, so tragt ihr die Verantwortung dafür,

---

von der Gemeinde eine angemessene jährliche Vergütung zugeteilt zu bekommen, die es ihm ermöglicht, dem Alter ohne pekuniäre Sorgen entgegenzusehen. Außerdem sollten die Gemeinwesen ganz und gar für jeden sorgen, der während der Ausübung seiner Arbeit zum Krüppel oder durch Krankheit arbeitsunfähig wird. Es ist ebenfalls die Pflicht der Staatsgemeinschaften, für alleinstehende Menschen, für schwächliche Arbeiter und Arbeiterinnen, für Gesinde usw. Alters- und Krankenheime zu errichten. Außerdem sollten Staat oder Gemeinde, wo Hilfe erforderlich ist, Witwen mit minderjährigen Kindern, bis diese volljährig sind, eine angemessene Unterstützung gewähren.

so müßt ihr ihnen in den kommenden Erdenleben sühnen helfen, was sie verbrochen haben, ehe ihr selbst weiterwandern könnt.

Höret mich, ihr Väter: habt ihr also einige eurer Kinder verleugnet, habt ihr sie allein und ohne Kenntnis dessen, wer ihnen das Leben gab, stehen lassen, so beeilet euch, sie aufzusuchen, und machet gut, was ihr wider sie gesündigt habt. Ja, wahrlich, ich sage euch: ihr sollt voll und ganz für ihre Erziehung und für all ihre Bedürfnisse sorgen, und ihr sollt ihnen das gleiche Erbteil wie denjenigen Kindern geben, die euch in gesetzlicher Ehe geboren sind; denn dieses steht ihnen mit Recht zu.

Und euch, ihr ledigen Mütter, sage ich: entziehet euch niemals euren mütterlichen Verpflichtungen. Lasset eure Kinder nicht in fremden Händen unter dem Mangel an liebevoller Sorge und Pflege einer Mutter leiden. Traget Sorge dafür, daß die Väter eurer Kinder ihre väterlichen Verpflichtungen nicht versäumen. Ja, bewachet und schützet eure Kinder gegen all das Böse und Unreine, das es im Leben gibt.

Ihr Männer und Frauen: setzt ihr in und außer euren Ehen so viele Kinder in die Welt, daß ihr nicht vermögt, ihnen allen Essen, Kleider, Unterkunft, gute und reichliche Kenntnisse zu gewähren, so saget niemals, dies geschehe nach Gottes Willen; denn ich sage euch: ebenso wenig, wie unser Vater euch zwingt, naturwidrige Gelübde abzulegen, ebenso wenig gebietet Er euch, so viele Kinder zu zeugen und zu gebären, daß die Anzahl über oder weit über eurem Versorgungsvermögen liegt. Lasset daher eure Nachkommen niemals hungern, frieren und des Wissens ermangeln, weil ihr über eure fleischlichen Lüste und Begierden nicht die volle Herrschaft habt.

Ihr Väter und Mütter! liebet all eure Kinder mit tiefer, inniglicher Liebe. Seid gut und aufopfernd zu ihnen, denen ihr das Leben schenktet. Trachtet danach, ihnen eine lichte und glückliche Kindheit zu bereiten, auf daß sie sich des Zuhauses und eurer jederzeit mit inniglicher Freude erinnern können.

Seid verstehend, aber nicht schwach, töricht und nachgiebig, wenn ihr seht, daß sie fehlen und sündigen. Quälet und mißhandelt sie niemals, weder geistig noch körperlich. Erziehet sie mit liebevoller Geduld, stützet sie mit fester Hand, leitet sie mit ruhiger Autorität.

Lehret eure Kinder, ihren Nächsten zu lieben wie sich selbst. Lehret sie, sich in kindlichem Vertrauen an ihren himmlischen Vater zu wenden, auf daß Er sie stützen und ihnen helfen kann, wo ihr es nicht vermögt. Erziehet eure Kinder zu guten, wahrhaftigen, arbeitsamen, kenntnisreichen und gerechten Menschen. Lehret sie, in Gesinnung und in Gedanken rein und keusch zu sein. Helfet ihnen, ihren Willen zu stärken, auf daß sie mit Leichtigkeit über die unreinen Begierden des Körpers siegen können.

Lehret eure Söhne, treue, rücksichtsvolle Ehemänner, liebevolle, pflichtbewußte Väter, und eure Töchter, treue, verständige Ehefrauen, liebevolle, pflichtbewußte Mütter zu werden.

Ja, höret mich: erziehet eure Kinder so, daß ihr ihnen in Wahrheit sagen könnt: erliegt ihr den Versuchungen der Finsternis, der Sünde und dem Laster, so seid ihr selbst schuld, so müßt ihr selbst die volle Verantwortung tragen.

Ihr Ehemänner und Ehefrauen, liebet einander aus ganzem Herzen! Seid nachsichtig gegen die Fehler und Schwächen des anderen, belehret und beratet einander mit Geduld und liebevollem Verständnis. Traget gemeinsam die vielen Bürden und Sorgen des täglichen Lebens, teilet eure Sehnsüchte und eure Freuden miteinander. Vergiftet niemals das Gemüt eurer Kinder durch Zankereien und Gewalttaten. Lasset nicht die Liebe zu anderen Männern und zu anderen Frauen euch voneinander entfernen oder euch trennen. Seid einander treu, auch wenn das Alter eure Körper beugt und eure Haare bleicht.

Ja, wandert treu Hand in Hand, bis der Tod euer Ehebündnis löst; und trachtet danach, all die vielen Erinnerungen liebevoll zu bewahren, auf daß ihr euch mit Freuden in den himmlischen Wohnungen wiedersehen könnt.

Ihr Männer und Frauen, durchdenket genau, was ich euch hier gesagt habe. Bittet unseren Vater, mit euch zu sein, euch zu stützen und zu helfen, auf daß ihr niemals dem zuwiderhandelt, was euer Gewissen euch gebietet.

Ich spreche zu euch, ihr jungen Männer, und zu euch, ihr jungen Frauen. Höret mich, denn ich spreche zu euch allen, welchem Land, Gemeinwesen oder Volk ihr auch immer angehört!

Liebet, ehret und achtet diejenigen, die euch das Leben schenkten. Folget den Ratschlägen und den Ermahnungen, die euch gegeben werden, bis die Stunde kommt, da ihr für all eure Handlungen selbst die Verantwortung übernehmen müßt.

Seid nachsichtig und ehrfürchtig den Alten gegenüber, auf daß das Geschlecht, das nach euch kommt, euch gegenüber, wenn ihr euch dem Grabe nähert, nachsichtig und ehrfürchtig sein kann.

Gebet euch keinen sündigen und unreinen Lüsten hin. Verkaufet niemals euren Körper der Unzucht.

Ihr Männer, vergewaltiget und verführet niemals!

Ihr Frauen, tötet nicht die Kinder, die ihr gebärt! Vernichtet auch nicht mit Absicht das Leben, das ihr empfangen habt; denn ich sage euch: all solches ist vom Übel! und ihr schafft euch selbst dadurch viele Leiden.

Seid barmherzig zu den Tieren; quälet sie niemals, jaget sie nicht und rottet sie nicht aus, wenn es nicht nötig ist.

Gehet mit allen berauschenden Getränken und abstumpfenden Giften vorsichtig um; denn wisset, daß ihr für die törichten, bösen und schlechten Taten, die ihr verübt, wenn ihr, aus Unachtsamkeit oder schlechter Gewohnheit, über euren Verstand und euren Willen die Herrschaft verliert, selbst voll und ganz die Verantwortung tragen müßt.

Trachtet jederzeit danach, euren Geist durch nützliche und belehrende Kenntnisse zu bereichern. Und wenn ihr einmal ins Leben hinaustretet, so verstoßet niemals wider die Gesetze der Wahrheit und der Gerechtigkeit, welche Stellungen ihr auch immer bekleidet, welche Arbeit auch immer die eurige ist, ob ihr der gesetzgebenden, der richterlichen oder der ausführenden Gewalt angehört oder eure Tätigkeit auf anderen Gebieten liegt; und handelt niemals eurem Gewissen zuwider.

Leget euren Untergebenen keine grösseren Lasten[1] auf, als sie zu tragen vermögen; und lohnet[1] ihre Arbeit mit dem Lohn, den ihr selbst verlangen würdet, wenn ihr an deren Stelle wäret.

---

[1]) Es ist die Pflicht eines jeden Arbeitgebers, genau darüber zu wachen, daß die unter seiner Leitung stehenden Arbeiter und Gehilfen keiner strengeren Arbeit ausgesetzt werden, als sie zu leisten imstande sind; ebenfalls sollte jeder Arbeitgeber Arbeiter oder Gehilfen mit einem solchen Lohn entlohnen, daß dieser die geleistete Arbeit voll und ganz deckt und den betreffenden Menschen die Lebensbedingungen verschafft, die dem Platz, den sie in der Gesellschaft einnehmen, entsprechen. (Vorstehendes gilt sowohl für Staat und Gemeinde als Privatunternehmen und Einzelpersonen.)

Seid treu und verläßlich in all eurem Tun und Lassen. Werdet ihr mit der Tätigkeit, die die eurige ist, unzufrieden, und verlaßt ihr die Arbeit, die ihr übernommen habt, so zwinget niemals eure Kollegen, euch zu folgen; denn dadurch kränkt ihr das Recht des freien Willens und ladet euch eine große Verantwortung[1] auf.

Erwerbt ihr euch Reichtümer durch die Gedanken eures Geistes, die Tätigkeit eurer Hände, durch Erbschaft oder auf andere ehrliche Weise, so stehen sie euch zu Recht zu; aber ich bitte euch, an diejenigen zu denken und die zu stützen, die wenig oder nichts haben.

Und euch, die ihr wenig oder nichts habt von den Gütern dieser Welt, sage ich: beneidet nicht diejenigen, die besser gestellt sind, denn deren Verantwortung ist weit größer als die eurige; und verlanget niemals, an dem rechtmäßigen Eigentum anderer Teil und Anteil zu bekommen; denn ihr habt kein Recht, solche Forderungen zu stellen. Freuet euch über das, was euer ist, und über das, was euch gegeben wird, aber fordert niemals, was euch nicht zusteht.

Sammelt ihr Reichtümer durch Wucher oder Betrug, durch Diebstahl oder Raub, so werdet ihr gewißlich in eurem kommenden Erdenleben alles an die rechten Eigentümer zurückgeben – ja, wahrlich, ihr werdet alles mit Zinsen und Zinseszinsen zurückgeben!

Freuet euch über alles, was schön und herrlich ist in der Welt, nutzet in mannigfacher Weise die vielen Gaben, die euch von unserem Vater gegeben sind, und sammelt euch alle um das Ziel: einem immerwährenden, unverbrüchlichen Frieden unter den vielen Reichen und Ländern der Erde gemeinsam und einträchtig den Weg zu bereiten.

Ja, höret mich, ihr jungen Männer und ihr jungen Frauen! Durchdenket genau, was ich zu euch gesprochen habe; denn vergesset nicht: ihr seid die Schöpfer der Zukunft, die Träger der Zukunft.

---

[1]) Menschen, die aufgrund ihrer eigenen Unzufriedenheit mit dem Bestehenden unter ihren Arbeitskollegen ähnliche Gefühle zu erwecken trachten, um durch gemeinsames Auftreten die Erfüllung von Wünschen und Forderungen in verschiedener Richtung zu erzwingen, handeln somit gegen Christi Worte und handeln ebenfalls gegen die göttlichen Gesetze der Ordnung, Eintracht und Gerechtigkeit. Alles, was in den gegenwärtigen Inkarnationen durch solch unzulässiges Auftreten gewonnen wird, muß in den nächsten Inkarnationen voll und ganz zurückgegeben werden. Alle materiellen Werte, die zerstört werden, muß jeder einzelne mit Zinsen und Zinseszinsen ersetzen, und die geistigen Leiden, die sie durch ihre Handlungsweise ihren Mitmenschen verursacht haben, müssen die Betreffenden ebenfalls selbst durchleben.

Bittet unseren Vater, euch zu stützen und zu helfen, auf daß ihr unter Seiner Anleitung die ersten Grundsteine zu dem neuen Weltgebäude legen könnt. Ja, bittet unseren Vater, mit euch zu sein, auf daß die kommenden Geschlechter auf die Zeit, die die eurige war, mit inniglicher Freude zurückschauen und euch für das Gute, das ihr ausgerichtet habt, danken können.

Auch will ich zu den Menschen sprechen, die das Volk, in dessen Mitte ich einst als Jesus von Nazareth geboren wurde, hassen und in mannigfacher Weise verfolgen. Höret mich, denn ich sage: ihr habt kein Recht, ein Volk für die Sünden und Missetaten, die seine Vorväter begangen haben, zu hassen und zu verfolgen! Stellet daher eure Verfolgungen ein und lasset ab von eurem Haß; denn tut ihr das nicht, so wird das Volk der Juden gewißlich meinem Herzen am nächsten stehen.

Ja, lasset euch niemals durch Rassenhaß verblenden und trennen; denn denket daran: vor unserem Vater seid ihr alle gleich; Er liebt alle Völker und Rassen, farbige und nichtfarbige, die kleinsten wie die größten, mit derselben tiefen, unendlichen Liebe; Er erweist euch allen dieselbe Geduld und Barmherzigkeit; und einmal wird Er euch alle in Seinem Reich willkommen heißen.

Abschließend wende ich mich an alle Menschen auf der ganzen Erde, und ich bitte euch alle: versuchet, mit unserem ältesten Bruder Mitleid zu haben, versuchet zu verzeihen, was er wider euch verbrochen hat, auf daß die vielen Verwünschungen, die er ausgestoßen hat, aufgehoben und ausgemerzt werden können!

Ja, vergebet ihm aus ganzem Herzen; so wird er in tiefer Dankbarkeit an meiner Seite stehen und mir aus voller Kraft helfen, euch zu unserem Vater zu leiten. –

Hoch habe ich meine Fackel über eure Häupter erhoben, auf daß ihre klaren Strahlen auf die Wege fallen könnten, die in das Reich unseres Vaters führen. Folget mir, all ihr leidenden, suchenden und zweifelnden Menschen! Folget mir; denn ich habe gelobt, euch zu leiten, und ich lasse euch nicht, ehe ich den letzten von euch in den Armen unseres Vaters zur Ruhe gebracht habe!

Vater! Ich bitte dich, deinen Segen in meine Worte zu legen, auf daß sie die Ohren und Herzen der Menschen erreichen können. Vater, sei mit uns allen.

Amen!

WAS IHR SÄET, DAS WERDET IHR ERNTEN!

GOTT der Herr der Allmächtige hat mich, Seinen Diener, den Boten, zu euch gesandt, auf daß meine Worte, von euch verdolmetscht, bis zu allen Völkern der Erde dringen können.

Menschen! euer Gott, der Vater eures Geistes, hat mir geboten, zu euch zu sprechen:

Am Anfang der irdischen Zeiten versprachen die jüngsten Kinder Gottes ihrem Vater wiederaufzurichten, was ihre älteren Brüder und Schwestern zerstört hatten.

Nach den Leiden, Sorgen und Enttäuschungen vieler Zeiten sind sie nunmehr kraft ihres Willens, kraft ihrer Liebe und mit Hilfe ihres Vaters so weit gelangt, daß sie über die Finsternis gesiegt, ihren ältesten Bruder erlöst und ihn dem Licht und dem himmlischen Heim zurückgewonnen haben; aber viele Zeitewigkeiten müssen noch schwinden, ehe sie das gegebene Versprechen vollauf werden einlösen können: euch, Gottes allerjüngste Kinder, in Sein Herrlichkeitsreich zu führen. Denn erst, wenn die letzten von euch im Vaterhaus empfangen werden, ist die Liebestat der Jüngsten vollbracht.

Menschen! viele Zeitewigkeiten müssen noch schwinden, ehe ihr eurem himmlischen Vater werdet gegenübertreten können, ehe ihr Ihm, der, aus tiefem Mitleid mit den Geschöpfen Seiner gefallenen Kinder, dem Menschengeist das ewige Leben gab, werdet gegenübertreten können. Viele Zeitewigkeiten müssen noch schwinden, ehe eure Wanderung beendet ist; denn ihr seid wie die Unmündigen, die da sehen, ohne zu erfassen, die da hören, ohne zu verstehen. Wie Unmündige jubelt ihr über die farbenprächtigen Früchte, ohne euch zu bekümmern, ob der Wurm das Fleisch und den Kern zerfressen hat. Wie Unmündige vermögt ihr nicht, Glimmer von Gold zu unterscheiden; mit Eifer und Begierde werft ihr euch über den bunten, unnützen Flitter, während ihr das edle und gediegene Erz mißachtet.

Ja, ihr seid kleiner und schlimmer als Unmündige; denn in eurer blinden Gier nach irdischen Schätzen, nach Macht und Ehre, in eurem Haß und Neid untereinander zankt und bekriegt ihr euch unablässig, mordet, raubt, schändet und brennt ihr, ohne verstehen zu wollen; daß ihr die Leiden und Sorgen, die ihr dadurch über andere bringt, zugleich über euch selbst bringt; die harte, aber gerechte Vergeltung wird euch treffen, solange ihr fortfahrt, die Gabe, die euer Vater euch gegeben hat, zu mißbrauchen und zu mißachten – den Willen, das Gute zu wollen, den Willen, über das Böse siegen zu wollen; und solange euer Wille zur Sünde und zu Untaten, zu Lüge und Unfrieden neigt, solange kann der Wille eures Vaters unter euch nicht gefördert werden.

Menschen, höret alle! Euer Vater ruft euch, und durch Seinen Diener fragt Er euch:

Wann werdet ihr die Schwelle der Kindheit überschreiten?

Wann werdet ihr die Augen aufmachen und sehen, wie unvollkommen ihr seid?

Wann werdet ihr verstehen, daß ihr immer wieder auf Erden wiedergeboren werden müßt, damit jedes Erdenleben euch eurem Gott und Vater näherbringen kann?

Wann werdet ihr lernen, eurem Gewissen zu folgen, der Stimme der Wahrheit, der Liebe und der Gerechtigkeit, die zu euch spricht, zu lauschen?

Wann werdet ihr unterlassen, diejenigen zu schmähen, die euch an Wissen voraus sind?

Wann werdet ihr die Kinder des Lichtes, die sich unter euch gebären lassen, um euch aus der Finsternis herauszuziehen, mit Verständnis empfangen?

Wann werdet ihr lernen, euch über das zu freuen, was euer ist, ohne eurem Nächsten sein Eigentum zu neiden oder zu entwenden?

Wann werdet ihr unterlassen, durch Gewalt[1] oder Fahrlässigkeit[1] euer eigenes oder das Erdenleben eures Nächsten abzubrechen, ehe der Tod und die Todesstunde eintreten, die von Gott dem Herrn für jeden einzelnen von euch aufgezeichnet sind?

Wann werdet ihr die grauenhaften blutigen und got-

[1]) Mord und Totschlag – Todesfälle, die auf Kriege und Zweikämpfe, und Todesfälle, die auf Pflichtverletzungen, Mangel an Umsicht u.ä. zurückzuführen sind.

teslästerlichen Kriege einstellen, die unablässig unter euch ausgekämpft werden?

Wann werdet ihr allen Rassenhaß ausmerzen und lernen, einander zu achten und zu lieben?

Wann werdet ihr euren Willen dem Willen eures Vaters entgegenkommen lassen?

Und wann, wann werdet ihr – Farbige und Nichtfarbige – euch alle einigen, einen dauerhaften Frieden unter euch willkommen zu heißen?

Diese Fragen hat mir euer Vater geboten, euch zu stellen. Wie wird eure Antwort ausfallen? Denn die Zukunft ruht in eurer eigenen Hand; so wie ihr es wünscht, so wie ihr es wollt, so gestaltet ihr eure und die Zukunft eurer Nachkommen.

Wollt ihr weiterhin auf den Wegen der Finsternis wandern, wollt ihr nicht ablassen davon, einander zu hassen und zu verfolgen, wollt ihr weiterhin Tausende und aber Tausende eurer Brüder, Männer, Väter und Söhne in blutigen Kämpfen töten lassen, um euren Haß und eure Machtgier zu sättigen; wollt ihr weiterhin morden, rauben, plündern, schänden und brennen, ständig niederreißen, was aufgebaut wird, und zerstreuen, was gesammelt wird: so wird sich euer Vater über euch grämen, so werden Sorgen, Leiden und Enttäuschungen die Jüngsten in ihrer Liebestat für euch hemmen, so wird eure Wanderung zu dem fernen Ziel unendlich lang und unendlich mühevoll werden.

Wollt ihr aber auf den Wegen des Lichtes wandern, die der älteste der Jüngsten, euer freiwilliger Führer und Leiter, euch hier bezeichnet hat; wollt ihr euch auf die Hand stützen, die er euch liebevoll entgegenstreckt; wollt ihr mit Vertrauen die Botschaft empfangen, die euch im Namen eures Vaters hier gegeben wird, um euch die Klarheit und den Frieden, die ihr alle sucht, zu bringen: so wird sich euer Vater über euch freuen, so werden sich die Kinder des Lichtes mit größerer Freude unter euch gebären lassen, um euch aus der Finsternis herauszuziehen, so wird eure Wanderung, wenn sie auch lang und mühevoll sein wird, doch um viele Zeitewigkeiten verkürzt werden. Denn dann wird die Saat, die euer Vater in eure Herzen gelegt hat, über der Finsternis aufgehen, blühen und Früchte tragen, nicht zehn-, nicht zwanzig-, auch nicht sechzigfach, **sondern tausend mal tausendfach!**

Menschen! wählet nun die Wege, auf denen ihr und eure Nachkommen in Zukunft wandern werdet. Wählet ohne Zwang! denn Gott der Allmächtige zwingt niemanden, und niemand soll seinen Nächsten zwingen. Aber bittet alle euren Vater, euren Willen zu stärken, auf daß er über das Böse siegen und euch zum Licht tragen kann!

Menschen! euer Vater sehnt sich nach euch; Er begleitet euch im Bösen wie im Guten. Er begleitet euch in Schmerz und in Freude, ob ihr in der tiefsten Finsternis oder im klarsten Licht wandert. Seine Liebe zu euch ist unermeßlich, und Seine Geduld ist ohne Grenze.

Menschen! euer Vater sehnt sich nach euch!

Er hat mir, Seinem Diener, geboten, euch allen Seinen väterlichen Gruß zu entbieten.

Sein Friede sei mit euch in ewiger Ewigkeit!

Amen.

ANHANG

Zwei Brüder

ZWEI Männer, zwei Brüder wanderten zusammen auf einer steinigen Landstraße. Die flammenden Strahlen der Sonne blendeten ihre Augen und weißten den Staub der Erde.

Der eine Mann war klein und zarten Wuchses.

Er trug eine große und schwere Last auf den Schultern. Sein Gang war fest und sicher; denn er stützte sich auf einen Wanderstab. Er trug sein Haupt hoch, und sein Antlitz leuchtete vor Freude.

Der andere war groß und stark.

Auf seinen breiten Schultern trug er eine kleine Last. Sein Gang war schwankend und unsicher; denn er stützte sich nicht auf einen Wanderstab.

Sein Haupt war gebeugt, er seufzte und stöhnte unter dem Gewicht der Last, obwohl die Last gering war.

Der erste Bruder versuchte ihn zu ermuntern, und er sprach:

»Der Weg zu unseres Vaters Haus ist lang und mühevoll; mein Bruder, wie wird es dir ergehen, wenn du am Anfang des Weges unter deiner Last stöhnst und klagst!«

Der zweite antwortete und verfluchte die Länge des Weges und die Steine der Straße, die seine Füße verletzten.

Der erste Bruder wurde traurig, und sie wanderten schweigend nebeneinander her. –

Große Volksscharen kamen von den Seitenwegen auf die Straße gezogen, auf der die Brüder einherwanderten.

Einige kamen in Haufen gewandert, andere wanderten paarweise – viele wanderten allein.

Einige der Leute wanderten rasch und sicher die Straße entlang, aber alle trugen sie Lasten auf den Schultern.

Einige trugen schwere und große, andere trugen kleine und leichte Lasten.

Diejenigen, die sich auf einen Wanderstab stützten, wanderten schnell an den Brüdern vorbei, winkten ihnen zu und riefen:

»Sehet, wir gehen zu unseres Vaters Haus, wir werden grüßen und sagen: ihr kommt bald nach.« Und sie verschwanden in der Ferne.

Viele arme Geschöpfe kamen schwankend des Weges, sie stöhnten unter dem Gewicht der Lasten; sie klagten über die brennenden Strahlen der Sonne, über den Durst, der sie plagte.

Der erste Bruder trat zu ihnen und redete gütig und liebevoll.

Er sah, daß sie keine Becher hatten, um sie aus dem Brunnen an der Straße mit Wasser zu füllen.

Er zog seinen Becher vom Gürtel, füllte ihn mit Wasser und gab ihnen zu trinken.

Er sah, daß sie keinen Stab hatten, um sich darauf zu stützen; er gab ihnen den seinigen, auf daß sie nicht stürzten.

Er sah, daß sie unter ihren Lasten schwankten, er nahm die Lasten, legte sie sich auf die Schultern, und er wanderte fest und ruhig weiter, und alle verwunderten sich sehr.

Und sie redeten untereinander darüber und sprachen:

»Sehet, dieser Mann gab uns zu trinken, er lieh uns seinen Stab, er nahm unsere Lasten und legte sie auf seine eigene schwere Last – und doch wandert er fest und ruhig des Weges, wie ist das möglich?«

Aber er antwortete ihnen und sprach:

»Ich wandere zu meines Vaters Haus; die Hoffnung, das liebevolle Antlitz meines Vaters zu sehen, erleichtert mir meine Lasten; die liebevollen Gedanken meines Vaters verkürzen mir die Länge des Weges.«

Und er wandte sich und sprach zu den Scharen:

»Folget mir, alle ihr, die ihr unter der Mühe und Not des Weges schwankt und stöhnt, ich will euch in das Reich meines Vaters führen; denn Er hat viele Wohnungen, und ich will Ihn bitten, euch eine Stätte zu bereiten, wo ihr nach den Mühen der Wanderung ruhen könnt.«

Und sie freuten sich alle sehr, und sie folgten ihm alle.

Als der Sohn zum Reich des Vaters kam, schlugen die Diener die mächtigen Flügel des Tores auf, und sie jubelten, als sie den Sohn, von den Scharen gefolgt, durch das Tor wandern sahen.

Und der Sohn ging zu der Wohnung seines Vaters, legte seine Lasten zu Seinen Füßen nieder, küßte den Saum Seines Gewandes und sprach:

»Siehe, Vater, all diese armen Geschöpfe bringe ich in dein Haus. Ich sah, daß sie unter ihren Lasten schwankten, ich gab ihnen meinen Stab, auf daß sie nicht stürzten. Ich sah, daß sie dürsteten, ich gab ihnen meinen Becher, gefüllt mit Wasser vom Brunnen an der Straße. Ich hörte, daß sie stöhnten, ich nahm ihre Lasten, und ich trug die Lasten für sie. Vater, ich habe ihnen versprochen, daß du ihnen eine Stätte bereiten würdest, wo sie nach der Mühe und Not der Wanderung ruhen könnten.«

Der Vater sah den Sohn gütig an und antwortete:

»Große Freude hast du meinem Vaterherzen getan.« Und Er wandte sich an die Scharen und sprach:

»Seid alle willkommen in meinem Reich; denn wisset: alle seid ihr meine Kinder; vor dem Herzen des Vaters seid ihr alle gleich – hoch und niedrig, arm und reich. Seid alle willlkommen; denn wisset: ich, euer Vater, habe euch auf die Wanderung gesandt, von der ihr nun zurückgekehrt seid.

Meine Diener werden euch in die Wohnungen führen, die für die Meinigen bereitet sind; dort sollt ihr, in Einsamkeit, über die Wanderung eures Lebens nachdenken. Wenn euch alles klar vor Augen steht, so sollt ihr mir, eurem Vater, auf meine Fragen antworten, mir antworten, weshalb die Last, die ich euch zu tragen gab, euch zu Boden drückte! Mir antworten, weshalb die Steine der Straße eure Füße verletzten und die Strahlen der Sonne eure Augen blendeten!

Einigen von euch gab ich eine große Last zu tragen und kleine Taten auszuführen; anderen von euch gab ich kleine Lasten zu tragen und große Taten auszuführen. Viele von euch sind gekommen, ehe ich gerufen habe, viele von euch sind gekommen, lange nachdem ich gerufen habe. –

Meine Diener führen euch nun in eure Wohnungen.

Wenn alles durchdacht ist, alles beantwortet ist, so werdet ihr sehend, so sollen die Tränen der Reue euch reinwaschen, und so werde ich, euer Vater, euch das weiße Gewand geben, das die Vergebung der Sünden ist.«

Und Er erhob die Hände und sprach Seinen Segen über ihre gebeugten Häupter.

Und die Diener führten sie fort.

Aber der Vater wandte sich an den Sohn und sprach:

»Mein Sohn, viele arme Geschöpfe hast du in mein Haus gebracht, aber einer fehlt. Meine Augen haben gesucht und gesucht, aber sie fanden ihn nicht!

Mein Sohn, antworte deinem Vater und sprich: wo ist der Bruder, mit dem du zu Anfang des Weges zusammen gingst?«

Aber der Sohn antwortete Ihm und sprach:

»Vater, mein Bruder kommt bald. Mein Bruder war groß und stark, und seine Last war klein, er bedurfte meiner Hilfe nicht.«

Da verfinsterte sich das Antlitz des Vaters, und Er sprach:

»Mein Sohn, als dein Bruder dir nicht länger folgte, wandtest du dich da und riefst? Oder wie weißt du, daß er deiner Hilfe nicht bedurfte?

Mein Sohn, sahst du nicht, daß dein Bruder schwankte, sahst du nicht, daß die Steine der Straße seine Füße verletzten? Sahst du nicht, daß die flammenden Strahlen der Sonne seine Augen blendeten? Hörtest du nicht, daß er unter dem Gewicht seiner Last stöhnte und klagte?«

Da beugte der Sohn beschämt das Haupt, und er antwortete und sprach:

»Vater, als mein Bruder mir nicht länger folgte, kehrte ich nicht um und rief ihn nicht. Vater, ich sehe, daß ich großes Unrecht getan habe; Vater, ich vergaß meinen Bruder!«

Da sah der Vater den Sohn traurig an und sprach:

»Nimm deinen Wanderstab und gehe zurück; suche, bis du den Bruder findest, der dir nicht folgte!«

Der Sohn beugte sich, und er sprach:

»Vater, ich wandere hinaus und suche meinen Bruder – ich kehre nicht zurück, ehe ich ihn mit mir führe.«

Er nahm seinen Becher und füllte ihn mit Wasser aus dem Brunnen des Hauses, er nahm seinen Stab, und er wanderte die Straße zurück, die er kürzlich verlassen hatte.

Er trug keine Last auf den Schultern, aber der Schmerz des Vaters lastete schwer auf seinem Herzen.

Er spähte und spähte, sein Auge suchte und suchte – aber er fand seinen Bruder nicht.

Mehr als die Hälfte der Straße wanderte er zurück.

Da sah er seinen Bruder!

Er lag am Rande der Straße. Die Last war ihm von den Schultern gefallen. Die flammenden Strahlen der Sonne hatten sein Auge geblendet. Die scharfen Steine der Straße hatten seine Füße verletzt. Sein Gewand war zerrissen und zerfetzt, sein Körper von Wunden bedeckt und vom Schlamm und Kot der Straße beschmutzt.

Der Bruder kniete an seiner Seite nieder und gab ihm von dem Wasser aus dem Brunnen des Hauses zu trinken; und er hob ihn auf, er nahm seinen Gürtel, band ihn ihm um die Lenden, auf daß das zerrissene Gewand nicht zu Boden fiele. Er gab ihm seinen Stab, um sich darauf zu stützen, er nahm seine Last und legte sie sich auf die eigenen Schultern.

Er legte liebevoll den Arm um ihn und leitete ihn des Weges zum Hause des Vaters.

Als die Diener die Brüder kommen sahen, schlugen sie die mächtigen Flügel des Tores auf, und sie beugten sich schweigend vor ihnen beiden.

Und die Brüder wanderten zur Wohnung ihres Vaters, und der Sohn führte den gefundenen Bruder zum Vater.

Der Vater breitete die Arme aus und drückte den Wiedergefundenen an Sein Herz und sprach:

»Mein Sohn, mein Sohn, weshalb ließest du deinen Vater so lange warten? Hörtest du meine rufende Stimme nicht! –

Mein Sohn, der Geist, den ich dir gab, war stark und schön – aber sieh, wie du deinen Körper beschmutzt hast! –

Meine Diener werden dich nun in die Wohnung führen, die lange für dich bereit gewesen ist, dort sollst du, in Einsamkeit, über die lange Wanderung deines Lebens nachdenken.

Wenn alles durchdacht ist, wenn alles dir klar vor Augen steht, so sollst du mir, deinem Vater, antworten, weshalb du die Tat nicht ausführtest, die du mir auszuführen gelobtest! Mir antworten, weshalb du die Steine der Straße dir die Füße verletzen ließest; und du sollst mir antworten, weshalb du unter der kleinen Last, die ich dir zu tragen gab, stürztest, weshalb der Staub und der Kot der Straße deinen Körper befleckten und dein Gewand befleckten! Und du sollst mir sagen, weshalb du meiner rufenden Stimme nicht antwortetest, weshalb du deinen Vater so lange warten ließest.

Wenn du geantwortet hast, so sollen deine blinden Augen sehend werden, so sollen die Tränen der Reue den Schmutz von deinem Körper waschen, und so werde ich, dein Vater, dir das weiße Gewand geben, das die Vergebung der Sünden ist.«

Und Er legte die Hände auf das gebeugte Haupt des Sohnes, und die Diener kamen und führten ihn in die Wohnung, die lange leergestanden hatte.

Aber der Vater wandte sich an den anderen Sohn, drückte ihm liebevoll die Hand und sprach:

»Mein Sohn, große Freude hast du meinem Herzen getan; denn

wisse: keine Freude ist größer als die, die das Herz des Vaters fühlt, wenn der Sohn, der gestürzte, zum himmlischen Heim zurückgeleitet wird. Ja, wisse: keine Freude ist größer als die, die der Vater fühlt, wenn der Sohn, den er umgekommen glaubte, ins himmlische Heim zurückkehrt!

Mein Sohn, dir ward viel gegeben, dir soll mehr gegeben werden – gehe in die Wohnung, die dir mein Vaterherz bereitet hat, und empfange dort den Lohn, der dich erwartet.«

7.3.1911.

Das obige Gleichnis veranschaulicht vor allem das Verhältnis zwischen Jesus von Nazareth und Joseph von Arimathia während des Erdenlebens, in dem sie, ihrem Gelöbnis an Gott zufolge, einander hätten stützen und ergänzen sollen. Da Jesus nach seinem Gespräch mit Joseph[1] nicht versuchte, ihn an sich zu ziehen, sondern seiner Wege ging, ohne sich um ihn zu kümmern, trifft der Vorwurf des Vaters, im Gleichnis, Jesus zu Recht, und wie der Sohn im Gleichnis zurückwandern mußte, um den Bruder zu finden, so mußte Jesus (der älteste der Jüngsten) Joseph von Arimathia suchen gehen, als dessen Geist beim Tod des Körpers nicht in die himmlischen Wohnungen zurückkehrte.

Durch den Mord an seinem alten Diener, durch die Angst, seine Reichtümer zu verlieren und sein Ansehen unter den Menschen zu verlieren, sowie durch das Verschweigen seines Anteils an dem Verschwinden des Körpers Jesu brachte sich Joseph selbst in die Gewalt der Finsternis. Durch diese Sündenschuld ward sein Geist gebunden, nach dem Tod des Körpers ein langes erdgebundenes Dasein zu führen, bis ihn der älteste der Jüngsten, nach jahrhundertelanger Suche, in tiefe geistige Finsternis herabgesunken fand.

Auch im Hinblick auf die gesamte Menschheit hat das Gleichnis Gültigkeit, da ein jeder, der in seinem irdischen Leben einen Verwandten oder Freund unter den Bürden zusammenbrechen sieht, ohne sich darum zu kümmern und ohne eine helfende Hand auszustrecken, nach Beendigung seines Erdenlebens, unweigerlich, diese Frage von Gott gestellt bekommen wird: wo ist der Bruder (oder die Schwester), mit dem (der) du des Weges gingst? Das gleiche gilt für diejenigen Menschen, die vor der Inkarnation versprachen, einander in der einen oder anderen besonders schwierigen Mission zu stützen, um ein um so besseres Ergebnis zu erzielen. Obwohl nun davon nicht mehr die Rede sein kann, auf dem astralen Gegenstück der Erde oder in

---

[1]) Siehe den Bericht Ardors Seite 72.

der Höllensphäre nach denen zu suchen, die unter den Bürden des Erdenlebens stürzen, kann die Buße, die gegebenenfalls in Zukunft einem solchen säumigen Menschen auferlegt werden wird, schwierig genug auszuführen sein, da die Buße denjenigen, der seine Pflicht oder sein Versprechen versäumt hat, vielleicht für lange Zeiten hindern wird, selbst in geistiger Hinsicht voranzuschreiten. Deshalb: vergiß niemals deinen Verwandten oder deinen Freund, und überhöre niemals die innere Stimme, die dich auffordert, deine – geistige oder materielle – Hilfe in solchen Fällen zu leisten, in denen deine Hilfe von Wert sein kann, sei es einem Mitmenschen, der unter seinen Bürden zu stürzen droht, oder aber, wo du durch deine Autorität, dein Ansehen, dein Wort einem Bruder aus einer schwierigen Lage helfen oder ihm im Kampf für Wahrheit und Recht Beistand leisten kannst!

Die übrige Symbolik des Gleichnisses kann ein jeder nach seinen eigenen Gedanken und eigenen Gefühlen deuten[1].

Der Waldsee

Ein Mann und eine Frau standen zusammen am Ufer eines stillen Waldsees. Die Frau freute sich über das Bild, das das durchsichtige Wasser des Sees vom Himmel mit den weißen Wolken, vom Gras, den Blumen und den Bäumen wiedergab; sie freute sich sehr; denn das Bild stand ruhig und schön in reinen, klaren Farben.

Aber der Mann lachte über ihre Freude, und er sagte: »Dies ist nicht so schön wie ein gemaltes Bild, dies ist höchst vergänglich, denn die Farben sind nicht echt und haltbar, ich kann schnell alles auslöschen.« Er bückte sich, nahm einen Stein und schleuderte ihn in den See; der Fall des Steines trübte das Wasser, während Blasen und ringförmige Kreise die Oberfläche unruhig machten.

Da sah die Frau ihn traurig an und sagte: »Warum hast du dieses schöne Bild zerstört? Meinst du denn, daß wir uns mehr über das Werk der Menschen als über Gottes eigenes Werk freuen sollten? Wahrlich, wisse: dieses Bild ist echt; denn du kannst so viele Steine in den See werfen, wie du willst, und du kannst das Wasser so viel trüben, wie du willst; wenn der Schlamm wieder zurückgesunken ist, wenn der See ruhig ist und Gottes Sonne darüber

[1]) Die Erläuterung des Gleichnisses wurde von dem geistigen Leiter des Mediums im Frühjahr 1916 gegeben. – Anm.d.Hrsg.

strahlt, so wird das klare Wasser erneut dasselbe Bild wiedergeben.«

Sie warteten still am Ufer, bis der Schlamm zu Boden gesunken war, und siehe, das reine Wasser gab aufs neue, ebenso schön wie zuvor, dasselbe Bild des Himmels mit den weißen Wolken, das Bild des Grases, der Blumen und der Bäume wieder.

Da sagte die Frau: »Siehst du, ich hatte recht! denn das tiefe durchsichtige Wasser, von der Sonne Gottes bestrahlt, wird immer alles, wovon es umgeben ist, ruhig und genau widerspiegeln, und das reine Wasser wird alles, was es empfängt, weit klarer und genauer wiedergeben als irgendein von Menschenhand gemaltes Bild.«

Da schwieg der Mann, denn er sah, daß die Frau recht hatte.

14.11.1911.

Die Wege.

Ein Mensch kam auf der Wanderung seines Erdenlebens an einen Ort, wo viele Wege in verschiedene Richtungen führten.

Er blieb stehen und sagte: »Welchen Weg soll ich wählen? Welcher ist der rechte?« Und sein Auge folgte suchend den vielen Wegen, um den rechten zu finden.

Er wählte einen Pfad, der über grüne Felder an von Blumen prangenden Gärten entlangführte, und er hob den Fuß, um weiterzuwandern.

Siehe, da kam ein anderer Mensch an denselben Ort; er blieb ebenfalls stehen, er sah sich um und rief dem Erstangekommenen zu: »Freund und Bruder! sage mir, welchem Weg soll ich folgen? Auf welchem Weg gelange ich am schnellsten zum Ziel?«

Der erstere antwortete ihm und sprach: »Auf diesem; denn den habe ich gewählt!«

Aber da sprach der zuletzt Angekommene: »Siehst du nicht die hohen Berge dort? Dieser Pfad führt darüber, es ist gefährlich, zwischen tiefen Klüften und steilen Hängen zu wandern; nein, da ist dieser besser, den werde ich wählen.« Und er wies auf einen breiten, geraden, von hohen Bäumen umsäumten Weg.

Da erzürnte sich der erstere, und er sagte: »Aber siehst du denn nicht den Fluß dort drüben? Es sind starke Wirbel im Strom verborgen, sie werden dich mitreißen, und du wirst jämmerlich umkommen.«

Da erzürnte sich auch der andere, und er rief: »Meinst du, daß ich einen schlechten Weg gewählt habe?«

Und sie stritten lange miteinander, ohne einig zu werden.

So hielten sie einander in ihrer Wanderung auf.

Aber siehe, da kam ein dritter Mensch an denselben Ort.

Er blieb stehen und hörte sich ihren Streit an; er rief sie und sprach: »Freunde und Brüder! weshalb streitet ihr euch? Weshalb wählt ihr nicht den Pfad, der durch die Wälder führt? Dort ist es kühl zu wandern, denn die Blätter der Bäume schirmen vor den brennenden Strahlen der Sonne, dort ist es still und friedlich; kommt, laßt uns alle in Frieden und Einigkeit miteinander gehen. Ich glaube, daß wir auf diesem Pfad am schnellsten zum Ziel gelangen.«

Aber da riefen die beiden: »Du Tor, weißt du nicht, daß die Wälder voll von wilden Tieren sind? Wenn sie dich nicht zerreißen, wirst du doch niemals aus der Finsternis herausfinden.«

Aber er antwortete ihnen nicht.

Und er wanderte weiter den Wäldern zu.

Da schauten sich die beiden an, und der erstere sagte: »Freund und Bruder, laß uns in Frieden auseinandergehen und ein jeder seines Weges wandern; der Weg, der am schnellsten zum Ziele führt, ist der rechte.«

Und sie reichten sich die Hände, und sie trennten sich in Frieden und Versöhnlichkeit.

Auf diesen verschiedenen Wegen wurden die drei Menschen durch viele Drangsale geführt, über gewaltige Meere und strömende Flüsse, über steile Gebirge, durch finstere und weglose Wälder; aber sie überwanden alle Drangsale.

Als sie müde von der Wanderung das Ziel erreichten, siehe, da standen sie gleichzeitig am Eingang zum Reich ihres Vaters.

Sie verwunderten sich sehr, und sie sagten: »Freunde und Brüder! wie ist dies möglich? Wir wählten jeder unseren Weg, und siehe, wir stehen gleichzeitig am Ziel!«

Aber da trat der Diener des Vaters zu ihnen, und er sprach: »Die Wege eures Vaters sind mannigfaltig, und die Wege eures Vaters sind unergründlich.«

Und er hieß sie eintreten.

Da standen die drei Menschen und Brüder Hand in Hand vor dem Antlitz ihres Vaters.

Und ihr Vater empfing sie liebevoll; Er drückte sie an Sein Herz, segnete sie und sprach: »Wenn ihr meiner rufenden Stimme folgt, wenn ihr auf dem Wege wandert, den ihr in der Hoffnung und im Glauben gewählt habt, so kommt ihr am schnellsten in mein Reich!

Meine Wege sind unergründlich, und meine Wege sind mannigfaltig – aber alle führen sie in mein Reich, in meine Wohnung.«

23.11.1911.

Der Fürst und die armen Männer.

Ein reicher Mann, ein Fürst, stand eines Tages vor seinem Hause; da kam ein Mann, in Lumpen gekleidet, einhergewandert; er blieb stehen und bat um ein Almosen.

Der Fürst antwortete ihm und sprach: »Brot und Wasser will ich dir geben, denn niemand soll hungrig und durstig von meiner Tür gehen, und Arbeit kannst du in meinem Weinberg und meinem Garten bekommen; aber der Lohn wird deiner Arbeit entsprechen.«

Der arme Mann beugte sich tief vor dem Fürsten und sagte: »Herr, du bist mächtig, und du besitzst viel Gut und viele Reichtümer, gib mir den am wenigsten kostbaren der Ringe, die du an deiner Hand trägst, damit ich mir dafür einen Laden kaufen kann, denn dies ist mein Wunsch!«

Da sah der Fürst ihn streng an und sprach: »Wahrhaftig, da mußt du viel arbeiten, wenn du einen solchen Lohn verlangst! denn wisse, daß ich dir keinen Lohn gebe, ehe du eine Arbeit ausgeführt hast!« Und der Fürst reichte ihm ein Stück Brot und einen Becher Wasser.

Der arme Mann warf das Brot auf die Erde und schlug dem Fürsten den Becher aus der Hand und rief: »Herr, du bist böse und hartherzig, denn du willst von deinem reichen Überfluß nicht geben, sei verflucht zu ewigen Zeiten!«

Aber der Fürst antwortete ihm und sprach: »Deine Flüche wenden sich alle gegen dich selbst, denn du willst nicht annehmen, was ich dir geben will!«

Aber der arme Mann wandte sich von dem Fürsten und setzte seine

Bettelwanderung fort – und der Fürst seufzte ob der Schlechtigkeit der Menschen.

Da kam ein anderer armer Mann einhergewandert, er blieb stehen und bat um ein Almosen.

Der Fürst antwortete ihm und sprach: »Brot und Wasser will ich dir geben, und Arbeit kannst du in meinem Weinberg und meinem Garten bekommen; aber der Lohn soll deiner Arbeit entsprechen.«

Der arme Mann nahm das Brot, legte es in seinen Beutel und stellte den Becher neben sich, beugte sich tief vor dem Fürsten und sagte: »Herr, die Arbeit, die du mir geben willst, gefällt mir nicht, denn sie ist sehr schwer; mache mich zu deinem Mundschenk oder deinem Türsteher, und ich werde dir in Treue dienen.«

Der Fürst sah ihn an und sprach: »Wenn du die Arbeit, die ich dir geben werde, zu meiner Zufriedenheit ausführst, will ich deinen Lohn verdoppeln und dich zu meinem Türsteher machen.«

Da ging der arme Mann in den Weinberg und begann zu arbeiten; aber er ward schnell müde, denn die Arbeit gefiel ihm nicht. Und er ging zu dem Fürsten und sagte: »Herr, wenn du willst, daß ich für dich arbeiten soll, mußt du meinen Lohn verdoppeln, denn die Arbeit ist sehr schwer.«

Da sah der Fürst ihn an und sprach: »Du Tor, wie kann ich deinen Lohn verdoppeln für eine Arbeit, die du noch nicht ausgeführt hast? Geh zurück und sei getreu.«

Da erzürnte sich der arme Mann und rief: »Herr, du bist böse und hartherzig, denn du willst von deinem reichen Überfluß nicht geben!« Und er verließ das Haus des Fürsten und setzte seine Bettelwanderung fort – aber der Fürst seufzte ob der Schlechtigkeit der Menschen.

Siehe, da kam ein dritter Mann in Lumpen einhergewandert, er blieb stehen und bat auch um ein Almosen.

Der Fürst antwortete ihm und sprach: »Brot und Wasser will ich dir geben, und Arbeit kannst du in meinem Weinberg und meinem Garten bekommen; aber dein Lohn soll deiner Arbeit entsprechen.« Und Er reichte ihm Brot und Wasser.

Der arme Mann aß das Brot und trank das Wasser, beugte sich tief vor dem Fürsten, dankte und sagte: »Herr, ich nehme gern die Arbeit an, die du mir geben willst, denn ich habe lange gesucht, aber nichts gefunden.« Und er ging in den Weinberg und begann zu arbeiten.

Der arme Mann hielt alles in bester Ordnung. Die Büsche trugen schöne Blumen, und die Bäume setzten reiche Früchte an, denn er hatte jegliches Unkraut aus dem Garten entfernt.

Da ging der Fürst zu ihm und sprach: »Du treuer Diener, ich bin mit deiner Arbeit zufrieden; ich will deinen Lohn verdoppeln und dich zu meinem Obergärtner machen.«

Der arme Mann küßte den Saum der Kleidung des Fürsten und dankte Ihm. – Und er arbeitete weiter mit großem Fleiß.

Eines Tages ging der Fürst zu dem Gärtner, um ihm bei der Arbeit zuzuschauen; aber da stand der Gärtner betrübt vor einer halbwelken Pflanze[1], und er sagte: »Herr, sieh, sie welkt mir unter den Händen weg, und ich kann die Ursache nicht finden; was soll ich mit ihr machen?«

Aber der Fürst antwortete ihm und sprach: »Grabe sie aus und wirf sie weg, sie ist es nicht besser wert; denn es darf in meinem Garten keine welken Pflanzen geben.« –

Als einige Zeit vergangen war, stand der Fürst wieder neben dem Gärtner, um ihm bei der Arbeit zuzuschauen; aber da sagte der Gärtner zu Ihm: »Herr, sieh diese kräftige, grüne Pflanze, sieh, wieviele Blumen sie trägt; Herr, das ist die, die du mich wegwerfen hießest.«

Der Fürst freute sich über ihr kräftiges Aussehen und ihre schönen Blumen, und Er sprach: »Sage mir: wie hast du es vermocht, sie vor dem Verwelken zu bewahren?«

Der Gärtner antwortete Ihm und sagte: »Herr, ich fand einen Wurm an ihren Wurzeln. Den Wurm habe ich weggeworfen, denn er hatte bereits mehrere Wurzeln zerfressen; aber die Pflanze grub ich wieder ein, düngte und wässerte sie gut, und alle verwelkten Blätter und Zweige schnitt ich weg. Da begann sie aufs neue, kräftige, grüne Schößlinge zu treiben.«

Da sprach der Fürst: »Du treuer Diener, ich will deinen Lohn nicht verdoppeln, ich will dir auch den zehnfachen Lohn nicht geben, sondern ich werde dir tausendmal tausendfach mehr geben, als was ich dir zuvor gegeben habe; denn ich will dich zu meinem Sohn machen, und du sollst all meine Reichtümer erben.«

Aber der Gärtner warf sich dem Fürsten zu Füßen und rief: »Herr, ich bin nicht würdig, dein Sohn genannt zu werden.« Aber der Fürst hob ihn auf und sprach: »Mein Sohn, du hast getreulich über

---

[1]) Symbolisiert eine schlecht ausgeführte Arbeit unter den vielen guten, die er vollbracht hatte.

weniges gewacht, du wirst getreulich über vieles wachen», und Er führte ihn in Sein Haus.

Die Diener des Fürsten beugten sich tief vor ihm, grüßten ihn und empfingen ihn als den Sohn ihres Herrn.

2.1.1912.

Die Obstkerne.

Ein Mann besaß einige kostbare Obstkerne; mit großer Sorgfalt legte Er sie in den besten Mutterboden Seines Gartens. Aber es geschah, daß Er, während Er arbeitete, einen davon verlor. Geduldig suchte Er überall, um denjenigen, der verschwunden war, wiederzufinden, aber Er fand ihn nicht, und Er ward darob sehr traurig.

Lange Zeit verging, die Obstkerne waren alle über der Erde aufgegangen; einige waren noch zarte Pflanzen, andere standen mit kräftigen Blättern, einige trugen Blüten.

Als der Mann eines Tages nach Seinen Pflanzen sah, fand Er einen kleinen Sprößling, der am Rande des Gartens stand, und Er dachte an den verlorenen Kern. Vorsichtig grub Er ihn aus, und siehe, da verwunderte Er sich sehr; denn er war mit dem Keim nach unten gefallen; mühsam war der Sprößling an der einen Seite des Kerns emporgewachsen, bis er, gekrümmt und zart, über die Erde gelangt war.

Wahrlich sage ich euch: alles Leben wird, selbst auf gekrümmten und finsteren Umwegen, voran und empor zum Licht gelangen!

19.3.1912.

Das obige Gleichnis wurde im Hinblick auf den Fall und die Rückkehr des Ältesten (Ardors) gegeben.

Uni und Esar.

Ein Reich[1] war unter viele Fürsten[2] und Könige[2] aufgeteilt, aber einer[3] war der mächtigste, und Er stand über allen. Dieser Fürst sah mit Sorge, daß sich viele Seiner Leute anderen Herren zuwandten. Er

[1]) Die Erde.
[2]) Die vielen verschiedenen Religionen und Sekten der Menschen werden mit Fürsten und Königen verglichen.
[3]) Gott als Vertreter der Religion der Liebe und der Barmherzigkeit.

wählte daher unter Seinen vielen Dienern zwei Männer aus, nannte sie Uni und Esar, und Er sprach zu ihnen: »Ziehet hinaus ins Land, trachtet viele Leute für mein Reich zu gewinnen und rufet alle zurück, denn viele haben sich von mir abgewandt.«

Uni und Esar versprachen, die Arbeit, die ihnen der Fürst auftrug, auszuführen.

Der Fürst segnete sie und gab ihnen beiden Sein königliches Zeichen, und Er versprach, sie nach ihrer Arbeit zu lohnen.

Uni und Esar gingen in ihre Wohnungen, um sich für die Wanderung zu kleiden. Uni entschied sich für ein Gewand aus Kamelhaar, er band sich Sandalen aus Holz unter die Füße und legte sich einen dunklen Mantel über das Haupt und um die Schultern.

Esar entschied sich für eine strahlende Kleidung, er band sich weiche Sandalen aus Ziegenleder unter die Füße, salbte sich das Haar und legte sich einen Purpurmantel um die Schultern.

Solchermaßen gekleidet wanderten sie zusammen des Weges, aber als sie durch das Tor in die Stadt gekommen waren, wanderte ein jeder seines Weges.

Uni bewahrte das königliche Zeichen seines Herrn an seinem Herzen.

Er wanderte durch die Stadt, suchte die Kranken und Betrübten auf, pflegte ihre Körper und ermunterte ihr Gemüt, und er baute sich eine Wohnung unter den Armen. Er sprach gütig zu ihnen und erließ vielen Armen die Steuer, die sie dem Fürsten schuldig waren. Und viele scharten sich um ihn, ja, viele zogen von weither in die Stadt, um in seinen Worten Trost und Rat zu suchen.

Uni sprach gütig und liebevoll zu allen, und solchermaßen gewann er viele Leute für das Reich seines Herrn.

Esar band sich das königliche Zeichen seines Herrn um die Stirn, darauf trat er auf den Marktplatz hinaus und zeigte sich allen. Er ließ Posaunen blasen, um die Leute zusammenzurufen. Er sprach streng zu ihnen und ermahnte sie, dem Mächtigsten von allen in Demut zu dienen; denn große Reichtümer würden dann ihr Lohn sein. Aber diejenigen, die nicht folgten, würden in die Finsternis des Gefängnisses geworfen und dem Tod übergeben werden.

Als die Leute diese Worte hörten, erschraken sie sehr, und viele brachten Esar die Steuer, die sie dem Fürsten schuldig waren. Aber viele wollten nicht folgen, und Esar warf sie ins Gefängnis.

Da redeten die Leute laut gegen ihn, aber Esar ging in den Tempel der Stadt, forschte in den alten Gesetzen und deutete sie in all ihrer Strenge. Und die Leute wagten nicht länger, sich dem strengen Diener ihres Herrn zu widersetzen, und sie machten ihn zu ihrem Hohenpriester.

Aber als Uni von den harten Urteilen Esars hörte, ging er zu ihm und bat ihn, Barmherzigkeit zu zeigen. Aber Esar antwortete ihm und sprach: »Ich führe nur den Befehl meines Herrn aus, und ich verurteile die Leute nach Seinen eigenen Gesetzen.«

Da antwortete Uni ihm und sprach: »Alle Gesetze lassen sich mit großer Strenge deuten, und alle Gesetze lassen sich in Güte und Barmherzigkeit befolgen.«

Aber Esar wollte nicht hören, und Uni ging traurig fort.

Aber als lange Zeit vergangen war, sandte der Fürst einen Boten zu Uni und Esar, daß sie zurückkehren und ihre Rechenschaften ablegen sollten.

Uni ward sehr froh; denn er sehnte sich danach, seinen Herrn wiederzusehen, und er rief die Leute noch einmal zusammen, ermahnte sie, in Liebe, Frieden und Eintracht miteinander zu leben. Und er erließ noch einmal vielen Armen die Steuer, die sie dem Fürsten schuldig waren, und er versprach, für die Abtrünnigen Fürbitte einzulegen.

Danach verließ er sie in Stille.

Aber die Leute trauerten zutiefst und ungemein; denn sie hatten gelernt, Uni um seiner gütigen Worte und guten Taten willen zu lieben und zu achten.

Als Esar die Botschaft des Fürsten empfing, seufzte er tief; denn er wünschte seine prächtige Wohnung und seine vielen Reichtümer noch nicht zu verlassen.

Er ging in seine Schatzkammer, zählte sein Gold und sprach: »All dies habe ich im Namen meines Herrn gesammelt; wahrlich, meine Belohnung wird königlich sein.«

Er rief noch einmal die Leute zusammen, sprach streng zu ihnen und ermahnte sie, dem mächtigsten aller Herren in Gehorsam zu dienen, und versprach, diejenigen zu verklagen, die ihm noch nicht die Steuer gebracht hätten, die sie dem Fürsten schuldig seien.

Danach legte er eine strahlende Kleidung an, salbte sich das Haar und legte sich einen Purpurmantel um die Schultern. Und seine Diener folgten ihm in einem prächtigen Aufzug; aber als sie an das Tor der Stadt gelangt waren, kehrten sie um, und Esar war allein! –

Die Leute freuten sich sehr über Esars Weggang; denn sie hatten gelernt, sein kaltes Herz und seine harten Urteile zu fürchten. Viele wandten sich bald anderen Herren zu, und sie vergaßen den Mächtigsten von allen. –

Aber es geschah, daß Uni und Esar die Stadt gleichzeitig verließen, und sie begegneten sich im Torgewölbe. Uni grüßte liebevoll, aber Esar wandte sein Antlitz ab; denn er wünschte Uni nicht zu kennen.

Und sie wanderten in Schweigen, bis sie das Haus des Fürsten erreichten.

Der Fürst ließ beide zu sich rufen, und Esar trat vor den Fürsten – aber Er bat Uni, zuerst zu sprechen.

Uni beugte sich tief und sprach: »Herr, ich habe dein königliches Zeichen an meinem Herzen aufbewahrt, ich habe die Kranken und die Betrübten aufgesucht, habe ihre Körper gepflegt und ihr Gemüt ermuntert; ich habe vielen Armen die Steuer erlassen, die sie dir schuldig waren; denn ich lehrte sie, daß du ein langmütiger und barmherziger Herr seiest. Und als ich sie verließ, versprach ich, für die Abtrünnigen Fürbitte einzulegen. Herr, habe ich Unrecht getan, so laß die Strafe über mich kommen, aber laß die Leute frei ausgehen.«

Der Fürst sah ihn gütig an und sprach: »Du hast liebevolle und verständige Worte zu den Leuten gesprochen. Wahrlich, ich mache deine Taten zu meinen Taten, deine Worte sollen meine Worte sein, und ich werde die Versprechen zu erfüllen wissen, die du in meinem Namen gegeben hast. Wahrlich, du warst mir ein treuer Diener, und dein Lohn soll dem entsprechen.«

Er rief die Ältesten Seines Rates und sprach: »Nehmet diesen Mann in eure Mitte; denn von heute an ist er der Größte unter euch.«

Die Ältesten des Rates begrüßten Uni, und sie nahmen ihn in ihre Mitte, und siehe, er war der Größte[1] unter ihnen.

Aber der Fürst wandte sich an Esar und gebot ihm, seine Rechenschaft abzulegen.

Esar beugte sich stolz vor dem Fürsten und sprach: »Herr, ich band mir dein königliches Zeichen um die Stirn, damit jedermann sehen könnte, welchem Herrn ich diente. Ich rief die Leute zusammen und ermahnte sie, dir, dem mächtigsten aller Herren, zu dienen, dir in Gehorsam und in Furcht zu dienen, und alle, die mir die Steuer, die

---

[1]) Der Größte in geistiger Hinsicht.

sie dir schuldig waren, nicht brachten, warf ich in die Finsternis des Gefängnisses, und viele übergab ich dem Tod.

Ich forschte in den alten Gesetzen, und ich deutete sie mit großer Strenge, und ich verurteilte die Leute nach diesen deinen strengen Gesetzen.

Herr, solchermaßen gewann ich viele Leute für dein Reich. Herr, ich erwarte die Belohnung, die du mir versprochen hast!«

Da sah der Fürst Esar traurig an und sprach: »Mein königliches Zeichen ist nicht um die Stirn zu binden und für alle Welt sichtbar zu tragen. Mein königliches Zeichen ist im Herzen aufzubewahren, aber es muß in jeder Tat zu sehen sein.

Du ermahntest die Leute, mir, dem Mächtigsten von allen, in Gehorsam und Furcht zu dienen; aber du vergaßest, ihnen von meiner Langmut und meiner Barmherzigkeit zu sprechen. Du deutetest die alten Gesetze in all ihrer Strenge und du verurteiltest die Leute danach; aber du vergaßest, ihnen vom Gesetz der Liebe und der Barmherzigkeit, dem Gesetz, das über allen Gesetzen steht, zu sprechen. Du versprachst, einen jeden zu verklagen, der dir nicht die Steuer brächte, die er mir, seinem Herrn, schuldig wäre; aber du vergaßest, die Leute zu lehren, in Liebe, Frieden und Eintracht miteinander zu leben. Du sagst: du gewannst viele für mein Reich; aber ich sage: viele haben sich von mir abgewandt, und viele andere werden sich von mir abwenden, wenn sie sich deiner strengen und harten Worte erinnern. Wahrlich, du warst mir ein ungetreuer Diener, und dein Lohn wird dem entsprechen.«

Und der Fürst rief die Jüngsten Seines Rates, und Er sprach: »Nehmet diesen Mann in eure Mitte und lehret ihn, denn er ist der Kleinste von euch allen. Wenn er aber ausgelernt hat, so soll er in die Stadt zurückgesandt werden, um wieder aufzurichten, was er zerrüttet hat.«

Ja, wahrlich, ich sage euch: dieser Mann ward der Kleinste unter allen; denn er war seinem Herrn ein ungetreuer Diener! Solchermaßen wägt der Herr, unser Vater, die Selbstgerechten und die Gerechten des Herzens gegeneinander ab. Und so wie ihr andere veurteilt, wird unser Vater einmal euch verurteilen.

4.4.1912.

KOMMENTAR ZUM BERICHT ARDORS

SUCHET UND IHR WERDET FINDEN!

Buch Jesus Sirach. I. Kap. Vers 1. Alle Weisheit ist von Gott dem Herrn und ist bei ihm ewiglich. – Vers 5. Das Wort Gottes, des allerhöchsten, ist der Brunnen der Weisheit, und das ewige Gebot ist ihre Quelle.

I

LICHT UND FINSTERNIS in übersinnlicher Bedeutung sind für Menschen Abstraktionen, für Gott und alle geistigen Wesen aber sind sie tatsächliche Gegebenheiten – machtvolle, magnetisch wirkende Kräfte.

Von Ewigkeit an hatten sowohl das Urlicht als auch die Urfinsternis je zwei einander entgegengesetzte Pole, die in vollkommen latentem Zustand ruhten. Obgleich das Licht nur als ein schwach funkelnder, überall von der Finsternis umgebener Kern vorhanden war, waren die Ausstrahlungen der beiden Urkräfte von genau der gleichen Stärke.

Zwischen[1] den beiden Urkräften, an der Grenze zwischen Licht und Finsternis, ruhten der Gedanke und der Wille; an sich passiv, waren sie von Ewigkeit an dem gleich starken Einfluß der Ausstrahlungen des Lichtes und der Finsternis ausgesetzt.

Nach Ewigkeiten vollkommener Ruhe trat eine Änderung in der regungslosen Gleichgewichtslage des Urzustandes ein, indem der Gedanke und der Wille mit einem leichten Zittern der Unruhe auf die Ausstrahlungen der Finsternis reagierten. Dieses leichte Zittern der Unruhe war das erste Zeichen des Überganges des Gedankens und des Willens von der Passivität zur erwachenden Aktivität, indem die erfolgte Vibration den Urzustand aus der Gleichgewichtslage brachte.

Langsam, Ewigkeiten hindurch, arbeiteten sich der Gedanke und der Wille immer weiter weg von den Ausstrahlungen der Finsternis, nach innen, dem Lichte zu, von dessen Ausstrahlungen sie durch eine immer stärker werdende Anziehung, die sie zu den Polen des Lichtes leitete, unterstützt wurden. Von Mal zu Mal, wenn der Gedanke und

---

[1]) Wie aus dem Bericht Ardors ersichtlich ist, wird dort der Zeitraum, in dem der Gedanke und der Wille dem Licht und der Finsternis gegenüber eine indifferente Stellung einnahmen, übersprungen. Als Ardor diesen Teil seines Berichtes abgab, vermochte er dem Medium keine klare Auffassung dieses Zustandes beizubringen, weshalb diese Periode zur näheren Erklärung im Kommentar ausgeschieden wurde.

der Wille der Anziehung des Lichtes folgten, wuchsen Stärke und Umfang des Lichtes; nach ständiger Anziehung während unbekannter Ewigkeiten erreichten der Gedanke und der Wille die Pole des Lichtes, die im Augenblick der Berührung aus ihrem latenten Zustand erweckt wurden; zugleich erwachten der Gedanke und der Wille zu einer vollkommen bewußten und gewollten Tätigkeit und entfalteten eine gegenseitige Anziehung, so daß sie sich im Laufe einer Ewigkeit von Ewigkeiten langsam einander näherten, und je kürzer die Entfernung zwischen ihnen wurde, desto mehr nahmen Stärke, Umfang und Ausstrahlung des Lichtes zu.

Unter dem Einfluß der Anziehungskraft und unter der Leitung des Willens erkämpfte sich der Gedanke seinen Weg; aber in jeder Annäherung lag eine Versuchung für den Gedanken, innezuhalten, ehe der volle Sieg über die Finsternis errungen war. Kraft der alles beherrschenden Anziehung des Willens stellte der Gedanke seinen Kampf nach vorn, dem immer näher kommenden Willen entgegen, nicht ein, so daß das Licht immer mehr an Stärke und Klarheit gewann, um sich zuletzt nach neuen Ewigkeiten – bei der Begegnung und harmonischen Vereinigung des Gedankens mit dem Willen – von der Finsternis loszureißen und sich siegreich aus ihr empor und über sie zu erheben, so daß das Licht auf allen Seiten die Finsternis umgab und umschloß, die sich langsam zusammenzog, sich verdichtete und einen dunklen Kern im Lichtmeer bildete.

Dem vollkommenen, harmonischen Aufgehen des Gedankens, des Weiblichen, und des Willens, des Männlichen, ineinander entstieg Gott als Persönlichkeit, als Mittelpunkt des Alls.

Das hier dargestellte Bild des Ruhezustandes und des Kampfes des Lichtes, der Finsternis, des Gedankens und des Willens, ist abstrakt aufzufassen und darf nicht konkreten irdischen Vorstellungen von Raum, Maß und Zeit, und auch nicht den bekannten Formen der Ausstrahlung, Trägheit und Bewegung zugeordnet werden. Über das oben Angeführte hinaus können keine weiteren Erklärungen über das Sein des Urlichtes, der Urfinsternis, des Gedankens und des Willens von Ewigkeit an gegeben werden; vorläufig kann diesbezüglich nichts so erklärt werden, daß es der menschliche Gedanke zu fassen vermag; nur soviel kann gesagt werden: daß das Licht, die Finsternis, der Gedanke und der Wille nicht erschaffen wurden, sondern von Ewigkeit an waren, ein Problem, das die Gedanken der Menschen in dem Stadium, in dem sich die menschliche Intelligenz derzeit befindet, nicht imstande sind, und nicht imstande sein werden, zu lösen oder zu erkennen.

Ebensowenig, wie sich ein irdischer Wissenschaftler in der Hoffnung, Verständnis zu finden, darauf verlegen wird, ein drei- bis vierjähriges Kind über philosophische Fragen zu belehren, ebensowenig können von übersinnlicher Seite zu diesem Zeitpunkt eingehende Aufschlüsse über das von Ewigkeit an Seiende so gegeben werden, daß die Menschheit es fassen kann. Es besteht jedoch die Möglichkeit, daß einer der Abgesandten Gottes, wenn die Menschen eine höhere geistige Reife erreicht haben werden, die Aufgabe auf sich nehmen wird: in einem Erdendasein den Versuch zu machen, das Rätsel der Ewigkeit und das Rätsel des nicht Erschaffenen zu entschlüsseln.

Wenn der Gedanke und der Wille nicht imstande gewesen wären, sich miteinander zu vereinigen, und wenn der Gedankenwille als vereinte Kraft nicht gesiegt hätte, so daß die Emanation der Gottheit stattfand, hätten die Energie und Klarheit des Lichtes in dem Augenblick, in welchem der Gedanke und der Wille nicht mehr imstande gewesen wären, einander anzuziehen und festzuhalten, allmählich wieder abgenommen, während die Finsternis an Stärke und Kraftausstrahlung gewonnen hätte, bis sie langsam, aber unabwendbar, das Licht aufgesaugt hätte. Danach hätten der Gedanke und der Wille, gezwungen von der Finsternis, deren latente Pole in Bewegung gebracht. Diese zur Aktivität erweckten Pole hätten darauf, langsam – im Verlauf von Ewigkeiten – einander angezogen, bis sie im Augenblick ihrer Verschmelzung miteinander in einem Wesen aufgegangen wären, das in allem der absolute Gegensatz zu Gott gewesen wäre.

Da aber die mit dem Gedanken und dem Willen verschmolzenen Pole des Lichtes unaufhaltsam fortfuhren, sich einander zu nähern, gewann das Licht eine immer größere Macht über die Finsternis, und durch die Emanation Gottes wurde die Möglichkeit für immer zunichte gemacht: daß die Pole der Finsternis jemals als ein Gott entgegengesetztes, denkendes und handelndes Wesen emanieren könnten.

Die Urfinsternis = Chaos – Unordnung und Verwirrung – hat also keinen eigenen leitenden Willen und keinen eigenen schöpferischen Gedanken, weshalb sie blindlings arbeitet, und infolge des Sieges des Lichtes ist sie vergänglich geworden. Das Licht hingegen wird von dem göttlichen Gedanken und Willen beherrscht.

Im Wege des Gedankens = Logos werden unendliche, wechselnde und verschiedenartige Formen von Kraft und Leben ausgestrahlt. Über dem Gedanken steht, als die höchste Konzentration des Lichtes, der Wille – die alles beherrschende, befruchtende und lebenspendende Energie –; denn solange der Gedanke des Schaffens, oder der Gedanke des Handelns, ein bloßer Gedanke ist, hat er nur eine Lebensmöglichkeit, ist er im Werden. Aber in dem Augenblick, in dem der Wille befruchtend hinzutritt, vereint sich der Gedanke mit dem Willen, geht vom Werden über zum Sein, wird konkret; doch ist der Wille nichts, wenn er nicht den Gedanken als ständige Grundlage seines Wirkens hat.

Der Gedanke ist somit der primäre weibliche abstrakte Begriff, das Intuitive, das Gestaltende und Schöpferische; der Wille ist der primäre männliche abstrakte Begriff, das Befruchtende, Ausübende und Herrschende.

Die zwölf Helfer oder Diener, die zugleich mit der personifizierten Gottheit aus dem Licht hervortraten, wurden von Gott durch die Kraft des Gedankenwillens emaniert.

Diese zwölf Helfer waren in Gottes Gedanken von dem Augenblick an, wo der Gedanke und der Wille mit den Polen des Lichtes verschmolzen. Als Gedanken im göttlichen Gedanken – mit diesem vereint, aber doch bewußt – durchlebten sie den Kampf heraus aus der Finsternis und kannten infolgedessen deren fürchterliche Macht.

Da die Helfer durch Gottes Willen emaniert wurden, steht Gott über ihnen, als der Eine Vollkommene, als derjenige, der allein die volle Kenntnis der ewigen Energie des Lebens besitzt.

Zur selben Stunde, als Gott als Persönlichkeit hervortrat, setzte Er durch Seinen Willen das Licht in einen ewigen, unverbrüchlichen Kreislauf ein und ließ es Sein flammendes Wesen durchströmen; gleichzeitig bezog Er die Finsternis in den Kreislauf der Lichtwellen ein, um sie so durchläutern und eliminieren zu lassen.

Sowohl das Licht als auch die Finsternis bestehen aus äußerst feinen Partikeln, die sich, solange das Urlicht und die Urfinsternis in tiefer Stille – in der Gleichgewichtslage – ruhten, vollkommen ruhig verhielten. Als aber bei Gott der Gedanke entstand, die Finsternis zu eliminieren, mußte Er, um dies verwirklichen zu können, den Äther – das Licht und die vom Licht umschlossene Finsternis – in eine vibrierende, kreisförmige Wellenbewegung versetzen. Kraft Seines Gedankens und Willens gab Gott daher sowohl den Partikeln des Lichtes als auch jenen der Finsternis eine umeinander rotierende Bewegung. Je nachdem die Partikeln kleiner oder größer waren, wurden die Vibrationen oder Schwingungen schneller oder weniger schnell, ebenso wie die – von Gott verliehene – gegenseitige Anziehungskraft, Haftfähigkeit und Adhäsionskraft um so größer und stärker wurde, je kleiner die Partikeln[1] waren.

Da selbst die feinsten Partikeln der Finsternis größer sind als die größten des Lichtes, wurden die Schwingungen der Finsternis langsamer als die des Lichtes, was bewirkte, daß die Finsternis in den Strömungen des Lichtes während des großen läuternden Kreislaufs durch Gottes Flammenwesen ausgefällt wurde, weshalb die Läuterung und Elimination der Finsternis – ihr Aufgehen im Licht – so unfaßbar langsam fortschreitet. Nur Gott allein weiß, wann der Zeitpunkt eintreten wird, zu dem die Kraft der Finsternis durch deren vollkommenes Aufgehen im Licht vernichtet sein wird.

Ebenso weiß nur Gott allein, warum der Gedanke und der Wille nach Ewigkeiten genau gleich starker Beeinflussung durch die Ausstrahlungen des Urlichtes und der Urfinsternis vom Lichte angezogen wurden, wodurch dieses siegte.

In Seinem allumfassenden Gedanken umschließt Gott die Zeit und den Raum, sowohl in begrenztem als auch in unbegrenztem Sinn. Da der Raum (der Weltraum) für den menschlichen Gedanken unbegrenzt und daher ohne nachweisbares konstantes Zentrum ist, muß Gott als Mittelpunkt des Seienden, des Erschaffenen betrachtet werden. Wo immer sich Gott kraft Seines Willens als persönliches – begrenztes – Wesen befindet, wird Er doch zu allen Zeiten und an allen Orten, kraft der Unbegrenzung Seines Gedankens, fortfahren, der Mittelpunkt des Erschaffenen zu sein, so daß der ewige Kreislauf des Lichtes niemals unterbrochen wird.

Die Ewigkeiten, die vor der Emanation Gottes dahingeschwunden sind, kennt nur Gott; alle anderen geistigen Wesen rechnen den Be-

---

[1]) Sobald sich die Partikeln der menschlichen Sinneswahrnehmung entziehen, reihen sie sich in die Formen der vierdimensionalen Welt ein. Es gibt jedoch Übergangsformen zwischen dem drei-, bzw. vierdimensionalen Zustand, wo die Partikeln bald sinnlich wahrnehmbar sind, bald sich der menschlichen Sinneswahrnehmung entziehen, was davon abhängt, ob der materielle oder der immaterielle Einfluß in dem betreffenden Augenblick die Oberhand hat. Ebenso gibt es Formen, wo das Vorhandensein der Partikeln erkannt, aber nicht sinnlich wahrgenommen werden kann; die Partikeln befinden sich somit an der Grenze zwischen der drei- und der vierdimensionalen Welt und können nach beiden Seiten der Grenze ausschlagen.

ginn der Zeit von Seinem Hervortreten als Persönlichkeit an. Der Genauigkeit halber muß jedoch bemerkt werden, daß die Zeit als Ausdruck der Folge der Begebenheiten mit der ersten schwachen Regung eintrat, die den Gedanken und den Willen in Richtung der Pole des Lichtes anzog; also mit dem Übergang von der Ruhe zum Kampf.

Nach dem Eintritt der Zeit wurde das Sein zum Dasein. Die Zeit ist im übersinnlichen ebenso wie im irdischen Sinn ein Ausdruck der Folge der Begebenheiten. Geistige Wesen rechnen mit Zeitperioden und nicht mit irdischen Jahren.

Wenn sich geistige Wesen an die Menschen wenden, benützen sie in Mitteilungen über Zeitangaben in der Regel irdische Zeitbestimmungen.

Einmal eingetreten, wird die Zeit, kraft des Willens Gottes, niemals aufhören zu sein.

Die Bezeichnungen Licht und Finsternis zur Kennzeichnung der beiden Urkräfte wurden deshalb gewählt, weil diese Kräfte in Wirklichkeit ebenso zu- und gegeneinander stehen, wie das Tageslicht und die nächtliche Finsternis, die den Menschen von den rein irdischen Verhältnissen her so wohlbekannt sind. Und ebenso, wie es in der Nacht und am Tage der irdischen Welt zahlreiche Übergänge gibt, von der Abenddämmerung bis zum tiefen Dunkel der Nacht und von der Morgendämmerung bis zum klar strahlenden Tageslicht, gibt es auch innerhalb der beiden Urkräfte eine Reichhaltigkeit von Übergängen und Intensitäten, die jedoch hier nicht näher präzisiert oder definiert werden können; um sich aber doch ein gewisses Bild von den Urkräften machen zu können, muß man sich vorstellen, daß sowohl das Licht als auch die Finsternis in drei Hauptabschnitte zerfallen, die nach der Größe der Partikeln eingeteilt sind. Die Einteilung nimmt sich danach wie folgt aus: 1) Die materielle oder molekulare Finsternis (kleine Partikeln), 2) die astrale (kleinere Partikeln), 3) die geistige Finsternis (noch kleinere Partikeln).

1) Das astral-materielle Licht (sehr feine Partikeln), 2) das ätherisch-astrale (noch feinere Partikeln), 3) das ätherische (noch viel feinere Partikeln). Die Größe der Partikeln nimmt somit ständig ab. Wo von dem Reich Gottes oder von Gott selbst die Rede ist, muß die Skala: ätherisch-materielles, geistiges und geistig-ätherisches Licht angewendet werden. Man muß sich jedoch vor Augen halten, daß alle diese Bezeichnungen, sowohl was die Finsternis, als auch was das Licht anlangt, nur als Kennamen betrachtet werden können.

Es ist unmöglich, eine Beschreibung des Reiches Gottes (der Landschaften, Wohnungen u.s.w.) sowie des Lebens, das dort geführt wird, zu geben, da all dies so unfaßbar weit über jeglichem menschlichen Begriffsvermögen liegt, und keine irdische Sprache Worte hat, die eine bloß annähernde bildliche Darstellung dieser Dinge geben könnten.

II

Als Gott sich noch mit dem Gedanken an Seine unerschaffenen ersten Kinder trug und all das überdachte, was sie betreffen könnte, wußte Er, daß sie einmal notwendigerweise der Finsternis gegenübergestellt werden müßten, damit sie voll und ganz lernen könnten, den Willen souverän über den Gedanken herrschen zu lassen, so daß jeder einzelne kraft seines eigenen Willens die Begierde seines Gedankens begrenzen oder unterdrücken könne.

Der Wunsch, sich zu reproduzieren, stieg in Gott erst nach Seiner Emanation auf. Die Kinder Gottes hatten somit, im Gegensatz zu den zwölf Helfern, nicht schon vor Seinem Hervortreten als Persönlichkeit in Seinen Gedanken gelebt und hatten daher nicht bewußt am Kampf aus der Finsternis zum Licht teilgenommen, weshalb sie nichts von deren Macht wissen konnten. Wenn Gott sie daher nicht irgendwann der Finsternis gegenüberstellte, würden sie niemals zu leistungsfähigen, sondern nur zu nutznießenden Wesen werden und würden in alle Ewigkeit fortfahren, wie Kinder am Gängelband, und nicht souverän denkende und handelnde Persönlichkeiten zu sein – und der Abgrund zwischen ihnen und Gott müßte dann unermeßlich werden.

In Seiner Allwissenheit sah Gott, daß die noch Unerschaffenen zwischen mehreren Möglichkeiten wählen konnten. So konnten sie alle die Finsternis besiegen und dadurch unendlich hoch emporsteigen; sie konnten alle fallen und sich durch den Fall ein zeitweiliges Leben in Sünde und Leiden schaffen; eine größere oder kleinere Anzahl konnte siegen – oder fallen.

Als Gott dies überdacht hatte, wußte Er zugleich, daß Er im selben Augenblick, in dem Er Seine Kinder erschaffen haben würde, kraft Seiner Allwissenheit im voraus die Wahl jedes einzelnen kennen mußte.

Um ihnen allen gegenüber vollkommen gleich gerecht sein zu können, beschloß Gott, Seine Allwissenheit zu begrenzen, bevor Er sie erschuf, so daß sie in jedem konkreten Fall frei und unabhängig sein konnten, vollständig unbeeinflußt von Seinem Vorauswissen.

Wenn Gott Sein Wissen nicht begrenzt hätte, hätten diejenigen

Seiner Kinder, die später der Macht der Finsternis unterlagen, Ihm mit Recht vorwerfen können, daß Er, in voller Kenntnis ihrer Wahl, die einen zum Fall und die anderen zum Sieg erschaffen hätte – in welchem Fall Gott nicht das gewesen wäre, was Er ist: ein liebevoller und gerechter Vater.

Um so jedem einen souveränen freien Willen geben zu können, begrenzte Gott kraft Seines Willens Seine Allwissenheit, so daß Er nichts von der künftigen Wahl Seiner Kinder wußte.[1]

Also: in voller Gerechtigkeit erschuf Gott Seine vielen Kinder, gab ihnen allen ein gleiches inneres Wesen, gab ihnen die gleiche Fülle von Liebe, die gleiche Weisheit, die gleiche Fähigkeit, geistig zu wachsen und die gleiche Fähigkeit, zu wollen. Alle waren gleich.

Gott erschuf sie je zwei und zwei, ein männliches und ein weibliches Wesen, dazu bestimmt, in alle Ewigkeit einander auszufüllen und zu ergänzen.

Infolge der harmonischen Vereinigung des göttlichen Gedankens und Willens, die in der Emanation Gottes und der zwölf Helfer zur Auslösung kam, umfaßt das Wesen Gottes und Seiner Helfer sowohl ein männliches als auch ein weibliches Prinzip; um aber die dualistische Anziehung in alle Ewigkeit zu bewahren, schuf Gott Seine Kinder als Mann und Frau. Das eigene Wesen eines jeden von ihnen umfaßt sowohl den Gedanken als auch den Willen. Doch herrscht bei dem männlichen Partner der Wille vor, bei dem weiblichen dagegen der Gedanke.

Das Gedanken- und Gefühlsleben des weiblichen Partners ist reicher, tiefer und in höherem Maße intuitiv als das des männlichen; doch ist der Aufbau der Gedanken bei ihr nicht so stringent wie bei ihm, da sie nur in geringem Grade die Fähigkeit des männlichen Willens besitzt, die ständig wechselnden Gedankenbilder heranzuziehen, festzuhalten und fruchtbringend zu verwerten. (Dies gilt auch für die geistige Individualität der Menschen.)

Bei Gott und jedem einzelnen Seiner Helfer ist der Gedanke ebenso gewichtig wie der Wille – beide sind von gleicher Stärke; aber Gottes Gedanke und Wille sind selbstverständlich unendlich hoch über diejenigen Seiner Helfer erhaben.

---

[1]) Siehe ferner Kommentar S. 203–04.

Das Gefühlsleben der Dualwesen ist gleichartig, ihr Gedanke und Wille ergänzen einander.

Ein Zusammenleben von der Art des irdischen zwischen diesen männlichen und weiblichen Wesen gibt es nicht, obgleich sie sich für Augenblicke durch den Gedanken und den Willen in einem höheren Sinne miteinander vereinigen.

Unterwiesen von den Helfern Gottes kamen sie alle in der Entwicklung des Gedankens und des Willens, in der Kenntnis der schöpferischen Fähigkeit des Gedankens und des Willens sehr weit, ohne jedoch zum Verständnis der ewig bestehenden Energie des Lebensprinzips zu gelangen, weshalb sie kraft ihres Gedankens und Willens nur imstande waren, leblose Gegenstände aus den Ausstrahlungen des Lichtes zu erschaffen, oder vielmehr zu formen. (Z.B. die Struktur ihrer Wohnungen, die Gestaltung von Gegenständen, künstlerische Ausschmückung und dergleichen. Ebenso waren sie imstande, Gedankenbilder nach lebenden Gestalten zu formen, doch diese Phantome waren bloß ephemer.)

Wenn sich die Kinder Gottes, obgleich sie alle mit den gleichen Möglichkeiten erschaffen worden waren, dennoch verschieden entwickelten, ist dies auf die eigentümliche, individuelle und geheimnisvolle (verborgene) Natur des freien Willens zurückzuführen.

Der freie Wille, eine Gabe, die Gott jedem Seiner Kinder gegeben hat, ist eine Widerspiegelung Seines eigenen Willens – eine Abstraktion, deren eigentlichen, innersten Kern nur Gott kennt.

Infolge des freien Willens verlegten sich einige der Kinder Gottes mehr auf die intellektuelle Entwicklung des Gedankens, suchten die kosmischen Gesetze zu erforschen und ihre Kenntnis der unendlichen Abstraktionen des Gedankens zu vervollkommnen, andere weihten sich mehr der Welt der Schönheit und der Gefühle. (Farben-, Form- und Tonkunst, Dichtung u.s.w.)

Also: durch die Wahl des freien Willens wurden die Kinder Gottes, obschon einander gleich in ihrem Ursprung, wesensverschieden, wurden sie Individualitäten.

III

Nachdem die Kinder Gottes eine Ewigkeit von Ewigkeiten hindurch ein Leben in Schönheit, Herrlichkeit und Freude im Reich ihres Vaters gelebt hatten, sah Gott, daß sie in ihrem Verständnis der Herrschaft des Willens über den Gedanken, in ihrem Verständnis dessen, daß die Begier des Gedankens danach begrenzt werden müsse, was der Wille imstande war, fruchtbar zu machen und als Handlung auszuführen, so weit gelangt waren, daß die Möglichkeit bestand, daß alle siegreich aus der Begegnung mit der Finsternis hervorgehen könnten, und Er beschloß daraufhin, sie vor eine schwierige Aufgabe zu stellen, und zwar die: geistig unmündige Wesen anzuleiten, bis daß sie ihnen selbst gleichgestellt wären.

Die Wesen, die Gott zu erschaffen gedachte, wollte Er aus den schwächeren, mehr materiellen Ausstrahlungen des Lichtes im Verein mit einem Teil Seines eigenen göttlichen Ichs erschaffen.

Sowohl das Licht als auch die Finsternis können bei höherer oder niedrigerer Schwingungszahl mehr oder weniger ätherische oder weniger oder mehr materielle Ausschläge zeigen, sowohl in übersinnlichem als auch in rein irdischem Sinn. Im Licht und in der Finsternis finden sich, wie bereits gesagt, äußerst feine Partikeln vor; je größer die Schwingungszahl ist, desto kleiner sind die Partikeln, und desto größer ist ihre Kohäsions- und Adhäsionskraft.

Fortpflanzung und Tod waren für diese Geschöpfe nicht bestimmt; erst einmal durch Gottes Gedanken und Willen erschaffen, sollten sie weiterleben in stetig fortschreitender Entwicklung. Diese Entwicklung sollte nicht allein eine geistige sein, sondern zugleich eine körperliche, indem ihre Körper durch das geistige Vorwärtsschreiten immer schöner und strahlender werden würden, im Zuge damit, daß die verschiedenen Stadien auf dem Weg zum Reich Gottes zurückgelegt werden würden. Jegliche Sünde, alle unreinen Gedanken würden diesen Kindern des Lichtes selbstverständlich vollkommen unbekannt sein, da es die Sünde, ebenso wie die Fortpflanzung und den Tod, nur in der Finsternis, und für alles, was aus ihr hervorgebracht wird, gibt; aber sobald sie einen gewissen Grad von Reife erreicht haben würden, sollten auch sie, ebenso wie die zuerst erschaffenen Kinder Gottes, der Finsternis gegenübergestellt werden, um deren Macht überwinden zu lernen.

Durch Offenbarungen würden Gott, Seine Helfer und die früher erschaffenen Kinder sich ihnen zu erkennen geben. Jegliche Anleitung sollte mit Hilfe des Gedankens erfolgen. (Inspiration und Intuition.)

Um dies verwirklichen zu können, mußte Gott zuerst Aufenthaltsorte für die vorgesehenen Geschöpfe schaffen. Da diese, geistig gesehen, viel schwächer werden mußten als die zuerst erschaffenen Kinder Gottes, würden sie ein Dasein im strahlenden Licht des eigenen Reiches Gottes nicht aushalten können, bevor sie nicht durch einen langen Reifeprozeß in den Stand gesetzt würden, ihre Individualität aufrechtzuerhalten, so daß sie bei ihrem Eintreten in das Vaterhaus nicht der Gefahr ausgesetzt würden, von neuem mit ihrem Erzeuger zu verschmelzen.

Aus diesem Grunde entwarf und gestaltete Gott den Plan der vier Sternenwelten oder Sternsysteme.

Die Muttersonnen wurden dadurch gebildet, daß Gott kraft Seines Willens den Äther – das Licht und die darin abgelagerte Finsternis – in eine rotierende Bewegung rund um vier Kraftzentren versetzte, die von und in Seinem Gedanken getragen und festgehalten wurden.

Da die im Äther abgelagerte Finsternis eine niedrigere Schwingungszahl hat als das Licht, sammelte sie sich während der rotierenden Bewegung um die Kraftzentren zu einem Kern; dieser Kern wurde vom Licht umschlossen, das in schnelleren und immer schneller werdenden Schwingungen nach außen hin verschwamm, bis sich um jedes Zentrum ein abgegrenztes Gestirn gebildet hatte, das aus einem dunkleren Kern[1] bestand, der von einer Lichtumhüllung umschlossen war, deren äußerste, von den schnelleren und stärker ätherisch-astralen Schwingungen des Lichtes gebildete Schicht für irdische Augen unsichtbar ist. Die Ausstrahlungen der zuinnerst abgelagerten Finsternis[2], sowie die Ausstrahlungen der schnelleren molekularen Schwingungen der Finsternis können dagegen von den irdischen Augen aufgefangen und widergespiegelt werden.[2]

Die Ausstrahlungen und die Konzentration des Lichtes nehmen somit mit jeder Steigerung der Schwingungszahl zu; aber erst im Reich Gottes entfaltet sich seine größte Konzentrations- und Ausstrahlungskraft, ebenso wie die Partikeln hier viel feiner sind, als in dem übrigen Licht. Geistige Wesen können sowohl den dunklen Kern als auch die klarere, strahlendere Lichtumhüllung der Gestirne sehen. Nur eines der Muttergestirne wird einmal von der Erde aus sichtbar sein.

---

[1]) Dieser Kern wurde also von der Finsternis gebildet.
[2]) Wenn von der »Finsternis« gesprochen wird, muß man sich stets vor Augen halten, daß diese Bezeichnung von den Menschen nur als Kennwort für eine Kraft aufgefaßt werden darf, die in der irdischen Welt auf mannigfache Weise in Erscheinung treten kann. Diese Kraft kann also auch in Strahlen zum Ausdruck kommen, die nach menschlicher Auffassung leuchten.

Die Muttergestirne enthalten alle Grundstoffe und alle Lebensmöglichkeiten[1] – Keime, aus denen Gott kraft Seines Gedankens und Willens Leben hervorrufen kann – und da die vier Sternsysteme direkt oder indirekt aus den Muttergestirnen hervorgegangen sind, gilt dies zugleich für alle Sonnen (Sterne) und Planeten innerhalb der vier Systeme, abgesehen von den Ausnahmen, die durch die Angriffe der Finsternis[2] auf die Gestirne in dem Sternsystem, zu dem die Erde gehört, geschaffen wurden.

Um die Bewegungen der Muttergestirne einigermaßen verstehen zu können, muß man sich das Weltall als ein aufs Papier geworfenes Bild vorstellen.

Das Reich Gottes, das eine gewaltige Sonne ist, gebildet von den eiligen, ätherisch-materiellen Schwingungen des Lichtes, trägt als Zentralsonne die vier Sternsysteme und hält sie fest.

Zu jeder Seite der Zentralsonne stehen die Muttersonnen paarweise, einander genau gegenüber; wenn die Zentralsonne und die vier Muttersonnen alle in Opposition zueinander stehen, muß eine gedachte Gerade durch die Mittelpunkte der vier Sonnen und der Zentralsonne gehen.

Die Muttersonnen haben genau das gleiche Gewicht. Jede Sonne hat ihre eigene Achsenbewegung.

Der Abstand zwischen den paarweise stehenden Muttersonnen, gerechnet vom Mittelpunkt jeder Sonne, ist = dem Radius der Zentralsonne (des Reiches Gottes). Die gemeinsame Bahn der Paare um die Zentralsonne beschreibt einen vollkommenen Kreis, dessen Radius = siebenmal der Radius der Zentralsonne ist. Die Peripherie dieses Großkreises schneidet den Mittelpunkt des Abstandes zwischen den paarweise stehenden Muttersonnen; somit liegt die Eigenbewegung der Muttersonnen zur Hälfte außerhalb und zur Hälfte innerhalb der Peripherie des Großkreises.

Die Muttersonnen halten einander von Paar zu Paar durch gleich starke Anziehung und gleich starke Abstoßung im Gleichgewicht. Der einmal gegebene Abstand wird sonach ständig beibehalten.

Die Eigenbewegung der paarweise stehenden Sonnen hintereinander um die Zentralsonne herum erfolgt in einem offenen Kreislauf

---

[1]) Finden sich in der Lichtumhüllung der Gestirne, der Schicht, die für das menschliche Auge unsichtbar ist, vor.

[2]) Siehe den Bericht Ardors Seite 14 und die Übersicht Seite 355–56.

(einer Spirallinie), so daß der Mittelpunkt des Abstandes zwischen jedem Paar an der Peripherie des Großkreises entlanggleitet.

Die Bewegung der Paare ist einander entgegengesetzt.

Wenn man auf dem Papier eine Darstellung gemacht hat, in der das Mütterpaar a-b links von der Zentralsonne steht, und das Paar c-d rechts, alle fünf Sonnen in Opposition zueinander, und zwar so, daß a und c der Zentralsonne am nächsten stehen, b und d am weitesten von ihr entfernt sind, weisen – wenn man sich diese Stellung als Ausgangspunkt der Bewegung der Muttersonnen denkt – die Sonnen a und c beide eine sich von der Zentralsonne entfernende Bewegung auf, b und d eine sich der Zentralsonne nähernde Bewegung. Die Spirallinie des Paares a-b läuft somit von der linken Seite der Zentralsonne auf die rechte, die des Paares c-d von der rechten Seite auf die linke. Nach ca. 3 Millionen Jahren wird das Paar a-b die Stellung des Paares c-d rechts von der Zentralsonne erreicht haben, und das Paar c-d vice versa. Die gesamte Umlaufzeit beider Paare auf der gemeinsamen Bahn um die Zentralsonne = 2 Zeit-Ewigkeiten, was ca. 6 Millionen Jahren entspricht.

Die einmal gegebene Rotationsgeschwindigkeit beider Paare wird stets beibehalten werden, da sie alle zu jedem gegebenen Zeitpunkt eine gegenseitige Ausbalancierung bewirken, so daß die Gleichgewichtslage der Paare, mit dem Reich Gottes als Zentralsonne, niemals verschoben werden wird.

Um jede der Muttersonnen kreist ein Sternsystem (»eine Milchstraße«), das ihre Bewegungen mitmacht und die Form eines elliptischen Ringes hat; jede Milchstraße wurde direkt oder indirekt von ihrer Muttersonne abgestoßen oder im Wege einer Eruption ausgestoßen. (Die von den Muttersonnen selbst gebildeten Gestirne oder Sternsonnen haben sich wieder durch Abstoßung oder Eruptionen in kleinere Himmelskörper geteilt – und so fort.) Infolge der Zentrifugalkraft sind die Gestirne in den Sternsystemen von der Kreisbewegung zu einer elliptischen Bewegung um die eigene Muttersonne übergegangen, mit dieser als dem einen Brennpunkt und einem für Menschen unsichtbaren – immateriellen – Kraftzentrum als dem anderen.

Wenn die Bahn eines Gestirns um seine Sonne einen vollkommenen Kreis beschreiben soll, müssen die drei Faktoren: die Achsenumdrehungsgeschwindigkeit der betreffenden Sonne + Fortbewegung im Raum, ihre Abstoßungskraft und Anziehungskraft – die bei der Bildung von Tochter-Gestirnen zusammenwirken – von genau gleicher Stärke sein. Wenn die Bildung des neuen

Gestirns durch Ausstoßung erfolgt, hervorgerufen durch innere Eruptionssprengungen im Sonnenkörper, übersteigt die Ausstoßungskraft in den meisten Fällen mehr oder weniger die Kraft, mit der eine gewöhnliche Abstoßungshandlung (Tropfenabstoßung) vor sich geht. Die Gestirne, die auf diese Weise durch Eruptionsausstoßungen gebildet werden, erhalten daher eine mehr oder weniger elliptische Bahn. Wenn die Bahn ellipsenförmig wird, entsteht ganz mechanisch ein der materiellen Sonne entgegengesetztes immaterielles Kraftzentrum. Je nach der Form der Bahn befindet sich das immaterielle Kraftzentrum näher bei oder weiter weg von der materiellen Sonne.

Die unregelmäßige Bahn eines Gestirns kann jedoch auch auf die Anziehungskraft anderer Sonnen zurückzuführen sein. —

Ähnlich verhält es sich mit den zahlreichen Sonnensystemen innerhalb der vier Hauptsysteme. Infolge der Zentrifugalkraft sind die Sternsonnen und Planeten[1] ebenfalls von der Kreisbewegung zu einer größeren oder kleineren elliptischen Bewegung um ihre Zentralsonne übergegangen, mit dieser als dem einen Brennpunkt und einem ebenfalls für Menschen unsichtbaren Kraftzentrum[2] als dem anderen.

Wenn man sich jedes der vier Sternsysteme als einen ellipsoidförmigen Körper vorstellt, ist die eine Achse = 1/7 des Radius des offenen Kreises (der Spirallinie), den die Muttergestirne in ihrer Eigenbewegung hintereinander beschreiben; die zweite Achse ist = 1/28 der Bogenlänge derselben Spirallinie, und die dritte = 3/7 der längsten Achse.

Da die Größe der zweiten Achse (1/28 der Bogenlänge der Spirallinie) nach menschlicher Ausrechnung nicht vollkommen genau ermittelt werden kann, kann auch die dritte Achse (3/7 der zweiten, der längsten Achse) die hier angeführte Größe 3/7 nicht vollkommen genau aufweisen.

Die vier Muttersonnen mit den Volumen der zu ihnen gehörenden Sternsysteme repräsentieren zusammen 1/7000 des Volumens der Zentralsonne (des Reiches Gottes).

Die Zahl der Gestirne ist zu jedem gegebenen Zeitpunkt b e g r e n z t

---

[1])In dem System, zu dem die Erde gehört, sind nicht alle Sternsonnen und Planeten abgestoßene oder ausgestoßene Teile ihrer Zentralsonnen, mehrere davon sind Gestirne, die durch Zusammenstoß mit sich herumtreibenden Anhäufungen von Finsternis aus ihren Bahnen gestoßen und danach von der einen oder anderen größeren Sonne angezogen und festgehalten wurden. (Siehe die Übersicht Seite 355–56.) In den drei anderen Systemen gibt es keine losen, sich herumtreibenden Anhäufungen von Finsternis; dort findet sich die Finsternis abgelagert im Kern der Gestirne und wird langsam durch den großen Kreislauf des Lichtäthers eliminiert.

[2]) Die immateriellen Zentren entstehen ganz mechanisch – sind eine Gesetzmäßigkeit.

– das Gegenteil würde gegen das Gesetz des Gleichgewichtes verstoßen – doch im Lauf der Zeit wird die Zahl unbegrenzt werden; neue und immer wieder neue werden ständig entstehen, während ältere Gestirne verschwinden, in ihre Bestandteile aufgelöst werden; das Gesamtgewicht wird aber, solange die vier Muttersonnensysteme kraft des Willens Gottes im Weltraum rotieren, stets mit Null bilanzieren. So wird die Zahl der Gestirne endlich werden innerhalb des Begriffes Sein, aber unendlich innerhalb des Begriffes Werden.

Alles, was von der Erde aus an Sonnen beobachtet werden kann, selbst die am weitesten entfernten Sternnebel, gehört zu dem System, dessen Muttersonne – eine von den vieren – einmal mit der Zeit von der Erde aus sichtbar sein wird; vermutlich erst, wenn die dafür bestimmten Observationsinstrumente eine Reihe von Änderungen und Verbesserungen erfahren haben werden. Zu jener Zeit wird man sie tief am südwestlichen Himmel stehen sehen können.

Das Sonnen- und Planetensystem, zu dem die Erde gehört, befindet sich im inneren Teil des ellipsenförmigen Ringes der »Milchstraße« und bewegt sich in Richtung des immateriellen Kraftzentrums[1].

IV

Zeit-Ewigkeiten mußten dahinschwinden, während das Weltall gebildet wurde, bevor der Tag kam, an dem Gott die Erde zum ersten Aufenthaltsort für die unerschaffenen Wesen, die Er noch in Seinem Gedanken hegte, auserwählte.

Als Gott Seinen Kindern mitteilte, daß Er ihnen eine schwierige Aufgabe zu lösen geben wolle, nämlich die, unmündige Wesen zu größerer geistiger Reife anzuleiten, stellte Er sie alle der Finsternis gegenüber in dem Augenblick, in dem Er in Seiner Rede an sie sagte: »Wenn sich die Zeit erfüllt hat, werde ich einige unter euch auswählen – –.«

---

[1]) Auf weitere Anfrage wurde folgendes von übersinnlicher Seite mitgeteilt und bestätigt: Alle Milchstraßengestirne kreisen in ihren Bahnen um die Muttersonne und das unsichtbare Kraftzentrum. Je nachdem sich die Gestirne der Muttersonne oder dem Zentrum nähern, steigt ihre Umlaufgeschwindigkeit, nimmt aber wieder im gleichen Maße ab, in dem sie sich davon entfernen. Die Geschwindigkeit um das immaterielle Zentrum ist jedoch weit geringer als um die materielle Muttersonne. Das gleiche macht sich geltend, was Kometen und Planeten anlangt; ihre Geschwindigkeit um die immateriellen Zentren ist ebenfalls weit geringer als um die materiellen (sichtbaren). Wo sich die Form der Bahnen dem Kreis nähert, ist die erhöhte Geschwindigkeit um das immaterielle Zentrum so gering, daß sich dies kaum nachweisen läßt. Anm. d. Hrsg.

Gott sagt nicht, wem oder wievielen Er die Aufgabe übertragen wird. Er läßt es dahingestellt sein, um zu sehen, wie Seine Kinder die Möglichkeit aufnehmen werden, daß einige von ihnen bevorzugt vor den anderen auserwählt werden könnten. Da Gott bei der Erschaffung Seiner Kinder Sein Vorauswissen um ihre Wahl des Guten oder Bösen begrenzt hatte, konnte Er nichts darüber wissen, welchen Eindruck Seine Worte auf die einzelnen machen würden, bevor sie nicht selbst die Aufgabe, vor die sie gestellt wurden, genau durchdacht hätten, weshalb Er sie, nachdem Er ihnen die neugebildete Welt gezeigt hatte, die langsam zum Leben reifte, umstrahlt und befruchtet vom Licht, eine Zeitlang sich selbst überließ, damit sie sich alle mit der beabsichtigten Betätigung vertraut machen könnten.

Im Bericht Ardors wird von den Ältesten und den Jüngsten gesprochen. Diese Bezeichnungen muß man jedoch eher als eine Unterscheidung betrachten, da alle zur selben Zeit erschaffen wurden – gleichzeitig als sichtbare Individualitäten erschienen; ihrem sichtbaren Erscheinen geht aber doch ein zeitlicher Unterschied voraus, indem Gott sie in Seinem Gedanken einen nach dem anderen formte, und erst in dem Augenblick, in dem Sein Gedanke den Letzten geformt hatte, erschienen sie, kraft Seines Willens, als sichtbare Wesen – alle im gleichen Nu.

Die Kinder Gottes, die die Ältesten genannt werden, hatten sich vorzugsweise auf die Abstraktionen des Gedankens und die kosmischen Gesetze verlegt. Die Jüngsten sind die, die größtes Gewicht auf die Farben-, Form-, Tonkunst u.s.w. gelegt hatten.

Die Ältesten gelangten sehr rasch zu der Auffassung, daß sie sich am besten dazu eignen müßten, die Leitung unmündiger Wesen zu übernehmen. Da sah Gott, daß ihre Machtgier (ein Ausschlag des Einflusses der Finsternis) zu erwachen begonnen hatte, und daß ihr Wille nicht stark genug war, die Begierde ihres Gedankens zu begrenzen oder ihr Einhalt zu gebieten. Und Gott warnte sie; als sie aber, indem sie Gottes Warnung überhörten, in der Lichtwelt verblieben, die den Erdball umstrahlte, begann die Finsternis langsam und für sie unmerklich hervorzudringen und sich aus dem Kreislauf des Lichtes auszuscheiden.

Im Verlauf der Zeit erlangte die Finsternis immer größeren Einfluß auf die Ältesten, was sich in Selbstgerechtigkeit, Ungeduld und Machtgier äußerte.

Als sich die Finsternis, weil die Ältesten die Warnung Gottes überhörten, aus dem Licht auszuscheiden begann, begann zugleich ihr Zerstörungswerk auf dem Erdball selbst, also viele Jahrmillionen, bevor die Ältesten davon Kenntnis erhielten. Langsam – unfaßbar langsam – saugte der dunkle Kern[1] des Erdballs die hereinströmende Finsternis auf, und langsam – unfaßbar langsam – im Verlauf von Jahrmillionen – verwandelte sich die Erde von einer Welt des Lichtes in eine Welt der Finsternis.

Die Finsternis, die den Erdball in Besitz nahm und verwandelte, war die astrale und die molekulare. Die astrale Finsternis, die eine niedrigere Form der geistigen Finsternis ist, hat kleinere Partikeln mit etwas größerer Kohäsions- und Adhäsionskraft als die molekulare.

Als Gott die beginnende Zerstörung Seines Werkes sah, wußte Er, daß Seine ältesten Kinder zu Fall kommen mußten; aber obgleich die Ältesten in ihrer Ungeduld und Machtgier selbst versuchen wollten, lebende Wesen zu erschaffen, wollte Gott sie nicht aufgeben, und Er warnte sie von neuem – jedoch mit dem gleichen negativen Ergebnis. Jedes Mal, wenn die Ältesten die Warnungen Gottes überhörten, erhielt die Finsternis immer größere und größere Macht über sie, so daß sie sich zu dem Zeitpunkt, da sie alle in voller Einigkeit beschlossen, aus der Finsternis zu erschaffen, so weit von Gott und vom Einfluß des Lichtes entfernt hatten, daß ihr Wille zum Guten vollständig gebrochen war.

Mit der vereinten Kraft des bewußten Gedankens und Willens der Ältesten wurden große Mengen der ausgefällten Finsternis aus den sie bedeckenden Lichtwellen – oder Strömungen – herausgezogen, und vollendeten die längst begonnene Zerstörung; und da die Ältesten in ihrer Machtlosigkeit die hereinbrechende Finsternis nicht zu bremsen oder zum Stillstand zu bringen vermochten[2], mußten sie alle während der fürchterlichen Katastrophe, von der ihre schöne Welt betroffen wurde, als ratlose, untätige Zuschauer dastehen. In ihrem Schrecken über das Geschehene vergaßen sie lange Zeiten hindurch die eigentliche Ursache der Zerstörung: den Wunsch, selbst lebende Wesen zu erschaffen, und sie widmeten sich daher alle fruchtlosen Versuchen, wieder mit dem Licht in Verbindung zu kommen; aber trotz vieler

---

[1]) Siehe Übersicht Seite 310–12.

[2]) Die Finsternis, die die Lichtwelt der Ältesten zerstörte und die geistigen Leiber der Ältesten durchströmte, war die astrale und die geistige Finsternis.

Anstrengungen gelang es ihnen nicht, weshalb sie außerstande waren, die von der Finsternis zerstörte Welt des Lichtes wieder aufzubauen oder neu zu gestalten. Da sie sich alle freiwillig mit der Finsternis in Verbindung gesetzt hatten, band deren magnetische Kraft sie fest an sich, und ähnlich wie das Licht, das Gott durchströmt, durchströmte die Finsternis die Ältesten, was bewirkte, daß ihre Pole durch den Gedanken und Willen der Ältesten zum Bösen aus ihrem latenten Zustand erweckt wurden – jedoch ohne daß die Ältesten selbst den Grund dafür verstanden.

Nachdem sie solchergestalt durch ihren eigenen freien Willen unter den bindenden Einfluß der Finsternis geraten waren, konnten die Ältesten nicht befreit werden, bevor sie nicht ihre sündigen Handlungen voll und ganz bereut hatten. Falls Gott den Strom der Finsternis mit Gewalt[1] unterbrochen hätte, wären sie augenblicklich davon abgeschnitten gewesen, jemals zu ihrem Vater zurückkehren zu können; dies wäre dann eine auf ewig unwiderrufliche Verdammnis gewesen, die absolut nicht mit der Vaterliebe Gottes vereinbar wäre. Durch den eigenen freien Willen der Ältesten zum Licht mußte die Finsternis, die sie durchströmte, neutralisiert werden, bevor das Licht sie wieder aufsaugen konnte.

Neutrale Finsternis – in diesem Fall neutrale geistige Finsternis, die von den schnellsten Schwingungen der Finsternis hervorgebracht wird – ist Finsternis, die auf die eine oder andere Weise entpolarisiert wurde. Diese Entpolarisation tritt u.a. dort auf, wo geistige Leiden bei dem einzelnen Individuum Gram und damit die Reue über gepflogene sündige Gedanken oder begangene sündige Taten erwecken.

Die geistige Finsternis, die die Ältesten beeinflußte (und die identisch ist mit der Finsternis, die die Menschheit beeinflußt), kann auf zweierlei Art entpolarisiert werden[2]:

1) Durch die unreine, sündige oder verbrecherische Handlung, die in dem Augenblick ausgeübt wird, in welchem der entsprechende Gedanke durch den Willen des Individuums zum Bösen zur Wirklichkeit erhoben wird; die Handlung ist der Ausdruck der Begegnung des Gedankens und des Willens, und durch diesen Ausdruck – die Handlung – wird die Finsternis entpolarisiert, sie verliert für eine Zeit ihre Anziehungskraft; es ist jedoch nur ein Gran der Finsternis, die das

---

[1]) Siehe ferner die Übersicht Seite 318–19.
[2]) Es gibt eine dritte Art und Weise, doch die ist nur Gott bekannt.

Individuum zur Handlung trieb, das entpolarisiert wird. Einen Augenblick später kann eine neue Welle der Finsternis dasselbe Individuum zu demselben Gedanken + Handlung oder zu einem anderen Werk der Finsternis veranlassen.

2) Durch den Gram des Individuums über die unreinen oder sündigen Gedanken verlieren der Gedanke und der Wille ihre gegenseitige Anziehungskraft zum Bösen, indem ein erster Drang in Richtung des Lichtes entsteht, wodurch die Finsternis entpolarisiert wird. Durch die Reue werden der böse Gedanke und der böse Wille eliminiert, indem das Licht durch die Reue des Individuums die Finsternis vollständig besiegt.[1]

Um diesen Gram und diese Reue möglicherweise rascher bei den Ältesten zu erwecken, versprach Gott Seinen jüngsten Kindern, nach ihren gefallenen Brüdern und Schwestern zu rufen; denn wenn der Klang der Stimme Gottes imstande wäre, Erinnerungsbilder in den Gedanken der Ältesten hervorzurufen, und wenn die auftauchenden Erinnerungen Gram über das erwecken könnten, was durch ihre eigenmächtigen Handlungen verloren gegangen war, würde die Reue bald nachfolgen und den Strom der Finsternis unterbrechen, so daß das Licht sie wieder in die schöne Welt des Vaterhauses zurücktragen könnte.

Die Aufforderung der Jüngsten an ihren Vater erfolgte erst mehrere Jahrmillionen, nachdem die Ausscheidung der Finsternis begonnen hatte. Die Jüngsten hatten sich allmählich mit dem Gedanken vertraut gemacht, daß die Wahl auf ihre älteren Brüder und Schwestern fallen müsse, und da diese so oft ohne die Begleitung der Jüngsten, und ohne ihnen etwas über ihre Ausflüge mitzuteilen, die neue, strahlende Lichtwelt um den Erdball besucht hatten, hatten sich die Jüngsten daran gewöhnt, ihre Brüder und Schwestern jeweils auf lange Zeiten zu entbehren. Als jedoch die Zeit dahinschwand, ohne daß sie zurückkamen, wurden die Jüngsten unruhig und wandten sich an die Helfer Gottes; diese gaben ihnen daraufhin Bescheid über das, was geschehen war. Und ihr Schmerz war grenzenlos.

Ungeachtet ihres beständigen Beisammenseins mit Gott hatte Er Seinen jüngsten Kindern nichts von dem Fall der übrigen gesagt. In Seiner unendlichen Liebe wollte Er sie nicht den Gram und die schmerzliche Trennung kennenlernen lassen, bevor sie nicht selbst Fragen über die Fortgebliebenen stellten.

---

[1]) Siehe die Übersicht Seite 355–60 über die Entpolarisierung der Finsternis.

In den Jahrmillionen, die dahinschwanden, während die Ältesten vergeblich versuchten, ihr Reich wieder aufzurichten und die Finsternis auszumerzen, strömte diese immer dichter über den Erdball herein, vereinigte sich mit dessen dunklem Kern und belebte einen Teil der Lebenskeime[1], die von Gott gegeben waren. Diese Lebenskeime, sowohl diejenigen, die dazu bestimmt waren, Tierarten zu werden, als auch diejenigen, die für Pflanzenarten bestimmt waren, wären, wenn sie unter der direkten Bestrahlung des Lichtes hervorgerufen worden wären, dem Tod und der Fäulnis nicht preisgegeben gewesen, da es der Gedanke Gottes war, daß sie in den Gestalten verbleiben sollten, in denen sie hervorgerufen worden waren, zu Freude und Nutzen der Lichtwesen, die Er zu erschaffen beabsichtigt hatte. Wenn dann die Rolle der Erde als erster Aufenthaltsort für diese Wesen ausgespielt sein würde, sollte die Tier- und Pflanzenwelt kraft des Willens Gottes wieder aufgelöst und vom Licht aufgesaugt werden.

Da es jedoch die Finsternis war, die die ruhenden Keime befruchtete und zur Lebenswirklichkeit erweckte, wurde n i c h t s so, wie es Gott durch Seinen Gedanken von Anfang an zu werden bestimmt hatte; alles wurde verzerrt, häßlicher gemacht und sinnlos, ebenso wie alle zutage getretenen Tier- und Pflanzenarten auf Grund der geringen Kohäsions- und Adhäsions-[2] sowie Regenerationskraft der Finsternis einer mehr oder weniger kurzen Lebensdauer gewärtig sein mußten.

Nachdem die vielen Versuche, das zerstörte Reich zu rekonstruieren, den Ältesten kein positives Resultat brachten, beschlossen sie, zum Erdball hinabzusteigen, um die dort erfolgte Zerstörung zu untersuchen.

Außer den im Bericht Ardors genannten Ungeheuern gab es zugleich eine Anzahl Mikroorganismen, z.B. Fäulnisbakterien. Aber die Mehrzahl der krankheitserregenden Sporen entstand in den folgenden Zeiten, hervorgerufen von der Finsternis, oft von den Ältesten erdacht und erschaffen. Zahlreiche Arten entstanden, degenerierten oder gingen ganz zugrunde, während neue hinzukamen; und so wird es weiterhin sein in unübersehbaren Zeiten, doch werden sie im gleichen Ausmaß abnehmen, in dem die Finsternis eliminiert wird. Indessen wird es einzelne Mikroorganismen, wie z.B. die früher erwähnten

---

[1]) Siehe die Übersicht Seite 311–15.
[2]) Siehe ferner die Übersicht Seite 317–19.

Fäulnisbakterien oder ähnliche Arten geben, solange es auf der Erde Leben gibt.

In den Jahrmillionen, die seit der Zeit dahingeschwunden sind, wo sich die Finsternis über den Erdball zu verbreiten begann, entwickelten sich allmählich die zahlreichen Tier- und Pflanzenarten, die zu dem Zeitpunkt existierten, zu dem die Ältesten die auf der Erde erfolgte Zerstörung entdeckten. Die Entwicklung ging sehr langsam vor sich, durch viele verschiedene Entwicklungsstufen, von einzelligen[1] zu mehrzelligen[1], zu immer mehr zusammengesetzten Organismen und Formen. Und im Zuge der weiteren Konzentration der Finsternis um den und auf dem Erdball entstanden die grauenhaften, gigantischen und phantastischen Tiergestalten.

Manche dieser tierischen Geschöpfe, die die Ältesten durch ihr furchterregendes Aussehen erschreckten, wurden die Vorfahren mehrerer Tiergeschlechter der späteren Zeiten, aber ein Teil dieser späteren Tierarten entwickelte sich aus der fortgesetzten Befruchtung der noch vorhandenen latenten Lebenskeime durch die Finsternis. Diese Entwicklung ging ebenfalls sehr langsam von unkomplizierten zu höheren Organismen über. Der irdisch materielle Ausschlag der Finsternis wurde nicht abgeschwächt, bevor die durch den Fall der Ältesten unterbrochene Verbindung zwischen dem Licht und dem Erdball von neuem wiedererrichtet worden war[2].

Bis der Erdball wieder in den Kreislauf des Lichtes einbezogen worden war, paarten sich die Tiere unterschiedslos; durch diese Kreuzungen entstand eine Unzahl von Arten. Erst allmählich, als das Licht später einen größeren, ordnenden Einfluß erlangte, wurden die Voraussetzungen für eine geregeltere Vermehrung der damals bestehenden Arten geschaffen, wodurch die Tierwelt – ebenso wie die Pflanzenwelt – in vieler Hinsicht verbessert und veredelt wurde.

Die Molekularschwingungen der Finsternis (die Schwingungen der größten Partikeln der Finsternis), welche die für das menschliche Auge sichtbaren irdischen Formen und Gestalten hervorbrachten und hervorbringen, werden von den etwas schnelleren Schwingungen der astralen Finsternis fest- und zusammengehalten.

---

[1]) Siehe ferner die Übersicht Seite 310–15.

[2]) Siehe den Bericht Ardors Seite 25–31.

Wenn die Moleküle der Finsternis nicht von der astralen[1] Finsternis zusammengehalten würden, würden sich die Moleküle infolge der niedrigeren Schwingungszahl sehr leicht loslösen und zerstreuen. Deshalb haben alle irdischen Tier- und Pflanzenformen, alle organischen und anorganischen Stoffe, und was daraus gebildet oder verarbeitet wurde, ein astrales Gegenstück (für das menschliche Auge nicht sichtbar), gebildet von den schnelleren Schwingungen der astralen Finsternis: kleinere Partikeln mit größerer Kohäsions- und Adhäsionskraft[2]. Diese astralen Gegenstücke sind mit der irdischen Materie so verwebt, daß selbst von übersinnlicher Seite schwer nachgewiesen werden kann, wo das eine beginnt und das andere endet.

Die Schwingungszahl der astralen Finsternis liegt ungefähr in der Mitte zwischen der niedrigsten und der höchsten Schwingungszahl der Finsternis. Die geistige Finsternis hat die höchste Schwingungszahl und ist die Finsternis, die den Gedanken und den Willen veranlaßt zu sündigen. Im Bericht Ardors wird kein Unterschied gemacht zwischen geistiger und astraler Finsternis.

Wenn die irdischen Geschöpfe und Formen von krankhaften Zuständen befallen werden – Anhäufungen von Finsternis, Mikrobenangriffen, Unterernährung, Hitze, Trockenheit, Kälte u.dgl. – erschlafft die Verbindung zwischen den astralen Gegenstücken und den irdischen Molekularprodukten, da die Schwingungszahl der Moleküle herabgesetzt wird. Falls die krankhaften Zustände u.s.w. nicht behoben werden können, so daß die erschlaffte Verbindung wieder gestrafft werden und von neuem normal funktionieren kann, stirbt das Lebende ab, wird leblos. Die Gegenstücke der weicheren Teile der toten Körper und Pflanzen werden freigegeben und ausgeschieden, worauf sie nach Ablauf kürzerer oder längerer Zeit von der Finsternis aufgesaugt werden, um danach in andere Formen überzugehen oder in solchen aufzutreten.

Bei der Trennung der astralen Gegenstücke von den irdischen Formen erfolgt wieder eine bedeutende Herabsetzung der Molekularschwingungen der Finsternis, so daß die Moleküle die Widerstandsfähigkeit gegen Angriffe von Mikroorganismen ganz einbüßen; die Weichteile der toten Körper und die welken Pflanzenteile gehen dann in Fäulnis über (wenn sie nicht auf künstliche Weise aufbewahrt wer-

---

[1]) Siehe die Übersicht Seite 317–19.
[2]) Siehe die Übersicht Seite 317–19.

den, z.B. durch Trocknen, Einfrieren oder mittels Chemikalien), worauf sie von der Erde und den Schichten der Atmosphäre aufgesaugt werden, um wieder in andere Formen, teils irdische, teils astrale, überzugehen.

Die Gegenstücke der festeren Substanzen der toten Körper und Pflanzen, wie Knochen, Horngewebe, Zähne – Rinde und Holz[1] – werden nicht freigegeben, bevor diese Gegenstände auf die eine oder andere Weise zugrunde gehen, z.B. durch Zerfall, Befall mit Schwamm, Verbrennung u.dgl., aber die Verbindung zwischen den Gegenstücken und den irdischen Formen bleibt schlaff, d.h. die ein wenig herabgesetzte Schwingungszahl wird beibehalten. Wenn diese Gegenstücke allmählich freigegeben werden, werden sie ebenfalls von der astralen Finsternis aufgesaugt[2].

Obwohl die frühere Lichtwelt der Ältesten von der hereinströmenden Finsternis vollständig durchseucht worden war, waren die Ältesten doch auf Grund ihres göttlichen Ursprunges imstande, im Finsteren zu sehen, ebenso wie alle Formen in dem zerstörten Reich für sie fest und wirklich waren; wogegen ihnen alles auf dem Erdball, was durch die Molekularschwingungen der Finsternis hervorgerufen worden war, wie nebelhafte, unwirkliche Lebensformationen erschien.

Nachdem die Ältesten bei ihren Wanderungen über den Erdball gesehen hatten, daß das von der Finsternis hervorgebrachte Pflanzen- und Tierreich vergänglich war, sahen sie ein, daß sie keine unsterblichen Wesen in ihrem eigenen Bilde erschaffen konnten; trotz dieses Wissens beschlossen sie aber dennoch, zu erschaffen. Ihre Versuche mißlangen jedoch ständig, bis sie sich darauf einigten, die Tiere zum Vorbild zu nehmen[3], insbesondere in allem, was die Fortpflanzungs- und Ernährungsfrage betraf.

An die zwei Millionen Jahre – eine lange Zeit nach menschlicher Auffassung – arbeiteten die Ältesten daran, ihren Gedanken in astra-

---

[1]) Werden Blätter, Blumen und Stengel abgeschnitten, während sie noch leben, und danach rasch getrocknet o. dgl., so werden die Gegenstücke nicht ausgeschieden, bevor die Gegenstände, oder was daraus verarbeitet wurde, auf die eine oder andere Weise destruiert werden. Werden frische Zweige, Triebe und Äste abgeschnitten, um danach okuliert oder angepflanzt zu werden, so werden die Gegenstücke nicht ausgeschieden; die nach dem Abschneiden erschlaffte Verbindung wird durch die von neuem zugeführte Nahrung wieder gestrafft.

[2]) Siehe ferner die Übersicht Seite 354.

[3]) Siehe ferner die Übersicht Seite 320–22.

lem und irdischem Material Form zu geben.[1] Schließlich gelang es ihnen, die ersten lebensfähigen Individuen des menschlichen Geschlechts – tierähnliche Geschöpfe – zu erschaffen. Aber da ihrer viele waren, die an der Arbeit teilnahmen, und da ihr Schönheits- und Formensinn auf Grund des verwirrenden und verzerrenden Einflusses der Finsternis nicht mehr auf der Höhe der Fähigkeit des einzelnen, zu wollen, stand, wurden mehrere sehr unterschiedliche Typen geschaffen, die alle nur wenige Grade über den Tieren standen.

Also: Das Menschengeschlecht stammt nicht durch verschiedene Entwicklungsstufen von den Tieren ab, sondern ist aus erschaffenen Wesen hervorgegangen.

Wie die Ältesten diese Schöpfung ausführten, wird den Menschen niemals erklärt werden.

V.

Als die Ältesten beschlossen, intelligente Wesen zu erschaffen, nachdem sie sich davon überzeugt hatten, daß es unmöglich war, die Untiere, die infolge der Befruchtung durch die Finsternis auf der Erde hervorgebracht worden waren, anzuleiten, geschah dies am ehesten in der Absicht, mit Hilfe dieser ihrer eigenen Geschöpfe den Kampf mit den gigantischen Ungeheuern aufzunehmen. Es waren also nicht lauter Egoismus und Machtgier, die die Ältesten bei ihrem Schöpfungsversuch erfüllten, weshalb die astralen Gegenstücke der ersten Menschen durch das Lichtmoment, das sich in dem Gedanken fand, auf den sich ihre Entstehung gründete, ein wenig geistig belebt wurden. Aber einmal gegeben, konnte dieser geringfügige licht-geistige Lebensfunke nicht zurückgenommen werden und mußte daher von den zuerst erschaffenen Menschen auf die von ihnen gezeugten und geborenen Nachkommen vererbt werden. Während die neuen Menschenkörper im Verlauf der Schwangerschaft gebildet werden, wird gleichzeitig ihr astrales Gegenstück gebildet; dieses wird geringfügig geistig belebt durch den Lichtstrom, den die Wellen der Finsternis mit sich führen, die unablässig von den Ältesten ausströmen und von ihnen auf die Menschen überführt werden und diese durchströmen. Dieses Erbe wird somit von Geschlecht zu Geschlecht weitergegeben und empfangen, solange die Ältesten durch den sie durch-

[1]) Siehe ferner die Übersicht Seite 320–21.

strömenden Kreislauf der Finsternis an die Menschen gebunden sind[1].

Da das licht-geistige Lebenselement nicht direkt von Gott stammte, sondern von Wesen zugeteilt worden war, die gegen Seinen Willen handelten, war es nicht stark genug, um bei den Geschöpfen der Ältesten einen bewußten, selbständigen Gedanken und Willen hervorzurufen, weder in der irdischen, noch in der übersinnlichen Welt; die »Menschenschatten«[2], die astralen Gegenstücke, waren daher im voraus dazu verurteilt, nach dem Ende des irdischen Lebens in alle Ewigkeit zu sein, ohne jemals ein bewußtes Wissen um ihr eigenes Dasein oder das ihrer Mitgeschöpfe, oder ein bewußtes Verständnis desselben zu erlangen.

Einige der ältesten Generationen der Menschen haben in den Affen eine sichtbare Erinnerung an die niedrige Stufe hinterlassen, auf der sie in den ersten vielen Jahrtausenden standen, ehe das Licht zur Erde gebracht wurde und die Menschheit veredelte.

Sowohl körperlich als auch geistig standen die Menschen in den ersten vielen Zeiten auf ungefähr dem gleichen Niveau wie die Tiere, und da die Finsternis bei der Erschaffung der Menschen so gut wie Alleinherrscherin auf der Erde war, wurden sie zugleich Blutsverwandte aller damals lebenden Säugetiere. Durch Paarung mit mehreren verschiedenen Tierarten[3] entstanden die ersten Affenarten.

Da kein Lichtmoment bei der Handlung vorhanden war, die der Entstehung der Affentiere zugrunde lag, die ihrerseits nur auf den Drang der Menschen nach Befriedigung ihres Paarungstriebes zurückzuführen war, erhielten die astralen Gegenstücke dieser Geschöpfe nichts von dem licht-geistigen Element ihrer menschlichen Vorfahren, weshalb sie, ebenso wie alle anderen Tiere, nicht mit einem geistigen Leben bedacht sind. Nach dem Tode werden die astralen Gegenstücke der Affentiere aufgesaugt und gehen in andere Formen über, ebenso wie alle anderen astralen Gegenstücke.

Durch die Vermehrung der zuerst aufgetretenen Affentiere untereinander und durch ihre und ihrer Nachkommen Verbindungen einerseits mit dem Menschen, anderseits mit anderen Säugetieren, entwik-

---

[1]) Siehe ferner die Übersicht Seite 385–87.

[2]) Siehe Seite 224–25.

[3]) Durch die häufigen und sehr unterschiedlichen Kreuzungen degenerierten mehrere der so benützten Tierarten und gingen nach und nach zugrunde. Durch sorgfältige Untersuchungen können Menschen, die die Fähigkeit dazu und Interesse dafür haben, herausfinden und bestimmen, welche vorgeschichtlichen und heutigen Tierarten in einem Verwandtschaftsverhältnis zu einer Anzahl der bekannten Affenarten stehen.

kelte sich allmählich der Reichtum an Affenarten, die jetzt über die Erde verbreitet sind, und von denen manche in beinahe direkter Linie von den Menschen abstammen. Andere hingegen haben sich durch eine Unzahl von Kreuzungen weit von ihren menschlichen Vorfahren entfernt.

Der regulierende, die Finsternis ausscheidende Einfluß des Lichtes hat die Menschen, ebenso wie die meisten Säugetiere, von der einst gemeinschaftlichen Blutsverwandtschaft gelöst. Doch kann sie bekanntlich noch zwischen dem Menschen und einigen der sogenannten Menschenaffen nachgewiesen werden, ebenso wie sie auch in einzelnen Fällen zwischen Säugetieren nachgewiesen werden kann, die anscheinend nicht miteinander verwandt sind; doch diese Reste der gemeinschaftlichen Blutsverwandtschaft werden allmählich ganz verschwinden.

Wie tief der Mensch stand, kann man daraus ersehen, daß die heute am tiefsten stehenden Menschenrassen nicht imstande wären, bei Paarung mit Tieren lebensfähige Nachkommen zu zeugen.

Nachdem etwas mehr als eine Million Jahre seit der Erschaffung der ersten Menschen dahingeschwunden war, rief Gott zum zweiten Male nach den Ältesten, um möglicherweise die Reue bei ihnen zu erwekken. Manche der Ältesten hatten sich damals schon lange über das grauenhafte Leben gegrämt, das ihre Geschöpfe auf der Erde führten, und auf Grund der tiefen Verzweiflung, die sie über das Geschehene fühlten, verstanden sie das Ausmaß ihrer Handlung.

Der Gram über ihre Sünde war so tief und aufrichtig, daß sie im selben Augenblick, in dem sie die rufende Stimme Gottes hörten, Ihn zuerst um Hilfe für ihre unglücklichen Geschöpfe anriefen, bevor sie daran dachten, eine Besserung ihres eigenen elenden Daseins zu erreichen.

Als Gott sah, daß ihr Gram und ihre Reue echt und tiefempfunden waren, verzieh Er ihnen in Seiner unendlichen Liebe und Barmherzigkeit alles, was sie gegen Ihn gesündigt hatten, indem Er gleichzeitig versprach, ihre unvollkommenen Geschöpfe zu Seinen eigenen Kindern zu machen; ein Versprechen, das Gott erfüllte, einerseits dadurch, daß Er kraft Seines Willens einen Strom Seines eigenen göttlichen Wesens zu jedem Menschengeschöpf leitete, sowohl zu den »Schatten« als auch zu denen, die auf der Erde am Leben waren, anderseits dadurch, daß Er die auf diese Weise entstandenen Menschengeister in Seinen Gedanken aufnahm, wodurch Er das ganze Menschengeschlecht des ewigen Lebens teilhaftig werden ließ. Von dem Augenblick an, wo sich Gott auf diese Weise mit den Menschen in Verbindung setzte, fließt der göttliche Strom durch alle in einem unverbrüchlichen Kreislauf und wird jedem neuen Geschöpf im Augenblick der Empfängnis zugeführt[1].

Als Gott Seinen jüngsten Kindern mitteilte, daß Er sich der Geschöpfe der Ältesten angenommen habe, und sie fragte, ob sie Ihm behilflich sein wollten, diese elenden Wesen aus der Finsternis herauszuführen, schwiegen sie alle – sie schraken zurück vor der enormen Arbeit, die sie auf sich nehmen müßten, wenn wirkliche Hilfe geleistet werden sollte; und obwohl sie wußten, daß niemand einen Zwang auf sie ausüben würde, auch dann nicht, wenn sie die Arbeit aufgeben müßten, bevor sie vollendet war, wagten sie doch nicht, die Frage ihres Vaters sofort mit ja zu beantworten.

Der Gedanke, den Menschen die von Gott gewünschte Hilfe angedeihen zu lassen, erwachte zuerst bei dem weiblichen Dual des ältesten unter den Jüngsten, wurde aber in dem Augenblick, in dem sie Mitleid mit der Menschheit empfand, von dem männlichen aufgegriffen, indem er durch seinen Willen ihren Gedanken zur Handlung machte und mit dem Angebot hervortrat: die Menschen zu stützen und anzuleiten. Durch diese seine freiwillige Handlung verlieh er dem Gedanken seines Duals Leben, aber damit übernahm er gleichzeitig die Verantwortung für die weitere Durchführung.

Falls der älteste der Jüngsten nicht auf den Gedanken seiner Helferin geachtet hätte, wäre dieser niemals ins Leben getreten, zur Handlung geworden, weil die männliche Tatkraft – der Wille – hinzukommen mußte, damit eine so überwältigende Arbeit verwirklicht werden konnte, weshalb er mit Recht der Erlöser und Leiter der Menschheit genannt werden muß.

Der älteste der Jüngsten ist den Menschen aus einer seiner Inkarnationen – der letzten – bekannt unter dem Namen: Jesus von Nazareth – Christus.

Zum Dank für sein freiwilliges Gelöbnis legte Gott nicht allein die Leitung der Menschen in seine Hände, sondern machte ihn zugleich

---

[1]) Siehe ferner Seite 224–26.

zum Oberhaupt der Jüngsten – sowohl der männlichen als auch der weiblichen.

Das weibliche Dual des ältesten der Jüngsten hat, wie alle seine jüngeren Brüder und Schwestern, auf verschiedene Weise durch wiederholte Inkarnationen seinen Beistand geleistet.

Bei dem Fall der Ältesten – als Gott Seine Kinder der Finsternis gegenübergestellt hatte – erwachte der Gedanke, daß Gottes Wahl auf sie fallen müsse, zuerst bei den weiblichen Ältesten; aber durch den Willen der männlichen brachten die machtgierigen Gedanken der weiblichen Ältesten sie alle zu Fall. Ebenso erwachte der Gedanke, selbst lebende Wesen zu erschaffen, zuerst bei dem weiblichen Dual des Ältesten, wurde aber durch seinen Willen in die Tat umgesetzt. Dadurch wurde der Älteste zum Oberhaupt der Ältesten und trägt mit Recht die Verantwortung für die Erschaffung der Menschen.

So führte ein weiblicher machtgieriger Gedanke Sünde und Fall herbei, während ein weiblicher mitleidiger Gedanke die notwendige Hilfe zur Wiederaufrichtung brachte.

VI.

Nachdem Gott Seinen reuigen Kindern versprochen hatte, sich ihrer sowohl in geistigem Sinne als auch in körperlicher Hinsicht mißlungenen Geschöpfe anzunehmen, und nachdem alle Jüngsten versprochen hatten, zu helfen, die Menschheit aus der Finsternis herauszuführen, beschloß Gott, Aufenthaltsorte und Wohnungen sowohl für die Jüngsten als auch für die Menschengeister zu schaffen, wo sie sich in der Zeit aufhalten konnten, in der sie nicht auf der Erde inkarniert waren.

Wenn sich die Jüngsten während ihrer Arbeit als Leiter der Menschen ständig im Reich Gottes aufgehalten hätten, wäre es ihnen sehr schwergefallen, sich den irdischen Zeitbestimmungnen zu unterwerfen.

Aus dem astral-materiellen und dem ätherisch-astralen Licht – das die materiellen Formen in der übersinnlichen Welt hervorbringt – schuf Gott sechs Aufenthaltsorte, Sphären, die zusammen mit dem früher geschaffenen, aber von der Finsternis zerstörten Reich – der »Hölle« – sieben licht-astrale Welten ausmachten, die den Erdball umschlossen.

Damit alle, die Jüngsten sowohl als die Menschengeister, in Zukunft zur Erde kommen könnten, ohne gezwungen zu sein, das Dunkel des zerstörten Reiches zu passieren, bahnte Gott kraft Seines Willens einen Weg durch den Aufenthaltsort der Ältesten; diesen Weg setzte Er fort durch alle Sphären bis zu der äußersten, und ließ ihn vom Licht durchströmen; dadurch entstand eine Passage, ein Lichtweg direkt zum Erdball, so daß alle[1] sich mit Leichtigkeit hin- und zurückbegeben konnten.

Für geistige Wesen sind die übersinnlichen Aufenthaltsorte ebenso sichtbar und materiell, wie die Erde und was sich auf ihr befindet, für die Menschen. Je höher die Geister in ihrem Kampf aus der Finsternis heraus emporsteigen, desto schneller werden die Ätherschwingungen, die das Material hervorbringen, aus dem diese ihre begrenzten Welten gebildet sind. Je weiter weg von der Erde die Aufenthaltsorte liegen, desto heller, schöner und harmonischer ist alles, was sich dort an Wohnungen und Natur vorfindet. (Meere, Flüsse, Seen, Länder, Blumen u.s.w.) Solange sich der Geist in der Sphäre aufhält, die er durch Läuterungen im Wege seiner Reinkarnationen – irdischen Wiedergeburten – erreicht hat, bewegt er seinen Leib dort auf die gleiche Weise, wie man sich auf der Erde bewegt (Gehen, Laufen u.s.w.); doch sind die Bewegungen des unbeschwerten Geisterleibes rascher und leichter, ebenso wie die Gedanken des Geistes klarer und stringenter sind, als wenn er mit dem schwerfälligen menschlichen Körper verbunden ist, der ihm viele Hindernisse in den Weg legt.

Die Verkehrsmittel der Sphären gleichen denen der Erde; doch sind sie alle besser, schneller und bequemer als die entsprechenden auf der Erde. Was der Menschheit im Laufe der Zeiten an Neuem und an Verbesserungen zugeführt wurde, hat sich zuerst in den Sphären bewährt, bevor es auf der Erde verwirklicht wurde.

Der Verkehr der Jüngsten mit den Bewohnern der verschiedenen Sphären und mit denen des Erdballs findet, wenn sie den Lichtweg nicht zu benützen wünschen, mit Hilfe der Energie des Gedankens und des Willens statt, die den Geisterleib vom Äther tragen läßt, der kraft der vierten Dimension alles durchdringt.

Die vierte Dimension kann nicht näher erklärt werden, da den Menschen noch die Voraussetzungen für das Verständnis derselben fehlen.

---

[1]) Die Menschengeister durften jedoch den Lichtweg nur in Begleitung ihrer Schutzgeister, d.h. mit der Erlaubnis Gottes, benützen.

Die höheren Sphären sind für die Bewohner der niedrigeren unsichtbar; die niedrigeren sind für die Bewohner der höheren zum Teil unsichtbar, da die Jüngsten nur einen einigermaßen klaren Überblick über diese haben, wenn sie sich, getragen von den Schwingungen des Äthers, von einer Sphäre zur anderen oder von einem Ort zum anderen innerhalb der verschiedenen Sphären bewegen.

Die Bewohner der niedrigeren Sphären können nicht aus eigener Kraft, weder durch den Gedanken und den Willen, noch auch auf dem Lichtwege, Welten erreichen, die über ihrem eigenen Aufenthaltsort liegen, sie können nur zur Erde[1] und in die dazwischenliegenden Sphären kommen und können dazu nur den Lichtweg benützen. Innerhalb ihrer Heimatsphäre und in der Erdsphäre können sie sich dagegen mittels des Gedankens und Willens fortbewegen, jedoch nur in begrenztem Ausmaß. Starke Lichtansammlungen oder ätherische Lichtausstrahlungen vermögen sie beispielsweise nicht zu durchbrechen.

Die Diener Gottes und die Jüngsten können sich kraft ihres Gedankens und Willens überall hinbewegen, weshalb sie nicht immer den Lichtweg benützen; wenn sie wollen, können sie sich sogar einen Weg durch die zahlreichen Anhäufungen von Finsternis auf der Erde bahnen, wo immer es ihnen paßt.

Zur Freude der Menschen, und damit sie die rein irdischen Verhältnisse nicht allzusehr vermissen sollen, hat Gott nach und nach eine Anzahl Tiergestalten geschaffen, z.B. Vögel, Pferde, Hunde, Katzen u.s.w. Diese Tiere sind jedoch keine astralen Gegenstücke der irdischen, sondern Gedankenformen ohne ewigwährendes Leben. Wenn daher die Sphären ihre Rolle als zeitweilige Aufenthaltsorte der Geister ausgespielt haben, werden diese Tiergestalten ɔ: Gedankenbilder – Wesen und Gegenstände, die nicht konstant, sondern nur eine Zeitlang, in und von Gottes Gedanken festgehalten werden, und die daher kein ewiges Leben haben können, ausgelöscht; durch Gottes Willen werden sie von der Materie, aus der Er sie gebildet hat, zurückgesaugt, werden aufgelöst und kehren zurück in ihre ursprüngliche Form – die des Lichtäthers. Aber solange die Sphären existieren, werden die Menschengeister dort immer Wiedergaben der Tiere vorfinden, die jeder einzelne während seines Erdenlebens am liebsten hatte. Und da Gott diese Tiergestalten als getreue Ebenbilder der irdischen Vorbil-

---

[1]) Siehe ferner Seite 296–99.

der formt, wird jedermann sein Lieblingspferd, seinen Lieblingshund, seine Lieblingskatze, seinen Lieblingsvogel u.s.w. wiederfinden.

In mehreren der Berichte, die verstorbene Menschen ihren irdischen Verbindungen über das Leben in den Sphären haben zufließen lassen, wird oft hervorgehoben: daß die Tiere mit ewigem Leben bedacht seien. Es sind die hier erwähnten Gedankenformen, auf die verwiesen wird; doch diese unrichtigen Angaben dahingeschiedener Verwandter oder Freunde sind entschuldbar, da es selbst fortgeschritteneren Menschengeistern schwerfällt, zu fassen, daß diese Tiere, die anscheinend ebenso lebendig sind wie sie selbst, nur ein bedingtes Leben besitzen. In einzelnen Fällen, wo die Mitteilungen anscheinend von höheren Geistern gemacht wurden, muß diese unrichtige Behauptung bezüglich des Ewigkeitslebens der Tiere dem Ältesten zugeschrieben werden, der hinterlistigerweise seine Gedanken eingeschleust hat, während der mitteilende Geist Kontakt mit seinem Medium hatte, was oft geschehen ist, ohne daß dies gerade den Medien zur Last gelegt werden kann, weil der Älteste selbstverständlich jede Gelegenheit ergriffen hat, das zu verdrehen, was von den Geistern des Lichtes mitgeteilt wurde.

Diese und andere falsche Behauptungen hätten jedoch beizeiten berichtigt werden können, wenn die Medien oder Séanceleiter immer die verschiedenen Passus jeder Mitteilung durchgegangen wären und die Bestätigung verlangt hätten, daß alles genau der Wahrheit entspreche; denn dort, wo die Wahrheit im Namen Gottes verlangt wurde, mußte der Älteste weichen.

In großen Zügen gibt Gott durch den ältesten unter den Jüngsten einen Entwurf für das Leben der Menschen[1] auf der Erde und bestimmt dessen Dauer, all dies in genauer Übereinstimmung damit, was jedem einzelnen Individuum zugemessen werden kann, berechnet nach seinen Gedanken, Handlungen und Fortschritten in der zuletzt durchlebten Inkarnation, und berechnet danach, was aus früheren Erdenleben noch nicht gesühnt ist. Vor Antritt der neuen Inkarnation erhält der Geist eine Mitteilung darüber, wie das kommende irdische Leben geführt werden soll, welche Anforderungen an ihn gestellt werden und welche Taten er zu sühnen hat. Erst nachdem der Geist das Kommende gründlich durchdacht, und verstanden hat, weshalb sich die neue Inkarnation gerade auf die angegebene Weise gestalten muß, sowie dem Vorgeschlagenen beigestimmt hat, wird er an dem Ort und

---

[1]) Siehe ferner die Übersicht Seite 368–72.

in der Umgebung, die sich für den bestimmten Zweck am besten eignen, inkarniert.

Da jedoch alles freiwillig geschehen muß, und die Menschengeister, insbesondere die unentwickelten, nicht immer sofort das Zweckmäßige einer neuen Inkarnation einsehen können und sich daher oft weigern, neuerlich eine solche durchzumachen, müssen sie in ihren Wohnungen verbleiben, ohne daß es ihnen möglich ist, irgendwelche Fortschritte zu machen, bis sie nach kürzerer oder längerer Zeit zur besseren Einsicht kommen und erkennen, welche Vorteile sie davon haben werden, sich inkarnieren zu lassen. Wenn diese Einsicht erreicht wurde, können sie die für eine Zeit unterbrochene Wanderung zum Reich Gottes fortsetzen.

Es wird jedoch nicht ganz den Menschen selbst überlassen, alle irdischen Schwierigkeiten zu bewältigen und zu überwinden. Um ihnen wirksame Hilfe leisten zu können, wachen Schutzgeister[1] über sie und suchen, jedes Menschengeschöpf durch Gedankenbeeinflussung = »das Gewissen« auf die von Gott gegebenen Lebenspfade zu leiten. Da aber der Mensch, ebenso wie die Ältesten und die Jüngsten, mit einem freien Willen bedacht ist und sich nur sehr selten voll und ganz nach dem mahnenden Gewissen richtet, wird die Inkarnation meist zu einer betrüblichen Abweichung von den vorgezeichneten Hauptzügen; und da sich die Menschen häufig selbst den Tod geben, anstatt zu warten, bis die von Gott bestimmte Zeit und Todesart eintritt, bereiten sie sich oft viele unnötige Leiden.

Findet ein Selbstmord im Zustand der Bewußtseinstrübung (unüberlegt) statt, so wird der Selbstmörder sofort nach Abschluß des Rechenschaftsberichts über das beendigte Erdenleben inkarniert. Diese raschen Inkarnationen ohne Ruhe- und Lernpause werden von Gott verfügt, einerseits als Fortsetzung des jäh unterbrochenen Lebens, anderseits, damit das Individuum Abstand von den während des Erdenlebens ausgestandenen Seelenqualen gewinnen kann. Selbst wenn die neue Inkarnation von kurzer Dauer ist, wird der Geist, wenn er wieder frei wird, mit größerer Ruhe auf die Geistesstörungen oder physischen Übel des vorhergehenden Erdenlebens zurückblicken können. (Siehe über vorbedachten Selbstmord in der Rede Christi Seite 139.)

Ein Schutzgeist hat in der Regel viele Menschen, die seiner Anleitung unterstellt sind, zu Zeiten viele Hunderte, die alle in direkter

[1]) Schutzengel.

Gedankenverbindung mit dem Schutzgeist stehen. Je älter der Menschengeist ist, desto klarer und bestimmter klingt dem Menschen die Stimme des Gewissens. Je jünger der Menschengeist ist, desto dichtere Finsternis umgibt den Menschen, desto schwächer und weniger bestimmt klingt die Stimme des Gewissens. Viele Menschen hören oft zwei Stimmen, die gegeneinander sprechen; eine, die ständig gegen die Aufforderungen des Gewissens, den Wegen des Lichtes und der Wahrheit zu folgen, opponiert. Diese oppositionslustige Stimme stellt jetzt[1] die individuelle Auffassung des eigenen, selbstischen, unentwickelten Geistes des Menschen in bezug auf die vorliegenden Fragen und Situationen dar; aber es gereicht dem Menschen selbstverständlich nicht zum Nutzen, sein Gewissen zu übertäuben, um seiner eigenen Lust zur Sünde und zu bösen Taten zu frönen.

Wenn der Geist beim Tode wieder von dem irdischen Körper gelöst wird, wird er in einem schlafähnlichen[2] Zustand von seinem Schutzgeist an den Aufenthaltsort und in die Wohnung gebracht, die er bei seiner Inkarnation verlassen hatte.

Nach seinem Erwachen muß der Geist das kürzlich beendete Erdenleben gründlich überdenken, alle Gedanken und alle Taten – böse wie gute – aufzählen und alle Fälle vorlegen, in denen er als Mensch mit seinem Gewissen nicht im Einklang war. Gott stellt selbst die Fragen, deren nähere Beantwortung Er wünscht, indem Er Seine Stimme jedem erklingen läßt, der seine Darlegung beendet hat.

Gott spricht im Wege Seines Gedankens, und durch Seinen Willen werden die von Seinen Gedanken hervorgebrachten Vibrationen in Schallwellen umgesetzt. In der Regel »spricht« Gott gleichzeitig zu Tausenden; aber jeder einzelne Geist hört nur die Fragen, die ihm allein gestellt werden, und die Worte lauten, als ob Gott in der irdischen Sprache spräche, die der betreffende Geist in der zuletzt abgeschlossenen Inkarnation benützte. Wenn jede Frage wahrheitsgemäß beantwortet worden ist, wird der Geist neuerlich dem Schutzgeist überlassen, der ihn in der Ruhezeit betreut.

---

[1]) In der Periode, in der die durch Sünde gebundenen Geister auf dem astralen Gegenstück der Erde (der astralen Erdebene) hausten, stammte diese opponierende Stimme oft von diesen bösen und schlechten Wesen, ebenso wie sie auch in vielen Fällen dem Ältesten zugeschrieben werden muß, der auf diese Weise versuchte, die Menschen auf Abwege zu leiten. Siehe im übrigen den Bericht Ardors Seite 40–41, Kommentar Seite 243 und die Übersicht Seite 368–71.
[2]) Siehe Kommentar Seite 244.

Wenn die zugemessene Ruhezeit[1] vorüber ist, wird der Geist in eine schönere Wohnung oder in eine höhere Sphäre überführt, wenn er sich dessen durch sein Erdenleben würdig gemacht hat; im entgegengesetzten Fall verbleibt er in seiner alten Wohnung; denn wieviel der Mensch auch gesündigt hat, geht der Geist niemals in eine niedrigere Sphäre oder in eine schlechtere Wohnung zurück. In der Welt des Lichtes ist alles Fortschritt oder – für eine Zeit – Stillstand; aber niemals Rückschritt.

Nach der Ruhezeit erhält der Geist, ob er nun an einen anderen Ort überführt wird oder in seiner Wohnung verbleibt, Unterricht[2] in den speziellen Dingen, die ihm in der nächsten Inkarnation von Nutzen sein können.

In allen Sphären gibt es zahlreiche Lehranstalten, die den irdischen Schulen und Universitäten entsprechen. Alles, was auf der Erde an wissenschaftlichen und literarischen Arbeiten existiert und existiert hat, findet sich dort, wiedergegeben in den irdischen Sprachen, jedoch mit Ausnahme derer, die auf der niedrigsten Stufe stehen. Jede Lehranstalt hat ihre eigenen großen Bibliotheken mit dazugehörigen Lese- und Studiensälen. Alle Gemeinschaftsgebäude: Kirchen, Versammlungsgebäude, Universitäten, Observatorien, Museen u.s.w. sind von großer architektonischer Schönheit und mit vielen Skulpturen geschmückt. Manche dieser Gebäude wurden von Menschengeistern während ihrer Lernzeit komponiert und erbaut, wurden also nicht von Gott kraft Seines Gedankens und Willens gebildet, sondern aus dem Material der Sphären, das dem irdischen gleicht (Stein, Holz u.s.w.), erbaut.

Von dem Augenblick an, da Gott begann, die Menschenseelen zu beleben, schuf Er sie, ebenso wie Seine ersten Kinder, je zwei und zwei, Mann und Frau, so daß sie, wenn sie ihre sämtlichen Wanderungsstadien vollendet haben und in das Reich Gottes gelangt sind, einander auf Zeit und Ewigkeit angehören. Jeder behält seine Individualität, sie sind zwei – aber doch eins – , weil jeder stets die Widerspiegelung des anderen ist.

Wo es sich tun läßt, begleiten das männliche und weibliche Menschen-Dual einander in ihrem irdischen Dasein, als Mann und Frau,

---

[1]) Siehe den Abschnitt mit kleinerer Schrift Seite 220.
[2]) Siehe Seite 220, den Abschnitt mit kleinerer Schrift.

Bruder und Schwester oder als andere nahe Verwandte. Aber es gelingt ihnen nicht immer, einander unter den irdischen Verhältnissen wiederzufinden oder zu verstehen.

Jeder Menschengeist hat, ebenso wie die übrigen Kinder Gottes, von Ihm das Gepräge seines Geisterleibes erhalten, der jedoch erst in seiner vollen Schönheit sichtbar werden wird, wenn er das Ziel, das Reich Gottes, erreicht hat.

In großen Zügen soll hier eine Beschreibung des leiblichen Aussehens der Geister gegeben werden.

Der Geisterleib hat, ebenso wie der menschliche Körper, eine äußere Form, die verschiedene innere Organe umschließt. Die äußere Form gleicht dem schönsten menschlichen Körper in um ein Vielfaches idealisierter Gestalt, jedoch ohne Geschlechtsorgane. (Der weibliche Geisterleib ist weicher und runder als der männliche, aber worin der eigentliche äußere Unterschied zwischen Mann und Frau besteht, läßt sich nicht erklären, weil den Menschen jegliche Voraussetzung für das Verständnis hiervon fehlt.) Der innere Aufbau des Leibes weist nur eine sehr entfernte Ähnlichkeit mit dem irdischen Körper auf. Das physche Verdauungssystem, das von Magen, Darm, Nieren u.s.w. gebildet wird, ebenso wie alle Fortpflanzungsorgane, gibt es nicht; dagegen ist das Ader- und Nervensystem viel reicher und feiner entwickelt. Mittels Einatmung durch Nase, Luftröhre und lungenähnliche Organe führt die Atmung dem Leib die notwendigen Ätherströmungen zu, die durch ein feines, reich verästeltes »Adernetz« weiter- und zurück zu den Atmungsorganen geleitet werden, wo die Strömungen wieder erneuert werden. Das Geäder ist doppelt, so daß das Netz von Adern, das von dem rechten Organ ausgeht, im linken endet, und vice versa. Blutführende Adern gibt es nicht. Wenn sich ein Geist des Lichtes in Anhäufungen von Finsternis aufhält oder sich durch sie hindurchbewegt, hat er ein ähnliches Gefühl wie der Mensch, wenn dieser sich in einem sauerstoffarmen Raum befindet.

Der Geisterleib hat kein Knochengerüst, ist aber dennoch in seinem Aufbau vollkommen fest, weil er überall von einer starken Muskulatur gestützt wird.

An Stelle des menschlichen Gehirns und auf dessen Platz findet sich hier ein Nervenzentrum, von dem ein unendlich feinverästeltes Nervennetz ausstrahlt, das sich vom Kopf aus und am Rücken entlang durch den ganzen Leib verbreitet. Alle Nervenbahnen werden zum Zentrum im Gehirn zurückgeführt, und zwar im Wege eines kleineren Zentrums, das etwa dem Herzen des menschlichen Körpers entspricht und sich ungefähr an derselben Stelle befindet; hier laufen die Nervenbahnen zusammen und werden durch zwei Stränge, je einen auf beiden Seiten des Halses, zu ihrem Ausgangspunkt ɔ: dem Gehirnzentrum, zurückgeleitet.

Wesen der übersinnlichen Welt sind nicht gezwungen, Nahrung zu sich zu nehmen, wenn sie dies nicht wünschen.

Ihre Nahrung besteht im übrigen hauptsächlich aus Früchten[1], die genossen werden, wie sie sind, oder nachdem sie auf verschiedene Weise zubereitet wurden. Die genossenen Speisen werden aus der Mundhöhle (deren Zahnstruktur der des menschlichen Körpers ähnelt) durch ein sehr feinverzweigtes Röhrensystem in den ganzen Leib geleitet und im Wege einer Wechselwirkung zwischen dem Ader- und Röhrensystem des Leibes und dem den Leib umgebenden Licht- oder Dunkeläther unmerklich durch feine Hautporen ausgeschieden. Die Hautporen sind den Schweißporen des menschlichen Körpers nicht unähnlich, sind jedoch weitaus feiner und stehen alle in direkter Verbindung mit dem Ader- und Röhrensystem.

Der Geisterleib, so wie er hier beschrieben wurde, ist der gleiche bei allen Geistern; da aber der Menschengeist in seinem übersinnlichen Dasein immer ein getreues Abbild (siehe im übrigen Kommentar Seite 224–28) des Menschen ist, mit dessen Körper er in seiner letzten Inkarnation verbunden war, trägt sein Geisterleib zugleich Abbilder aller Organe u.s.w. des menschlichen Körpers. All das Menschliche ist in der übersinnlichen Welt vollkommen latent – es ruht in unbrauchbarem Zustand. Solange der Geist inkarniert ist, ruhen dagegen die Organe des Geisterleibes, da diese nur benützt werden können, wenn der Geist frei ist. Das Nervensystem des Geisterleibes funktioniert jedoch weiterhin, wenn auch etwas schwächer, während des Erdenlebens.

Wenn der Geist alle seine Inkarnationen abgeschlossen hat, vom Leben auf der Erde losgelöst ist, löscht Gott kraft Seines Willens alle rudimentären Organe aus der Zeit des menschlichen Daseins aus, und der Geisterleib zeigt sich nur so, wie Gott ihn erschaffen hat.

VII

In dem Augenblick, wo der erste zarte Keim eines neuen Menschenkörpers durch die Empfängnis gebildet wird, erhält er seinen Teil des göttlichen Lichtstromes, der die Menschheit an Gott bindet. Gleichzeitig mit der fortschreitenden Gestaltung der Leibesfrucht saugt das göttliche Element das von den Ältesten gegebene, schwache geistige Licht auf, das durch die Strömungen der Finsternis ebenfalls jeder Leibesfrucht des Menschen bei der Empfängnis zugeteilt wird

[1]) In allen Sphären gibt es einen Reichtum an blüten- und fruchttragenden Bäumen und Pflanzen, die man auf der Erde nicht kennt. Nach von Gott gegebenen Gesetzen entwickeln sich die Früchte aus den Blüten ohne Bestäubung und übertreffen die irdischen Früchte bei weitem an Geschmack und Aroma.

und dadurch das astrale Gegenstück des Menschen schwach geistig belebt oder lebendig macht. Das Gegenstück[1] selbst wird dagegen nicht aufgesaugt, da es vollkommen mit dem irdischen Körper verwebt ist. Das astrale Dunkelgegenstück wird erst losgelöst und ausgesondert, nachdem der Tod des irdischen Körpers eingetreten ist.

Wenn der Tod eingetreten ist, wird die astrale Verbindung mit den Weichteilen[2] gelöst, das Gegenstück[3] wird freigegeben und ausgesondert. In dem Augenblick, in dem es freigegeben wird, hat es die äußere Form und das Aussehen des toten Körpers, aber diese Ähnlichkeit wird nur kurze Zeit – 5 bis 20 Minuten – beibehalten, dann wird es aufgelöst, wird nebelhaft, wird aufgesaugt und verschwindet. Die Dauer der Aufsaugung variiert, da sie von verschiedenen Umständen abhängt. Stirbt der Mensch im Freien, so wird das Gegenstück rasch aufgelöst, wogegen die Auflösung in geschlossenen Räumen behindert wird.

Wenn der Mensch eines plötzlichen, gewaltsamen Todes ohne vorhergehende Krankheit stirbt, dauert es längere Zeit, bis die Trennung des Gegenstücks vom irdischen Körper vollbracht ist; dieser Zeitraum kann zwischen ein paar Stunden und an die vierundzwanzig Stunden schwanken.

Bei der Geburt des Kindes ist das von den Ältesten erhaltene Lichtelement vollständig durch das göttliche eliminiert, das den irdischen Körper des Kindes wie eine schwach leuchtende Nebelwolke umhüllt, in der man von übersinnlicher Seite die zarten menschlichen Formen kaum ausmachen kann. Je nachdem das Kind in körperlicher Beziehung wächst, wächst im gleichen Ausmaß die geistige Lichtumhüllung, behält aber weiterhin ihr nebelhaftes Aussehen bei. Wenn der physische Körper stirbt, gleichgültig, ob dies im Säuglingsalter, im Greisenalter oder in den dazwischenliegenden Altern geschieht, wird die geistige Umhüllung losgelassen, wobei sie sich zugleich verdichtet, bis sie ein getreues Abbild des toten Körpers wird. Ein neuer Men-

---

[1]) Siehe ferner über das astrale Gegenstück des Menschen in der Übersicht Seite 327–29, sowie Seite 346.

[2]) Was oben auf Seite 211 über die Gegenstücke der festeren Substanzen des Tierkörpers mitgeteilt wurde, gilt auch für die des menschlichen Körpers.

[3]) Wie bereits mitgeteilt, konnten die astralen Gegenstücke der ersten Menschen nicht aufgelöst werden, weil sie durch das schwache geistige Licht, das ihnen von den Ältesten zugeführt worden war, zusammengehalten wurden. Diese Gegenstücke, »Schatten«, behielten die äußeren Formen des menschlichen Körpers einigermaßen bei, jedoch ohne wirklich feste Haltung, indem sie bald wie eine Nebelmasse zerflossen, bald wieder sich in menschlicher Gestalt sammelten. In seinem Bericht sagt Ardor: daß die Schatten umherwanderten, aber die Bezeichnung wogten oder schwebten würde einen besseren Ausdruck für die Bewegungen dieser Gegenstücke ergeben.

schengeist wurde geschaffen und hat in dem abgeschlossenen Erdenleben den ersten Schritt auf der mühsamen Wanderung zum fernen Reiche Gottes getan.

Was hier über die Verknüpfung des göttlichen Elements mit dem menschlichen Körper mitgeteilt wurde, gilt für jede menschliche Leibesfrucht[1]; aber in den Fällen, wo einer der Jüngsten, oder ein früher erschaffener Menschengeist, der seine Inkarnationen fortsetzen soll, mit dem werdenden menschlichen Körper verknüpft werden soll, findet diese Verknüpfung im vierten oder fünften Monat der Schwangerschaft statt. Der Geist, der inkarniert werden soll, wird zur Erde gebracht und mit der Leibesfrucht durch das »lebengebende[2]« Band verbunden – einen elastischen Strang, der aus der feineren Materie des Lichtes geformt und derart mit dem Ader- und Nervensystem des menschlichen Gehirns[2] verwoben ist, daß nur der Tod die Verwebung auflösen kann.

Nachdem der Geist an die Leibesfrucht gebunden worden ist, hält er sich in unmittelbarer Nähe der schwangeren Frau auf. Während die Gestaltung der Leibesfrucht fortschreitet, verschwimmen die äußeren Formen des Geisterleibes immer mehr, bis er sich in dem Augenblick, in dem das Menschenkind geboren wird, mit dem Körper des Kindes vereint, ihn wie ein Mantel umgibt und das Aussehen einer schwächer oder stärker leuchtenden Nebelbildung annimmt, in der man von übersinnlicher Seite die menschlichen Formen des Kindes als einen dunkleren Körper erkennen kann.

Wenn sich der Geist bei der Geburt des Kindes mit dem menschlichen Körper vereint hat, schmilzt er langsam, durch Aufsaugung, mit dem göttlichen Element zusammen, das der Leibesfrucht im Augenblick der Empfängnis zugeführt worden war. Dieses göttliche Element bereichert somit den Geist bei jeder neuen Inkarnation um ein größeres geistiges Plus, wenn er ein Menschengeist ist; ist es dagegen einer der Jüngsten, der mit dem Kind verbunden ist, verschmilzt es mit dem Geist, ohne größere geistige Stärke zu verleihen, da jeder der Jüngsten unendlich hoch über den Menschengeistern steht, selbst über den am weitesten fortgeschrittenen.

---

[1]) Embryo.

[2]) Ardor bezeichnet das Band als lebengebend, weil der Geist mit Hilfe dieses Bandes mit dem Gehirn seines physischen Körpers in Verbindung steht und dadurch dem Menschen »geistiges Leben« = Gedanken und Willen gibt. Siehe ferner die Übersicht Seite 332–34.

Wenn die Leibesfrucht stirbt, bevor sie voll ausgetragen ist, wird der mit ihr verbundene Geist frei und nimmt im Laufe kurzer Zeit das Aussehen an, das er hatte, bevor er mit der Leibesfrucht verbunden wurde – die Inkarnation wird somit nicht vollzogen. Wenn der Geist bei der Geburt des Kindes mit diesem vereint ist – sein Aussehen angenommen hat – und das Kind kurz nach der Geburt stirbt, wird der Geist in der Gestalt des Kindes in die Sphären zurückgebracht und wächst dort in einem Pflegeheim auf, bis er die Volljährigkeit erreicht hat, und tritt dann in eine neue Inkarnation ein. Diese Perioden werden bei Geistern, die als Kinder in den Sphären aufwachsen, als Ruhe- und Lernzeiten betrachtet.

Das hier Mitgeteilte gilt für alle Menschengeister, deren irdischer Körper im Kindesalter stirbt.

Wenn die Jüngsten beim Tode von dem irdischen Dasein gelöst werden, behalten ihre Geisterleiber die Formen des menschlichen Körpers, bis sie nach Ablauf kürzerer oder längerer Zeit sorgfältig Rechenschaft darüber abgelegt haben, was sie unter den Menschen ausgerichtet haben; danach nimmt der Geist wieder das Aussehen an, das er von Gott erhalten hat. Wenn die Jüngsten mit menschlichen Körpern verbunden sind, die im Kindesalter sterben, wachsen sie nicht, so wie die Menschengeister, in den Pflegeheimen der Sphären auf, sondern werden von dem Schutzgeist in ihre Wohnung in der letzten Sphäre gebracht, wo sie dann nach einer kurzen Ruhe kraft des Willens Gottes ihre ursprüngliche Gestalt annehmen. Das Gegenteil würde sonst viele unnötige Verzögerungen der Arbeit der Jüngsten für den Fortgang der Menschheit mit sich führen.

Wann immer die Jüngsten es wünschen, oder wenn es aus dem einen oder anderen Grunde notwendig wird, können sie jede beliebige Gestalt aus früheren Inkarnationen annehmen. Sie benützen diese Fähigkeit oft, wenn sie, in den verschiedenen Sphären, die Menschengeister besuchen, damit diese in ihnen den Verwandten oder Freund oder die Freundin wiedererkennen können, den oder die sie in einer gleichzeitigen Inkarnation liebgewonnen hatten.

Da der Aufenthalt der jungen, unentwickelten Geister in den Sphären normalerweise ziemlich kurzfristig ist (von 5–30 Jahren), können die Menschen nicht damit rechnen, nach jeder Inkarnation alle vorausgegangenen Verwandten und Freunde zu treffen; es wird jedoch immer dafür gesorgt, daß die Menschen, die einander in den irdischen Inkarnationen liebten oder Freunde waren, sich ab und zu während des Aufenthalts in den Sphären treffen.

Menschengeister, die im irdischen Dasein gemeinsame geistige Interessen oder sympathische Beziehungen und dergleichen gehabt haben, schließen sich oft in größeren oder kleineren Kreisen zusammen. Die verschiedenen Mitglieder der Kreise treffen sich dann, bald im irdischen, bald im übersinnlichen Dasein; und wenn sie alle kraft ihres Willens zum Licht die Macht der Finsternis überwunden und somit die vielen Reinkarnationen vollendet haben, werden diejenigen, die sich zusammengeschlossen haben, alle gleichzeitig auf eines der Gestirne in den fernen Sternenwelten überführt, um dort ihre geistige Entwicklung zu vervollständigen.

Die Menschengeister behalten, wenn sie frei sind, das Gepräge des irdischen Körpers, bis eine neue Inkarnation beginnt, bei der sie dann, wie bereits mitgeteilt, das Aussehen des neugeborenen Menschenkindes annehmen und nach dem Kind geformt werden, während dieses heranwächst und sein Leben lebt.

Wenn der Mensch in einem höheren Alter oder im Greisenalter stirbt, behält der freigewordene Geist das gealterte Gepräge, bis er Rechenschaft über sein Erdenleben gegeben hat, worauf er das Aussehen annimmt, das der menschliche Körper im Alter von 30–40 Jahren hatte.

Durch das lebengebende Band ist der Geist bei spontaner Freimachung ɔ: bei schweren Krankheiten, wo der Körper während Fieberanfällen bewußtlos ist, oder bei Unglücksfällen, wo der Verletzte ohnmächtig wird, in Narkose oder dgl., dennoch weiterhin mit dem Körper verbunden. Einzelne Menschen behalten manchmal schwache Erinnerungen an diese Trennung von Geist und Körper.

Auch während der Loslösung im Schlaf[1] ist der Geist durch das Band an seinen physischen Körper gebunden, selbst wenn er sich während des Schlafes des Körpers in den Sphären aufhält. Eine solche nächtliche Loslösung im Schlaf wird in Fällen zugelassen, wo der Geist in seinem menschlichen Dasein eine Mission übernommen hat; er kann dann ab und zu, wenn es notwendig wird, in seine Wohnung[1] in der übersinnlichen Welt zurückkehren, wo er durch Gespräche mit seinen geistigen Leitern für seine irdische Aufgabe gestärkt wird.

Um die Jüngsten und die Menschengeister in den Stand zu setzen, die Finsternis, die unablässig die Körper der Menschen durchströmt, zu eliminieren, wird, kraft des Willens Gottes, ganz mechanisch

---

¹) Siehe ferner die Übersicht Seite 349–51.

gleichzeitig mit der Geburt des Kindes eine Aufsaugungsschicht gebildet, geformt aus der feineren Materie des Lichtes; diese Aufsaugungsschicht umgibt den ganzen Körper wie eine enganliegende Hülle in einer Dicke von ca. 1/8 Millimeter. Die Hülle wird ihrerseits wieder von dem Geist umschlossen, der, nachdem er sich mit dem Kind vereint und nachdem er das göttliche Element aufgesaugt hat, ständig die unaufhörlich von den Ältesten her durch den Astralleib strömende Finsternis aufsaugt und sie in mehr oder weniger hohem Grad eliminiert; diese Finsternis wurde seinerzeit durch das Lichtmoment, das der Erschaffung der Menschen zugrunde lag, entpolarisiert.

Von übersinnlicher Seite gesehen gleicht der Mensch einem eiförmigen, stärker oder schwächer leuchtenden Nebelgebilde, in dem die menschlichen Formen nur schwach sichtbar sind. Zuerst sieht man im Nebelgebilde den Geist in menschlicher Gestalt, etwas schwächer leuchtend als die Lichtumhüllung, und innerhalb der Konturen des Geisterleibes einen dunkleren Körper: den Menschen selbst + das astrale Gegenstück, eingerahmt von einer leuchtenden Linie – der Hülle. Je höher und reiner der Geist ist, der mit dem Menschen verbunden ist, desto stärker leuchtet das Nebelgebilde, ebenso wie die Ausstrahlungen (Aura) des Geisterleibes.

Die Aufsaugungsschicht dient zugleich als Isolationsschicht, indem die Seite der Hülle, die dem Geist zugekehrt ist, von solcher Beschaffenheit ist, daß sie normalerweise das Wissen, die Eigenschaften, Erinnerungen und Erfahrungen, die im Besitz des mit dem Körper verbundenen Geistes sind, und die nicht durch das lebengebende Band zum menschlichen (physischen) Gehirn weitergeleitet werden sollen, zurückhalten kann. Die Verbindung zwischen dem Geist und dem irdischen Körper ist derart geregelt[1], daß nur soviel von der Intelligenz des Geistes durchschlüpfen kann, als notwendig ist, um die menschliche Persönlichkeit in dem vorliegenden Erdenleben hervorzubringen. Durch das Gehirn[2] steht der Mensch in Verbindung mit seinem Geist, so daß alles, was sich der Mensch während der vielen Erdenleben an Wissen und Erfahrungen aneignet, unverlierbares Eigentum des Geistes wird.

Wenn der Geist nicht, während er mit einem menschlichen Körper verbunden ist, durch die Isolationsschicht beschützt wäre, würde er in

[1]) Siehe ferner die Übersicht Seite 332–34.
[2]) Siehe ferner die Übersicht Seite 331–46.

zu nahe Fühlung mit dem physischen Gehirn kommen, wodurch, insbesondere was die Jüngsten anlangt, die durch den Aufenthalt in irdischer Umgebung verursachten Leiden ganz unerträglich werden würden. Die Erinnerung an das Leben im Reich Gottes und die Sehnsucht danach, dorthin zurückzukehren, müßte dann notwendigerweise so bedrückend und niederschlagend wirken, daß die Jüngsten außerstande gesetzt würden, ihre Arbeit für die Wanderung der Menschheit dem Licht entgegen durchzuführen.

Bei Eintritt des Todes wird die Isolationsschicht losgelöst und von dem Licht innerhalb eines Zeitraumes von 3–6 Stunden aufgesaugt. Doch sind Fälle vorgekommen, wo das Licht auf Grund von Anhäufungen von Finsternis nicht stark genug war, um die Isolationsschichten in der normierten Zeit aufzusaugen, weshalb sich diese Hüllen oft jahrelang an den Stätten gehalten haben, wo die entsprechenden irdischen Körper gestorben waren. Da die Hüllen eine unverkennbare Ähnlichkeit mit den Körpern aufweisen, die sie einst umschlossen, ist es vorgekommen, daß hellseherische Menschen sie für die Geister[1] der Toten (Gespenster) gehalten haben.

Also: ein Mensch besteht außer dem irdischen Körper und dessen astralem Gegenstück zugleich aus einer Aufsaugungs- und Isolationsschicht, die den Geist in den Stand setzt, die von den Ältesten her durchströmende Finsternis zu eliminieren, und Erinnerungen an die Erlebnisse in früheren Inkarnationen daran hindert, störend auf die Lebensführung des Individuums einzuwirken; ferner aus dem geistigen Ich (Gedanke, Wille und Geisterleib), das durch einen neugeschaffenen, beziehungsweise fortgeschritteneren Geist repräsentiert wird und mit dem menschlichen Körper durch einen Strang oder ein Band verbunden ist, das in der Todesstunde des menschlichen Körpers zerrissen und aufgelöst wird.

In der irdischen dreidimensionalen Welt haben die Hülle, der Geisterleib, das Band und die geistige Lichtumhüllung keine raumfüllenden Eigenschaften.

Nachdem die Tiere nicht mit einem ewigen geistigen Leben bedacht sind – kein Geist ist mit den Tierkörpern verbunden – haben die Tiere im Gegensatz zu den Menschen keine Aufsaugungs- und Isolationsschicht.

---

[1]) Siehe Kommentar Seite 306.

Die »Intelligenz« oder der Instinkt der Tiere wird von dem einen Individuum zum anderen im Gehirn des astralen Gegenstücks aufbewahrt, welches das irdische Gehirn der Tiere beeinflußt, so daß diese das irdische Leben vollkommen instinktiv und triebhaft leben. (Eine nähere Erklärung findet sich in der Übersicht Seite 352–53.)

VIII

Die Kulturstaaten[1], die in ferner Vorzeit durch gewaltige Naturkatastrophen zugrunde gingen, waren von sehr unterschiedlicher Ausdehnung, ebenso wie die Kultur ihrer Bevölkerungen bei weitem nicht auf gleicher Höhe stand.

Das älteste Reich, das im Stillen Ozean lag, hatte die größte Ausdehnung. In sehr ferner Vorzeit hing es mit dem nördlichen Südamerika zusammen, wurde aber durch Vulkanausbrüche und Senkungen des Meeresbodens abgetrennt. Die zahlreichen Inselgruppen Polynesiens zeugen noch von der Existenz des Landes und zum Teil von seiner Lage. Ungefähr 30.000 Jahre v. Chr. ging das Land zugrunde – wurde in größere und kleinere Inseln zersplittert – was ebenfalls durch Vulkanausbrüche und Senkungen des Meeresbodens geschah. Die Zerstörung erstreckte sich über einen Zeitraum von ca. 8 Jahrhunderten. Das Land wurde vollständig zerstört – die ganze Vegetation, das ganze Tierleben verschwand – nur die am höchsten gelegenen Teile blieben übrig. Später, im Wege neuer Verschiebungen des Meeresbodens, tauchten wieder einige der versunkenen Teile als Inseln aus dem Wasser auf.

Die damaligen Einwohner dieses Landes sind die Vorfahren der malaiischen Rasse. Die heutigen Malaien sind jedoch nicht mehr reinrassig, sondern in hohem Maße gemischt durch Verbindungen mit anderen Volksstämmen und stehen in geistiger Beziehung weit niedriger als ihre vorgeschichtlichen Ahnen.

In den ältesten Zeiten, in den ersten vielen Jahrtausenden, nachdem die Jüngsten ihre erzieherische Arbeit unter den Menschen begonnen hatten, waren die Einwohner des Landes im Stillen Ozean überwiegend Sonnen- und Feueranbeter. Ungeachtet der großen Ausdehnung des Landes war es nur dünn besiedelt. Die Menschen lebten in größeren und kleineren Stämmen –

[1]) Um größere Übersichtlichkeit zu erzielen, wurde die Beschreibung der drei verschwundenen Reiche hier gesammelt behandelt. Siehe im übrigen den Bericht Ardors Seite 33, Seite 38 und Seite 39–40.

Geschlechtern – unter der Leitung eines Häuptlings. Sie standen alle so ziemlich auf der gleichen kulturellen Stufe.

Hier, im Lande im Stillen Ozean, hatte der älteste unter den Jüngsten seine zwei ersten Inkarnationen.[1] In der ersten war er Häuptling oder Leiter des größten und vornehmsten Stammes des Landes, das jedoch zu diesem Zeitpunkt noch auf einer ziemlich niedrigen kulturellen Stufe stand, weshalb seine Tätigkeit im Volke keine dauernde Bedeutung erlangte.

In seiner zweiten Inkarnation, ein paar tausend Jahre vor der Zerstörung des Landes, hatte er eine Stellung und eine Aufgabe, die am ehesten der eines Hohenpriesters entsprach. Durch sein entschiedenes, aber dennoch mildes Auftreten erreichte er es, bei seinen Stammesgenossen den Glauben an eine liebevolle Gottheit ins Leben zu rufen. Aber da die Ältesten zu diesem Zeitpunkt bereits seit Jahrtausenden auf jede erdenkliche Weise und mit allen Mitteln versucht hatten, die Arbeit der Jüngsten unter den Menschen zunichte zu machen, und da der geistige Einfluß der Ältesten immer größer wurde, gewann die Vielgötterei die Oberhand, und der »neue« Gott, der Gott der Milde und der Liebe, dem die Sonne als Symbol geheiligt war, wurde im Bewußtsein der Völker strenger und grausamer, wurde zum Obergott erhöht und wurde, unter ständiger Beeinflussung seitens der Ältesten, zu einem fürchterlichen Ungeheuer an Grausamkeit gemacht. Das Symbol des Obergottes wurde nun das alles verzehrende, alles zerstörende Feuer, und um die ständig zunehmenden Forderungen nach Grausamkeiten, die dieses »göttliche« Ungeheuer durch seine Priester an das Volk stellte, zu befriedigen, begannen die ersten Menschenopferungen, die im Laufe der Jahre immer häufiger und fürchterlicher wurden. Eine sehr beliebte Strafe für religiöse Vergehen war es, die Verbrecher in einen tiefen, ausgebrannten Krater[2] zu stürzen; diejenigen, die nicht beim Sturz zerschmettert wurden, erlitten den Hungertod, weil alle, die bei dem Versuch, Hilfe zu leisten, ertappt wurden, Gefahr liefen, die gleiche Strafe zu erleiden.

Das Titihuavolk, oder die Mlaiwa, ernährten sich hauptsächlich von Jagd und Fischerei und von Tauschhandel untereinander. Der Ackerbau war nur einigen wenigen Stämmen bekannt und war nicht geregelt. Das erste primitive Boot wurde hier hergestellt und aus getrockneten Tierhäuten angefertigt. Die Steven des Bootes wurden mit Hilfe von Pflanzenfasern zusammengehalten. Die Mitte wurde mit zugespitzten Baumästen auseinandergespreizt, es wurde mit einem gegabelten Ast gesteuert und trieb mit dem Strom; Ruder kannte man nicht.

Während der Zerstörung des Landes flüchtete ein großer Teil der Bevölkerung nach Westen. Bei der Flucht wurden Boote verwendet, die besser verar-

---

[1]) Wird nicht direkt im Bericht Ardors erwähnt, weil man von übersinnlicher Seite meinte, daß dies unnötig sei. Anm. d. Hrsg.
[2]) Siehe den Bericht Ardors Seite 33.

beitet und ausgerüstet waren, als das oben erwähnte; diese gemahnten nicht wenig an die Boote der Eskimos. Die Flüchtlinge und ihre Nachkommen erreichten über dazwischenliegende Inseln die Ost- und Südküste Asiens[1].

Andere Einwohner des Landes zogen nach Osten und erreichten, ebenfalls über eine Reihe dazwischenliegender Inseln, Süd-, Mittel- und Nordamerika und wurden die Vorfahren der späteren Indianer – der sogenannten Ureinwohner Amerikas. Durch Verbindungen zwischen dem Titihuavolk und einem tiefstehenden, tierähnlichen Volk – den eigentlichen Ureinwohnern – das sich bei der Ankunft in Amerika dort fand, entstand ein Teil der vielen Indianertypen. (Die Feuerländer[2] und die Eskimos sind die nächsten Deszendenten der Urbevölkerung Amerikas.) Keiner der Jüngsten war unter diesen Wesen inkarniert gewesen, weshalb sie noch auf einer außerordentlich niedrigen Stufe standen, aber sie standen doch ein wenig über den ersten Menschen, was Intelligenz betrifft; dieser geringfügige geistige Fortschritt war auf das göttliche Element zurückzuführen, das, nachdem Gott den Menschen einen Anteil am geistigen Leben gewährt hatte, jeder menschlichen Leibesfrucht zugeteilt wird.

Das zweite Reich, das zugrunde ging, war ein großes Inselland, das sogenannte Atlantis, das im Atlantischen Ozean lag. In ferner Vorzeit hing die Insel mit dem südlicheren Teil von Nordamerika zusammen, wurde jedoch durch vulkanische Senkungen abgetrennt.

Die Form der Insel kann einigermaßen mit einem schrägliegenden, langgestreckten, umgekehrten lateinischen S verglichen werden. (Die obere Rundung nach rechts, die untere nach links gewendet.) Der nördlichste Punkt der Insel lag auf ca. 40° nördlicher Br., 34° westlicher L.; nach Süden erstreckte sie sich bis ca. 25½° n.Br., nach Westen bis 47° w. L., 27½° n.Br., nach Osten bis ca. 28° w.L. Wenn man eine imaginäre Linie ausgehend von der englischen Stadt Plymouth bis in die Mitte der Insel Trinidad zieht, legt sie einen Längsschnitt durch die Insel, indem sie deren östlichsten und südlichsten Punkt berührt. Die größere Hälfte der Insel läge dann westlich der Schnittlinie. Die Lage ist nur ungefähr angegeben, weil sich die Küstenformen der versunkenen Insel infolge von größeren oder kleineren Senkungen und Hebungen ständig ändern; bei eventuellen Nachforschungen wird man sie innerhalb des angegebenen Areals finden können.

---

1) Bei allen Ortsangaben wurden die jetzt bekannten geographischen Bezeichnungen angewendet.
2) Die Pescheräer.

Der Flächeninhalt der Insel betrug 5/6 desjenigen der spanischen Halbinsel; die Azoren, die nordnordöstlich und östlich der Insel lagen, waren zu jener Zeit unbewohnt, hatten aber in einer weiter zurückliegenden Periode mit ihr zusammengehangen.

Zwischen den Azoren und der spanischen Halbinsel lagen einige kleinere Inselgruppen; ebenso lag eine Anzahl kleiner Inseln südwestlich und südöstlich der Insel im Atlantischen Ozean; die sind jetzt alle verschwunden.

Dieses Inselland ging um 12.000 v.Chr. infolge einer Senkung des Meeresbodens im Verein mit heftigen Vulkanausbrüchen unter.

Vulkanausbrüche und Erdbeben erschütterten die ganze Insel etwa 10 Monate lang, bis die letzte furchtbare Katastrophe eintraf und im Laufe weniger Stunden das reiche Kulturland vollständig vernichtete und von der Erde tilgte. Die Erinnerung an die beim letzten Ausbruch entstandene Flutwelle, die große Teile der Welt überschwemmte, wurde in den alten Sagen vieler Völker festgehalten.

Die Vielgötterei herrschte auch hier vor, jedoch, zu diesem Zeitpunkt, ohne Menschenopferungen; dagegen wurden Tieropfer auf der ganzen Insel dargebracht. Die Einwohner waren Sonnen- und Feueranbeter. In kultureller Beziehung stand das Volk durchweg auf einer hohen Stufe; die Priester waren in der Astronomie nicht wenig bewandert – mehrere von ihnen waren Astrologen[1] oder Magier – sie konnten die Wandelsterne von den Fixsternen unterscheiden und waren imstande, Sonnen- und Mondfinsternisse ziemlich genau zu berechnen, doch glaubten sie, daß diese Naturphänomene auf das Eingreifen eines bösen Geistes zurückzuführen seien.

Die Buchdruckerkunst erlebte ihr erstes, primitives Auftreten auf dieser Insel, indem die Priester imstande waren, die aufgezeichneten Berichte mit Hilfe einer Art von Hektographie zu vervielfältigen. Dazu wurde ein Absud von zerstoßenen Tierknochen und Fischgräten verwendet, der nach sorgfältiger Destillation in flache irdene Formen gefüllt wurde; Papyrus oder Pergament kannte man nicht, sondern es wurden sehr fest gewebte Stoffe aus Pflanzenfasern angewendet. Zur Überführung des Textes wurde eine Farbenmischung benützt, deren Hauptbestandteil verbrannte Knochen mit einem Zusatz von klebrigen Stoffen waren. Meist wurde eine Bilderschrift benützt; an einzelnen Orten wurde eine Symbolschrift angewandt.

Ackerbau, Jagd, Fischerei und ein wenig Viehzucht waren bekannt. Mehrere der Kaufleute trieben ein gut Teil Handel auf den umliegenden Inseln und an den Küsten der am nächsten gelegenen Länder. Die manuelle Fabrikation von aus Ton hergestellten Gebrauchsgegenständen war weit verbreitet; Ge-

---

[1]) Siehe die Übersicht Seite 379–80.

fäße, Schüsseln und Vasen wurden oft mit eingeritzten Tier- und Blattornamenten geschmückt, deren Linien mit strahlenden Farben ausgefüllt wurden. Gold, Kupfer und zum Teil auch Silber kannte man, diese Metalle wurden zu Schmuck und feineren Gebrauchsgegenständen verarbeitet und als Belag für die holzgeschnitzten Götterbilder verwendet. Viele Götterbilder waren in Stein gehauen oder aus verschiedenen Metallegierungen geformt. Die Baukunst stand auf einer besonders hohen Stufe. Lyrische Dichtung war im Werden, insbesondere in Form religiöser Hymnen, die zum Klange von Paukenschlägen auf beckenähnlichen Kupferplatten von den Priestern bei den Opferfesten rezitiert wurden. Der Totenkult war auf der ganzen Insel bekannt.

Die Insel war in drei Reiche geteilt, die einen gemeinsamen Oberherrscher hatten. In einem der Reiche war die Herrscherwürde erblich, und zwar sowohl in der männlichen als auch in der weiblichen Linie. Der oberste Herrscher war zugleich der oberste Tempeldiener.

Auf diesem Eiland durchlebte der älteste der Jüngsten seine dritte Inkarnation als Fürst und Hoherpriester.

Das Volk liebte ihn in hohem Maße wegen seiner milden und humanen Regierung, er erließ verschiedene Gesetze sowohl in religiöser als auch in ethischer Beziehung; sein Versuch, die Vielgötterei abzuschaffen, mißlang. Seine Inkarnation auf dieser Insel hinterließ nur wenige Spuren in der Kultur der Bevölkerung, da er im gleichen Jahre starb, in dem die Insel im Meer verschwand. Die Erinnerung an ihn lebte bei denen fort, die durch die Flucht der Zerstörung entrannen, und wurde durch viele Generationen bewahrt. Er wurde als göttlicher Sendbote betrachtet.

Gruppen von Inselbewohnern, die die Katastrophe überlebten, flüchteten über die dazwischenliegenden Inseln nach Nordafrika und zogen als Nomaden langsam (durch mehrere Generationen) ostwärts zum Niltal, wo sie sich niederließen. In uralten ägyptischen Schriften findet man sagenhafte Berichte über einen Gott des Lichtes, der für eine Zeit Menschengestalt annahm; diese Berichte müssen auf die Inkarnation des ältesten der Jüngsten auf der verschwundenen Insel zurückgeführt werden.

Einige wenige der Inselbewohner flüchteten auf die spanische Halbinsel und wurden unter die dort ansässigen Einwohner aufgenommen; andere gelangten nach Mittelamerika hinüber, wo sie mit den Nachkommen des Titihuavolkes (der Mlaiwa) zusammentrafen. Nach langwierigen und überaus blutigen Kämpfen gelang es ihnen, sich Siedlungsraum auf einer Strecke zu erzwingen, die von der Halbinsel, die heute unter dem Namen Yucatan[1] bekannt ist, über die Landenge von Panama[1] bis zur Nordwestküste Südamerikas reichte. Von dort aus verbreiteten sie sich einerseits nach Norden, nach

---

[1]) Weite Strecken der Küste Mittelamerikas, wo das Inselvolk Siedlungen angelegt hatte, sind später infolge vulkanischer Verschiebungen und Senkungen zugrunde gegangen.

großen Teilen von Mexiko, anderseits nach Süden und Südwesten entlang der Küste, nach dem heutigen Peru und dem obersten Teil von Chile.

Ihre mitgebrachte Kultur wurde in hohem Maße von der des Titihuavolkes beeinflußt, insbesondere von deren Götterkultus mit dazugehörigen Menschenopferungen. Die Leute aus dem Inselreich vermischten sich allmählich mit dem Titihuavolk, es ging stark bergab mit ihrer Kultur, und ihre Nachkommen: die Nahua, die Azteken, die Inka, die Tolteken und mehrere andere Stämme, deren Namen nur in alten Indianersagen erhalten sind, erreichten niemals das hohe kulturelle Niveau des Inselvolkes.

Das kleinste der drei verschwundenen Reiche lag im östlichen Zentralafrika unmittelbar am Fuße der abessinischen Berge (südsüdwestlich und südsüdöstlich der Berge).

Der religiöse Kultus stand hier auf einer etwas höheren Stufe und war sehr einfach und schön. Der oberste Gott Rhā, der Sonnengott und Schöpfergott, war zugleich die Gottheit des Friedens und der Liebe. Unter ihm standen eine Reihe von Göttern und Göttinnen, unter denen der Feuergott, Shūnūt, eine hervorragende Stellung als Beschützer oder Schutzgott des Landes einnahm. Menschenopferungen fanden in den letzten Jahrhunderten vor dem Untergang des Landes so gut wie nicht statt. Die Einwohner waren sehr kriegerisch; viele Nachbarstämme unterstanden dem Herrscher dieses Reiches, dessen Oberherrschaft sich bis in die Umgebung der Quellseen des Nils erstreckte. Der letzte Herrscher des Reiches wurde Khārru ɔ: der dunkle Fürst, eigentlich: der dunkle, große, der über alle anderen hinausragt, genannt. Das Land wurde Khūum ɔ: Tal, Senkung, Ebene, genannt. Die größte Stadt hieß 'Lūkna-Tee-Rhā[1], ɔ: Das Eigentum des Gottes Rhā, die dem Rhā geheiligte Stadt. Die Einwohner standen auf einer niedrigeren kulturellen Stufe als die Inselbewohner; doch kannten sie außer Jagd und Flußfischerei zum Teil den Ackerbau und den Bergbau. Das Material für ihre gewaltigen Steinpaläste wurde aus den Bergen ausgehauen und mit strahlenden Verzierungen aus Lava in vielen verschiedenen Farben geschmückt.

Trotz der kriegerischen Tendenzen der Einwohner hatten sie einen für ihr Stadium hinreichend tiefen und innigen Glauben an eine milde und gerechte Gottheit erreicht, und da ihr Götterkultus über dem der übrigen Kulturländer stand, wurde der älteste unter den Jüngsten hier nicht inkarniert, weil die Bevölkerung außerstande gewesen wäre, mehr als das zu empfangen und zu

---

[1]) ' bezeichnet einen Vokal, ungefähr einen e-Laut. Das Wort 'Lūkna wurde in der Regel durch eines der zwei Symbole Rhās wiedergegeben. 1. Mehrere Dreiecke = ineinander eingezeichnete Sterne, was ein Ausdruck für Rhās viele, alles sehende Augen war oder 2. Ein Ring = die Sonnenscheibe, die Rhā, den Schöpfer, symbolisierte. Manchmal waren die Symbole von Flammenzungen oder Strahlen umgeben.

erfassen, was ihnen bereits von den vielen Jüngsten gegeben worden war, die unter ihnen inkarniert waren oder gewesen waren.

Die Priester verfügten über eine gewisse Kenntnis der Astronomie, kannten die Wanderung des Mondes um die Erde, konnten aber Sonnen- und Mondfinsternisse nicht genau berechnen. Die Priester waren zugleich Magier, und kein größeres Unternehmen wurde in Angriff genommen, bevor sie nicht die Zustimmung der Götter zugesagt hatten. Die Toten wurden in ausgehauenen Felsengräbern zur Ruhe gebracht; die Herrscher, die Priester, die Heerführer und die Mitglieder der vornehmeren Familien wurden durch einen eigenen Totenkult geehrt.

Das Land wurde um 10.000 v.Chr. durch einen Vulkanausbruch vernichtet, es wurde vollkommen begraben unter Lavamassen und gewaltigen Felsblökken. Vielenorts öffnete sich die Erde zu breiten, gähnenden Klüften.

Ein großer Teil der Einwohner des Landes, die die Katastrophe überlebten, flüchtete nach Norden, am Nil entlang, wo sie im Niltal, dem späteren Ägypten, ein junges Kulturreich fanden, geschaffen von dem Volk, dessen Vorfahren den Untergang des Inselreichs überlebt hatten.

Die Flüchtlinge[1] vermischten sich mit den Bewohnern des Niltals, aber obwohl die Leute aus Khūum in der Minderheit waren, gelang es ihnen so ziemlich, ihre mitgebrachte Kultur zu bewahren und dem Niltalvolk etwas von ihrem Götterkult aufzuprägen, der nach und nach mit dem dort vorhandenen Kult: Erinnerungen und Überlieferungen der Bevölkerung der verschwundenen Insel im Atlantischen Ozean, verschmolz.

Andere dieser Flüchtlinge wanderten nach Süden, lebten als Nomaden, schweiften von einem Ort zum anderen, vermischten sich mit weit tieferstehenden Rassen und gingen zuletzt zugrunde.

IX

Als der Älteste der Ältesten, nachdem Gott sie davor gewarnt hatte, sich inkarnieren zu lassen, hervortrat und im Namen aller sprach, um den gemeinschaftlichen Wunsch nach Inkarnation zu verteidigen, sprach er von der Schönheit der Erde und den Freuden der Menschen – mit Menschenaugen gesehen – nicht so, wie sich die Erde, und was sich auf ihr befindet, von übersinnlicher Seite ausnimmt.

Die Ältesten und die Jüngsten sind imstande, wann immer sie es wünschen, kraft ihres Willens sich für kurze Zeit der Sehorgane der Menschen zu bedie-

[1]) Nach der Einwanderung des Khūumvolkes in Ägypten fanden ein paarmal später, in Abständen von einigen Jahrhunderten, Einwanderungen von Volksstämmen, die mit den zuerst eingewanderten verwandt waren, vom Süden her statt.

nen, auf ähnliche Weise, wie Menschen sich eines Fernglases bedienen. Der Geist, der mit irdischen Augen »sehen« will, stellt sich hinter einen Menschen, drängt den mit dem menschlichen Körper verbundenen Geist so weit zur Seite, daß der oberste Teil des menschlichen Körpers für einen kurzen Augenblick der geistigen Lichtumhüllung beraubt wird, und der Geist, der sehen will, beugt sich dann vor, bis seine Sehorgane auf gleicher Höhe mit denen des Menschen sind – und der Zweck ist erreicht.

Dieses Vorgehen hat, wenn es von den Ältesten benützt wurde, oft einen schädlichen Einfluß auf den auf diese Weise benützten Menschen gehabt, weil die Ältesten jedes Mal, wenn dies geschah, ihr Opfer in eine Wolke von Finsternis einhüllten und auf diese Weise geistig herabzogen. In den Fällen, in denen ein Geist des Lichtes diese Verfahrensweise angewendet hat, ist selbstverständlich kein Schaden geschehen, weil die Geister des Lichtes ihren Medien niemals auch nur die geringste Menge Finsternis zuführen.

Diskarnierte Menschengeister können auf diese Weise nur unklar und undeutlich sehen, weil ihr Wille nicht so stark ist, daß sie kraft des Willens ihr geistiges Sehvermögen den Widerstand brechen lassen können, den die – bei allen geistigen Wesen – festere Substanz der Hülle und des astralen Gegenstücks leistet. Für die Menschengeister erscheint daher das auf diese Weise Gesehene als gräuliche Nebelbilder ohne Licht oder Schatten.

Nachdem die Ältesten die Warnung Gottes überhört hatten und alle übereingekommen waren, sich zu vermenschlichen, versuchten sie, sich mit Hilfe der Finsternis an menschliche Leibesfrüchte zu binden, indem sie annahmen, daß, wenn ihre jüngeren Brüder und Schwestern mit menschlichen Körpern verbunden werden könnten, auch sie mit solchen verbunden werden können müßten; sie vergaßen jedoch, daß Gottes Gedanke und Wille die Handlung der Jüngsten lenkte und leitete, und die vielen selbständigen Versuche der Ältesten mißlangen ständig. Keiner von ihnen war imstande, aus der Finsternis eine Isolationsschicht zu bilden, die so dicht war, daß sie ihr geistiges Ich hindern konnte, zu nahe Fühlung mit dem menschlichen Gehirn zu haben, weshalb sie ihren Zweck: die fürchterlichen Erlebnisse im Reich der Finsternis zu vergessen, nicht erreichen konnten.

Der Älteste fuhr jedoch fort, mit der Finsternis zu experimentieren, bis es ihm endlich gelang, eine Isolationsschicht[1] zu bilden, die das geistige Ich so ziemlich daran hinderte, zu stark durch die menschliche

---

[1]) Diese Isolationsschicht der Finsternis hat eine Dicke von ca. ½ Millimeter – nach irdischem Maß.

Persönlichkeit hervorzutreten, und er versprach daraufhin, seine Brüder und Schwestern zu inkarnieren.

Das erste Auftreten der Ältesten als Menschen erfolgte ungefähr ein halbes Jahrhundert vor dem Untergang der Insel im Atlantischen Ozean, weshalb mehrere, die dort inkarniert waren, diese fürchterliche Katastrophe erlebten.

Als der Älteste, nachdem er seinen Leidensgenossen geholfen hatte, sich selbst inkarnieren wollte, war er außerstande, seine eigene starke Persönlichkeit daran zu hindern, durch die schützende Schicht zu dringen, und da er nicht Gottes Fähigkeit zur Selbstbeschränkung besaß, sah er ein, daß er, obwohl er mit einem menschlichen Körper verbunden war, dennoch weiterhin der bleiben mußte, der er war. Ein Erdenleben unter solchen Umständen war undenkbar und würde ihm, anstatt ihm Vergessen zu bringen, unerträgliche Leiden schaffen – weshalb er seine beabsichtigte Vermenschlichung aufgeben mußte.

Im Gegensatz zu den Geistern des Lichtes, die mit der menschlichen Leibesfrucht zwischen dem vierten und dem fünften Monat der Schwangerschaft verbunden werden, wurden die Geister der Finsternis, die Ältesten, schon im dritten Monat mit ihr verbunden.

Die Helfer Gottes und die Jüngsten, die die Inkarnationen der Menschen leiten, sorgen immer dafür, daß ein männlicher Geist mit einem männlichen Körper, ein weiblicher Geist mit einem weiblichen Körper verbunden wird. Niemals geschah das Entgegengesetzte, weder was die Menschengeister, noch was die Jüngsten anlangt.

Der Älteste hingegen inkarnierte die Geister der Finsternis unterschiedslos. Sehr oft wurde ein männlicher Geist mit einem weiblichen Körper verbunden[1] – oder umgekehrt – wodurch die Inkarnationen dieser erbärmlichen Wesen eine Kette unbeschreiblicher Leiden wurden.

Als dem Ältesten klar wurde, daß er allein (der Älteste hatte auch sein weibliches Dual inkarniert) als der, der er war, in der Finsternis verbleiben müsse, ohne das ersehnte Vergessen finden zu können, erwachte in ihm der Haß gegen alles und alle, und durch die machtvollen Verwünschungen, die er gegen die Menschen ausstieß und gegen die, die zusammen mit ihm gefallen waren, kam der Haß

---

[1]) Siehe ferner Seite 240.

in die Welt, wodurch die Finsternis noch größere Macht über die Bewohner der Erde erlangte.

Die Verwünschungen, die er gegen die Jüngsten ausstieß, wirkten zugleich in hohem Grad hemmend auf ihre Arbeit für den Fortgang der Menschheit, da nur die innigste Liebe, das tiefste Mitleid und die größte Geduld imstande sind, den Haß zu vernichten und zu eliminieren und so die Verwünschungen des Hasses zu besiegen und aufzuheben. Je größer die Liebe der Jüngsten zu dem gefallenen Bruder war, und je besser sie seinen Zorn und Haß verstanden, desto leichter wurde es für sie, die Finsternis zu überwinden, die er kraft seiner Verwünschungen während ihrer Inkarnationen um sie zusammenballte. Aber obgleich die Jüngsten ohne Ausnahme in diskarniertem Zustand ihren ältesten Bruder liebten und alles tun wollten, um ihn zurückzugewinnen, fiel es ihnen im menschlichen Dasein ganz außerordentlich schwer, sich der Furcht und Angst der Menschheit vor ihm, der der höchste Vertreter des Bösen war, zu entziehen. Doch mit jeder Inkarnation, die durchlebt wurde aus Mitleid mit dem Menschengeschlecht, aus Liebe zu dem Ältesten und mit dem Wunsch, ihn von der Finsternis zu lösen, wurde die Kraft der Verwünschungen immer mehr geschwächt, was die Jüngsten ihrem Ziel immer näher brachte.

Die Verwünschungen, die der Älteste gegen die Brüder und Schwestern ausstieß, die zusammen mit ihm gefallen waren, bewirkten, daß ständig Streitigkeiten zwischen den Ältesten untereinander sowie Aufsässigkeit gegen die Vorschläge und Bestimmungen des Ältesten vorkamen. Um die Aufsässigen zu bestrafen, weigerte sich der Älteste oft, diejenigen zu inkarnieren, die dies wünschten; doch gezwungen von dem absoluten Willen seiner Brüder und Schwestern, vermenschlicht zu werden, mußte er sich in den meisten Fällen fügen; er rächte sich dann, indem er ihnen die denkbar schlechtesten Inkarnationen gab. Z.B. inkarnierte er sie oft unter tiefstehenden Völkerschaften, verband einen männlichen Geist mit einem weiblichen menschlichen Körper oder umgekehrt, u.s.w.

Die Verwünschungen des Ältesten gegen Gott wurden kraft des Willens Gottes im selben Augenblick, in dem sie ausgestoßen wurden, ausgelöscht; im entgegengesetzten Fall hätten sie den Ältesten selbst getroffen und vernichtet.

Gott löscht sofort alle Verwünschungen aus, die gegen Ihn gedacht oder geäußert werden; in Seiner unendlichen Liebe und Barmherzigkeit will Er nicht, daß Seine Kinder, wie viel sie auch sündigen und wie tief sie auch sinken mögen, der Gabe des ewigen Lebens verlustig gehen. Nichts kann Gottes tiefe, unendliche Liebe zu und Sein Mitleid mit allen gefallenen Wesen erschüttern.

Sowohl die Gedanken der inkarnierten als auch die der diskarnierten Ältesten sind so stark, daß sie das Böse verwirklichen können, das sie auf diejenigen herabrufen, die Gegenstand ihres Hasses sind; die Kraft der Verwünschungen wird jedoch im gleichen Maße entmachtet oder vermindert, in welchem der Mensch, gegen den sie ausgestoßen wurden, sich der Allmacht Gottes bewußt ist; und wenn die Verwünschung gegen Menschen gerichtet ist, die sich absolut und bedingungslos der Lenkung Gottes unterstellt haben, im Glauben an und im Vertrauen auf Seine Liebe und Gerechtigkeit, verliert sie ihre Kraft vollständig, weil nichts Böses dem schaden kann, der sich in Gottes Obhut weiß.

Das gilt für alle Menschen, zu welcher Religion oder welcher Sekte innerhalb der verschiedenen Religionen sie sich auch immer bekennen. Selbst Menschen mit primitiven religiösen Anschauungen (z.B. viele Götter, Fetischisten, o. dgl.) werden vollständig gegen die Angriffe der Finsternis geschützt, wenn sie sich in kindlichem Vertrauen an ihre Gottheit wenden, weil Gott jederzeit jedem hilft, der Ihn in guter Absicht, in vollem Vertrauen auf Seine Allmacht anruft, gleichgültig, unter welchem Namen Er angerufen wird, oder in welcher Form die Anrufung erfolgt.

Wenn auch die Verwünschungen der Ältesten treffen können, so werden sich die Verwünschungen früher oder später gegen die Ältesten selbst wenden und ihnen dieselben Leiden, Kümmernisse und Unglücksfälle bringen, die sie auf andere herabgerufen haben[1]. (Gesetz der Vergeltung.)

Menschen, mit deren Körper Menschengeister verbunden sind, haben dagegen nicht die Macht, durch eine Verwünschung[2] das Elend der Finsternis auf ihre Mitmenschen herabzurufen; da aber jeder Gedanke – der gute wie der schlechte – nach Ablauf kürzerer oder längerer Zeit zu seinem Urheber zurückkehrt, wenden sich die verwün-

[1]) Siehe die Rede Christi Seite 135 und 139.
[2]) Da die Menschen einander durch ihre Gedanken beeinflussen, laufen die Menschen, die Verwünschungen ausstoßen, Gefahr, im Wege des Gedankens ihre Mitmenschen dazu zu veranlassen, in Zorn und Haß ähnliche Verwünschungen auszustoßen, die dann neue Folgen für den ersten Urheber nach sich ziehen. Siehe die Übersicht Seite 370–72.

schenden Gedanken sonach einzig und allein gegen den Menschen, der sie ausgesandt hat, und bringen dem Individuum selbst das Unheil, die Leiden u.s.w., die es auf andere herabzurufen beabsichtigte.

Als sich die Ältesten, gegen den Willen Gottes, auf der Erde inkarnierten, wurden sie in noch höherem Grad in den Stand gesetzt, die Finsternis um die Menschen herum zusammenzuziehen, da alle Bösartigkeit der Finsternis und alle schlechten Leidenschaften im geistigen Ich der inkarnierten Ältesten konzentriert waren, und Machtgier sie dazu zwang, in allen Lebensverhältnissen nach den bedeutendsten Stellungen zu trachten, ohne Rücksicht darauf, ob sie das Angestrebte durch zahlreiche Verbrechen – durch Verletzung göttlicher und menschlicher Gesetze – erreichten.

Soweit alle überlieferten historischen Mitteilungen zurückverfolgt werden können, kann man in allen Berichten aus den verschiedenen Ländern der Erde diese Gestalten finden, sowohl Männer als auch Frauen, die den Durchschnittsmenschen an Haß, Bosheit, Verbrechen, Prunksucht und Machtgier unendlich weit übertreffen.

Dadurch, daß sie solcherart mit vollem Wissen unermeßliche Leiden über ihre eigenen Geschöpfe – die Menschen – gebracht hatten, unterstellten sich die Ältesten selbst dem Gesetz der Vergeltung, dem Gesetz, wonach jeder Mensch seine vielen verschiedenen Erdenleben lebt.

Da sich einige der Ältesten jedoch nach einigen wenigen Inkarnationen darüber klar wurden, welche Leiden sie durch ihre Menschwerdung über sich selbst brachten, beschloß eine Anzahl von ihnen, in dem zerstörten Reich zu bleiben, anstatt sich als Menschen den harten Rückschlägen des Gesetzes der Vergeltung auszusetzen. Doch der Älteste war trotz seiner vielen diesbezüglichen Versuche nicht imstande, ihnen ihre volle geistige Persönlichkeit wiederzugeben, so daß jeder wieder »er selbst« aus der Zeit vor ihrem ersten Auftreten als Menschen wurde. Diejenigen, die sich dafür entschieden, in dem zerstörten Reich zu bleiben, erschienen daher als genaue Kopien, in sowohl geistiger als körperlicher Beziehung, der irdischen Gestalt, mit der sie bei ihrer letzten Vermenschlichung verbunden gewesen waren. Diese Wesen versuchten nun, sich in der von der Finsternis zerstörten Welt ein Dasein zu schaffen, das dem irdischen glich. Kraft ihres

Gedankens und Willens bildeten sie aus der astralen Materie der Finsternis Schattenwohnungen und Schattenreiche nach irdischen Vorbildern; doch diese Nachahmungen wurden farblos und glichen eher im Verfall begriffenen Städten und Wohnungen.

Um sich das Dasein dort behaglicher zu machen, zwangen sie mit ihrem starken Willen schwache, sündige Menschengeister, nach dem Tode der irdischen Körper, diese Welt der Finsternis zu bevölkern, und machten sie zugleich zu ihren dienenden Sklaven. Dadurch wurden große Scharen von Menschengeistern verhindert, an die die Erde umgebenden Aufenthaltsorte zurückzukehren.

Diejenigen Ältesten, die die einmal begonnenen Inkarnationen fortsetzten, sammelten, während sie inkarniert waren, große Anhäufungen von Finsternis um sich. Diese Anhäufungen von Finsternis, die von den starken Finsternis-Ausstrahlungen ihrer Geisterleiber angezogen worden waren, zwangen ebenfalls Tausende und Abertausende von Menschengeistern, nach dem Tode der irdischen Körper unstet auf der Erde umherzuschweifen, anstatt in die für sie bestimmten Wohnungen in den Aufenthaltsorten aufzusteigen. Die Finsternis und der böse Wille der Ältesten hatten jedoch nur Gewalt über die sündigen und lasterhaften Menschen und Menschengeister; da diese aber seit jeher in der Mehrheit waren, wurde das astrale Gegenstück der Erde bald von den Geistern der Toten überfüllt, die ruhelos und verständnislos unter den Lebenden umherwanderten, indem sie sich vorwiegend an den Orten aufhielten, wo sie ihr letztes Erdenleben verlebt hatten. Und da der Mensch nach dem Tode eine genaue Kopie, in sowohl geistiger als körperlicher Beziehung, des Menschen vor dem Tode ist, richteten diese sündigen und lasterhaften Wesen viel Verwirrung und Unheil unter den Lebenden an, weil sie oft durch ihre sündigen Gedanken empfängliche Menschen dazu veranlaßten, schlechte und verbrecherische Taten zu begehen.

Die diskarnierten Jüngsten suchten stets, diesen ruhelosen Geistern, die durch ihren Aufenthalt auf der astralen Erdebene die Gesetze brachen, die Gott für das Leben der Menschengeister in den Sphären gegeben hatte, zu helfen; aber ihre Bestrebungen scheiterten meist am eigenen Willen der Geister zum Bösen – und ihre Anzahl nahm zu anstatt abzunehmen. Zeitweise hielten sich mehr »Tote« als Lebende auf der Erde auf.

Aus den ältesten historischen Zeiten und von allen Völkern auf der ganzen Erde liegen authentische Berichte über diese Gespenster[1] vor, die oft von hellseherischen[2] und hellhörerischen Menschen gesehen und gehört wurden.

In den Jahrtausenden, in denen die erdgebundenen Geister auf der astralen Erdebene umherwanderten, wurden mehrere der Gesetze, die Gott für die Verbindung der Menschengeister mit, und ihre Loslösung von den menschlichen Körpern gegeben hatte, von diesen schlechten und sündigen Wesen, die auf jede Weise Sünde, Kummer und Leiden über die Menschheit zu bringen suchten, gebrochen.

Zu den solcherart gebrochenen Gesetzen gehörte auch das sogenannte »Schlafgesetz«, das hier näher erklärt werden soll.

Normalerweise – nach dem Gesetz – wurde der Menschengeist, wenn der Tod des physischen Körpers eingetreten war, von seinem Schutzgeist eingeschläfert. Das geschah, um die Loslösung des Geistes von dem toten Körper zu erleichtern, und damit der Geist keine grauenerregende Erinnerung an den toten Körper, mit dem er verbunden gewesen war, mit sich nehmen solle. Wenn aber z.B. der sterbende Mensch viele nicht bereute Sünden auf dem Gewissen hatte, oder wenn der Tod des physischen Körpers durch Selbstmord eintrat, versammelten sich große Mengen der erdgebundenen Geister um den sterbenden oder toten Körper; diese Wesen der Finsternis hinderten dann den Schutzgeist, im kritischen Augenblick helfend beizuspringen, und der beim Tode losgelöste Geist mußte somit seinen toten Körper, die Trauer der Hinterbliebenen, die Verbrennung[3] oder das Begräbnis und die Auflösung des Körpers u.s.w. mit ansehen.

Nach der Säuberung der astralen Erdebene[4] von allen erd- und sündengebundenen Geistern[4] gibt es jetzt nichts mehr, was die Schutzgeister hindert, jedem Sterbenden die obenerwähnte Hilfe zu leisten; selbst der sündigste (Mörder, Selbstmörder u. dgl.) wird jetzt und in Zukunft immer beim Tode des physischen Körpers eingeschläfert werden und erst in der Sphäre zum Bewußtsein erwachen, in der die Wohnung des Geistes liegt, und wohin er von seinem Schutzgeist gebracht wird.

Bei Massenkatastrophen oder in Kriegen, wo viele Menschen gleichzeitig

---

[1]) Siehe Kommentar Seite 280–82 und Seite 305–06. Siehe ferner die Übersicht Seite 383.

[2]) Siehe Kommentar Seite 305–06.

[3]) Da das Band, das den Geist bindet, in der Todesstunde des physischen Körpers zerreißt, ist es ganz ausgeschlossen, daß der Geist bei der Verbrennung der Leiche irgendwelche Schmerzen leidet. Mitteilungen, die in Widerspruch hiermit stehen, stammen von unentwickelten und deshalb unwissenden Geistern, oder aus der eigenen Phantasie der Medien.

[4]) Siehe den Bericht Ardors Seite 123–25 und Kommentar Seite 280–85.

ihr Leben lassen müssen, werden die Geister des Lichtes immer zugegen sein, um Hilfe zu leisten.

Das Schlafgesetz wurde nur in ganz wenigen Fällen bei der Loslösung der Jüngsten von den toten physischen Körpern angewandt, da diese hochstehenden Geister in der Reglel nur eine tiefe, intensive Freude über die Befreiung empfinden.

Durch die Anhäufungen von Finsternis, welche die sündengebundenen Geister auf verschiedene Weise über die Erde dahinführten, wurden somit neue Schwierigkeiten für die Jüngsten geschaffen, die zu dem Zeitpunkt, wo die ersten Inkarnationen[1] der Ältesten erfolgten, viele und gute Resultate unter den Menschen erzielt hatten.

Der anstrengende geistige Kampf mit den vermenschlichten Ältesten war nahe daran, die Jüngsten zu entmutigen und ihre Hoffnung, das Licht zu einem endgültigen Sieg über die Finsternis zu führen, zunichte zu machen. Nur die nie versagende Liebe des ältesten unter den Jüngsten zu seinen gefallenen Geschwistern und zu der leidenden Menschheit hinderte sie, sich geschlagen zu geben.

Als sich die Jüngsten auf Aufforderung ihres älteren Bruders an ihren Vater wandten, um Ihn zu bitten, ihnen in dem schweren Kampf mit der Finsternis mehr Hilfe zu leisten, versprach Gott aufs neue, ihnen beizustehen, einerseits .dadurch, daß Er ihnen noch größere geistige Stärke verlieh, anderseits dadurch, daß Er in der letzten Stunde jedes schwindenden Jahrhunderts nach den erdgebundenen Geistern rufen werde, um möglicherweise auf diesem Wege ihre Erinnerung und ihre Reue zu erwecken.

Nachdem Er sie alle getröstet und gestärkt hatte, sandte Gott eine Schar von ihnen zur Inkarnation im Volk der Juden, wo zu jener Zeit die größten und besten Aussichten bestanden, daß eine größere, geschlossene Beeinflussung von seiten des Lichtes gute Früchte zeitigen könne.

Diejenigen, die zum Volk der Juden gesandt wurden, sollten zugleich den Weg bereiten für die Inkarnation des ältesten unter den Jüngsten als Jesus von Nazareth.

Bevor die Jüngsten die Sphären verlassen, um sich als Menschen gebären zu lassen, spricht Gott mit ihnen und gibt ihnen in großen

[1]) Ca. 12.000 Jahre v. Chr.

Zügen eine Anleitung für ihre Aufgabe auf der Erde; aber Gott nennt nur die Haupt- und Grenzpunkte ihrer Lebensführung. In dem von Gott gegebenen Rahmen müssen sie dann selbst unter der Leitung ihres Schutzgeistes die Mittel und Wege finden, die für die Ausführung der Aufgabe, die ihnen anvertraut wird, am zweckmäßigsten sind.

In Seinem Gespräch mit dem ältesten unter den Jüngsten vor dessen Inkarnation als Jesus von Nazareth hob Gott ihm gegenüber hervor, daß: böse Zeiten auf der Erde herrschten und die Menschen vieles nötig hätten. Dies wurde gesagt, damit er voll und ganz wisse, vor welche schwere Aufgabe er gestellt werde, eine Aufgabe, die er möglicherweise noch nicht zu lösen imstande sei.

Nachdem es das Evangelium der Liebe war, das der älteste unter den Jüngsten der leidenden und streitenden Menschheit bringen sollte, mußte er in sein Erdenleben als Jesus von Nazareth seine tiefe, innige Liebe zu seinen irdischen Brüdern und Schwestern mitbringen; um aber zugleich die volle Wahrheit geben zu können, mußte er zuerst über die Finsternis siegen, mußte er sich als Mensch Jesus zuerst an sein Versprechen erinnern: die Fürbitte für den gefallenen Bruder. Vermochte er diesen Teil seiner Sendung auszuführen, würde er durch seinen Sieg über die Finsternis die Menschen völlig für seine Lehre der Liebe gewinnen können. Deshalb erlegte Gott ihm auf, für den Bruder zu beten, der von der Finsternis gebunden war.

Da aber Liebe, Milde und Barmherzigkeit den Menschen Jesus prägen sollten, konnte er nicht zugleich mit der Gewalt ausgestattet werden, in deren Besitz er als geistig freie Persönlichkeit war, weil eine solche vollkommene Gewalt in der irdischen Welt auf Grund der Macht der Finsternis sehr leicht in Selbstgerechtigkeit verwandelt wird, so daß der »Mensch« angesichts der sich ihm entgegenstellenden Schwierigkeiten im gegebenen Augenblick vergißt, Hilfe und Rat bei Gott als dem obersten Leiter zu suchen, und dadurch leicht in den Fehler verfällt, seine irdische Gewalt zu mißbrauchen.

Deshalb wußte Gott, daß der älteste unter den Jüngsten, falls er den ersten Teil der ihm gestellten Aufgabe: für seinen gefallenen Bruder zu beten, nicht löste, kaum imstande sein werde, mit ausreichender Festigkeit aufzutreten, wenn die Menschen, irregeführt von der Finsternis und von dem Ältesten, sich mit ihren Zweifeln, ihrem Zorn und ihrer Verachtung gegen ihn wendeten, und Gott sagte daher zu ihm: vergißt du aber, für deinen Bruder zu beten, werden die Menschen (also nicht Gott) dir den Tod, den Tod am Kreuze geben –. Jesu Tod am Kreuze war sonach bedingt durch die irdischen, die menschlichen Verhältnisse – und nicht eine bestimmt erhobene Forderung oder ein Wunsch von seiten Gottes, daß der Sohn durch seinen Tod die Sünden der Menschen sühnen und eine Versöhnung zwischen Gott und der Menschheit zuwegebringen solle.

In Seinem Gespräch[1] mit dem Sohne zeigte Gott ihm sein irdisches Dasein als Sieger und als von der Finsternis und von den Menschen Überwundener.

Zwischen diesen äußersten Möglichkeiten sollte der älteste der Jüngsten sein Erdenleben führen; nicht einmal Gott wußte zu diesem Zeitpunkt (auf Grund Seiner Selbstbegrenzung), ob Jesus die beabsichtigte Mission durchzuführen vermochte. Es wurde ihm selbst als Menschen überlassen, unter der Leitung seines Schutzgeistes (in diesem Falle Gottes), das Bestmögliche aus den Gegebenheiten zu machen[2].

Die Berichte über Jesu Persönlichkeit und Auftreten, die durch die Evangelien der Nachwelt überlassen wurden, sind alle von seiner Liebe zu den Menschen, von seiner Milde und Barmherzigkeit geprägt; nur ab und zu tritt seine Machtbefugnis zutage.

X

Ungefähr achtzehnhundert Jahre, bevor der älteste unter den Jüngsten als Jesus von Nazareth inkarniert wurde, durchlebte er seine vierte Inkarnation als Priester im nördlichen Vorderindien.

In dieser Vermenschlichung wurde er der eigentliche Begründer der Brahmalehre, allerdings nicht in der Gestalt, in der sie heute bekannt ist.

Nur sehr wenig von seiner ursprünglichen Lehre lebt in den alten Sagen und Liedern. In der Schrift, die »Manus Gesetzbuch« genannt wird, findet man noch einige wenige Reste seiner ethischen Lehrsätze, aber alle stark entstellt.

Jesus wurde in Nazareth geboren – im Hause seiner Eltern – und nicht in Bethlehem, wie die Sage angibt; sein Geburtsjahr wurde ca. 5 Jahre zu spät angesetzt. Nachdem sich der 24. Dezember als Jesu Geburtstag eingebürgert hat, wünscht der älteste der Jüngsten, daß

---

[1]) Siehe den Bericht Ardors Seite 45–47.
[2]) Siehe ferner Kommentar Seite 252–53.

dieser Tag nicht verschoben werde, weshalb das richtige Datum seiner Geburt nicht mitgeteilt werden wird.

Der Bericht über den Besuch der heiligen drei Könige sowie die Flucht nach Ägypten sind Legende. Weder im Traum noch durch eine Vision wurde Jesu Geburt Maria oder Joseph verkündigt. Alles Diesbezügliche ist Legende. Keiner der Diener Gottes (siehe die Legende von Gabriel) hat sich den Menschen gezeigt, da kein Mensch diese strahlenden Lichtgestalten auffassen könnte, weder mit dem Auge des irdischen Körpers, noch mit dem Auge des Geistes.

Die Diener Gottes haben dagegen oft zu den Menschen als verstärktes Gewissen *gesprochen*, wo die Gedanken der Jüngsten nicht durch die Finsternis zu dringen vermochten.

Die Engel, von denen die alten Schriften berichten, waren meist die Jüngsten, die mit Erlaubnis Gottes in der einen oder anderen bestimmten Absicht den Menschen erschienen sind. Doch entsprechen nicht alle diese Berichte und Überlieferungen der Wahrheit. In manchen Fällen handelt es sich bei dem Überlieferten nur um erdichtete Begebenheiten, um menschliche Phantasiegebilde.

Auch die Ältesten sind den Menschen in der Absicht erschienen, mehr Zutrauen zu erwecken, oder um mehr Macht über sie zu gewinnen.

Kein Mensch hat Gott gesehen, und kein Mensch, ob inkarniert oder diskarniert, kann Ihn zu sehen bekommen, bevor die Wanderung zu Seinem Reich beendet ist.[1]

In den Inkarnationen, die der älteste der Jüngsten durchlebte, war Gott persönlich sein Schutzgeist und Leiter (Gewissen) ɔ: in ununterbrochener Gedankenverbindung mit dem Sohn; niemand anders hat von dem Augenblick, wo er zum irdischen Leben geboren wurde, Gott zum Schutzgeist gehabt; aber viele der inkarnierten Jüngsten haben sich während ihres Erdenlebens kraft ihres unerschütterlichen Vertrauens auf Gott selbst Seiner Leitung und Seinem Schutz unterstellt, wodurch ihr Schutzgeist überflüssig wurde, da sich Gott stets in allem und jedem derer annimmt, die unbegrenztes Vertrauen zu Ihm haben. Nur ganz wenige Menschengeister haben während ihres Erdenlebens mit Gottes Gedanken und Willen eins zu werden vermocht, so daß Er ihr Schutzgeist wurde; aber Gott wacht über alle und folgt dem Erdenleben aller, ebenso wie Er oft durch Seinen Gedanken eingreift, wo die Schutzgei-

---

[1]) Siehe die Übersicht Seite 400–02.

ster oder Seine Diener die Menschen nicht zu leiten vermögen; aber Gott tut dies auf eine solche Weise, daß Er niemals irgendwelchen Zwang auf den freien Willen des Menschen ausübt.

XI

Zum großen Leidwesen seiner Eltern hatte Jesus kein Interesse für das Zimmerhandwerk, in dem ihn sein Vater ausbilden wollte.

In jungen Jahren begann er, Unterricht bei den Priestern und Schriftgelehrten zu nehmen; er lernte früh, sich seine eigenen Meinungen zu bilden, die sehr oft den ererbten Traditionen zuwiderliefen. Er las eifrig in den alten Schriften und war recht gut mit dem ägyptischen Religionskult vertraut; er hatte gewisse Kenntnisse auf dem Gebiet des persischen, indischen und assyrischen Götterglaubens. Er kam oft nach Jerusalem und lernte dort bei den ältesten und gelehrtesten Schriftgelehrten und Forschern jener Zeit. An mehrere andere Orte, wo es größere Synagogen gab, kam Jesus ebenfalls, um zu untersuchen und zu erforschen, was es dort an überlieferten Aufzeichnungen gab[1]. Er war ziemlich sprachkundig für seine Zeit und kannte auch ein gut Teil griechische Philosophie.

Jesus wanderte vor seinem Hervortreten als Religionsbegründer viel umher, sprach viel mit bereisten Menschen (z.B. Kaufleuten und umherwandernden Philosophen), überschritt aber selbst nie die Grenzen seines Heimatlandes.

In seinem dreiundzwanzigsten Jahre trat er in der Synagoge seines Geburtsortes Nazareth zum ersten Male an die Öffentlichkeit. Reminiszenzen an dieses Auftreten finden sich in den verschiedenen Evangelien, doch sind sie alle fehlerhaft wiedergegeben (Matth. 13, 54–57. Mark. 6, 2–3. Luk. 2, 42–50 und 4, 16–30. Joh. 7, 14–20).

Die Bruchstücke der Rede Jesu in der Synagoge von Nazareth, die im Bericht Ardors wiedergegeben werden, sind vollständig korrekt. Überhaupt sind die Worte Jesu, wie sie damals von seinen Lippen erklangen, von Ardor überall so genau wie möglich wiedergegeben worden, wobei jedoch berücksichtigt werden muß, daß sie in einer anderen Sprache wiedergegeben wurden, weshalb es nicht immer gelungen ist, mittels des Mediums Worte zu finden, die sich voll und

---

[1]) Obwohl die mündliche Überlieferung vom Lehrer zum Schüler zur Zeit Jesu allgemein angewandt wurde, gab es viele niedergeschriebene Berichte; manche jedoch nur in Bruchstücken.

ganz mit der aramäischen Rede decken – aber an den Gedanken, die damals Träger der Worte waren, wurde nichts geändert oder entstellt.

Die Rede in der Synagoge von Nazareth legte den Grund zum Zorn und Haß der Schriftgelehrten und Hohenpriester auf Jesus. Bis zu dieser Stunde hatten sie in ihm einen Jünger, einen künftigen »Rabbi« gesehen: aber seine Worte betreffend ihre unrichtige Auffassung von Jahwe oder Jehova machten mit einem Schlag alle auf ihn gesetzten Hoffnungen zunichte.

XII

Die Begegnung mit Johannes fand ca. 4 Jahre nach dem ersten Streit Jesu mit den Schriftgelehrten (der Rede in Nazareth) statt.

Bei der Taufe Jesu wurde keine Taube vom Himmel herabgesandt, ebensowenig wie Gott zu dem versammelten Volke sprach; Johannes war es, der die Worte ausrief: »Dies ist Gottes[1] Sohn u.s.w.« (siehe den Bericht Ardors Seite 52).

Als Jesus sich taufen ließ, betrachtete er seine Taufe als eine Weihe für seine künftige Tätigkeit unter den Menschen; erst nach der Unterredung mit Johannes verstand er voll und ganz die symbolische Bedeutung der Taufe ɔ: die Reinigung der Menschen von der Verunreinigung durch die Sünde.

Die Taufe als Ausdruck der Reinigung und Einweihung war schon lange vor der Zeit Johannes' bekannt.

Auf der verschwundenen Insel im Atlantischen Ozean wurde sie zum ersten Male als symbolische Weihe der Priester für ihren Tempeldienst angewandt.

XIII[2]

Nach dem die Finsternis unablässig alle Menschen durchströmt, kann kein Mensch sündlos sein. Ein wie reiner und erhabener Geist Jesus auch in der für Menschen übersinnlichen Welt war, so mußte er doch, ebenso wie alle Jüngsten, während sie mit menschlichen Körpern verbunden sind, unter den Sünden, Unreinheiten und niedrigen Begierden leiden, die am Menschengeschlecht haften. Da aber Gott

---

[1]) Vollständig korrekt wiedergegeben lauteten Johannes' Worte wie folgt: »Dies ist der Gottessohn u.s.w.«

[2]) Siehe ferner über die Versuchung in der Wüste: Kommentar Seite 263–64.

sein Schutzgeist, sein Gewissen, war, war Jesus an Reinheit über alle menschlichen Wesen so erhaben, wie es nur der sein kann, der »Gottes Gedanken und Stimme« zum Gewissen hat.

Wenn die Jüngsten in ihrem Erdenleben einen gewissen Grad von geistiger und körperlicher Reife erreicht haben, sucht der Schutzgeist sein Mündel mit allen ihm zur Verfügung stehenden Mitteln in Richtung der Aufgabe zu lenken, die ausgeführt werden soll. Nur bei ganz wenigen der Jüngsten konnte die Rede davon sein, sie während ihrer Vermenschlichung zum Verständnis der Fürbitte für den Ältesten, den gefallenen Bruder, anzuleiten. Wo vor der Inkarnation ein bestimmtes Versprechen abgegeben worden war, zu versuchen, dem Ältesten diese Hilfe zu leisten, war es vor allem anderen die Aufgabe des Schutzgeistes, als Einleitung der Tätigkeit des Mündels unter den Menschen, seine Erinnerung an das Versprechen wachzurufen, das gegeben wurde, bevor das irdische Dasein begann.

Der Zeitpunkt wird immer nach Rücksprache mit Gott gewählt, aber erst, nachdem der Schutzgeist alles aufs beste zurechtgelegt und das Mündel in seinem menschlichen Dasein seinen geistigen Kulminationspunkt erreicht hat. Wenn dieser erreicht ist, greift der Schutzgeist im gegebenen Augenblick ein, um das Mündel zu stützen und zu leiten. Meist hat dann der Schutzgeist unter Angriffen oder Versuchungen von seiten des Ältesten versucht, die Erinnerung seines Mündels an das Gebet für den gefallenen Bruder zu erwecken; wenn aber das Mündel nicht imstande war, sich an das von ihm abgegebene Versprechen zu erinnern, oder den Zuruf zu verstehen, war der günstige Augenblick – für diese Inkarnation – versäumt, und ein neuer Versuch war überflüssig, weil ein solcher Versuch unmöglich zu einem späteren Zeitpunkt gelingen konnte, wenn er nicht gelungen war, als das Mündel seinen Kulminationspunkt auf dem speziellen geistigen Gebiet, das als Grundlage für die erfolgreiche Durchführung der versprochenen Mission erforderlich war, erreicht hatte.

Der Grund dafür, daß ein neuer Versuch in der gleichen Richtung nicht wiederholt wird, ist der, daß der Mensch, nachdem die Finsternis in dem zuerst gewählten Augenblick die Oberhand gewonnen hatte, in der gegenständlichen Inkarnation auf dem Gebiet, auf dem die Finsternis gesiegt hat, keinen höheren geistigen Wuchs erreichen kann. Das Wachstum hört auf, der Mensch stagniert – oft in bezug auf jede geistige Einsicht – und in den meisten Fällen erlangt die Finsternis immer größeren Einfluß, ist leichter imstande, jegliche Auffassung und alle Begriffe zu verwirren und zu verzerren. Der Augenblick, in dem sich der Mensch dadurch, daß er dem Ältesten oder der gestellten Aufgabe gegenübergestellt wird, an das von ihm abgegebene Versprechen erinnern sollte, wird solcherart oft zugleich zum absoluten Kulminationspunkt seiner geistigen Reife.

Wenn der Mensch dagegen imstande ist, sich im gegebenen Augenblick an sein vor der Inkarnation abgegebenes Versprechen zu erinnern, wird ihm dieser erste große Sieg über die Finsternis noch größere geistige Kraft verleihen als die, die er bereits besitzt; und zieht der gewonnene Sieg weitere Siege über die Finsternis nach sich, so steigt der Mensch noch höher in bezug auf geistige Kraft, Festigkeit und Macht. Ein solches immer mehr ansteigendes Wachstum – steigend im gleichen Maße, in dem die Finsternis besiegt wird – kann dann, wenn dies zur Ausführung der versprochenen Mission notwendig wird, fortsetzen, bis der Geist nach vollbrachter Leistung durch den irdischen Tod von jeder weiteren Verpflichtung befreit wird.

Obgleich Jesus voll und ganz Mann war – als Mann fühlte, litt und begehrte – waren seine Gedanken dennoch rein. Die Versuche des Ältesten, ihm sündige und unreine Gelüste einzuflößen, mußten daher an der Reinheit seines Wesens scheitern. Aber der Älteste unternahm ständig neue Versuche, Jesus für die Mission, die er übernommen hatte, ungeeignet zu machen; und obwohl die Liebe des ältesten unter den Jüngsten zu dem gefallenen Bruder und zu der leidenden Menschheit tief und innig war, war er als Mensch Jesus doch noch nicht imstande, durch seine Liebe und sein Mitleid die Finsternis, die der Älteste um ihn sammelte, von sich zu stoßen, weshalb er in dem gegebenen Augenblick die mahnende Stimme seines Gewissens, Gottes, mißverstand. Und der Augenblick wurde versäumt, in dem Jesus durch ein Gebet um Hilfe, nicht für sich selbst, sondern für den Ältesten, den Versucher, die Reue bei ihm ins Leben rufen und ihn dadurch aus dem Zwang der Finsternis erlösen hätte können.

Gott entschied sich dafür, Jesus an das Gebet für den gefallenen Bruder in dem Augenblick zu erinnern, in dem dieser Jesus mit seinem Bestreben, ihm hoffärtige Gedanken über die ihm unter den Menschen anvertraute Aufgabe einzuflößen, am schwersten versuchte. Jesu Liebe zu und Mitleid mit der Menschheit hatte also zu diesem

Zeitpunkt den Kulminationspunkt erreicht. Er stand nun hocherhaben in der ganzen Fülle seiner Liebe und seines Mitleids am Beginn seiner Tätigkeit, auf die Hilfe Gottes vertrauend und in dem festen Glauben, daß er die Menschen, indem er Zeugnis ablegte von der unendlichen Liebe und Barmherzigkeit Gottes, lehren könne, einander zu lieben, in Frieden und gegenseitigem Verständnis unter der Leitung des Höchsten zu leben. Von frohen Hoffnungen erfüllt, hatte Jesus eine einsame Stätte aufgesucht, um darüber nachzudenken, wie er am besten mit dem, was ihm am Herzen lag, hervortreten könne.

Doch der Versucher folgte ihm, und als menschliche Angst und menschliche Eigenliebe Jesus dazu veranlaßten, Gott um Hilfe für sich selbst anzurufen, zog Gott kraft Seines Willens die Finsternis weg vom Angesicht des Ältesten – und Jesus erkannte ihn; im selben Nu erinnerte er sich an das Versprechen, das er abgegeben hatte – die Bitte für den gefallenen Bruder – doch da war es zu spät, die Finsternis hatte über ihn gesiegt.

Um Jesus an die Möglichkeit zu gemahnen, daß der Älteste noch mehr über ihn siegen könne, indem er die Menschen irreführte und gegen ihn aufhetzte, wiederholte Gott die Worte, die Er bei ihrer Unterredung vor der Inkarnation zu ihm gesagt hatte: Die Menschen werden dir den Tod geben, den Tod am Kreuze. Auf Grund dieses Vorhaltes sollte sich Jesus stets vor Augen halten, daß es nicht Gott sei – sondern der Älteste und die Menschen, die ihm die Leiden zufügen und den Tod geben würden, den er möglicherweise zu erwarten hatte.

Durch jede aus Liebe zu dem Ältesten und aus Mitleid mit den Menschen durchlebte Inkarnation bricht jeder der Jüngsten einen Teil der Macht der Finsternis, so daß sie bei jeder neuen Inkarnation in ständig steigendem Grad die Angriffe der Finsternis abwehren können. Der älteste unter den Jüngsten, der durch sein freiwilliges Hervortreten und durch sein freiwilliges Versprechen auf die Frage Gottes nach Hilfe für die Geschöpfe der Ältesten den ersten und zugleich den größten Einsatz für die Erlösung seiner gefallenen Geschwister und der Menschheit geleistet hatte, zeigte durch diese Handlung, daß er die schönste, reinste und hervorragendste Widerspiegelung der eigenen Liebesfülle Gottes war. Er war daher selbstverständlich dazu berufen, derjenige zu sein, dem es einmal gelingen mußte, den Ältesten und alle, die mit ihm zusammen gefallen waren, zu befreien.

Durch die Führerstellung, die er solcherart unter seinen Geschwistern einnahm, wurde die Möglichkeit geschaffen, daß er durch sein einzig dastehendes Liebes-[1] und Mitleidsempfinden[1], nachdem er bloß einige wenige Inkarnationen[1] durchlebt hatte, so weit kommen könne, daß er über die Finsternis siegen würde. Es bestand daher die, wenn auch nur schwache, Möglichkeit, daß er schon in seiner fünften Inkarnation – der Inkarnation als Jesus von Nazareth – sein Versprechen erfüllen könnte: als Mensch Mitleid mit seinem gefallenen Bruder zu fühlen und durch ein inbrünstiges Gebet um seine Erlösung seine Reue zu erwecken und ihn zurückzugewinnen. Doch vermochte sich der Mensch Jesus, wie bereits gesagt, nicht ganz von der erdrückenden Umklammerung der Finsternis zu befreien, und obwohl Jesu Liebes-, Barmherzigkeits- und Mitleidsempfinden der leidenden Menschheit gegenüber nie nachließ, wurde sein Vertrauen darauf, und sein Glaube daran, daß seine Tätigkeit unter den Menschen sichtbare Früchte tragen werde, allmählich schwächer, und gegen diesen verwundbaren Punkt richtete der Älteste seine Angriffe, so daß Jesus in seinem Verhalten, insbesondere Gegnern und Spöttern gegenüber, nicht immer mit hinlänglich überzeugender Entschiedenheit aufzutreten vermochte, sondern oft schwieg, ohne sich auf irgendwelche Argumentation, sei es für seinen eigenen Standpunkt oder gegen den der anderen, einzulassen. Auf Grund dieser seiner Mutlosigkeit konnte der Älteste als »Diener der Finsternis« weiterhin seine Macht über die Menschen dazu ausnützen, Jesu Tätigkeit mit einem – im Verhältnis zu der zunehmenden Mutlosigkeit Jesu – ständig wachsenden Widerstand zu begegnen, einem Widerstand, der zuletzt die geistige Macht Jesu zerrüttete und ihm den Tod am Kreuze brachte[2].

Jesus war Hellseher, sah also zeitweise mit seinem »inneren Gesicht«. Da der Geist den irdischen Körper umschließt, ist dieser Ausdruck in gewissem Sinne irreführend; da sich diese Bezeichnung für das Sehvermögen des Geistes jedoch in der Sprache[3] eingebürgert hat, wurde sie im Bericht Ardors angewandt, wo andere Ausdrücke und Formen gegen den Rhythmus des Stils verstoßen würden.

---

[1]) Siehe Kommentar Seite 240–41.
[2]) Siehe ferner Kommentar Seite 269–70.
[3]) D.h. in der dänischen Sprache des Originaltextes. Im Deutschen spricht man oft vom »Zweiten Gesicht« in ähnlicher Bedeutung. Anm. d. Übers.

XIV

Jesu Vorstellungen von der und Gedanken über die »Hölle« (das Totenreich, die Unterwelt, den Zwischenzustand, den bösen Ort) waren sehr unklar. Einerseits vermischte er seine eigenen schwachen Erinnerungen an das zerstörte Reich mit der Auffassung der Juden vom Totenreich, anderseits mit den Vorstellungen der Ägypter, Griechen und Perser von dem Leben nach dem Tode. Bald sah er den Aufenthalt dort als den Inbegriff aller Leiden und allen Elends: einen qualvollen Zustand der Bestrafung, bald als einen Verbesserungs- oder Erwartungszustand, was auf seine schwachen Erinnerungen an das Leben der Menschengeister in den Sphären zurückzuführen war. Für ihn selbst herrschte also ein vollständiges Chaos in diesem Punkt; folglich konnte er in seinen Reden nicht immer einen klaren, bestimmten Gedankengang in bezug darauf, was die sündigen Menschen nach dem Tode erwartete, festhalten. Und wenn er sich bei verschiedenen Gelegenheiten an sein gebrochenes Versprechen erinnerte, dachte er oft mit tiefem, innerlichem Schmerz an die fürchterlichen Leiden, die den Menschen bevorstanden, die in der Sünde und im Laster beharrten. Jesus stellte daher für solche Sünder das Leben nach dem Tode so grell wie möglich dar; aber der Schreck der Zuhörer vor dem »bösen Ort« bestärkte ihn in seiner eigenen Hoffnung, daß der Aufenthalt dort möglicherweise nur vorübergehend sei und nicht in »alle Ewigkeit«[1] andauern solle, weshalb er allezeit Fragen nach festen Zeitbestimmungen an Gott allein verwies, indem er gleichzeitig alle aufforderte, durch inbrünstige Gebete um Hilfe und Stärke die Macht des Bösen auf Erden zu überwinden.

Das Gleichnis vom Salz wurde hier genauso wiedergegeben, wie Jesus selbst es gestaltet hat.

Die Gleichnisse in den Evangelien sind oft sehr mangelhaft. Mehrere davon sind nicht auf Jesus zurückzuführen; da es aber zu seiner Zeit recht allgemein üblich war, in Parabeln zu sprechen, ist es verständlich, daß eine Anzahl der landläufigen ihm zugeschrieben wurde.

---

[1]) Siehe den Bericht Ardors Seite 56 betr. Ewigkeit als = unfaßbar lange Zeit.

XV

Wundertaten – »Mirakel«[1] – gibt es nicht. Alle Vorkommnisse, die für die Menschen anscheinend unerklärlich sind, begeben sich unweigerlich nach den Gesetzen des Geistes oder der Materie. (Nach psychischen oder physischen Gesetzen.) Aber das, was unwissende und unentwickelte Menschen nicht augenblicklich verstehen oder sich erklären können, wird oft als »übernatürlich« ausgerufen.

Unter den mirakulösen Begebenheiten, die in den Evangelien erwähnt werden, muß man scharf unterscheiden zwischen den wahrhaftigen und den unwahrhaftigen, da vieles von dem dort Mitgeteilten niemals stattgefunden hat, ebenso wie Verschiedenes unter einem unrichtigen Gesichtswinkel betrachtet wird.

Die drei Formen von Wundern, die im Bericht Ardors genannt werden, beziehen sich alle auf wahre Begebenheiten, jedoch ohne übernatürliches oder naturwidriges Eingreifen.

1) Die Jüngsten und die fortgeschritteneren Menschengeister sind, wenn sie inkarniert sind, im Besitz der Fähigkeit, gewisse krankhafte Zustände des menschlichen Körpers zu heilen. Kraft ihres Willens zum Licht können sie eine suggestive[2] Macht auf Leidende – insbesondere Nervenleidende – oder auf Kranke ausüben, deren Krankheit eigentlich behoben ist, die aber aus mangelndem Willen zur Wiedererlangung ihrer Gesundheit in ihrem Schwächezustand zu verbleiben scheinen.

Durch Streichen mit den Handflächen ca. 1 bis 2 Zoll vom Körper entfernt in Richtung vom Kopf zum Fuß – nicht umgekehrt – oder dadurch, daß man die Handflächen kreuzweise über die kranke Körperstelle legt, kann man gute Resultate, manchmal sogar vollständige Heilung erzielen. Durch die Behandlung – derjenige, der behandelt wird, muß ausgestreckt auf einem bequemen Lager liegen – wird dem Kranken ein Teil des Lichtes zugeführt, das von dem Ausübenden ausstrahlt. Die Ausstrahlungen werden vom Körper aufgesaugt und durchströmen ihn ganz, worauf die Leiden gelindert oder behoben werden. Es versteht sich jedoch von selbst, daß der bei weitem größte Teil der Krankheiten des Körpers nicht auf die obengenannte Weise

[1]) Siehe die Übersicht Seite 362–64.
[2]) Siehe ferner über Suggestion im Kommentar Seite 294.

geheilt werden kann und niemals wird geheilt werden können. Und da Gott durch die Arbeit der Jüngsten auf der Erde den Menschen so weitgehende Kenntnisse und so viele Mittel gegeben hat, mit deren Hilfe eine Reihe von Leiden geheilt oder jedenfalls gelindert werden kann, ist es sehr verwerflich, daß sich die Leidenden nicht zuerst an diejenigen wenden, die durch spezielle Studien der krankhaften Zustände des Körpers in den Stand gesetzt wurden, medizinische und chirurgische Hilfe zu leisten, oder an diejenigen, die Kenntnis von der Heilwirkung des Sonnenlichtes, der Luft und des Wassers haben; diese müssen dann entscheiden, ob es zweckmäßig ist, den Patienten mit den sogenannten magnetischen Streichungen zu behandeln.

Noch ist nur ein kleiner Bruchteil der Menschheit imstande, magnetische Streichungen und suggestive Behandlung von Kranken mit Aussicht auf ein wirkungsvolles oder dauerndes Resultat vorzunehmen.

2) Wenn der Körper nach einer langen, schweren Krankheit sehr abgezehrt und erschöpft ist, kommt es ab und zu vor, daß der Kranke, obwohl die Krankheit überstanden ist, einige Zeit in einem todesähnlichen Zustand daliegt, der, oft unmerklich für seine Umgebung, in den wirklichen Tod übergeht. In solchen Fällen kann ein lauter Zuruf den Körper zu neuerlichem Bewußtsein erwecken, da sich der Geist, obwohl er vom Körper gelöst ist und nur durch das »Band« festgehalten wird, unwillkürlich dem Willen eines Stärkeren unterwirft und daher sofort zurückkehrt, wenn es ihm mit Bestimmtheit befohlen wird. Wenn der dem Körper entflohene Geist zurückgekehrt ist und sich wieder mit dem schwachen Körper vereint hat, kann diese Rückkehr dem Körper, auf dem schon der Schatten des Todes liegt, einen stärkenden Lichtstrom zuführen, wodurch die stockende Verbindung zwischen dem astralen Gegenstück und den Molekularschwingungen des Körpers wieder gefestigt wird. Soll jedoch die augenblickliche Besserung anhalten, so muß der von neuem erwachende Körper mit stark belebenden Mitteln gestärkt werden.

Wenn die Verbindung zwischen dem astralen Gegenstück und dem physischen Körper dagegen so erschlafft ist, daß der Tod des Körpers eintritt, zerreißt im selben Augenblick das Band, das den Geist an den Körper bindet – und wenn das Band zerrissen ist, kann kein Zuruf und kein Wille den Geist zu einer erneuten Belebung des toten Körpers herbeirufen.

3) Die Hellseher konnten in der Regel sehen, ob die Menschen besessen waren, d.h. daß ein oder mehrere erdgebundene Geister sich an den Körper des Menschen klammerten, um auf verschiedene Weise der irdischen Genüsse teilhaftig zu werden. Menschen mit einem starken Willen ist es immer leicht gefallen, sich von diesen ungebetenen Gästen zu befreien. Anders verhielt es sich bei jenen, deren Wille schwach war, weil die Schmarotzer sehr rasch die Herrschaft über sie gewannen und nach Verlauf kürzerer oder längerer Zeit ihren Opfern den Stempel der Sünde, des Lasters und der Bösartigkeit aufdrückten.

Jesus, der in ungewöhnlich hohem Grad hellseherisch war, versuchte oft mit seinem starken Willen, die schmarotzenden Geister zu verjagen, aber nicht immer mit dem gleichen Erfolg, weil die Geister in den Fällen, wo sich die Menschen selbst nicht verbesserten, wieder zurückkehrten und von neuem die Herren spielten.

Bessessenheit[1] kennt man schon seit den Zeiten, wo die Menschengeister infolge der überhandnehmenden Macht der Finsternis – nach der Inkarnation der Ältesten – nicht alle imstande waren, nach dem Tode des Körpers in ihre Wohnungen in den Aufenthaltsorten aufzusteigen.

Die übrigen in den Evangelien vorkommenden Wunder sind alle mehr oder weniger erdichtet. Zu den vollständig unwahren gehören: die Verwandlung des Wassers in Wein (Joh. 2, 6–10), die Heilung der Gichtbrüchigen (Matth.[2] 8, 5–13, 9, 2–7), die Blindgeborenen, die sehend wurden (Matth. 9, 27–30, 20, 29–34), die Auferweckung des Lazarus von den Toten (Joh. 11, 1–46), die Heilung der Aussätzigen (Matth. 8, 2–4) und mehrere ähnliche, wie z.B. die Heilung der verwelkten Hand, der Stumme, der kranke Mann am See von Bethesda, u.s.w. Der Sohn der Witwe von Nain ist eine Umschreibung der Tochter des Jairus.

Mehrere der »Wundertaten« des Alten Testamentes liegen einigen der obengenannten Begebenheiten zugrunde.

Alle Berichte über diese Wunder sind nach Jesu Tod zum Vorschein gekommen, erdichtet von Menschen mit einem fanatischen Glauben – Jünger Jesu oder der Apostel – um den göttlichen Ursprung Jesu zu beweisen. Nach und nach, als die Jahre dahinschwanden und die Erzählungen von Mund zu Mund gingen, wuchsen sie in

---

[1]) Siehe ferner die Übersicht Seite 374–75.
[2]) Wo sich Parallelstellen finden, wird nur auf das Matth.Evang. verwiesen.

bezug auf Übertreibung und Unwahrscheinlichkeit, bis sie die Form annahmen, in der sie von den Evangelien her bekannt sind.

Zu den Wundern, die sich auf wirkliche Begebenheiten beziehen, die aber in entstellter Gestalt wiedergegeben wurden, gehören die Berichte über die Speisung der vielen, Jesu Gang auf dem Wasser und seine Beschwörung der rasenden Elemente auf dem See von Genezareth, für welche Begebenheiten hier eine nähere Erklärung gegeben werden soll.

1) Die Speisung der vielen verlief auf folgende Weise: An die hundert Menschen waren um Jesus versammelt, um ihn reden zu hören. Nachdem es spät geworden war, und nur wenige etwas Eßbares mitgebracht hatten, ließ Jesus einige der Apostel in dem nahe gelegenen See Fische fangen, während andere zu der nächsten Herberge gingen, wo sie eine Anzahl Brote, die damals bekannten, flachen Kuchenbrote, kauften. Während die Apostel auf diese Weise beschäftigt waren, fuhr Jesus fort, zu dem versammelten Volke zu sprechen.

Als die Apostel zurückkehrten, wurden die Fische und die Brote ausgeteilt, man zündete ein Feuer an und röstete oder kochte die Fische. Jesus leitete seine Mahlzeit hier auf die gleiche Weise ein, wie er es immer tat: er dankte Gott und bat Ihn, dem Dargebotenen Seinen Segen zu spenden.

Bei dieser Gelegenheit waren viele Kinder anwesend, und die Evangelisten haben von diesen als Erwachsenen Mitteilungen über diese falsch aufgefaßte Begebenheit erhalten. Die Kinder hatten sich einen unauslöschlichen Eindruck von Jesus bewahrt, als er die Hände zum Gebet erhob, und mit ihren kindlichen Gehirnen faßten sie diese Handlung so auf, als ob er es gewesen sei, der durch sein Gebet die Brote und die Fische vervielfacht habe.

2) Jesu Gang auf dem See. Eines Abends, als die Apostel auf dem See von Genezareth oder Tiberias fuhren, um zu fischen, kam Jesus an dem stark abfallenden Ufer entlanggegangen. Er rief nach ihnen, um an die gegenüberliegende Küste übergesetzt zu werden. Es war ein nebeliger Abend, und für die Apostel sah es einen Augenblick so aus, als ob er auf sie zugeschwebt käme. Sie entdeckten jedoch bald ihren Irrtum und ruderten zum Ufer; ehe sie ganz hingekommen waren, sprang Petrus heraus, um das Boot an Land zu ziehen.

Die Apostel sprachen oft von dieser Begebenheit, die, nachdem sie von Mund zu Mund gewandert war, zuletzt die entstellte Form annahm, in der sie in die Evangelien aufgenommen wurde.

3) Die Beschwörung der Elemente. Eines Abends, als Jesus, müde von des Tages Wanderung, sich im Boot niedergelegt hatte, um zu schlafen, während einige der Apostel es zum entgegengesetzten Ufer führten, erhob sich einer der auf dem See von Genezareth so wohlbekannten plötzlichen Wirbelwinde. Nachdem die Apostel lange vergebens gegen den Sturm angekämpft hatten, gaben sie es ganz auf, Segel und Steuerruder zu bedienen; in ihrer Angst weckten sie Jesus, weil sie glaubten, daß sie alle dem Tode geweiht seien. Jesus, der sehr tüchtig in jeder Form des Manövrierens war, schalt sie aus, gab seine Befehle, ergriff selbst das Ruder und führte das Boot ans Ufer, während er sie gleichzeitig wegen ihres mangelnden Vertrauens auf Gott tadelte.

Diese Begebenheit wurde von den Aposteln selbst falsch aufgefaßt, indem sie in ihrer anbetenden Bewunderung Jesu meinten, daß er sie mit Hilfe »übernatürlicher« Kräfte vor dem Untergange gerettet habe.

XVI

Die Jüngsten, die mit Gottes Erlaubnis vor Jesu irdischen Augen erschienen, waren materialisiert[1]. Kraft ihres Willens können die Jüngsten und die Ältesten den Menschen sichtbar erscheinen; doch haben die Ältesten nicht den starken Lichtglanz, der die Jüngsten umstrahlt. Keiner der Menschengeister, auch nicht der am weitesten fortgeschrittene, ist im Besitz eines so starken Willens, daß er allein dadurch sichtbar auf der Erdebene erscheinen könnte; sie müssen sich daher immer eines oder mehrerer Mittler (Medien) bedienen, deren irdisch-materielle Ausstrahlungen sie sich »ausleihen«, um sich damit sichtbar zu machen.

Viele Verstorbene sind im Augenblick ihres Todes oder kurz nach dem Eintritt des Todes, von ihrer Sehnsucht getrieben, Angehörigen oder Freunden erschienen. Wenn es Menschengeister sind, die erscheinen, geschieht dies

---

[1]) Da die Apostel schliefen, sahen sie die Jüngsten nicht mit den Sehorganen des Körpers, sondern mit denen des Geistes; sie bewahrten sich jedoch eine Erinnerung an das Geschehene.

im Wege einer normalen medialen Materialisation. Derjenige, der die Erscheinung gesehen hat, war dann Medium, oft ohne selbst zu wissen, daß er im Besitz dieser Eigenschaft sei; oder aber war ein Medium in der Nähe desjenigen zugegen, vor dem sich der Geist zu erscheinen sehnte.

Eine eingehende Erklärung hierfür kann nicht gegeben werden, da den Menschen die Fähigkeit fehlt, das Gesetz zu verstehen, das diesem Phänomen zugrunde liegt. In diskarniertem Zustand ist es dagegen allen, selbst wenig entwickelten Menschengeistern, sehr leicht verständlich.

XVII

Als Jesus den Aposteln versprach, seinen Vater zu bitten, ihnen mehr Seines »Odems«[1] zu senden, gebrauchte er nur den alten biblischen Ausdruck. (Vergl.: ... er blies ihm (ɔ: Adam) ein den lebendigen Odem[1] ...) Odem oder Odem des Lebens = Leben, Geisteskraft.

Jesus hat nie den Gedanken gehabt, daß der »Odem«[1] eine selbständige, mit Gott verschmelzbare Persönlichkeit sei. Deshalb wurde das Wort Odem im Bericht Ardors in der gleichen Bedeutung beibehalten, in der es Jesus angewendet hat, nämlich: daß Gott sie auf seine Fürbitte durch Seinen Gedanken leiten und ihnen dadurch größere Geisteskraft verleihen werde.

Gottes Odem[1] = Gottes Gedanke ist zugleich identisch mit dem ewigen Leben. Alle, die in Gottes Gedanken aufgenommen und kraft Seines Willens von Seinem Gedanken festgehalten werden, werden dadurch des Ewigkeitslebens teilhaftig (siehe Kommentar Seite 214–15).

XIX

Die Worte über die Taufe, die Jesus im Evangelium zugeschrieben werden, hat er nie geäußert.

Als sakramentale Handlung hat die Taufe keine Bedeutung; falls aber die Christen die Taufzeremonie beizubehalten wünschen, kann sie nur als Symbol der Reinigung des Menschen von der Sünde betrachtet werden.[2]

Die Taufe könnte auch als kirchliche Aufnahmezeremonie ausge-

---

[1]) D.h. »Atem« in der Bedeutung »Hauch« oder »Geist«; »... und er blies ihn (ɔ: dem Menschen) ein den lebendigen Odem in seine Nase« (1. Mos. 2,7). Im dänischen Originaltext ein unübersetzbares Wortspiel: »Aande« = Atem (Odem), »Aand« = Geist; mit dem bestimmten Artikel lauten beide: »Aanden«. Anm. d. Übers.

[2]) Siehe Kommentar Seite 250.

führt werden und wäre in diesem Falle eine schöne und ansprechende Sitte. Die Eltern könnten dann die Kinder zur Kirche tragen, wo sie durch die Taufe in die betreffende kirchliche Gemeinde aufgenommen würden; es muß aber allen klar sein: daß Gott in keiner Weise den Menschen, die getauft sind, Vorteile oder Vorrechte vor den nicht getauften gewährt, sei es die Sündenvergebung, das Ewigkeitsleben oder ähnliches; denn Gott sieht nicht auf die äußeren Zeremonien. Er sieht nur auf das Eine: ob der Mensch sein Erdenleben im Geiste und in der Wahrheit in vollem Einklang mit seinem Gewissen lebt, und nur danach spricht Gott sein Urteil über den einzelnen.

XXII

Jesu Unterredung mit den Schriftgelehrten wurde genauso wiedergegeben, wie sie sich bei dieser Gelegenheit gestaltete. Einige seiner Worte daraus sind in den Evangelien erhalten geblieben, jedoch in einer entstellten Wiedergabe.

Da Jesus viele Zusammenstöße mit den Hohenpriestern und den Schriftgelehrten hatte, wählte Ardor die Unterredung, die am besten den scharfen Gegensatz zeigt, in dem sie zueinander standen.

Jesus ließ sich nur ungern mit den Sadduzäern ein, und erst dann, wenn sie ihn selbst aufsuchten. Es fiel ihm sehr schwer, ein Gespräch mit ihnen zu führen, weil sie sehr streitbar und überaus rechthaberisch waren.

Wo Jesus das Gefühl hatte, daß er zu Steinen spreche, fuhr er selten fort, seine Meinungen zu verteidigen, insbesondere dann nicht, wenn er sah, daß keinerlei Hoffnung auf Verständnis bei denen bestand, an die er sich wandte.

Wo die Sadduzäer in den Evangelien erwähnt werden, kommt eine Anzahl recht gut bewahrter Sätze vor, die sich auf wirkliche Begebenheiten und Gespräche beziehen.

Das Verhältnis zu den Pharisäern wird klar beleuchtet; die Mitteilungen über Jesu Gespräche mit ihnen werden aber nicht ganz korrekt wiedergegeben.

XXIII

Wenn Joseph von Arimathia die Aufgabe ausgeführt hätte, die er übernommen hatte, hätten die Menschen vollständigere und wahrhaftigere Berichte über Jesu Leben und Wirken auf Erden besessen, weil er dazu ausersehen war, Jesu Reden an die Menschen niederzuschreiben. Aber der Zweifel – einer der ärgsten Feinde der Menschheit – beeinflußte ihn beständig, so daß er zuletzt die mahnenden Aufforderungen des Gewissens ganz überhörte.

Es versteht sich von selbst, daß der Älteste in den Fällen, wo es den Jüngsten darum ging, den Menschen die absolute Wahrheit zu bringen, besondere Anstrengungen entfaltete, um die Zusammenarbeit der Jüngsten während ihres Erdenlebens zu verhindern.

Da es dem Ältesten nicht ganz gelang, Jesus von der Aufgabe, die er übernommen hatte, abzulenken, suchte der Älteste auf verschiedene Weise und mit allen Mitteln, Joseph in seine und der Finsternis Macht zu bringen – welches Ziel er voll und ganz erreichte.

Jesus kann in seinem Verhältnis zu Joseph nicht als ganz frei von Schuld betrachtet werden; wenn er später versucht hätte, Joseph mit Milde und Liebe an sich zu ziehen, wäre es ihm vielleicht gelungen, ihn zur Erkenntnis der Aufgabe zu bringen, die ihm auferlegt war; aber Jesus vermochte seinen irdischen Zorn gegen ihn nicht zu überwinden.

Der tiefe Schmerz des ältesten unter den Jüngsten über die Bosheit, das Laster und Elend der Menschen verwandelte sich naturnotwendig in seiner menschlichen Inkarnation in Zorn, aber in einen aufflammenden, kurzen Zorn über all die Sünde und Unreinheit, die ihn umgab. Nur Joseph gegenüber verlor er seine Selbstbeherrschung vollkommen, weil er voll und ganz fühlte, wieviel *die Unterstützung* gerade *dieses Mannes* für ihn bedeutete, und er vermochte es nicht, ihm entgegenzukommen; doch der Älteste trägt den Hauptteil der Schuld, weil er es war, der sie voneinander zu entfernen suchte, um den Sieg des Lichtes über die Finsternis zu verhindern.

Reminiszenzen an das Gespräch zwischen Jesus und Joseph findet man in den Evangelien, jedoch vollkommen entstellt und nicht wiederzuerkennen (Matth. 19, 16–22).

Dieses Gespräch mit dem Schriftgelehrten bildet zugleich die Grundlage, auf der die evangelischen Berichte über Jesu Versuchung in der Wüste fußen.

Mehrere der Apostel und Jünger waren bei dem erwähnten Zusammenstoß zugegen, und später, lange nach dem Tode Jesu, als seine Freunde oft seiner gedachten und auf verschiedene Weise das mit ihm Erlebte klarzulegen versuchten, meinten einige, daß der Teufel in

Josephs Gestalt Jesus verlocken wollte, die Königswürde anzunehmen, um ihn von seiner rechten Aufgabe unter den Menschen abzubringen, daß aber Jesus ihn mit strengen und entschiedenen Worten fortgewiesen habe. Diese Auslegung des Geschehenen wanderte, wie alles andere über Jesus, von Mund zu Mund und endete in entstellter Form in den Evangelien, einerseits als Versuchung in der Wüste, anderseits als der obenerwähnte Bericht von dem reichen jungen Mann (Matth. 19, 16–22).

Derjenige unter den Jüngsten, der mit Joseph von Arimathia verbunden war, hat nun voll und ganz gesühnt, was er als Mensch Joseph verbrochen hatte. Unter anderem hat er – als Diskarnierter – Ardor unterstützt und ihm bei der Ausarbeitung jenes Teiles des hier vorliegenden Werkes, in dem Ardor seine Sündenschuld den Menschen gegenüber bekennt, geholfen. (Der Bericht Ardors.)

XXIV

Wie aus dem Bericht Ardors hervorgeht, spricht Jesus von der Zerstörung Jerusalems und dem Untergang der Erde in Form einer ein wenig freien Wiedergabe der Weissagungen der Propheten. Seine Auffassung der letzten Dinge ist hier sehr menschengebunden. Einerseits spielen Erinnerungen an seine Kenntnis der Lehre Zarathustras, anderseits vage Erinnerungen aus seinem diskarnierten Dasein in seiner Rede mit. Wenn er beispielsweise sagt: daß Gott am Jüngsten Tage alle Toten rufen werde – stand in seiner Erinnerung der Augenblick vor ihm, wo Gott, gegen 80 Jahre vor seiner Geburt auf der Erde als Jesus von Nazareth, zum ersten Male die erdgebundenen Geister rief[1]. In den Gedanken des Menschen Jesus wurde das damals Erlebte zu einer Art von Vorauswissen; da er sich nicht erklären konnte, woher diese Vorstellungen stammten, meinte er, daß Gott ihm Wissen um das Kommende gegeben habe. Ferner mußte sein Gedanke ganz natürlich von den Toten auf die Lebenden schließen, und in seiner Rede läßt er daher Gott zugleich alle Lebenden zum Urteilsspruch rufen.

Wenn Jesus sagte: die Bösen sollen nach dem Ort fahren, der ihnen bereitet ist – geschah dies, weil er in seinem geistigen Gedächtnis eine schwache Erinnerung an die gefallenen Geister (die Ältesten) bewahrt

---

[1]) Siehe den Bericht Ardors Seite 45.

hatte, die nach fernen Gestirnen geführt wurden, um von der Finsternis gereinigt zu werden, die sie bei ihrem Fall durchseucht hatte.

Jesus konnte sich an nichts Bestimmtes über die Reinkarnation erinnern; er kannte sie, insbesondere aus der indischen Lehre, aber da er sich in diesem Punkt selbst unsicher fühlte, lehrte er nichts Bestimmtes darüber; aus einzelnen Äußerungen, die in den Evangelien erhalten geblieben sind, ersieht man aber, daß er diesem Gedanken nicht fremd gegenüberstand.

XXV

Der Einzug in Jerusalem, der in den Evangelien die Ostermahlzeit[1] einleitet, ist eine auf einem Ereignis bei einem früheren Osterfest aufgebaute Legende.

Zwei Jahre vor seinem Tode verletzte sich Jesus den Fuß, indem er über einen Stein strauchelte, als er einige Tage vor dem »Fest des ungesäuerten Brotes« des Weges nach Jerusalem gewandert kam. Da ihn der Fuß sehr schmerzte, und da er mit ihm nicht auftreten konnte, bat er einige der Apostel, die ihn begleiteten, ihm einen Esel zu verschaffen.

Dieser menschliche Unfall liegt also der Legende von dem »palmenbestreuten Einzug« zugrunde. (Vergl. Joh. 12, 16. V.)

Bei der Ostermahlzeit saßen Jesus und seine Apostel an kleinen, niedrigen Tischen, die so zusammengeschoben worden waren, daß sie einen gemeinschaftlichen länglichen Tisch bildeten. Obgleich Jesus oft an Mahlzeiten teilnahm, wo die Teilnehmer auf Ruhebänken liegend speisten, geschah dies nie, wenn er selbst Gastgeber war; alle saßen dann auf einer Art von hohen Schemeln oder Taburetten, wie dies in seinem Geburtsort Nazareth der Brauch war.

Von Jesu Gespräch mit den Aposteln während der Mahlzeit wurde im Bericht Ardors nur das mit einbezogen, was von allgemeinmenschlichem Interesse ist; das Gespräch wurde daher nur bruchstückweise wiedergegeben.

Nachdem Jesus den Aposteln in seinen Abschiedsworten befohlen hatte, seine Lehre zu verkünden, trug er ihnen auch auf, sie den Heiden zu verkünden; er forderte sie aber nicht auf, die Bekehrten zu taufen, wie dies im Evangelium erzählt wird.

Der Auftrag zur Heidenmission wurde somit beim Abschied gege-

---

[1]) Bezüglich des Abendmahles siehe Kommentar Seite 276–78.

ben und nicht, wie im Evangelium unrichtigerweise mitgeteilt wird, bei der Erscheinung Jesu nach dem Tode.

Aber als Jesus den Aposteln diesen Auftrag gab, dachte er nur an die nächsten umwohnenden nicht-jüdischen Völkerschaften, sowie an die Griechen und Römer, deren Anbetung der vielen Götter ihm wohlbekannt war.

Zur Zeit Jesu war die Welt sehr klein; infolgedessen war in seinem Gedanken nur Platz für die menschlichen Wesen, von deren Dasein er Kenntnis hatte. Deshalb kann die Heidenmission, so, wie sie oft praktiziert wurde und wird, nicht richtig mit Jesu Gedanken in Einklang gebracht werden, weil er nicht das geringste von den tief- und am tiefsten stehenden Rassen wußte, unter denen man in den letzten Jahrhunderten im Wege einer umfassenden und oft gefährlichen Missionsarbeit das Christentum einzuführen versucht hat.

Noch weniger kann diese Arbeit, die unter wenig entwickelten Heidenvölkern ausgeführt wird, mit der Art und Weise in Einklang gebracht werden, auf die Gott die Menschen zu erziehen sucht: einen Schritt vorwärts durch jede Inkarnation, von unentwickelten Wesen zu geistig klareren, freier denkenden Individualitäten, eine Verfahrensweise, durch die sie eine immer größere Fähigkeit erlangen, sich eine vollkommene, eine erhabene Gottheit vorzuspiegeln, im Zuge damit, daß das geistige Ego nach und nach durch sein Wachstum reift und sich zur bewußten Erkenntnis seines göttlichen Ursprungs und seiner ewigdauernden Existenz emporhebt. Von einem übermenschlichen Standpunkt betrachtet wird die religiöse Missionsarbeit unter tiefstehenden Heiden somit ganz überflüssig, ebenso überflüssig, wie wenn eine Mutter dem Kind in der Wiege von seinem göttlichen Ursprung und seinem himmlischen Vater spricht. Die Menschengeister, die diese Rassen beseelen, sind in der Regel so jung und unverständig, daß das Ergebnis eines Versuchs, ihnen z.B. die christliche Religion einleuchtend zu machen, in den allermeisten Fällen gleich Null sein würde. Eine Bekehrung vom Heidenglauben zum Christentum oder zu anderen hochstehenden Religionen würde daher diesen menschlichen Geschöpfen nicht das allergeringste nützen. Sofern die religiösen und ethischen Gedanken nicht in das Bewußtsein ihres Geistes als eine Selbstverständlichkeit eingegangen sind, sofern sie nicht mit ihrem innersten Wesen eins geworden sind und dadurch ihr ethisches Niveau gehoben haben, werden sie im diskarnierten Zustand ebensowenig Nutzen von diesen Vorstellungen und Gedanken haben, wie das Kind – später – Nutzen von den religiösen Mitteilungen seiner Mutter haben wird, die ihm zu einem Zeitpunkt gemacht wurden, wo sein menschliches Bewußtsein noch nicht zu klarer Erkenntnis seines eigenen Daseins in der irdischen Welt erwacht war.

Doch wenn die jungen Menschengeister allmählich in ihren Inkarnationen fortschreiten, wenn ihr Geist allmählich zu größerer Einsicht und größerer Klarheit heranreift, werden auch *sie* der Wahrheiten teilhaftig werden, die noch weit über ihrem Fassungsvermögen liegen, sowohl als Menschen wie als diskarnierte Wesen.

Die Missionstätigkeit unter tiefstehenden Menschenrassen wird daher, so wie sie ausgeübt wird, *niemals* auf gleiche Höhe mit der aufopfernden Arbeit kommen, die von vielen verschiedenen Seiten und in unzähligen Formen geleistet wurde und noch geleistet wird, sowohl in bezug auf geistige als auch auf materielle Werte. Die wenigen wirklich guten Resultate (nicht die Menschen, nur Gott kann entscheiden, wie tief eine Bekehrung geht) *können in keiner Weise die vielen Menschenleben aufwiegen, die im Laufe der Zeiten auf dem Altar der Heidenmission geopfert wurden.* Meist sind es die Missionare selbst, die den größten Nutzen von der religiösen Missionstätigkeit haben, weil diese Tätigkeit die Ausübenden oft um große geistige Werte bereichert. (Geduld, Mitgefühl, Aufopferung u.s.w.)

Dagegen kann eine allgemeine *Aufklärungsarbeit* unter tiefstehenden (nicht allzu tiefstehenden) Rassen möglicherweise in kultureller Beziehung erzieherisch wirken, und dadurch diesen Wesen, die sich oft in einer unglücklichen Lage befinden, bessere Bedingungen für ihre eigene Lebensführung und für die ihrer Nachkommen schaffen. Wenn dann mit dieser Arbeit eine leichtfaßliche Lehre vom Übersinnlichen verbunden wird, ist viel zu gewinnen. Diese geistig unentwickelten Geschöpfe haben genug, wenn sie lernen, daß ein liebevoller Gott und Vater über sie wacht, und daß sie sich im Gebet, sei es auch noch so kindlich und einfach, stets um Hilfe und Schutz vor dem Bösen im irdischen Dasein an Ihn wenden können.

Wie aus dem Bericht Ardors hervorgeht, war Judas Ischarioth nicht dazu vorausbestimmt, Jesus zu verraten. Eine *solche* Vorausbestimmung ist mit Gottes Vater- und All-Liebe absolut unvereinbar.

Judas *allein* trägt die Schuld, da er aus eigenem freiem Willen handelte; es war nicht, wie Jesus annahm, der Älteste, der ihn dazu verlockte.

Judas haßte die elf Apostel Jesu, die ihn alle soviel wie möglich mieden, und keiner von ihnen verstand die Liebe und Fürsorge, die Jesus ihm erwies, da er in seinem ganzen Auftreten von finsterem, unsympathischem und abstoßendem Charakter war. Die Geringschätzung und der Unwille, womit die elf Apostel Judas ständig begegneten, weckten zuletzt seinen Zorn, nicht nur gegen seine Mitapostel, sondern auch gegen Jesus.

Jesus, den Judas' immer verschlosseneres Wesen ängstete, fürchtete, daß er als Denunziant und Ankläger auftreten werde, weshalb Jesus ihn bei der Abschiedsmahlzeit vor den bösen Gedanken warnte, die ihn zu übermannen drohten. Das Ergebnis war genau das Gegenteil von dem, was Jesus anstrebte und wünschte. Seine Worte verbitterten Judas noch mehr – und er ging fort, um dem Hohen Rate mitzuteilen, wo Jesus zu finden war.

Jesu Verurteilung und Tod waren jedoch in keiner Weise vom Verrat des Judas abhängig. Zu diesem Zeitpunkt hatten mehrere Mitglieder des Hohen Rates beschlossen, den Nazarener zu fällen.

Aus Verzweiflung über seine Falschheit gegen Jesus tötete Judas sich selbst.

Alle elf Apostel haben schuld an der Handlungsweise des Judas; hätten sie versucht, Jesu Liebe und Milde nachzuahmen, in der ernsten Absicht, Judas zu einem der ihren zu machen, anstatt ihn stets zurückzustoßen, wäre er kaum zu dem geworden, der er wurde: zum Verräter und Selbstmörder.

Die Erzählung von den dreißig Silberlingen ist Legende.

Die Erscheinung im Garten von Gethsemane ist ebenfalls Legende.

Jesus war traurig im Gedanken daran, was ihn erwartete, aber vollkommen ruhig. Er kniete nieder und bat in einem inbrünstigen Gebet um die *Kraft, dem Kommenden zu begegnen*. Die Apostel, die ihn hier begleiteten, schliefen oder ruhten, während Jesus im Gebet versunken war.

Jesu Worte in Gethsemane: »Mein Vater! wenn es möglich ist, so gehe dieser Kelch an mir vorüber; doch nicht wie ich will, sondern wie du willst«, wurden Jesus später in den Mund gelegt, um zu erklären, weshalb Gott Seinen Sohn nicht vor dem Tode am Kreuze rettete. Mit den Worten: »Doch nicht wie ich will, sondern wie du willst« sollte bewiesen werden, daß Jesus sich freiwillig dem Willen Gottes beugte, und daß Jesu Tod am Kreuze eine Vorausbestimmung von seiten Gottes war. Doch Jesus hat sich niemals so geäußert; es fiel ihm gar nicht ein, Gott um Hilfe zu bitten, um den drohenden Leiden oder dem herannahenden Tod zu entgehen.

Von dem Augenblick an, da Jesus nicht für den gefallenen Bruder zu beten vermochte und daher nicht über die Finsternis siegte, trug er den Schmerz der Niederlage in seinem Herzen. Dies im Verein damit, daß er, obwohl er sich seiner Eigenschaft als Sendbote Gottes sicher war, dennoch daran zweifelte, ob er der erwartete Messias[1] sei, prägte sein Verhältnis sowohl zu den Menschen als auch zu Gott, und obwohl Jesus in seinem Erdenleben oft von dem schwächenden Einfluß des Zweifels[2] auf die Hoffnung und das Vertrauen sprach, zweifelte er doch selbst in diesem für ihn so entscheidenden Punkt. Die Festigkeit seines Auftretens und die Festigkeit seiner Worte war daher geringer als vorgesehen, ebenso wie sein eigenes Verhältnis zu Gott darunter litt. Aus diesem Grunde war es ihm nicht möglich, einen Weg zwischen den beiden für sein Erdenleben festgelegten äußersten Punkten zu finden, obwohl Gott als sein Schutzgeist und Leiter ihn in vieler Weise zu stützen und anzuleiten suchte. Jesu Schmerz darüber, daß er das Angestrebte nicht erreicht hatte, überschattete sein Wesen immer mehr und entmutigte ihn, so daß er zuletzt nur einen Ausweg sah, um dem Zweifel, dem Haß und der Verfolgung der Menschen entgegenzutreten: durch seinen Tod die Wahrheit seiner Lehre zu bekräftigen. Und er wanderte seinem Tode ohne Furcht und ohne Wanken entgegen; er erkannte klar, daß seine Kraft, seine geistige Entschlossenheit zu schwach war, um über die menschliche Verblendung zu siegen.

Der älteste unter den Jüngsten war also auf die Erde entsandt worden, um als Jesus von Nazareth eine Aufgabe zu erfüllen, die in zwei Teile zerfiel. Erstens: für den ältesten gefallenen Bruder zu beten, zweitens: den Menschen das Evangelium der Liebe zu bringen.

Obgleich der erste Teil der Aufgabe Jesu mißlang, hätte er doch möglicherweise den zweiten vollenden können, wenn er gewagt hätte, voll und ganz an die innere Stimme – die Stimme Gottes – zu glauben, die ihm unablässig zuflüsterte, daß er der Messias sei. Durch diesen seinen festen Glauben an das Wahre und Erhabene seines

---

[1]) Siehe den Bericht Ardors Seite 48–49.
[2]) Siehe den Bericht Ardors Seite 72–73.

innersten Wesens hätte er erreicht, in vollen, harmonischen Einklang mit Gott und mit dem Willen Gottes zu kommen, und im Zuge seines allmählichen Sich-Einlebens in den Messiasgedanken hätte sein Auftreten das Gepräge einer so göttlichen Kraft und Festigkeit erhalten, daß er bei der Ausführung des letzten Teiles seiner Aufgabe über den Einfluß der Finsternis gesiegt hätte, so daß der Tod am Kreuze vermieden worden wäre, ungeachtet dessen, daß ihn die Finsternis zu einem früheren Zeitpunkt verhindert hatte, sich an das Gebet für den gefallenen Bruder zu erinnern.

Jesu fester Glaube daran, daß er und kein anderer der Messias sei, hätte die Grundlage des zweiten Teiles seiner Mission sein sollen, und der Kulminationspunkt seiner geistigen Reife als Reformator und Religionsbegründer wäre in dem Augenblick erreicht worden, wo er sich dem Glauben an die Wahrheit des Messiasgedankens voll und ganz ergeben hätte.

Aber Jesu tiefer Schmerz über die erlittene Niederlage drängte den Messiasgedanken in den Hintergrund und verhinderte ihn, die geistige Reife zu erreichen, die für sein Auftreten als Reformator erforderlich war. Deshalb gelang es ihm nicht, die Führenden und Leitenden für seine Lehre der Liebe zu gewinnen, so daß er auch die Ausführung des zweiten Teils der Aufgabe, die er übernommen hatte, nicht ganz vollenden konnte.

Jesus wagte nie, Menschen dazu aufzufordern, für den Bösen zu beten; er wußte, daß niemand ihn verstehen würde, da er in seinem irdischen Dasein nicht imstande war, den Zweck eines solchen Gebetes zu erklären, und da er außerdem das bestimmte Gefühl hatte, daß eine Fürbitte nichts nützen würde, wenn sie nicht voll und ganz aus der Tiefe des Herzens käme, als Ausdruck des Verständnisses des Betenden für die, und seines Mitleids mit den Leiden des Bösen – so schwieg er denn, weil er wußte, daß alle, die um ihn waren, nur Abscheu und Grauen für Satan übrig hatten, und weil er fühlte, daß er selbst – als Mensch – nicht vollauf das erforderliche Mitleid mit dem gefallenen Bruder hatte.

So, wie es dem ältesten unter den Jüngsten in dieser Inkarnation erging, ist es den Jüngsten oft in den verschiedenen Missionen ergangen, die sie unter den Menschen auf sich genommen haben. Zweifel an der Macht ihrer Persönlichkeit, Zweifel an der Wahrheit ihrer Worte oder Zweifel an der unbedingten Hilfe Gottes in den kritischen

Augenblicken brachten sie ins Wanken, wodurch sie langsam unter den Einfluß der Finsternis gerieten, und die Menschen dankten ihnen dann für ihre Opferwilligkeit, indem sie sie auf verschiedene Weise geistig oder körperlich marterten – oder indem sie ihnen den Tod gaben.

Der leiseste Zweifel, das geringste Wanken schwächt jederzeit die Kraft der Lichtwelle, die auf dem von Gott gebahnten Lichtweg zur Erde von Ihm zu jedem Menschen strömt, ohne Rücksicht darauf, ob die Persönlichkeit des menschlichen Körpers einer der Jüngsten, ein Menschengeist oder einer der Ältesten, der nach dem Gesetz der Vergeltung inkarniert wurde, ist.

Daher: je größeres Vertrauen der einzelne auf das Göttliche im Ich besitzt, desto größer wird die Kraft und die Hilfe von Gott, und desto leichter wird der Sieg über der Menschen Vorurteile, Mißtrauen und Spott, ja, über alles, was der Finsternis angehört.

XXVI

Judas küßte Jesus nicht, als er ihn verriet.

Petrus, der ein heftiges, jähzorniges Gemüt hatte, schlug, um Jesus zu schützen, einen der Knechte ins Gesicht. Die Erzählung von dem Schwert und dem abgehauenen Ohr ist Legende.

Die Verleugnung des Petrus wurde nicht in den Bericht Ardors aufgenommen, weil sie in keiner Weise die Rolle spielt, die ihr die Evangelisten beigemessen haben.

Jesus hatte den Aposteln gegenüber oft Simon Petrus als ihren Führer, wenn er sie verlassen haben würde, bezeichnet. Da Petrus ein heftiges Gemüt hatte, verbot Jesus ihm, ihn zu begleiten, als er zum Hause des Hohenpriesters geführt wurde, damit Petrus nicht durch irgendeine unbesonnene Handlung sich selbst oder die übrigen Apostel in Gefahr brächte.

Petrus' Schmerz über die Gefangennahme Jesu war so groß, daß er sich nicht an das Verbot zu halten vermochte, weshalb er ihm, ohne von Jesus gesehen zu werden, nachschlich und sich im Hof um das Haus des Kaiphas versteckte, um dem geliebten Meister so nahe wie möglich zu sein.

Aber in dem Augenblick, wo die Frage an ihn erklang: ob er einer der Anhänger des Nazareners sei, erinnerte er sich an sein Versprechen: Leiter der Apostel zu sein; und um nicht gegen Jesu Wunsch zu handeln, sah er keinen anderen Ausweg als den, zu leugnen, daß er ihn kenne und mit ihm in Verbindung stehe. Petrus handelte also nicht aus Furcht um sein Leben, sondern aus Furcht vor Jesu Mißbilligung seiner eigenmächtigen Handlung.

Jesu Vorhersage der Verleugnung des Petrus ist erdichtet, ebenso wie der Bericht von Jesu späterhin dreimal wiederholter Frage: Simon, Sohn des Johannes, liebst du mich? u.s.w. (Joh. 21, 15–18).

Das Verhör des Hohenpriesters mit Jesus wurde im Bericht Ardors nicht in extenso wiedergegeben, sondern nur in Bruchstücken, weil die Evangelien einen Teil des Verhörs einigermaßen korrekt bewahrt haben.

Das Verhör des Pilatus mit Jesus gestaltete sich im wesentlichsten als Wiederholung desjenigen des Hohenpriesters. Jesu Antwort war gleichlautend mit der, die er dem Kaiphas gegeben hatte.

Der Bericht von Barabbas ist richtig, er wurde auf Kosten Jesu freigegeben.

Die Erzählung vom Traum der Ehefrau des Pilatus ist erdichtet.

XXVII

Gleichzeitig mit Jesus wurden zwei Straßenräuber gekreuzigt; diese wurden ohne Fußstütze an das Kreuz gebunden, weshalb ihr Tod mehrere Stunden vor dem Tode Jesu eintrat. Da beide Straßenräuber von dem Trunk, den man ihnen vor der Kreuzigung gegeben hatte, schwer betäubt waren, war ein Gespräch zwischen ihnen und Jesus eine Unmöglichkeit. Der Bericht des Evangeliums von Jesu Worten an den Räuber ist legendarisch.

Jesus lehnte den betäubenden Trunk ab, weil er die Leiden, die ihm beschieden waren, voll und ganz erdulden wollte.

Das Erdbeben, das gleich nach der Kreuzigung verspürt wurde, stand in Verbindung mit einem Vulkanausbruch im nordöstlichen Palästina (dem alten Basan). Die Wirkungen des Erdbebens erstreckten sich auf Jerusalem und einige südlich davon gelegene Orte. (Das Beben war hier nicht besonders stark.) Zugleich zogen schwere, dunkle Gewitterwolken am Himmel auf und verwandelten das klare Tageslicht in dunkle Dämmerung. Die Wolken zogen nach Verlauf einiger Stunden weiter, ohne sich zu entladen. Die Dunkelheit, die erdrükkende Stille zugleich mit dem Erdbeben genügten, um dem abergläubischen Volk einen wahren Schrecken einzujagen, weshalb alle in panischem Entsetzen in die Stadt flohen.

Die Mitteilungen des Matth.-Evang. über die Begebenheiten, die nach der Kreuzigung stattfanden, sind übertrieben und unwahrhaftig. (Vergl. Matth. 27, 51–54, mit der obenstehenden Erklärung.)

XXVIII

Zur Zeit Jesu lag die Mauer um Jerusalem an vielen Stellen in Trümmern, an anderen Stellen fanden Ausbesserungen und Neuaufführungen statt, weshalb es für jeden, der wollte, leicht war, trotz der ausgestellten Wachtposten unbemerkt hin- und zurückzukommen.

Am Grabe hielten keine römischen Soldaten Wache.

Da der Körper Jesu vor der Grablegung gesalbt und in Leinen gehüllt wurde, ist der Bericht von den Frauen, die am nächsten Morgen kamen, um seinen Leichnam zu salben, ungenau – die Frauen kamen, um am Grabe Jesu zu trauern.

Wenn der menschliche Körper tot ist, muß er naturnotwendig aufgelöst und vernichtet werden.[1] Nachdem die Finsternis, durch den Sieg Gottes und des Lichtes, vergänglich geworden ist, muß infolgedessen alles, was von der Finsternis hervorgerufen und geschaffen wurde, ebenfalls vergänglich sein. Die Auferstehung des irdischen Körpers Jesu steht daher in Widerspruch sowohl mit den temporären[2] physikalischen und chemischen Gesetzen, als auch mit dem ewigen Gesetz des Lichtes, das Gott niemals bricht.

Maria von Magdala war Hellseherin; deshalb sah sie allein Jesu geistigen Leib, der für die übrigen unsichtbar war; der Geist Jesu war also in diesem Fall nicht materialisiert.

Maria von Magdala[3] war die Frau, die Jesus in den letzten Jahren seines Erdenlebens am nächsten stand. Ihre tiefe Trauer und ihre Sehnsucht nach Jesus riefen seinen befreiten Geist zurück, und als er vor ihr stand, sah sie ihn mit dem Auge ihres Geistes.

---

[1]) Siehe Kommentar Seite 210–11.
[2]) Siehe die Übersicht Seite 365–66.
[3]) Maria von Magdala war eine von den Ältesten. Durch Jesu Fürsorge für sie wurde sie der Leitung Gottes zugeführt, um in neuen Inkarnationen zu sühnen, was sie gegen die Menschheit verbrochen hatte.

XXIX

In seinem Bericht unterstreicht Ardor, daß Jesus, als er den Aposteln erschien, am oberen Ende des Tisches stand. Jesus wählte diesen Platz, damit sie alle wissen könnten, daß er nicht durch die Eingangstür auf normale Weise zu ihnen gekommen sei.

Mit der Erlaubnis Gottes und kraft seines eigenen Willens trat Jesus vor die Apostel, also ohne mediale Vermittlung, aber dennoch materialisiert infolge seines Willens.

Jesu Himmelfahrt ist Legende.

XXX

Die Legende vom Pfingstwunder ist der Furcht und dem Entsetzen zuzuschreiben, das ein zu einem ungewohnten Zeitpunkt plötzlich ausbrechendes Gewitter bei den furchtsamen, abergläubischen und fanatisch aufgepeitschten Menschen hervorrief.

Gott, der zu allen Zeiten und auf mannigfache Weise die bösen Anschläge des Ältesten zum Bestmöglichen zu wenden suchte, ließ den Aposteln wirklich durch ihren starken Glauben und ihr festes Vertrauen größere Geisteskraft zufließen – aber erst in dem Augenblick, als ihre Gedanken in dem inbrünstigen Dankgebet den Gedanken Gottes fanden[1].

Die lügnerische Erklärung des Vorgefallenen, die die Jünger Simon Petrus gaben, schuf eine Bewegung – das Zungenreden – die bekanntlich noch heute unter exaltierten und nervös hysterischen Menschen Proselyten macht; eine Bewegung, die absolut keine wie immer geartete Berechtigung besitzt, da fanatisierte Menschen nie mit hinlänglicher, wirklicher Klarheit und Entschiedenheit denken und sprechen können. Menschen, die sich kritiklos der Macht des »Zungenredens« unterwerfen, ziehen in der Regel die Finsternis[2] an sich und ihre Umgebung heran, wodurch sie häufig sich selbst und anderen schwere geistige Leiden bereiten. Das Licht dagegen strömt den Menschen stärker und reiner zu, bei denen sich der religiöse Glaube ohne jegliche Eigenliebe, Sittenrichterei und Selbstgerechtigkeit als unerschütterliches Vertrauen auf Gott im

---

[1]) Siehe über das Gebet in der Rede Christi, Seite 142–45.

[2]) Viele Zungenredner waren von erdgebundenen Geistern besessen, die Ältesten einbegriffen.

Verein mit uneigennütziger Liebe zu und tiefem Mitleid mit allen Unglücklichen und Leidenden zeigt. Diese Menschen können ihren Mitmenschen einen wirksamen geistigen Trost und Geisteskraft durch wohlgeformte Reden spenden, die auf klaren, folgerichtigen und zureichenden Gedanken fußen.

XXXI

Die große Sehnsucht der Apostel nach ihrem geliebten Meister und ihre ständige Hoffnung auf seine baldige Wiederkehr, eine Hoffnung, die auf ihre unrichtige Auffassung seiner Rede[1] vom Untergang der Erde, sowie auf die Offenbarung des Johannes – inspiriert von dem Ältesten – zurückzuführen war, ist schuld daran, daß viele Menschen noch heute: Jesu Wiederkehr, das Tausendjährige Reich, die Vernichtung der Erde, das Jüngste Gericht u.s.w. erwarten.

Solange nicht die ganze Menschheit die höchstmögliche irdische[2] Vollkommenheit erreicht hat, wird die Erde nicht vernichtet werden. Und wenn der Zeitpunkt, in Jahrmillionen, gekommen ist, wo der Erdball kraft des Willens Gottes in seine Bestandteile aufgelöst wird, werden alle Menschen ihn verlassen haben; kein irdisches Wesen wird auf der Erde zugegen sein, wenn ihr »Tod« eintritt.

XXXII

Saulus' Erlebnis der Erscheinung Jesu auf dem Wege nach Damaskus war ein geistiges Erlebnis. Jesus erschien nicht materialisiert vor seinen irdischen Augen, sondern erschien ihm, während sein Körper im Schlafe ruhte. Die Erinnerung an das Gesehene stand so deutlich vor Saulus, daß er, wie auch aus dem Bericht hervorgeht, den Eindruck hatte, daß es der von Jesu Leib ausstrahlende Lichtglanz gewesen sei, der seine Augen geblendet habe.

XXXIII

Wie tief ergriffen Saulus auch von Jesu Worten und Auftreten war, so kam er doch niemals so weit, daß er imstande gewesen wäre, von den alten rabbinistischen Lehren loszukommen, weshalb die Form, in der das Christentum in seiner Auslegung zutage trat, zu einer

---

[1]) Siehe den Bericht Ardors Seite 74–75 und Kommentar Seite 264.
[2]) Siehe die Übersicht Seite 366–67 und 387–88.

gründlichen Entstellung der schlichten, schönen Lehre Jesu von der Liebe wurde; eine Entstellung, die einerseits auf Saulus' großes Selbstvertrauen, anderseits auf das ständige Eingreifen des Ältesten zurückführen war.

Gott, der aus tiefem Mitleid die elendigen Geschöpfe Seiner gefallenen Kinder in Seinen Gedanken aufnahm und dadurch die Menschen des ewigen Lebens teilhaftig werden ließ, hatte es wahrlich nicht notwendig, ein blutiges Opfer als Sühne für die Sünden und Laster der Menschheit zu verlangen. Die Auslegung des Todes Jesu am Kreuz als das »Opferlamm«, in dessen Blut alle Sünder reingewaschen werden sollten, ist daher ein vollkommen gotteslästerlicher Gedanke – der Saulus von dem Ältesten eingegeben wurde.

Tieropfer sind eine so uralte Sitte, daß sie bis zu den Mlaiwa im Stillen Ozean zurückverfolgt werden können; und obwohl Saulus' Auslegung, daß Jesus das Opferlamm der Menschheit sei, von Anfang an nur als Symbol gedacht war, ist es ein Symbol, das nur dem Eingriff der Finstenis zuzuschreiben sein kann, weil Gott niemals solche Handlungen verlangt hat und sie niemals verlangen wird, um die Sünden der Menschheit zu vergeben.

Die Gedenkmahlzeiten, die in den von den Aposteln gegründeten Gemeinden abgehalten wurden, wurden anfangs nur zur Erinnerung an Jesu Abschied von seinen Freunden abgehalten. Erst durch Saulus' Auslegung erhielten sie eine andere Bedeutung.

Die Worte, womit er Jesu Handlung zu erklären suchte, wurden ihm von dem Ältesten eingegeben. Die Worte wurden von allen Kirchengemeinden, die Saulus gegründet hatte – später auch von anderen Gemeinden – aufgenommen, und diese Worte waren zuletzt so fest in den Gedanken der Menschen verwurzelt, daß sie zur Zeit der Evangelisten Jesus zugeschrieben wurden.

Das Abendmahl in der neuen Form wurde, nachdem es eine symbolische Handlung gewesen war, immer mehr materiell, bis das Brot und der Wein allmählich zum sichtbaren Ausdruck für »Jesu wahrhaftiges Fleisch und Jesu wahrhaftiges Blut« wurden (Joh. 6, 53–56).

Die Christen, die der Auffassung sind, daß sie, indem sie »das Fleisch und Blut ihres Gottes[1] essen und trinken«, Nachlaß der Sün-

[1]) Christus als zweites Glied des dreieinigen Gottes; die in der christlichen Religion übliche Deutung Gottes als: Vater, Sohn und Heiliger Geist.

den erlangen und der Seligkeit des Himmels teilhaftig werden, stellen sich auf die gleiche religiöse Stufe wie die sogenannten Heiden – auch wenn das Abendmahl nur als symbolisch betrachtet wird.

Menschen, die gewohnheitsgemäß, oder weil es der Brauch ist, am Abendmahl teilnehmen, machen sich alle einer ungebührlichen Handlung schuldig, und diejenigen unter den Dienern der Kirche, die sich im Inneren von diesem Brauch angewidert fühlen – dessen erste schwache Spuren auf uralte heidnische Zeremonien zurückgeführt werden können – und doch fortsetzen, die Teilnehmer bei der Verabreichung des Abendmahles zu bedienen, weil sie nicht wagen, mit den von Menschen abgefaßten und von Menschen festgesetzten Dogmen zu brechen, übernehmen dadurch eine ganz außerordentlich große Verantwortung.

Viele Christen, die in vollem Vertrauen auf die überlieferten Mitteilungen über die sakramentale Wahrheit des Abendmahles an der Abendmahls-Mahlzeit teilnehmen, fühlen sich dadurch sehr oft getröstet und gestärkt; aber der geistige Friede und die Geisteskraft, die sie empfangen, sind keine Folgen des Genusses des »Sakramentes«, sondern eine Folge ihrer aufrichtigen Reue im Verein mit dem Gebet, das sie zu Gott – oder zu Christus – um Vergebung ihrer Sünden emporsenden, da jedes inbrünstige und von Herzen kommende Gebet stets Gottes Gedanken findet, und die Beantwortung des Gebetes wie ein tiefes, unfaßbares Gefühl des Friedens empfunden wird.

Kein Mensch kann durch das Sakrament des Altares von seiner Sündenschuld befreit werden; – jeder muß seine Sünden im Sinne des von Gott gegebenen Gesetzes der Vergeltung sühnen, entweder dadurch – wenn er die Sünde nicht bereut – daß er vom Rückschlag des sündigen Gedankens oder der sündigen Handlung getroffen wird, oder dadurch – wenn er die Sünde bereut – daß er in späteren Inkarnationen Werke der Liebe und Barmherzigkeit den Menschen gegenüber übt, gegen die er gesündigt hat.

Verstöße gegen Gott oder gegen das Göttliche im Menschen **können nur durch tiefgefühlte Betrübnis und Reue gesühnt werden**. Kein Mensch kann die Sündenschuld eines anderen auf sich nehmen, und der älteste unter den Jüngsten hat durch seinen Tod am Kreuz **in keiner Weise die Sünden der Menschheit auf sich genommen – ge-**

schweige denn sie gesühnt[1]. Aber jedermann kann durch ein inbrünstiges Gebet zu Gott das künftige Los sündiger Mitmenschen mildern, weil jedes unselbstische Gebet, das aus einem liebevollen, mitleidigen Herzen kommt, stets das Licht zu denen hinzieht, für die gebetet wird, und der zugeführte Lichtstrom zerstreut dann die Finsternis, die den Sünder oder Verbrecher umgibt, so daß sich der Schutzgeist – das Gewissen – besser geltend machen kann, wodurch sein Gebot leichter befolgt werden kann. Auf diese Weise können die Menschen einander eine sehr große und sehr wertvolle Hilfe leisten[2].

Wenn die Christen das Abendmahl an seinen rechten Platz stellen und zu einem Gedächtnisfest machen würden, das am Gründonnerstag abends in den Kirchen oder zu Hause abgehalten würde, würde dies den ältesten unter den Jüngsten inniglich freuen; denn dann würde er in hohem Maße das erreichen, was er als Jesus von Nazareth anstrebte: **daß die, die ihn lieben, an diesem Abend seiner gedenken**.

Eine nähere, mehr ins einzelne gehende Darlegung der mehr oder weniger wahrhaftigen Berichte der Evangelien von Jesu Leben und Dasein, sowie der Einschübe und Zusätze späterer Zeiten kann auf diese Weise nicht vorgenommen werden; das würde eine allzu große, ja, ganz und gar nicht zu bewältigende Arbeit von seiten des Mediums, das als Mittler benützt wurde, erheischen. Aber auf der hier gegebenen Grundlage können diejenigen, die sich dazu berufen fühlen, selbst nach den echten Perlen forschen, die sich in allen vier Evangelien finden.

Nur soviel sei noch gesagt, daß niemand das Recht hat, den Evangelisten die unrichtigen, entstellten oder ganz unwahren Mitteilungen vorzuwerfen, die sie der Nachwelt überliefert haben, da man sich wohl vor Augen halten muß, daß nichts niedergeschrieben wurde, während Jesus lebte, sondern erst ein Menschenalter nach seinem Tode. In der dazwischenliegenden Zeit wanderten die Worte Jesu und die Berichte von seinem Leben und seinen Wundertaten von Mund zu Mund. Hier wurde etwas hinzugefügt, dort etwas entfernt; es ist daher leicht zu verstehen, daß eine befriedigende und in allen Einzelheiten

---

[1]) Siehe die Rede Christi Seite 136.
[2]) Siehe die Rede Christi über das Gebet Seite 144–45.

genaue Wiedergabe solcherart unmöglich sein mußte. Außerdem darf man nicht vergessen, daß der Älteste schuld ist an den meisten der vielen Entstellungen, Widersprüche und Unwahrhaftigkeiten. Und obwohl den Evangelisten von seiten mehrerer der zu diesem Zeitpunkt diskarnierten Jüngsten viel Hilfe durch inspiratorische Beeinflussung geleistet wurde, war es unmöglich, **solange der Älteste nicht von der Macht der Finsternis befreit war, zu erreichen, daß alles in genauer Übereinstimmung mit der Wahrheit stand**.

Die Evangelien wurden von keinem Apostel verfaßt. Dasjenige, welches den Namen Johannes' trägt, wurde von einem seiner Jünger verfaßt, der griechischer Abstammung war. Das Evangelium wurde nach dem Tod des Apostels Ende des ersten Jahrhunderts gesammelt und vollendet. Kleinere Bruchstücke dieses Evangeliums waren jedoch vor seinem Tod niedergeschrieben und auf den Versammlungen der Gemeinde vorgelesen worden. Nur ein geringer Teil des gesamten Werkes war dem Apostel Johannes bekannt und von ihm genehmigt.

Es ist in keiner wie immer gearteten Weise berechtigt, die Apokalypse als eine von Gott stammende Offenbarung zu betrachten. Sie wurde durchweg von dem Ältesten inspiriert. Der irdische Verfasser der Apokalypse ist in keiner Weise identisch mit dem Verfasser des Evangeliums gleichen Namens.

Die Apostelgeschichte und die vielen Briefe, die in das Neue Testament aufgenommen wurden, sollten nur als mehr oder weniger erbauliche Lektüre betrachtet werden, und nicht alle Berichte der Apostelgeschichte stimmen mit der Wahrheit überein, ebenso wie nicht alle Briefe von den genannten Personen herrühren.

XXXIV–XXXV

Die historische Übersicht, die Ardor gegeben hat, um die Vergangenheit mit der Gegenwart zu verbinden, wurde so kurz und einfach wie möglich gestaltet; nur das unbedingt Notwendige wurde einbezogen, weil jeder, der will, mit Hilfe der vielen Übersichten über die Weltgeschichte und über die Kirchengeschichte, die es gibt, selbst die fürchterlichen Religionskriege und anderen Streitigkeiten jener Zeiten, ebenso wie die Machtgier und Herrschsucht der Leitenden, studieren kann, die sie zu entsetzlichen Verbrechen trieb, um die erstrebten Stellungen zu erlangen u.s.w.

Jedermann kann sich auch selbst, wenn er will, mit den vielen verschiedenen sektiererischen Abarten der Lehre Christi und dem, was sich daraus an Streitigkeiten, Aberglauben und Heuchelei ergibt, bekannt machen. –

XXXVI

Wenn Ardor in seinem Bericht sagt: daß Gott etwas mehr als acht Dezennien vor der Geburt des ältesten der Jüngsten auf der Erde – also ungefähr einundachtzig Jahre vor Christi Geburt – Seine Stimme vor den erdgebundenen Geistern erschallen ließ, ist die Zahl der Jahre nach der herkömmlichen Zeitangabe für die Geburt Jesus von Nazareths angegeben; da aber Jesu Geburtsjahr ca. 5 Jahre zu spät angesetzt ist, fand die Geburt des ältesten unter den Jüngsten als Mensch Jesus in Wirklichkeit ungefähr sechsundsiebzig Jahre, nachdem Gott zum ersten Male nach den erdgebundenen Geistern gerufen hatte, statt.

Die Jahrhunderte der Rufe Gottes fielen nicht mit den irdischen Jahrhundertwenden zusammen.

Im Jahre 1857 begann Christus zusammen mit mehreren anderen unter den Jüngsten, die versprochen hatten, ihm behilflich zu sein, seine dornenvolle Wanderung auf dem Erdball, um sich als Diskarnierter durch die Medien in direkte Verbindung mit den Menschen zu setzen und mit Hilfe der Medien auf die erdgebundenen Geister einzuwirken zu suchen, eine Arbeit, die kein Mensch voll und ganz fassen oder durchdenken kann.

Auf Grund des Lichtstroms, der durch die Arbeit der Jüngsten für die Menschheit in den verflossenen Jahrmillionen der Erde zugeführt worden war, war auf dem astralen Gegenstück des Erdballs allmählich anstatt der dichten Finsternis, die die Erde bei der Erschaffung der Menschen umlagert hatte, ein schwaches Dämmerlicht eingetreten. Aber an manchen Stellen, insbesondere dort, wo sich erdgebundene Geister in größerer Anzahl aufhielten, fanden sich große, dichte Anhäufungen von Finsternis, die wie kompakte Wolkenformationen wirkten, und da die astrale Finsternis für alle diskarnierten Wesen eine Realität ist, mußten die Jüngsten auf ihren Wanderungen unablässig mit Hilfe des Lichtes, das aus ihren Geisterleibern strömte, diese Anhäufungen von Finsternis durchbrechen.

Also mußten die Jüngsten im Halbdunkel und oft in vollkommener

Finsternis, die nur von dem Licht durchbrochen wurde, das sie selbst ausstrahlten, von einem Ort zum anderen wandern, um menschliche Helfer aufzusuchen. Hinzu kam der Anblick der Tausenden und Abertausenden von elenden und übelstinkenden erdgebundenen Geistern, die von Entsetzen ergriffen nach allen Seiten flohen, wo die strahlenden Lichtgestalten einhergeschritten kamen.

In dieser furchtbaren Umgebung mußten sich Christus und seine Begleiter bewegen, ohne in ihre Wohnungen in der 6. Sphäre zurückkehren zu können, um Ruhe und Frieden vor den Ausdünstungen und dem grauenerregenden Schauspiel der Finsternis zu finden. Eine Reihe von Erdenjahren hindurch mußten sie sich auf der astralen Erdebene aufhalten, ehe sie nach unzähligen Enttäuschungen und zahlreichen geistigen Leiden das Ziel erreichten, das Gott ihrer Wanderung und ihrem Wirken dort gesetzt hatte.

Nach Ablauf einiger Zeit faßten einige der erdgebundenen Geister den Gedanken, daß die Geister des Lichtes möglicherweise gekommen seien, um ihnen aus ihrem fürchterlichen, gebundenen Dasein auf der Erde herauszuhelfen. Diese Geister scharten sich daher in großen Mengen um die Orte, wo Christus versuchte, sich mit den sogenannten Medien in Verbindung zu setzen. Dies erschwerte in hohem Grad die ohnedies schon schwierige Arbeit, weil die Anhäufungen von Finsternis, die diese Menschengeister mit sich führten, sich über alle senkten, sowohl über die Geister des Lichtes als auch über die von irdischer Seite anwesenden Séanceteilnehmer. In den ersten vielen Jahren waren die Geistermitteilungen daher sehr mangelhaft und irreführend, meist ganz unrichtig, was in den meisten Fällen nicht den Medien zur Last gelegt werden konnte, was aber natürlich viel, und berechtigten, Zweifel an der Echtheit der behaupteten Geisterverbindungen erweckte.

Diese Unbilden kamen jedoch hauptsächlich in den Kreisen vor, wo die Séancen nicht von den Geistern des Lichtes beschützt wurden, sei es, weil einer der Ältesten mit dem menschlichen Körper des Mediums als dessen geistiges Ich verbunden war, sei es, weil die Séanceteilnehmer selbst in ihren Gedanken und ihrer Handlungsweise zu erdgebunden waren, oder auch, weil der Älteste und die diskarnierten Ältesten als geistige Séanceleiter auftraten, um auf diese Weise der Arbeit Christi entgegenzuwirken. Sehr oft meldeten sich die Ältesten unter den Namen, die Christus und seine Helfer anwandten, weil sie ganz richtig annahmen, daß die wenigsten imstande sein würden, zu entscheiden, ob sie einem Geist des Lichtes oder der Finsternis gegenüberstünden.

Der Älteste suchte die Medien beständig dazu anzuspornen, Trance[1], Materialisationsphänomene[1] und dergleichen zu versuchen, um dadurch mehr Macht über sie zu erlangen. Ebenso eiferte er die erdgebundenen Geister an, eigenmächtig das Medium und die Séanceteilnehmer in Besitz zu nehmen, wodurch unzählige lügnerische Mitteilungen gemacht wurden, da sich diese von der Finsternis irregeführten Geister nicht scheuten, unter den wohlbekannten, wohlklingenden Namen verstorbener Persönlichkeiten aufzutreten. Séanceteilnehmer, die solchen Mitteilungen, deren Unwahrheit leicht nachweisbar war, ausgesetzt wurden, waren geneigt, alles als lauter Lüge und Betrug aufzufassen.

Viele Menschen, die die spiritistischen Kreise besuchten, erhielten jedoch sehr oft wahrhaftige Mitteilungen von verstorbenen Verwandten und Freunden, die diese verlockende Gelegenheit dazu benützten, sich – ohne Erlaubnis – durch mediale Rede, Schrift oder Materialisationen in Erinnerung zu bringen.

Auf Grund der energischen Arbeit des Ältesten, die bezweckte, den Geistern des Lichtes entgegenzuwirken, wurden zahlreiche spiritistische Kreise gebildet, wo es sehr oft betrügerische Medien gab. Ebenso erhielten viele dieser Kreise, die von vollkommen kritiklosen Menschen gebildet wurden, ein unliebsames vulgäres Gepräge, was sich in hohem Grad schädlich auf die Arbeit, die die Geister des Lichtes auszuführen suchten, auswirkte.

Dennoch gab es Menschen, die mit wirklichem Ernst und uneigennützigem Interesse Ordnung in das spiritistische Chaos zu bringen suchten. Unter diesen Menschen fanden Christus und seine Helfer mehrere, die ihnen wertvolle Hilfe bei ihrer Arbeit leisteten, durch die die erdgebundenen Geister befreit und ein Teil der Wahrheiten des Lichtes an den Tag gebracht werden sollten, Wahrheiten, die in vielen Punkten der orthodoxen Lehre zuwiderliefen. Aber die Mitteilungen der Jüngsten kamen sehr sporadisch, an mehreren verschiedenen Orten, und ständig vermischt mit den Lügen des Ältesten, zutage.

---

[1]) Siehe über Trance und Materialisationen Seite 288–92.

Wenn Christus und seine Helfer Menschen gefunden hatten, die möglicherweise als Mittler für ihre spezielle Arbeit benützt werden konnten, suchten sie auf verschiedene Weise das Interesse für die übersinnliche Verbindung zu stärken, indem sie zugleich ganz allmählich die Gedanken der Séanceteilnehmer auf religiöse Fragen lenkten. Aber nur eine sehr geringe Anzahl der Spiritistenkreise[1], die sie (auf der ganzen Erde) besuchten, vermochten sich auf die Dauer für die rein geistigen Fragen und Antworten zu interessieren, und sobald der Wunsch nach physischen Manifestationen die Alleinherrschaft in den Kreisen antrat, mußte Christus betrübt das gewonnene Terrain aufgeben, um andere, verständnisvollere Mittler aufzusuchen; eine Arbeitsform, die unendliche Geduld und innerliche Liebe erheischte, um ein gutes Ergebnis erzielen zu können; eine Geduld und Liebe, die nur Christus voll und ganz aufzubringen imstande war. Seine nie versiegende Geduld, sein Vertrauen auf die Führung Gottes, das ihn nie verließ, ließen seine Begleiter neuen Mut schöpfen, als sie nach Verlauf von ein paar Dezennien alle dafür stimmten, den Richtweg aufzugeben.

In den Kreisen, wo die Geister des Lichtes Verbindung bekommen hatten, sprach Christus unter Namen, die alle auf die eine oder andere Weise mit seiner Tätigkeit unter den Menschen verknüpft oder Ausdruck derselben waren; dadurch erreichte er, daß man auf ihn hörte, so daß viele seiner ethischen und religiösen Grundsätze empfangen, verstanden und geglaubt wurden. Nur in ganz wenigen Fällen wagte er, sich unter dem Namen zu melden, den er in seiner letzten Inkarnation getragen hatte, aber die Menschen, an die er sich solcherart wandte, verhielten sich meist sehr skeptisch zu dieser Namensnennung. In einzelnen Fällen, wo er in der Hoffnung auf Verständnis sich Jesus oder Christus nannte, wurde er sofort abgewiesen, als ob er der Teufel selbst sei; eine merkwürdig unlogische Auffassung, da sich christliche Menschen, wenn sie schon wirklich von der Realität von Geisterverbindungen überzeugt waren, hätten denken müssen, daß sich Christus ebensogut wie andere diskarnierte Wesen mit den Menschen, die an ihn glaubten und ihn liebten, in mediale Verbindung setzen können müsse – ja, daß es aller Wahrscheinlichkeit nach ihm noch besser als allen anderen gelingen müsse, gute Verbindungen und

---

[1]) Christus wandte sich nur an Kreise mit wenigen Mitgliedern, niemals an größere oder große offizielle Kreise.

Resultate zu erzielen. Und da viele Kreise die Séancen mit einem Gebet zu Gott um Hilfe gegen das Eingreifen der Finsternis einleiten, hätten sich die Séanceteilnehmer zumindest an die Worte Jesu aus dem Evangelium erinnern sollen: »Wenn zwei unter euch eins werden auf Erden warum es ist, daß sie bitten wollen, das soll ihnen widerfahren von meinen Vater im Himmel. Denn wo zwei oder drei versammelt sind in meinem Namen, da bin ich mitten unter ihnen.« (Matth. 18, 19–20.) Danach hätten sich die Teilnehmer im Hinblick auf diese Bibelstelle durch Anfragen und durch Gespräche mit dem Geist, der sich manifestierte, davon überzeugen sollen, ob sie wirklich einem Geist des Lichtes gegenüberstünden. Und wenn sie sich davon überzeugt hatten, mußten sie damit im Reinen sein, daß seine Namensnennung der Wahrheit entsprach, da ein Geist des Lichtes sich niemals einer Lüge bedient. Viele Séanceteilnehmer werden sagen, daß sie trotz eines Gebets um Hilfe gegen den Einfluß der Finsternis bei der Abhaltung ihrer Séancen dennoch sehr oft von bösen und schlechten Geistern betrogen wurden. Darauf gibt es nur eine Antwort: die Gebete[1], die nicht in vollem Glauben und in tiefer Inbrunst gebetet werden, sondern gedankenlos oder als notwendige und gewohnte Maßnahme gebetet werden, nützen nicht das allergeringste.

Um möglicherweise Christus und seinen Helfern die schwere Arbeit zu erleichtern, befahl Gott, daß mehrere der Jüngsten und der am weitesten fortgeschrittenen Menschengeister (Männer und Frauen) an verschiedenen Orten auf der Erde inkarniert würden, damit sie als Medien imstande sein sollten, das gewünschte Bindeglied zwischen den Geistern des Lichtes und den Menschen zu bilden.

In einem spiritistischen Kreis mit einer geringen Anzahl von Mitgliedern, von denen einige im Hinblick auf den obengenannten Zweck inkarniert worden waren, gelang es schließlich Christus, das unbedingte Verständnis und Vertrauen zu finden, das von Gott als Bedingung dafür, daß seine Arbeit voll und ganz gelingen könne, festgesetzt worden war.

Um Christus darüber hinaus eine wirkungsvolle Hilfe bei der mühevollen Aufgabe zu leisten, rief Gott nach den erdgebundenen Geistern einige Jahre bevor die normierte Zeit gekommen war. Zu einem be-

---

[1]) Siehe die Rede Christi Seite 143.

stimmten[1] Zeitpunkt in der zweiten Hälfte des Monats Oktober 1911 ließ Gott Seine Stimme vor all denen erschallen, die von Sünde und Laster gebunden auf der astralen Ebene der Erde hausten, mit dem Ergebnis, daß alle, mit Ausnahme des Ältesten und seines Duals[2], dem Rufe folgten. (Ardors Dual kehrte später zurück.)

Vor der Ausdauer Christi mußte die Finsternis somit schließlich weichen, da ihn nichts erschreckte und nichts ihn zurückzuhalten vermochte; aber das, was Christus stets vorantrieb und ihn dazu brachte, den Widerstand der Finsternis und die Vorurteile der Menschen zu überwinden, war sein nie versagendes Vertrauen darauf, daß Gott ihm nicht den »Richtweg« gezeigt hätte, wenn Er nicht Seiner Sache vollkommen sicher gewesen wäre: daß der Richtweg zum Ziele führen werde. Der endgültige Sieg über die Finsternis ist daher vor allem anderen Christi unerschütterlichem Vertrauen auf Gott, seiner inniglichen Liebe zu dem gefallenen Bruder, sowie seinem tiefen Mitleid mit den sündigen Menschenkindern der Erde zuzuschreiben. Diese Liebe und Geduld Christi brach nach und nach die Macht der Finsternis und erweckte den Schmerz und die Reue des Ältesten, was zu dessen Rückkehr zu Gott und in das Reich seines Vaters führte.

So ist denn der älteste der Jüngsten im allereigentlichsten und allertiefsten Sinne Christus – der Retter und Erlöser; nicht infolge eines blutigen Sühneopfers, sondern infolge seiner uneigennützigen, niemals versagenden Liebe.

Nachdem Christus, indem er seinen ältesten Bruder zurückgewann, das Ziel erreichte, das ihm sein Vater für seine mühsame Arbeit unter den gefallenen und von der Finsternis gebundenen Geistern gesetzt hatte, ist nun und in Zukunft die Möglichkeit ausgeschlossen, daß Christus sich direkt mit Medien oder Spiritistenkreisen in Verbindung setzt, weil solche Verbindungen ganz überflüssig sind. Christus ist wieder in seine Wohnung in der letzten Sphäre zurückgekehrt, von wo aus er, ebenso wie früher, die Menschheit zu leiten und die irdischen Verhältnisse zu ordnen sucht.

Die Medien können Mittler sowohl unter der Einwirkung des Lichtes als auch unter jener der Finsternis sein.

Außer allen inkarnierten Jüngsten und Ältesten haben auch die

[1]) Von übersinnlicher Seite wird gewünscht, daß das genaue Datum nicht angegeben werde. Anm. d. Hrsg.

[2]) War zu diesem Zeitpunkt als Diskarnierte im zerstörten Reich (in der Höllensphäre).

fortgeschritteneren Menschengeister mediale Fähigkeiten, während sie inkarniert sind; diese Fähigkeiten dringen jedoch nicht immer in das irdische Bewußtsein des Individuums vor. Die Mediumität der Menschengeister ist an sich sehr gering, kann aber, wenn dies von übersinnlicher Seite gewünscht wird, zum Gebrauch im Dienste des Lichtes verstärkt werden; dies geschieht dadurch, daß der Schutzgeist des Mediums das Medium auf verschiedene Weise zu stützen sucht, z.B. indem er dessen Willen zur Arbeit im Dienste des Lichtes stärkt, oder indem er die Isolationsschicht zwischen dem physischen und dem psychischen Körper verdünnt, so daß die Einwirkung von übersinnlicher Seite direkter und durchgreifender werden kann. Wenn das Medium den Anweisungen des Schutzgeistes nicht folgt, sondern seinen eigenen Wünschen nachgeht, um seine Eitelkeit, seine Machtgier zufriedenzustellen, oder sich von anderen ähnlichen schlechten Motiven leiten läßt, wird es bald unter den Einfluß der Finsternis geraten, was sehr leicht durch die Manifestationen festgestellt werden kann, die unter der Mitwirkung dieser Art von Medien auftreten.

Für diskarnierte Geister ist es leicht, zu entscheiden, welche Menschen Medien sind. Das eiförmige Nebelgebilde des geistigen Leibes leuchtet bei diesen stärker als bei allen anderen; insbesondere die Umhüllung der Jüngsten zeigt ein starkes Leuchten. Ist es dagegen einer der Ältesten, der mit dem menschlichen Körper des Mediums verbunden ist, zeigt sich der Geist, von übersinnlicher Seite gesehen, als kohlschwarzer Schatten. Diese Menschen sind in der Regel ausgeprägt physische Medien, da so gut wie alle physische Mediumität von der Finsternis herrührt. Selbstverständlich benützen die Geister des Lichtes niemals solche Medien als Mittler zwischen sich und den Menschen.

Zu den physischen Phänomenen, die mit Hilfe der Finsternis hervorgerufen werden, muß man Levitationen des Mediums oder der Séanceteilnehmer, eine Art von unregelmäßigen flackernden Lichtphänomenen, z.B. größere oder kleinere phosphoreszierende Flekken, Nebelbildungen und dergleichen zählen; ebenso alle echten Materialisationen und Dematerialisationen bei Séancen, heftige explosive Schläge oder Laute sowie alle unregelmäßigen Klopflaute u.s.w.

Alle regelmäßigen Klopflaute mit gleich langen Pausen zwischen den einzelnen Schlägen können nur von den Geistern des Lichtes ausgeführt werden und fallen daher unter die Gesetze des Lichtes. Die Schläge können, wenn im Augenblick sehr starke Lichtausstrahlungen vorhanden sind, mit einem klaren, schön tönenden metallischen Laut erklingen, auch wenn sich in dem Raum, wo geklopft wird, keine Metallgegenstände befinden. Auf diese Weise haben die Geister des Lichtes oft ihre irdischen Helfer gerufen.

Materialisationen bei Séancen wurden nur von den erdgebundenen Geistern, einschließlich der Ältesten, ausgeführt. Keiner der Jüngsten ist jemals bei einer Séance in materialisiertem Zustand erschienen; ihr Erscheinen erfolgt spontan, und meist ohne Vermittlung eines Mediums, weil sie kraft ihres eigenen Willens sichtbar in Erscheinung treten ɔ: die Lichtatome, aus denen ihre Geisterleiber aufgebaut sind, mit verminderter Geschwindigkeit schwingen lassen – oder hellseherischen Menschen erscheinen.

Bei Materialisationen ist es vorgekommen, daß sich vollkommen ehrliche Medien in ihrer irdischen Unwissenheit und im guten Glauben, daß sie richtig handelten, von gewissenlosen Geistern als Mittler benützen ließen. Gewöhnlich glaubten die Medien eine gute Tat zu vollbringen, wenn sie sich für solche Phänomene zur Verfügung stellten, einerseits, um Beweise für das Leben nach dem Tode zu erbringen, anderseits, um zu einem guten Zweck Mittler zwischen den Lebenden und den »Toten« zu sein; da aber Gott den erdgebundenen Geistern niemals erlaubt hat, sich auf die geschilderte Weise zu erkennen zu geben, müssen die Geister, die die Medien auf diese Weise ausgenützt und mißbraucht haben, diese unerlaubten Handlungen verantworten. Wenn das Medium dagegen von seinem Schutzgeist gewarnt wurde und somit gegen sein Gewissen gehandelt hat, muß das Medium selbst die volle Verantwortung für das tragen, was vorgefallen ist.

Viele ausgeprägt physische Medien, die Ältesten, sind imstande, kraft des Willens ihres eigenen Geistes – ohne irgendwelche Hilfe von seiten diskarnierter Geister – Levitationsphänomene hervorzurufen, z.B. das Sich-Erheben von Gegenständen von festen Unterlagen oder das Schweben kleinerer Gegenstände in der Luft; das geschieht in der Regel, ohne daß sich das menschliche Gehirn des Mediums dessen bewußt ist, da der Geist in Trance seinen irdischen Körper nicht mit der gleichen Kraft wie sonst beeinflussen kann.

Nur ein sehr geringer Teil der von Séancen her bekannten Materialisationen und anderen physischen Vorkommnisse ist oder war echt. Sehr häufig waren es Geschicklichkeitsübungen, also reiner Schwindel[1] von menschlicher Seite, worauf alle, die sich mit den Manifestationen der Finsternis einlassen, vorbereitet sein müssen.

Einige Trancephänomene sollen hier erörtert werden. Bei der tiefen Trance – einem tiefen, empfindungslosen Schlaf – wurde der Geist des Mediums vom menschlichen Körper weggedrängt, während der eine oder andere erdgebundene Geist die Sprechwerkzeuge desselben benützte. Viele echte Resultate sind auf diese Weise zustandegekommen, und Verstorbene haben Verwandten und Freunden so manche wahre Mitteilungen gemacht. Diese Mitteilungen beschränkten sich jedoch fast immer nur auf die Erwähnung rein irdischer Verhältnisse, insbesondere das Gemahnen an frühere Geschehnisse und Erlebnisse, um die Identität des Toten zu erkennen zu geben. Eine Reihe von erdgebundenen Geistern, die den bei Tranceséancen anwesenden Teilnehmern unbekannt waren, hat durch Angabe von Namen, Beruf, Geburtsort, Vaterland, Geburts- und Todesjahr u.s.w. exakte Beweise für ein Leben nach dem Tode geliefert, indem sich diese Angaben nach später vorgenommenen Untersuchungen in vielen Fällen als sehr genau erwiesen haben. Meist konnten die erdgebundenen Geister nichts über das Leben in den Sphären mitteilen, weil die Erinnerung daran – in der Regel – nicht erwacht, bevor die Geister in ihre Wohnungen in der übersinnlichen Welt zurückgekehrt sind. Einzelne haben immerhin verschiedentliche nebelhafte, verwirrte Mitteilungen darüber gemacht, so gut sie sich daran erinnern konnten; die meisten suchten jedoch stets die direkten Fragen nach dem Leben nach dem Tode zu umgehen, da sie sich scheuten, etwas Bestimmtes bezüglich ihres furchtbaren, leidvollen Daseins auf der astralen Erdebene zu erzählen. Nur ganz wenige haben Berichte gegeben, die das erdgebundene Dasein im Dunkel ohne Frieden und ohne Ruhe voll und ganz beleuchten.

Die vielen verschiedenen Mitteilungen erdgebundener Geister, die sich ohne Begleitung der Geister des Lichtes mediale Verbindungen erzwungen haben, sind immer ohne die Erlaubnis Gottes zustandegekommen und gehören daher zu den zahlreichen Auswirkungen des Eingreifens der Finsternis.

Bei der tiefen Trance tritt der eigene Geist des Mediums häufig als Mitteiler auf, ohne daß das Medium davon weiß; ein Umstand, der von einem aufmerksamen Beobachter leicht nachgewiesen werden kann, weil solche Mitteilungen gern von den eigenen Erfahrungen und Meinungen des Mediums gefärbt sind. Auch das ist eine Form von Einfluß der Finsternis, was nicht immer dem Medium zur Last gelegt werden kann, weil es in den allermeisten Fällen auf die Anhäufungen von Finsternis zurückzuführen ist, die von einigen oder

---

[1]) Das gleiche gilt in bezug auf Geisterphotographien; nur ein geringer Teil davon ist echt.

mehreren Teilnehmern der großen Séancenkreise mitgeführt werden. Séancen sollten daher niemals einem größeren Kreis oder der breiten Öffentlichkeit zugänglich gemacht werden, weil solche »Vorstellungen« nur die Finsternis anziehen und ungünstig nicht nur auf das Medium, sondern auf alle Séanceteilnehmer wirken.

Bei Trancematerialisationen ist es auch nicht so selten vorgekommen, daß der Geist des Mediums kraft seines Willens sichtbar hervortritt und verschiedene Geister »spielt«, indem er durch seinen starken Willen sein Aussehen verändert und sich in Gestalten aus früheren Inkarnationen zeigt oder ein Aussehen annimmt, das den Gedankenbildern der anwesenden Teilnehmer von lieben Verstorbenen entspricht.

Unter besonders günstigen Verhältnissen – große Anhäufungen von Finsternis – kann der Geist des Mediums kraft seines Willens eine Anzahl menschlicher Gedankenbilder – Phantome – formen und sie sichtbar vor die Zuschauer treten lassen, die dann die Bilder leicht für die Geister Verstorbener halten.

All dies kann jedoch nur dort vorkommen, wo einer der Ältesten mit dem Körper des Mediums verbunden ist, weil kein Menschengeist im Besitz eines so starken Willens ist, daß er die hier geschilderten Manifestationen hervorbringen kann.

Die sogenannten Dunkelkabinette, die bei Materialisationen angewandt werden, sind in Wirklichkeit ganz überflüssig, was die vielen spontan eingetretenen Materialisationen klar beweisen.

Die Dunkelkabinette haben nur zum Schaden des Spiritismus gewirkt, weil so viele betrügerische Medien in ihrem Schutz und Dunkel arbeiten konnten. Um mit Sicherheit behaupten zu können, daß bei den Séancen echte Materialisationen stattgefunden hätten, hätten die Medien selbst die ersten sein sollen, die eine Verfahrensweise fänden oder vorschlügen, bei der jeder Betrug von vornherein ausgeschlossen wäre.

Ein Verfahren, das man z.B. hätte anwenden sollen, wäre folgendes: das Medium liegt ausgestreckt auf einer Matratze auf dem Fußboden und hält Arme und Hände ein wenig vom Körper ab; die Séanceteilnehmer sitzen in einem Kreis um das Medium herum in einem Abstand von ca. 1½ Metern; die Teilnehmer bilden gleichzeitig eine Kette, indem sie einander an den Händen halten; das Licht etwas gedämpft, aber nicht mehr, als daß alles in dem benützten Raum sichtbar ist.

Hätte man dieses Verfahren angewandt, so wäre das Medium bei einer echten Trance auf seinem Lager in festem Schlaf liegen geblieben, während die materialisierten Geister oder die materialisierten Gedankenphantome innerhalb des Kreises der Teilnehmer oder über dem Körper des Mediums sichtbar geworden wären; da aber die »geistige Kontrolle« der meisten[1] Mate-

[1]) In einzelnen Fällen war der kontrollierende Geist ein Menschengeist.

rialisationsmedien der eigene Geist des Mediums oder einer der diskarnierten Ältesten war, ist es verständlich, daß von dieser Seite alles getan wurde, um die Medien über die faktischen Verhältnisse in Unwissenheit zu halten, was leider nur allzu gut gelungen ist.

Da alle Materialisationen bei Séancen unter dem Einfluß der Finsternis stattfinden und daher von Gott nicht erlaubt sind, kann jedem nur auf das bestimmteste davon abgeraten werden, damit zu experimentieren. (Siehe ferner Seite 296–301.)

Bei der somnambulen Trance, die durch Hypnose oder Selbsthypnose hervorgerufen wird, wird der Geist des Mediums kraft des Willens des Hypnotiseurs oder kraft des eigenen Willens des Mediums losgelöst. Im losgelösten Zustand kann sich der Geist des Mediums frei umherbewegen, ist aber immer noch durch das Band mit seinem physischen Körper verbunden. Wenn der Geist des Mediums einer der Ältesten oder einer der Jüngsten ist, kann er sich in sehr weite Entfernung vom Körper begeben. Beim Erwachen kann das Medium, vorausgesetzt, daß der Zustand echt war, eine Beschreibung der Orte, Landschaften, Häuser, Zimmer, Personen und dergleichen geben, die der Geist während der Trance besucht hat. Wenn mit Hilfe von Untersuchungen festgestellt werden kann, daß die Angaben des Mediums richtig sind, und daß das Medium in normalem Zustand die betreffenden Personen nicht kennt und nie an den betreffenden Orten gewesen ist, kann eine solche somnambule Trance gute Beweise dafür liefern: daß der Mensch nicht nur aus einem physischen Körper besteht, sondern gleichzeitig im Besitz eines selbständigen Geistes ist, der unabhängig von dem physischen Körper denken und handeln kann.

Bei ekstatischer Trance, die von religiöser Ekstase – Exaltation – kommt, kann der Geist ebenfalls auf eigene Faust Ausflüge unternehmen. Erinnerungen an diese Reisen in den Sphären oder auf der astralen Erdebene können oft mitgenommen und ins Gedächtnis zurückgerufen werden, wenn Geist und Körper wieder vereint sind. Diese beiden Arten von Trance muß das Medium oder der Hypnotiseur voll verantworten. Wenn das Medium fühlt, daß es bei diesen Ausflügen gegen sein Gewissen handelt, sollten sie sofort eingestellt werden, da häufige Trennungen von Geist und Körper hochgradig schädlich auf den physischen Körper einwirken können.

Halbtrance oder falsche Trance äußert sich in einem traumähnlichen, nicht schlafenden Zustand oder in einer Art von religiösem Ergriffensein[1], einer Überbegeisterung; in beiden Fällen ist es immer der eigene Geist des Mediums, der als Sprecher oder Mitteiler auftritt. Alles, was auf diese Weise an geistigen Berichten zutage tritt, trägt dann mehr oder weniger das

---

[1]) Religiöses Ergriffensein darf nicht mit der Ekstase verwechselt werden, die in somnambule Trance übergehen kann, und auch nicht mit der hysterischen Exaltation, die in Zungenreden übergehen kann.

Gepräge der eigenen irdischen Meinungen des Mediums, auch wenn das, was ausgesagt wird, ab und zu einige wenige Grade über der menschlichen Intelligenz und Einsicht des Individuums liegt. In den Kreisen, wo der Spiritismus bei religiösen Zusammenkünften zu einer sektiererischen Religion gemacht wird, sprechen die Medien oft in dieser falschen Trance. Die Geister, von denen es heißt, daß sie sich durch diese Medien manifestieren, existieren sonach nur in der eigenen Phantasie der Betreffenden, da die vielen bekannten Namen, unter denen die imaginären Wesen auftreten, diese Phantasiegebilde nicht wirklicher machen. Diese Art von religiösem Ergriffensein hat in Wirklichkeit sehr wenig, mitunter gar nichts mit Mediumität zu tun, da sich jeder geistig begeisterte Mensch ohne direkten Geistereinfluß mit größerer Kraft ausdrücken kann, wenn sich der Betreffende von den Themen, über die gesprochen wird, ergriffen fühlt und auf Grund dieser Begeisterung oder Ergriffenheit seinen Gedankenaufbau klarer gestalten, seine Worte mit größerer Sorgfalt wählen und dadurch seine Persönlichkeit ein wenig über das rein Alltägliche erheben kann, wodurch seine Rede oder sein Vortrag gleichsam durchgeistigt wird.

Sehr oft sind Prediger oder Redner, ohne Medien zu sein, von ihrem Schutzgeist inspiriert worden, indem der Schutzgeist durch seine Gegenwart dem Sprechenden größere geistige Klarheit und Entschiedenheit zuführt; aber solche inspirierte Redner, die keine Spiritisten sind, werden ja nie behaupten, daß diese oder jene verstorbene Persönlichkeit durch sie gesprochen habe, obwohl sie das bestimmte Gefühl haben, eine geistige Beeinflussung empfangen zu haben.

Den spiritistischen Kreisen wird daher auf das inständigste angeraten, keine »Medien« – weder weibliche noch männliche – als religiöse Redner zu benützen, weil die Geister des Lichtes niemals in der erwähnten Halbtrance oder falschen Trance durch sie aufgetreten sind. Wenn die spiritistischen religiösen Redner bei den Zusammenkünften unter ihrem eigenen Namen auftreten wollen, werden sie, ebenso wie alle anderen, die im Dienste des Lichtes arbeiten, Hilfe von ihrem Schutzgeist erhalten; aber solange man bei seinen Handlungen von falschen Behauptungen und falschen Voraussetzungen ausgeht, können die Geister des Lichtes nicht helfend beispringen.

Medien, die in Halbtrance sprechen, sind sich jedoch nicht immer des Betruges[1] bewußt, dessen sie sich schuldig machen; meist handeln sie auch hier im guten Glauben, da das eigenmächtige Auftreten des Geistes von dem Medium selten konkret aufgefaßt wird; wenn aber das Medium von seinem Gewissen gewarnt wurde, und der Betrug

[1]) Diese Betrügereien entstehen oft durch Selbstsuggestion der Medien.

daher ein bewußter wird, wird die Finsternis immer mehr angezogen – und das Medium ist dann ganz ungeeignet, im Dienste des Lichtes zu arbeiten.

Also: alle Materialisationen und Dematerialisationen und dergl. bei Séancen im Dunkeln oder bei schwachem künstlichem Licht (in einzelnen Fällen bei Tageslicht), alle Levitationen von Menschen, Tieren und Gegenständen, alle Arten von Reden in voller oder in Halbtrance fanden und finden ohne die Erlaubnis Gottes statt.

Die Mitteilungsformen, die sowohl von den Geistern der Finsternis als auch von denen des Lichtes benützt wurden, sind folgende: 1) Gedankeninspiration[1] bei Medien, die die Fähigkeit der intuitiven Auffassung besitzen. 2) Direkte Rede an Hellhörige (Hellhörerische). 3) Mehr oder weniger automatische Schriftmitteilungen. (Dazu muß man auch folgende zählen: mediumistisches Zeichnen, Malen und inspirierte musikalische Leistungen.) Nach Form und Inhalt des Mitgeteilten sollte jedermann unterscheiden können, ob das Gegebene von einem Geist der Finsternis oder einem Geist des Lichtes herrührt.

Die intuitive Gedankeninspiration erheischt, wenn sie von den Geistern des Lichtes benützt wird, vollkommen wahrheitsliebende und verstehende Medien, Menschen, die sich dessen bewußt sind, daß ihr Ich nichts mit dem Empfangenen zu tun hat, abgesehen davon, daß es ein brauchbares Werkzeug ist. Und da sich das Medium bei Gedankeninspiration niemals weder in voller, noch in Halbtrance befindet, sondern in vollkommen wachem und klarem Zustand, wird es jederzeit für das Medium selbst überaus leicht sein, zu unterscheiden, welche Gedankenbilder und Vorstellungen seine eigenen sind, und welche von außenstehenden Intelligenzen stammen.

Wenn das Vertrauen des Mediums auf Gottes Schutz und auf Seine Leitung unbegrenzt ist, werden die Mitteilungen, die empfangen werden, in Form und Inhalt das Gepräge einer klaren und strengen Folgerichtigkeit tragen, die unendlich weit über dem liegt, was die individuelle irdische Persönlichkeit des Mediums hervorbringen kann.

---

[1]) Alle Menschen können in höherem oder geringerem Maße im Wege des Gedankens sowohl von seiten der Finsternis als auch von seiten des Lichtes beeinflußt werden; aber bei einigen wenigen Menschen ist die Fähigkeit der klaren Intuition so hoch entwickelt, daß die Geister des Lichtes sie als Mittler im Wege großer, fortlaufender Gedankenmitteilungen benützen können.

Eine Mitteilungsform, die nur von den Geistern des Lichtes benützt werden kann, soll hier näher erörtert werden.

In Fällen, wo die Intelligenzen, die sich manifestieren, an den Worten, den Ausdrücken, der speziellen Sprachbehandlung u.s.w., die im irdischen Leben typisch für ihre persönliche Individualität waren, erkannt zu werden wünschen, kann eine Vorgehensweise benützt werden, die in allen Einzelheiten genau die eigenen Worte und Ausdrucksformen der Betreffenden wiedergibt.

Während der physische Körper des Mediums in natürlichem Schlafe ruht, z.B. im Nachtschlaf, löst der Schutzgeist, jedoch nur mit der Erlaubnis Gottes, das geistige Ich des Mediums los, das im losgelösten Zustand das auswendig lernt, was in der irdischen Welt wiedergegeben werden soll, sei es Prosa oder Poesie. Am folgenden Tage – zu einem dem Medium mitgeteilten Zeitpunkt – überführt der betreffende, dabei anwesende Geist das auswendig Gelernte vom psychischen Gehirn des Mediums zum physischen. Mit Hilfe starker, konzentrierter Lichtausstrahlungen wird die Hülle oder die Isolationsschicht zwischen dem psychischen und dem physischen Gehirn verdünnt. Sobald die Dicke der Hülle auf 1/16 Millimeter gesunken ist, findet die eigentliche Überführung statt, die Menschen nicht erklärt werden kann. Nach und nach taucht das auswendig Gelernte im Zuge der Überführung im physischen Gehirn des Mediums auf, worauf es in der Reihenfolge, in der es hervortritt, niedergeschrieben werden kann. Wenn sich das Medium im losgelösten Zustand das Gedicht oder das Prosastück nicht vollkommen korrekt angeeignet hat, so daß sich das psychische Gehirn nicht an alle einzelnen Wörter erinnern kann, so entsteht eine »Lücke« in der Überführung; das fehlende Wort kann dann mündlich mitgeteilt werden, wenn das Medium hinlänglich hellhörerisch ist, im entgegengesetzten Fall muß das Medium das Vergessene während der nächsten Loslösung im Schlaf lernen, worauf es dann – wenn das Medium erwacht ist – überführt und an der rechten Stelle in dem früher Niedergeschriebenen angebracht wird.

Diese Vorgehensweise ist außerordentlich schwierig und erheischt große Geduld, viel Sorgfalt und Aufmerksamkeit von seiten des Geistes, der sich manifestiert, weshalb sie bisher nur bei einem einzigen Medium versucht wurde, u.zw. in einem Fall, wo von übersinnlicher Seite – mit der Erlaubnis Gottes – die Erbringung eines unumstößlichen Beweises[1] für die Wahrheit des Fortbestehens der mensch-

---

[1]) Eine Sammlung Gedichte, mitgeteilt von einigen längst verstorbenen dänischen Dichtern.

lichen Persönlichkeit nach dem Tode des physischen Körpers gewünscht wurde.

Mehrere andere Arten von medialen Fähigkeiten, z.B. Psychometrie, Hypnotismus[1], Suggestion u.s.w., sowie viele andere Formen der Kommunikation mit Geistern waren schon in grauer Vorzeit bekannt und wurden benützt. Eine Anzahl davon ist noch heute auf der ganzen Erde, sogar bei den primitiveren und primitivsten Völkerschaften, unter denen die Ältesten oft inkarniert wurden, bekannt.

Eine nähere Schilderung derselben würde zu weitschweifig werden, weshalb hier nur darauf aufmerksam gemacht werden soll, daß es hochgradig schädlich sein kann, sich zu hypnotischen Experimenten benützen zu lassen, und besonders schädlich für diejenigen, die sich leicht vom Willen eines Stärkeren beeinflussen und beherrschen lassen, weil der Hypnotiseur durch längeres Training mit seinem Objekt dieses vollständig in seine Macht bekommen kann, wodurch es sowohl in als auch außerhalb der Hypnose zu einem willenlosen Werkzeug in den Händen des Hypnotiseurs wird.

Suggestion kann bei nervösen Erkrankungen mitunter mit Erfolg angewandt werden, doch muß der Suggerierende ein vollkommen ehrenhafter Mensch sein, so daß jeglicher Mißbrauch ausgeschlossen werden kann.

Weiter soll hier eine Form der Geisterkommunikation erwähnt werden, die von den erdgebundenen Geistern viel benützt wurde, und die auch die Geister des Lichtes, die Jüngsten, angewandt haben, wenn kein besseres Mittel zur Hand war.

Nachdem sich die Séanceteilnehmer um einen kleineren Tisch[2] gesetzt hatten, legten sie die Hände lose auf die Tischplatte, während einer der Teilnehmer die Fragen stellte, deren Beantwortung gewünscht wurde. Der Geist, der sich manifestierte, hob dann kraft seines Willens und mit Hilfe der psychischen und physischen Finsternis- oder Lichtausstrahlungen der Séanceteilnehmer die eine Seite des Tisches hoch, bis eines der Tischbeine ein Stück vom Boden erhoben war (keine vollständige Levitation). Indem sie während eines langsamen Durchgehens des Alphabetes das Tischbein auf den Boden zurückfallen ließen, wenn der gewünschte Buchstabe von dem irdischen Séanceleiter genannt wurde, waren die Geister imstande, ziemlich lange Gespräche mit den Menschen zu führen. (Ein Medium oder mehrere Medien mußten dabei

---

[1]) Über Hypnotismus siehe ferner Seite 337.

[2]) Eine Planchette – ein Brett oder ein Stück Pappe, worauf das Alphabet mit einem beweglichen Zeiger in der Mitte angeführt ist – oder ähnl. Mittel wurden auch angewandt.

anwesend sein.) Diese Vorgehensweise ist jedoch außerordentlich langsam und wenig befriedigend für die Geister des Lichtes, war aber unentbehrlich für die erdgebundenen, da dies ihr bestes und leichtestes Mitteilungsmittel war, wenn die Trancebesessenheit nicht benützt werden konnte; und nachdem sich die Geister des Lichtes mit den Menschen in Verbindung gesetzt hatten, haben viele elendigliche erdgebundene und sündengebundene Geschöpfe mit der Erlaubnis Gottes und in Begleitung eines oder mehrerer Geister des Lichtes bei diesen Tischséancen viel geistige Hilfe und Trost von mitleidigen und verständnisvollen Menschen empfangen.

Wo diese Hilfe für die Erdgebundenen, ausgeführt auf die obenerwähnte oder auf andere Art und Weise, mit größeren religiösen Zusammenkünften als eine Art von Seelenrettungsarbeit verbunden wurde, hat die Hilfe in den meisten Fällen nur ein negatives Ergebnis gehabt, weil sich der größte Teil dieser sündenbeladenen Wesen scheute, offiziell etwas von dem mitzuteilen, was sie quälte und peinigte, weshalb sie, wenn sie sich in solchen Vereinen manifestierten, es unterließen, die eigentliche Ursache ihres Lebens in Sünde und Finsternis zu erzählen.

Die religiösen Vereine wurden sehr oft gerade zu dem Zweck gegründet, den sündengebundenen Geistern Hilfe zu bringen, doch hatten sie, wie gesagt, nicht die beabsichtigte Bedeutung, und da sich die Medien bei den betreffenden Gelegenheiten zu Zeiten in Trance[1] befanden, haben die Geister, die durch sie gesprochen haben, dies ohne die Erlaubnis Gottes und daher ohne die Begleitung von Geistern des Lichtes getan. In Fällen, wo diejenigen, die sich manifestierten, von aufrichtiger, tiefgefühlter Reue ergriffen waren, suchten die Jüngsten ihnen späterhin die Hilfe zu bringen, nach der sie sich sehnten, einerseits, wenn es möglich war, indem sie selbst auf sie einwirkten, anderseits, indem sie sie in Séancekreise mit einer geringen Anzahl Mitglieder brachten, wo sie besser über das, was ihnen am Herzen lag, sprechen, und so besser mit dem Licht in Kontakt kommen konnten.

Da keine gebundenen Geister mehr auf der astralen Erdebene hausen, und da die Geister a l l e r Toten einige wenige Stunden nach dem Tod des irdischen Körpers in die Sphären zurückgeführt werden, ist jegliche Hilfe durch Tischséancen oder anderweitige ähnliche Hilfe in Zukunft ganz überflüssig und unnotwendig, weshalb alle, sowohl Medien als auch Nicht-Medien, auf das inständigste aufgefordert werden, n i e m a l s s e l b s t v e r s t o r b e n e V e r w a n d t e, F r e u n d e o d e r F r e m d e z u r u f e n.

---

[1]) Sehr oft waren die Medien nicht einmal in Trance, sondern gaben nur vor, es zu sein; in diesen Fällen waren es die Medien selbst, die Geister »spielten«. Die Betreffenden müssen dann selbst die Verantwortung für ihre Schwindeleien tragen.

In den Jahren[1], die seit dem Jahr 1911 verstrichen sind, in welchem Jahre die erdgebundenen Geister auf die Aufforderung Gottes alle in ihre Wohnungen in den Sphären zurückkehrten, hat es sich zu wiederholten Malen als schwierig für den größten Teil der jungen, unentwikkelten Menschengeister erwiesen, sich den starken, sehnsüchtigen Gedanken der Hinterbliebenen zu entziehen, die sie, oft sehr gegen den Wunsch und Willen der betreffenden Geister, aufs neue zur Erde zogen. In den ersten Jahren war der Zustrom der diskarnierten Geister zur Erde nur schwach, aber nach dem Ausbruch des Krieges im Jahre 1914 wurde es immer schwerer für die Schutzgeister, diese unerlaubte Wanderung zurück zu hinterlassenen Verwandten und Freunden zurückzudämmen. Mit jedem Male, wo sich die unmündigen Menschengeister zur Erde locken ließen (meist mit Hilfe starker Gedankenanrufungen durch Medien), wurde es schwieriger für sie, sich den rufenden Gedanken und gebieterischen Forderungen der Hinterbliebenen zu entziehen. Viele Geister wurden in die verschiedenen Séancekreise gerufen, wo sie, geblendet und gebunden von der Finsternis, Mitteilungen machten, die nicht immer der Wahrheit[2] entsprachen, insbesondere, wenn von irdischer Seite Aufschlüsse über die okkulten Dinge verlangt wurden.

Nachdem 85 Prozent der Menschengeister jung und unentwickelt sind, muß jedermann vestehen können, daß ihre Rückkehr auf die Erdebene weder ihnen selbst, noch den Hinterbliebenen auf welche Weise immer zum Nutzen gereichen kann, weil sie nur störend auf die irdischen Verhältnisse einwirken und ihre eigene Entwicklung hemmen würden. Die Bewohner der vier ersten Sphären (die der Erde am nächsten sind) werden niemals imstande sein, befriedigende oder exakte Antworten auf Fragen von übersinnlicher Art, die ihnen von Menschen gestellt werden, zu geben.

Welche Eltern werden z.B. von ihren auf der Erde lebenden minderjährigen Kindern, die in die untersten Schulklassen aufgenommen wurden, verlangen, daß sie klare und genaue Antworten auf die Frage

---

[1]) In den Monaten April und Juni 1918 wurde das Obenstehende mitgeteilt, in das, was bereits über die Toten und das Verhältnis der Medien zu ihnen niedergeschrieben worden war, eingefügt und damit verkettet. Dieser späte Zusatz erfolgte auf Grund eines Wunsches, der von dem Geist geäußert wurde, der für den Kommentar verantwortlich ist. Die Mitteilung wurde unter seiner Leitung durchgegeben und niedergeschrieben. Anm. d. Hrsg.

[2]) Viele haben jedoch genaue Angaben über ihre irdischen Verhältnisse gemacht und damit neue Beweise für die weitere Existenz nach dem Tode des physischen Körpers geliefert.

geben können sollen, wie sich der Unterricht für Schüler der obersten Klassen gestaltet, oder verlangen, daß diese Kinder genaue Angaben über die sozialen, politischen, merkantilen oder ähnliche Verhältnisse ihres Vaterlandes geben sollen. Die Mitteilungen und Angaben, die auf diese Weise zustandekämen, würden von vernünftigen Eltern als nichts anderes als Kindergeschwätz betrachtet werden. Aber als Parallele dazu muß jedermann verstehen können, daß diskarnierte Geister aus den unteren und untersten Sphären allerhöchstens über das, was sie aus ihrer eigenen Sphäre kennen, Bescheid geben können, und viele können nicht einmal das; sie werden daher nur mittelmäßige, schwankende Antworten geben, falsche Mitteilungen machen, oder Aufschlüsse über Dinge und Erlebnisse geben, wie sie sie unter ihrem eigenen engen Gesichtswinkel sehen.

Die nächsten 10 Prozent der Menschengeister (aus der 5. Sphäre) sind stärkere Persönlichkeiten, da ihr Wille weiter entwickelt ist; ihnen fällt es daher leichter, sich den Beschwörungen der Menschen zu entziehen, aber nur unter Aufbietung ihrer ganzen Willenskraft; aber viele haben sich zuguterletzt, trotz ihrer Anstrengungen in entgegengesetzter Richtung, durch die Trauer von Verwandten und durch die beschwörenden Gedanken von Medien zur Erde locken lassen.

Nur den letzten 5 Prozent (den Bewohnern der untersten Kreise der 6. Sphäre[1]) ist es mit wenigen Ausnahmen gelungen, ohne nennenswerte Anstrengungen an ihren Aufenthaltsorten zu verbleiben.

Nach und nach, als die Zeit verging und die Geister sahen, daß sie auf Grund ihrer wiederholten, unerlaubten Erdenbesuche immer größere Schwierigkeiten zu überwinden hatten, wenn sie in ihre Sphäre zurückkehren wollten, sahen sie ein, daß sie zuletzt ganz erdgebunden werden und so ein neues Geisterproletariat bilden würden. Nachdem die Erinnerung an frühere erdgebundene Daseinsperioden zwischen den irdischen Inkarnationen als ein furchtbares Schreckensbild vor ihnen allen stand, wandten sie sich an Gott, und in ihrer Not und Angst baten sie Ihn, ob Er ihnen helfen wolle, so daß keiner ohne Seine Erlaubnis auf die Erde kommen könne.

Gott erhörte ihr Gebet, und um den schwachen, unmündigen Menschengeistern eine wirksame Hilfe zu leisten, bildete Er kraft Seines

[1]) Der höchste Kreis bzw. die höchste Ebene der 6. Sphäre ist den Jüngsten vorbehalten; dort haben sie ihre Wohnungen, während sie für den Fortgang der Menschheit arbeiten.

Willens eine Barriere quer über den Lichtweg[1] zur Erde. Diese Barriere oder Mauer sind die Geister aus den vier ersten Sphären nicht imstande zu durchbrechen. Damit aber die Menschengeister der irdischen Beeinflussung gegenüber nicht beständig als unmündige, willenlose Wesen dastehen sollten, bestimmte Gott, daß sie, wenn sie einen gewissen Grad von geistiger Reife und Stärke erreicht hätten, sich selbst bemühen müßten, sich von den menschlichen Beschwörungen und Forderungen zu befreien. Diese geistige Reife soll erreicht sein, wenn die Geister in die 5. Sphäre eintreten, weshalb Gott es so eingerichtet hat, daß die Undurchdringlichkeit der Lichtmauer für die Bewohner dieser Sphäre gradweise abnimmt, Zug um Zug damit, daß sie innerhalb der verschiedenen Ebenen und Kreise der Sphäre aufsteigen. Im gleichen Takt mit der Aufhebung der Undurchdringlichkeit der Lichtmauer müssen die Menschengeister, deren Geisteskraft im gleichen Verhältnis zunimmt, selbst immer größere Aufmerksamkeit darauf richten, ihren Willen zu stählen, so daß sie in ihren Wohnungen verbleiben, anstatt den menschlichen Aufforderungen zu folgen und sich zur Erde ziehen zu lassen. Selbstverständlich wird ihnen jederzeit alle gewünschte Hilfe zuteil werden; so werden die Schutzgeister beständig jene, die noch Schwäche gegenüber der irdischen Anziehungskraft zeigen, zu stärken und zu leiten suchen; es wird jedoch kein wie immer gearteter Zwang entfaltet werden, um die zurückzuhalten, die trotz aller Hilfe das von Gott gegebene Gesetz brechen, indem sie ohne Erlaubnis und ohne Begleitung einen Besuch auf der Erde ablegen.

Da sich aber viele Geister aus der 5. Sphäre, und zum Teil auch aus der 6., sicher noch weit in die Zukunft hinein trotz aller guten Vorsätze und Versuche, zu bleiben, wo sie hingehören, dennoch von den fordernden Gedanken der Menschen auf die Erde locken lassen werden, und da jede Gesetzesverletzung stets einen Rückschlag – eine Strafe – nach sich zieht, hat Gott verfügt, daß allen, die gegen besseres Wissen und ohne Erlaubnis auf die Erde zurückkehren, für jedes Mal, wo dies geschieht, ein Zeitraum, der einem irdischen Jahr entspricht, von der Zeit abgezogen wird, die ihnen sonst zur Ruhe und Entwicklung in den Sphären beschieden ist; eine Maßnahme, die ganz automatisch wirkt (ohne Verhör und Urteil) und den Gesetzesbrechern, denen, die

[1]) Die Barriere verhindert nicht den Zugang des Lichtes zur Erde.

nicht selbst ihren Willen zu stählen suchen, eine frühere Inkarnation als normalerweise gibt, eine Inkarnation, für die sie dann die erforderliche geistige Vorbereitung entbehren müssen.

Um nun für die diskarnierten Geister so gute Verhältnisse wie möglich zu schaffen, ergeht hierdurch eine ernste Aufforderung an die Menschen, vor allem aber an die Medien, niemals zu versuchen, die »Toten« zu Séancen herbeizurufen, von welcher Art immer diese auch sein mögen: Gesprächs-, Materialisations-, psychometrische – oder ähnliche Séancen.

Um das Verständnis dafür zu erleichtern, welche Störungen und welche Unordnung diese Beschwörungen von menschlicher Seite in der astralen Welt hervorrufen, kann hier ein Vergleich zu den irdischen Verhältnissen gezogen werden:

Welcher Schulleiter würde z.B. erlauben oder es sich gefallen lassen, daß die Schüler, die seiner Aufsicht und Obhut unterstellt sind, während der Unterrichtsstunden unablässig von Eltern, Verwandten und Freunden aus den Klassenzimmern gerufen werden, damit diese sie über ihr Befinden, ihren Fortgang in den verschiedenen Schulfächern befragen können, oder damit sie Aufschlüsse über den Arbeitsplan der Schule u.s.w. erhalten können? Falls eine kräftige Aufforderung an die betreffenden Störenfriede, solche Unarten fahrenzulassen, keinen Erfolg hätte, würde sich der Schulleiter sicherlich an die Behörden wenden, denen es obliegt, dafür zu sorgen, daß die allgemeine Gesellschaftsordnung nicht durchbrochen wird, und würde von ihnen Hilfe verlangen, um diese Art von Störungen von seinem Tätigkeitsfeld fernzuhalten.

Wenn also die Medien, wenn sie nach und nach Kenntnis von dem hier Mitgeteilten erhalten, diese Aufforderung, die nun von übersinnlicher Seite an sie gerichtet wird, nicht respektieren wollen, müßte die Ordnungsmacht[1] in den verschiedenen Ländern durch ein Verbot[1] gegen die Abhaltung öffentlicher spiritistischer Séancen eingreifen.

Wenn ein Medium nicht die Erlaubnis erhält, offiziell aufzutreten, und wenn der Begriff »private spiritistische Kreise« darauf beschränkt wird, nur die allernächsten Angehörigen des Mediums zu umfassen: Eltern, Geschwister, Ehemann, Ehefrau und Kinder, aber sonst

[1]) Ein Verbot gegen öffentliche Séancen wäre kein größerer Eingriff in die Sphäre des persönlichen freien Willens als Verbote gegen Gewalttätigkeit, Einbruch, Diebstahl und dergleichen. Öffentliche Séancen sind ein Unfug, der nicht stattfinden dürfen sollte.

niemanden, werden die Medien sicherlich sehr bald die Lust zum Agieren verlieren, da der Gedanke, im Hochrelief vor seinen Mitmenschen zu stehen, bei den allermeisten Medien die treibende Kraft ist. Bei vielen spielen zugleich die materiellen Vorteile eine große Rolle, weshalb nicht stark genug betont werden kann, daß alle spiritistischen Séancen, öffentliche sowohl als private, für die Bezahlung verlangt wird, immer unter dem Einfluß der Finsternis gestanden sind und stehen werden.

Die medialen Fähigkeiten wurden von Anfang an von Gott gegeben, damit die diskarnierten Geister des Lichtes – die Jüngsten – durch ein Medium, ein Zwischenglied, leichter mit der Menschheit in Kontakt kommen könnten; diese Fähigkeiten wurden aber nicht gegeben, damit die Menschen sie mißbrauchen und nach eigenem Gutdünken bei jeder passenden und unpassenden Gelegenheit Verbindungen mit den Toten etablieren, oder sich durch Experimente Aufschlüsse über die okkulten Dinge schaffen sollten, bevor diese Verbindungen erlaubt werden, und bevor diese Aufschlüsse nach der Einsicht und dem Willen Gottes jenen gegeben werden, die im voraus dazu auserwählt sind und die sich im irdischen Leben voll und ganz von den Geistern des Lichtes leiten lassen.

Von 10 000 Medien wird wahrscheinlich nur ein einziges[1] als konstantes Zwischenglied zwischen den Geistern des Lichtes und den Menschen benützt werden können; von den folgenden 9999 werden nur 10 bis 12 spontan (ohne irgendwelche Vorbereitung von menschlicher Seite) benützt werden können, und von diesen 10–12 werden vielleicht 3 bis 4 mehr als einige wenige Male benützt werden können, weil den Medien in den allermeisten Fällen die erforderliche Demut, die notwendige Erkenntnis ihrer eigenen Unbedeutendheit, fehlt, und sie daher sofort mehr verlangen und sofort in ihrer Selbstbewunderung und ihrer Machtgier wachsen und auf eigene Faust weiterexperimentieren, wodurch sie sehr rasch unter den Einfluß der Finsternis geraten.

Die Medien, die von der erwähnten Anzahl übrig sind, haben eine so schwache Mediumität, daß ständig die Gefahr bestehen würde, daß das Medium in die verwirrende Einflußsphäre der Autosuggestion

---

[1]) Sehr oft muß eine weit größere Anzahl Medien ausgeschieden werden, bevor die Geister des Lichtes ein Medium finden können, das konstant in ihrem Dienst benützt werden kann.

glitte, obwohl es vielleicht gelingen könnte, 1 bis 2 echte[1] Verbindungen herzustellen. Unter den letzteren werden sich auch eine Anzahl der Ältesten finden, die niemals von den Geistern des Lichtes benützt werden können.

Auf Grund der Mitteilungen, die durch die zahlreichen Medien gegeben wurden, die im Laufe der Zeiten mit erdgebundenen Geistern oder mit den diskarnierten Ältesten in Verbindung gewesen sind, sind viele Menschen nach und nach zu der Auffassung gelangt, daß ihre lieben Verstorbenen beständig um sie kreisen, daß sie imstande seien, mit Ratschlägen, Warnungen und dergleichen zu helfen, daß dieser Zustand natürlich sei, und daß dies mit der Billigung Gottes geschehe. Da die irdischen medialen Verbindungen von Anfang an von den erdgebundenen Geistern und den diskarnierten Ältesten ohne die Erlaubnis Gottes errichtet wurden, muß es nach den Mitteilungen, die der Menschheit hier zugeflossen sind, allen klar sein, daß ein solcher Zustand abnorm ist und im Widerspruch zu den Gesetzen steht, die Gott für den Fortgang der Menschen gegeben hat. Die Menschen müssen daher von diesem Mißverständnis abgehen und sich in Zukunft vor Augen halten: daß die Dahingeschiedenen in ihren verschiedenen Sphären leben, wohin sie durch ihren Kampf fort von der Finsternis und vorwärts dem Lichte entgegen gelangt sind, sich vor Augen halten, daß die diskarnierten Menschengeister nicht mehr um sie herumschweben, weil sie sich nach den Gesetzen Gottes nicht auf der Erde aufhalten dürfen, sich vor Augen halten, daß der Aufenthalt in den Sphären eine Ruhe- und Lernzeit ist, und daß die Geister durch die selbstische Sehnsucht und die beschwörenden Gedanken der Hinterbliebenen nur aufgehalten und gebunden werden.

Aber als Gegensatz hierzu muß man sich gleichzeitig vor Augen halten, daß jeder liebevolle und dankbare Gedanke, frei von jeder selbstischen Trauer und bitteren Sehnsucht, die Lieben an den Aufenthaltsorten erreichen und ihnen große Freude bereiten wird, mehr

[1]) Medien mit schwacher Mediumität wurden früher oft von erdgebundenen Geistern und von den Ältesten benützt; sie können daher sehr wohl viele echte Verbindungen gehabt haben – aber unter dem Einfluß der Finsternis, einem Einfluß, unter dem die meisten Medien arbeiten, was die vielen falschen und verwirrten Mitteilungen erklärt, die durch sie vorgebracht wurden.

Freude, als Menschen fassen können; denn das Größte, was ein Mensch in seinem Erdenleben ausrichten kann, ist dieses: eine reine, innigliche und uneigennützige Liebe erwecken zu können, die über den Tod hinaus bewahrt und treu im Gedenken gepflogen werden kann.

Wenn Gott in den kommenden Zeiten die Menschen als Helfer und Zwischenglieder benötigt, gibt es zahlreiche Mittel, mit deren Hilfe die Geister des Lichtes die Menschen rufen und sich mit ihnen in Verbindung setzen können, wann immer dies gewünscht wird; ebenso gibt es jetzt, wie früher, mannigfache Wege, auf welchen die Menschen Warnungen vor drohenden Gefahren erhalten können.

Wenn z.B. das Leben eines Menschen durch Angriffe von seiten der Finsternis bedroht ist, und es aus dem einen oder anderen Grund zweckmäßig ist, daß der Betreffende nicht eines plötzlichen oder zu frühen Todes stirbt, kann dieser Mensch durch seinen Schutzgeist eine Warnung erhalten. Dazu kann der Schutzgeist in Zukunft, ebenso wie früher, einen Menschengeist benützen, der im irdischen Leben ein Verwandter oder Freund desjenigen war, der gewarnt werden soll. Kraft des Willens[1] des Schutzgeistes tritt der Verstorbene sichtbar in der irdischen Welt hervor; durch dieses plötzliche Erscheinen werden die Warnungen gleichsam stärker unterstrichen und glaubhafter. So sahen viele im Traum[2] oder in wachem Zustand den einen oder anderen lieben Verstorbenen, der die Betreffenden mit Hilfe des Schutzgeistes in Worten oder Bildern warnte, so daß sie dem Tode bei einem Zug- oder Dampfschiffunglück oder bei anderen Unglücksfällen, oder bei Erdbebenkatastrophen und dergleichen entgingen.

Menschen, die nicht gewarnt werden, sondern bei dieser Art von Katastrophen sterben, haben sich durch Handlungen in früheren Inkarnationen nach dem Gesetz der Vergeltung selbst solchen Todesarten oder den Leiden, die durch Unglücksfälle verursacht werden, ausgesetzt.

Die Menschen, die spontan oder andauernder Botschaften und Mitteilungen aus der übersinnlichen Welt erhalten, ohne selbst irgendeinen Anspruch darauf erhoben zu haben, werden zugleich immer, direkt oder indirekt, solche Beweise erhalten, daß der Betreffende über die Identität des Boten nicht im Zweifel sein kann, oder daran zweifeln kann, daß die erhaltenen Mitteilungen mit der Erlaubnis Gottes gegeben werden. Wenn die Initiative zur Etablierung einer Verbin-

[1]) Dazu braucht man nicht immer Medien; wo es für den Schutzgeist unbedingt notwendig ist, ohne Zwischenglied zu handeln, geschieht dies kraft seines Willens.
[2]) Siehe die Übersicht Seite 348.

dung mit den Menschen von übersinnlicher Seite ergriffen wird, geschieht dies in der Regel, weil die Betreffenden, bevor ihr Erdenleben begann, dazu ausersehen wurden, durch Schriften, Vorträge oder dergleichen an der Verbreitung des Wissens um und des Verständnisses für das Leben nach dem Tode mitzuwirken. Die solcherart berufenen und auserwählten Menschen sollen sich dann nicht durch die unverständigen Urteile ihrer Mitmenschen, durch deren materialistische Anschauungen, vorgefaßte Meinungen oder geringe Einsicht in die vorliegenden Themen u.s.w. abschrecken lassen, sondern kühn mit ihrem Wissen hervortreten, ob sie nun dieses Wissen von ihrem Schutzgeist im Wege normaler Inspiration, durch ihre eigene Mediumität oder durch die anderer erworben haben. Es muß jedoch allen klar sein, daß Mitteilungen über das Übersinnliche, das Okkulte, nur **ganz wenigen** gemacht werden, und nur denen, die infolge ihrer höheren geistigen Entwicklung (die Jüngsten oder fortgeschrittene Menschengeister) Sprecher der geistigen Welt sein können[1].

Also: Die Menschen, einschließlich der Medien, sollen niemals selbst die Toten beschwören; wenn aber die Menschen von übersinnlicher Seite gerufen[2] werden, müssen sie antworten, und die Betreffenden sollen dann den Wünschen der Rufenden nachzukommen suchen. Alle erdenkliche Unterstützung, alle geistige Hilfe wird dem zuteil werden, der ohne Furcht vor menschlichen Urteilen für die Förderung des Lichtes und der Wahrheit arbeitet.

Aber allen, die ohne Berufung von Gott und wider besseres Wissen als Mittler zwischen der sinnlichen und der übersinnlichen Welt auftreten, wird für jedes Mal, wo der Betreffende einen diskarnierten Geist zur Erde zieht, ebenso wie den Geistern, ein Zeitraum, der einem irdischen Jahr entspricht, von der Ruhe- und Lernzeit abgezogen, auf die sie sonst nach Beendigung des Erdenlebens Anspruch erheben könnten. Wenn die Medien nicht auf die Warnungen hören, die hier an sie gerichtet werden, setzen sich viele selbst der Gefahr aus, nach dem irdischen Tod sofort eine neue Inkarnation **ohne irgendwelche geistige Vorbereitung** antreten zu müssen.

Zum Schluß sollen das Voraussehen und das Hellsehen erörtert werden.

---

[1]) Siehe Ergänzungsband 1, Frage 4.
[2]) Siehe die Rede Christi Seite 144–45.

Die Menschen, die die seltene Fähigkeit des Voraussehens in vollem Maße besitzen, sind unter den Medien in der Minderzahl. Durch Voraussage der kommenden Dinge nehmen diese Medien eine ganz außerordentlich große Verantwortung auf sich, weil die abstrakten Begebenheiten, die von den Ätherschwingungen auf Grund der Vorausbestimmungen des Ältesten[1] aufgezeichnet wurden und auf Grund der Gedanken der Menschen unablässig aufgezeichnet werden, nicht immer konkret auf der Erdebene eintreten. Durch die Vorhersagen der Voraussehenden wird die Kenntnis möglicherweise kommender Begebenheiten vielen Menschen zugänglich, und durch die Gedanken dieser Menschen, die unablässig um die Prophezeiungen kreisen, werden die noch in abstraktem Zustand befindlichen Bildaufzeichnungen häufig in das für Menschen konkrete Dasein hereingezogen. Dadurch werden nicht so selten die energischen Versuche der Jüngsten gehemmt, mit Hilfe ihres starken Einflusses (Gedankeneinwirkung) einen Teil der Schickungen, die der Älteste für die Menschheit bestimmt hatte, oder die sich die Menschen selbst durch ihre sündigen Gedanken und Begierden zuziehen, zu verhindern; Schickungen, die die Jüngsten (die Schutzgeister) oft mildern, vielleicht teilweise oder sogar ganz verhindern könnten.

Diese Ätheraufzeichnungen[1] gelten sowohl für den einzelnen Menschen als auch für die Nationen in ihrer Gesamtheit. Diese und jene Gedanken, diese und jene Handlungen, bedingen diese und jene kommenden Ereignisse, sowohl für den einzelnen als auch für die vielen. Durch Gedanken und Handlungen schmieden sich somit die Menschen im eigentlichsten und tiefsten Sinne ihr eigenes Leben und das ihrer Nachkommen. Aber durch die freiwillige Hilfe der Jüngsten sucht Gott den Willen der Menschen zum Guten anzuleiten, und dadurch wurden so manche verbrecherische und grauenhafte Handlungen daran gehindert, als konkrete Begebenheiten auf der Erdebene hervorzutreten. Wo es sich nur um den einzelnen Menschen handelt, ist es leichter für die Geister des Lichtes, durch ihren Einfluß einzelne oder mehrere der drohenden abstrakten Begebenheiten auszulöschen. Wo es sich dagegen um ganze Nationen handelt, ist es oft sehr mühevoll, die Regierenden und Leitenden auf den rechten Weg zu bringen und sie von Gedanken und Handlungen, die drohende abstrakte Ätheraufzeichnungen in konkrete irdische Er-

[1]) Siehe ferner die Übersicht Seite 368–71.

eignisse verwandeln können, abzubringen. Sehr oft mißlingt dies den Jüngsten, insbesondere, wenn sie Menschen mit einem starken individuellen Willen gegenüberstehen, weil es in solchen Fällen nahezu unmöglich ist, z.B. Staatsoberhäupter, Diplomaten und Volksführer von den Irrwegen des Hasses, der Machtgier und des Neides weg und auf die schwierigen Pfade der Toleranz zu führen. Die Streitigkeiten der Nationen untereinander, die so häufig in sinnlose, fürchterliche und blutige Kriege ausarten, hätten jedoch in vielen Fällen verhindert werden können, wenn die Leitenden und Führenden in jedem gegebenen Fall immer der mahnenden Stimme des Gewissens gefolgt wären, anstatt der eigenen Lust zur Selbsthilfe nachzugeben.

Prophezeiungen über kommende Dinge können solcherart oft der Arbeit der Jüngsten für bessere und glücklichere Zustände auf der Erde entgegenwirken und gerade das zur Verwirklichung führen, was die Jüngsten mit so großen Anstrengungen zu verhindern suchen.

Nur in den Fällen, wo der Voraussehende einen gebieterischen Impuls (durch sein Gewissen) fühlt, andere seines Wissens teilhaftig werden zu lassen, soll das »Gesehene« oder das an den Ätherschwingungen Abgelesene geoffenbart werden.

Hellsehen, Clairvoyance – besagt, daß der Mensch mit seiner geistigen Sehkraft sieht, sei es spontan oder andauernder. Die Fähigkeit des Hellsehens kann, wenn es in der einen oder anderen bestimmten Hinsicht notwendig wird, kraft des Willens des Menschen oder mit dem Beistand des Schutzgeistes entwickelt werden.

Die Jüngsten sind mitunter Hellsehern erschienen, was nicht mit der vollkommenen Erscheinung, die mit den Augen des physischen Körpers gesehen wird, verwechselt werden darf.

Die meisten Hellseher waren in früherer Zeit oft imstande, die erdgebundenen Geister zu sehen, und viele Menschen haben durch hellseherische Medien Beschreibungen erhalten, nach denen sie die Verstorbenen erkannt haben. Es muß jedoch bemerkt werden, daß es in vielen Fällen nicht der Geist des betreffenden Verstorbenen war, den die Medien beschrieben, sondern vielmehr ein Gedankenphantom, das die Fragenden unwillkürlich von dem bildeten, nach dem gefragt wurde. Nur in den Fällen, wo das Medium zugleich Dinge angeben konnte, die sowohl dem Medium als auch dem Fragenden vollkommen unbekannt waren, kann man, wenn es sich nach Vornahme von Untersuchungen gezeigt hat, daß das Mitgeteilte der Wahrheit entspricht, sicher sein, daß es der Geist selbst war und kein Gedankenphantom. Aber wie bereits gesagt (Seite 300–02): Die Menschen sollen in Zukunft keine Aufschlüsse über die Toten einholen.

Die beim Tode abgeworfene Hülle oder Isolationsschicht, die sich zwischen Geist und Körper befindet, ist von Hellsehern oft mit den Geistern Verstorbener verwechselt worden. Ein Geist, selbst der sündigste, sieht immer aus wie ein lebendes Wesen, wogegen die abgeworfene Hülle am ehesten einer Maske gleicht. An Orten, wo sich große Anhäufungen von Finsternis finden, halten sich die Hüllen oft lange Zeiten hindurch, da sie nur vom Licht aufgelöst und aufgesaugt werden können; viele Hellseher haben im Laufe der Zeiten diese Hüllen gesehen, die am besten mit der Benennung »Gespenster« bezeichnet werden können.

Die Finsternishüllen der Ältesten werden nur von der Finsternis aufgelöst und halten sich daher lange an Orten, wo es große Lichtausstrahlungen gibt, weil das Licht die Finsternis, aus der die Hüllen gebildet wurden, nicht aufsaugen kann, bevor sie die Finsternis nicht aufgelöst hat.

Zusammenfassende und abschließende Übersicht.

Von Ewigkeit an war Gott unpersönlich, bis zu dem Augenblick, da der Gedanke und der Wille einander begegneten und sich in vollendet schöner Harmonie vereinten; da trat Er hervor als Persönlichkeit, als Beherrscher des Lichtes und Bezwinger der Finsternis, begrenzt in Seiner Persönlichkeit, unbegrenzt in Seinem alles beherrschenden Willen, Zeit und Raum umschließend – sowohl begrenzt als auch unbegrenzt – in Seinem allumfassenden Gedanken. Eine Gottheit und eine Macht, die kein Mensch auch nur annähernd fassen kann; selbst das schönste, das erhabenste Gottheitsbild ist nur ein schwacher Abglanz Seiner Herrlichkeit, Allmacht und Weisheit.

Jeder Mensch trägt in seinem Gedanken eine Abspiegelung Gottes; je jünger und je weniger entwickelt der Menschengeist ist, desto geringer und dunkler ist die Abspiegelung, und desto menschenähnlicher wird das göttliche Ideal, da alle Ideale, die aus menschlichen Vorstellungen abgeleitet werden, zugleich mit rein menschlichen Gefühlen und Eigenschaften belastet werden. Daher: je dunkler die Abspiegelung ist, desto mehr wird der Mensch das Göttliche mit Mystik umkleiden, um vielleicht auf diese Weise das Unverständliche zu verhüllen oder wegzudeuten, das, was man mit irdischen Augen nicht sehen kann, oder das, was der schwache, unentwickelte menschliche Gedanke nicht erkennen kann. Wenn aber der Geist älter und höher entwickelt ist, spiegeln sich Gott und das Göttliche reiner, edler und schöner im Gedanken des Menschen ab, und der Mensch ist um so besser imstande, sich ein hochstehendes göttliches Ideal zu verlebendigen, mit dem er sich in der inbrünstigen Hingabe des Gebetes zu vereinen sucht.

Nicht nur Gottes Hoheit und Macht, sondern auch die Väterlichkeit Gottes, Seine tiefe, innerliche, alle umschließende Liebe spiegelt sich im Gedanken eines jeden Menschen ab; deshalb zeigen wahrheitsliebende, rechtschaffene und reine Menschen in Gedanken, Handlung und Sein eine klare Widerspiegelung der mitleidvollen Liebe Gottes, und in ihren Herzen tragen sie das unbedingte Vertrauen des Kindes zu dem fernen, unsichtbaren Vater, in dessen Obhut sie sich glücklich und sicher fühlen.

Aber die jungen, unentwickelten Menschengeister, die noch stark von der Finsternis beeinflußt sind, vermögen nur in geringem Grad, Gott als den milden, liebevollen und gerechten Vater aufzufassen; nur allzu oft steht Er vor ihnen als der strenge, gebieterische Herrscher, die furchterregende, die rächende und fordernde Gottheit, die nichts gibt ohne angemessenes Entgelt, dargebracht in Form blutiger oder süß duftender Opfergaben; eine Gottheit, die unablässig erkauft werden muß, damit die Menschen die erstrebten Vorteile erhalten. Aber durch die vielen, entwickelnden Inkarnationen werden auch diejenigen, die jetzt sklavische Furcht vor ihrem Gott und Vater empfinden, einmal im Laufe der Zeiten so weit kommen, daß sie den Glauben des Kindes und dessen unwandelbares Vertrauen zu Ihm fühlen.

Viele Menschen tragen im Gedanken und Herzen eine schöne, klare Widerspiegelung der Gottheit; aber im irdischen Dasein wurde das ursprüngliche Bild, das sie aus dem Leben in der übersinnlichen Welt mitbrachten, durch die von Generation zu Generation überlieferten, von Menschen geschaffenen Dogmen verschleiert und verwischt. Für diese Menschen geht es darum, in ihrem eigenen Inneren zu suchen, den Gedanken allen falschen Behauptungen und unrichtigen Schlußfolgerungen gegenüber abzuschließen, bis der Schleier von der göttlichen Abspiegelung entfernt ist, so daß sie wieder mit reinen und klaren Konturen in all ihrer leuchtenden Schönheit hervortritt.

Aber allmählich, wenn die Zeit dahinschwindet, Jahrhunderte auf Jahrhunderte folgen und die Finsternis immer mehr eliminiert wird, werden immer mehr Menschen zur Erkenntnis von Gottes unbegrenzter Liebe, Seiner Gerechtigkeit, Milde und Barmherzigkeit kommen und einsehen, daß sie Ihn, den Erhabenen, zu gering gemacht haben, indem sie Ihn mit ganz menschlichen Eigenschaften ausgestattet haben, die Ihm wieder abgenommen werden müssen, bevor Sein Bild rein, schön und edel hervortreten kann.

Jeder Mensch soll danach streben, zum Verständnis dieser Idealisierung der Gottheit zu gelangen.

Wenn Christus in seiner Rede an die Menschen (siehe diese Seite 133) sagt: »Meine Worte sollen allen Geschlechtern der Erde erschallen; alle sollen sie hören, und sie sollen bis in die entferntesten Regionen der Erde dringen«, meint er mit dieser Äußerung nicht, daß die, die jetzt imstande sind, sein Evangelium der Liebe zu verstehen und sich darüber zu freuen, sofort in die Welt hinausziehen sollen, um alle Andersdenkenden und alle Andersgläubigen seiner Worte teilhaftig werden zu lassen; sondern er sagt es, weil er weiß, daß alle Menschen einmal, früher oder später, manche in dieser, andere in kommenden Inkarnationen, so weit kommen werden, daß sie seine Botschaft mit inniglicher Freude und tiefem Verständnis aufnehmen können.

Aber obwohl die Zeit, wo alle gegenwärtigen Religionen zu einer einzigen verschmolzen sind, noch in ferner Zukunft liegt, können die Menschen dennoch selbst viel dazu beitragen, daß dieser Zeitpunkt nähergerückt werden kann, indem sie sich nicht, gegen ihre innere Überzeugung, verständnislos und widerwillig zu der Botschaft stellen, die ihnen hier aus der übersinnlichen Welt gebracht wird, sondern dafür sorgen, daß die Kenntnis derselben, auf ruhige und würdige Weise, ohne zwingende Propaganda oder fanatische Missionierung, von Individuum zu Individuum und von Volk zu Volk verbreitet wird, weil diese Botschaft in hohem Grad dazu beitragen kann, daß der Menschengeist im irdischen Dasein der klare Spiegel werden kann, in dem das Gottheitsbild aufgefangen und mit einer reineren und stärkeren Schönheitsfülle, als dies bisher der Fall gewesen ist, ausgestrahlt werden kann. Es muß jedoch allen klar sein, daß die menschliche Abspiegelung Gottes und des Göttlichen, wie schön sie auch werden kann, niemals im irdischen Dasein der Menschen auf vollkommen gleiche Höhe mit ihrem Vorbild kommen kann.

Die Kinder Gottes – die Ältesten, die Jüngsten und die Menschengeister – die aus Seinem Vaterschoß hervorgegangen sind, haben alle das ewige Leben als Geschenk erhalten; da aber Gott niemals jemandem Seine Geschenke aufzwingt, hat Er zugleich jeden erschaffenen Geist mit einem freien Willen, dem Selbstbestimmungsrecht, ausgestattet; aber dadurch hat Er Seinen eigenen Willen und Sein Wissen begrenzt. Auf Grund des Selbstbestimmungsrechtes können alle Kinder Gottes, wenn sie einen gewissen Grad von Reife erreicht haben, selbst entscheiden, ob sie das Geschenk des ewigen Lebens entgegennehmen wollen, oder ob sie es vorziehen, in Gottes Vaterschoß zurückzusinken.

Diese Wahrheit wurde auf irrige Weise in der buddhistischen Lehre angewandt, wo der Menschengeist nach der Auslegung einiger, wenn er die höchste Vollkommenheit erreicht hat, in das »Nirwana« versinkt – in die Gottheit zurückversinkt. Buddha selbst lehrte ursprünglich, daß der Menschengeist, wenn er durch zahlreiche Wiedergeburten die Loslösung von jedem irdischen Einfluß und von allen irdischen Wünschen erreicht habe, zu seinem Ursprung – der Gottheit – von der er ausgegangen sei, zurückkehre. Dieses Aufgehen oder Zurückkehren war von Buddha nicht als ein Erlöschen der Individualität des einzelnen gemeint, sondern als eine unlösbare Verbindung mit dem Göttlichen, wo der, der zurückgekehrt war, in kontemplativer Ruhe und Beschaulichkeit dem irdischen Schauspiel folgte. Dieses Aufgehen in der Gottheit konnte von einzelnen weit fortgeschrittenen Geistern momentweise im menschlichen Dasein erfaßt werden und war dann ein Zeichen dafür, daß der Geist seine letzte Inkarnation durchlebte.

Alle Schöpfung, die primäre (übersinnliche) sowohl als die sekundäre (die Sternenwelten), sowie alles, was durch den Fall der Ältesten aus der Finsternis hervorgebracht wurde, kann, wann immer Gott will, kraft Seines alles beherrschenden Willens wieder in die Bestandteile aufgelöst werden, aus denen es erschaffen oder hervorgebracht wurde.

Nachdem alles Seiende und alles Dasein nur kraft der Basis des Alls existiert: des Urgedankens und des Urwillens – die die erste

Ursache, der erste Beginn des Bestehenden sind – kann Gott, der sich selbst emanierte und auf Grund Seiner Emanation imstande war, zu erschafffen, zu welchem Zeitpunkt Er will, sowohl Seine eigene Persönlichkeit als auch die ganze Schöpfung auflösen; also: zugleich mit dem Erschaffenen zu dem zurückkehren, was Er ohne Anfang von Ewigkeit an war – Gedanke und Wille. Nur solange Gott das Erschaffene durch die allumfassenden Gesetze Seines Gedankens (Gravitation, Kohäsion, Adhäsion, Zentrifugal- und Zentripetalkraft u.s.w.) festhält, bleibt das All bestehen.

Theoretisch betrachtet kann Gott somit sich selbst und die ganze Schöpfung in den »Logos« zurücksinken lassen; praktisch betrachet wird Er dies niemals tun, weil Er sich durch Seine unendliche Liebe zu allen Seinen vielen Kindern in alle Ewigkeit gebunden hat, indem Er ihnen das Versprechen eines ewiglichen Lebens gegeben hat.

In dem Augenblick, in dem Gott sich selbst emanierte, bezog Er die Finsternis in einen machtvollen Kreislauf durch Sein flammendes Wesen ein, um auf diese Weise die Finsternis vom Lichte aufsaugen und durchläutern zu lassen.

Als Gott beschloß, die Sternenwelten zu bilden, war die Finsternis bei weitem noch nicht aufgesaugt und eliminiert, sondern existierte mit latenten Polen als schwacher Unterstrom im wogenden Kreislauf des Lichtes.

Da die Schwingungen (Vibrationen) der vom Licht umschlossenen Finsternis, selbst die schnellsten[1], viel langsamer sind als die niedrigsten Schwingungszahlen des Lichtes, wird die Finsternis immer gleichsam im Lichtmeer ausgefällt werden, weshalb Gott die innersten Kerne der vier Muttersonnen aus den weniger schnellen Schwingungen des Lichtes – die für das menschliche Auge nicht erkennbar sind – bilden mußte, die ihrerseits die Finsternis mit deren noch um mehrere Grade langsameren Schwingungsgeschwindigkeiten umschlossen. Vom innersten Kern der Gestirne gegen den äußeren Umkreis der Gestirne hin nehmen die Schwingungen an Schnelligkeit zu; zugleich mit der steigenden Schwingungszahl steigen die Stärkekonzentration und ätherische Lichtausstrahlung des Lichtes, weshalb die äußersten Schichten der Gestirne zu einer klar strahlenden Umhüllung werden –

---

[1]) Die höchste Schwingungszahl der durch den Fall der Ältesten ausgeschiedenen polarisierten Finsternis liegt dagegen ungefähr in der Mitte zwischen der niedrigsten und höchsten Schwingungszahl des Lichtes.

die für das menschliche Auge nicht erkennbar ist – ohne jedoch die Konzentrationsstärke und Ausstrahlung zu erreichen, die von den Lichtschwingungen ausgehen, die kraft des Willens Gottes Sein eigenes Reich (das Zentralgestirn) hervorbrachten.

Da alle Gestirne in den Sternenwelten ihren Ursprung direkt oder indirekt von den zuerst gebildeten vier Muttersonnen herleiten, sind sie alle vollkommen gleich in ihrem Aufbau. Nachdem jedoch der Äther (das Licht und die darin ausgefällte Finsternis) den ganzen Weltraum und damit sämtliche Gestirne in den Welten durchströmt und durchdringt, wird der dunkle Kern der Gestirne gradweise abnehmen, indem die Lichtwellen in ihrem Kreislauf immer mehr davon zur Läuterung durch Gottes Flammenwesen hinwegführen.

Nachdem Gott die Erde als Aufenthaltsort für die Wesen, die Er zu erschaffen gedachte, ausgewählt hatte, schuf Er aus den schnellen – ätherischen – Schwingungen des Lichtes eine vollendet schöne Welt, die die Erde wie eine Sphäre oder eine Kugelschicht umschloß. Es war Gottes Absicht, daß sich diejenigen Seiner zuerst erschaffenen Kinder, die zu Leitern der Erdbewohner auserwählt würden, während der Ausübung ihrer Tätigkeit hier aufhalten sollten. Die ätherischen Ausstrahlungen dieser übersinnlichen Welt hätten nach dem Plan Gottes zugleich, im Verein mit den Ausstrahlungen der ätherisch-astralen Lichtumhüllung der Erdensonne, die klimatischen Verhältnisse auf dem Erdball selbst regulieren sollen.

Als aber die Ältesten mit ihren Schöpfungsversuchen zu experimentieren begannen, wurden große Mengen von Finsternis aus dem Äther ausgeschieden und zerstörten die von Gott um den Erdball gelagerte Lichtwelt[1]. Bei der Ausscheidung erwachten die Pole der Finsternis zur Tat, und während ein Teil der ausgeschiedenen Finsternis sich langsam dem Erdball näherte, erwachten allmählich – angeregt von der sich nähernden polarisierten Finsternis – die bisher latenten Pole im Dunkelkern des Gestirns. Während sich die Finsternis allmählich dem Kern näherte, vermischte sie sich mehr und mehr mit der ätherischen Lichtumhüllung des Gestirns, wodurch die Schwingungszahl der Umhüllung bedeutend herabgesetzt wurde. Als die Finsternis den Erdkern erreichte, war die ganze Erde[1] verdunkelt und anscheinend

[1]) Der Großteil der Gestirne in dem »Milchstraßensystem«, zu dem die Erde gehört, ist in höherem oder geringerem Grade von der Finsternis angegriffen; viele sind ganz davon durchsetzt.

ohne leuchtende Umhüllung (diese Umhüllung war nur von übersinnlicher Seite sichtbar). Da aber das Licht nach Gottes Sieg über die Finsternis niemals von der Finsternis vernichtet oder überwunden werden kann, vermochte diese die ätherische Lichtausstrahlung des Gestirns nicht zu eliminieren oder zu destruieren, sondern nur zu verschmutzen und zu verdunkeln.

Obgleich die Schwingungszahl der Lichtumhüllung durch die hereinströmende Finsternis herabgesetzt und gedämpft wurde, war die Lichtausstrahlung noch so stark, daß sie die Finsternis, die mit dem Dunkelkern des Gestirns verschmolz, festhielt – fixierte. Auf Grund dieser Fixierung verschmolz das Lebensprinzip der polarisierten Finsternis mit den in der Lichtumhüllung des Gestirns befindlichen – von Gott gegebenen – Lebenskeimen, und es entstand die Zelle in ihren verschiedenen Formen. Diese Lebenszellen waren teils zweigeschlechtig, teils eingeschlechtig. Die Vermehrung oder Neubildung der zweigeschlechtigen Zellen erfolgte und erfolgt im Wege einer einfachen Teilung oder Abschnürung u. dgl.; wogegen die Neubildungen der eingeschlechtigen Zellen durch vorhergehende Vereinigung zweier Zellen entgegengesetzten Geschlechts erfolgten und erfolgen.

Manche Mikroben haben eine zweifache Vermehrungsform, indem z.B. eine Anzahl krankheitserregende Bazillen, wenn sie als Schmarotzer in einen Körper eingedrungen sind, sich durch einfache Teilung vermehren; dadurch wird allmählich ihre Lebenskraft geschwächt, und die Krankheit endet, wenn die Bazillen aussterben, oder wenn ihre Lebenskraft so geschwächt ist, daß ihre Anwesenheit die normalen Funktionen des Körpers nicht mehr stört. Wenn aber der Kranke, bevor die Bazillen aussterben, neue der gleichen Art zugeführt bekommt, findet eine Verschmelzung der neuen und der alten mit nachfolgenden Teilungen statt. Wenn die zugeführten Bazillen sehr lebenskräftig sind, wird den alten neue Lebenskraft zugeführt; dadurch verschlechtert sich die Krankheit wieder, bis die Lebenskraft der Bazillen neuerlich durch die vielen Teilungen geschwächt wird. (Natürlich kann die Krankheit auf andere Weise gemildert oder geheilt werden: durch das eigene Gegengift des Körpers, durch eingegebene Gegengifte u.s.w. Hier ist nur die Rede von dem normalen Lebenslauf dieser Bazillen.)

Bazillen von einander nahestehenden Arten können ebenfalls miteinander verschmelzen oder voneinander aufgesaugt werden, wieder mit nachfolgenden Teilungen. Auf diese Weise entstehen neue Arten, die neue Krankheiten hervorrufen.

Jeder einzelne der Lebenskeime, die Gott kraft Seines Gedankens und Willens der ätherischen Lichtumhüllung der Erde zugeführt hatte, trug das Bild des Tieres oder der Pflanze, also der Form, in sich, in der die betreffenden Keime zu dem von Gott festgesetzten Zeitpunkt und kraft Seines Willens in der Lichtwelt, die Er auf der Erde schaffen wollte, ins Leben gerufen werden sollten. Als diese Keime durch Verschmelzung mit dem Lebensprinzip der Finsternis zu irdischem Leben erweckt wurden, wurden die Keime dem verzerrenden, verunstaltenden und herabziehenden Einfluß der Finsternis unterworfen. Da aber die Lichtumhüllung die Finsternis, die den Erdball verwandelte, fixiert hatte, behielt das Licht einen ordnenden, fördernden, ausscheidenden und harmonisierenden Einfluß auf die durch die Verschmelzung der Keime mit dem Lebensprinzip der Finsternis entstandenen zwei- und eingeschlechtigen Zellen und ihre Neubildungen.

Die zweigeschlechtigen Zellen stellten die niedrigste Lebensvermehrung der Finsternis dar, die zu keinen höheren oder komplizierteren Formen führen konnte und daher nicht imstande war, auch nur den schwächsten Abglanz der Urbilder, die sich in den von Gott gegebenen Lebenskeimen fanden, hervorzubringen. Die Vereinigung der eingeschlechtigen (männlichen und weiblichen) Zellen, gebunden und gelenkt durch den ordnenden, harmonisierenden Einfluß der Lichtumhüllung[1], ist die blinde, mechanische Nachahmung der bewußt gewollten Vereinigung des Urgedankens und Urwillens, deren Ergebnis das Hervortreten Gottes als Persönlichkeit war, durch die Finsternis.

Unter dem Einfluß der Lichtumhüllung bildeten sich im Laufe von Jahrmillionen durch Zellteilung im Zusammenhang mit Zellenaufbau nach vorhergehender Vereinigung männlicher und weiblicher Zellen die immer mehr zusammengesetzten Lebensformen, die verschiedenen komplizierten Zellengewebe, welche die Knochen, Muskeln, Nerven u.s.w. bilden, ebenso wie alle die verschiedenen Formen der Verdauung, Fortpflanzung u.s.w., u.s.w. sowohl in der Tier- als in der Pflanzenwelt, Formen, die beständig danach streben, die in den Urkeimen befindlichen, von Gott gegebenen Vorbilder zu erreichen. Dieses Streben wurde und wird noch immer durch die herabziehenden

[1]) Nach den Gesetzen, die Gott kraft Seines Gedankens und Willens für die ewige Energieausstrahlung des Lichtes gegeben hat, wird das gesetzlose, zwecklose irdische Chaos in geordnete Verhältnisse und in Richtung des Zweckmäßigeren, Brauchbareren, Vollkommeneren und Schöneren gelenkt.

Tendenzen der Finsternis gehemmt und gestört, und solange die Herrschaft der Finsternis auf der Erde so unvergleichlich stärker war, als die des Lichtes, wurde der Zellenaufbau zu den ungeheuerlichsten und bizarrsten Formen getrieben, unter anderem dadurch, daß sich die Tiere unterschiedslos paarten, so daß sie sich in vieler Weise von den in den Keimen[1] liegenden Urbildern[1] entfernten, anstatt sich ihnen zu nähern. Im Zuge damit, daß das Licht größere Macht über die »ausgeschiedene Finsternis« erhält, werden die nicht regelrechten Formen der Finsternis verschwinden; das heißt, daß die vielen häßlichen und schädlichen Tierarten in den kommenden Jahrtausenden oder Jahrmillionen langsam aussterben werden. (Das gleiche wird in der Pflanzenwelt geschehen.)

Als sich die menschliche Intelligenz damit zu beschäftigen begann, Neubildungen innerhalb der bestehenden Tier- und Pflanzenarten zu schaffen, griffen die Menschen in vielen Punkten dem Einfluß des Lichtes vor. Falls diese Neubildungen eine natürliche, selbständige, fortgesetzte Vermehrung innerhalb der erzielten Formen erreichen können sollen, muß man ihnen durch Jahrhunderte, Jahrtausende – vielleicht Jahrmillionen – die gleiche Pflege und die gleichen Behandlungsmethoden angedeihen lassen, die ihnen jetzt zuteil werden, weil sie sonst, wenn sie wieder sich selbst überlassen werden, im Laufe kürzerer oder längerer Zeit zu den Formen zurückkehren würden, die sie durch die zwar langsame, aber doch stetig fortschreitende Ordnung, Ausscheidung, Anpassung und Harmonisierung der Lichtumhüllung erreicht hatten.

Die irdischen Formen werden jedoch niemals die von Gott gegebenen Vorbilder in den Urkeimen erreichen, einerseits, weil diese (z.B. in der Tierwelt) für ein Leben ohne Vermehrung und ohne Tod bestimmt waren, anderseits, weil die Finsternis nicht vollständig eliminiert werden kann, bevor der Erdball selbst destruiert und aufgelöst wird.

Als die Ältesten die Menschen erschufen, dachten sie sich, daß die Typen, die sie schufen, durch die Fortpflanzung beibehalten werden sollten; sie gaben daher den männlichen und weiblichen Lebenskeimen der menschlichen Geschlechtszellen ein Gepräge, eine Form, die dem Menschentyp, den die betreffenden Keime darstellten, ent-

---

[1]) Infolge des zu diesem Zeitpunkt überhandnehmenden Einflusses der Finsternis wurden viele der in den Keimen befindlichen, von Gott gegebenen Urbilder vollständig zerstört, wodurch die Geschöpfe, die aus den solcherart zerstörten Keimen entstanden, nicht die entfernteste Ähnlichkeit mit dem ursprünglichen Grundbild erhielten.

sprach. Diese Keim-Urbilder (unsichtbar für jede menschliche Beobachtung) sollten somit die tragende Grundlage für die Geschöpfe der Ältesten sein und durch die Fortpflanzung in den kommenden Generationen wiedergeboren und beibehalten werden, solange die Erde in der Gewalt der Ältesten war. Als aber Gott sich des Menschengeschlechtes annahm und ein göttliches Element mit dem physischen Körper verband, wurde dieser in den harmonisierenden Einfluß des Lichtes einbezogen. Und nachdem sich die Jüngsten in immer größerer Anzahl unter den Menschen inkarnieren ließen, erhielt die Schönheitsfülle, die sie alle in ihrem Gedanken trugen, durch die Fortpflanzung ebenfalls großen Einfluß auf die Urbilder der Ältesten in den menschlichen Lebenskeimen. Dieser Einfluß machte sich insbesondere in körperlich verschönender und veredelnder Richtung geltend. In den vielen Jahrmillionen, seit denen die menschlichen Körper nun schon solcherart unter dem vorwärtsziehenden, verschönenden Einfluß des Lichtes und der Jüngsten stehen, haben sich die Urbilder der Ältesten allmählich ein wenig von dem ursprünglichen, karikierenden Gepräge der Finsternis entfernt. Diese Veredelung tritt am deutlichsten zutage in den Rassen, in denen sich die Jüngsten ständig inkarnieren lassen.

Die männlichen und weiblichen menschlichen Lebenskeime sind zugleich zu jedem gegebenen Zeitpunkt ein präziser Ausdruck der Eigenart des betreffenden Individuums. Alles, was das einzelne Individuum innerhalb der verschiedenen Geschlechter von seinen Vorfahren an inneren und äußeren Merkmalen und Anlagen erhalten hat, und was es selbst in seinem Erdenleben erworben hat, ruht latent sowohl in den physischen als auch in den astralen Lebenskeimen und kann durch die Fortpflanzung auf die Nachkommen übertragen werden[1]. Durch das Zusammentreffen verschiedener innerer und äußerer Umstände können somit die ruhenden Merkmale und Anlagen bei den neuen Individuen zutage treten; aber sowohl äußere Merkmale als auch innere Anlagen können auch aus verschiedenen zusammentreffenden Ursachen mehrere Generationen hindurch zurückgehalten werden, um später, unter neuen Konstellationen, wieder bei einzelnen oder mehreren Individuen des Geschlechts aufzutreten.

Durch die Inkarnationen der Jüngsten wird das menschliche Keim-Urbild immer weiter von seinem ursprünglichen Aussehen weggezo-

---

[1]) Siehe ferner Seite 327–29.

gen (sowohl astral als auch physisch); wenn aber die Inkarnationen der Jüngsten aufhören würden, würde das Gepräge der Schönheit, das sie den menschlichen Körpern zugeführt haben, sehr rasch verschwinden, und der Körper würde sich wieder dem ursprünglichen Urbild nähern. Ebenso würde all das Psychische, das die Jüngsten den Menschen durch das astrale Gegenstück zugeführt haben, langsam erlöschen, um zuletzt so gut wie ganz zu verschwinden. Wenn aber Gott zugleich das göttliche Element wegnähme, würden die Menschen in erschreckend kurzer Zeit (in einigen wenigen Jahrtausenden) in das Gepräge zurückfallen, das sie von der Hand der Ältesten erhalten hatten, ein Gepräge, das viel primitiver und tierähnlicher wäre als das der tiefststehenden Völkerschaften von heute; zugleich würden die letzten Reste des psychischen Lebens, das den Menschen durch die Inkarnationen der Jüngsten zugeführt worden war, vollkommen verschwinden: Die Menschen wären dann wieder voll und ganz die Geschöpfe der Ältesten.

Also: in der Tier- und Pflanzenwelt findet unter dem vorwärtsziehenden und gesetzmäßig ordnenden Einfluß des Lichtes eine langsame Annäherung an die Urbilder statt, die Gott bei der Erschaffung der Erde für das Tier- und Pflanzenleben gab, das Er dort erschaffen wollte. Wogegen in der menschlichen Welt unter dem gesetzmäßig ordnenden und von Schönheit geprägten Einfluß des Lichtes und der Jüngsten ein langsames Sich – Entfernen von den Urbildern, die die Ältesten bei der Erschaffung der Menschheit gaben, stattfindet.

Bei der Bildung der neuen Individuen können durch ein Zusammentreffen von Umständen unter dem Einfluß der Finsternis Rückfälle (in astraler und physischer Beziehung) in Richtung der ursprünglichen Urbilder stattfinden. Ebenso können die Angriffe der Finsternis so heftig sein, daß Abweichungen von diesen Urbildern vorkommen, und die Nachkommen dadurch zu Mißgeburten werden können; wenn das Eingreifen der Finsternis so einschneidend ist, daß es die Basis des Urbildes zerstört, können sich sowohl die astralen als auch die physischen Änderungen, Mißbildungen und Mängel auf die Nachkommen vererben. Wenn aber der Körper des Menschen auf die eine oder andere Weise im irdischen Leben verunstaltet oder defekt wird (z.B. auf Grund von Amputationen, Exstirpation von Organen, durch von Brandwunden verursachte Deformationen u.dgl.), verändert sich das Urbild nicht; nur wo die Finsternis direkt eingreift und den Prototyp entstellt, kann das veränderte Gepräge die Grundlage einer Vererbung bilden.

Auf Grund der Fixierung der astralen und der molekularen Finsternis durch die Lichtumhüllung entstand alles irdische Leben, entstanden alle organischen und anorganischen Stoffe, als Doppelheiten, so daß die Formen, die ausschließlich auf die Molekularschwingungen der fixierten materiellen Finsternis – Schwingungen mit großen Partikeln – zurückzuführen waren, eine anscheinend feste Konsistenz in der irdischen Welt annahmen, während sie, von der übersinnlichen Welt aus gesehen, nebelhaft und unwirklich waren; wogegen die Gegenstücke, die von der fixierten astralen Finsternis – schnellere Schwingungen mit kleineren Partikeln – gebildet wurden, in Verbindung mit den herabgesetzten und gedämpften Schwingungen der verschmutzten Lichtumhüllung feste[1], sichtbare Formen[1] und Gestalten[1], von übersinnlicher Seite gesehen, annahmen, in der irdischen Welt aber für die Augen der später hinzugekommenen Menschen unsichtbar verblieben.

Also: Die ätherische Lichtumhüllung des Erdballs hielt die mit dem Erdkern verschmolzene Finsternis fest; dadurch wurden die schnelleren und weniger schnellen Schwingungen der Finsternis miteinander verknüpft, so daß die Molekularprodukte der Finsternis durch die etwas schnelleren Schwingungen, die kleineren Partikeln und die größere Kohäsions- und Adhäsionskraft der astralen Finsternis gestärkt wurden. Dadurch wurde aber die Möglichkeit geschaffen, daß das Licht allmählich einen stärkeren ordnenden und ausbalancierenden Einfluß auf die Molekularprodukte der Finsternis auf der Erde gewinnen konnte, weil die Fähigkeit der Moleküle, einander in der rotierenden Schwingungsbewegung festzuhalten, sowie ihre Fähigkeit, aneinanderzuhaften, z.B. beim Zellenaufbau, durch die von der Lichtumhüllung bewirkte Fixierung und Verstärkung der Kohäsionskraft und Adhäsionskraft der astralen Finsternismoleküle bedeutend gestärkt wurde. Gleichzeitig wurde dadurch die Möglichkeit geschaffen, daß das Licht, wo krankhafte Zustände – Angriffe von Mikroorganismen oder andere abnormale Zustände – gegebenenfalls die Verbindung zwischen den Molekularprodukten der Finsternis und ihren astralen Gegenstücken aufzulösen drohten, durch seine starke Lebensenergie, Festhaltungs- und Haftfähigkeit der beginnenden Trennung entgegenwirken oder ihr Einhalt gebieten könnte; und in den Fällen, wo die

---

[1]) Jedoch nicht von so fester Konsistenz wie das, was von den Schwingungen des Lichtes, z.B. in den höheren Sphären, hervorgebracht wird.

Ursache der beginnenden Trennung entfernt oder vernichtet werden könnte, würde die größere Festhaltungs- und Haftfähigkeit des Lichtes die gelöste Verbindung zwischen den Molekularprodukten der Finsternis und ihren astralen Gegenstücken wieder festigen, wodurch die vollkommene Trennung, die sonst Tod und Vernichtung zur Folge hätte, verhindert würde, so daß z.B. die Lebensdauer der irdischen Tier- und Pflanzenarten durch die vom Licht von neuem befestigte Verbindung mit den astralen Gegenstücken verlängert werden könnte.

Durch die Fixierung der über die Erde hereinströmenden Finsternis und ihres darin enthaltenen Lebensprinzips seitens der Lichtumhüllung wurde somit die Lebensfähigkeit der Molekularprodukte der Finsternis verbessert und verlängert.

Wenn die ätherische Lichtumhüllung der Erde nicht stark genug gewesen wäre, um die Finsternis zu fixieren, hätte das Licht niemals irgendwelchen Einfluß auf die von den Ältesten ausgeschiedene Finsternis gewinnen können; der Erdball wäre dann, wenn er nicht zersplittert und aufgelöst worden wäre, vollständig in die Gewalt der Finsternis gekommen, weil die ätherische Lichtumhüllung, die von der Finsternis nicht eliminiert werden kann, vom Äther zurückgesaugt worden wäre; in diesem Fall hätte Gott nur eine einzige Möglichkeit gehabt, wieder Ordnung in diese Zerstörung zu bringen, nämlich die: kraft Seines Willens den Erdball, das zerstörte Reich und Seine ältesten, gefallenen Kinder aufzulösen und auszumerzen; denn auf Grund der Rücksaugung der ätherischen Lichtausstrahlung des zerstörten Reiches und des Erdballs in den Äther wäre das von der Finsternis eroberte Feld vollständig abgeschnitten von jeder weiteren Verbindung mit dem Licht. Da aber Gott allen Seinen Kindern einen freien Willen gegeben und dadurch Seine Macht über sie eingeschränkt hat, konnte Er die Ältesten, wie tief sie auch gefallen waren, nicht vernichten, ohne Sein Versprechen zu brechen, weshalb dieser Ausweg zur Wiedergutmachung des Falles und der Zerstörung niemals in Frage kommen konnte, weil Gott, wenn Er die Ältesten aus dem Dasein getilgt hätte, dies gegen ihren Wunsch und Willen hätte tun müssen.

In Seiner Allwissenheit hatte Gott dies vorausgesehen, weshalb Er dadurch, daß Er um den Erdball herum eine Lichtwelt – das von der Finsternis zerstörte Reich – legte, die aus den schnellen ätherischen

Schwingungen des Lichtes gebildet war, der ätherisch-astralen Umhüllung der Erde eine weitaus größere Lichtstärke zuführte als die, welche die anderen Himmelskörper, Sonnen, Sterne und Planeten, besaßen. Dadurch wurde die Lichtumhüllung der Erde so stark konzentriert, daß sie von der ätherisch-astralen Beschaffenheit in die ätherische überging und daher imstande war, die hereinströmende Finsternis festzuhalten; dadurch wurde die Möglichkeit geschaffen – falls einige der Kinder Gottes der Finsternis nicht widerstehen könnten – alles durch einen im Laufe der Zeiten stetig ansteigenden Einfluß von seiten Gottes und des Lichtes in die rechten Bahnen zurückzubringen, obgleich diese Zurückeroberung von der Finsternis sich vielleicht über so manche Zeitewigkeiten erstrecken würde, da selbstverständlich keine Rede davon sein konnte, irgendwelchen Zwang auf den freien Willen der Gefallenen auszuüben.

Durch diese Vorausregelung gelang es somit Gott, Seine ältesten Kinder vor dem absoluten Verderben zu retten.

Die übrige astrale Finsternis, die die Erde einhüllte, und die nicht mit dem Kern verschmolzen oder von der Lichtumhüllung fixiert worden war, absorbierte zum Teil die Strahlen der ätherisch-astralen Lichtumhüllung der irdischen Sonne, so daß das astrale Gegenstück der Erde mit allem, was es an Gegenstücken des irdischen Lebens enthielt, unbeleuchtet und ohne nennenswerten Unterschied zwischen Tag und Nacht dahinlag. Die Strahlen des schwächer leuchtenden Kernes der Sonne, der aus der ausgefällten Finsternis, umschlossen von den langsamen Schwingungen des Lichtes, besteht, konnten dagegen fast unbehindert durch die astrale Finsternis passieren und die irdische Welt beleuchten, ohne jedoch imstande zu sein, das astrale Gegenstück der Erde zu erhellen. (Die langsamsten Lichtschwingungen, die den Sonnenkern umschließen, werden mit der Zeit für das Auge des Menschen sichtbar werden.)

Um das Bild des Urzustandes auf dem astralen Gegenstück der Erde für den menschlichen Gedanken verständlicher zu machen, soll hier ein Vergleich zwischen den astralen Verhältnissen und einer irdischen Szenerie gezogen werden, der den Zustand einigermaßen veranschaulichen kann: Bei einem Unwetter, z.B. einem Gewitter – einem für Menschen sichtbaren Ausdruck der Kräfte der Finsternis – schließen die dunklen Gewitterwolken mehr oder weniger, je nach der Heftigkeit des Gewitters, die Sonnenstrahlen aus, die sonst, unter normalen Verhältnissen, für das menschliche Auge sichtbar sind. Obwohl das Sonnenlicht scheinbar verschwunden ist, existieren die Sonne und ihre Strahlen unverändert hinter der dicken Wolkenmauer. Auf ähnliche Weise hielt die den ganzen Erdball umlagernde astrale Finsternis die ätherisch-astralen Lichtausstrahlungen der Sonne zurück, so daß sie weder die Erde noch deren astrales Gegenstück erreichten.

Nach dem Plan Gottes waren es die ätherisch-astralen Ausstrahlungen der irdischen Sonne, die den Erdball hätten erleuchten und bestrahlen sollen.

Die am schwächsten leuchtenden Strahlen des Dunkelkernes der Sonne werden niemals, ebensowenig wie die am stärksten leuchtenden Strahlen der Lichtumhüllung der Sonne, von den Sehorganen der Menschen oder Tiere wahrgenommen werden können.

Als die Ältesten beschlossen hatten, Wesen zu erschaffen, die sich zu Herren der Erde machen könnten, mußten sie danach streben, ein Geschöpf hervorzubringen, das, ohne ein Tier zu sein, dennoch den Aufbau der Tiere in sowohl astraler als auch irdischer Hinsicht zum Vorbild hatte; die Molekularschwingungen der fixierten Finsternis auszuscheiden und nur daraus etwas zu erschaffen, war – auf Grund der geringen Festhaltungs- und Haftfähigkeit der Moleküle – von vornherein unmöglich. Außerdem war das Lebensprinzip der molekularen Finsternis nicht im Besitz einer Lebensfähigkeit von hinreichender Dauer, um darauf allein eine einigermaßen regelmäßige, fortgesetzte Vermehrung aufzubauen. Die Ältesten waren daher gezwungen, sowohl mit dem Lebensprinzip der von der Lichtumhüllung fixierten astralen als auch mit dem der molekularen Finsternis zu arbeiten, welche, verschmolzen mit dem von Gott in der Lichtumhüllung niedergelegten Lebensprinzip, die Zelle in ihren verschiedenen Formen hervorgebracht hatten.

Diese Arbeit der Ältesten mit einem »doppelten Material« verzögerte und erschwerte in hohem Maße die Erreichung ihres Zieles, und da sie ständig über dem großen Ganzen verschiedene Nebendinge »vergaßen«, deren man unmöglich entraten konnte, mußten sie lange Zeiten hindurch mit der Anordnung und Sammlung von Zellen zu Knochen- und organischem Gewebe herumexperimentieren, bevor sie ein für sie zufriedenstellendes Resultat erzielten, ein Resultat, das jedoch in mehreren wichtigen, entscheidenden Punkten so unglücklich für die Menschen ausfiel.

Eine dieser vielen Unvollkommenheiten soll hier näher erörtert werden, weil sie von besonders großer Bedeutung für den Menschen ist, und zwar: das Fehlen einer ausreichenden Regenerations- und

Rekonstruktionsfähigkeit in bezug auf innere Organe, Knochen u.s.w. im menschlichen Körper.

Ein Teil der Lebenskeime, die sich in der Lichtumhüllung vorfanden, bevor das Zerstörungswerk der Finsternis begann, war, wie bereits erwähnt, von Gott dazu bestimmt, unter dem Einfluß des Lichtes in verschiedenen Tiergestalten auf der Erde zu einem fortdauernden Leben in der einmal gegebenen Form zu entstehen, ohne der Gefahr des Todes oder der teilweisen Destruktion ausgesetzt zu sein, weshalb von seiten Gottes für diese Tierwelt des Lichtes kein Gesetz der Regeneration, weder von verlorenen Körperteilen, noch von zerstörten Organen gegeben worden war, weil ein solches Gesetz in einer Welt des Lichtes ganz überflüssig gewesen wäre. Als die Finsternis die ruhenden Keime, die zu Tierarten bestimmt waren, hervorrief, wurden diese auf verschiedene Weise der Vergänglichkeit und dem Tode unterworfen und zwar, was die höheren Tierarten anlangt, ohne Aussicht auf Regeneration beschädigter oder ganz verlorener Körperteile durch erneutes Wachstum. Und als die Ältesten den Menschen erschufen, zum Teil nach dem Vorbild der damaligen Tierarten in bezug auf den inneren Aufbau, vergaßen sie, so verwirrt, wie sie durch die Finsternis waren, diesen Mangel mit in Betracht zu ziehen; deshalb wurde von seiten der Ältesten kein Gesetz einer größeren Rekonstruktion des menschlichen Körpers gegeben.

Also: in den Fällen, wo der Mensch durch einen unglücklichen Zufall oder durch eine notwendige Amputation ganze Glieder oder Teile derselben verliert, kann das Verlorene in keiner Weise durch neues Wachstum ersetzt werden. Ebensowenig kann ein Mensch, wie hochstehend sein Geist auch sein mag, kraft seines Willens und mit Hilfe der Lichtausstrahlungen seines geistigen Leibes neue Teile oder neue Gliedmaßen an den beschädigten Stellen hervorwachsen lassen. Ebenso werden auch Gebete zu Gott und Anrufungen um Seinen Beistand in diesen Fällen dem Betreffenden nicht das geringste nützen, weil Gott niemals das Gesetz über den Aufbau und den Bestand des menschlichen Körpers bricht, dieses unvollkommene Gesetz, das von den Ältesten gegeben und befolgt wurde, als sie die ersten Menschen formten und erschufen, für deren Mängel sie allein die volle Verantwortung tragen.

Die Möglichkeit, daß Gott irgendwelche Verantwortung für ein so unvollständiges Schöpfungswerk, wie es der menschliche Körper darstellt, eine in jeder Beziehung elende Nachahmung der eigenen Geschöpfe Gottes, übernimmt, ist vollständig ausgeschlossen.

Wenn Gott die Absicht gehabt hätte, die Geschöpfe der Ältesten dadurch zu verbessern, daß Er kraft Seines Willens ein Gesetz betreffend die Regeneration exstirpierter Organe und amputierter Gliedmaßen gäbe, wäre das hier Erwähnte nicht das einzige gewesen, was geändert werden sollte, weil der menschliche Körper, so, wie er von der Hand seines Schöpfers vorliegt, in noch weiteren, für die Menschen bedeutungsvollen Punkten äußerst mangelhaft ist.

Wenn Gott jedoch versucht hätte, diese Mängel zu beheben, und Gesetze über die Vervollkommnung und Rekonstruktion des Körpers gegeben hätte, würde Er damit zugleich die Verantwortung für das Schöpfungswerk Seiner gefallenen Kinder übernommen haben; aber das wollte Gott nicht, ebensowenig wie ein irdischer Künstler die Verantwortung für das üble Machwerk und die Pfuscherei eines Schülers oder eines Nachahmers übernehmen würde. Deshalb hebt Gott das nicht auf, was einmal von den Ältesten gegeben wurde, doch sucht Er durch die Intelligenz, um die Er die Menschen bereichert hat, einem Teil der zahlreichen Mängel abzuhelfen. (Medizinische und chirurgische ärztliche Kunst; und in den Fällen, wo die Kunst des Arztes nicht mehr ausreicht, haben die Menschen gelernt, zu mechanischen Hilfsmitteln Zuflucht zu nehmen.)

Durch die zahlreichen Inkarnationen baut der Menschengeist seine individuelle Persönlichkeit auf. Ebenso wie der reife oder alternde Mensch in der Erinnerung auf seine Gedanken und Gefühle zurückblicken kann und imstande ist, sich erlebte Ereignisse und von ihm vorgenommene Handlungen seit den frühesten Kinderjahren ins Gedächtnis zurückzurufen, und sich doch als erwachsener Mensch in allen Punkten mit dem Kinde identisch zu fühlen, das langsam durch Tage und Jahre gereift ist, ebenso kann sich der losgelöste Geist in zurückblickender Erinnerung, so weit der Gedanke in die Zeit zurückreichen kann[1], die menschlichen Gestalten ins Gedächtnis zurückrufen, die er geistig verlebendigt hat, und sich doch mit ihnen allen

[1]) Ebensowenig, wie sich der Mensch seine ersten Lebensjahre ins Gedächtnis zurückrufen kann, ebensowenig kann sich der losgelöste Menschengeist an seine allerersten Inkarnationen erinnern.

vollkommen identisch fühlen. In kaleidoskopartigen Bildern kann der Geist der gradweisen Entwicklung seines »Ich« von den ersten schwachen, wenig persönlichen Wesen, mit denen er verbunden war, bis zu den im Wege eines langsamen Fortschreitens höher entwickelten, selbstbewußteren Persönlichkeiten folgen.

Also: ebenso, wie der Mensch zu jedem gegebenen Zeitpunkt die Summe des Inhaltes seines Lebens ist, ebenso ist die individuelle Persönlichkeit des losgelösten Geistes die Summe der Gedanken, Gefühle, Handlungen und Erlebnisse aller früheren Erdenleben.

Für die Jüngsten[1] stellen sich die Inkarnationen auf eine andere Weise dar. Als die Jüngsten Gott versprachen, die Leiter und Erzieher der Menschen zu sein, waren sie selbst hochentwickelte Persönlichkeiten. Ihr Rückblick auf das Dasein, das sie als Menschen geführt haben, gleicht dann am ehesten – um ein leichtverständliches irdisches Bild zu gebrauchen – dem der Schauspielerinnen und Schauspieler, die sich die Bühnengestalten ins Gedächtnis zurückrufen, die sie im Laufe der Jahre mit ihren Fähigkeiten und ihrer Kunst verlebendigt haben. Unter diesen Gestalten wird der Schauspieler immer die auswählen, die seiner eigenen Persönlichkeit am nächsten standen, und die er in seiner Darstellung durch die individuelle Eigenart seiner Kunst lebendig zu machen vermochte. Auf ähnliche Weise fühlen sich auch die Jüngsten in ihrer rückblickenden Erinnerung am meisten angezogen von und am stärksten identisch mit den Menschen, denen sie das reinste und edelste Gepräge der erhabenen Individualität ihres Geistes zu geben vermochten; und so, wie der Schauspieler, wenn er die Bühne verläßt, seine Maske abwirft und sich als der zeigt, der er wirklich ist, ebenso werfen auch die Jüngsten, wenn sie beim Eintritt des Todes den irdischen Schauplatz verlassen und wieder zu klarem Bewußtsein erwachen, die menschliche Maske ab und zeigen sich als die hohen Individualitäten, die sie waren, bevor sie die Bühne des Erdballs betraten, um an dem großen Weltdrama teilzunehmen.

Die Ältesten, die sich durch ihre eigenmächtige Vermenschlichung selbst unter die Gewalt des Gesetzes der Vergeltung gebracht haben, müssen alle – in der einen Inkarnation nach der anderen – ihre von der Finsternis gebrochenen und entstellten Persönlichkeiten wieder neu

---

[1]) Die Jüngsten sind selbstverständlich imstande, sich auch an ihre allerersten Inkarnationen zu erinnern.

aufbauen; aber in Seinem innerlichen Mitleid mit diesen unglücklich gestellten Wesen läßt Gott ihnen die größtmögliche Hilfe angedeihen, indem Er, soweit es sich tun läßt, die Erinnerung an all das, was sie vor der Entstehung der Erde erlebt haben, auslöscht, so daß sie scheinbar den Menschengeistern gleich sind.

Ebenso wie jeder losgelöste Menschengeist auf seinen Kampf aus der Finsternis heraus und dem Licht entgegen zurückblicken kann, vermag auch Gott, von Ewigkeit an, Seinem Kampf heraus aus der Finsternis, bis der volle Sieg errungen war, zu folgen. Für Gott ist dies jedoch kein Rückblick in der Erinnerung, sondern ein Erleben im Jetzt; denn da Er alle Zeit – die endliche ebenso wie die unendliche – in sich, in Seinem allumfassenden Gedanken einschließt, existiert der Begriff der Zeit nicht für Ihn.

Die Begriffe der Zeit und des Raumes wurden von Gott für alle erschaffenen Wesen gegeben, die alle in höherem oder geringerem Maße von diesen Begriffen abhängig sind. Je höher der Geist steigt, desto mehr wird er von diesen gebundenen Vorstellungen befreit, ohne jedoch jemals die vollkommene Beherrschung von Zeit und Raum zu erreichen. Nicht einmal die Diener Gottes können sich, da sie von Gott kraft Seines Willens emaniert wurden, vollständig von den Begriffen Zeit und Raum befreien. Dort, wo Gott zu sein wünscht, ist Er im selben Nu, in dem der Gedanke entsteht; aber bei den Dienern Gottes vergeht eine Zeit vom Denken des Gedankens bis zu seiner Ausführung. Gottes Diener brauchen z.B. 3 Sekunden, um die Strecke vom Reich Gottes bis zur Erde zurückzulegen.

In allem, was auf der Erde erschaffen oder zum Leben erweckt wurde, findet sich ein schwacher Abglanz des eigenen Kampfes Gottes nach vorn. Jeder ausgesäte Same ist vom Dunkel der Erde umgeben, bis er naturnotwendig dem Licht entgegenkeimt. Das Menschenkind und das Junge des Säugetieres sind vom Dunkel des mütterlichen Schoßes umgeben, bis die Stunde kommt, wo sie naturnotwendig hervor- und dem Licht entgegenstreben. Das Vogeljunge ist vom Dunkel des Eies umgeben, bis es sich, ebenfalls naturnotwendig, aus der Schale herauskämpft, u.s.w. Aber der Kampf des Samens, des Kindes, des Tierjungen und des Vogels vom Dunkel zum Licht, vom Werden zum Sein, ist unbewußt, denn es ist die siegreiche Macht des Lichtes, die sie hervorzieht; deshalb sind diese unbewußten Kämpfe nur unwillkürliche Nachahmungen des bewußten Kampfes Gottes.

Auch im Kampf des Menschen, um vom Dasein als tiefstehende,

tierähnliche Wesen, Zerrbilder ihrer Schöpfer, weg- und auf die Entwicklungsstufe zu kommen, die der Durchschnittsmensch heute erreicht hat, findet sich ein Abglanz von und eine Ähnlichkeit mit Gottes eigenem Kampf heraus aus der Finsternis.

Die größte Ähnlichkeit findet sich jedoch im Kampf jedes einzelnen Menschengeistes, der sich durch die zahlreichen irdischen Inkarnationen hindurchkämpft, aus dem tiefsten geistigen Dunkel, bis die Gewißheit seines eigenen souveränen Willens zum Licht ihn von der Erde löst und langsam zum Ziel – dem Reich Gottes – führt, einem Ziel, das noch in ferner Zukunft liegt, selbst für den am weitesten fortgeschrittenen Menschengeist.

Die unablässigen Kämpfe des irdischen Lebens, um von der Finsternis weg- und dem Licht näherzukommen, sind vor allem anderen auf die ätherische Lichtumhüllung der Erde zurückzuführen, die durch ihre Fixierung der beim Falle der Ältesten ausgeschiedenen Finsternis in den Stand gesetzt wurde, die irdisch-materiellen Erzeugnisse der Finsternis zu beeinflussen, und kraft der Stärke, die Gott in ihren Ausstrahlungen konzentriert hatte, das chaotische Leben und die verzerrten Lebensformen der Finsternis in geordnetere, gesetzmäßigere Bahnen zu lenken. Deshalb wurde das irdische Leben, so wie es sich den Menschen darstellte, ein ständiger Kampf von der Lebensmöglichkeit zur Lebenswirklichkeit, ein Dasein, das infolge der geringen Lebensdauer, die den materiellen Erzeugnissen der Finsternis beschieden ist, beständig von Siechtum, Dahinwelken, Tod und Destruktion heimgesucht wird; ein Kampf und ein Kreislauf, der andauern wird, solange es Voraussetzungen für ein Leben auf der Erde gibt.

Obgleich die Rolle der Sonne als physische Licht- und Wärmequelle der Erde nicht unterschätzt werden darf, sondern immer mit in Betracht gezogen werden muß, wo es sich um das Leben auf der Erde handelt, hätten die Sonnenstrahlen, wenn es die ätherische Lichtumhüllung (die Seele oder Psyche der Erde) nicht gäbe, niemals den Reichtum an Lebensformen, den es auf dem Erdball gibt, hervorbringen können, ebensowenig wie sie imstande gewesen wären, einen eingehenden, gesetzmäßig ordnenden Einfluß auf das Bestehende auszuüben, abgesehen von dem stärkeren oder schwächeren Einfluß, der durch die verschiedenen Stellungen der Erde zur Sonne und den größeren oder geringeren Abstand der Erdgegenden vom Äquator bedingt ist und dementsprechend wirkt.

Da aber Gott kraft Seines Willens eine ätherische Lichtumhüllung um die Erde gelegt hat, unterstützt und verstärkt diese durch ihre Energieausstrahlung die Sonnenstrahlen, die der Erde durch die atmosphärischen Schichten zugutekommen, so daß der Einfluß dieser Strahlen auf das irdische Leben dadurch eine größere und wertvollere Bedeutung erhält.

Da die Sonne in hohem Grad durch die vielen Zusammenstöße mit Anhäufungen von Finsternis, die im Weltraum umhertrieben und -treiben, angegriffen ist, sind die Sonnenausstrahlungen, die durch die Schichten der Atmosphäre hindurch den Erdball erreichen, nicht von gleicher Stärke, weil die Strahlen der angegriffenen Teile eine viel geringere Stärke aufweisen, als die übrigen, was sich auf die meteorologischen und klimatischen Verhältnisse auswirkt.

Die Eiszeiten der Erde sind auf die herabgesetzte Ausstrahlungsstärke der Sonne nach Zusammenstößen mit umhertreibenden Anhäufungen von Finsternis zurückzuführen; da aber die Strahlen der Lichtumhüllung der Sonne und des sie umgebenden Lichtäthers große Teile der bei den Zusammenstößen entpolarisierten Anhäufungen von Finsternis eliminiert haben, sind, im Laufe der vielen Jahrtausende seit damals, allmählich wieder normalere klimatische Verhältnisse auf der Erde eingetreten.

Die Lichtumhüllung ist zugleich ein sammelndes Medium für die Sonnenstrahlen, die den Erdball erreichen. Wenn es die Umhüllung nicht gäbe, würden die Sonnenstrahlen auf ihrem Wege durch die Schichten der Erdatmosphäre gebrochen werden und sich den irdischen Augen gebrochen und zerstreut zeigen. Da nun die Umhüllung nicht nur die ganze Erde umschließt, sondern zugleich auch die Finsternis fixiert hat, deren astralen und molekularen Schwingungen die irdischen Körper und die irdischen Formen ihr Dasein verdanken, treten alle leuchtenden Körper und Lichtquellen, ebenso wie das Sonnenlicht, jeweils mit einer gesamten, einfarbigen Lichtausstrahlung auf; je nachdem die Umhüllung selbst von der Finsternis gereinigt wird, was ganz außerordentlich langsam vor sich geht, wird sie immer besser imstande sein, die Fähigkeit der Atmosphäre, des Wassers, des Glases und anderer Stoffe, die Strahlen zu brechen und die Farben[1] zu zerstreuen, zu überwinden. Dieser langsam wachsende Widerstand

---

[1]) Die Farben werden allmählich ätherisiert ɔ: reiner und klarer werden, um zuletzt ganz zu verschwinden.

der Umhüllung gegen jegliche[1] Strahlenbrechung und Zerstreuung wird einmal mit der Zeit den astronomischen Observationsinstrumenten zugutekommen, weil die Linsen dann bedeutend vergrößert werden können, ohne daß die Farbtöne der Strahlenbrechung die astronomischen Beobachtungen stören werden.

Die ätherische Lichtumhüllung des Erdballs ist die vitale Energie des irdischen Lebens, eine festhaltende, tragende, ordnende, sammelnde, anregende und erneuernde Energie, die ständig Kraft und Stärke an das kleinste wie an das größte ausstrahlt; eine Energie, die nie von der Finsternis vernichtet werden kann, und die nie abnimmt, ohne Rücksicht darauf, wieviel Kraft sie ausstrahlt.

Also: das irdische Leben ist hauptsächlich bedingt durch die ätherische Lichtumhüllung, die Gott in Seiner Voraussicht um die Erde legte, damit Er, falls einige Seiner Kinder sich der Finsternis unterstellten, sie und ihre eventuelle Schöpfung wieder von der Macht der Finsternis zurückgewinnen könne.

Das astrale Gegenstück des Menschen ist, ebenso wie die Gegenstücke aller Tiere, Pflanzen und Dinge, mit den für die Menschen sichtbaren Formen verwoben. In den Gegenstücken – die aus der fixierten astralen Finsternis und aus dem Licht, das die Finsternis fixierte, gebildet wurden – finden sich, und werden aufbewahrt, vor allem alle menschlichen Urtriebe, die allen Menschen gemein sind, ferner die im Lauf der Zeiten erworbenen Instinkte, die nicht allen gemein sind, weil sie von den verschiedenen Erfahrungen der einzelnen Individuen im Erdenleben herrühren. Diese erworbenen Familieninstinkte sind unbewußt summierte Erinnerungen und Wissen, einerseits bezüglich erlernter mechanischer Bewegungen, anderseits bezüglich durch Erfahrung erworbener Gefühle und Eindrücke.

Bei der Fortpflanzung der Menschen vererben sich die in den astralen Gegenstücken des Vaters und der Mutter aufbewahrten Urtriebe

---

[1]) Die spezielle Strahlenbrechung, die der Farbenzerstreuung beim Auf- und Untergang der Sonne zugrundeliegt, wird die Lichtumhüllung nur mit viel größeren Schwierigkeiten überwinden können als die gewöhnliche Strahlenbrechung. Der Zeitraum, den das in Anspruch nehmen wird, wird vermeintlich die Jahrmillionen übersteigen, die dem irdischen Leben aller Wahrscheinlichkeit nach noch beschieden sind. Doch wird man in der Lebenszeit der Erde die Ätherisierung der Farbenskala, die bei dieser Strahlenbrechung entsteht, beobachten können.

zugleich mit den von ihren Vorfahren ererbten Instinkten auf die astralen Gegenstücke ihrer Nachkommen, auf die gleiche Weise wie die Familienmerkmale, Eigenheiten, Schwächen, krankhaften Veranlagungen und dergleichen der physischen Körper von Körper zu Körper vererbt werden.

Ob die Nachkommen am meisten vom Vater und seinen Vorfahren oder von der Mutter und ihrer Familie erben, hängt von mehreren verschiedenen psychischen und physischen Verhältnissen bei den Eltern in den Perioden, in denen die Nachkommen das Leben erhalten, ab. (Kopulation und Schwangerschaft.)

Die Ältesten vermochten es nicht, ganz regelmäßige Gesetze in bezug auf die »Beerbung« der Eltern durch die Nachkommen zu geben; die in vielen Punkten noch unvollkommenen Gesetze, die es gibt, sind daher zum Teil auf den regulierenden Einfluß des Lichtes zurückzuführen. Wenn die Finsternis allmählich schwindet, werden die Gesetze deutlicher zutage treten, regelmäßiger werden, was die Menschen selbst beobachten können.

Durch die astralen Gegenstücke erben die Menschen somit erstens die niedrigeren Urtriebe, die direkt von der Finsternis stammen, z.B. den Selbsterhaltungstrieb, den Fortpflanzungstrieb, die Selbstbehauptung des Stärkeren auf Kosten des Schwächeren u.s.w.; ferner, was im Lauf der Zeiten mechanisch oder im Wege der Erfahrung durch die schlechte, verbrecherische Lebens- und Handlungsweise der Individuen summiert wurde, z.B. körperliche Unarten, das Lustgefühl, wenn man anderen Geschöpfen Leiden zufügt, verbrecherische Neigungen, Trunksucht, Drang zu sittlichen Ausschweifungen u.s.w. Da aber sowohl die physischen Körper als auch die astralen Gegenstücke aus der Finsternis hervorgegangen sind, die von der ätherischen Umhüllung der Erde fixiert wurde, erhalten die Menschen, ebenfalls als direktes Erbe, durch die astralen Gegenstücke Urtriebe, die dem ordnenden, harmonisierenden Einfluß des Lichtes zu verdanken sind, z.B. die Sorge der Mutter für die Nachkommen, den Drang, schwächere Wesen zu beschützen, den Drang der Individuen zum Zusammenschluß unter der Leitung eines Stärkeren oder eines Älteren, das Familiengefühl, das Heimatgefühl und dergleichen; ferner, was auf Grund von Erfahrungen von Generation zu Generation durch die ethisch betrachtet gute Lebens- und Handlungsweise der Individuen summiert wurde, z.B. instinktiver Abscheu vor allen Arten von schlechten Gewohnheiten, vor Blutvergießen, unmoralischen oder verbrecherischen Handlungen u.s.w.; sowie mechanisch erlernte Bewegungen, die z.B. von der Ausübung verschiedener Berufe stammen, die nicht vom Einfluß der Finsternis berührt werden. Alle diese Urtriebe und erworbenen Instinkte für das Gute oder Böse werden in den astralen Gegenstücken summiert und ruhen dort in latentem Zustand, bis sie, am häufigsten aus einem äußeren Anlaß, auftauchen und sich durch sichtbare Auswirkungen zu erkennen geben.

Der Geist, der mit dem menschlichen Körper verbunden ist, bewirkt die Eigenart des einzelnen Ichs[1] innerhalb der Familie; da aber eine ständige Wechselwirkung zwischen dem Geist und dem Körper – dem astralen sowohl als auch dem physischen – stattfindet, kann der Geist einen Teil der Stärke sowohl der niedrigeren Urtriebe als auch der in der Familie erworbenen bösen und schlechten Instinkte zugunsten des ordnenden und harmonisierenden Einflusses des Lichtes eliminieren. Jeder Mensch, der will, kann kraft seines Willens nicht nur sein eigenes geistiges Ich reinigen, erhöhen und verbessern, sondern auch die ererbten niedrigeren Triebe seines astralen Leibes abschwächen und veredeln und die bösen Instinkte ausscheiden, und den astralen Gegenstücken seiner Nachkommen neue Lichtinstinkte, z.B. in ethischer Richtung, zuführen. Je höher der mit dem menschlichen Körper verbundene Geist steht, desto besser kann er die niedrigeren, rein menschlichen Triebe und Instinkte im Zaum halten. Wenn aber eine Familie in mehreren Gliedern eine Vermehrung und Verbesserung von Lichtinstinkten und -trieben, und zugleich eine Schwächung schlechter Instinkte erreicht hat, weil hohe oder weit fortgeschrittene Geister mit den Familienmitgliedern verbunden waren, kann es geschehen, daß, wenn ein junger Geist, noch unentwickelt und nicht in Selbstzucht geübt, mit einem der Mitglieder der Familie verbunden wird, die Lichtinstinkte und -triebe plötzlich geschwächt werden, während die Triebe und Instinkte der Finsternis wieder stärker hervortreten. Die Ursache eines solchen geistigen Rückfalls bei den Nachkommen ist in den meisten Fällen entweder bei einem oder bei beiden Elternteilen zu suchen, da kein Mann und keine Frau, die nicht mit aller Kraft die niedrigeren Triebe und Instinkte ihres Körpers zu schwächen suchen, und die es unterlassen, ihre Persönlichkeit in ethischer Beziehung höher zu heben, sondern nur dem Erbe folgen,

---

[1]) Das Ich ist der Geist im Verein mit allem, was an Gutem oder Bösem durch die astralen Gegenstücke ererbt wurde.

das sie erhalten haben, ohne zu versuchen, es zu verbessern, erwarten können, daß fortgeschrittene oder hohe Geister mit den Nachkommen verbunden werden, die sie in die Welt setzen. Diese geistige Familiendepravation zeigt sich in ihrer grellsten Form in den Familien, wo einer der Ältesten inkarniert wurde. Wenn aber ein solches Eingreifen von seiten der Finsternis unverschuldet war, wurde, wenn es tunlich war, dafür gesorgt, daß als Gegengewicht gegen die eigenmächtigen Inkarnationen der Ältesten hochstehende Geister – die Jüngsten – mit den übrigen Nachkommen oder mit einzelnen der Nachkommen verbunden wurden, damit der Einfluß der Finsternis auf die kommenden Generationen dadurch möglicherweise aufgewogen werden könnte, da Geschwister sehr oft imstande sind, während sie zusammen aufwachsen, einen günstigen Einfluß auf das Individuum (Bruder[1] oder Schwester[1]) auszuüben, mit dessen Körper ein Geist der Finsternis verbunden ist.

Wo eine Verbindung zwischen zwei Menschen eingegangen wurde, mit denen einer der Ältesten beziehungsweise ein Menschengeist verbunden war, wurden mit den Nachkommen des betreffenden Paares in der Regel hohe Geister verbunden, um den Einfluß der Finsternis auf die nächsten Generationen auszugleichen; aber in den Fällen, wo der Älteste zuerst[2] kam und einen der Seinen mit dem erwarteten Erben verband, wurde die Familie durch mehrere Generationen herabgezogen, und die Jüngsten mußten dann eine große Arbeit leisten, um die Familie wieder aufwärts zu führen. Wo sich jedoch die Arbeit als zu groß erwiesen hat, ohne ein nennenswertes Resultat zeitigen zu können, haben sich die Jüngsten, um ihre Arbeitskraft nicht zu zersplittern, nicht in den von der Finsternis stark angegriffenen Familien inkarnieren lassen, sondern ließen sie notgedrungen ihrer Vernichtung entgegengehen. Auf diese Weise sind viele einst sehr bedeutende Familien degeneriert.

In den Fällen, wo eine Verbindung zwischen zweien eingegangen worden war, wo der Geist des einen einer der Ältesten und der des anderen einer der Jüngsten war, hat der Einfluß des Lichtes und der Finsternis auf die astralen Gegenstücke der Nachkommen meist die Instinkte und Triebe des Lichtes und der Finsternis ungefähr gleichge-

---

[1]) Es gibt Fälle, wo Zwillinge von einem Geist der Finsternis bzw. von einem Geist des Lichtes verlebendigt wurden.

[2]) Die Geister der Finsternis werden mit der Leibesfrucht im 3. Schwangerschaftsmonat verbunden.

stellt, aber in diesen Fällen hat die Erziehung, die den Kindern zuteil wurde, das Ihre dazu tun können, ob der Einfluß der Finsternis oder der des Lichtes die Oberhand gewann.

Das physische Gehirn[1] ist das Werkzeug, mit dessen Hilfe die Urtriebe, Finsternis- und Lichtinstinkte des astralen Gegenstücks in der irdischen Welt hervortreten; außerdem ist das Gehirn das Instrument, mittels dessen sich die geistige Eigenart des Individuums zeigt. Es gibt jedoch bedeutende Unterschiede in der Art und Weise, in der sich die Triebe, Instinkte und der Geist geltend machen.

Die absoluten Urtriebe: der Selbsterhaltungstrieb, der Fortpflanzungstrieb u.s.w. sind allmählich im Lauf der Zeiten ein Bestandteil des Bewußtseins des menschlichen Geistes als ein der ganzen Menschheit gehörendes Gemeingut geworden, weshalb die Urtriebe – sowohl die des Lichtes als auch die der Finsternis – nicht allein im Gehirn des astralen Gegenstücks aufbewahrt werden, sondern auch als schwache Erinnerungsgedanken und Gefühle im Gehirn des menschlichen Geistes (dem psychischen) auftreten. In dem Augenblick, in dem der Mensch zum ersten Male, z.B. auf Grund eines äußeren Anlasses, von einem der Urtriebe Gebrauch machen soll, erwacht dieser automatisch in den Zellen des astralen Gehirns, die das latente Wissen um die Urtriebe aufbewahren. Beim Erwachen vibrieren die betreffenden Zellen; diese Vibrationen der astralen Zellen greifen auf die entsprechenden – mit den astralen verwobenen – Zellen des physischen Gehirns über, das auf diese Weise das unbewußte Wissen des astralen Gegenstücks empfängt. Das Gehirn (das physische) leitet die empfangenen Vibrationen an die im vorliegenden Falle in Frage kommenden Nerven, Muskeln und Organe weiter; aber gleichzeitig damit, daß die Vibrationen der astralen Gehirnzellen auf das physische Gehirn übergreifen, greifen sie durch die Aufsaugungsschicht (die Hülle) auf das psychische Gehirn des Geistes (das große Nervenzentrum) über und rufen bei dem Geist, der mit dem menschlichen Körper verbunden ist, einen Erinnerungsgedanken oder ein Gefühl wach, der, bzw. das dem Urtrieb entspricht. Der normale Mensch fühlt oder handelt dann bewußt, nachdem er den doppelten

---

[1]) Unter dem physischen Gehirn wird sowohl das Großhirn als auch das Kleinhirn und das verlängerte Rückenmark verstanden. Hier soll selbstverständlich nicht die Tätigkeit der verschiedenen Zentren des physischen Gehirns dargestellt werden, sondern nur in großen Zügen die Verbindung zwischen dem psychischen Gehirn (dem des Geistes), dem astralen (dem des Gegenstücks) und dem des physischen Körpers aufgezeigt werden.

Impuls, einerseits durch das unbewußte Wissen seines astralen Gegenstücks, anderseits durch die im Geiste auftauchenden, bewußten Erinnerungsgedanken, die von in früheren Erdenleben gesammelten Erfahrungen herrühren, empfangen hat. Auf Basis dieser Erfahrungsgedanken ist es nun die Aufgabe des Ichs, die der Finsternis angehörenden Urtriebe im Zaume zu halten – sich zum Herrn über sie zu machen – so daß sie, indem sie von dem geistigen Ich dirigiert werden, entweder unterdrückt werden können, wie z.B. die Selbstbehauptung auf Kosten des Schwächeren – oder veredelt werden können, wie z.B. der Fortpflanzungstrieb.

Von dem Obengenannten muß jedoch der Selbsterhaltungstrieb ausgenommen werden, der bei dem Säugling natürlich unbewußt ist; erst später, wenn das geistige Ich in der irdischen Welt zum Bewußtsein erwacht, wird der Trieb dem Individuum bewußt.

Ein äußerer Anlaß muß nicht immer der Anstoß dazu sein, daß die Finsternis-Urtriebe erweckt werden, so daß sie auf die eine oder andere Weise zum Ausdruck kommen. Wenn z.B. ein sehr junger Menschengeist oder einer der Ältesten mit dem menschlichen Körper verbunden ist, erfolgt die Erweckung gar nicht so selten durch die Gedankenerinnerung des Geistes; diese Erinnerung, die bei dem in Selbstzucht ungeübten Geist auftaucht, beeinflußt sodann das astrale Gehirn, das die empfangenen Gedankenvibrationen an die entsprechenden Zellen des physischen Gehirns weiterleitet – und der Trieb wird dem Individuum bewußt.

Die rein instinktive Beeinflussung des physischen Gehirns stammt ausschließlich von dem, was an Erfahrungen und Wissen unbewußt im astralen Gehirn aufgespeichert ist, ohne daß der Geist dabei mitwirkt. Finsternis- und Lichtinstinkte kommen daher in Handlungen und Bewegungen zum Ausdruck, denen im Augenblick der Handlung kein Gedanke als Basis zugrundeliegt. Z.B.: wenn ein Mensch mit Schlägen oder dergleichen überfallen wird, wird sich der Überfallene auf Grund des Verteidigungsinstinktes[1] in den meisten Fällen zur Wehr setzen, ohne sich Gedanken darüber zu machen, wo der Gegenschlag trifft, oder ob er trifft; die Handlung ist somit rein

---

[1]) Der Verteidigungsinstinkt wurde von den Menschen im Lauf der Jahrmillionen in ihrem Kampf ums Dasein erworben; er muß daher unbedingt zu den Instinkten und nicht zu den Trieben gezählt werden.

instinktiv; wenn aber der Überfallene zuerst die Situation überdenkt – auch wenn es sich nur um Sekunden handelt – um zu erwägen, wie der Angriff am besten abzuwehren sei, durch einen Gegenschlag, Fußtritt oder dergleichen, tritt der Geist hinzu, und durch den Gedanken wird die nachfolgende Handlung: der Gegenschlag, der Fußtritt o.dgl. bewußt ausgeführt. Durch eine solche bewußt ausgeführte Handlung wird jedoch die Verantwortung des Ichs für den Ausfall bedeutend größer als bei der rein instinktiven.

Die selbständigen Gedankenmitteilungen des Geistes an das astrale und das physische Gehirn erfolgen durch das Band (das lebengebende Band), das den Geist an den menschlichen Körper bindet. Das Band hat seinen Ursprung im großen Nervenzentrum[1] des Geisterleibes – das dem physischen Gehirn entspricht – von dort geht das Band durch die Hülle und endet im astralen Gehirn, das, wie bereits gesagt, vollkommen mit dem physischen verwoben ist.

Das Band, das also die gedankenführende Leitung zwischen dem großen Nervenzentrum des Geistes und dem Gehirn des menschlichen Körpers sein soll, ist nicht vollständig mit den verschiedenen Abteilungen und Verzweigungen des Nervenzentrums verwoben, sondern nur partiell. Welche Teile des Nervenzentrums in den Bereich des Bandes oder der Leitung einbezogen werden sollen, hängt von dem geistigen Standpunkt ab, den der Mensch, mit dem der betreffende Geist verbunden ist, während seines Erdenlebens einnehmen soll. Insbesondere was die Jüngsten – die Bahnbrecher der Menschheit – anlangt, ist diese Maßnahme von großer Bedeutung. Ließe man die Jüngsten, wenn sie in das irdische Leben eingehen, alles mitnehmen, was innerhalb ihres geistigen Bewußtseins an Wissen, Erfahrungen, genialen künstlerischen Fähigkeiten u.s.w. liegt, würde sie das ganz ungeeignet dazu machen, unter Menschen zu leben; deshalb nehmen sie von ihrer eigentlichen Individualität nur soviel mit, als sie in der vorliegenden Inkarnation brauchen, ob sie sich nun als Künstler, Wissenschaftler, Erfinder, Religionsreformatoren, geniale Staatsmänner oder Regenten u.s.w. betätigen sollen. Wenn die Bestimmung in bezug auf die Mission, die im Erdenleben erfüllt werden soll, getroffen ist, und der Geist danach mit dem im Werden begriffenen menschlichen Körper verbunden wird, wird das Band mit den Teilen des großen Nervenzentrums verwoben, deren geistiger Ballast den wer-

---

[1]) Siehe über den Aufbau des Geisterleibes Seite 223–24.

denden Menschen prägen und ihn dazu geeignet machen soll, die Aufgabe auszuführen, die der mit dem Menschen verbundene Geist übernommen hat. Wenn es sich zeigt, daß der Mensch den rechten Weg einschlägt und imstande ist, trotz der Angriffe der Finsternis mehr zu leisten, als vor Beginn der Inkarnation bestimmt war, kann kraft des Willens Gottes eine darüber hinausgehende Erweiterung der Verbindung zwischen dem Band und anderen Teilen des großen Nervenzentrums des Geistes erfolgen, so daß die individuelle Persönlichkeit des Menschen auf dem Gebiet, das sein Arbeitsfeld ist, wächst. Ebenso können noch weitere Teile des psychischen Gehirns während des Erdenlebens mit dem Bande verwoben werden, wenn es sich als notwendig erweist, die Persönlichkeit des Menschen auf mehreren verschiedenen geistigen Gebieten, die auf die eine oder andere Weise den Bereich der übernommenen Aufgabe berühren, zu erhöhen.

Mit Hilfe der Isolationsschicht – der Seite der Hülle, die dem Geist zugewandt ist – werden die übrigen Teile des Nervenzentrums des Geistes verhindert, sich durch das physische Gehirn geltend zu machen, so daß nur die Teile, mit denen das Gehirn durch das Band in direkter Verbindung steht, die menschliche Persönlichkeit prägen können.

Alles, was an Wissen, an Erinnerungen aus früheren Leben, an Kenntnissen u.s.w. des Geistes zurückgehalten wird, liegt somit außerhalb des menschlichen Bewußtseins; in Fällen, wo die Isolationsschicht auf die eine oder andere Weise durch die Einwirkung der Finsternis beschädigt worden ist, kann ein größerer oder geringerer Teil des Zurückgehaltenen in das Bewußtsein des Menschen eindringen und störend auf seine Persönlichkeit einwirken. Normalerweise soll sich der Mensch an nichts aus seinen früheren Leben erinnern können, weil solche Erinnerungen das Individuum sehr oft daran hindern würden, das gegenwärtigen Erdenleben auf die beste Weise zu nützen. Ist ein Mensch z.B. in seiner zuletzt abgeschlossenen Inkarnation ein Verbrecher gewesen, wird die Erinnerung daran nur peinlich wirken und die geistige Entwicklung des Betreffenden hemmen; oder wenn der Mensch eine hochstehende Persönlichkeit mit vielen materiellen Gütern gewesen ist, sein Leben im Müßiggang verbracht hat, vielleicht ohne an seine weniger günstig gestellten Mitmenschen zu denken, und nun in der gegenwärtigen Inkarnation z.B. ein armer Arbeiter ist, wird sich der Betreffende sehr leicht versucht fühlen, fortwährend Vergleiche zwischen dem früheren und dem jetzigen zu ziehen; das Resultat wird ein konstantes Mißvergnügen mit allem Bestehenden und ein Hindernis für jeden geistigen Fortgang sein.

Nur in ganz vereinzelten Fällen, wo es von übersinnlicher Seite als zweckdienlich betrachtet wird, kann der Mensch Mitteilungen über eine oder einige wenige seiner früheren Inkarnationen erhalten; diese Mitteilungen werden von den Geistern des Lichtes aber nur dann gemacht, wenn jeglicher Mißbrauch des Mitgeteilten ganz ausgeschlossen ist. Die Menschen werden daher auf das inständigste aufgefordert, selbst keine Aufschlüsse über frühere Leben zu suchen.

Mitteilungen über künftige Erdenleben können von den Geistern des Lichtes nicht gegeben werden, da Gott nie mehr als jeweils ein Erdenleben für die Menschen plant, und das geplante Leben immer auf dem vorhergehenden fußt.

In der übersinnlichen Welt hat der Mensch einen klaren Überblick über seine früheren Leben. (Siehe im übrigen die Übersicht Seite 322–23.)

Bei der unbewußten Summierung des astralen Gehirns von Erfahrungen und Wissen, sowie bei der bewußten Aneignung des Geistes von Wissen, Kenntnissen und Erfahrungen während des Erdenlebens spielt das physische Gehirn des Menschen eine große Rolle als Aufnahme- und Mitteilungsapparat.

Um das Verständnis dessen zu erleichtern, wie die summierten Erinnerungen und das unbewußte Wissen der Gegenstücke, die in den folgenden Generationen dazu übergehen, Instinkte – Finsternis- oder Lichtinstinkte – zu werden, im Wege des physischen Gehirns erworben werden, soll hier eine nähere Erklärung gegeben werden.

Wenn ein Mensch als Lebensberuf ein bestimmtes Handwerk hat, z.B. das Schuhmacher-, Schneider-, Maurer-, Tischlerhandwerk oder dergl., oder im täglichen Leben andere körperliche Arbeiten ausführt, z.B. choreographische oder plastische Bewegungen, sportliche, technische, manuelle Übungen u.s.w., werden die verschiedenen Bewegungen der Arbeit oder der Übungen, während man sie lernt, mit bewußten Gedanken ausgeführt. Mit Hilfe der Sehkraft eignet sich das physische Gehirn des normalen Menschen ein Bild dessen an, was er ausführen soll; durch die Vibrationen der physischen Gehirnzellen wird das Gesehene auf die Zellen des astralen Gehirns übertragen. Die Vibrationen der astralen Gehirnzellen werden von der Aufsaugungsschicht der Hülle – der Seite, die dem astralen Gegenstück zugewandt ist, – aufgefangen und von dort an das große Nervenzentrum des Geisterleibes, das psychische Gehirn, weitergeleitet. Der Geist hält das empfangene Bild mit dem Gedanken fest, und durch die gedankenführende Leitung – das Band – läßt er den Gedanken die Ausführung der Bewegungen der Arbeit genau verfolgen, um sich jede Einzelheit anzueignen; wenn aber der Körper unter der Leitung des Gedankens und des Willens gelernt hat, die Arbeit zu verrichten, so daß der Gedanke nicht mehr Dirigent zu sein braucht, gehen die einzelnen Bewegungen dazu über, ganz automatisch zu werden und werden dann ohne irgendwelche Gedankenverbindung wiedergegeben. Nachdem das astrale Gegenstück mit dem physischen Körper vollkommen verwoben ist, eignet sich das Gegenstück die Bewegungen gleichzeitig mit dem physischen Körper an. Die unbewußte Erinnerung an diese mechanisch erworbenen Bewegungen wird in den Zellen des astralen Gehirns aufbewahrt und vererbt sich auf die Nachkommen, bei denen sie in latentem Zustand ruht, bis sie aus einem äußeren oder inneren Anlaß als Instinkt bei dem Individuum erwacht. Auch wenn sich in den ersten Generationen niemand findet, der sich mit der Arbeit beschäftigt, deren mechanisch oder automatisch erlernte Bewegungen latent im Gehirn der Gegenstücke ruhen, kann die Erinnerung daran dennoch bei den Individuen in den nächstfolgenden Generationen[1] erhalten bleiben und auftauchen, wenn jemand in der Familie sie braucht. Das Individuum wird sich dann schnell und leicht mit der vorliegenden Arbeit zurechtfinden, wird die verschiedenen Geräte handhaben und die erforderlichen Bewegungen machen oder die notwendigen Stellungen einnehmen, als ob es das Ganze schon gelernt hätte. Wohingegen ein Individuum, dessen Vorfahren eine solche Arbeit nicht ausgeführt haben, die gleichen Bewegungen auf eine ungeschickte und unbeholfene Weise machen wird, bis es die Arbeit mit Hilfe des Gedankens erlernt hat.

Hiervon gibt es jedoch Ausnahmen, da Menschen ohne die Hilfe des Gedankens lernen können, wenig komplizierte Arbeiten unter »Dressur« auszuführen, ähnlich der Dressur, die bei Tieren angewendet wird. (Quälereien und Schläge sind selbstverständlich von diesem Vergleich ausgeschlossen.) Das gilt für geistig schwach begabte oder ganz geistesarme Menschen ɔ: Menschen mit einem so unentwickelten oder abnormalen Gehirn, daß der Geist nicht in hinlänglich enge Verbindung und Übereinstimmung mit ihm kommen kann, weder durch die Aufsaugungsschicht noch durch die Gedankenleitung.

Also: Mitteilungen des Geistes an das astrale und an das physische Gehirn werden durch das Band geleitet, wogegen Mitteilungen des physischen oder des astralen Gehirns an den Geist durch die Aufsaugungsschicht der Hülle geleitet werden.

Ein Gedächtnisverlust, der nicht auf Krankheit, Schlag oder weit vorgerücktes Alter zurückzuführen ist, rührt gern von mangelhaftem Gebrauch der astralen Gehirnzellen und der Felder im großen Nervenzentrum des Geistes her, die das aufbewahren, was scheinbar vergessen ist.

---

[1]) In entfernteren Gliedern kann die Erinnerung daran mitunter ganz verschwinden.

Die Kenntnisse, Erlebnisse u.s.w., die durch das physische und das astrale Gehirn dem großen Nervenzentrum des Geistes zugeflossen sind, werden dort in scharf abgegrenzten Feldern aufbewahrt; diese Felder stehen durch feine Fasern oder Fäden mit dem Band – der Gedankenleitung – in Verbindung, so daß der Geist kraft seines Gedankens und Willens das Angeeignete und Aufbewahrte für das astrale und das physische Gehirn reproduzieren kann. Wenn diese Reproduktion von Kenntnissen, Erlebnissen u.s.w. nicht durch Meditation, Rückschau oder dergleichen unterhalten wird, erschlaffen die feinen Fasern des Nervenzentrums und sind somit außerstande, das Aufbewahrte zu reproduzieren; die entsprechenden Zellen des astralen Gehirns werden dadurch außer Funktion gesetzt und verlieren ihre Elastizität, das heißt, daß sie nicht mehr die erforderliche Anzahl Vibrationen ausführen können, weshalb das Angeeignete und Aufbewahrte in der Erinnerung zurücktritt oder unter die Schwelle der Erinnerung sinkt.

Im Wege der Hypnose kann man in vielen Fällen feststellen, daß das, was scheinbar vergessen ist, dennoch in der Erinnerung des Geistes – dem großen Nervenzentrum – aufbewahrt und also nicht verloren gegangen ist, sondern auf die obengenannte Art und Weise wieder hervorgerufen werden kann, indem der Geist, beeinflußt durch den stärkeren Willen des Hypnotiseurs, mehr Energie erhält, so daß er nicht so stark durch das physische Anhängsel gehemmt wird, wie sonst. Durch diese verstärkte Energieentfaltung kann der Geist dann, kraft seines eigenen Willens und Gedankens, wieder imstande werden, das Aufbewahrte zu reproduzieren – in der Regel jedoch nur solange, wie die Hypnose andauert. Durch wiederholte Hypnose können die Bandfasern und die astralen Zellen so gestärkt werden, daß das Vergessene auch im normalen Zustand wieder über die Schwelle der Erinnerung treten kann; aber mehrmals wiederholte Hypnosen sind nicht ratsam, weil sie auf vielen psychischen Gebieten dem Individuum zu großem Schaden gereichen können; z.B. können sie oft stark zerrüttend in moralischer Beziehung wirken, wenn ein gewissenloser Hypnotiseur sein Objekt ohne Skrupel zu gelegener oder ungelegener Zeit benützt, wodurch dessen Wille erschlafft, so daß es in allem und jedem von dem Willen des Hypnotiseurs abhängig wird.

In starker Narkose und bei starken Fieberanfällen kann das Vergessene ebenfalls die Schwelle der Erinnerung überschreiten, doch sinkt es in der Regel wieder unter die Schwelle zurück, wenn der normale Zustand eintritt; zeitweise bleibt jedoch eine schwache Erinnerung an das auf diese Weise für eine Weile ins Gedächtnis Zurückgerufene erhalten.

Die Persönlichkeit, die der sichtbare menschliche Körper darstellt, besteht also aus drei Faktoren: 1) Dem psychischen, 2) dem astralen und 3) dem physischen Gehirn, von welchen drei Faktoren nur der letztgenannte, infolge der Natur der Sache, in der irdischen Welt sichtbar ist.

1) Das psychische Gehirn[1] ist Sitz oder Ausgangspunkt des Gedankens und Willens sowie der bewußten Handlung, die vom Gedanken und Willen gelenkt wird. Alles, was das psychische Gehirn an Wissen, Erfahrungen, Kenntnissen u.s.w. empfängt, kann mit Hilfe des Gedankens in sowohl psychische als auch physische Werte und Resultate umgesetzt werden, weil der Gedanke, gelenkt vom Willen – zum Guten oder Bösen – das Empfangene durcharbeitet, verbindet, neu gestaltet, klärt oder ausscheidet, und das auf diese Weise bearbeitete Material in zahlreichen, mehr oder weniger nuancierten, klar leuchtenden Facetten, je nach der vorausgegangenen Gedankenarbeit, ausstrahlt. Je höher der Geist steht, dessen psychisches Gehirn der Hauptfaktor der menschlichen Persönlichkeit ist, desto reicher ist die Gedankenarbeit, desto vielseitiger ist die Nuancierung und desto klarer leuchtet die ausstrahlende Facettierung. Jegliche Gedankenarbeit, wie kurz oder gering sie auch sein mag, wird von dem normalen Menschen konkret aufgefaßt, weil der Mensch stärker oder schwächer »fühlt«, daß sein Gedanke arbeitet. Alle diese durchdachten Gedanken sind der unverlierbare Besitz des Individuums; die Werte, die es im Erdenleben aus seinen Erfahrungen, Kenntnissen u.s.w. gewonnen hat, werden vom Geist von Inkarnation zu Inkarnation bewahrt und bei jeder neuen Inkarnation vermehrt.

Durch die Arbeit des Gedankens baut oder gestaltet solcherart jedermann seine individuelle geistige Persönlichkeit.

2) Das astrale Gehirn, der automatische Behälter des Menschen, summiert dagegen ganz mechanisch alles, was es während des Erdenlebens des Menschen empfängt, um das Empfangene bei gegebener Gelegenheit zu reproduzieren, genauso, wie es dasselbe aufbewahrt hat, ohne irgendwelchen Zusatz.

Um das Verständnis zu erleichtern, sollen hier einzelne Beispiele gegeben werden:

Ein Mensch betrachtet z.B. eine alte, verfallene Schloßruine. Wenn der Gedanke der Betrachtung folgt, entsteht durch den Blick und das physische Gehirn ein Bild des »Gesehenen« sowohl in dem astralen als auch in dem psychischen Gehirn. Wenn aber der Mensch, wie dies so oft der Fall ist,

[1]) Siehe über psychische Spaltungen in der Übersicht Seite 374–75.

gedankenlos[1] auf die Ruine und ihre Umgebung blickt, empfängt nur das astrale Gehirn eine Abspiegelung des Gesehenen; das psychische wird nicht berührt, wenn der Gedanke nicht auf die Vibrationen der astralen Zellen reagiert. Einige Zeit danach, bei dem einen oder anderen äußeren Anlaß (z.B. beim Anblick einer ähnlichen Landschaft), taucht das Bild der Ruine, das das astrale Gehirn aufbewahrt hat, ganz automatisch im physischen Gehirn auf, dort genauso reproduziert, wie das astrale Gehirn es seinerzeit empfangen hat. Wenn der Gedanke nun das auftauchende Bild festhält, festigt es sich zugleich in dem psychischen Gehirn, und mit dem aus dem Unbewußten auftauchenden Bild der Ruine als Ausgangspunkt kann das Individuum nun kraft seines Gedankens z.B. ein prachtvolles Schloß mit Wällen, Gräben u.s.w. komponieren, eine wahrscheinliche Rekonstruktion des Schlosses, das einmal den Platz der Ruine einnahm. Es ist somit der Gedanke, der gearbeitet und die von dem astralen Gehirn aufbewahrte und automatisch reproduzierte Wiedergabe der Ruine ausgenützt hat, da das astrale Gehirn nur imstande ist, zu wiederholen, und nicht auf der Basis des Empfangenen zu formen.

Nicht nur durch das Sehvermögen wird das astrale Gehirn beeindruckt; sondern auch durch die übrigen Sinne: das Gehör, den Geruchssinn u.s.w. festigen sich Erlebnisse, Begebenheiten, Laute, Töne u.s.w., um bei gegebener Gelegenheit aufzutauchen ɔ: genauso reproduziert zu werden, wie sie empfangen wurden.

Ein Beispiel, den zahlreichen automatischen Bewegungen entnommen, die die Menschen mit Hilfe des Gehirns des astralen Gegenstücks im täglichen Leben ausführen, sei hier angeführt: In einer Stube stehen zwei Waschtische, die durch einen Schrank voneinander getrennt sind; über dem einen Waschtisch hat ein Spiegel seinen Platz an einem Nagel. Einer der Bewohner der Stube kommt herein; das psychische Gehirn des Individuums arbeitet im Augenblick mit einer Gedankenreihe, die sehr weit weg von der örtlichen Umgebung liegt; aber der Spiegel, der beim Eintritt des Individuums in die Stube z.B. auf einem Tisch liegt (wo er nicht liegen soll), wird vom Auge eingefangen. Sofort sendet das astrale Gehirn ein Bild des Spiegels, wie er an der Wand hängt, und ohne die Arbeit seines Gedankens zu unterbrechen, nimmt der Eintretende den Spiegel – ganz automatisch – geht zu einem der Waschtische hin, hebt den Spiegel hoch und läßt ihn an der Wand entlang heruntergleiten, damit die Schnur auf dem Nagel hängen bleiben kann. Die Bewegung mißlingt und wird daher 3–4–5 Male wiederholt, immer noch vollkommen automatisch, aber durch diese mehrmals wiederholte Bewegung wecken die

[1]) Das Bild, das die physischen Gehirnzellen durch den Blick empfangen, kann so schwach sein, daß sie es nicht in den astralen Zellen festigen können; in solchen Fällen kann das astrale Gehirn selbstverständlich keine Reproduktion des Gesehenen darbieten.

Vibrationen der astralen Gehirnzellen das Individuum aus seinen Gedanken, die längst begonnene Gedankenreihe wird im Nu unterbrochen, und kraft seines Willens gibt er dem zum Stillstand gebrachten Gedanken eine neue Richtung. Die Hand mit dem Spiegel wird gesenkt, das Individuum blickt auf die Wand hinauf und entdeckt mittels des konzentrierten Gedankenbewußtseins, daß überhaupt kein Nagel zum Aufhängen des Spiegels da ist, weil sich der Nagel über dem anderen Waschtisch befindet. Das astrale Gehirn – der unbewußte Mensch – hatte nicht die Fähigkeit, auch nur soviel zu kombinieren: daß, wenn der Spiegel nicht hängen bleiben wollte, nichts da war, woran man ihn aufhängen könnte. Erst wenn die Vibrationen der mehrmals wiederholten resultatlosen Bewegungen das Bewußtsein (den Geist) des Individuums wecken, kann der unbewußte Irrtum des astralen Gehirns berichtigt werden.

Zum Schluß ein Beispiel dafür, wie ein Mensch, mit dessen physischem Körper ein unentwickelter Geist verbunden ist, sich selbst die Auffassung suggerieren kann, er habe eine Begebenheit in allen ihren Einzelheiten »gesehen«, obwohl er das Vorgefallene nur in Bruchstücken erfaßt hat.

Das Individuum wird z.B. Augenzeuge eines Unglücks, das auf das Zusammentreffen mehrerer »Zufälle« zurückzuführen ist. Der Schrecken darüber, bei der Verstümmelung oder dem gewaltsamen Tode eines oder mehrerer Mitmenschen zugegen zu sein, bewirkt, daß das Individuum unwillkürlich die Augen schließt – vielleicht nur einige wenige Sekunden. Das Bild, das sich durch den Blick und das physische Gehirn in dem astralen und dem psychischen Gehirn festigt, wird dann sehr mangelhaft, weil sie nur ein Bild dessen empfangen, was das Individuum »gesehen« hat. Indem sich das Individuum später das Vorgefallene und Erlebte in das Gedächtnis zurückruft, sucht es durch seinen Gedanken die aufbewahrten Bruchstücke zu sammeln; es war ja »Augenzeuge« und muß daher wissen, was geschehen ist, und da es keine Erinnerung[1] daran hat, die Augen geschlossen zu haben[2] – vielleicht gerade in dem entscheidenden Augenblick – arbeitet sein Gedanke daran, einen annehmbaren Gesamteindruck zuwegezubringen: so und so ging es zu. – Aber auf Grund der ständigen Gedankenwiederholungen festigen sich – durch die Gedankenleitung, das Band – neue Bilder im astralen Gehirn; diese Bilder tauchen jedes Mal auf, wenn der Augenzeuge das Erlebte wiederholt, und unterstützt vom Gedanken werden sie immer klarer, so daß sich das Individuum in die Vorstellung einlebt, es habe das Unglück in allen seinen Einzelheiten gesehen; und obwohl es sehr wohl weiß, daß seine Gedanken lange Zeiten

[1]) Der Schrecken kann die Erinnerung daran auslöschen.
[2]) Ein plötzlich entstehendes Angstgefühl kann das Bewußtseinsgefühl des Menschen einen Augenblick lähmen, so daß die physischen und astralen Gehirnzellen nicht vibrieren können; dadurch wird das Gesehene nicht aufgezeichnet, solange die Lähmung währt. Auf diese Weise können ebenfalls Lücken entstehen und störend im Gesamtbild wirken, ohne daß das Individuum die Augen geschlossen hat.

hindurch um das gleiche Thema gekreist sind, läßt es sich dennoch von der Bilderreihe, die sein Gedanke komponiert hat, narren. Es ist in der Regel nutzlos, daß ein anderer Augenzeuge die Begebenheit vor ihm aufrollt, so wie sie sich wirklich zugetragen hat, es wird in den allermeisten Fällen bestimmt daran festhalten, daß seine Version die richtige sei.

Durch eine solche unkritische Gedankenarbeit erreicht das Individuum nur, die erste, genaue Wiedergabe der Bruchstücke seitens des astralen und des psychischen Gehirns zurückzudrängen und eine Reihe selbstkomponierter Bilder aufzurollen, die nichts mit der Wirklichkeit zu tun haben.

Wenn ein weiter fortgeschrittener oder ein hoher Geist mit dem physischen Körper verbunden ist, kann eine solche Selbstsuggestion nicht stattfinden, weil das geistige Ich die Situation rasch überblicken und verstehen wird, daß es das Vorgefallene in Bruchstücken empfangen hat. Und wenn das Individuum versuchen würde, den Eindruck zu einem Ganzen zu sammeln, würde es ebenfalls darüber im klaren sein, daß es sein Gedanke war, der die Lücken ausgefüllt hatte.

Also: das astrale Gehirn – der nicht bewußte Mensch – wird nie und nimmer imstande sein, aus dem unbewußt summierten Wissen: aus Eindrücken, Kenntnissen, Bewegungen, Gesehenem, Gehörtem, Gelesenem u.s.w. etwas zu formen, zu verknüpfen oder neu zu erschaffen, da es nur imstande ist, das Empfangene zu reproduzieren.

3) Das physische Gehirn – der Aufnahme- und Mitteilungsapparat – ist anscheinend der einzige Faktor der menschlichen Persönlichkeit, als Organ, den die Menschen mit Leichtigkeit wissenschaftlichen Untersuchungen unterziehen können. Da aber die beiden anderen vorhandenen Faktoren keiner solchen handgreiflichen Untersuchung unterzogen werden können, wie sie dem physischen zuteil werden kann, waren die Menschen bisher nicht imstande, die beiden – nicht sichtbaren – aber sehr wichtigen Faktoren zu erkennen, wichtig, weil außerordentlich viel in der menschlichen Persönlichkeit einzig und allein durch das Vorhandensein dieser beiden obenerwähnten Faktoren erklärlich und verständlich wird.

Wenn die Ältesten, als sie die Menschen erschufen, – wie sie beabsichtigten – die materielle Finsternis (die molekulare Finsternis) aus der astralen ausgeschieden und danach ihre Schöpfung vorgenommen hätten, wären die Menschen nur im Besitz eines physischen Gehirns. (Hier wird vom Menschen ohne das von Gott gegebene geistige Bewußtsein gesprochen.) Dieses Gehirn wäre nur imstande gewesen, etwas aufzunehmen – nicht aber, irgend etwas aufzubewahren. Jeder neue Eindruck hätte sofort den vorhergehenden ausgelöscht, und selbst wenn das physische Gehirn täglich denselben Eindrücken ausgesetzt worden wäre, wären diese stets genauso neu für das Individuum gewesen. Keine Erfahrungen, kein Wissen, nichts, absolut nichts könnten solche Individuen ihren Nachkommen vererben. Die Menschen wären dann geringer gewesen als die Tiere, bei denen das Gehirn des astralen Gegenstücks Triebe, Instinkte, Gefühle u.s.w. aufbewahrt, die den Nachkommen vererbt werden und dadurch ordnend und verbessernd wirken können.

Als sich die Ältesten aber bald davon überzeugten, daß sie aus der materiellen Finsternis allein nichts erschaffen konnten, erschufen sie aus dem doppelten Material[1], und die Menschen erhielten, ebenso wie die Tiere, einen automatischen Behälter – das astrale Gehirn – das durch die Vibrationen der physischen Gehirnzellen die Werte aufnimmt und bewahrt, die sonst ebenso rasch verschwinden würden, wie sie kommen.

Nachdem Gott ein geistiges Wesen mit den physischen menschlichen Körpern verbunden hatte, wurde das Gehirn des Körpers zugleich zu einem Werkzeug für den Geist, so daß der Mensch nicht nur durch die irdische Umgebung, sondern auch durch die übersinnliche beeinflußt werden konnte.

Durch das astrale Gegenstück kann der Mensch also, wie bereits erklärt, seinen Nachkommen instinktive Fertigkeiten zuführen, die den einzelnen in den kommenden Generationen zu Nutz und Frommen gereichen können. Durch dieses Erbe wird das menschliche Talent geschaffen, sei es, daß es sich um ein Handwerk handelt, das durch das Talent verschönt und veredelt werden kann, oder um eine

---

[1]) Da die astrale Finsternis ein zusammenhängendes Ganzes mit der Lichtumhüllung bildete, konnten die Ältesten sie nicht ausscheiden, weshalb das Material, mit dem sie arbeiteten, aussah, als ob es doppelt wäre, obwohl es aus drei Bestandteilen zusammengesetzt war: aus der Lichtumhüllung + der astralen und der molekularen Finsternis.

Die Fähigkeit des astralen Gehirns, die Werte, die Eindrücke, die durch das physische Gehirn empfangen werden, festzuhalten, ist somit bedingt durch die Lichtumhüllung des Erdballs, die die astrale Finsternis festhält. Selbst wenn die Zellen des physischen und des astralen Gehirns destruiert werden, kann die innerste Basis der astralen Zelle nicht zerstört werden, weil sie durch die Ausstrahlungen der Lichtumhüllung, die nicht zerstört werden kann, entstanden ist. Erst wenn der irdische Körper tot ist, ziehen sich die Ausstrahlungen des Lichtes zurück. (Siehe die Übersicht Seite 354.) Geister, die mit imbezilen Menschen verbunden sind, erhalten durch die Lichtbasis der astralen Zellen Eindrücke, die durch die Aufsaugungsschicht übertragen werden; aber diese Eindrücke stehen dem Geist erst klar, wenn er von dem physischen Körper losgelöst ist.

Kunstart, z.B. Dichtung, Farben-, Form- und Tonkunst. Aus der Art und Weise, wie der einzelne seine Fähigkeiten, sein Talent, seine Begabung fruchtbar zu machen versteht, geht klar und deutlich hervor, in welchem Maß der Betreffende mit Hilfe seines Geistes seine Werke unter den Einfluß des Lichtes zu bringen und von dem der Finsternis zu entfernen vermag. Je besser sich der talentvolle Mensch in seinen Schöpfungen dem Natürlichen, dem Schönen, dem Erhabenen, Harmonischen und Reinen zu nähern vermag, desto größer ist der Einfluß des Lichtes auf das, was geleistet wird. Wohingegen unnatürliche, verzerrte, unschöne Formen und Linien, disharmonische Töne und Laute, unreine, schnarrende Klänge den Einfluß der Finsternis in dekadenter Richtung zeigen. Das gleiche gilt für Dichterwerke, die das *Unschöne* im Leben *hervorheben* und *verherrlichen*, die das *Unmoralische verteidigen* und herabziehende Gedanken und Vorstellungen erwecken.

Für alle auf diese Weise produktiven Menschen gilt die gleiche Regel: *Der Schöpfer des Werkes zeigt sich in seinem Werk als der, der er ist – ein Sprecher des Lichtes oder der Finsternis.*

Um Neues innerhalb der einen oder anderen bereits bestehenden Kunstart, Wissenschaft und dergleichen zu schaffen, oder um etwas vollständig Neues, bisher Unbekanntes zu schaffen, sei es auf künstlerischem, wissenschaftlichem oder anderen Gebieten, ist das *Genie* erforderlich, das nur die *Jüngsten* und die *Ältesten* besitzen. Aber aus den Schöpfungen des genialen Menschen geht ebenfalls hervor, ob die Arbeit im Dienste des Lichtes oder der Finsternis ausgeführt wurde.

Das Talent kann sich also von Geschlecht zu Geschlecht vererben, während *das Genie nie vererbt werden kann*; aber das Genie *kann durch das Talent gefördert werden* ɔ: daß sich die hohen Geister oft in Familien inkarnieren lassen, wo sie mit Hilfe der angeborenen (ererbten) Talente rascher und leichter ihre Genialität in der gewünschten Richtung entfalten können.

Das *physische Gehirn* wird im Zuge seiner Entwicklung durch das Wachstum des Körpers vom Kindesalter bis zum reiferen Alter allmählich ein nützlicheres Werkzeug für den Geist, der mit dem physischen Körper verbunden ist. Die Eigenart des Individuums tritt deutlicher zutage, das Ich vermag immer besser, Eindrücke durch das physische Gehirn aufzunehmen und, im Wege der Gedankenleitung, die aus der übersinnlichen Welt mitgebrachten Fähigkeiten fruchtbar zu machen, sowie sich kraft seines Willens in ethischer Beziehung höher zu erheben und, möglicherweise, von den von der Familie erworbenen Talenten Gebrauch zu machen. Aber wie gut sich das menschliche Gehirn auch immer entwickeln kann, wird es doch niemals irgendwelchen Wert als selbständiges Denk-Organ erlangen, weil das selbständige Denken einzig und allein von dem mit dem menschlichen Körper verbundenen Geist herrührt.

Das physische Gehirn des Menschen kann – als Werkzeug des Geistes – am besten mit einem Musikinstrument verglichen werden, z.B. mit einer Violine. Ein solches Instrument kann selbständig[1] keinen einzigen Laut[1] hervorbringen, es ertönt erst in dem Augenblick, in dem der Bogen über die Saiten geführt wird, und die Töne, die dabei entstehen, stehen in engem Verhältnis zu den musikalischen Fähigkeiten des Spielenden. Das Genie kann mit größter Leichtigkeit eine Fülle von harmonischen Tönen und Klängen hervorbringen, die sich zu einem schönen Ganzen vereinen, während der unmusikalische Mensch demselben Instrument – sei es auch die vornehmste Cremona-Geige – nur eine Reihe von Dissonanzen entlocken kann. Zwischen dem Genie und dem Unmusikalischen erstreckt sich eine Skala von mehr oder weniger musikbegabten und musikkundigen Individuen, die jeder für sich das Instrument nach ihren individuellen Fähigkeiten und Fertigkeiten behandeln würden; wenn aber eine Saite reißt, kann selbst das größte Genie der gerissenen Saite nur heisere, krächzende Laute entlocken. Auf ähnliche Weise ist das physische Gehirn das Instrument des Geistes. Je höher der Geist steht, desto reicher und besser kann das Gehirn zur Umsetzung der Gedanken des Geistes benützt werden, so daß sie in der irdischen Welt zutage treten können; wenn jedoch Teile des Gehirns durch Krankheit oder Alter zerstört werden, ist selbst der höchste Geist außerstande, das zerstörte Zellgewebe wirkungsvoll zu benützen.

Wenn ein Mensch schon im Kindesalter Zeichen dafür zeigt, daß er im Besitz bedeutender Fähigkeiten in einer speziellen Richtung ist, sollen seine Erzieher dafür sorgen, daß diese Fähigkeiten nicht zu früh entwickelt werden, da dies auf Kosten des übrigen Gehirngewebes geschehen würde, weil das Gehirn sehr leicht geschwächt wird, wenn

---

[1]) Eine Violine kann schwach klingende Laute hervorbringen, wenn die Saiten von Tonwellen, z.B. von einem Klavier, berührt werden; aber von selbst, ohne jegliche Einwirkung, kann sie nicht ertönen.

es sich einseitig entwickelt, während das Kind heranwächst, und das Individuum läuft dann Gefahr, seinen Nachkommen ein schwaches, nicht entwicklungsfähiges Gehirn zu vererben.

Die Wechselwirkung zwischen Geist und Gehirn ist mehr oder weniger unvollständig, wo es sich um defekte oder ganz abnormale Gehirne handelt, und je unvollständiger die Wechselwirkung ist, desto näher kommt der Mensch den Tieren in seinem Verhalten und seinem Wesen. Wenn es sich bei der Entwicklung der Leibesfrucht (für die Geister des Lichtes) zeigt, daß das Gehirn derselben abnormal werden oder zu verschiedenen krankhaften Zuständen neigen wird, die später im Leben das Gewebe des Gehirns teilweise, vielleicht ganz, zerstören oder verhärten werden, wird in der Regel dafür gesorgt, daß ein jüngerer, weniger entwickelter Geist mit dem Individuum verbunden wird. Der betreffende Geist leidet dann nicht unter dem Versagen oder Fehlen der Fähigkeit, Eindrücke und Kenntnisse zu erwerben, oder sich in der irdischen Welt hinlänglich geltend zu machen. Wenn aber ein Mensch in einem seiner Erdenleben durch eigene Schuld, z.B. infolge schlechten Lebenswandels, Trunkenheit, verschiedener körperlicher Ausschweifungen u.s.w. seinen Nachkommen einen schwachen, krankhaft disponierten Körper + Gehirn vererbt, wird der Geist des Betreffenden, der keine ausreichende Selbstzucht geübt hat, weder seinem Ich noch dem Körper gegenüber, der der sichtbare Repräsentant des Ichs im Leben war, nach dem Gesetz der Vergeltung immer wieder mit den ganz oder teilweise degenerierten Körpern der Familie, an deren beginnender Zerstörung der Betreffende selbst schuld war, verbunden werden. In den Fällen, wo ein höherer Geist an der Dekadenz der Familie schuld ist, leidet der Geist unter der versagenden oder mangelnden Fähigkeit, sich im irdischen Leben geltend zu machen. Viele unter den Ältesten, die durch ihre eigenmächtigen Inkarnationen Zerrüttung in im übrigen gesunde Familien gebracht haben, mußten nach und nach, als sie dem Gesetz der Vergeltung anheimfielen, ihre sündige und verbrecherische Lebens- und Handlungsweise aus früheren Inkarnationen dadurch büßen, daß sie sich mit halb oder ganz degenerierten menschlichen Körpern verbinden ließen.

Alle verschiedenen Abnormitäten des Körpers werden, soweit es tunlich ist, dem Gesetz der Vergeltung unterstellt, so daß die Geister, die mit den mehr oder weniger defekten Körpern verbunden sind, sich in einer früheren Inkarnation immer, auf die eine oder andere Weise, haben Handlungen zuschulden kommen lassen, die ihnen Vergeltung in Form eines zerrütteten, mißgebildeten oder mangelhaften Körpers eintragen konnten.

Wenn sich ein Mann oder eine Frau ohne eigenes Verschulden eine körperliche Krankheit zugezogen hat, die sich direkt oder indirekt auf die Nachkommen vererben kann, soll ein solcher Mensch keine Kinder in die Welt setzen, bevor die Krankheit vollständig geheilt und jede Möglichkeit ihrer Übertragung auf die Nachkommen ganz ausgeschlossen ist. Wenn sich der Mensch der Erblichkeit seiner Krankheit vollkommen bewußt ist und sich dennoch trotz dieses Wissens fortpflanzt, trägt der oder die Betreffende die volle Verantwortung für die Leiden, die der Familie durch seine oder ihre Schuld auferlegt werden. Nach dem Gesetz der Vergeltung wird dann der Geist, der mit dem betreffenden Menschen verbunden war, immer wieder in der Familie inkarniert, deren Kränklichkeit auf das mangelnde Verantwortungsgefühl des betreffenden Geistes in dem Erdenleben, in welchem die Krankheit zum Erbe gemacht wurde, zurückzuführen ist.

Wenn der Mensch dagegen nichts von der Erblichkeit der Krankheit weiß, wird er von Inkarnationen in der von der Krankheit gequälten Familie befreit, mit deren Mitgliedern in diesem Falle Geister verbunden werden, die sich auf die eine oder andere Weise einer Inkarnation in körperlichen Leiden schuldig gemacht haben.

Also: für alle Menschen gilt die gleiche Regel – durch die Gedanken und bewußten Handlungen der vorliegenden Inkarnation wird die nächste Inkarnation geschaffen, so daß sie sich zu einem Leben, verlebt in einer größeren oder geringeren Anzahl geistiger und körperlicher Leiden – oder zu einem Leben in Gesundheit und Glück gestaltet.

Das astrale Gegenstück des Menschen kann aus dem physischen Körper nicht ausgeschieden werden, bevor der Tod eintritt. Der sogenannte »Doppelgänger«, der mitunter erscheint, ist daher nicht das Gegenstück, sondern der Geist, der mit dem menschlichen Körper verbunden ist, oder ein Phantom – ein Gedankenbild – das der Geist von dem betreffenden Menschen geschaffen hat. Es ist jedoch äußerst schwierig für Menschen, zu entscheiden, ob sie ein Phantom oder einen Geist vor sich haben. Wenn sich der Doppelgänger zeigt, kurz bevor der Mensch selbst zur Stelle kommt, und der Mensch weiß, daß er weder an die Menschen, die den Doppelgänger sahen, noch an den Ort, wo sich dieser gezeigt hatte, gedacht hat, ist es der Geist, der dem Körper vorausgegangen ist; kommt der Mensch nicht selbst zur Stelle, ist es in der Regel ein Phantom. Der Mensch hat sich dann irgendwohin gedacht, und sein Gedankenbild wird für die dort Anwesenden sichtbar; wenn aber festgestellt werden kann, daß der Mensch schläft, während sich der Doppelgänger zeigt, ist es in der Regel der Geist[1], den man sieht, und nicht das Phantom.

Nur die Ältesten und die Jüngsten sind im Besitz dieser Fähigkeit.

Im Schlaf wird dem Körper durch den Einfluß des Lichtes erneute Lebensenergie als Ersatz für den Energieverlust, den der Körper durch geistige oder körperliche Arbeit im wachen Zustand erleidet, zugeführt. Je jünger der Körper ist, desto leichter und besser wird der Verlust durch neue Zufuhr von Lebensenergie ausgeglichen; ist der Körper aber älter oder kränklich, ist der Ersatz, der zugeführt werden kann, nicht so vollkommen, weil der Organismus des Körpers im vorgerückteren Alter oder bei krankhaften Zuständen die Lichtströme nicht im gleichen Maße aufsaugen kann, wie der jüngere oder gesunde Körper. Und wenn der Zeitpunkt eintritt, wo der Körper auf Grund von Alter oder schwerer Krankheit außerstande ist, auf den Einfluß des Lichtes zu reagieren, und somit die Lebensenergie nicht erneuert bekommen kann, geht er seiner Auflösung entgegen, einer Auflösung, die durch den Tod vervollständigt wird.

Solange der physische Körper im Wachsen ist, und solange der Stoffwechsel rasch vor sich geht, braucht der Körper viel Schlaf, um sich durch die eingesaugten Lichtströme (aus der Lichtumhüllung der Erde und dem Lichtäther) gesund und harmonisch entwickeln zu können. Wenn das Wachstum aufgehört hat und der Stoffwechsel träger ist, kann der voll erwachsene und der gealterte Körper nicht mehr Lichtströme im gleichen Maße wie früher aufsaugen, weshalb sich der Mensch mit um so weniger Schlaf begnügen kann, je älter er wird. Doch sollte ein Zeitraum von etwa 6 Stunden das Minimum sein, da unzureichender Schlaf den alternden Körper zu früh schwächen kann, wenn er nicht im Besitz eines Übermaßes an Gesundheit ist. Nach lange andauernden Krankheiten braucht der Körper etwas längere Schlafperioden

---

[1]) Die Ältesten haben sich oft kraft ihres Gedankens und Willens ein Aussehen gegeben, das dem lebender Menschen entsprach, und indem sie sichtbar auf der Erdebene hervortraten, haben sie solcherart den Doppelgänger des Betreffenden »gespielt«.

als normal, um dem geschwächten Körper wenn möglich das erforderliche Quantum der Energie des Lichtes zuzuführen.

Sehr alte Menschen können mitunder in ihren letzten Lebensjahren körperlich so müde werden, daß sie beständig »einnicken«. Dieser häufige Schlafdrang rührt gern von geistiger Abgestumpftheit her; das Ich hat nicht mehr Energie genug, um sich geistig oder körperlich zu beschäftigen. Dieser Altmännerschlaf stärkt nicht, sondern schwächt den Körper nur noch mehr und beschleunigt daher dessen Auflösung.

Der Schlaf ist also der Zustand, in dem der menschliche Körper am besten mit den Lichtströmen des umgebenden Äthers in Kontakt kommt, weshalb der Schlaf immer eine wirkliche und ausreichend lange Ruhe für den durch den Energieverlust geschwächten Körper sein sollte. Für den normalen Menschen soll der Schlaf zugleich eine Ruhepause für den Geist, der mit dem Körper verbunden ist, sein. Wenn der Geist – der im Erdenleben beständig dadurch ermüdet, daß er sich in der Finsternis-Atmosphäre der Erde befindet – nicht zugleich mit dem irdischen Körper die erforderliche Ruhe und Lichtzufuhr erhält, fühlt sich der Mensch nach dem Schlaf geistig müde, außerstande, seine irdische Tätigkeit mit hinlänglichem geistigem Interesse auszuüben.

Im Schlaf erteilt der Schutzgeist oft den Menschen, die einen Lebensweg eingeschlagen haben, der sie von dem Plan wegführen kann, der für ihr Erdenleben zurechtgelegt worden war, Warnungen. Diese Warnungen können sich als visionäre, symbolische Träume oder als warnende Worte gestalten, die mitunter beim Erwachen des Menschen klar und der Erinnerung fest eingeprägt stehen können. Nicht alle können sich aber die erteilten Warnungen mit der gleichen Klarheit in die Erinnerung zurückrufen, ob sie nun in Visionen oder in Worten erteilt wurden; doch haben diese Menschen oft das Gefühl, daß irgend etwas nicht so ist, wie es sein sollte. Wenn der vom Schutzgeist im Schlaf gewarnte Mensch die jüngst vergangene Zeitperiode überdenkt oder die bereits zurechtgelegten Zukunftspläne neuerlich durchdenkt, kann er sehr oft herausfinden, was an der Warnung schuld ist. Es ist dann die Aufgabe des Menschen, die begangenen Fehler zu berichtigen oder sein Leben in andere Bahnen zu lenken, oder auch auf andere Weise aus dem Mitgeteilten Nutzen zu ziehen.

Die Traum-Mitteilungen des Schutzgeistes können auch tröstender, ermutigender, tadelnder oder prophetischer Art sein.

Während des Nachtschlafs haben sich viele Menschen, verleitet von den Ältesten und mit ihrer oder der erdgebundenen Geister Hilfe, von dem Körper losgelöst, mit dem sie verbunden waren, und Streifzüge auf eigene Faust unternommen. Die Eindrücke, die der Geist auf diesen nächtlichen Ausflügen empfing – z.B. von dem Beisammensein mit den erdgebundenen Geistern – verpflanzten sich durch das Band in das Gehirn des schlafenden Körpers und riefen auf diese Weise mehr oder weniger deutliche und zusammenhängende, oder auch vollkommen verwirrte Bilder des Erlebten hervor, an die man sich dann mitunter, durch das Gehirn des astralen Gegenstücks, im wachen Zustande als Träume erinnern konnte.

Durch häßliche, obszöne Traumbilder haben die diskarnierten Ältesten und die erdgebundenen Geister ebenfalls versucht, das Gemüt und die Gedanken der Menschen zu verunreinigen, um dadurch größere Macht über die Menschen zu gewinnen.

Viele Träume rühren von krankhaften Zuständen des Körpers her, oder davon, daß der Körper im Schlaf eine verkehrte Stellung einnimmt, so daß das Blut zu stark zum Hirngewebe strömt, wodurch das Gehirn, anstatt zu ruhen, auf den verstärkten Druck reagiert. In diesem anomalen Zustand tauchen aus dem astralen Gehirn eine Reihe nebelhafter Erinnerungen auf, die fast immer auf etwas Erlebtes, Gesehenes, Gehörtes oder Gelesenes zurückgeführt werden können. Starke Laute, sowie das Gefühl der Hitze oder Kälte, können ebenfalls das astrale Gehirn dazu erwecken, eine Reihe von Erinnerungsbildern auszusenden. Kontinuierlichere Träume können von den Gedanken des nicht ruhenden Geistes herrühren, indem der Geist die verwirrten Bilder, die das astrale Gehirn aussendet, zu korrigieren sucht; da aber die Verbindung zwischen dem psychischen und dem physischen Gehirn während des Schlafes des physischen Körpers immer etwas erschlafft, gelingt es dem geistigen Ich nur selten, eine zufriedenstellende Ordnung in das Chaos der Träume zu bringen.

In seltenen Fällen kann das psychische Gehirn des schlafenden Menschen Erinnerungen aus früheren Erdenleben aussenden.

Solange Geist und Körper vereint sind, ist das »lebengebende Band«, das sie vereint, von übersinnlicher Seite nicht zu sehen; sobald jedoch der Geist vom Körper losgelöst wird, z.B. im Schlaf, wird das Band immer weiter entwickelt oder ausgesponnen – wie der Faden einer Spinne – indem das Band die Licht- oder Finsternisumhüllung, die den Geisterleib umgibt, einsaugt. Wenn die ganze Umhüllung aufgebraucht oder ausgesponnen ist, wird das Band gestrafft und zieht sich ganz mechanisch zurück, und der Geist muß mitfolgen, bis der Körper erreicht ist, wo die Vereinigung, ebenfalls ganz mechanisch, wieder vollzogen wird. Je größer die Licht- oder Finsternisumhüllung ist, desto weiter kann sich der Geist von seinem Körper entfernen. Da aber die Umhüllung der Menschengeister nicht sehr groß ist, können sich diese nur auf kurze Abstände vom Körper entfernen (30–60 bis 100 Meter), während die Ältesten und die Jüngsten sich außerordentlich weit entfernen können; die Jüngsten können sogar die Wohnungen in der letzten der die Erde umgebenden Sphären erreichen. Da das Band sehr elastisch ist, kann es nicht zerreißen, doch muß der Geist genau überwachen, daß er nicht seine ganze Umhüllung aufbraucht, weil er sonst unfehlbar zurückgezogen werden würde.

Wie oben erwähnt, hatten viele Menschengeister im Lauf der Zeiten von den Ältesten gelernt, wie sie selbst ihren Geist während des Nachtschlafs von ihrem physischen Körper loslösen könnten; aber nach der Rückkehr des Ältesten – Ardors – zu Gott wurden die ursprünglichen Verhältnisse auch in diesem Punkt wieder eingeführt, so daß sich die Menschengeister nicht mehr ohne Hilfe[1] loslösen[1] können, während der Körper ruht, da Gott dieses unrechtmäßig erworbene Wissen aus der Erinnerung ihres Geistes getilgt hat.

In den Fällen, wo ein weiter fortgeschrittener Menschengeist vor seiner Inkarnation versprochen hat, den hohen Geistern in seinem Erdenleben bei der einen oder anderen Mission behilflich zu sein, kann der Schutzgeist, wenn die Erlaubnis Gottes dazu erlangt wird, den betreffenden Geist von dem schlafenden Körper loslösen, um ihn auf verschiedene Weise an sein Versprechen zu erinnern oder um ihm durch lehrreiche Gespräche bei der Ausführung der versprochenen Mission zu helfen. Wenn es aus dem einen oder anderen Grund notwendig ist, kann der Schutzgeist sein Mündel in dessen Wohnung in den Sphären bringen, indem er mit Hilfe seiner eigenen Lichtausstrahlungen die Lichtumhüllung des Menschengeistes verstärkt, so daß das Band weit über das Normale ausgesponnen werden kann.

Die Jüngsten können jederzeit, wann immer sie es wünschen, den Körper während des Nachtschlafs verlassen; sie machen aber nur von dieser Erlaubnis Gebrauch, wenn sie von ihrem Schutzgeist dazu aufgefordert werden.

Die Ältesten, die von Ardor inkarniert wurden und sich noch vermenschlicht auf der Erde befinden, haben alle, während einer ihrer nächtlichen Loslösungen im Schlaf, durch die Jüngsten Mitteilung von der Rückkehr Ardors erhalten. Gleichzeitig wurde jedem einzelnen von ihnen nahegelegt, sich in die Gesetze zu fügen, die Gott für den Geist, während er mit dem irdischen Körper verbunden ist, gegeben hat. Die meisten versprachen freiwillig, sich nach den Gesetzen zu richten, und kraft Seines Willens eliminierte Gott soviel von ihrer geistigen Finsternisumhüllung, daß sie sich ebenso wie die Menschengeister nur auf kurze Abstände vom Körper entfernen können, und daß sie ebenso wie diese nur dann ohne Hilfe losgelöst werden können, wenn Geist und Körper unwillkürlich infolge plötzlich eintretender Bewußtlosigkeit des Körpers bei Erkrankung, einem Unglück oder einer künstlich hervorgerufenen Betäubung[2] voneinander getrennt werden.

---

[1]) In Narkose, bei Ohnmachten und dergl. wird der Geist sehr oft losgelöst, aber das geschieht dann vollkommen mechanisch.
[2]) Siehe Kommentar Seite 228.

Da Gott niemanden zwingt, sich nach Seinen Gesetzen zu richten, können sich die wenigen Ältesten, die den Gehorsam verweigerten, immer noch während des Schlafes des irdischen Körpers so weit von diesem entfernen, wie sie wollen, ebenso wie sie dies bisher konnten. Um aber diese Wesen soweit wie möglich daran zu hindern, den Menschen zu schaden, werden sie auf allen ihren nächtlichen Ausflügen von einem der Jüngsten begleitet.

In Séancekreisen, wo die Manifestationen der Finsternis noch vor sich gehen, treten diese inkarnierten Ältesten[1] oft unter falschen Namen und mit falschen Mitteilungen u.s.w. auf; das läßt sich jedoch nicht verhindern, solange die Menschen selbst ihr Experimentieren mit der Finsternis aufrechterhalten, weshalb hier wieder auf das verwiesen wird, was bereits (Seite 296–301) über das spiritistische Séanceunwesen, seine Unzulässigkeit und die Gefahren, denen sich die Séanceteilnehmer und Medien aussetzen, indem sie sich der Finsternis unterstellen, gesagt wurde. Sobald die hier erwähnten Ältesten ihr jetziges Erdenleben abgeschlossen haben, wird dieser Unfug für immer aufhören, weil sie nicht wieder inkarniert werden, bevor sie nicht dem Licht um so viel nähergekommen sind, daß sie sich freiwillig den Gesetzen Gottes unterwerfen.

Als die Ältesten den Menschen erschufen, stellten sie seine Sehorgane darauf ein, die schwächer leuchtenden Strahlen der Sonne, die vom Dunkelkern[2] stammen, aufzufangen und widerzuspiegeln; das menschliche Auge kann daher normalerweise die astral-materiellen Lichtausstrahlungen und die ätherisch-astrale Lichtumhüllung des Sonnenballs nicht sehen; aber wenn die Finsternis um den Erdball nach und nach eliminiert werden wird, werden manche der stärker leuchtenden Strahlen der Sonne, die von den astral-materiellen Lichtschwingungen herrühren, zum Erdball durchdringen können und dadurch das Sonnenlicht verstärken[3] und verschönen (klären). Die Au-

---

[1]) Diese Ältesten finden sich verstreut über den ganzen Erdball in vielen verschiedenen Ländern. Im wachen Tagesleben erinnern sie sich in der Regel nicht an ihre nächtlichen Unternehmungen. Einzelnen bleiben mitunter nebelhafte, verwirrte Erinnerungen daran als eine Art von Träumen erhalten. Diese Geister können während der Loslösung im Schlaf an Materialisationsséancen, Dematerialisationen und Levitationen u.s.w. teilnehmen.

[2]) Die am schwächsten leuchtenden Strahlen des Dunkelkerns der Sonne können von dem menschlichen Auge nicht aufgefangen werden.

[3]) Das gleiche wird mit allen anderen Himmelskörpern geschehen, auch mit denen, die nur das Sonnenlicht reflektieren (nicht selbstleuchtendende Gestirne). Im Lauf der Jahrhunderte werden somit die »Sterne« an Lichtstärke zunehmen; hiervon müssen selbstverständlich die Sterne ausgenommen werden, deren Lichtstärke auf Grund der kräftigeren Angriffe der Finsternis in starkem Rückgang begriffen ist.

gen der Menschen werden sich dann ganz langsam dem verstärkten Sonnenlicht anpassen.

Da die Ältesten in einem einzelnen Punkt die Verwebung des astralen und des physischen Auges des Menschen miteinander unterbrachen, erreichten sie dadurch, daß die Menschen die astralen (finsternis-astralen) Formen nicht »sehen« konnten, sondern nur die Formen und Gestalten, die auf der Erde beheimatet waren. Erst nachdem Gott den Geist mit dem menschlichen Körper verbunden hatte, konnten die Menschen, mit denen die Jüngsten verbunden waren, spontan oder konstant mit dem Auge des Geistes »sehen«. Das gleiche war späterhin der Fall bei denen, mit welchen die Ältesten oder weiter fortgeschrittene Menschengeister verbunden wurden.

Die Verbindung zwischen den astralen und physischen Gehörorganen des Menschen wurde von den Ältesten ebenfalls in einem einzelnen Punkt unterbrochen, so daß die astralen Laute nicht aufgefaßt werden können. Die Hellhörer hören somit mit den Gehörorganen des Geistes, und nicht mit denen des astralen Gegenstücks.

Im Gegensatz zum Menschen sehen alle Tiere doppelt. Mit dem Auge des physischen Körpers werden die irdischen Formen aufgefangen und widergespiegelt, mit dem Auge des astralen Gegenstücks werden die astralen Gegenstücke aufgefangen und widergespiegelt; da aber das Tier sein Dasein hauptsächlich den Molekularschwingungen der Finsternis verdankt und daher sein Leben in der irdischen Welt lebt, hat sein astrales Auge die geringste Sehschärfe, so daß alles, was es an astralen Formen sieht, die von der irdischen materiellen Welt freigegebenen Formen – Gegenstücke[1] sind. Die Tiere können auch den mit dem menschlichen Körper verbundenen Geist sehen, sehen ihn aber nur als eine nebelhafte Wiederholung der äußeren Umrisse der irdischen Gestalten. Die astralen Sehorgane der Tiere können dagegen die starken Lichtstrahlen, die von den leuchtenden Geisterleibern der Jüngsten ausgehen, nicht auffangen, ebensowenig, wie sie die ätherisch-astrale Lichtumhüllung der Sonne und der Sterne auffangen können.

Als die erdgebundenen Geister auf der Erde hausten, konnten die Tiere sie sehen; sie waren aber nicht imstande, den Unterschied zwischen den lebenden und den »toten« Menschen aufzufassen.

Die astralen und physischen Gehörorgane der Tiere sind ebenfalls eng mit-

---

[1]) Es dauert ca. 2 Tage und Nächte, bis die freigegebenen Gegenstücke der größeren Tiere vollkommen aufgelöst sind; je kleiner das Gegenstück ist, desto kürzer ist die Auflösungszeit.

einander verbunden, weshalb die Tiere eine Anzahl Laute auffangen können, die die Menschen nicht hören können.

Ebenso wie die Menschen haben die Tiere Urtriebe, die teils direkt von der Finsternis, teils von dem ordnenden und harmonisierenden Einfluß des Lichtes (der Erdumhüllung) herrühren. Im Wege der astralen Gegenstücke vererben sich diese Triebe ebenfalls von dem einen Individuum auf das andere in den verschiedenen Tierarten und Familien.

In den dahingeschwundenen Jahrmillionen haben die Gegenstücke der vielen verschiedenen Arten und Familien ein gut Teil durch Erfahrung erworbenes Wissen gesammelt, das sich ebenfalls von dem einen Individuum auf das andere vererbt; dieses erworbene Wissen ruht in latentem Zustand, bis es das Tier auf die eine oder andere Weise braucht. Im gegebenen Fall wirkt das astrale Gehirn ganz automatisch auf das Gehirn des Tierkörpers ein, und das unbewußte Wissen zeigt sich in der irdischen Welt als instinktive Handlungen und Gefühle. Da kein Geist mit dem Tierkörper verbunden ist, handelt das Tier immer rein trieb- und instinkthaft, das heißt, daß es nie bewußt versteht, weshalb es auf diese oder jene Weise handelt oder fühlt. Jedes beliebige Tier handelt und fühlt nur so, wie ihm das unbewußte Wissen seines astralen Gegenstücks zu handeln und zu fühlen eingibt. Selbst die umfassendste Dressur von seiten des Menschen kann nie und nimmer ein selbständiges Denken bei den Tieren zum Leben erwecken; alles, was sich die höheren Tierarten an eingeübten oder unter Dressur erlernten Fertigkeiten aneignen können, wird für sie immer ein mechanisches, unbewußtes Wissen sein und bleiben. Was sich die einzelnen Tiere in ihrem Leben an neuen Erfahrungen und neuem Wissen aneignen, vererbt sich also auf ihre Nachkommen und taucht im Bedarfsfalle immer zum Nutzen der Betreffenden auf.

Je größere Fürsorge und Freundlichkeit man den Tieren erweist, desto inniger können sich viele von ihnen dem Menschen anschließen, und sie können dann in ihrem ganzen Wesen eine so unmittelbare Anhänglichkeit und Treue an den Tag legen, wie man sie in der Welt der Menschen kaum findet. Aber selbst diese Äußerungen der Anhänglichkeit und Treue sind instinktiv, oft gattungsmäßig durch das nahe Zusammenleben mit dem Menschen erworben.

Durch die ordnende, anpassende Kraft und den harmonisierenden Einfluß[1] des Lichtes wurden die Lebensverhältnisse der Tiere allmählich besser geordnet, so daß die Tiere in vielen Punkten ein äußerst regelmäßiges Leben[1] leben. Das gilt für das Tierleben des ganzen Erdballs, sowohl für das höhere als auch für das niedrigere. Durch die ätherische Umhüllung der Erde (die

---

[1]) Weist z.B. auf das Leben der Ameisen und Bienen, auf den kunstfertigen Nestbau vieler Vogelarten, die Reisen der Zugvögel, die Wanderungen der Fische zwischen Meeren und Süßwasser u.s.w., u.s.w., hin. Es gibt unzählige Beispiele überall in der Tierwelt der Luft, des Meeres und des festen Landes.

Psyche der Erde) wird das unbewußte Leben überall in Richtung größerer Ordnung und Harmonie gelenkt.

(Nach den Aufschlüssen, die über das von den astralen Gegenstücken der Menschen unter dem Einfluß der Finsternis oder des Lichtes unbewußt erworbene Wissen gegeben wurden, können die Menschen selbst Vergleiche mit dem Leben der Tiere ziehen und untersuchen, was auf den ordnenden, reinigenden, ausscheidenden und harmonisierenden Einfluß des Lichtes, und was auf die zerrüttende, zerstörende Macht der Finsternis zurückzuführen ist.)

Werden die irdischen Gestalten, Formen und Gegenstände durch Tod, Zerfall, Verbrennung oder dergleichen destruiert, so werden, wie bereits gesagt, die astralen Gegenstücke losgelöst; gleichzeitig ziehen sich die Ausstrahlungen der Lichtumhüllung zurück und stoßen die von den physischen Körpern u.s.w. losgelösten Gegenstücke aus, die darauf von den Anhäufungen von Finsternis, die die Erde ständig umgeben, aufgesaugt werden. Durch diese stetige Ausstoßung astraler Gegenstücke wird die ätherische Lichtumhüllung des Erdballs nach und nach von der Finsternis, die beim Fall der Ältesten über die Erde hereinbrach, gereinigt. Im Takt der Reinigung der Lichtumhüllung wächst ihr Einfluß auf das irdische Leben; da aber das irdische Leben von der Finsternis herrührt, die seinerzeit von der Lichtumhüllung fixiert wurde, kann diese nicht vollkommen gesäubert werden, bevor nicht alles Leben auf der Erde aufgehört hat – und diesen Zeitpunkt kennt nur Gott.

Wenn die Anhäufungen von Finsternis, die die astralen Finsternis-Gegenstücke aufgesaugt haben, auf die eine oder andere Weise entpolarisiert werden, z.B. durch Zusammenstoß miteinander, durch Zusammenstoß mit den Finsternis-Ausstrahlungen der Erde oder dergleichen, werden sie vom Lichtäther – aber nicht von der Lichtumhüllung – aufgesaugt und eliminiert.

Wenn Zusammenstöße an Aufenthaltsorten polarisierter astraler oder geistiger Finsternis stattfinden, können die Zusammenstöße oft von Menschen, die keine Medien sind, konstatiert werden. Die Laute, die bei den Zusammenstößen entstehen, sind von weit verschiedener Art, je nach der Größe der Finsternis-Anhäufungen, vom leisesten Knistern bis zu starken, kurzen oder länger andauernden Explosionsdetonationen. Die Lichtphänomene, die jede Entpolarisierung begleiten, können jedoch nur in sehr wenigen Fällen von anderen als Medien beobachtet werden.

Nachdem das Licht bei der Vermenschlichung der Jüngsten von neuem der Erde zugeführt wurde, teils von dem Lichtwege, den Gott kraft Seines Willens durch das zerstörte Reich gebahnt hatte, teils von den ätherischen Lichtausstrahlungen der inkarnierten Jüngsten, wurden mehrere der zu diesem Zeitpunkt noch ruhenden Lebenskeime zur Wirklichkeit in der irdischen Welt erweckt. Die astralen Gegenstücke dieser Tier- und Pflanzenarten haben eine größere Lichtstärke als die übrigen. (Von übersinnlicher Seite gesehen sind sie schwach farbig, die anderen dagegen grau oder schwarz.) Wenn diese irdischen Formen und Gestalten destruiert werden, wird das Licht, das sich in den Gegenstücken findet, ausgeschieden und teils von der Lichtumhüllung, teils vom Lichtäther aufgesaugt; die Finsternis der Gegenstücke wird wie gewöhnlich von Finsternis-Anhäufungen aufgesaugt.

Die Finsternis, die durch den Gedanken und Willen der Ältesten – als sie das Reich Gottes verlassen hatten – aus dem Lichtäther ausgeschieden wurde, wurde hauptsächlich um die und auf der Erde konzentriert; die dadurch verursachte Zerstörung griff jedoch weit um sich und berührte den größten Teil der Sternenwelt (des Milchstraßensystems), die die Erde mit einbegreift.

Gewisse Anomalien in dem Planetensystem, zu dem die Erde gehört, sind sonach auf das Experimentieren der Ältesten mit der Finsternis zurückzuführen, wodurch sie ein Teil Unordnung in die von Gott gegebenen Gesetze für die regelmäßigen Bahnen der Himmelskörper bringen konnten.

Da die ätherisch-astrale Lichtumhüllung aller Sonnen und Sterne nicht, wie das Reich Gottes, aus den schnellsten Schwingungen des Lichtes gebildet, und auch nicht durch eine weitere Lichtzufuhr, wie bei der Erde, verstärkt wurde, waren diese Umhüllungen nicht stark genug, um die ausgeschiedene Finsternis, die sich in großen Anhäufungen weithin in der Sternenwelt der Erde verbreitete, abzustoßen oder festzuhalten. Diese Finsternis trieb und treibt ohne Lenkung[1] im Weltraum umher; wenn sie sich den Gestirnen der Erdenwelt nähert, werden die Pole im ausgefällten Dunkelkern der Gestirne aus ihrem latenten Zustand erweckt und entfalten eine anziehende Wirkung auf

[1]) Gott verhindert die Zusammenstöße der Finsternis-Anhäufungen mit den Gestirnen nicht, weil die Finsternis dadurch entpolarisiert und danach eliminiert wird; nur wenn der Erdball gefährdet ist, greift Gott ein.

die immer näher kommende Finsternis-Anhäufung; im Augenblick des Zusammenstoßes entstehen gewaltige Katastrophen und Anomalien; durch die Katastrophe wird jedoch die Finsternis-Anhäufung entpolarisiert, worauf sie vom Lichtäther aufgesaugt und eliminiert werden kann.

Die Gestirne, die nach Zusammenstößen mit Anhäufungen von Finsternis nicht destruiert, sondern aus ihrer ursprünglichen Bahn geworfen wurden, sind oft auf ihrer unregelmäßigen Fahrt im Raum von größeren Sonnengestirnen, die die vagabundierenden Gestirne zu neuen regelmäßigen Umkreisungen gezwungen haben, angezogen und festgehalten worden. Die Gestirne, die nicht auf diese Weise angehalten werden, rasen weiter, bis sie z.B. mit anderen Gestirnen oder mit Anhäufungen von Finsternis zusammenstoßen und destruiert werden.

Größere Stücke von Gestirnen – des Dunkelkerns – die bei Zusammenstößen gesprengt wurden, und die auf ihrer Fahrt im Raum, indem sie in das Sonnensystem der Erde eindrängen, die Erde einem vernichtenden Zusammenstoß aussetzen könnten, werden von Gott gezwungen, sich in elliptischen Bahnen mit der Sonne als dem einen Brennpunkt und einem kraft des Willens Gottes entstandenen astralen – immateriellen – Lichtzentrum als dem anderen Brennpunkt zu bewegen.

Wenn die Finsternis-Anhäufungen vom Muttergestirn selbst angezogen werden, entstehen partielle Eruptionen, die jedoch nicht imstande sind, das Gestirn zu destruieren oder aus seiner Bahn zu bringen; dazu sind die Anhäufungen von Finsternis im Verhältnis zum gewaltigen Umfang des Gestirns zu klein.

Eine nicht gesetzmäßige Destruktion von Gestirnen kommt nur in dem Milchstraßensystem (das die Erde einbegreift) vor, wo sich die Finsternis aus dem Lichtäther ausgeschieden vorfindet. Wenn Gestirne in den drei anderen Systemen in ihre Bestandteile aufgelöst werden, geschieht dies nach Gottes Willen.

Nachdem Gott Seinen gefallenen Kindern das Versprechen gegeben hatte, sich der Menschen anzunehmen, schuf Er sechs astrale Welten – Aufenthaltsorte – um die Erde herum; diese Welten wurden in Form von sechs Sphären oder Kugelschichten um das zerstörte Reich herum gelegt. Die innerste Sphäre war am finstersten, aber viel heller als die von der Finsternis verunreinigte und verdunkelte Welt der Ältesten, die nächste etwas heller als die erste, und so weiter bis zur äußersten, sechsten Sphäre, die aus den schnellen ätherischen Schwingungen des Lichtes gebildet wurde. Die klimatischen Verhältnisse der Sphären werden von dieser Lichtwelt aus im Verein mit den ätherischen Strahlen der Erdensonne, die durch die Finsternis von der Erde ferngehalten werden, geregelt. Die innersten Sphären (die der Erde am nächsten liegen) sind in klimatischer Beziehung teilweise von der Stellung des Erdballs zur Sonne abhängig; da aber die Lichtstrahlen der äußersten Sphäre zugleich diese Welten bestrahlen, sind die Verhältnisse dort viel besser als auf dem Erdball selbst. Jede Sphäre hat ihre eigene Luftschicht, die, ebenso wie die Sphären, für das menschliche Auge unsichtbar ist.

Für die vielen Menschen, die behaupten werden, daß: nachdem man die Himmelskörper draußen im Weltraum klar und deutlich sehen kann, kann es ummöglich bewohnbare Sphären um die Erde geben, weil diese in diesem Fall die leuchtenden Gestirne verdecken würden – soll hier ein Vergleich mit irdischen Verhältnissen gezogen werden, der möglicherweise das Verständnis für das Vorhandensein der Sphären erleichtern kann.

Steht man z.B. an einem Wiesen- oder Waldsee, kann man, wenn das Wasser klar ist, deutlich durch dieses hindurch das Pflanzen- und Tierleben sehen, das sich im See findet, aber niemand kann die Myriaden von Leben sehen, die sich im Wasser selbst bewegen; legt man dagegen einen Wassertropfen unter ein Mikroskop, so entdeckt man eine Menge Kleinst-Tierchen, Infusorien, von deren Dasein man sonst keine Ahnung hat. Ähnlich verhält es sich mit den Sphären; die physischen Sehorgane können sie nicht auffassen, aber für den geistigen – den verstärkten – Blick sind sie leicht erkennbar.

Die äußerste Welt, der Aufenthaltsort der Jüngsten, während sie die Menschen anleiten, wurde zugleich als eine äußere Wehr gegen die Anhäufungen von Finsternis, die sich in der angrenzenden Welt fanden und noch finden, gestaltet, indem Gott die Ausstrahlungen dieser Welt so stark konzentrierte, daß sie nicht nur die entpolarisierte Finsternis aufsaugen, sondern auch abstoßend auf die Finsternis wirken konnten, die vom Weltraum her die Erde gefährdete. Dadurch wurde jede neue Zufuhr von Finsternis von außen her verhindert, so daß eine größere Katastrophe, die den Erdball möglicherweise zum Teil oder sogar ganz destruieren würde, niemals eintreten konnte.

Die sogenannten Meteorsteine, die kleinere Teile des verdichteten Dunkelkerns zersplitterter Gestirne sind, passieren mit Leichtigkeit alle Sphären, ohne dort irgendwelche Zerstörungen anzurichten. Von übersinnlicher Seite erscheinen diese Teile wie dunkle, nebelhafte Haufen; während der Passage durch die Sphären, insbesondere durch die, die am weitesten weg von der Erde[1] liegt, vermindert sich ihr Umfang oft ganz erheblich unter dem auflösenden Einfluß der Lichtstrahlen (nicht der Sonnenstrahlen). Während der Passage durch die Erdatmosphäre, wo die Meteorsteine nach irdischen Verhältnissen glühend werden, werden sie oft in noch kleinere Teile zersplittert, so daß nur ein geringer Teil die Erde als größere Stücke erreicht.

Auf Grund der Fallgeschwindigkeit der Meteorsteine sind die Lichtausstrahlungen der 6. Sphäre nicht imstande, abstoßend, wie auf Anhäufungen von Finsternis, zu wirken, sondern wirken nur teilweise auflösend auf die gegen die Erde zu fallenden Gestirnbrocken. Diese zersplitterten Dunkelkerne können jedoch niemals eine wirkliche Gefahr für die Erde bedeuten.

Der von Gott ausgesandten Lichtwelle, die bei der Rückkehr[2] der sünden- und erdgebundenen Geister in die Sphären in das von der Finsternis zerstörte Reich eindrang, ging ein heftiges astrales Unwetter voraus, das durch den Willen Gottes hervorgerufen wurde, und durch das die polarisierte Finsternis, die es dort noch gab, entpolarisiert wurde, um dann von der Lichtwelle aufgesaugt zu werden, deren Lichtstärke durch die Aufsaugung bedeutend herabgesetzt wurde. Die herabgesetzte Lichtstärke kann am ehesten mit einer schwach leuchtenden Morgendämmerung verglichen werden, aber wenn die aufgesaugte Finsternis nach und nach geläutert und mit dem Kreislauf des Lichtäthers weggeführt werden wird, wird die Stärke im Lauf der Jahrmillionen langsam steigen, bis die volle Lichtstärke wieder erreicht ist; wie lange Zeit diese Läuterung in Anspruch nehmen wird, weiß nur Gott allein; sie wird jedoch zu Ende gebracht werden, bevor die Menschheit die Erde verläßt.

Die stärkeren astralen Unwetter können in der physischen Welt oft durch größere oder geringere Störungen des Erdmagnetismus nachgewiesen werden. Unwetter, die außerhalb der Schichten der Erdatmosphäre stattfinden, sind jedoch nur bemerkbar und nachweisbar, wenn sie besonders heftig sind.

Gleichlaufend damit, daß die entpolarisierte Finsternis aus dem zerstörten Reich nach und nach eliminiert wird, werden immer mehr

---

[1]) Die Sphären liegen außerhalb der Erdatmosphäre und innerhalb der Mondbahn.
[2]) 1911.

Strahlen aus dem astral-materiellen Teil der Lichtumhüllung der Sonne durchdringen und die Erde erreichen. Das Sonnenlicht wird also langsam – von Jahrhundert zu Jahrhundert – an Klarheit und Stärke zunehmen. Diese langsam zunehmende Klarheit des Sonnenlichtes wird von der Erde aus beobachtet werden können[1].

In Zukunft wird die Lichtwelle, die das zerstörte Reich auslöschte, als eine den ganzen Erdball umschließende Isolationsschicht (außerhalb der Erdatmosphäre) verhindern, daß die losen, umhertreibenden Anhäufungen von Finsternis, die es um den und auf dem Erdball gibt (sowohl in den als auch außerhalb der Schichten der Erdatmosphäre), in die der Erde am nächsten gelegenen Aufenthaltsorte – Sphären – eindringen und sie verdunkeln oder ganz zerstören, was früher oft geschehen ist, so daß Gott sie das eine Mal ums andere säubern und wiederaufbauen mußte.

Nicht genug damit, daß die Finsternis, gelenkt von der Intelligenz der Ältesten, in vieler Weise hemmend und hindernd auf den Fortgang des Lichtes, rein geistig gesehen, gewirkt hat, so hat sie auch, ohne irgendwelche Lenkung, blind und zwecklos, auf den Erdball selbst störend eingewirkt, unter anderem durch die vielen fürchterlichen Naturkatastrophen, die schon seit den ältesten Zeiten Tod und Zerstörung hervorgerufen haben, was die Jüngsten nicht zu verhindern vermochten.

Diese Naturkatastrophen sind hauptsächlich auf die eigenen Finsternis-Ausstrahlungen des Erdballs zurückzuführen, die die Anhäufungen von Finsternis, die sich in Schichten von größerer oder geringerer Dichte in der die Erde umgebenden Atmosphäre finden, anziehen. Die Heftigkeit des Ausschlags hängt von der substantiellen Stärke und Dichte der beiden Arten von Finsternis ab, die einander anziehen und begegnen. Bei dem Ausschlag, der in dem Augenblick stattfindet, in dem die Ausstrahlungen des Erdballs die angezogene Anhäufung von Finsternis treffen, werden die beiden Arten von Finsternis entpolarisiert und können sodann vom Lichtäther eliminiert werden.

Obwohl der Älteste in das Reich Gottes zurückgekehrt ist, werden die Naturkatastrophen welcher Art immer nicht aufhören; es besteht

---

[1]) Siehe die Übersicht Seite 351–52.

aber die Möglichekeit, daß sie im gleichen Verhältnis abnehmen werden, in dem die Finsternis entpolarisiert und eliminiert wird.

Ein Teil der entpolarisierten – neutralisierten – Finsternis wurde, bevor das zerstörte Reich von der Lichtwelle ausgelöscht wurde, durch Aufsaugung der Lichtausstrahlungen, die in weiten Kreisen von den Geisterleibern der vermenschlichten Jüngsten verbreitet wurden, eliminiert. Aber seit dem Verschwinden des zerstörten Reiches[1] nimmt auch die Lichtwelle, die, einer gewaltigen Isolationsschicht gleich, dessen Platz um die Erde einnahm, an der Elimination der neutralisierten Finsternis teil. Von der Isolationsschicht wurden seitens der diskarnierten Jüngsten feine Lichtbänder durch die Schichten von Finsternis gezogen, die direkt um den und auf dem Erdball liegen; diese Lichtbänder werden, ebenfalls von den Jüngsten, zu Stellen geführt, wo es neutralisierte Finsternis gibt, die dann dadurch aufgesaugt und auf diese Weise von der Erde entfernt wird, worauf sie von den Lichtströmen des Äthers in den großen, läuternden Kreislauf durch Gottes Flammenwesen einbezogen wird.

Die entpolarisierte Finsternis, die nach einer bestimmten Frist nicht aufgesaugt und eliminiert wird, mischt sich allmählich wieder mit der polarisierten Finsternis und kehrt so nach einer Zeit der Ruhe (Neutralisierung) in die ursprünglichen Formen zurück.

Obwohl von seiten des Lichtes ständig große Mengen neutralisierter Finsternis eliminiert werden, schreitet die Arbeit dennoch unendlich langsam fort, weil das Licht nur diejenige entpolarisierte Finsternis aufsaugen kann, die z.B. bei Naturkatastrophen (Erdbeben, Vulkanausbrüchen, Gewittern u.dgl.) oder bei vielen anderen Auswirkungen der zahlreichen und sehr unterschiedlichen Formen der Kräfte der Finsternis entsteht.

(Siehe über die Entpolarisierung der geistigen Finsternis im Kommentar Seite 206–07.)

Zwischen der niedrigsten und der höchsten Schwingungszahl (Vibrationszahl) der Finsternis liegt eine überaus lange Stufenskala der Schnelligkeit, Konzentration und Ausstrahlung, die sich in zahlreichen immateriellen und materiellen Formen äußert, z.B.: 1) Kräfte ɔ:

[1]) Im Jahre 1911.

Elektrizität, Elektromagnetismus, Dampfkraft u.s.w. 2) Ausstrahlungen ɔ: Sonnenlicht (Sonnenstrahlen mit niedrigeren und den niedrigsten Schwingungszahlen rühren vom Dunkelkern der Sonne her), phosphoreszierendes Licht, künstliches Licht (erzeugt mit Hilfe von Elektrizität, Gasarten, Öl und dgl.), Wärme, Radioaktivität u.s.w. 3) Stoff und Materie; sowie eine Menge anderer, den Menschen noch unbekannter Formen.

Gleichzeitig damit, daß Gott die Lenkung der Schöpfung Seiner gefallenen Kinder übernahm, übernahm Er auch die Lenkung der durch die Angriffe der Finsternis auf den Erdball verursachten chaotischen Zustände, und gleichlaufend damit, daß dem Erdball mehr und mehr Licht zugeführt wurde, teils durch den Lichtweg, teils durch die ätherischen Ausstrahlungen der Lichtumhüllung der Geisterleiber der Jüngsten, wurde die Finsternis immer mehr unter den gesetzmäßig ordnenden Einfluß[1] des Lichtes einbezogen und auf diese Weise gezwungen, im Dienste des Lichtes an der Ebnung der durch den Fall der Ältesten verursachten Zerstörung mitzuarbeiten. Daher: je regelmäßiger ein Gesetz ist – ob es sich nun um Gesetze handelt, die für Kräfte, Ausstrahlungen, Stoff und Materie gelten, oder um Gesetze, die direkt die Vermehrung und Fortpflanzung betreffen – desto größer ist der Einfluß des Lichtes; dagegen: mit je mehr Unregelmäßigkeiten und Abweichungen das vorliegende Gesetz behaftet ist, desto geringer ist der Einfluß des Lichtes. Und in den Fällen, wo zugleich der freie Wille des Menschen mit in Betracht gezogen werden muß, hat die Finsternis durchweg den größten Einfluß auf das Bestehende. Ein für alle leichtverständliches Beispiel von Gesetzen, die nicht vollständig regelmäßig sind, und wo der freie Wille des Menschen eingreift, sei hier angeführt:

Wenn sich Empfängnis und Geburt nach Gesetzen gestalten würden, die von Gott gegeben wären, oder wenn sie soweit gekommen wären, daß sie dem Licht vollkommen unterstellt wären, würde von dem Zeitpunkt, zu welchem die Empfängnis einträte, bis die Geburt vollzogen wäre, in jedem einzelnen Fall eine absolut bestimmte, normierte Zeit vergehen. Es würden keine Abnormitäten während der Schwangerschaft stattfinden, keine zu frühen und keine abnormen Geburten würden dann jemals vorkommen, und die

---

[1]) Das Licht, das dem Erdball auf die obengenannte Weise zugeführt wird, nimmt sonach zusammen mit der ätherischen Lichtumhüllung der Erde an der großen ordnenden, anpassenden, ausscheidenden und harmonisierenden Arbeit in der irdischen Welt der Finsternis teil.

Nachkommen wären in jeder Beziehung vollkommen gesund, wohlgestalt und lebensfähig. Da aber Gott diese Gesetze nicht gegeben hat, und da die eigenen schlechten Gewohnheiten und die ungute Lebensweise der Menschen die Empfängnis und die Geburt in hohem Maß vom Einfluß der Finsternis abhängig machen, hat der regelnde Einfluß des Lichtes in diesen Fällen bei weitem noch nicht seine volle Stärke erreicht.

Im Lauf der Zeiten hat das Licht einen weitaus stärkeren ordnenden und gesetzmäßigeren Einfluß auf die Fortpflanzung der Tierwelt erlangt (das gilt insbesondere für Tiere, die in wildem Zustand leben) als auf die der Menschen, weil die Tiere keinen selbständigen freien Willen haben, sondern willenlos Trieben und Instinkten nachgeben und sich daher ohne Widerstand, wenn auch langsam, dem wachsenden Einfluß des Lichtes unterordnen. Wogegen die Menschen auf Grund des Geistes, der mit dem menschlichen Körper verbunden ist, das Leben bewußt leben, einen freien Willen zum Guten oder Bösen haben. Und solange es die Menschen nicht verstehen, den freien Willen[1] auf die rechte Weise zu benützen, solange sie die Finsternis über sich herrschen lassen, anstatt sich freiwillig dem Licht unterzuordnen, solange kann das Licht z.B. die Gesetze, die die Fortpflanzung der Menschen und die Befreiung des menschlichen Körpers von Abnormitäten und Deformitäten bedingen, nicht bis zur Vollkommenheit regulieren.

Alles, was für den Menschen nach dem Eingreifen übernatürlicher Kräfte aussehen kann, all das, was Menschen, deren Gedankenleben und Auffassungsgabe unentwickelt sind, nicht imstande sind, sich zu erklären, wurde im Lauf der Zeiten als Wunder, Aberglaube, Erdichtung u.dgl. erklärt. Alle diese anscheinend unerklärlichen Vorkommnisse finden – wenn sie echt sind – nach regelmäßigen psychischen und astralen Gesetzen statt; da die Menschen aber nur eine geringe – viele sogar überhaupt keine Kenntnis von den verschiedenen Auswirkungen psychischer und astraler Kräfte haben, wollen oder können sie nicht verstehen, daß dem anscheinend »Übernatürlichen« eine natürliche Erklärung zugrundeliegt.

Diese Gesetze für übersinnliche Phänomene sind und waren sowohl den Geistern des Lichtes als auch den Geistern der Finsternis bekannt, weshalb die Gesetze oft, obgleich sie an sich fest und regelmäßig sind, auf unzulässige Weise benützt wurden. Eine Auswirkung dieser Gesetze, wenn sie ohne die Erlaubnis Gottes von einem erdgebundenen Geist benützt werden, ist z.B. der Fund der heilkräftigen Quelle von Lourdes. Diese Begebenheit, die vielen Gegenwarts-

[1]) Siehe die Rede des Dieners Gottes Seite 163.

menschen bekannt ist, soll als typisches Beispiel hier näher beleuchtet werden, da sie einerseits als ein Wunder, anderseits als reiner Aberglaube bezeichnet worden ist.

Das französische Bauernmädchen Bernadette[1], das ein Zwischenglied zwischen der sinnlichen und der übersinnlichen Welt war, als die Existenz der Quelle von Lourdes geoffentbart wurde, hat einen Bericht über das, was sie sah und hörte, gegeben, der vollkommen der Wahrheit entspricht; doch die weibliche Gestalt, die ihr erschien, war nicht die Mutter Jesu, wie dies von Bernadette aufgefaßt wurde. Der betreffende Geist, der die astralen und die psychischen Gesetze kannte, trat ohne die Erlaubnis Gottes sichtbar und hörbar vor das junge Mädchen hin, das ein hellseherisches und hellhörerisches Medium war. In seiner letzten Inkarnation war der erwähnte Geist eine hochstehende französische Frau gewesen, deren Lebenswandel in vieler Hinsicht Frankreich zu großem Schaden gereichte. Der Zorn und Haß des Volkes im Verein mit ihrem eigenen Schuldbewußtsein zwangen sie dazu, nach dem Tode des irdischen Körpers jahrelang auf dem astralen Gegenstück der Erde umherzustreifen, ohne in ihre Wohnung in den Aufenthaltsorten – den Sphären – zurückkehren zu können. Auf ihren ruhelosen Wanderungen entdeckte sie eine unterirdische, aber für sie sichtbare Wasserader, die eine Art von radioaktiven Stoffen enthielt. Da sie wußte, daß das Wasser, an Ort und Stelle angewendet (die Ausstrahlung ist sehr flüchtig), Linderung bei einer Anzahl körperlicher Leiden und teilweise, oder sogar vollständige Heilung einzelner Krankheiten bewirken konnte, glaubte sie, einen Teil ihrer Schuld der Bevölkerung des Landes gegenüber abtragen zu können, indem sie ihr Kenntnis von dem Fund vermittelte. Sie wandte sich daher an Bernadette, die, wie gesagt, ein Medium war, und um Vertrauen zu erwecken, machte sie ihre Mitteilung auf eine solche Art und Weise, daß man sie für die »Jungfrau Maria« halten konnte. Ihre Worte lauteten: »Ich bin die unbefleckte Empfängnis«. Sie wußte, daß ihr diese Bezeichnung ebensowenig zukam, wie sie der Mutter Jesu zukam, aber indem sie sich den sogenannten jesuitischen Satz: der Zweck heiligt die Mittel, zu eigen machte, zögerte sie nicht, die Menschen ihre Erscheinung als die »ohne Sünde empfangene und unbefleckte Jungfrau« – die Mutter Jesu – auffassen zu lassen. Diese Unwahrheit hat sie, ebenso wie alle anderen, die sich einer Unwahrheit schuldig machen, voll und ganz sühnen müssen; – wie – das mußte sie mit Gott austragen.

Das heilkräftige Wasser der Quelle von Lourdes wird sehr viel benützt; es muß jedoch gesagt werden, daß die Heilungen nicht allein auf die radioakti-

---

[1]) Diejenigen, die nichts von der Quelle von Lourdes wissen, werden auf das Buch »Lourdes« des französischen Autors Emile Zola verwiesen, sowie auf »Lourdes« von dem dänischen Autor Joh. Jørgensen. Ebenso wird auf »Lourdes« von Dr. Boissarie und auf »Les Apparitions de Lourdes« von J. B. Estrade verwiesen. Anm. d. Hrsg.

ven Ausstrahlungen zurückzuführen sind, sondern in vielen Fällen zugleich auf die Selbstsuggestion der Kranken. Ihr oft sicherer Glaube an die Heilung, sowie die inständigen Gebete und Fürbitten um Hilfe, die von Gott erhört werden, ziehen die heilenden Strahlen des Lichtäthers auf die Kranken herab, wodurch sie die ersehnte Heilung ganz oder teilweise erzielen. Auch wenn Gebete um Fürbitte an die Jungfrau Maria gerichtet werden, werden sie von Gott erhört, wenn mit innerlichem Vertrauen und inständiger Kraft gebetet wird. Aber nur eine geringe Zahl der Krankheiten des Körpers kann auf diese Weise geheilt werden; und nicht alle Mitteilungen über Heilungen, die bei der Quelle stattgefunden haben, entsprechen der Wahrheit.

Die Heilungen, die bei Anwendung des Wassers der Quelle von Lourdes[1] vorkommen, können somit nach dem Obenstehenden, ebensowenig wie die Entdeckung der Quelle, als Wunder, oder als etwas, das auf reinem Aberglauben beruht, betrachtet werden. Das scheinbar Übernatürliche hat also auch hier einen natürlichen, einen gesetzmäßigen Hintergrund; aber die Gesetze, die benützt wurden, um den Menschen Kenntnis von der Existenz der Quelle zu geben, wurden auf eine nicht gesetzmäßige Weise angewandt, ɔ: ohne die Erlaubnis Gottes.

Sehr oft sind von menschlicher Seite Anforderungen an Wesen aus der übersinnlichen Welt gestellt worden, deren Erfüllung im Widerspruch zu den von Gott gegebenen Gesetzen stand und steht. Es ist z.B. vorgekommen, daß Mitglieder spiritistischer Kreise Forderungen an die Geister, die sich bei den Séancen der betreffenden Kreise manifestierten, gestellt haben, denen zufolge sie ihre Existenz, ihre persönliche Individualität, ihre geistige Stärke beweisen sollten, oder beweisen sollten, daß sie Sendboten Gottes seien u.s.w., indem sie Materialisationen, Dematerialisationen und viele andere ähnliche »Kunststücke« ausführten. Diese Spiritisten haben somit, allerdings oft, ohne sich dessen bewußt zu sein, verlangt, daß ihre geistigen Verbindungen gegen die von Gott gegebenen Gesetze handeln sollten. Und wenn die Geister nicht gegen diese Gesetze handeln wollten, haben die Menschen, wenn sie die gewünschten Beweise nicht erhielten, die Geister oder ihre Medien sofort zu Betrügern gestempelt, ohne nach den dem Abschlag gegebenenfalls zugrundeliegenden Ursachen suchen oder diese respektieren zu wollen. Eine solche Handlungsweise von menschlicher Seite ist ebenso töricht, als wenn ein Dieb zu einem

[1]) Oder anderer ähnlicher Quellen.

vollkommen ehrenhaften Menschen sagen würde: Gehe hin und stiehl, dann werde ich an deine Ehrenhaftigkeit glauben!

Die Menschen müssen in Zukunft lernen, die psychischen und die astralen Gesetze zu respektieren, auch wenn sie sie nicht verstehen; lernen, daß sie nicht verlangen, sondern nur bitten können, lernen, in Dankbarkeit die Beweise entgegenzunehmen, die nach Gottes Einsicht und Wunsch von übersinnlicher Seite gegeben werden, lernen, daß die Geister des Lichtes nicht als Gesetzesbrecher auftreten, weil einige Menschen nicht verstehen wollen, bevor sie nicht das gesehen oder erhalten haben, was sie selbst verlangen. Und auf eines können sich die Menschen verlassen: je größer ihre Forderungen sind, desto weniger wird von übersinnlicher Seite gegeben. Nur diejenigen, die im Gebet und mit Vertrauen auf vollkommen uneigennützige Weise suchen, nur die können erreichen, daß sie in engen Kontakt mit den Geistern des Lichtes kommen und die erforderliche Hilfe erhalten, um das zu finden, was sie suchen.

Die mehr oder weniger, oder vollkommen regelmäßigen Gesetze, die direkt die rein irdischen Verhältnisse betreffen, ob es sich nun um Kräfte, Ausstrahlungen, Stoff und Materie u.s.w., oder um die psychischen und astralen Gesetze handelt, nach denen die übersinnliche Welt mit der physischen in Verbindung tritt, sind alle nur zeitweilig – temporär – ɔ: sie wirken nur kraft der Existenz des Erdballs, und nur solange der Erdball existiert.

Mit Hilfe der Intelligenz, um die Gott die Menschen bereichert hat, und mit Hilfe von Anweisungen seitens der vermenschlichten Jüngsten wurde eine Reihe der Kräfte der Finsternis: Elektrizität, Elektromagnetismus, Dampfkraft u.s.w. in der irdischen Welt in Gebrauch genommen und müssen solcherart, teilweise der menschlichen Herrschaft unterstellt, auf viele Weise dazu beitragen, das Leben auf der Erde zu erleichtern und zu verbessern.

Viele Gifte – organische und anorganische – die ihren Ursprung in der Finsternis haben, wurden ebenfalls im Dienst des Lichtes in Gebrauch genommen, z.B. als Heilmittel, desinfizierende Flüssigkeiten und Pulver, oder werden auf mannigfache andere Weise benützt, z.B. bei Farbenmischungen, Ätzungen u.v.a.

Verschiedene Explosivstoffe, die im Dienst der Finsternis zu Tod und Vernichtung benützt werden, z.B. als Kriegsmaterial, wurden gleichzeitig in Gebrauch genommen, um dem Fortgang des Lichtes zu dienen, z.B. bei der Planierung des Bodens – Sprengung fester Hindernisse, bei Bohrungen u.s.w., u.s.w.

Auch durch die Krankheiten des Körpers wird die Finsternis gezwungen, bei der allgemeinen Ausbalancierung behilflich zu sein. Bei dem akuten Ausbruch einer Krankheit wird der Kranke von Anhäufungen von Finsternis (Belastungen, Keime, Bakterien und dergl.) befreit, die den Körper zu vernichten drohen. Die Heilung, die unter anderem auf den heilenden Einfluß der Lichtumhüllung und des Lichtäthers zurückzuführen ist, gibt dem Körper von neuem die verlorene Gesundheit wieder – die angesammelte Finsternis wurde destruiert und das Gleichgewicht damit wiederhergestellt.

Durch die Gesetze der Vergeltung und Reinkarnation, die ebenfalls temporär sind, und die Gott zum Gebrauch für den Fortgang der Menschheit auf der Erde gegeben hat, werden die geistigen Zerstörungen und Störungen, die die Finsternis unablässig unter den Menschen anrichtet, in vieler Hinsicht ausgeglichen und ausbalanciert.

Jeder schlechte Gedanke, jede bösartige oder verbrecherische Handlung wird durch das Gesetz der Vergeltung zu demjenigen zurückgeleitet, der den Gedanken gedacht oder die Handlung ausgeführt hat; dadurch werden dem Urheber die gleichen geistigen und körperlichen Leiden zugefügt, die er über andere zu bringen beabsichtigt oder gebracht hat[1]; das Gleichgewicht wird dann durch die vom Urheber ausgestandenen Leiden wiederhergestellt.

Katastrophen, die auf den Einfluß der Finsternis auf das Bestehende zurückzuführen sind, und die zerstörend oder störend in das Leben der Menschen eingreifen, werden ebenfalls von Gott zur Ausbalancierung im Sinne des Gesetzes der Vergeltung verwendet, wodurch die Finsternis auch hier gezwungen wird, der Sache des Lichtes zu dienen. Menschen, die direkt oder indirekt von z.B. Erdbeben-, Gruben-, Verkehrs- oder Feuerkatastrophen oder von den verschiedenen Zerstörungen des Krieges, z.B. Verstümmelungen, Krankheiten, Hunger, Verlust irdischer Werte u.s.w., u.s.w. betroffen werden, werden auf Grund der ausgestandenen geistigen und körperlichen Leiden immer die Begleichung und die Tilgung ihrer Schuld für schlechte Taten, Totschlag, Mord und andere Verbrechen, die sie in früheren Leben

[1]) Siehe die Rede Christi Seite 136–41.

begangen haben, erreichen, so daß sich die künftigen Erdenleben heiterer und glücklicher für sie gestalten werden. Denn das muß allen klar sein: **daß kein Mensch weder geistig noch körperlich mehr leidet**[1]**, als er selbst in seinen früheren Leben verschuldet hat,** und da Gott niemals der Mittel ermangelt, einzugreifen, wo es erforderlich ist, werden die Menschen, die keine Schuld aus einem früheren Erdenleben tragen, die auf die obengenannte Weise gesühnt werden kann, niemals dieser Art von Leiden ausgesetzt werden. (Siehe Seite 302–03.)

Über dem Gesetz der Vergeltung steht Gottes Barmherzigkeit und Mitleid. Jeder, der seine schlechten und sündigen Handlungen voll und ganz bereut, kann auf Grund seiner Reue die Erlaubnis Gottes erlangen, seine Sünden im Wege eines oder mehrerer Werke der Liebe oder der Barmherzigkeit zu sühnen, die den Menschen gegenüber geübt werden, gegen die gesündigt wurde.

Selbst der Tod muß dem Licht und dem Leben dienen, indem der beim Tode losgelöste Geist, ausgerüstet mit dem Resultat der im eben beendeten Erdenleben gesammelten Erfahrungen und Erlebnisse, bereit steht, durch neue Erdenleben neue Erfahrungen und neue geistige Bereicherung zu erwerben.

Und wenn die ganze Menschheit einmal mit den vielen Reinkarnationen am Ende angelangt sein wird, wird Gott nach dem Gleichgewichtsgesetz des Lichtes alle zu diesem Zeitpunkt noch nicht entpolarisierte Finsternis dahin leiten, durch eine enorme Katastrophe an der Auflösung des Gestirns, das auf Grund des Falles der Ältesten unter die Herrschaft der Finsternis geriet, mitzuwirken; das endgültige und vollkommene Gleichgewicht ist dann erreicht: Die Menschheit ist für immer von der Erde, die Jahrmillionen hindurch der Schauplatz der menschlichen Sünden, Sorgen und Leiden war, losgelöst; der Erdball wird in seine Bestandteile aufgelöst; die durch die Katastrophe entpolarisierte Finsternis wird aufgesaugt und von dem Kreislauf des Lichtes zu einer letzen Läuterung durch Gottes flammendes Wesen geführt – und die Geschichte der Erde ist zu Ende.

---

[1]) Leiden welcher Art immer, die sich die Menschen selbst zuziehen, z.B. durch eine leichtsinnige oder unhygienische Lebensweise, durch Gleichgültigkeit, mangelnde Aufmerksamkeit, Übermut, unnötig anstrengende Arbeit u.s.w., werden nicht kompensiert; hier muß der Mensch den selbstverschuldeten Schaden auch selbst tragen.

Alles, was über die Schwingungen der Finsternis, ihre Entpolarisierung, Ausstrahlungen und verschiedenen anderen Auswirkungen mitgeteilt wurde, sowie, was über den gesetzmäßig ordnenden und ausbalancierenden Einfluß des Lichtes mitgeteilt wurde, wurde nur in sehr großen Zügen geschildert, weil eine spezifische Kenntnis der verschiedenen Zweige der Naturwissenschaft erforderlich ist, damit von übersinnlicher Seite eine eingehendere und näher detaillierte Schilderung hiervon gegeben werden kann. Aber die Menschen, die eine wissenschaftliche Fachausbildung haben und auf der hier gegebenen Grundlage weiter suchen wollen, können immer sicher sein, wirkungsvolle Hilfe von den geistigen Leitern – den diskarnierten Jüngsten – zu erhalten. Vieles, was von der menschlichen Intelligenz zutage gefördert und ausgenützt werden kann, liegt noch unbekannt und unbeleuchtet, ebenso wie noch weitere der Kräfte der Finsternis unter die menschliche Herrschaft einbezogen und auf mannigfache Weise in Gebrauch genommen werden können.

Nachdem die Erde eine W e l t d e r F i n s t e r n i s ist, wird sich die menschliche Intelligenz hauptsächlich mit den Erzeugnissen der Finsternis beschäftigen und sich ihrer bedienen müssen. Allmählich werden die Menschen jedoch lernen, zu erkennen und aufzuzeigen, w o d e r E i n f l u ß d e s L i c h t e s i n d a s B e s t e h e n d e e i n g r e i f t.

Vom dem Augenblick an, wo die Ältesten in einer weit zurückliegenden vorgeschichtlichen Zeit beschlossen, gegen die vermenschlichten Jüngsten zu kämpfen, um ihnen die Leitung der Menschheit zu erschweren, gab der Älteste, ebenso wie Gott[1], in großen Zügen Entwürfe für die Inkarnationen der Jüngsten und der Menschengeister. Nach diesen Entwürfen suchten die Ältesten oder der Älteste selbst, die Menschen auf Abwege zu führen und von den von Gott gewünschten Lebenswegen wegzulocken.

Auf die gleiche Weise hat der Älteste Vorausbestimmungen für die Lebensweise ganzer Völkerschaften, ganzer Nationen, getroffen, um so viele wie möglich von den Wegen des Lichtes abzubringen.

Da alle Gedanken[2] – schlechte sowohl als gute – vom Äther aufgefangen und widergespiegelt werden, wurden die Gedankenbestimmungen des Ältesten über kommende Begebenheiten als Bilder im Dunkeläther um die Erde aufgezeichnet.

Es gibt drei verschiedene Arten von Ätherbildern: Zukunfts-, Gegenwarts- und Nachherbilder.

---

[1]) Siehe Kommentar Seite 219–20.

[2]) Die Gedanken Gottes und die Gedanken der diskarnierten Jüngsten werden nicht in dem Äther, der die Erde umgibt, aufgezeichnet.

1) Zukunftsbilder, die die hier erwähnten Aufzeichnungen der Vorausbestimmungen des Ältesten für das Schicksal und die Lebensweise des einzelnen Menschen und ganzer Nationen sind. Diese Zukunftsbilder, die geschaffen wurden, um Unglück und Leiden auf die Menschheit herabzurufen, mußten, wie alles, was von der Finsternis herrührt, nach dem Gleichgewichtsgesetz auch der Sache des Lichtes dienen, indem die diskarnierten Jüngsten – die Leiter und Schutzgeister der Menschen – daraus ersehen konnten, welche Anschläge ihren Mündeln von seiten der Ältesten drohten. Je nach den schwächeren oder stärkeren Konturen der Bilder konnten sie erkennen, ob die aufgezeichneten Begebenheiten nahe oder fern von der Gegenwart lagen, worauf sie ihre Maßnahmen trafen, um die für den Menschen oder die Menschen gefährlichen und vernichtenden Zukunftsereignisse wenn möglich abzuwehren oder zu mildern.

Was die Nationen anlangt, hatte der Älteste seine Entwürfe meist für mehrere kommende Jahrhunderte gemacht, weshalb sich zu dem Zeitpunkt, als er zu Gott zurückkehrte, viele Bildaufzeichnungen für die Lebensweise aller Völkerschaften, aller Nationen, in dem die Erde umgebenden Dunkeläther fanden, so wie er sich gedacht hatte, daß sich das Leben auf der Erde in den ersten vielen Zeiten nach seinem Willen formen sollte. Als er aber, eine Reihe von Jahren vor seiner Rückkehr, einsah, daß das Licht über ihn siegen müsse, dachte er sich, außer den bereits aufgezeichneten, noch weitere fürchterliche Ereignisse für die Zukunft der Nationen aus, und zwar in Form weiterer vernichtender Kriege, Fürstenmorde, neuer Kriege, Unglück, Elend u.s.w., u.s.w., indem er annahm, daß Haß, Neid und Machtgier unter den Menschen dazu beitragen würden, die Finsternis dichter um die Erde zusammenzuziehen und auf diese Weise, trotz der Arbeit der Jüngsten in entgegengesetzter Richtung, den Zeitpunkt des Sieges des Lichtes über ihn hinauszuzögern. Die Jüngsten, die alle sowohl diese als auch die früheren Vorausbestimmungen kannten, taten alles, um sie daran zu hindern, als wirkliche Begebenheiten auf der Erdebene einzutreten. Zu dem Zeitpunkt[1], wo es Christus gelang, seinen ältesten Bruder zurückzugewinnen, waren mehrere der drohenden Begebenheiten eingetroffen und im Begriff, als Wirklichkeit auf der Erdebene einzutreten. Die Jüngsten versuchten auf viele Weise, die gegen-

[1]) 1912.

wärtigen und die kommenden Streitigkeiten zwischen den Regierungen der verschiedenen Länder abzulenken oder zu vermindern, um wenn möglich das Zustandekommen der fürchterlichen Kriegszustände, in denen diese Streitigkeiten sonst enden müßten, zu verhindern. Aber die vielen, energischen Versuche der Jüngsten, die Leitenden und Regierenden zu friedlichen Lösungen der schwebenden Streitfragen zu bringen, verblieben resultatlos, und zahlreiche Ätheraufzeichnungen des Ältesten wurden durch den eigenen Willen der Menschen zum Bösen zur Wirklichkeit in der irdischen Welt gemacht; aber obwohl der Älteste die Hauptverantwortung für die aufgezeichneten Vorausbestimmungen trägt, müssen auch die Menschen ihre große, schwerwiegende Verantwortung für die Greuel, Morde und Untaten tragen, die aus menschlicher Schlechtigkeit, aus Haß, Raffgier und Machtgier begangen wurden, und die hätten vermieden werden können, wenn die Menschen das Gute und Wahre im Leben befolgt hätten, anstatt den Eingebungen der Rache und der Ungerechtigkeit ihr Ohr zu leihen. Und wenn die Jüngsten in Zukunft verhindern können sollen, daß die übrigen drohenden Ätheraufzeichnungen des Ältesten zu dem von ihm festgesetzten Zeitpunkt auf der Erdebene hervorgerufen werden, müssen die Menschen, insbesondere die Leitenden und die Regierenden, zu Hilfe kommen, indem sie den mahnenden Worten des Gewissens größeren Gehorsam erweisen, weil die Arbeit der Jüngsten sonst vergebens ist; **denn Gott zwingt keinen Menschen, sich von der Finsternis abzuwenden, und Er zwingt niemanden, das Rechte zu tun**.

Die Zukunftsbilder des Ältesten sind oft von voraussehenden Menschen gesehen worden; aber auf Grund verschiedener anomaler Strahlenbrechungen im Äther wurden diese Bilder mitunter auch Menschen, die keine Medien waren, zugänglich; so haben mehrere Menschen gleichzeitig Ätherbilder – Vorwarnungen – z.B. in Gestalt von marschierenden Soldaten, Schlachtszenen, Morden und dergleichen gesehen. Die Bilder erschienen in freier Luft (nicht unähnlich den irdischen Luftspiegelungen – Fata Morgana) oder in geschlossenen Räumen, z.B. in Ritterguts- und Schloßsälen, in gewöhnlichen Wohnungen u.s.w., wo dann später die Verbrechen begangen wurden, deren Vorboten die Ätherbilder waren.

Auf Grund von ähnlichen anomalen Brechungen der Schallwellen des Äthers wurden Laute, die der Zukunft angehörten, in der irdischen Welt als Vorboten des Kommenden hörbar, z.B. Kriegsgetümmel, das Krachen noch imaginärer Zugzusammenstöße, Schreie, Seufzer, Stöhnen, feste, schleichende oder schleppende Tritte und vieles andere.

Eine eingehende Erklärung dieser Phänomene wird nicht gegeben werden, weil sie alle nach und nach aufhören werden, wenn die Finsternis eliminiert wird.

Nicht alle verbrecherischen Taten können auf die Ätheraufzeichnungen des Ältesten zurückgeführt werden. In vielen Fällen sind sie auf den Haß, Neid u.s.w. der Menschen untereinander zurückzuführen. Ebenso können bei weitem nicht alle unglückseligen Ereignisse, die sich zugetragen haben und sich ständig zutragen werden, dem Ältesten zur Last gelegt werden. Viele sind auf den Leichtsinn, die Trägheit, die mangelnde Aufmerksamkeit, das Pflichtversäumnis u.s.w. der Menschen zurückzuführen. Menschen, die aus den obengenannten oder ähnlichen Gründen schuld daran sind, daß sie selbst oder andere verstümmelt werden oder ums Leben kommen, müssen daher selbst die volle Verantwortung für das Geschehene tragen und können nicht die Schuld auf den Ältesten schieben.

2) Gegenwartsbilder ɔ: Aufzeichnungen der Gedanken der Menschen im Äther, die in vieler Weise ebenfalls auf das Dasein des einzelnen Menschen und der gesamten Menschheit einwirken.

Da alle Gedanken aufgefangen und mit den Ätherwellen weitergeleitet werden, beeinflussen[1] die Menschen einander zum Guten oder Bösen. Unreine und schlechte Gedanken werden von schlechten, charakterlosen Menschen angezogen, so daß sie oft Handlungen ausführen, die ihnen durch Gedanken, die von anderen gedacht wurden, eingegeben oder aufgezwungen wurden. Derjenige, der den Gedanken ausgesandt[2] hat, muß in diesem Fall die Verantwortung mit dem teilen, der die entsprechende Handlung ausgeführt hat. Aber nur Gott kann hier entscheiden, ob die Handlung von den eigenen Gedanken des Individuums, von zugezogenen oder aufgezwungenen Gedanken herrührt.

Das psychische Hauptgesetz, auf dem die telepathische Macht des Gedankens beruht, wird den Menschen nicht auf übersinnlichem Wege mitgeteilt werden, weil die Stufe, die die Menschheit in ethischer Hinsicht einnimmt,

[1]) Gedankensuggestion den großen Volksmassen gegenüber kommt zum Ausdruck z.B. in der Vaterlandsliebe, Kriegsbegeisterung, revolutionären Bewegungen, religiösen Sektenbildungen u.s.w.
[2]) Nachdem der Gedanke seinen Sitz im großen Nervenzentrum des Geisterleibes hat, ist es das psychische Gehirn, das beeinflußt wird, indem es Gedankensender und Gedankenempfänger ist.

noch nicht hoch genug ist, um jeden Mißbrauch der Kenntnis davon ausschließen zu können.

Auf experimentellem Wege können die Menschen möglicherweise so weit kommen, daß sie einige der elementarsten Gesetze der Telepathie des Gedankens erkennen und selbst konstatieren können.

3) Nachherbilder ɔ: Abspiegelungen der menschlichen Handlungen, die nach einem im voraus gefaßten Gedankenplan oder nach Gedanken, die im Nu entstehen (selbstgedachte, zugezogene oder aufgezwungene), ausgeführt werden.

In dem Augenblick, in dem der Gedanke in der Handlung zutage tritt, verblaßt und verschwindet das Gedankenbild, und während die Handlung ausgeführt wird, wird sie in allen Einzelheiten aufgezeichnet oder abgespiegelt. Das Handlungsbild entspricht jedoch nur selten ganz dem Gedankenbild, weil die Menschen so gut wie nie ihre Handlungen genau nach den Gedanken ausführen, die vorausgegangen sind, auch wenn der Gedankenplan noch so gut zurechtgelegt war, weil viele vom Menschen nicht vorausgesehene Ereignisse oft im Augenblick der Tat eingreifen, wodurch vieles geändert oder verhindert werden kann.

Die Nachherbilder, die Abspiegelungen der schlechten menschlichen Taten, z.B. eines Mordes oder ähnlicher Begebenheiten sind, verbleiben oft lange Zeiten hindurch in Anhäufungen von Finsternis an den Orten fixiert, wo das Verbrechen ausgeführt wurde. Die Bilder werden aufgelöst und verschwinden, wenn derjenige, der die Handlung ausgeführt hat, seine Sünde voll und ganz bereut hat. Wenn aber derjenige, der das Verbrechen begangen hat, es in seinem irdischen Dasein nicht bereut, und auch nicht in der Periode, die jedem losgelösten Geist nach dem Tode des irdischen Körpers zum Nachdenken und Bereuen gewährt wird, bleibt das Bild stehen, bis die Sünde auf die eine oder andere Weise in einer neuen Inkarnation gesühnt worden ist; es ist daher oft vorgekommen, daß sich solche Bilder jahrhundertelang am gleichen Ort gehalten haben.

Im Gegensatz zu den Gedanken, die mit den Ätherwellen weitergeleitet werden, spiegeln sich die üblen und schlechten Handlungsbilder in Anhäufungen von Finsternis ab (die guten Handlungsbilder in den Lichtausstrahlungen des Geisterleibes) und verbleiben an Ort und Stelle, bis sie verblassen und verschwinden.

Die Finsternisausstrahlungen der Nachherbilder rufen bei sensitiven Menschen oft ein eigenes Gefühl des Gruselns hervor, wenn sie sich an Orten aufhalten, wo Verbrechen begangen wurden. Hellseher haben oft Nachherbilder von Kampfszenen, Mord, Diebstahl und anderen schlechten Taten gesehen und beschrieben.

Nachherbilder guter oder gleichgültiger Handlungen werden nach und nach aufgelöst und verschwinden, wenn das Ausgeführte in der Erinnerung des Individuums zurücktritt; wenn aber der Menschengeist beim Tod vom irdischen Körper losgelöst wird, ist alles – Gutes und Böses – im Bewußtsein des Geistes aufgezeichnet.

Auf ähnliche Weise, wie die Nachherbilder in Anhäufungen von Finsternis aufbewahrt werden, können Laute, die von der Begehung von Verbrechen herrühren, z.B. Schreie, Schläge, Axthiebe, Trampeln, schleichende Tritte u.s.w., u.s.w., lange Zeiten hindurch in Anhäufungen von Finsternis als Nachherlaute aufbewahrt werden. Diese Laute können bei gegebener Gelegenheit in der irdischen Welt dort hörbar werden, wo die Verbrechen stattgefunden haben. Die Laute können so »handgreiflich« sein, daß Menschen, die keine Medien sind, sie hören können. Gleichlaufend damit, daß die betreffenden Anhäufungen von Finsternis eliminiert werden, werden die Laute aufhören.

Da der menschliche Gedanke eine Abspiegelung des Gedankens Gottes ist, ist der Mensch kraft der Existenz seines Gedankens imstande, seinen Phantasiegebilden Form und Gestalt zu geben, so daß sie auf der astralen Ebene sichtbar hervortreten können. Im Gegensatz zu den geistigen Wesen, die Gott erschaffen hat, sind die Phantasiegebilde der Menschen nicht ewig, sondern nur ephemerisch, indem ihr Bestehen der Auflösung und Vergänglichkeit unterworfen ist.

Je höher das geistige Ego steht, das mit dem menschlichen Körper verbunden ist, desto klarer und fester strukturiert sind seine Gedankenbilder – oder Phantome; aber in den allermeisten Fällen können die Menschen ihre Gedanken nicht zur Vollkommenheit formen oder fertigformen, weshalb das, was im geistig-astralen Material hervortritt oder hervorgebracht wird, meist nur losen, verschwommenen und farblosen Nebelskizzen gleicht. Jeder Schriftsteller, Maler, Bildhauer, Märchendichter u.s.w., der seine Gedanken mit Hilfe der in der irdischen Welt anwendbaren Materialien umsetzen will, so daß sie auf die eine oder andere Art und Weise von seinen Mitmenschen wahrgenommen und aufgefaßt werden können, bildet und erschafft, bewußt oder unbewußt, im Gedanken eines oder mehrere Bilder von dem, was der Wahrnehmung zugänglich gemacht werden soll. Die Deutlichkeit, Farbenklarheit und

Beständigkeit der Bilder und Phantome hängt von der Fähigkeit ihres Schöpfers ab, in geistig-astraler Materie zu gestalten; in der Regel werden sie ausgelöscht, wenn das Individuum das einmal Gedachte aufgibt, um neue Bilder, neue Phantome hervortreten zu lassen.

Da hellseherische Menschen in der Regel diese Gedankenphantome sehen, aber nicht immer unterscheiden können, ob sie ein Phantom oder einen Menschengeist im Blickfeld haben, haben sich im Lauf der Zeiten eine Menge Sagen und abenteuerlichen Erzählungen von den sogenannten »Elementargeistern« gebildet.

Seit weit zurückliegenden Zeiten, nachdem Gott der Menschheit geistiges Leben ɔ: Gedanken und Willen geschenkt hatte, haben sich die Menschen, insbesondere die primitivsten, die tiefststehenden Völkerschaften, die Natur als von unsichtbaren Wesen bevölkert vorgestellt, die, wie sie annahmen, auf verschiedene Weise in das irdische Dasein eingreifen und für das menschliche Auge sichtbar hervortreten konnten. Die Wälder, die Meere, die Flüsse, die Seen, die Berge u.s.w. hatten ihre verschiedenen Geister, gut- oder bösgesinnte, hilfreiche, neckende und rachsüchtige Wesen. So, wie die Gedanken der Menschen sie darstellten, konnten sie von Hellsehern gesehen werden. Viele stellten sich sogar vor, daß die Elementargeister das Gedeihen des Lebens in der Natur lenkten und leiteten, daß das Tier- und Pflanzenleben von der Sorgfalt dieser Wesen abhängig sei. Da sich das Leben in der Natur nach bestimmten Gesetzen gestaltet, ist leicht zu verstehen, daß solche Behauptungen nur in die Welt der Phantasie gehören. Nach und nach, wenn der menschliche Geist an Reife und Einsicht zunimmt und dadurch den Glauben an das selbständige Denk- und Handlungsvermögen der Elementargeister verliert, und sich daher in Gedanken nicht mehr mit ihnen beschäftigt, werden sich die Phantome auflösen und verschwinden.

Auf Grund der Entfernung aller erdgebundenen Geister von der Erde kann keine Besessenheit mehr vorkommen. Wo nun eine scheinbare Besessenheit vorliegt, muß die Ursache der bösartigen, schlechten oder verwirrten Aufführung des Menschen auf andere Weise erklärt werden. Drei Kategorien müssen hier genannt werden:

1) Einer der Ältesten ist mit dem Körper des Menschen verbunden. (Viele der Ältesten sind noch unter den Menschen inkarniert.)

2) Spaltung der Persönlichkeit ɔ: Erinnerungen aus früheren Erdenleben tauchen im Bewußtsein des Menschen auf, so daß das Individuum in eine oder mehrere seiner früheren Persönlichkeiten eintritt. Das kann dort vorkommen, wo die Isolationsschicht zwischen Geist und Körper durch das Eingreifen der Finsternis beschädigt wurde, was oft vom Menschen selbst durch seine schlechten Gedanken

und seine sündige Lebensweise hervorgerufen wurde; oder es kann von mißbrauchter Mediumität herrühren.

Während die Geister der Toten auf der Erdebene hausten, rührten die psychischen Spaltungen[1] sehr oft von einer bösartigen Besessenheit her. Der »Tote« drängte den mit dem betreffenden Körper verbundenen Geist weg und nahm danach dessen Platz ein. Da aber der schmarotzende Geist nicht durch das lebengebende Band gebunden war, erschlaffte seine Energie nach Verlauf kürzerer oder längerer Zeit, so daß er gezwungen war, den ausgeliehenen Körper dem rechten Besitzer zurückzugeben, der während der Besessenheit nur unvollständig imstande gewesen war, mit dem Gehirn seines physischen Körpers in Kontakt zu kommen. Der solcherart eine Zeitlang beiseitegeschobene Geist bewahrte meist eine Erinnerung daran, daß er seinen physischen Körper mit einer oder mehreren anderen Persönlichkeiten, die ihn nichts angingen, hatte teilen müssen. Es gibt aber auch Fälle, wo sich der Besitzer des Körpers nicht an den Übergriff des schmarotzenden Geistes erinnern konnte.

3) Ausstrahlungen von Anhäufungen von Finsternis, die sich um das Individuum sammeln, angezogen von der Finsternis, die von dessen Person ausstrahlt. Die Begegnung zwischen den zwei Arten von Finsternis wirkt sich dann in bösen und unreinen Gedanken oder in verbrecherischen Taten aus.

Eine vierte Kategorie kommt oft vor, aber dabei ist der Geist, der mit dem physischen Körper verbunden ist, in der Regel nicht verantwortlich für das, was geschieht. Wenn das physische Gehirn[2] auf die eine oder andere Weise beschädigt wurde, z.B. durch Schläge, Krankheit oder Alter, kann der Geist nicht mit dem Gehirn in Verbindung kommen und geht daher eines Teiles, oft seiner ganzen kontrollierenden Macht verlustig, und der Mensch ist nicht mehr er selbst ɔ: verliert seine individuelle Persönlichkeit.

Zu dem Zeitpunkt, als die Jüngsten auf Aufforderung Gottes beschlossen, sich auf der Erde inkarnieren zu lassen, waren die Menschen noch wenige an der Zahl, lebten aber verstreut über große Teile des Erdballs.

Da die Menschen von der Hand der Ältesten in bezug auf alles, was zum Gebrauch bei der Aufrechterhaltung und Verteidigung des Lebens notwendig ist, sehr schwach ausgerüstet waren, raffte der Kampf ums Dasein Tausende und Abertausende in sehr jungem Alter dahin.

---

[1]) Psychische Spaltungen waren und sind nicht immer echt, da sie sehr oft auf der Lust des Menschen, sich bemerkbar und interessant zu machen, fußen.

[2]) Siehe über das kranke, abnormale Gehirn Seite 344–45.

Eine Reihe der Menschentypen, die es damals gab, war von solcher Beschaffenheit, daß die Voraussetzungen dafür, diese menschlichen Wesen größerer geistiger Reife und größerer körperlicher Schönheit entgegenzuführen, nur in äußerst geringem Maß vorhanden waren, weshalb sich die Jüngsten im voraus weigerten, sich unter ihnen inkarnieren zu lassen. Es wurden nun einige wenige Typen ausgewählt, und die Jüngsten begannen die gigantische Arbeit: die Menschen aus der Finsternis heraus und zum Reich ihres Vaters zu führen.

Es gibt sonach Menschenrassen, unter denen die Jüngsten niemals inkarniert wurden; das geistige Stadium, in dem sich viele dieser niedrigstehenden Wesen jetzt befinden, wurde mit Hilfe des göttlichen Elementes[1] erreicht, das jedem Menschen im Augenblick seiner Empfängnis zugeführt wird, und das dem Menschengeist beständig bei jeder neuen Wiedergeburt ein größeres geistiges Plus verleiht. Unter diesen niedrigstehenden Wesen – halb- oder ganz wilden Völkerschaften – werden vorzugsweise die neuerschaffenen und die jungen Geister inkarniert. Wenn Gott mit der Zeit diese Menschenrassen nicht mehr für die ersten Inkarnationen der Menschengeister brauchen wird, werden sie ganz langsam aussterben.

Wenn der Geist die ersten Inkarnationen unter den tiefststehenden Völkerschaften durchlebt hat, wird er, je nachdem er heranreift und sein Wille gestärkt wird, unter den höherstehenden und zuletzt unter den höchststehenden Menschenrassen inkarniert. Dies geschieht, damit der Geist lernt, unter allen Lebensumständen das Böse in dessen verschiedenen Gestalten zu überwinden. Der Menschengeist muß sonach alles durchmachen, was das Leben auf der Erde bieten kann, um dadurch eine vielseitige Entwicklung des Gedankens und Willens zu erzielen, wobei jedoch Rücksicht auf die natürliche Einschränkung genommen werden muß, die darin liegt: daß ein männlicher Geist immer mit einem männlichen Körper verbunden wird, ein weiblicher mit einem weiblichen Körper. (Hiervon wurden durch die eigenmächtigen Inkarnationen der Ältesten Ausnahmen gemacht. Siehe Kommentar Seite 239 und 240.)

Durch Millionen von Jahren, unendlich langsam, Schritt für Schritt, Generation nach Generation, führten die Jüngsten die Menschen vorwärts, indem sie ihnen nach und nach neue und größere Kenntnisse, immer mehr Hilfsmittel zum Gebrauch im täglichen Leben, zuführten.

---

[1]) Siehe Kommentar Seite 224.

In den ersten vielen Zeiten standen die Jüngsten im menschlichen Dasein nur einige wenige Grade über den Menschen, was Intelligenz und geistige Überlegenheit anlangt. Die weiblichen Jüngsten, die mit den irdischen Frauen verbunden waren, prägten durch ihren Schönheitssinn die von diesen Frauen geborenen Kinder mit einer immer größeren körperlichen Schönheit.

Von einem bestimmten Zeitpunkt in der vorgeschichtlichen Zeit an begannen die Ältesten, den Jüngsten auf mannigfache Weise entgegenzuarbeiten und sie in ihren Bestrebungen zu hemmen, indem sie unaufhaltsam immer mehr Finsternis aus dem zerstörten Reich über die Erde zogen und sie an die Orte lenkten, wo der größte Fortgang unter den Menschen wahrzunehmen war.

Das erste wirkliche Kulturreich[1], das nach Verlauf von Jahrmillionen emporgearbeitet worden war, lag, wie bereits erwähnt, im Stillen Ozean; aber viele Jahrtausende vor seiner Zerstörung und Zersplitterung in Inselgruppen war die Kulturarbeit[2] an mehreren anderen Orten auf dem Erdball aufgenommen worden, z.B. auf der Insel im Atlantischen Ozean, im östlichen Zentralafrika und an einzelnen Stellen in Asien.

Nach dem Untergang der Insel wurde die Tätigkeit der Jüngsten hauptsächlich nach Nord- und Ostafrika, sowie nach dem Inneren und den südlichen Teilen Asiens verlegt.

Zu dieser Zeit lebten die meisten Menschen noch als Nomaden und ohne eigentliche oberste Leitung. (Die ältesten Männer der verschiedenen Stämme waren meist die Leiter der Angelegenheiten des Stammes.) Mühsam wanderten sie mit ihren Rinderherden von Ort zu Ort über ungeheure Strecken; dadurch verbreiteten sich aber weitum in der Welt mehrere der Familien, die durch die wiederholten Inkarnationen der Jüngsten ein edleres und schöneres Gepräge, sowohl in geistiger als auch in körperlicher Beziehung, erhalten hatten als das, mit dem ihre Vorfahren ursprünglich bedacht waren. Diese Familien vermischten sich wieder mit Rassen, die sich an den Orten fanden, wo die Umherwandernden für eine kürzere oder längere Spanne Zeit ihres unsteten Lebens Siedlungen bildeten. Je nachdem die Jüngsten

---

[1]) Ardor hat die vorgeschichtlichen Kulturreiche nur erwähnt, weil die Menschen nicht im Besitz historischer Überlieferungen aus jenen Zeitperioden sind; es gibt nur sagenhafte Erzählungen.

[2]) Die für den Erdball an gewissen Orten vernichtenden Eiszeiten wurden von Ardor nicht erwähnt, weil sie nicht direkt störend auf die Arbeit der Jüngsten eingewirkt haben.

unter ihnen inkarniert gewesen waren oder nicht, standen diese Rassen höher oder tiefer in geistiger Hinsicht. Durch die Verbindungen, die zwischen den Nomaden und den ansässigen Stämmen eingegangen wurden, entstanden neue Typen, neue Rassen; manche Familien wurden durch diese Kreuzungen verbessert, andere degenerierten und gingen ganz zugrunde.

Als auch das afrikanische Reich zerstört wurde, und die Bevölkerung nach verschiedenen Orten floh, verlegten die Jüngsten ihre Arbeit nach dem nordöstlichen Afrika – dem späteren Ägypten – während zugleich eine neue Kulturarbeit im südlichen Teil Europas begonnen und die bereits bestehende in Asien fortgesetzt wurde.

Bis ca. ein halbes Jahrhundert vor dem Untergang der Insel im Atlantischen Ozean hatten die Jüngsten trotz der Gegenbestrebungen der Ältesten die Menschen (nicht die niedrigsten Rassen) in einer ziemlich geraden Linie weitergeführt. Aber von dem Augenblick an, wo die Ältesten eigenmächtig begannen, sich zu inkarnieren, wurden sie in den Stand gesetzt, den Jüngsten noch stärkeren Widerstand zu leisten, indem die Ältesten als Menschen leichter Macht über ihre schwachen, wenig reifen Mitmenschen gewannen, wodurch der langsame und verhältnismäßig ruhige Fortgang des Lichtes und der Kultur von einer springenden Wellenbewegung abgelöst wurde – bald vorwärts, bald zurück. Denn da die Ältesten, wie im Bericht Ardors erwähnt, hauptsächlich dort Vermenschlichung suchten, wo sie am besten hohe Stellungen[1] erlangen konnten, die sie vermutlich mit irdischer Macht bereichern und auf diese Weise ihre Machtgier und Herrschsucht zufriedenstellen konnten, und da ihre große geistige Überlegenheit auf Grund der mangelhaften Isolationsschicht vor dem Hintergrund der niedrigen geistigen Stufe der wenig entwickelten Menschen besonders stark hervortrat, wurde es notwendig, als Gegengewicht noch mehr von der geistigen Stärke und Individualität der Jüngsten im irdischen Dasein sichtbar hervortreten zu lassen. Dadurch wurden die großen Führergestalten – im Dienste des Guten und des Bösen – sowohl männliche als auch weibliche, repräsentiert von den Jüngsten, beziehungsweise den Ältesten, geschaffen. Diese Gestalten, die einander in ihrem unendlich großen Gegensatz so scharf gegenüberstehen, können in allen historischen Aufzeichnungen,

---

[1]) Damit ist nicht gesagt, daß alle Herrscher zu den Ältesten gehörten; sowohl die Jüngsten als auch die Menschengeister waren oft mit Menschen verbunden, die hohe Stellungen bekleideten, sowohl geistliche als auch weltliche.

schon von den ältesten Kulturreichen des Altertums her bis in die jüngste Gegenwart nachgewiesen werden.

Wenn die Übermacht der vermenschlichten Ältesten zu groß wurde, mußten sich die Jüngsten zurückziehen, jedoch nur, um von neuem als Menschen in anderen Ländern aufzutreten und dort ein noch größeres Plus zu der an diesen Orten bereits bestehenden Kultur hinzuzufügen. Auf diese Weise wurden die vielen, mächtigen Kulturreiche des historischen Altertums geschaffen, die, wenn die Ältesten zu Herren und die Jüngsten verjagt wurden, vollständig stagnierten. Nach Verlauf einer kürzeren oder längeren Zeit ging die Kultur des Lichtes zurück, die Selbständigkeit der Bevölkerung wurde vermindert, mehrere der mächtigen Reiche wurden den umwohnenden Völkerschaften unterstellt und gingen teilweise oder ganz zugrunde.

Ungefähr 800 Jahre vor der Inkarnation des ältesten unter den Jüngsten als Jesus von Nazareth begannen die Jüngsten ernstlich müde zu werden und den Mut zu verlieren, da die inkarnierten Ältesten beständig immer größere Macht über die Menschen gewannen. Nur eine Minderzahl der Jüngsten wagte sich zu ihnen hinunter; aber die, die kamen, brachten eine Fülle geistiger Gelehrsamkeit, neuer und schöner Gedanken, einen Reichtum an Farben- und Formkunst mit, um mit Macht den Kampf mit den Ältesten aufnehmen zu können.

In diese Zeitperiode, die sich bis gegen die Geburt Christi erstreckte, gehören z.B. einige der jüdischen Propheten[1], eine Anzahl chaldäischer, arabischer und indischer Gelehrter, die beiden großen Religionsstifter Zarathustra[2] und Buddha[2], die großen Männer Chinas Laotse, Kung-tse[3] und Meng-tse[4]; mehrere griechische Dichter, mehrere Gelehrte und Philosophen, einige der hervorragendsten Führer des römischen Reiches auf geistigem Gebiet, sowie mehrere andere Führer auf den Gebieten der Kunst, Naturwissenschaft, Staatsverwaltung u.s.w. in allen damaligen Kulturländern.

---

[1]) Mehrere der Propheten gehörten zu den Ältesten, ihre Prophezeiungen waren von dem Ältesten, oder auch von seinen Vorausbestimmungen inspiriert, siehe Seite 368–71 in der Übersicht.

[2]) Im Bericht Ardors wird keiner der großen Religionsstifter vor Jesus direkt genannt, weil diese nur den Weg bereiten ɔ: die Menschen für das Kommende empfänglicher machen sollten, und weil das Schwergewicht im Bericht auf die Arbeit des ältesten unter den Jüngsten für die Menschheit gelegt werden sollte. Derjenige der Jüngsten, der mit Zarathustra verbunden war, wurde später als Mani wiedergeboren, Buddha wurde als Mohammed wiedergeboren.

[3]) Auch Kung-fu-tse, Konfutse, Konfuzius genannt. Anm. d. Übers.

[4]) Auch Meng Tzu, Meng Zi u.s.w. genannt. Anm. d. Übers.

Die astronomische Wissenschaft stand zu dieser Zeit auf einer besonders hohen Stufe in Ägypten, Chaldäa und China und war zum Teil in Indien bekannt.

Die Astrologie, eine Abart der Astronomie, ist eine uralte »Wissenschaft«, hat aber in Wirklichkeit keinerlei Berechtigung, so genannt zu werden, weil die Sterne niemals irgendwelchen Einfluß auf das Schicksal der Menschen gehabt haben. Wenn die Horoskope, die man stellte, mitunter zutrafen, geschah dies, weil der Astrologe, der die Berechnungen vornahm, intuitiv die Zukunftsaufzeichnungen des Ältesten im Äther gelesen oder gesehen hatte, oder auch, weil der Älteste seine Vorausbestimmungen oft so einrichtete, daß sie mit den »Sternengesetzen« zusammenfielen, die nach der Meinung der Astrologen den Schicksalen der Menschen zugrundelagen.

Trotz der vielen Schönheit und der vielen Kenntnisse, die die Jüngsten den Menschen in dieser Periode schenkten, vermochten sie nicht, die Ältesten, deren Macht in immer stärkerem Ansteigen begriffen war, zu besiegen, und die Jüngsten, die sich in den Sphären befanden, wandten sich daher an Gott, um mehr Hilfe und größere Stärke zu erlangen.

Nachdem Gott die Jüngsten in Seiner Unterredung[4] mit ihnen gestärkt und getröstet hatte, nahmen sie mit neuem Mut ihre beinahe unterbrochene Tätigkeit wieder auf, und an die acht Dezennien nach der Unterredung mit Gott erfolgte dann die Inkarnation des ältesten der Jüngsten als Jesus von Nazareth.

Als er nach der Beendigung seines Erdenlebens in die Sphären zurückgekehrt war, und seine Erben die große Aufgabe, vor die sie gestellt worden waren, nicht zu lösen vermochten: die Lehre Jesu unverfälscht in die Welt hinauszuführen, und als Saulus oder Paulus durch seine vielen unrichtigen Auslegungen, die ihm von dem Ältesten diktiert wurden, sie noch mehr von ihrer Ursprünglichkeit entfernte, waren die Jüngsten wieder nahe daran, zu verzweifeln.

Derjenige unter den Jüngsten, der mit Saulus' physischem Körper verbunden war, und der vor seiner Inkarnation versprochen hatte, die Augen der jüdischen Gelehrten für die Wahrheiten in der Lehre Jesu zu öffnen, war eine resolute und willensstarke Persönlichkeit, welche Eigenschaften in der irdischen Welt sehr leicht in Eigenwilligkeit umgesetzt werden. Später wurde er als der Reformator Martin Luther wiedergeboren, zu dem Zweck, das Christentum von den Irrtümern zu säubern, die er der Lehre Jesu zugeführt hatte, während er mit dem Menschen Saulus verbunden war.

---

[4]) Siehe den Bericht Ardors Seite 43–45.

Nachdem sich die Ausbreitung des Christentums hauptsächlich nach Nordwesten richtete, mußten die Jüngsten bei ihren zahlreichen Versuchen, es in seine rechte Gestalt zurückzuführen, sich dort inkarnieren lassen, wo es den reichsten Anlaß gab, gegen die von dem Ältesten eingeschleusten falschen Lehren zu opponieren; deshalb verbreitete sich die Kultur des Lichtes nach Jesus von Nazareths Tod immer mehr über Europa – jedoch ständig begleitet von den herabziehenden und zerstörenden Gegenmaßnahmen der Ältesten.

Viele der Jüngsten wurden selbstverständlich weiterhin in anderen Ländern als den europäischen inkarniert; aber die meisten wurden dorthin gesandt.

Da die Jüngsten nun viele Jahrhunderte hindurch hauptsächlich Gewicht darauf legten, die Lehre Jesu zu säubern, war es ihnen nicht möglich, ihre eigentliche Kulturarbeit auf die gleiche energische Weise wie früher fortzusetzen, weshalb die inkarnierten Ältesten, und mit ihnen die Finsternis, immer größere Macht über die Menschen erlangten und dadurch hemmend und störend auf die auf den rechten Weg führenden Bestrebungen der Jüngsten wirkten.

Mehrere der Jüngsten wurden außerdem von dem Ältesten und der dichten Finsternis, die er in ihren menschlichen Leben unablässig um sie zusammenzog, in dem Maß irregeführt, daß sie oft hart kämpften, um gerade das zu verteidigen, zu dessen Bekämpfung und Ausrottung sie zur Erde gesandt worden waren; und wieder kam ein Zeitpunkt, wo die meisten der Jüngsten dafür stimmten, das Ganze aufzugeben und die Menschen Menschen sein zu lassen. Aber von neuem brachte Christus sie zur Vernunft und veranlaßte sie, Gott um noch größere geistige Stärke und Widerstandskraft im irdischen Leben zu bitten, damit die Finsternis nicht über sie alle siegen solle.

Nachdem Gott neuerlich[1] zu den Jüngsten gesprochen und ihnen zugleich das Ungute ihrer Vorgehensweise vorgehalten und darauf hingewiesen hatte, wie sie, indem sie den Menschen noch mehr und noch größere Kenntnisse auf verschiedenen Gebieten brächten, diese besser dazu anleiten könnten, selbst nach der Wahrheit zu suchen, um ihnen dadurch die Augen für die zahlreichen Irrtümer zu öffnen, wurden die Jüngsten wieder in großen Scharen inkarniert und leiteten die sogenannte Renaissance ein.

Da aber die Menschheit zu diesem Zeitpunkt sehr große Teile des

---

[1]) Siehe den Bericht Ardors Seite 105–07.

Erdballs bevölkert hatte, wurde die Arbeit der Jüngsten noch weiter vermehrt und erschwert. Außer dem, daß sie sich inkarnieren ließen, sollten sie zugleich Schutzgeister sein, die Inkarnationen der Menschen leiten und die Geister unterrichten, die sich zwischen den Inkarnationen in den Sphären aufhielten. Die Arbeit begann ihnen über den Kopf zu wachsen.

Doch die vielen Ältesten[1], die schon längst ihren Fall und ihre Sünde (die Erschaffung der Menschheit) bereut hatten, und die sich nun, geläutert, im Reich ihres Vaters aufhielten, wo sie in tiefer und innerlicher Dankbarkeit der Arbeit ihrer jüngeren Geschwister folgten, baten nun ihren Vater um Erlaubnis, ihr Scherflein zu der so sehr umfassenden Tätigkeit beitragen zu dürfen. Auf ihre Bitte gab Gott ihnen die Aufgabe, als Schutzgeister der Menschen mitzuhelfen und als Leiter an dem Unterricht, der den Menschengeistern erteilt wird, während sie sich in den Sphären aufhalten, teilzunehmen. Und da die Jüngsten zugleich freiwillig die Ruhezeit verkürzten, die jedem von ihnen nach beendetem Erdenleben zustand, konnte die Arbeit ihren regelmäßigen Gang gehen.

Es waren jedoch schwere Kämpfe[2], die die Jüngsten zu bestehen hatten, und insbesondere diejenigen, die es übernahmen, die Lehre Jesu zu säubern, erlitten oft die schwersten Niederlagen. Aber trotz allen Widerstandes gewannen sie langsam an Boden – allerdings in einer stark gewellten Linie – bald hatten das Licht und die Jüngsten die Oberhand, bald die Finsternis, der Älteste und die vermenschlichten Ältesten.

Nach einigen Jahrhunderten energischer Anstrengungen wurden solche Zustände auf der Erde erreicht, daß von einer neuen Vermenschlichung des ältesten unter den Jüngsten (Christus) die Rede sein konnte, damit er möglicherweise das Werk krönen könne, einerseits dadurch, daß er als Mensch mit menschlichen Gefühlen, diesmal aber ohne die Angst[3] der Menschen vor dem Bösen, Mitleid mit dem Ältesten – dem Fürsten der Hölle – empfinden und aus tiefstem Her-

---

[1]) Die Ältesten, die auf Aufforderung Gottes zurückgekehrt waren; siehe den Bericht Ardors Seite 24–25.

[2]) Die Jüngsten werden oft in kleinen Verhältnissen und unter schwierigen Umständen inkarniert, um den Menschen zu zeigen, wieviel ein starker Wille und eine zähe Energie im irdischen Dasein ausrichten können.

[3]) Es war die Absicht Gottes, den ältesten der Jüngsten in der einen oder anderen der vielen freisinnigen Familien, die es zu diesem Zeitpunkt in mehreren verschiedenen Ländern gab, inkarnieren zu lassen.

zen um seine Rettung beten könne, anderseits dadurch, daß er als Religionsreformator auftrete, um der Lehre, die er den Menschen als Jesus von Nazareth gegeben hatte, ihre ursprüngliche Form wiederzugeben.

Aber Gott wußte, daß auch dieses Mal, trotz des guten Willens Christi, das Beste zu leisten, die Möglichkeit bestand, daß die Finsternis über ihn siegen und dadurch von neuem seinem liebevollen Gemüt viele schwere und bittere geistige Leiden bereiten könne. Und als Gott sah, daß immer mehr Menschen trotz der vielen Betrügereien von seiten der Medien mit Ernst und Verständnis Verbindung[1] mit den Verstorbenen zu erlangen suchten, beschloß Er, obgleich die spiritistischen Verbindungen sehr mangelhaft und irreführend waren, Christus auf diesem Wege einen Versuch machen zu lassen, mit Menschen als Mittlern das Bezweckte zu erreichen und ihm solcherart die zahlreichen geistigen Leiden eines schwierigen Erdenlebens zu ersparen. Durch diese Bestimmung würde die unerlaubte Anwendung der astralen und psychischen Gesetze seitens der Geister der Finsternis in geordnetere Verhältnisse einbezogen werden, so daß die zwischen der übersinnlichen und der sinnlichen Welt errichteten Verbindungen der Sache des Lichtes anstatt jener der Finsternis dienen könnten. Auf diesem Wege könnten zugleich die spiritistischen Mißgriffe, Mißverständnisse, Mißbräuche und Verfälschungen angegriffen, nachgewiesen und mit der Wurzel ausgerissen werden, wodurch der Sieg des Lichtes über den Mißbrauch der astralen und psychischen Gesetze seitens der diskarnierten Ältesten und Menschengeister möglicherweise vollständig und endgültig sein könnte. Und Gott wies den Richtweg an, auf welchem Christus und seine Helfer nun, nach unsäglichen Anstrengungen, Entsagungen und Enttäuschungen das gewünschte Resultat erreicht haben: die Rückkehr der erdgebundenen Geister in ihre Wohnungen in den Aufenthaltsorten, die Aufsaugung des zerstörten Reiches durch die Lichtwelle, die vollkommene Freigabe des Ältesten, sein Selbstbekenntnis und seine Bitte an die Menschen um Vergebung für alles, womit er sich gegen sie versündigt hat, sowie Christi Botschaft und Lehre, abgefaßt als eine Rede an die Menschen.

---

[1]) In der Mitte des 19. Jahrhunderts.

Da Christus sonach den ersten Teil seines dem Vater gegebenen Versprechens erfüllt hat: **seinen ältesten Bruder aus der Macht der Finsternis zu befreien und den Menschen eine in den aufgezeigten Einzelheiten wahrhafte Mitteilung über das jenseitige Leben zu machen, sowie ihnen eine klare und ausreichende Anweisung zu geben, wie das irdische Leben geführt werden soll, hat ihn Gott von künftigen Inkarnationen befreit, damit er sich voll und ganz der Erfüllung des zweiten Teiles seines Versprechens widmen könne: die Menschen in das Reich des gemeinsamen Vaters zu führen**.

Durch den ständig hin- und zurückwogenden geistigen Kampf zwischen den vermenschlichten Jüngsten und Ältesten auf der Erde wurden Verhältnisse geschaffen, die der Menschheit nicht zum Nutzen gereichten. Denn als die Jüngsten daran verhindert wurden, die Menschen in einer geraden Linie vorwärts zu führen – das heißt, soweit es möglich war, alle in die langsam, aber stetig fortschreitende Kultur einzubeziehen, wodurch die Menschen sowohl nach außen hin als auch im Inneren mit dem Gegebenen wuchsen – mußten sie ihre Taktik ändern und, wie bereits gesagt, ihre individuelle Persönlichkeit um außerordentlich viele Grade über die der Menschen erheben, um überhaupt ein einigermaßen günstiges Resultat erzielen zu können: den inkarnierten Ältesten standzuhalten und sie einmal im Laufe der Zeiten zu besiegen. Dadurch wurde die Kultur für den Durchschnittsmenschen nur zu einer äußeren, oft aufgezwungenen Schale, die bei jeder geeigneten Gelegenheit sehr leicht durchbrochen wird und die ursprüngliche Natur des Menschen – das Menschentier – sichtbar hervortreten läßt. Dieses Mißverhältnis wirkt, insbesondere in den jüngeren und jüngsten Zeiten, um so greller vor dem Hintergrund der in so vielen Ländern anscheinend hohen geistigen Kultur, einer Kultur, deren Träger jedoch nur eine Minderheit ist, während der gewöhnliche Mensch Hunderte – vielleicht Tausende von Jahren brauchen wird, um zu ihr empor- und mit ihr zusammen aufzuwachsen.

Wenn es in Zukunft so sein würde, daß die Jüngsten alle wie ein Mann plötzlich aufhören würden, sich inkarnieren zu lassen, würde das eine allgemeine Stagnation zur Folge haben. Größere Neuheiten würden auf keinem wie immer gearteten Gebiet auftauchen, und die Menschen müßten in diesem Fall, solange es möglich wäre (siehe Seite

315–16), an dem zehren, was ihnen bereits an Erfindungen, Naturwissenschaft, Dichtung, Farben-, Form- und Tonkunst u.v.a. gegeben worden war, bis sich die Jüngsten wieder unter ihnen gebären ließen; denn die Menschen werden in Zukunft keine größeren Neuheiten durch die Genialität der Ältesten zugeführt bekommen, weil die Ältesten, die nach Ardors Rückkehr im Jahre 1912 inkarniert wurden, alle unter der Leitung Gottes inkarniert wurden, weshalb ihre Genialität kraft Seines Willens zurückgehalten wird, so daß sie im irdischen Dasein keine Bahnbrecher sein können – sondern in allem und jedem nur als Durchschnittsmenschen auftreten werden.

Die Ältesten gliederten sich im Lauf der Zeiten in drei Gruppen.

1) Diejenigen, die zuerst ihre Sünde und ihren Fall bereuten und in das Reich Gottes zurückkehrten, ohne jemals inkarniert gewesen zu sein. Diese Ältesten werden niemals inkarniert werden; sie sühnen aber, wie bereits gesagt, die Sünde, die sie gegen die Menschen begangen haben, indem sie ihren jüngeren Brüdern und Schwestern helfen, die Wanderung der Menschheit dem Licht entgegen zu leiten.

2) Diejenigen, die nach einigen eigenmächtigen Inkarnationen im zerstörten Reich blieben; eine Anzahl von ihnen ließ sich aber ab und zu von dem Ältesten inkarnieren, damit er in der irdischen Welt Helfer bei seinen bösen Anschlägen gegen die Menschen und insbesondere gegen die vermenschlichten Jüngsten habe. Diese Ältesten (deren es noch viele gibt, die inkarniert sind) werden in den kommenden Zeiten unter der Leitung Gottes inkarniert werden, um ihre Versündigungen und Verbrechen gegen die Menschheit in neuen Erdenleben zu sühnen.

3) Diejenigen, die es nicht aushalten konnten, im zerstörten Reich zu bleiben, sondern unaufhörlich ihre eigenmächtig begonnenen Inkarnationen fortsetzten. Diese sind nun so weit fortgeschritten, daß sie sich alle – seit langem – der Leitung Gottes unterstellt haben. Das göttliche Element, das jedem werdenden Menschen zugeteilt wird, ist ihnen in hohem Maß zugutegekommen, da ihr verfinsterter Geist bei jeder neuen irdischen Geburt auf diese Weise ein geistiges Plus erhalten hat, wodurch ihr dem Licht entgegenstrebender Kampf wesentlich beschleunigt und erleichtert wurde – doch haben sie noch viel zu sühnen, bevor sie in das Reich Gottes zurückkehren können.

Wenn die vielen Tausende von Ältesten, die – vom dem Ältesten inkarniert – noch auf der Erde leben, beim Tod von den physischen Körpern losgelöst werden, werden sie nach und nach, wenn sie »sterben«, in ferne astrale Wohnungen in einem der drei anderen Milchstraßensysteme gebracht werden, wo sie bleiben müssen, bis die Erinnerung an ihren Fall und an ihre vielen Sünden erwacht, worauf sie unter der Leitung Gottes inkarniert werden, um zu büßen und ihre Persönlichkeit wiederaufzubauen. Wenn der letzte von Ardors noch »lebenden« Helfern in ca. 50–60 Jahren das irdische Dasein verläßt, werden die Menschen von dem letzten Band befreit sein, das sie an ihre Schöpfer bindet. In dem Augenblick, in dem der irdische Körper des letzten dieser Ältesten stirbt, wird der schwache geistige Strom[1] unterbrochen, der von den Ältesten bei ihren Schöpfungsversuchen in ihre Geschöpfe strömte, und der seit dem Auftreten der ersten Menschen die astralen Gegenstücke der Menschen durchströmt hat, wodurch sie schwach geistig belebt und so der Vergänglichkeit[2] der Finsternis entzogen wurden. Wenn aber dieser Strom unterbrochen wird, ist Gott von dem Versprechen gelöst, das Er Seinen zuerst bereuenden Kindern gab: ein göttliches Element mit dem von den Ältesten gegebenen geistigen Leben verschmelzen zu lassen, um dadurch die Menschheit des Ewigkeitslebens teilhaftig werden zu lassen und die Gegenstücke freizugeben, so daß sie beim Tod der menschlichen Körper aufgelöst und von der Finsternis, aus der sie gebildet worden waren, aufgesaugt werden könnten.

Also: **wenn der Strom von den Ältesten unterbrochen wird, erschafft Gott keine weiteren Geister; die Menschengeister sind dann ein abgeschlossenes Ganzes ohne weiteren Zugang neuer Geschöpfe**. Um aber Seinen vielen Kindern die Wanderung zu Seinem Reich zu erleichtern, beabsichtigt Gott, den göttlichen Lichtstrom, der von Ihm zur Menschheit strömt, nicht zu unterbrechen, sondern ihn weiterhin alle durchströmen zu lassen, so daß der Menschengeist in Zukunft bei jeder neuen Inkarnation weiterhin ein geistiges Plus als ein Geschenk Gottes erhält. Durch dieses Geschenk wird der Geist um eine ständig zunehmende geistige Stärke und Willenskraft bereichert, eine unschätzbare Hilfe auf der beschwerlichen Wande-

---

[1]) Siehe den Bericht Ardors Seite 22 und Kommentar Seite 212–13.
[2]) Siehe über die Menschenschatten im Bericht Ardors Seite 22.

rung; aber noch müssen Jahrmillionen vergehen, ehe die jüngeren und die zuletzt erschaffenen Menschengeister von dem Leben auf der Erde losgelöst werden können.

Die Anzahl der Inkarnationen der Menschengeister variiert stark, ist also nicht die gleiche für alle, indem die Anzahl von dem freien Willen des einzelnen Individuums zum Guten oder Bösen abhängt. Die Menschengeister, die während der Inkarnationen – direkt oder indirekt – schuld am Tod vieler Mitmenschen waren, ob dies nun durch Totschlag, Mord oder Unglücksfälle geschehen ist, oder dadurch, daß sie, während sie z.B. irdische Herrscher waren, ihre Untertanen dem Tod in Eroberungs- und Religionskriegen, Familienfehden u.s.w. ausgesetzt haben, mußten, um die vielen Menschenmorde zu sühnen, weit mehr Inkarnationen durchleben als diejenigen, die keine solchen Verbrechen begangen haben. Die höchste Anzahl irdischer Jahre, in denen ein Menschengeist an die Erde und ihre Sphären gebunden war, bevor er von den Erdenleben befreit werden konnte, beträgt ca. 3 Millionen Jahre, die niedrigste Anzahl ca. 1 ¾ Millionen Jahre; darin sind die Jahre mitgerechnet, die vom Aufenthalt in den Sphären als Ruhe- und Lernzeit in Anspruch genommen wurden. Viele der ersten, der ältesten Menschengeister sind seit langem von jeder Inkarnation befreit. Sie setzen ihre Wanderung auf Gestirnen in der fernen Sternenwelt oder dem Milchstraßensystem fort, die demjenigen entsprechen, zu dem die Erde gehört. Hier reifen sie langsam durch Unterweisung seitens der Diener Gottes, bis sie einmal in das Reich Gottes eingehen können, wo Gott selbst sie empfangen wird.

Diese Menschengeister kehren niemals auf die Erde zurück, um an der Arbeit der Jüngsten teilzunehmen; dazu ist ihr Geist, obwohl ihr Wille zum Licht über die Finsternis gesiegt hat, noch zu wenig entwickelt, und wenn sie in Jahrmillionen das Ziel der Wanderung erreicht haben werden, wird ihre Hilfe auf der Erde überflüssig sein, weil es zu dieser Zeit auf dem Erdball keine Menschen mehr geben wird; die letzten werden dann das erste Stadium der Wanderung verlassen haben, um sie auf den fernen Gestirnen fortzusetzen.

Der Grund dafür, daß die Menschengeister, wenn sie vom irdischen Leben losgelöst sind, in die Sternenwelt geführt werden, die jener der Erde entspricht, ist folgender: daß die meisten Gestirne in der Sternenwelt der Erde von der Finsternis angegriffen sind. Wenn Gott Leben auf diesen Gestirnen hervorriefe, müßte es daher dem der Erde ähnlich sein: also ein Leben der Finsternis in Welten der Finsternis, was nur hemmend und drückend auf die Menschengeister wirken würde. Wenn diese daher vom Erdenleben losgelöst sind, haben sie sich ganz und gar von der Finsternis losgesagt und gehören nur dem Licht und den Welten des Lichtes an. Die Erde ist somit das einzige Gestirn in der Erdenwelt, das lebende Wesen trägt.

Obgleich die Finsternis die Menschen niemals so wird binden können, wie sie die Ältesten band – je höherstehend der Geist ist, der der Finsternis unterliegt, desto tiefer und desto länger andauernd ist der Fall – ist ihre Macht über die Menschen, da sie aus der Finsternis hervorgegangen sind, ganz außerordentlich groß. Aber durch den Willen zum Guten und mittels eines inständigen, tiefgefühlten Gebetes zu Gott um Beistand steht es in der Macht eines jeden Menschen, sich mehr und mehr von ihrem drückenden Joch zu befreien. Je stärker der Wille wird, der anziehenden Kraft des Lichtes zu folgen, desto geringer wird die Herrschaft der Finsternis, und nachdem die Finsternis keine diskarnierten »Diener« mehr hat, die die Menschen unter ihren magnetischen Einfluß bringen könnten, können alle, die in voller Aufrichtigkeit das Gute und das Wahre wollen, in den kommenden Zeiten leichter vermeiden, sich dadurch beeinflussen zu lassen.

Aber noch zählen die wenigen, die sich in allem und jedem ruhig der Leitung Gottes anvertrauen, nur wie einer unter Millionen, und viele Generationen müssen einander ablösen, bevor die Waffen des Geistes: **Liebe, Gerechtigkeit und Eintracht, über die irdischen Mordwaffen, mit denen Nationen und Völkerschaften jetzt ihre vielen Streitigkeiten austragen, siegen können.**

Auf zahlreichen Gebieten und in vieler verschiedener Weise haben die inkarnierten Ältesten die Menschheit herabgezogen, ihr geschadet und der Arbeit der Jüngsten entgegengewirkt, indem die Genialität der Ältesten schon seit dem fernen Altertum, als sie zum ersten Mal inkarniert wurden, im Dienst der Finsternis ausgenützt wurde.

Durch naturwissenschaftliche, philosophische, fanatisch-religiöse und belletristische Schriften haben sie die Menschen irregeführt und sie von den Wegen des Lichtes abgelenkt.

Viele Erfindungen, die die Menschen brutalisiert, und Zerstörungen, Qualen und Tod hervorgerufen haben, sind hauptsächlich auf die Ältesten zurückzuführen, z.B. die vernichtenden Waffenarten des Altertums, die vielen Foltergeräte, die Erfindung des Schießpulvers, die ersten Schußwaffen und so gut wie alles, was späterhin, bis in die Gegenwart, aus diesen Anfängen entwickelt wurde.

Einzelne Erfindungen explosiver, zerstörender Stoffe, die ins Leben gerufen wurden, um der Menschheit zu nützen, sind auf einige der Jüngsten zurückzuführen, die im menschlichen Dasein von dem Ältesten irregeführt wurden.

Aber nicht nur die Ältesten haben die Jüngsten in ihrer Tätigkeit gehemmt. **Die Menschen selbst haben sich das eine Mal ums andere verständnislos, widerwillig und unempfänglich für die Gaben und Wahrheiten gezeigt, die ihnen die Jüngsten zu bringen suchten**. Selten oder nie wurden die Sendboten Gottes verstanden, während sie als Menschen unter Menschen auf der Erde lebten. Häufig wurden die Jüngsten erst nach dem Tod und der Geburt einer oder mehrerer Generationen teilweise oder ganz verstanden, was wieder auf die Tatsache zurückgeführt werden kann, daß das, was gegeben wurde, zu hoch stand, um von den wenig entwickelten Menschengeistern erfaßt werden zu können, die, selbst in den ausgeprägtesten Kulturländern und -gemeinschaften, allezeit in der Mehrheit waren. Deshalb standen die Jüngsten während ihrer Vermenschlichung oft recht isoliert da; das eine Mal ums andere waren sie dem Spott, dem Zorn, dem Haß und Verfolgungen ausgesetzt; viele mußten durch verschiedene qualvolle Todesarten, die von Menschen diktiert waren, für die aufopfernde Arbeit, die geduldige Ausdauer, die ungeschwächte Liebe, womit sie auf jede Weise, jeder einzelne, die Finsternis und den Einfluß des Ältesten zu bekämpfen gesucht hatten, büßen, und nur der liebevolle Dank, den sie nach jeder Inkarnation von Gott, ihrem Vater, empfingen, half ihnen, alle Leiden, Sorgen, Enttäuschungen und Verspottungen zu ertragen, die ihnen von den Wesen, für die sie so unendlich viel geopfert hatten, bereitet wurden.

Ob die Menschen in den kommenden Zeiten das, was ihnen von den Sendboten Gottes gegeben wird, besser verstehen und darauf hören, und selbst dazu beitragen können, daß die Kultur des Geistes und des Herzens entlang einer gemeinsamen geraden Linie vorwärts, dem Licht entgegen, gehen können, muß vorläufig als offene Frage dahinstehen – vielleicht jahrhundertelang – bevor die Menschen sie so beantworten können, wie sie beantwortet werden soll.

Damit aber die Menschen in den Stand gesetzt werden können, selbst im Ernst den Kampf mit der Finsternis aufzunehmen, nicht nur mit der, die im eigenen Inneren des einzelnen, in Gedanken und Gefühlen wohnt, und mit der, die sie auf allen Seiten in der irdischen Welt umgibt, sondern auch mit der Finsternis, die ihnen durch die

Ätheraufzeichnungen[1] des Ältesten droht, müssen sie vor allem anderen lernen, gegenseitig ihre Meinungen und Anschauungen zu tolerieren, da Toleranz das Abc der Liebe ist. Wenn die Menschen in einem engeren Kreise lernen, einander nachzugeben, anstatt zu höhnen und zu spotten, wird es ungleich leichter werden, die Toleranz und damit die Liebe auf die vielen auszudehnen, so daß alle einmal – früher oder später – in dem gemeinsamen Kampf aus der Finsternis heraus einig dastehen werden.

Das gilt in erster Linie der gegenseitigen Unverträglichkeit der Träger und Anhänger der höheren Religionen, da es jedem klar sein muß, daß alles, was der Menschheit auf dem Gebiet des religiösen Geisteslebens an geistigen Werten von größerer oder geringerer Gediegenheit zugeführt wurde, nur stückweise gegeben wurde, oft mit langen Intervallen, und mehr oder weniger entstellt[2] durch den Ältesten, der zu allen Zeiten und mit allen Mitteln versucht hat, die absoluten und reinen Wahrheiten zu verdecken, damit die Menschen keine genaue Kenntnis derselben erhalten sollten. Aber diejenigen, die Parallelen zwischen allen Religionen ziehen können und wollen, von den ältesten Zeiten bis zur Gegenwart, werden überall einen Teil der Wahrheiten des Lichtes finden können, oft dieselben, nur in einer etwas anderen Form wiederholt, aber alle mehr oder weniger verschleiert durch von Menschen geschaffene Dogmen und eingekleidet in menschliche Gedanken und Irrtümer[3].

---

[1]) Siehe die Übersicht Seite 368–71.

[2]) Sogar die alte Mythe von Adam und Eva bringt, trotz ihrer rein menschlichen Einkleidung, etwas von der Wahrheit. Einer der Jüngsten hat in seinem irdischen Dasein versucht, durch sie den Menschen eine Erklärung ihres Ursprungs zu geben: so sind Adam und Eva Sinnbilder des Ältesten und seines weiblichen Duals. Die Schlange drückt die verzaubernde, lockende und bindende Macht der Finsternis aus. Der Apfel, der an einem Zweig des Baumes der Erkenntnis des Guten und Bösen hängt, ist ein Bild des Lebensprinzips der Finsternis, umschlossen und festgehalten vom Licht. Die Schlange = die Finsternis, verlockte das Weib, zu sündigen, das Weib verlockte den Mann, vom Baume der Erkenntnis zu essen ɔ: sich in den Besitz des Lebensprinzips der Finsternis zu setzen, sich zum Herrn darüber zu machen. Die Entfernung des Apfels vom Baum ist ein Bild der Ausscheidung der Finsternis vom Licht. Beim Sündenfall wurden Adam und Eva = die gefallenen Ältesten aus dem Garten des Paradieses ɔ: dem Reich Gottes verbannt. Kain und Abel sind Sinnbilder der verschiedenen Typen des Menschengeschlechts, die ihr Leben den gefallenen Kindern Gottes verdanken. Kains Brudermord ist ein Bild der Sünde und des Todes, die bei der Geburt oder Erschaffung Kains und Abels – der Menschheit – als Wirklichkeit in der irdischen Welt hervorgerufen wurden.

[3]) In den alten Heldensagen und religiösen Mythen vieler Völker gibt es ebenfalls viele Parallelen, die dem Einfluß des Ältesten zuzuschreiben sind, z.B. Gottmenschen, Trilogien (Dreieinigkeiten), Jungfraugeburten u.s.w., u.s.w.

Deshalb hat keine religiöse Gemeinschaft das Recht, zu glauben und zu verfechten, daß diejenigen, die sich zu der von ihrer Gemeinschaft anerkannten Religion bekennen, den alleinseligmachenden Glauben besitzen, daß sie allein die Auserwählten seien, daß sie allein das Reich Gottes erben sollen und die Gabe des ewigen Lebens in Herrlichkeit und Freude besitzen, und gleichzeitig andersdenkende und andersgläubige Menschen zu verdammen und zu verachten, weil eine solche Engstirnigkeit, eine solche Selbstgerechtigkeit auf Kosten seiner Mitmenschen der größte aller religiösen Irrtümer ist. Das ewige Leben gehört jedem, der es entgegennehmen will; das Reich Gottes steht allen offen; jeder einzelne Mensch besitzt die Liebe Gottes; allen erweist Er die gleiche Geduld, die gleiche Barmherzigkeit; **keinem einzigen Menschen verschließt Er Sein Herz; und vor keinem einzigen versperrt Er die Pforten Seines Reiches;** denn Gott, dem Schöpfer und Vater des Menschengeistes, kommt es nicht darauf an, zu welchem irdischen Glauben sich der einzelne mit Hand und Mund bekennt, sondern auf das eine: ob die Menschen im Wesen und im Herzen, in Gedanken und Handlung nach dem Glauben leben, zu dem sie sich bekennen, ohne sich an die äußeren Formen des Glaubens, an die von Menschen geschaffenen Dogmen, das Gewohnheitsmäßige, das Aufgezwungene, das keinerlei geistigen Wert für das Ewigkeitsleben hat, zu hängen; **nur das, was das Beste, das Edelste und das Schönste im Gedanken- und Gefühlsleben des Menschen anspricht, erweckt und festhält, nur das hat bleibenden und unauslöschlichen Wert für den einzelnen.**

Ebensowenig, wie Gott jemandem eine bestimmte Religion aufzwingen will, ebensowenig verlangt Er, auf diese und jene vorgeschriebene Weise geehrt und angebetet zu werden. Jede religiöse Gemeinschaft hat das Recht, den Gottesdienst und die Zusammenkünfte nach den Formen und Regeln zu ordnen, die am besten mit der Auffassung des Schönen und Erhabenen von seiten der Anhänger übereinstimmen. Aber niemand hat das Recht, die von seiner Gemeinschaft beschlossene Form auf Kosten aller anderen Formen hervorzuheben, als ob dies die beste und vollkommenste Form sei, in der die Gemeinde ihren Gott und Vater ehren und Verbindung mit dem Göttlichen erreichen könne. Alle Gottesverehrung soll daher freiwillig, ohne irgendwelchen Zwang, weder in der einen, noch in der anderen Richtung, sein; **denn gleichgültig, ob sich**

die Menschen in Tempeln, Kirchen, Versammlungslokalen oder in den Wohnungen einfinden, wird Gott immer ihre Lobgesänge, ihren Dank und ihre Gebete hören, wenn bloß die Andacht des Gedankens und des Herzens wahrhaft und tiefgefühlt ist.

Nicht nur auf dem Gebiet des Glaubenslebens sollen die Menschen lernen, einander nachzugeben, lernen, die Meinungen und Anschauungen der anderen zu tolerieren; sondern auch auf dem Gebiet des sozialen, des politischen Lebens sollen die Menschen einander entgegenzukommen suchen, gemeinsam das Joch der Finsternis abzuwerfen suchen, damit die gemeinsame Wanderung zu dem fernen Ziel unter besseren Bedingungen als bisher zu Ende gebracht werden kann.

Wie können die Menschen nun selbst bei der Lösung dieser Aufgabe mithelfen?

Vor allem anderen dadurch, daß sie nie wider besseres Wissen handeln, daß sie immer dem inneren Impuls (dem Gewissen) folgen, daß sie die kommenden Geschlechter dazu erziehen, für **Wahrheit, Gerechtigkeit und Frieden auf Erden** zu arbeiten.

Bei der Erziehung der heranwachsenden Geschlechter haben die Frauen eine spezielle Aufgabe, die viele in den jüngeren Zeiten ganz oder teilweise liegen ließen, um für die Gleichberechtigung der Frau mit dem Mann zu kämpfen. Daß die Frau das Recht hat, nach Vermögen am sozialen und politischen Leben teilzunehmen, ist eine Selbstverständlichkeit, aber nur, wenn sie keine minderjährigen Kinder hat, die Anspruch auf ihre Fürsorge haben; denn wenn die Frau Mutter ist, wird die Aufgabe, die sie damit auf sich genommen hat, die Mutter- und Erziehungspflicht, unter den Verpflichtungen und Aufgaben leiden, die sie außer Haus übernimmt.

Jede Frau, die Mutter ist, soll wissen, daß sie, indem sie Kinder in die Welt setzt, gleichzeitig für das geistige Wachstum ihrer Kinder einsteht[1]. Die Mutter ist es, die den jungen Kindergeist prägt; ihr obliegt es, mit Geduld und nie versagender Liebe die Unkrautkeime der Finsternis, die sich in jeder Kinderseele finden, auszujäten; ihr obliegt es, die Auffassung des Kindes von dem Wahren und Schönen im Leben zu entwickeln und zu gestalten und ihm Abscheu vor allem

[1]) Hier ist nur die Rede von Kindern in den eigenen vier Wänden und nicht von der geistigen Erziehung und den Kenntnissen, die durch Schulen und Erziehungsanstalten vermittelt werden.

Unreinen, vor der Lüge, der Gewalt, der widerrechtlichen Selbsthilfe und vor der Abscheulichkeit jeder Kriegführung einzuimpfen.

Jede Mutter soll wissen, daß die erste Frage, die Gott an sie richten wird, wenn sie nach dem Tode ihres irdischen Körpers Rechenschaft über ihr Erdenleben ablegen soll, diese ist: »Wie hast du dein Kind erzogen, welche geistigen Werte hast du in seine Seele gepflanzt, und welches Vorbild bist du durch deine eigene Lebensführung für dein Kind gewesen?« Viele Mütter haben beschämt antworten müssen: »Ich verleugnete mein Kind, ich überließ es anderen, es um geistige Werte zu bereichern, und in meiner Lebensführung war ich ihm ein schlechtes Vorbild!« Es nützt einer solchen Mutter nichts, daß sie hinzufügen kann: »Aber ich habe viel von meiner Zeit geopfert und viele meiner Fähigkeiten angewandt, um meinem Land und meinem Gemeinwesen zu nützen.« Gottes Antwort wird dann lauten: »Du hast deinem Land und deinem Gemeinwesen nicht genützt, sondern geschadet; denn du hast den Menschengeist, der in deine Hände gegeben wurde, mißachtet und verwahrlosen lassen, und durch deine Nachlässigkeit hast du deinem Land einen schlechten und untauglichen Mitbürger zugeführt.«

Die Mütter, die ihre Kinder dazu erziehen, wahrheitsliebende, gerechte und friedliebende Mitglieder des Gemeinwesens zu werden, nützen somit ihrem Vaterland weit mehr, als die Mütter, die, um am sozialen und politischen Leben teilnehmen zu können, ihre Mutter- und Erziehungspflicht anderen überlassen.

Auch der Vater trägt eine große Verantwortung für die Erziehung der Kinder. Vor allem anderen muß er für ihren rein materiellen Bedarf sorgen; aber wenn die Kinder zahlreich sind und die Mutter schwächlich ist oder stirbt, während die Kinder minderjährig sind, ist es die Pflicht des Vaters, sich ihrer Erziehung auch in ethischer Hinsicht anzunehmen.

Nicht nur bei der direkten Erziehung, sondern auch bei der indirekten haben beide Eltern eine sehr große Verantwortung, indem sie beide die gemeinsame Aufgabe haben, das Leben zu Hause so heiter, friedlich und harmonisch zu gestalten, wie nur immer möglich. Ferner ist es nicht nur ihre Aufgabe, sondern ihre Pflicht, die Kinder von allen Streitigkeiten[1] und Zänkereien untereinander fernzuhalten, da nichts so zerrüttend ist für das heranwachsende Geschlecht, wie ein unfriedliches Zuhause. Wenn eine Ehe ge-

---

[1]) Siehe die Rede Christi Seite 155.

schlossen wird, auf welche Weise dies auch geschehen mag, müssen sich daher beide Teile darüber im klaren sein, welche Verantwortung sie dem kommenden Geschlecht gegenüber haben. Der Ehemann und die Ehefrau sollen soweit wie möglich auf der gleichen sozialen Stufe stehen und so viele gemeinsame Interessen haben, so geistesverwandt miteinander sein, daß sie eine innige, dauernde Freundschaft darauf aufbauen können, so daß sie sich nicht versucht fühlen, nach Verlauf einer Anzahl von Jahren auseinanderzugehen. Eine Ehe soll niemals unter Zwang oder mit dem Hintergedanken, daß sie wieder aufgelöst werden kann, eingegangen werden, da Scheidung das allerletzte Mittel ist, zu dem man greifen sollte. Wenn es aber dem Ehemann und der Ehefrau ganz unmöglich ist, sich auf einander einzustellen und in Frieden und Eintracht miteinander zu leben, hat die gesetzliche Scheidung ihre Berechtigung um der Kinder willen, weil sie in diesem Fall viel lieber außer Haus oder bei dem Elternteil, der die geringere Schuld trägt, erzogen werden sollen.

Damit die kommenden Generationen[1] mit einem reinen, heiteren und verträglichen Gemüt ausgerüstet werden können, so daß sie in allen Lebensverhältnissen mit Freuden an ihr Zuhause zurückdenken und aus den Erinnerungen an die Kindheit Kraft schöpfen können, um den Versuchungen des Lebens und den Wegen der Finsternis zu widerstehen, sollen alle Eltern danach streben, im Wege der direkten und indirekten Erziehung das Beste zu geben, was sie vermögen, und die Kinder nicht unter den Folgen des Unfriedens und der Disharmonie in einer Ehe leiden zu lassen.

In einem ebenso wichtigen Punkt wie die Kindererziehung können die Menschen ebenfalls selbst dazu beitragen, die Zustände auf der Erde zu verbessern – nämlich durch die Gesetzgebung – indem sie wohldurchdachte Gesetze geben; Gesetze, die nicht die Initiative des freien Willens durch Zwang binden, oder den einzelnen zwingen, gegen das Beste und Edelste zu handeln, das in jeder Menschenseele wohnt, weil Zwangsgesetze – welcher Art immer – die von den Leitenden und Regierenden in den verschiedenen Ländern erlassen werden, nur der Förderung der Macht der Finsternis dienen und den Fortgang des Lichtes hemmen. Daß notwendigerweise Gesetze gegeben werden müssen, um die inneren und äußeren Verhältnisse und die Stellung der Nationen zueinander zu regeln, ist selbstverständlich eine gegebene Sache; wenn dies aber so geregelt wird, daß die Gesetze die Menschen zwingen, gegen

---

[1]) Siehe die Rede Christi über das Verhältnis der Eltern zu den Kindern, die außerehelich geboren werden, Seite 154.

ihre innere Überzeugung, gegen ihr Gewissen zu handeln, oder so, daß die Gesetze das natürliche Wachstum des freien Willens hemmen, wirken sie nur zerrüttend, und in diesem Fall mißbrauchen die Regierenden ihre Macht.

Zu diesen Zwangsgesetzen muß z.B. die allgemeine Wehrpflicht gerechnet werden.

Solange der Militärdienst nur »friedlich« ist, können die vielen Freiluftübungen und die disziplinarische Ordnung in vielen Punkten für den Körper und den Geist nützlich sein, wenn die Unteroffiziere und Vorgesetzten human auftreten und ihre Befugnis nicht in Richtung des Zersetzenden und Ungesunden mißbrauchen. Aber sobald das Kriegsspiel blutiger Ernst wird, und die Soldaten der nackten Wirklichkeit gegenüberstehen, wenn sie vor einer lebenden Masse stehen, die das Ziel ihrer Kanonen, Säbel, Bajonette und anderen Waffen sein soll, wenn sie wissen, daß sie an der Verstümmelung oder dem Tode vieler Menschen schuld sein werden, müssen sich die meisten Gewalt antun, um so auftreten zu können, wie es die Regierung des Vaterlandes verlangt. Sehr oft geht das Beste und Edelste im Seelenleben solcher Menschen zugrunde, weil sie sich, um den hervorquellenden Abscheu vor der Aufgabe, die auszuführen sie im Begriff stehen, zu betäuben, von der Raserei des Kampfgetümmels ergreifen lassen und blind handeln, um nur den Gedanken an das Grauenvolle, das vor ihnen liegt, loszuwerden. Diese Menschen sollten niemals zu einer solchen Aufgabe gezwungen werden, da es sehr oft sie sind, die im verwirrenden und herabziehenden Wirbel des Kampfes die größten und vollkommen unnötigen Grausamkeiten begehen.

Aber solange das Gesetz über die allgemeine Wehrpflicht besteht, nützt es nichts, daß der einzelne oder mehrere im Verein sich weigern, sich der Pflicht zu unterwerfen, die von der Regierung des Landes geboten wird, weil eine solche Aufsässigkeit nur den Ungehorsamen zum Schaden gereicht und in keiner Weise das Bestehende umstürzt. In solchen Fällen bleibt einem nur eines übrig: sich den Pflichten, die einem das Gemeinwesen auferlegt, unterzuordnen, selbst wenn einem das, was ausgeführt werden soll, gegen die innersten Gefühle geht; indem der einzelne so handelt, ist er frei vor seinem Gewissen, während die Verantwortung für die erzwungenen Handlungen auf denen lastet, die die Urheber der Gesetze und ihrer Aufrechterhaltung sind.

Die Aufhebung der Zwangsgesetze soll daher von den Leitern, Gesetzgebern und Regierenden kommen; wenn sie einsehen, daß ein solcher Zwang den Wünschen und Absichten Gottes nicht entsprechen kann, ist der Zeitpunkt gekommen, wo derartige bestehende Gesetze aufgehoben und andere an ihre Stelle gesetzt werden sollten.

Um einen Übergang von den jetzigen Zuständen zu schaffen, bis die Zeit gekommen ist, wo ein allgemeiner und vollkommener Friedensschluß zwischen allen Nationen eine vollendete Tatsache ist, sollte jeglicher Militärdienst eine freiwillige[1] Angelegenheit ohne irgendwelchen Zwang für den einzelnen sein, weil Gott die Verantwortung für die zahlreichen plötzlich beendeten Menschenleben, die vielen Morde, Zerstörungen und Greuel den Leitern, den Gesetzgebern und den Regierenden auferlegt, obgleich der einzelne Soldat – Angreifer wie Verteidiger – für die unnötigen Grausamkeiten, deren er sich schuldig macht, zur Rechenschaft gezogen wird. Wenn dagegen der Militärdienst – bis auf weiteres – zu einer freiwilligen Handlung gemacht wird, wird die Hauptverantwortung gleichmäßig auf alle Kriegsteilnehmer verteilt, sowohl auf die Leiter u.s.w. als auch auf die Ausübenden.

Jegliche Kriegführung erfolgt gegen den Willen Gottes und steht in Widerspruch mit den Gesetzen des Lichtes, weshalb es weder der einen noch der anderen kriegführenden Nation nützt, den Beistand[2] Gottes als des obersten Kriegsherrn anzurufen; jede Bitte an Gott, die Waffen zu segnen oder die Heere zu segnen, so daß sie unter Seiner Leitung die Gegner besiegen können – ist daher **ein gotteslästerliches Gebet**.

Jede Vorstellung von Gott als Kriegsgott, Kampfleiter u.s.w. muß mit der Wurzel ausgerottet werden, da jedes Blutvergießen, jede Zerstörung, jede Zerrüttung absolut unvereinbar mit dem Wesen Gottes ist. Immer wieder hat Gott die Menschen zum vollen Verständnis der Nächstenliebe und des Eigentumsrechts zu bringen gesucht. Das eine Mal ums andere, schon seit den allerältesten Zeiten, haben die Sendboten Gottes den Menschen zugerufen: **»Ihr sollt nicht töten, nicht vergewaltigen, nicht rauben und nicht plündern**!« Aber noch sind die Rufe vergebens erklungen, noch haben sich die Menschen nicht von dem Urtrieb zu befreien vermocht: die tierische

---

[1]) Siehe die Rede Christi Seite 152.
[2]) Siehe die Rede Christi Seite 139–41.

Selbstbehauptung mit Gewalt auf Kosten ihres Nächsten. Und solange die einzelnen Mitglieder der Nationen kein miteinander verschmolzenes Ganzes ausmachen, das nach Frieden und Eintracht untereinander strebt, solange die Menschen nicht im vollen Vertrauen auf Gottes Väterlichkeit und Gerechtigkeit alles in Seine Hände legen und sich ruhig Seiner Leitung unterordnen können, solange der Wille der vielen nicht mit Seinem Willen vereint ist, können Blutvergießen, Gewalt und Kriege nicht aufhören, und der Friedensgedanke auf der Erde nicht zum Siege geführt werden.

Durch den Glauben an die Existenz Gottes, durch das Vertrauen in Seine Führung werden die Menschen über den Einfluß der Finsternis siegen, siegen über Haß, Verwünschungen, Neid und Machtgier, dagegen aber nicht durch Gebete um Hilfe dabei, Feinde und Gegner durch Gewalttaten zu vernichten – weil Gott solche Gebete niemals erhört und niemals beantwortet.

Wenn es denkbar wäre, daß ein ganzes Volk einig zusammenhielte, in vollem Vertrauen auf Gott und in voller Gewißheit, daß ihm von einem machthungrigen, neidischen oder raubgierigen Nachbarn nichts Böses zugefügt werden könne, dann würden selbst die ärgsten Anschläge zunichte werden, abprallen an dem gemeinsamen, absoluten Glauben. – Aber wo gibt es ein solches Volk? – Die Menschheit befindet sich noch in den Kinderjahren, und Jahrhunderte oder Jahrtausende werden vielleicht vergehen, ehe das volle Verständnis eines solchen unverrückbaren Vertrauensverhältnisses zwischen Gott und den Menschen aufgebracht wird.

Jegliche Kriegführung hat also ihren Ursprung in der Finsternis und wird durch die gegenseitige Unverträglichkeit der verschiedenen Nationen hervorgerufen, die ihrerseits auf die Machtgier der Leitenden und Regierenden zurückgeführt werden kann. Wenn solcherart der Wille der Menschen zum Bösen Kämpfe und Zerstörungen hervorruft, und wenn ein Krieg begonnen wurde, muß der Staat, der den Kampf eröffnet, die Verantwortung sowohl für den Angriffskrieg als auch für den Verteidigungskrieg, der dem angegriffenen Staat und dessen Bundesgenossen aufgezwungen wird, oder zu dem sie veranlaßt werden, tragen, gleichgültig, in welcher Form der Krieg geführt wird. Und solange sich die angegriffene Partei darauf beschränkt, ihr Land, ihre Rechte zu verteidigen, ist das Unrecht weiterhin auf der Seite des Angreifers; aber in dem Augenblick, wo der Angegriffene den Kampf in das Land des Gegners hinüberführt, um dort anzugreifen, anstatt sich ausschließlich an die Verteidigung zu halten, muß er die Verantwortung für alles, was von dem Augenblick an geschieht, wo er die Landesgrenze seines Feindes überschreitet, mit seinem Gegner teilen. (Wenn die Kämpfe auf den Meeren oder in der Luft geführt werden, gelten die gleichen Gesetze.)

Der Sieg oder Verlust der Kriegführenden kann in keiner Weise Gott zugeschrieben werden. Niemals nimmt Er an den Streitigkeiten teil, weder auf seiten des Angreifers, noch des Angegriffenen; nur Gebete um Hilfe zur Wiederherstellung des verlorenen Friedens werden von Gott erhört werden, aber Seine vielen und eindringlichen Versuche, zu den Leitenden als ihr »Gewissen« zu sprechen, werden in den allermeisten Fällen abgewiesen.

Die siegreiche Partei bezwingt ihren Gegner kraft ihrer numerischen oder strategischen Überlegenheit und dergleichen, oder durch den gemeinsamen Haß des Volkes gegen den Gegner und den gemeinsamen Willen des Volkes, zu siegen; **aber nie und nimmer wird ein Sieg mit Gottes Hilfe errungen**.

Jeder Mensch – Zivilist oder Militär – der den Krieg in Rede oder Schrift lobpreist, verteidigt und verherrlicht, anstatt Abscheu vor diesem Werk der Finsternis zu erwecken und seinen Mitmenschen das Herabwürdigende und Tierische daran vor Augen zu führen, nimmt selbst die schwere Bürde der Verantwortung auf seine Schultern und muß, wenn er das irdische Leben verlassen hat, vor Gott genau darlegen, welche Beweggründe ihn veranlaßt haben, so zu handeln.

Auch wenn die Menschen miteinander Krieg führen, auch wenn Gott ihre Gebete um Kriegsglück nicht erhört, läßt Er sie doch keineswegs aus den Augen, sondern sucht entweder selbst oder durch die diskarnierten Jüngsten die Reue der Leitenden über das, was geschehen ist, zu erwecken, ebenso wie Er auf viele Weise sucht, ihnen Verständnis für das Unrecht und die Machtübergriffe, die sie begangen haben, einzugeben, um dadurch einen Friedensschluß herbeizuführen, bevor sich eine der Parteien notgedrungen der Übermacht beugen muß; aber in den meisten Fällen werden auch diese Vorschläge von menschlicher Seite abgelehnt.

Während der Schlachten sammeln sich viele der diskarnierten Jüngsten an den Stellen, wo der Kampf am heftigsten rast, um durch ihre Gegenwart die Kraftauswirkungen der Finsternis zu schwächen und die Anhäufungen von Finsternis abzuleiten, die durch die entfesselten Leidenschaften unweigerlich zu den Kampfplätzen gelockt werden, und um die Tausende von Geistern, die mit den getöteten Menschenkörpern verbunden waren, in ihre Wohnungen in den Sphären zurückzubringen.

Ebenso suchen die Jüngsten, solange der Kriegszustand andauert, Gefühle des Mitleids und Barmherzigkeitshandlungen bei den Menschen hervorzurufen, die direkt oder indirekt in den Krieg verwickelt sind, um so dem Einfluß der Finsternis entgegenzuwirken.

Die Vaterlandsliebe[1] der Menschen ist unter normalen Verhältnissen ein schönes und erhabenes Gefühl, wird aber herabwürdigend und unschön, wenn sie im Rausch der Kriegsbegeisterung zu Eigenliebe und Selbstvergötterung ausartet; denn was diese Selbstüberschätzung und Selbstgefälligkeit betrifft, sollten die Menschen niemals vergessen, daß die Männer und Frauen, die seit den ältesten Zeiten bei allen Nationen den Durchschnittsmenschen weit überragten, und die im Dienste des Lichtes von bleibender kultureller Bedeutung für die Bevölkerung der Länder sowohl auf dem Gebiet des religiösen, als auch auf dem des ethischen, wissenschaftlichen, sozialen und politischen Lebens waren, alle die vermenschlichten Jüngsten gewesen sind, die sich unter der Leitung Gottes an den Orten gebären ließen, wo im gegebenen Augenblick die beste Aussicht war, Neuheiten und Verbesserungen einführen zu können. Und da selbst die am weitesten fortgeschrittenen Menschengeister noch nicht so weit gekommen sind, daß sie ihren Mitmenschen irgendeine größere Bereicherung, sei es in geistiger oder materieller Beziehung, bringen können, ebensowenig, wie es ihnen gelungen ist, sich in geistiger Beziehung über das rein Menschliche zu erheben, haben die Menschen keinen wie immer gearteten Grund zur Selbstüberschätzung oder Selbstbewunderung, sondern nur Grund, Gott für den Reichtum an Gaben zu danken, den Er ihnen durch Seine Sendboten gegeben hat.

---

[1]) Menschen, die andere Nationen, andere Rassen, geringschätzen oder hassen, werden unweigerlich in den nächstfolgenden Inkarnationen unter diesen geboren werden, um diejenigen lieben zu lernen, die sie früher haßten.

Damit sich eine Regierung von wenigen Leuten oder ein einzelnes Staatsoberhaupt in Zukunft nicht versucht fühlen soll, durch Mißgriffe oder übereilte Beschlüsse seine eigene Nation und mit ihr eine andere oder mehrere Nationen mit einem vernichtenden, alles zerstörenden Krieg zu überziehen, sollten sich alle Staaten auf eine gemeinsame Oberleitung einigen, die aus Abgesandten aus allen Ländern und aus allen Lagern bestünde, nicht als ein Friedenskongreß, der ab und zu abgehalten wird, sondern als permanente Regierung[1], deren Mitglieder auf eine nicht zu kurze Anzahl von Jahren gewählt werden, und in deren Hände die Streitigkeiten, Verwicklungen u.s.w. aller Nationen zu gemeinsamer Entscheidung übergeben werden, da alle Streitigkeiten, von welcher Art sie auch seien, auf friedlichem, diplomatischem Wege beigelegt werden können und sollen. **In keinem einzigen Punkt kann die Menschheit vor Gott ihr vermeintliches Recht verteidigen, die gegenseitigen Unstimmigkeiten mit Waffen und Macht auszutragen.**

Wenn alle Nationen, die Völker des Ostens und des Westens, sich freiwillig zu einem gemeinsamen Streben nach Errichtung eines dauernden Friedens zusammenfinden wollen, können sie versichert sein, daß ihnen alle erdenkliche Hilfe von übersinnlicher Seite zuteil werden wird, eine Hilfe, deren oberster Leiter Gott selbst sein wird; aber bevor nicht alle in voller Einigkeit und Aufrichtigkeit »den ewigen Frieden« zur Wirklichkeit machen wollen, nützt es nichts, eine gemeinsame Oberregierung zu errichten. Aber wenn eine solche Zusammenarbeit beschlossen und begonnen wurde, soll sie niemals abgebrochen werden, weil der Staat, der den abgeschlossenen Vertrag hinterlistig unterläuft, sich dadurch eine unendlich schwerwiegende Verantwortung aufbürdet; denn jedes gebrochene Versprechen zieht die Finsternis zu dem oder den Wortbrüchigen hin, die sich mit voller Absicht einer betrügerischen Handlung schuldig gemacht haben, und die herbeigezogene Finsternis zieht sodann die von dem Ältesten aufgezeichneten Zukunftsereignisse auf die Erdebene herab, was wiederum auf lange, lange Zeiten hemmend auf die mühselige Wanderung der Menschheit wirkt.

Das hier über eine gemeinsame Oberregierung oder einen gemeinsamen Gerichtshof Gesagte wurde schon früher, und zwar auf ver-

---

[1]) Niedergeschrieben im Jahre 1916. Anm. d. Hrsg.

schiedene Weise von irdischer Seite gesagt und vorgeschlagen, hat aber bisher nicht den gebührenden Anklang und das gebührende Verständnis gefunden.

Mit Erlaubnis unseres Gottes und Vaters wird der Vorschlag hier von übersinnlicher Seite – seitens der geistigen Leiter der Menschheit – in der Hoffnung gestellt, daß die Menschen, denen es zukommt, einem solchen Vertrag das Wort zu reden und ihn durchzuführen, in kommenden Zeiten darauf achten werden.

Und wenn der Zeitpunkt gekommen ist, wo sich alle in vollem gegenseitigem Verständnis darauf einigen, einen unverbrüchlichen Friedenspakt zu schließen, **soll zugleich jegliche Fabrikation aller Arten von Kriegsmaterial aufhören, um nie wiederaufgenommen zu werden**.

Mit einem unverbrüchlichen Friedenspakt zwischen allen Reichen und Ländern werden die Menschen eine solide Grundlage legen, auf der eine wirkungsvolle und fruchtbare Zusammenarbeit zwischen den Kindern des Lichtes und denen der Erde aufgebaut werden kann, eine Zusammenarbeit, die den Jüngsten ihre Arbeit für die Menschen in vielen Punkten erleichtern wird – insbesondere die vermenschlichten Jüngsten werden daraus Vorteil ziehen können.

»Führe uns, bis wir in Dein Reich eingehen!« so lauten die Worte in dem alten Gebet, das Jesus von Nazareth seine Apostel lehrte.

Unter der obersten Leitung Gottes müssen die Menschen selbst zum Ziel wandern; das Reich Gottes kann niemals zu den Menschen auf Erden kommen; wenn Gott das göttliche Lichtmeer Seiner Welt über die Erde senken würde, würden alle die schwachen, unentwickelten Menschengeister widerstandslos in Seinen Vaterschoß zurückgezogen werden, und alles, was es auf der Erde gäbe, Lebendes und Lebloses, würde im selben Nu aufgesaugt und mit den Wellen des Lichtmeeres vereint werden. Wie heiter und friedlich die Verhältnisse und das Dasein auf der Erde auch immer werden können, wird sich das Leben dort daher nur als allerschwächster Abglanz des Lebens im eigenen Reich Gottes gestalten; und da kein Mensch in die unmittelbare Nähe Gottes kommen kann, ohne in Ihm aufzugehen, der seinem Geist die Gabe des Lebens schenkte, muß Christus, außer dem, daß er der Anleiter der Menschen ist, zugleich der Vertreter des Vaters ihnen gegenüber sein, bis ihr Geist eine solche Stärke gewonnen hat, daß sie in das Reich Gottes eingehen können.

Langsam führt die Wanderung der Menschen sie dem fernen Ziele zu – ein gewaltiger Pilgerzug aus aller Herren Ländern –; aber allen voran wandert der geduldigste, der liebevollste, der aufopferndste aller Leiter, Christus – der Retter und Erlöser der Menschen. Klar und schön fällt das strahlende Licht seiner hocherhobenen Fackel auf die Wege und Pfade, die zum Ziel führen; wenn sich aber jemand auf der langen und mühseligen Wanderung verirrt, sucht Christus, bis er den findet, der sich verirrt hat; denn er hat seinem Vater versprochen, alle in Seine offenen Vaterarme zu führen.

Aber wieviele Zeiten noch dahinschwinden werden, bis die Menschen Christus als den anerkennen und empfangen werden, der er ist – ihr treuer Bruder und Leiter – und sich mit seiner Hilfe alle über die gemeinsame Arbeit einigen werden: heiterere und glücklichere Zustände auf der Erde zu schaffen und dadurch die menschlichen Verhältnisse zu verbessern, das weiß niemand – nicht einmal Gott weiß es – der freie Wille der Menschen zum Guten oder Bösen muß diese Frage lösen. Aber einmal, früher oder später, werden die Zeiten kommen, wo alle einig und gesammelt dastehen werden, wo der Wille aller mit dem Willen Gottes übereinstimmt, so daß Er voll und ganz, im kleinsten wie im größten, in Geist und Wahrheit, der Gott und Vater der Menschen ist. Und dann wird die alte Legende vom Lobgesang der Engel bei Jesu Geburt Wahrheit werden, dann werden die Worte: »Ehre sei Gott in der Höhe, Friede auf Erden und den Menschen ein Wohlgefallen« im vereinten Chor der Menschheit und der Jüngsten, der geistigen Leiter, erklingen.

Die Jüngsten, die Christi Begleiter und Helfer waren, während er den letzten schweren Kampf mit der Finsternis kämpfte, um den geliebten Bruder zurückzugewinnen, beten hier alle gemeinsam zu Gott dem Allmächtigen: »**Vater, lege Deinen Segen in unsere Arbeit, auf daß unsere Worte nicht vergebens in der Wüste der menschlichen Un-**

wissenheit erschallen sollen! Vater, lehre die Menschen, unserem ältesten Bruder zu vergeben, so wie Du ihm vergeben hast, auf daß sie in Wahrheit vorwärts wandern können, dem Licht entgegen und Deinem Reich entgegen!«

NACHWORT

Zum Schluß soll hier dargelegt werden, auf welche Weise diese Arbeit entstanden ist.

Als der Älteste reuig zurückgekehrt war und von Gott Vergebung für alles erhalten hatte, was er gegen Ihn verbrochen hatte, wußten die Jüngsten, daß ihr Vater Seinen ältesten Sohn vor die Aufgabe stellen werde, den Menschen die Wahrheiten mitzuteilen, die im Lauf der Zeiten entstellt oder zurückgehalten worden waren: Die Wahrheit über die Erschaffung der Menschen, die Wahrheit darüber, wie Gott auf die Bitte einiger der Ältesten dem astralen Gegenstück des Menschen geistiges Leben verlieh, wodurch der Geist des Menschen des ewigen Lebens teilhaftig wurde, und die Wahrheit über die freiwillige Übernahme der Aufgabe seitens des ältesten unter den Jüngsten, die Menschheit zu dem gemeinsamen Vaterreich zu führen.

Die Jüngsten wußten, daß die Aufgabe, vor die ihr ältester Bruder gestellt werden sollte, überaus schwierig, beinahe unlösbar für ihn werden mußte, wenn sie ihm nicht all die Hilfe leisteten, zu der sie imstande waren. Christus und diejenigen, die bei der Freigabe der erdgebundenen Geister und der Befreiung des Ältesten aus der Macht der Finsternis mitgewirkt hatten, wurden sich daher darüber einig, sich an ihren Vater zu wenden, um die Erlaubnis zu erhalten, ihren Bruder bei seiner für die Menschen bestimmten Darstellung zu unterstützen und ihm zu helfen. Gott gab ihnen sofort die erbetene Erlaubnis und versprach zugleich, oberster Leiter der Arbeit zu sein, und damit behilflich zu sein, alle größeren Schwierigkeiten zu überwinden, die sich ihnen bei der Ausübung dieses Liebesdienstes etwa entgegenstellen würden.

Mit der Erlaubnis Gottes wandten sie sich daher an den spiritistischen Kreis, dessen wenige Mitlgieder[1] ein paar Jahre vor der Rück-

---

[1]) Der Kreis bestand ursprünglich aus 6, wurde aber später auf 4 reduziert.

kehr des Ältesten, Christus und diejenigen, die ihm folgten, mit Verständnis und Vertrauen aufgenommen hatten, als er sich auf der Suche[1] nach irdischen Helfern an den Kreis gewandt und Verbindung mit ihm erhalten hatte.

In dem Jahr, das dem Ältesten als vollkommene Ruhezeit zugemessen war, führten Christus und seine Begleiter einige Mitglieder des mit psychischer Forschung befaßten Kreises in eine Anzahl der vielen Fragen ein, die von den klaren Strahlen der Wahrheit erhellt werden sollten. Es war notwendig, die Séanceteilnehmer solcherart darauf vorzubereiten, den Ältesten zu empfangen, insbesondere, damit das Medium, das als Zwischenglied benützt wurde, den Mitteilungen, die den bisher bekannten biblischen Überlieferungen und kirchlichen Dogmen zuwiderliefen, nicht verständnislos oder widerwillig gegenüberstehen sollte, weil es, wenn ein Medium den geistigen Manifestationen gegenüber eine ablehnende und unwillige Haltung einnimmt, ganz unmöglich ist, eine wirksame Zusammenarbeit zu etablieren; umgekehrt, je größeres Verständnis und Wohlwollen von menschlicher Seite gezeigt wird, desto leichter ist es, mit Hilfe der Inspiration der Geister und der Intuition des Mediums die geistigen Wahrheiten genau auf die irdische Ebene zu übertragen.

Die Mitglieder des Kreises, die teilnahmen, mußten ein Gelöbnis ablegen, die Beantwortung der gestellten Fragen nicht niederzuschreiben, wobei ihnen jedoch gleichzeitig in Aussicht gestellt wurde, daß sie zu einem späteren Zeitpunkt alle ihre Fragen von übersinnlicher Seite zurückerhalten würden, jedoch in einer bestimmten Reihenfolge angeordet, und mit einer weit ausführlicheren, besser zusammenhängenden Beantwortung, die dann nach und nach, wenn die Beantwortung in den Séancen gegeben wurde, niedergeschrieben werden durfte.

In großen Zügen gelang es Christus und seinen Helfern, ihren irdischen Gehilfen eine klare Übersicht über die Entstehung der Menschen, die Arbeit der Jüngsten und die Befreiung des Ältesten zu geben.

Als Gott den Ältesten am Jahrestage seiner Rückkehr aufforderte[2], den Menschen zu offenbaren, was er gegen sie gesündigt hatte, und durch wahrhafte Mitteilungen und Aussagen zu versuchen, ihre Ver-

---

[1]) Siehe den Bericht Ardors Seite 123–24 und Kommentar Seite 284–85.
[2]) Siehe den Bericht Ardors Seite 127–29.

gebung zu erlangen, übergab Christus ihm die Fragen, die er, seine Brüder und Schwestern im Lauf des Jahres bei den Séancen mit ihren irdischen Gehilfen[1] beantwortet hatten. Es war nun Sache des Ältesten, sie in eine Reihenfolge zu bringen und auf dieser Grundlage eine zusammenhängende, fortlaufende Beantwortung abzufassen.

Begleitet von einigen seiner Brüder und Schwestern trat der Älteste unsichtbar vor die anwesenden irdischen Teilnehmer des Kreises hin. Um als der, der er war, bekannt und aufgenommen zu werden, nannte er sich Ardor, welcher Name ungefähr Luzifer entspricht, weil er in seinem Bekenntnis einen Namen zu tragen wünschte, den die Menschen nicht haßten und schmähten.

Schon von der ersten Séance am 3. März 1913 an, die auf den Jahrestag der Rückkehr Ardors fiel, wurde eine vertrauensvolle und verständnisvolle Zusammenarbeit zwischen Ardor, den Jüngsten, die versprochen hatten, ihn zu unterstützen, sowie den irdischen Helfern erzielt.

Ardors inspirierende Gedanken wurden dank der Intuition des Mediums zu Worten und Sätzen geformt, die von einem Séanceteilnehmer so rasch niedergeschrieben wurden, wie das Medium das, was von übersinnlicher Seite mitgeteilt wurde, aussprach.

Die Séancen[2] wurden ein Mal in der Woche abgehalten. Jede Zusammenkunft währte ca. drei Viertelstunden, manchmal etwas länger, manchmal etwas kürzer. Nach einer längeren Pause[3] in den Monaten Juni, Juli, August und September wurde die Arbeit fortgesetzt, jedoch so, daß die Séancen etwas rascher aufeinanderfolgten, in der Regel waren es 3 im Lauf von 14 Tagen, bis Neujahr 1914, worauf sie wieder auf eine in der Woche eingeschränkt wurden, bis sie am 3. Februar 1914 aufhörten, an welchem Tag der Schluß des Berichtes niedergeschrieben wurde.

Trotz der großen Vorarbeit der Jüngsten während des Ruhejahres Ardors traten dennoch viele große Schwierigkeiten bei der Lösung der ihm gestellten Aufgabe auf, weil es ihm, der die Menschen Jahrmillionen hindurch mit Hilfe der magnetischen Anziehungskraft der Finsternis beeinflußt hatte, sehr schwer fiel, so kurz nach seiner Befrei-

[1]) Bei diesen Frageséancen waren nur 2 Mitglieder des Kreises anwesend, ein einzelnes Mal 3.

[2]) Bei diesen Séancen waren 3 Mitglieder des Kreises anwesend.

[3]) Die Pause ergab sich daraus, daß die Teilnehmer verreist waren; 2 der 6 Mitglieder waren zu diesem Zeitpunkt ganz aus dem Kreis ausgetreten; der Austritt war auf Krankheit zurückzuführen.

ung zufriedenstellend mit den Ausstrahlungen des Lichtes zu arbeiten. Aber auch da unterstützten ihn die Jüngsten, indem sie seine Gedanken, die vom Medium wiedergegeben werden sollten, die Lichtwellen passieren ließen, die von ihren Geisterleibern ausstrahlten, um sie auf diese Weise zu verstärken und zu klären. An den Stellen im Bericht, wo Gott zu den Jüngsten oder zu Christus spricht, trat einer der anwesenden Jüngsten ergänzend hinzu, um Ardor anzuleiten; dies darf jedoch nicht so aufgefaßt werden, als ob Gott buchstäblich gerade diese Worte gesprochen hätte. Das, was gesagt wird, ist die Quintessenz der Gedanken und Worte Gottes, umgesetzt in eine irdische Sprache, so daß die vergangenen Begebenheiten in der übersinnlichen Welt dem menschlichen Gedanken und Verständnis zugänglich gemacht werden können. Ebenso war Christus, als sein Erdenleben als Jesus von Nazareth durchgegangen wurde, selbst anwesend, damit sich keine Ungenauigkeiten ergeben sollten. Insbesondere dieser Abschnitt des Berichtes verursachte Ardor große Mühe, weil er sich bei der Erinnerung an die Hindernisse, die er seinem jüngeren Bruder in den Weg gelegt hatte, während dieser als Jesus von Nazareth unter den Menschen weilte, hochgradig bedrückt und niedergeschlagen fühlte. Ardors Gedanken waren daher mitunter ziemlich unklar, aber mit Hilfe Christi gelang es, auch diesen Teil des Berichtes in voller Übereinstimmung mit der Wahrheit zutage zu bringen.

Obwohl Ardor somit in jeder Weise soviel Hilfe geleistet wurde, als die Jüngsten nur vermochten, machten sein tiefer Schmerz, seine Reue und Verzweiflung es dem Medium oft sehr schwer, mit der Wiedergabe mitzukommen, weshalb nicht alles mit der gleichen Klarheit und Folgerichtigkeit durchkam. Da aber alle Fragen miteinander verknüpft und beantwortet worden waren, zeigte es sich, daß das meiste doch viel besser zutage gekommen war, als irgendjemand zu hoffen gewagt hatte, obgleich sich verstreut in der gesamten Beantwortung eine Anzahl schwächerer Stellen fanden, z.B. Worte, die den von Ardor geäußerten Gedanken nicht voll deckten, einige unklare Sätze und einzelne Beantwortungen, die in der Wiedergabe des Mediums zu stark komprimiert worden waren, um ein zufriedenstellendes Bild des Mitgeteilten geben zu können. Zugleich gab es unter den vielen Zeitangaben eine absolute Ungenauigkeit, indem ein Zeitraum, der mit »Tausenden von Jahren« angegeben werden sollte, vom Medium irrtümlich als eine Zeitewigkeit, ca. 3 Millionen Jahre, aufgefaßt wurde, weshalb sich ein ganz unverständliches Zeitbild ergab.

Durch mangelhafte Auffassung von seiten des Mediums ergaben sich auch an einzelnen Stellen gewisse geringere Ungenauigkeiten, die aber sofort von übersinnlicher Seite erkannt und danach berichtigt wurden.

Im großen ganzen müssen jedoch die Schwächen des Berichtes Ardor selbst zugeschrieben werden, weil er, wie gesagt, außer der Schwierigkeit, sich mit dem Medium im Wege der Lichtwellen des Äthers in Verbindung zu setzen, zugleich seinen tiefen Schmerz zu bekämpfen hatte, wenn ihn während der Mitteilungen die Erinnerungen überwältigten.

Einige Zeit, nachdem der Bericht begonnen worden war, hatte der geistige Leiter angefragt, ob einer der Teilnehmer des Kreises, falls Ardor seine Gedanken nicht so klar zu formen vermochte, daß seine Mitteilungen ein festgezimmertes, zusammenhängendes Ganzes bildeten, eine Ausarbeitung des Mitgeteilten auf Basis von Ardors Angaben auf sich nehmen wolle.

Als der Bericht abgeschlossen war und der Leiter das Medium und einen der Teilnehmer auf die Schwächen darin aufmerksam machte, meinten diese, daß sie nicht imstande seien, die weniger vollkommenen Teile umzuformen oder zu verbessern, weshalb Ardor von Gott die Erlaubnis erhielt, nach einer Ruhepause von ca. ½ Jahre selbst die gewünschten Änderungen vorzunehmen, was auf die Weise geschah, daß durch das Medium bei mehreren sehr langsamen Durchlesungen, bei denen Ardor und ein paar von den Jüngsten zugegen waren, einige Wörter mit besser klingenden ausgewechselt, mehrere Sätze umgeschrieben wurden, so daß sie klarer und befriedigender lauteten, und einzelne Absätze von 3–7 Zeilen eingefügt wurden, wo der Bericht in der Wiedergabe zu komprimiert geworden war.

Da Jesu Verhältnis zu den leidenden und trauernden Menschen nach Ardors Meinung durch die Fragen, die die Mitglieder des Kreises selbst gestellt hatten, nicht klar genug beleuchtet worden war, erhielt er außerdem die Erlaubnis, bei einer später abgehaltenen Séance das 18. Kapitel einzufügen – ein Beispiel unter den vielen, die den Menschen durch die Evangelien nicht zur Kenntnis gebracht wurden.

Auf diese Weise durchgearbeitet, tritt Ardors Selbstbekenntnis in allen Punkten überaus genau der Wahrheit und den wirklichen Ereignissen entsprechend hervor.

Da Christus bei früheren Séancen das Medium daran gewöhnt hatte, seine Gedanken in der von ihm gewünschten Form wiederzugeben, teils durch Beantwortung verschiedener Fragen, teils durch mitgeteilte Gleichnisse[1], wäre es nur unnötige Zeitvergeudung gewesen, den irdischen Gehilfen durch vorbereitende Séancen eine gewisse Kenntnis des Inhalts seiner Rede an die Menschen zu vermitteln. Um aber doch eine vollkommene Zusammenarbeit zwischen der Gedankeninspiration Christi und der intuitiven Fähigkeit des Mediums zu bewerkstelligen, erhielt das Medium die Erlaubnis, während des Nachtschlafs des physischen Körpers sein geistiges Ich loszulösen[2], um sich mit den verschiedenen Abschnitten der Rede bekanntmachen zu können. Dadurch wurde es dem Geist des Mediums leichter, sein physisches Gehirn bei den Séancen zu beeinflussen, so daß die Wiedergabe der Gedanken Christi schneller und klarer erfolgen konnte, als es sonst der Fall gewesen wäre.

Beim Durchlesen der Rede wurden auf von einigen Mitgliedern des Kreises vorgebrachten Wunsch einige wenige Worte durch andere ersetzt, die den Gedanken, der den Worten zugrunde lag, wohllautender wiedergaben. Z.B. wurde »Ranket euren Willen« durch: erhärtet euren Willen ersetzt; »häßlich« – unrein, »unweigerlich« – unabdingbar; ebenso wurden auf Wunsch Christi einige Sätze eingefügt, die auf Grund der Müdigkeit des Mediums bei der Wiedergabe das physische Gehirn desselben nicht hatten passieren können.

Die Rede wurde bei einer Séance begonnen, die am 10. Februar 1914 abgehalten wurde, und wurde mit einer Séance wöchentlich fortgesetzt, bis sie am 14. April 1914 abgeschlossen wurde.

Bei der Wiedergabe der Rede des Dieners Gottes faßte das Medium wieder eine sehr lange Zeitperiode als eine Zeitewigkeit auf, was von übersinnlicher Seite auf »viele Zeiten« berichtigt wurde. Das übrige wurde klar und richtig wiedergegeben. Dem Medium wurde unter Loslösung im Schlaf[3] ebenfalls der Inhalt der Rede bekanntgegeben.

Die Rede wurde bei einer Séance vorgebracht, die am 27. Oktober 1914 abgehalten wurde.

---

[1]) Siehe Anhang.
[2]) Siehe die Übersicht Seite 349–50.
[3]) Keine Trance, sondern natürlicher Schlaf.

Sowohl der Bericht Ardors als auch die Reden Christi und des Dieners Gottes und der Kommentar wurden im Wege der Gedankeninspiration vorgebracht und kraft der intuitiven Auffassung des Mediums wiedergegeben. Um eine solche geistige Zusammenarbeit mit einem guten Resultat zuwegezubringen, muß das Medium, das benützt wird, alle seine eigenen Gedanken einstellen können, so daß sein psychisches und physisches Gehirn für die Gedankenbilder der außerhalb befindlichen Intelligenzen geöffnet ist. Das Medium muß notwendigerweise zugleich im Besitz eines gewissen Wortschatzes sein, damit sein geistiges Ich das Gegebene ohne allzu große Mühe in so einfache und wohlgesetzte Worte wie möglich umsetzen kann; denn wenn auch von übersinnlicher Seite klare und konzise Gedankenbilder gegeben werden, ist das bei weitem nicht genug, wenn dem benützten Medium Worte fehlen, die die Gedanken der inspirierenden Intelligenz ausdrücken können. Da in den irdischen Sprachen oft Synonyme vorkommen, die den Gedanken mehr oder weniger treffend decken können, ist es mitunter sehr schwierig für das geistige Ich der Medien, im Augenblick gerade die Worte herauszugreifen, die am besten dazu geeignet sind, die Gedanken in eine leichtverständliche Form umzusetzen. Wenn von übersinnlicher Seite ein anderer Ausdruck gewünscht wird als der, den das Medium benützt hat, spricht die sich manifestierende Intelligenz oder der geistige Leiter das gewünschte Wort aus, das vom psychischen Ohr des Mediums aufgefangen und mittels Schallwellen auf das physische übertragen wird.

Selbstverständlich können sich alle hochstehenden und höchststehenden[1] Geister aufmerksamen, hellhörigen und wohlwollenden Medien in jeder beliebigen irdischen Sprache mitteilen. Aber hier in diesem Fall, wo das benützte Medium hauptsächlich intuitiv – im Wege des Gedankens – auffaßt und nur in geringem Grad hellhörerisch ist, würde diese Vorgehensweise besonders große Schwierigkeiten bereiten, weil erstens die Schwingungszahl der Schallwellen zwischen dem sprechenden Geist und dem zuhörenden Medium um viele Grade herabgesetzt werden müßte, um überhaupt aufgefangen werden zu können; zweitens müßte jedes Wort immer wieder, ein Mal um das andere, wiederholt werden, bis alle Schallwellen das psychische

---

[1]) Die Diener Gottes können, wenn es notwendig ist, kraft ihres Willens die Vibrationen ihrer Gedanken in Schallwellen umsetzen, ebenso wie Gott es tut.

und das physische Ohr klar und korrekt passiert hätten, wodurch sich die Mitteilungen über einen Zeitraum erstrecken würden, der den der Gedankeninspiration um ein Vielfaches übersteigen und somit in ganz unnötiger Weise das Medium ermüden und die Arbeit verzögern würde. Aus diesem Grund wurde die direkte Rede nur dann angewandt, wenn das Medium außerstande war, das bestmögliche Wort zu finden oder die richtige Zahlengröße aufzufassen.

Die inspirierende Gedankenmitteilung ist im ganzen genommen die Mitteilungsform, die am besten mit den menschlichen Verhältnissen harmoniert, sei es, daß sie bei Séancen benützt wird, wo außer dem Medium mehrere andere anwesend sind, oder daß sie angewandt wird, wenn das Medium allein ist. Bei dieser Art von Mitteilungen gibt das Medium selbst nichts, im ungünstigsten Falle nur einen geringen Teil von seiner psychischen[1] Stärke ab, sondern erhält vielmehr in der Regel große psychische Kraft durch die reiche Lichtausstrahlung der kommunizierenden Geister, und wenn es sich, wie hier, um ein größeres, zusammenhängendes Werk handelt, dessen Erscheinen in der irdischen Welt sich die Jüngsten in hohem Grade angelegen sein ließen, versteht es sich von selbst, daß es vor allem anderen darum ging, alles auf die beste Weise für das Medium, das als Mittler benützt wurde, zurechtzulegen, so daß das Medium weder geistig noch körperlich unter den vielen Anforderungen, die von übersinnlicher Seite gestellt wurden, zu leiden haben würde. Aus diesem Grund wurde auch die im Abschnitt über Medien[2] erwähnte Form der direkten Übertragung beim Zustandekommen dieser Arbeit nicht angewandt, weil erstens der Geist des Mediums auf Grund der zahlreichen Loslösungen, die erforderlich wären, damit er ein solches Werk auswendig lernen könne, auch wenn dies stückweise geschehen sollte, nicht die ausreichende Ruhe gehabt hätte, die jeder mit einem menschlichen Körper verbundene Geist braucht; zweitens hätte bei der Übertragung vom psychischen auf das physische Gehirn die ständig wiederholte Verdünnung der Isolationsschicht aller Wahrscheinlichkeit nach mit einer größeren oder kleineren Sprengung der Isolationsschicht selbst geendet, die, obgleich sie kraft des Willens Gottes wieder geheilt

[1]) Wenn die Medien dennoch oft bei solchen Séancen Müdigkeit verspüren, ist dies auf die Anstrengung zurückzuführen, die immer erforderlich ist, um die eigenen Gedanken davon abzuhalten, sich mit den fremden Gedanken zu beschäftigen; diese Müdigkeit ist nur vorübergehend, während die Müdigkeit, die vom Verlust psychischer Kraft herrührt, als langandauernde Niedergeschlagenheit empfunden wird.
[2]) Siehe Kommentar Seite 293.

werden konnte, dennoch dem Medium eine Zeitlang nicht wenige seelische Leiden bereitet hätte. Aus diesen Gründen wurde die direkte Übertragung nur einige wenige Male bei der Beantwortung von Fragen[1] im Kommentar angewandt, wo es dem geistigen Leiter ganz unmöglich war, dem Medium im Wege der Inspiration ein klares Verständnis dessen zu vermitteln, was man darzulegen wünschte.

Automatische Schrift wurde nicht benützt, weil es, auch für sehr geübte Medien, immer schwierig ist, ihre eigenen Gedanken[2] davon abzuhalten, sich mit dem zu beschäftigen, was niedergeschrieben wird, damit sie nicht auf die eine oder andere Weise die Mitteilungen, die gegeben werden, beeinflussen.

Hoffentlich wird man nach dieser Erklärung verstehen können, warum gerade die Gedankeninspiration allen anderen medialen Mitteilungsformen vorgezogen wurde.

Einzelne der Kommentarfragen wurden bei Gesprächsséancen beantwortet; der Großteil wurde jedoch dem Medium allein unter inspiratorischer Gedankenbeeinflussung jeweils nach und nach beantwortet, wenn sie gestellt wurden. Durch Zusammenarbeit mit dem Medium und dem geistigen Leiter wurden die vielen Beantwortungen zuletzt in eine Reihenfolge gebracht, die den Hauptfragen in Ardors Bericht entspricht.

Der Zweck dessen, daß die Beantwortung der Fragen[3], die sich im Kommentar finden, hauptsächlich im Wege der Zusammenarbeit zwischen dem Medium, dem geistigen Leiter und seinen Helfern zustandekam, also ohne daß die Séanceteilnehmer im Beantwortungsaugenblick zugegen waren, war der Wunsch der Jüngsten: den Menschen zu zeigen, wieviel auf inspiratorischem Wege erreicht werden kann, ohne seine Zuflucht zu den gewöhnlichen Mitteln zu nehmen, die bei spiritistischen Séancen benützt werden, und dadurch zu erhärten: daß der Spiritismus nicht das Ziel ist, sondern nur einer der Wege, die unter der Führung Gottes zum Ziel führen können.

---

[1]) Die vielen Fragen, die von den Mitgliedern des Kreises bei Erhalt des Berichtes Ardors gestellt wurden und nicht in diesem mitgenommen werden konnten, wurden zur späteren Beantwortung durch den geistigen Leiter des Mediums zurückgestellt.

[2]) Wenn ein Medium in Trance automatisch schreibt, hat der Geist größere Macht über das Medium; die Geister des Lichtes benützen jedoch niemals Medien, wenn sie in Trance sind ɔ: die Geister des Lichtes üben keinen Zwang auf ihre Medien aus.

[3]) Alle Teilnehmer des Kreises (auch die ausgetretenen) haben das Ihre dazu beigetragen, daß die Fragen so zahlreich wurden. Bei einer Anzahl von Zusammenkünften wurde das Beantwortete vorgelesen, was in der Regel neue Fragen – und neue Beantwortungen – veranlaßte.

Und da das Medium versprach, sich in jeder Weise zur Verfügung zu stellen, gelang es in energischer Arbeit, die von dem geistigen Leiter übermittelten, dem Medium fremden Gedanken in Worte und Sätze umzusetzen. Dieser Teil der Arbeit bereitete dem Leiter und seinen Helfern eine Menge Schwierigkeiten, die überwunden werden mußten, weil das benützte Medium keine Kenntnis des abstrakten Denkens und auch keine Übung darin hatte, die gestellten Fragen in der richtigen Reihenfolge aufzubauen oder miteinander zu verketten. Die Fragen traten daher weit verstreut und unzusammenhängend auf, was die Beantwortungen erschwerte, weil sehr oft allzu viele dazwischenliegende Fragen fehlten, als daß die Beantwortungen sofort hinlänglich erschöpfend sein konnten. Aber durch ruhige, systematische Arbeit gelang es dem Leiter und seinen Helfern (mehreren der diskarnierten Jüngsten), die fehlenden Fragen entweder beim Medium selbst oder bei den übrigen Teilnehmern hervorzurufen und solcherart auch diesen Teil der Arbeit zu dem von übersinnlicher Seite gewünschten Ergebnis zu führen.

Die Beantwortungen, welche die rein religiösen Fragen betreffen, wurden von übersinnlicher Seite hinlänglich vertieft, während mehrere der übrigen Beantwortungen nur als Andeutungen oder Fingerzeige in die Richtung gegeben wurden, in der die Menschen weiter suchen sollen, um durch Vertiefung und Details selbst zu einem Resultat zu gelangen, das das Gesagte bestätigt.

Daß sich beim Lesen des Kommentars für den einzelnen Leser Fragen ergeben werden, die nicht beleuchtet wurden, ist höchst wahrscheinlich, da sich schwerlich alle um gemeinsame Fragen sammeln können. Hier wurde nur das einbezogen, was nach der Meinung der übersinnlichen Seite von allgemeinmenschlichem Interesse ist, weshalb diejenigen, die sich nicht befriedigt fühlen, selbst in der gewünschten Richtung weiterforschen können; alle erdenkliche Hilfe wird den Suchenden stets zuteil werden. Aber eines muß allen klar sein: daß es Grenzen dafür gibt, was der menschliche Geist während des Daseins in der irdischen Welt fassen, auffassen und verstehen kann, weshalb es zu allen Zeiten Fragen geben wird, **die nicht beantwortet werden können**.

Auch wird es sicher vielen so vorkommen, als ob die Beantwortungen der gestellten Fragen als unbewiesene Behauptungen auftreten. Mehrere dieser Behauptungen können die Menschen jedoch selbst untersuchen und dadurch erfahren, ob das Behauptete seine Berechtigung hat. Eine Anzahl der mitgeteilten Beantwortungen können die Menschen dagegen nicht untersuchen, da sich die übersinnliche Welt naturnotwendig ihrer direkten Forschung entzieht; auf diesen Gebieten müssen sich die Menschen daher mit dem inneren, logischen Zusammenhang der Beantwortungen begnügen.

Bei den dogmatisch gläubigen, den fanatischen, den engstirnigen Menschen und bei den Menschen, mit denen junge und unentwickelte Geister verbunden sind, wird sich aller Wahrscheinlichkeit nach der Gedanke einstellen: daß dieses Werk dem Antichrist zuzuschreiben sei. (Dem Teufel[1] oder seinem Sendboten.) Diesen Menschen soll hier eine Anweisung gegeben werden, wie sie das, was hier unter der Leitung Gottes und unter dem Einfluß des Lichtes vermittelt wurde, zusammenstellen und mit dem vergleichen sollen, was durch die alten Schriften, durch Überlieferungen und orthodoxe Dogmatik menschlichen Ursprungs vermittelt wurde, und zutage trat, während Ardor noch dafür kämpfte, soviel als möglich von der Wahrheit und vom Licht von den Menschen fernzuhalten:

Welcher Gott ist der mächtigste, der größte?

Der, der bisher im Bewußtsein der Menschen als Schöpfer des unvollkommenen Menschenkörpers, der Welt der Sünde und des Todes, in der die Menschen leben, verankert war; der den einen Teil seines göttlichen Wesens menschliche Gestalt annehmen ließ, um durch einen blutigen Opfertod den anderen Teil seines göttlichen Wesens mit der gefallenen und sündigen Schöpfung des ganzen Ichs zu versöhnen?

Der, der in Seiner Voraussicht alles so zurechtlegte, daß Er Seine gefallenen Kinder und ihre Schöpfung dem gesetzmäßig ordnenden Einfluß des Lichtes unterordnen konnte, um so Seine Kinder zurückzugewinnen und ihre Geschöpfe zu den Seinen zu machen; der auf jede Weise, mit allen Mitteln und auf vielen Wegen die Menschen von der Finsternis und der Sünde fort und vorwärts zum Licht und zur Wahrheit zu führen sucht?

---

[1]) Mit einigem Recht kann dies ja wohl in bezug auf Ardor behauptet werden; doch da muß man sich vor Augen halten, daß er, als er seinen Bericht abgab, nicht mehr der Repräsentant des Bösen war, und daß er sich auf Aufforderung Gottes an die Menschen wandte.

Welcher Gott ist der gerechteste?

Der, der den Menschengeist nach einem kurzen Erdenleben richtet; der blinden Gehorsam und Glauben ohne Verständnis fordert; der durch seine Sendboten verlangt, daß der rechte Glaube durch das Schwert verbreitet werde; der den Krieg heiligt; der als oberster Kriegsherr der einen oder der anderen, oder aller kriegführenden Parteien auftritt, und so gegen sich selbst streitet; der ein Volk vor allen anderen auserwählt und es sein eigenes nennt?

Der, der den Menschen die erforderliche Anzahl Erdenleben gibt, um ihren Geist reif zu machen und die Macht der Finsternis zu überwinden; der niemanden zu blindem Gehorsam und blindem Glauben nach von Menschen aufgestellten Dogmen zwingt; der durch Seine Sendboten ständig den Menschen zuruft: Ihr sollt nicht töten, nicht vergewaltigen, nicht rauben und nicht plündern; der sich in Schmerz von den Menschen abwendet, wenn sie blutige Kriege führen; der nicht ein Volk auserwählt, sondern sagt: alle Menschen sind gleich vor mir, alle stehen meinem Vaterherzen gleich nahe?

Welcher Gott ist der liebevollste, der barmherzigste?

Der, der die Gabe des ewigen Lebens einer kleinen, auserwählten Schar gibt; der die sündigen Menschen in einer ewigen Hölle verdammt sein läßt, um sie zu strafen, und damit die Freuden der Seligen im Himmelreich vor dem Hintergrund der Leiden der Verdammten um so größer werden können; der verlangt, daß sich die Menschen unter Selbstpeinigung in engen Klosterzellen einsperren und sich vor dem Leben und dem Licht verstecken sollen;

Der, der die Gabe des ewigen Lebens allen gibt, die sie entgegennehmen wollen; der Sein Vaterreich allen öffnet und alle willkommen heißt, wenn sie die Sünde und die Finsternis besiegt haben, und ihr Geist vom Licht geläutert ist; der die Augen der Menschen für das Gute und Schöne zu öffnen sucht, so daß ihnen alle Freuden des Erdenlebens über das Schwere und Dunkle im Leben hinweghelfen können; der jederzeit ein offenes der verlangt, daß die Menschen Gebete zu bestimmten Zeiten und nach bestimmt formulierten Regeln hersagen; der ständig mit blutigen Opfern, duftendem Weihrauch, mit Gold, Silber und Kleinodien bestochen werden muß, um das zu gewähren, was die Betenden ersehnen; der den Taufpakt, das Abendmahl u.s.w. verlangt, um die wahren Gläubigen zu empfangen und den Reuigen zu verzeihen; der den Fürsten des Bösen auf ewige Zeiten im finstersten und tiefsten Abgrund der Hölle in Ketten legen will? Ohr und ein liebevolles Herz für die tiefgefühlten, sehnsüchtigen und inständigen Gebete der reuigen Menschen hat; der gibt, ohne ein Entgelt zu verlangen – nicht einmal Dank; der sagt: was ihr gegen mich gesündigt habt, vergebe ich, wenn ihr bereut und wenn ihr betet; der es vermocht hat, dem zu vergeben, der am meisten gesündigt hat und am tiefsten gefallen war, und der Jahrmillionen hindurch Sein Widersacher gewesen war?

Auf diese Weise muß also das, was der Menschheit jetzt gegeben wird, und das, was früher gegeben wurde, zusammengehalten und verglichen werden, und wenn es dennoch Menschen gibt, die zu behaupten wagen, daß das vorliegende Werk dem Antichrist zuzuschreiben sei, gibt es nur eine Antwort auf eine solche Behauptung: **die geistig Blinden und die geistig Tauben können durch neue Inkarnationen auch einmal zur Erkenntnis der Wahrheit kommen**!

Als Christus und seine Helfer vor einer Reihe von Jahren versuchten, mit dem spiritistischen Kreis in Verbindung zu kommen, dessen Medium damit behilflich war, die hier vorliegenden Mitteilungen von der übersinnlichen in die sinnliche Welt zu übertragen, galt es vor allem, einen geistigen Leiter zu finden, zu dem das Medium in allem und jedem unbegrenztes Vertrauen hatte. Einer der Jüngsten, der in seiner letzten Inkarnation der Vater des Mediums gewesen war, übernahm hierauf, als Christus sich an ihn wandte, die geistige Leitung der Séancen des Kreises.

Nachdem das Medium vor seiner Inkarnation das Gelöbnis abgelegt hatte: den Versuch zu machen, das gewünschte[1] Zwischenglied für die Geister des Lichtes und die Menschen zu werden, wurde zu einem Zeitpunkt, als der Schutzgeist des Mediums meinte, daß das Medium ausreichende Kenntnis der spiritistischen Verbindungen habe, von übersinnlicher Seite nach ihm gerufen. Die Verbindung wurde somit nach einer Berufung seitens der Geister des Lichtes und nicht nach einem von irdischer Seite erhobenen Anspruch oder Wunsch errichtet. Der Schutzgeist des Mediums war der geistige Leiter der Séancen bis zu dem Zeitpunkt, wo Christus mit dem Kreis Verbindung erhielt, und der »verstorbene« Vater des Mediums die Leitung übernahm.

Durch das unverbrüchliche Vertrauen des Mediums auf Gott und seinen absoluten Glauben an die Wahrheitsliebe des Leiters, sowie durch den festen Willen der Séanceteilnehmer, die Wahrheit suchen zu wollen und sie finden zu wollen, wurde eine Zusammenarbeit geschaffen, die die Voraussetzung dafür war, daß dieser Appell an die Menschheit voll und ganz gelingen konnte.

Ebenso wie Ardor, Christus und der Diener Gottes jeder für sich für die Wahrheit der von ihnen gemachten Mitteilungen einstehen, ebenso stehe ich, der ich der geistige Leiter des Mediums bin, mit dem Namen, den ich in meinem letzten Erdenleben trug, für die Wahrheit alles dessen ein, was im Kommentar durch meine, von unserem Gott und Vater zugelassenen und geleiteten Beantwortungen zutage getreten ist.

R. Malling-Hansen,
vormals
Pastor und Vorsteher
am Kgl. Taubstummeninstitut in Kopenhagen,
Mai 1916.

[1]) Siehe Kommentar Seite 283–84.

INHALT